Ludwig Tieck

DAS ALTE BUCH UND DIE REISE INS BLAUE HINEIN

Ludwig Tieck

DAS ALTE BUCH UND DIE REISE INS BLAUE HINEIN

Novellen

Mit einem Nachwort
von Lothar Müller

Bibliotheca Anna Amalia

Süddeutsche Zeitung Edition

Mit freundlicher Unterstützung
der Herzogin Anna Amalia Bibliothek
und der Kultur Stiftung in Weimar.

Die editorische Betreuung erfolgte
durch die Aufbau Verlagsgruppe.

Gestaltung: Eberhard Wolf
Grafik: Julia Wolf
Satz: Aufbau Verlagsgruppe GmbH, Berlin
Bild Ludwig Tieck: Scherl/SV Bilderdienst
Pflanzenornament aus den Grisaille-Fenstern des Altenberger Doms,
genehmigt vom Altenberger Dom-Verein e.V., Bergisch Gladbach
Herstellung: H. Weixler, H. Schiffers
Druck und Bindearbeiten: Ebner & Spiegel, Ulm
Printed in Germany

ISBN: 978-3-86615-408-7

DAS ALTE BUCH
UND DIE REISE INS BLAUE HINEIN.
Eine Märchen-Novelle.

Es war ein alter Freund, ein Bekannter aus meiner frühesten Jugend, der mich vor ungefähr drei Jahren verließ, um sich wieder einmal in den Gebirgsgegenden umzuschauen und zu ergötzen, die er immer wieder besuchte, wenn es ihm möglich war, eine Reise zu unternehmen. Niemals bereisete er zum Vergnügen ein ebnes Land, noch weniger richtete er seinen Zug jemals nach Norden. Dies waren seine Eigenheiten, deren er viele hatte, und manche so wunderliche, daß seine Freunde unter diesen Capricen oftmals litten. Was am schwersten zu übertragen war und was uns Andere am meisten störte, war sein unerschütterlicher Prosaismus, wie man wohl seit manchem Jahre die Unfähigkeit, durch Poesie, oder seltsame Verhältnisse sich erhitzen oder begeistern zu lassen, hat nennen wollen. Philisterei ist seit 1774, in welchem Jahre Göthe's Werther erschien, noch mehr als Bezeichnung ruhiger, verständiger und brauchbarer Menschen beliebt worden, die eben kein heißes Herz, keinen Enthusiasmus haben, oder die das Geheimniß in der menschlichen Natur, den Adel der Leidenschaften, die Naivetät und Großheit ächter Simplicität nicht sehen und anerkennen wollen; denn dieses alles wird immer von jenen, die halbgebildet sind, durch Altklugheit und frühreife Weisheit, so wie voreiliges Abschließen der schwierigsten Fragen und Zweifel auf immer vertilgt. Die Worte Philister und Philisterei sind uns geblieben, ja unserer Sprache nothwendig und unentbehrlich geworden. Doch hat sich unvermerkt der Begriff, den Göthe zuerst damit bezeichnen wollte, in diesen funfzig Jahren so geändert, daß altdeutsche, oder liberale, politische, religöse *Alberts,* gegen welche der Albert von 1774 wohl genial, enthusiastisch und abergläubisch zu nennen ist, im Jahre 1834 den damaligen Werther einen kleinlichen, sentimentalen *Philister* nennen würden, der sich weder für Staat, Menschheit, Freiheit noch Natur begeistern könne, sondern der nur einer armseligen Liebe lebt und stirbt. Mich dünkt, dergleichen ist auch schon (schlimmer als es im Jahre 1775 Nicolai aussprach) in frommen oder begeisterten, sowie auch politischen Büchern, Journalen und Recensionen gesagt worden.

Nach dieser Sprachumkehrung nannten wir aber nicht unsern *Beeskow* einen Philister, weil er etwa dem Werther zu ähnlich gewesen wäre, sondern in der Bedeutung, mit welcher Göthe zuerst jene Anti-Enthusiasten, Unpoeten, die Kinder und Schüler des Herkommens und der Gewöhnlichkeit bezeichnen wollte. Und so war denn Freund Beeskow ein geordneter, rechtlicher Mann, der anständig von seinem mäßigen Vermögen lebte, immerdar ruhig, beständig vernünftig war, gewöhnlich im Nachtrabe hinter der Zeit, ihr niemals vorauseilend, stets mäßig in Gedanken und Worten, und ein solcher Liebhaber der Beschränkung, daß er nicht nur jeden tiefsinnigen, kecken, sondern selbst oberflächlichen Gedanken gerne noch beschnitt und moderirte, um ihm alles noch etwanig Anstößige zu nehmen. Kam also unsere Gesellschaft, welche viele Unwissende die gelehrte nannten, zusammen, so war er, wenn er nicht stritt, ruhig und schweigsam. Stritt er aber, so war er wirklich unleidlich, indem er Alles verneinte, er mochte es kennen, oder nicht, sei es nun Philosophie oder Kritik und Poesie, und gegen Fichte, Kant, Schelling war er eben so ein unerbittlicher Widersacher, wie gegen Jean Paul oder Jakob Böhme, gegen Jakobi, Göthe oder Schiller: gegen die Nibelungen und Tristan oder Titurell, wie gegen Bader, la

Mennais oder St. Martin. Auch Krug oder der menschenfreundliche deutsche Lafontaine, wie Tiedge und Raupach,
oder wer es immer sei, auch der schuldloseste vergessene
berühmte oder ganz unbekannte Selbstdenker und große
Autor fand keine Gnade vor ihm, sodaß seine vieljährigen
Freunde nicht wußten oder sagen konnten, was er denn
eigentlich wolle; weshalb auch der jüngste an unserer Mei-
stersängertafel einmal dreist aussprach, unser Beeskow sei
eigentlich ein Fanatiker für das Nichts, diesem nur wolle er
leben und sterben. Seltsam war es freilich, daß dieser fast
noch junge Mann (der aber auch vielleicht seiner Unreife wegen der Wahrheit nicht ganz treu geblieben ist) uns versicherte, er habe jenen in seiner Wohnung überrascht, indem
Beeskow nicht ohne Wohlgefallen ein Buch von Clauren, ja
sogar die Uebersetzung eines neuen pariser Lustspiels, Melo-
drams, oder Schauspiels gelesen habe. Wie gesagt, diese An-
zeige glaubte die gelehrte Gesellschaft nicht, wohl aber waren
wir alle davon überzeugt, daß es unserm ehrbaren, verneinen-
den Beeskow an Sinn für Poesie, Humor und Kunst mangle,
und daß er in der Welt, wie so Viele mitlaufe, ohne von sich
oder Andren über das Bedeutsame ihrer Bestrebungen irgend
Rechenschaft zu fodern.

Freude an der Natur mußten wir ihm wohl zugestehen, da
er so oft Reisen unternahm und immer fröhlich und gesund
wiederkehrte.

Bei seiner letzten Reise war es auffallend, daß er von einem
Buche, Gedicht oder einer Erzählung sprach, welche er in
einem Dorfe, dem höchst gelegenen des Gebirges aufsuchen
wolle, und die er schon in seiner Jugend dort angesehen, aber
nicht gehörig beachtet habe. Er behauptete, die sonderbare
Legende sei gewiß um die Zeit des Hans Sachs und der Schule
der Meistersänger niedergeschrieben worden, es scheine ihm
aber ein älteres Gedicht, welches man nur verändert habe,

und in welchem manches fehlende Blatt durch spätere, sonderbare Prosa sei ersetzt worden. So zöge sich, seiner verwirrten Beschreibung nach, der Ursprung der Erzählung wohl bis in die echt poetische Zeit des Mittelalters hinauf, und sei verstümmelt, ergänzt, und durch neue Zusätze von Schulmeistern, Predigern, oder fahrenden Schriftstellern in Grund und Boden verdorben worden.

Wir kümmerten uns Alle nicht sehr um diese seine unkritische Kritik, um so weniger, da unser Forscher von dem eigentlichen Inhalte des Gedichtes oder Romanes gar nichts anzugeben wußte. So reisete er ab, schrieb nur selten, und nach einigen Monaten meldete er mir, daß er jene Legende kopirt und das Fehlende auf seine Weise ergänzt, auch manche zu grobe Unrichtigkeiten und Widersprüche verbessert habe. Nach einem halben Jahre erschraken wir Alle, als wir die Nachricht seines Todes vernahmen. Jeder Bekannte, an welchen wir uns seit Jahren gewöhnt haben, macht im Kreise der Freunde eine schmerzliche Lücke, sollten auch Alle immerdar mit ihm gestritten haben, sollte er selbst der Umgebung oft lästig gefallen sein. Sieht man doch selbst nicht ohne Wehmuth den Zahn seine Stelle verlassen, der uns Monden lang gemartert hat.

Ich war nicht wenig erstaunt, als ich nach einigen Wochen fünf Hefte, als das Vermächtniß des alten unpoetischen Beeskow empfing. Denn es zeigte sich nun (wie es so oft geschieht) daß wir ihm Alle Unrecht gethan hatten. Er war im Innern nicht so ohne Poesie gewesen, wie unser eigensinniger Widerspruch angenommen hatte. Ich las erfreut jene alte Geschichte, die er wollte im Gebirge abgeschrieben haben. Sie schien mir vielmehr ganz und gar von ihm umgearbeitet, wenn nicht selbst erfunden zu sein. Mir ward es ungewiß, ob die Nachricht von jenem Manuscripte, von dessen Lücken, alten Fragmenten und Aenderungen und Zusätzen der spätern und neuesten Zeiten nicht alles nur ein Märchen sei. Indem ich las und über das Gelesene sann, entwickelten sich auch in meiner Phantasie neue Vorstellungen, Zusätze, Aenderungen drängten sich mir unwillkürlich auf, und ehe ich noch gewiß war, ob es erlaubt sei, das bunte Geflechte eines fremden Geistes noch mit andern Farben und Bändern zu bereichern oder zu verderben, war in heitern Stunden die Arbeit schon vollendet. Ich theilte sie in dieser, ihrer letzten Gestalt den harmlosen Freunden mit, die mit mir die sogenannte gelehrte Gesellschaft bilden. Ich sage aber nicht, welche Wirkung auf diesen Kreis diese Erzählung hervorgebracht hat, um auf keine Weise irgend einer wohlwollenden oder zankenden Kritik vorzugreifen, die jetzt Gelegenheit findet, mit Scharfsinn zu sondern, was mir, dem letzten Bearbeiter, dem ehrlichen Beeskow, dem Mittelalter, der Zeit des Hans Sachs, oder der des Gottsched angehört. –

Ich lasse nun den Bericht des Erzählenden folgen. Auch er gibt eine Einleitung, die aber epischer ist, als die hier geschlossene.

———————

Für ein so konfuses Jahr war das Wetter noch ganz leidlich. Die Barometer und Thermometer, diese stammelnden Propheten, waren in beständiger Unruhe: ja, könnte man noch außer Schwere und Wärme alle die feinen Gifte, Schauder, fatale Empfindungen messen und anzeigen, die sich in der Atmosphäre unerwogen herum treiben, so dürfte man mit etwas mehr Verstand über diesen Wirrwar unserer Welt und das vielfältige Durcheinander sprechen, das wir die kosmischen Verhältnisse nennen, in welchen wir befangen sind, und auf die wir, je nachdem wir wollen, stolz sein können, oder uns um so mehr als mishandelte Sclaven fühlen.

So bin ich denn wieder unter meinen lieben Bergen, in den grünfrischen Thälern, hier wo Echo antwortet, wo die Wälder rauschen und Bäche und Ströme in der Einsamkeit und Stille der Nacht ihr altes, vieldeutiges Lied unermüdet singen. Wer recht zu hören versteht, begreift den Inhalt wohl auf seine eigenthümliche Weise, wie Alles, was des Verstehens und Verständnisses würdig ist. In dieser naiven Rührung und Sabbathstille vernimmt meine Seele von diesen Predigern ebenso viel von Entstehung der Welt und Erde, einem Geiste der Natur und seinen erhabenen Launen, von den Erinnerungen, Fabeln und Geschichten uralter Vorzeit, als mir Geognosten, Naturfoscher und Naturphilosophen nur immer verrathen können.

Ich verstehe die Natur nämlich auf meine Weise, und bin eben so ein Mensch, wie der weinerheiterte Antonius dem trunkenen, nicht mehr forschenden Lepidus das Krokodil beschreibt.

Die unterhaltendsten Spaßmacher sind die Wolken, von denen die Bewohner der Ebene eigentlich nichts wissen und erfahren. Vom Berge bei Athen und über das Meer hin müssen sie auch von je herrlich figurirt haben, da der ausgelassene Aristophanes sie so unvergleichlich hat schildern können. Wenn man ihnen fast täglich die Hand reicht und ihre poetische Erfindsamkeit im Wechsel der Gestalten vor sich sieht, wie sie sich gar nicht geniren, und Hunde, Pferd, Kameel, Thurm, Festung, Mensch und Alles werden, so ist es sehr verständig, daß der Dichter sie als weit verschleierte Weiber auftreten läßt, die nach und nach als Körper sichtbar werden. Oft heben sie sich als unverkennbare Silhouette der hiesigen Bergzüge und Felsengruppen ab, und eben so kommen sie wohl als Umrisse entfernter Gegenden herüber. Mitten in ihrem Reiche zu stehen und in ihren spanischen Schlössern einzukehren, hat nichts Erfreuliches; aber über ihren krausen Gestalten zu wandeln um so mehr, wenn alsdann der rein blaue Himmel über unsern Häuptern glänzt, und unten wie

ein halbverständlicher Traum die Landschaft da und dort
grün hervorblitzt und leuchtet.

———————

Die Bewohner dieser Gegenden haben mich wieder recht
freundlich aufgenommen. Um den Menschen kennen zu lernen, sind die echten Kleinstädter wirklicher kleiner Städte viel
ergiebiger, als die ausgestopften, abgerichteten Stubenmen-
schen der Residenzen. Wenn es gelehrte Hunde und Ferkel
gibt, deren Kunststücken und Lese- und Sprechvermögen ich
immer aus dem Wege gehe, so ist es fast noch langweiliger,
diese Phrasen jener menschlichen Sprechmaschinen anzuhören, oder jene rechthabenden Selbstdenker, die hier und da
Dinge vorbringen, die den Ignoranten originell vorkommen,
weil Gottsched schon nicht mehr jene Schwätzer zu wider-
legen brauchte.

So ist die Etikette eine herrliche Erfindung. Und hier in dem
kleinen Capellenburg ist sie weder so lästig noch so lächerlich
als in dem großen London. Und am Ende hört der Mensch,
der nicht irgendwo Pedant ist, auf, ein Mensch zu sein, sowie
der, der nicht, wo es auch stecke, etwas abergläubig wird. Das
wollen solche gelehrte Gesellschaften aber nicht annehmen,
von welchen einer ich ebenfalls ein Mitglied zu sein die Ehre
und das Unglück habe.

Beim Bürgermeister bin ich wegen meiner Kenntnisse des
Flachses und der Leinwebereien sehr gut angeschrieben. Der
Mann wohnt auf der einen Seite des kleinen, regelrecht vier-
eckten Marktes; von diesem laufen nach vier Wegen Straßen
aus, und diese Masse macht, wenige einzeln stehende Fabrik-
gebäude abgerechnet, das Städtchen aus. Vorgestern war eine
Hochzeit bei einem Vetter des Bürgermeisters; dieser war
natürlich als Hauptgast, und ich als dessen Hausgenosse eingeladen. Höchst unschicklich wäre es gewesen, zu Fuße hin

zum Nachbar zu gehen, da man gewohnt war, schon bei geringen Festlichkeiten mit einem Wagen vorzufahren. In meiner Jugend erlebte ich in L. . . . einer trefflichen, reichen und ziemlich großen Stadt in Niedersachsen, einen Ball. Diese geräumige Stadt besaß damals nur eine einzige Miethkutsche, vor welche ein alter, verdrossener Fuhrmann zwei nicht junge, zweideutige Pferde spannte, wenn sein Beistand (was nur selten geschah) gefodert wurde. Dann fuhr er sehr langsam und schläfernd vorsichtig mit der ihm anvertrauten Ladung zum Ort der Bestimmung, und weder er, noch die Rosse, gaben sich die Mühe, umherzusehen, theils um sich nicht zerstreuen zu lassen, theils weil sie die Wege und Richtungen genau kannten. Geschah die Fahrt mit diesem mürrischen Führer etwa über Land, so hatten die Spazirenden es auch wohl erlebt, daß sie vor einem Wassertümpel, den ein kürzlich gefallener Regen gemacht hatte, aussteigen mußten, um wie gut oder böse durch den See hindurchzukommen, weil der Führer sich nicht getraute, mit seinen ehrbar stillen Pferden durch diesen Sumpf zu gelangen. Diese Lohnfuhre stand dort mit den wilden Hengsten, die man auf der Post erhielt, und die die Fuhrleute des Landes und die reichen Bauern brauchten, fast in demselben Contrast wie die Fiakers in London mit den Post- und Reisekutschen dort. Auf jenen oben erwähnten Ball, der auf dem alten Rathhause abgetanzt werden sollte, durften die Honoratioren der Stadt, die Damen wenigstens, mit ihren Blumen und gestickten Kleidern, weißen atlassenen Schuhen, ebenfalls nicht zu Fuße hinwandern. Der einzige langsame Kutscher mußte also alle jungen Mädchen, Frauen und Mütter, so wie die zierlichsten Tänzer, die die Straße scheuten, aus ihren verschiedenen Wohnungen nach dem Ballsaale führen. Es war die Aussicht vorhanden, daß, da es Viele waren, die letzten grade ankommen würden, wenn die Meisten mit Tagesanbruch wieder nach Hause eilten; diese also, welche es traf, die Letzten zu sein, mochten nur gleich, sowie sie vorgefahren waren, wieder umkehren. Das grenzte, wie Alle fühlten, an das Lächerliche; das Verdrießliche abgerechnet. Wie aber in einem gut polizirten Staat von humanen Bürgern sich für alles Beschwerliche ein Mittel findet, so hatten die verständigen Häupter auch hier sogleich einen verständigen Ausgang ausgemittelt. Die Jüngsten ließen es sich gefallen, schon am Morgen Schmuck und Kleidung anzulegen, um, nachdem man früh zu Mittag gegessen hatte, gleich nach Tische als die Tanzlustigsten dem Saale abgeliefert zu werden. So fuhr man denn mit dem Fortfahren fort, bis Alle eben zum Anbeginn des Balles an den Ort der Bestimmung gelangt waren. Um aber nicht die Hälfte des folgenden Tages mit Rückfahren zuzubringen, entschlossen sich die meisten der Damen, da jetzt der Putz seine Dienste gethan hatte, nach aufgegangener Sonne sich in ihre Häuser zu begeben. Wie es also hier für den weiten Raum und die langen Gassen an Fuhrwerken gebrach, so hatten im Gegentheil nun hier in dem kleinen Capellenburg die Equipagen keinen Raum, um mit Anstand zu fahren und sich zu bewegen. Denn um die Festlichkeit mit Anstand zu begehn, die Brautleute auch und deren Aeltern nicht zu beleidigen, hatte der wohlhabende Bürgermeister seine vier stattlichen Rosse, lang gespannt, vorlegen lassen. Der Zug brauste heraus, der stämmige Kutscher auf seinem Bock, die langen, farbigen Leinen spielend in der Hand haltend. Und sowie die Kutsche aus dem Thorwege kam, lenkte, und der Schlag des Wagens vor der Hausthüre hielt, standen die vordern Rosse mit ihrem Kopfe schon brausend und stampfend vor der Thür und den Fenstern des Hochzeithauses. Ich hatte vorgeschlagen, man solle vorerst eine kleine Spazierfahrt simuliren, um dann, um die Ecke lenkend, mit schäumenden Pferden donnernd vor die Thür des Hauses anspringen zu können. Die Frau Bügermeisterin aber meinte, und nicht mit

Unrecht, daß dergleichen die Hochzeiter alle sehr übel empfinden müßten, als wenn der nahe Verwandte und das Oberhaupt der Stadt nur so gelegentlich bei ihnen einspreche; die
Vermählung sei ein so wichtiger Tag, daß an einem solchen
nichts Weltliches vorgenommen werden dürfe. Der Gemahl
selbst aber warf meinen andern Vorschlag, diesen und jenen
vorerst noch abzuholen, noch weiter weg, indem jeder der
Honoratioren, wenn auch nicht mit vier Pferden, doch mit
seiner eignen Equipage einsprechen werde; würde dieser und
jener Fußgehende etwa zugelassen, so sei ein solcher viel zu
geringe, um feierlich vom Bürgermeister abgeholt zu werden.
Ich bat um die Erlaubniß, vor dem Einsteigen die Equipage
perspectivisch in Augenschein zu nehmen. Das wurde mir be-
willigt. Ich ging der Kutsche und den Pferden entlang und traf
im Hochzeithause unten auf die Köpfe der jungen Hand-
lungsdiener, welche aus dem Fenster schauten, sich aber doch
zurückziehen mußten, weil die muthigen Pferde zu heftig
sprudelten. Als ich mitten auf dem Markte war, bemerkte ich
an den obern Fenstern Vater und Mutter der Braut sowie
einige Gäste, die schon angelangt waren; Alle sahen auf die
Equipage nieder. Der Anblick war wirklich sehr malerisch.
Die Bürgermeisterlichen winkten mir mit einiger Ungeduld,
und es war auch die höchste Zeit einzusteigen und die wenn
auch nicht weite Fahrt zu vollenden, da der Kutscher überdies
die übersatten, muthigen Pferde nicht mehr bändigen konnte.
Die Familie stieg herab, die Frau Bürgermeisterin natürlich
betrat zuerst den Wagen, ihr folgte die Tochter; beiden half
ich mit zierlichen Geberden auf den Tritt. Nun aber compli-
mentirte ich mich, wie es ziemte, einigermaßen mit dem ehrwürdigen Bürgermeister um den Vortritt. Dieser denkende
Mann meinte aber, dergleichen sei kleinstädtisch und gar
nicht mehr unter Gebildeten Sitte. Mit der Rede schob er mich
etwas gewaltsam in die Kutsche und ich saß schnell seiner

Gemahlin gegenüber. Der corpulente Herr, vom Bedienten unterstützt, gab sich einen Schwung und stand auf dem Tritt, aber – Ein Ruck, und wir waren mit Blitzesschnelle vor dem Hochzeithause. Die Pferde hatten die Geduld, der Kutscher die anhaltende Kraft verloren, der Bediente hatte nicht Zeit gehabt, hinten hinaufzuspringen, und der Bürgermeister mußte vom Tritt, den er beinah wieder verloren hätte, der complimentirenden Familie entgegentreten. Er hatte uns, wie die ehemaligen Heiducken oder Hofpagen an der Seite stehend begleitet, sagte mir aber heimlich, er wünsche nur, daß diese Unziemlichkeit der neuen Ehe kein Unheil bedeuten möge. Der Kutscher ließ seine vier Rosse im schnellen Galopp sechsmal rund um den Markt rennen, damit er den Uebermüthigen doch einige Bewegung verschaffen möge.

Ich konnte es dem Bürgermeister nicht verdenken, daß er einigermaßen verstimmt war, und es schien nicht unbillig, daß er am späten Abend der Erste war, welcher in seine Kutsche stieg, um nicht wieder als Beisteher vor seiner Hausthür abzusteigen. Man erlaubte mir, zu Fuß das hochzeitliche Haus zu verlassen, um mich bei der schönen Sommerwärme im Frcien noch etwas zu ergehen. Auch ist der Fremde ja niemals der Etikette und Convenienz so strenge, wie der Einheimische unterworfen.

Am folgenden Tage gedachte ich abzureisen, um mir jenes oft besprochene Manuscript von dem alten Küster, dem jetzigen Besitzer, abzuholen. Bei Tische sprach man noch über den gestrigen Vorfall, und die Frau des Hauses war hierüber weniger betreten, als darüber, daß ich es vermocht habe, einen Butterschnitt von der Tafel des Hochzeiters hinunter zu bringen. Man hat nämlich in der Familie des Bürgermeisters zuerst das Beispiel gegeben, einige Kühe zu halten, um Milch und Rahm zum Hausbedarf in der höchsten Vortrefflichkeit zu erzeugen. Der Versuch gelang; die andern reichen

Kaufleute beneideten erst und ahmten bald darauf diese Erfindung nach. Angefeuert durch den allgemeinen Beifall und immer höher strebend, versuchte es die Regentin der Familie jetzt auch Butter zu fabriciren. Auch dieses schlug ein und zwar so, daß es die kühnste Erwartung übertraf. Wie aber Bedürfniß und Einsicht sich gegenseitig hervor bringen, so geschah es, daß in den ersten Familien der Stadt nach wenigen Wochen, selbst Tagen, die Inhaber (wie man jetzt gern sagt) der Zungen ihren Geschmack so fein und zärtlich ausbildeten, daß ihnen alle Butter außer der selbst verfertigten nur wie rohes, grönländisches Wesen, widerwärtig und abstoßend vorkam. Ich war nun seit Wochen ein verzärtelter Butterzögling gewesen, und doch war mein Gaumen so ungehobelt, ungefirnißt und unlackirt geblieben, daß ich von jenem seltsamen Artefact, welches man dort, im Hause des Hochzeiters, Butter zu nennen sich herausnahm, hatte genießen können. Denn dort, wie in allen guten Häusern des Städtchens, wurde einheimische Butter verfertigt, und jede Familie, da die Hausfrau die Aufsicht führte und selbst mit arbeitete, glaubte die beste zu besitzen.

Da ich den heftigen Tadel, der mir zugetheilt wurde, erst gehörig erwogen hatte, erwiderte ich nach einer Pause ohngefähr Folgendes: Werthe Gesellschaft! Verehrte Frau Bürgermeisterin, deren hoffnungsvolle Kinder, Vettern, Muhmen und Seiten-Verwandten! ich ersuche Sie allerseits, Nachkommendes zu erwägen, zu berücksichtigen und zu beachten.

Wenn Apis als kälberner Gott in Aegypten vergöttert wurde, wenn die aufgeklärten, feinfühlenden Braminen in Ostindien noch heutzutage, wie vor uralten Zeiten, die Kühe verehren, so ist es für den denkenden Beobachter begreiflich genug, daß Milch und Sahne, und gar die gekörnte, ausgequetschte, rein gewaschene, silberglänzend emporquellende Butter etwas Ausgenommenes und Ausnehmendes sei und zum Einnehmen durch ihre Annehmlichkeit bestimmt und auserkohren. Ein Indier hat sich daher gern das Paradies von Butterströmen umflossen gedacht, und in Butter zu baden und zu schwimmen ist diesem hochgebildeten und frommbegeisterten Orientalen eine entzückende Vorstellung. Auch wir weniger ernst gestimmten Europäer nehmen von der Milch gern die Bilder der Reinheit, Weiße, Unschuld und Milde her. So ist es also nicht zu tadeln, sondern im Gegentheil zu loben, wenn in unserm lieben Vaterlande sich auch nach und nach ein Buttercultus erhebt, und unsern geläuterten Zungen das Ranzige, Molkensaure, Scharfe und Herbe jener schlechten Fabrikate verabscheuen lernt, die in Gasthäusern, bei Thee und Kaffee, uns oft so störend und dissonirend in die feinsten Gefühle zart gesponnener Geselligkeit hineinschreit und kratzt. Seh ich nun überdies unter meinen Landsleuten einen edeln Wetteifer entstehen, unter wessen Stampfe die gebuttertste Butter, die geblümte Blüte des Nektar hervorgehen wird, so kann ich nur freudig mit den Händen klatschen und Loblieder anstimmen, daß uns auch auf diesem Wege indische Poesie eingeflößt werde. Nur, meine Verehrten, hat dieser Fortschritt der Bildung, wie es denn geschichtlich nicht anders sein kann, auch seine bedenkliche und selbst gefährliche Seite. Wir stehen gegenwärtig in der großen Waage der Weltgeschichte in der Schaale, die immerdar überzuschwippen und die andere unbillig in die Höhe zu schnellen droht. Was kann ich anders meinen, als jenen Liberalismus, der uns so anlacht, daß es die schärfern Augen für Grinsen und Zähnefletschen erklären? Wir haben unser Vaterland nach einem großen Kampfe wieder gefunden, wir haben uns selbst und unsre heiligsten Rechte dem Feinde abgewonnen; aber seitdem suchen und erschwärmen so Viele unter uns etwas, das keinen Namen hat, und das sie selbst nicht zu bezeichnen wissen. Jener heimathlosen Landläufer, die so wenig Religion wie Eigenthum und Meinung haben, will ich gar nicht einmal

erwähnen, denn sie sind so ranzig, daß die Nennung ihrer
Nahmen diese vor uns stehende goldblühende Butter unge-
schmack und abgeschmackt machen könnte. Schlagen wir nun
die ungeheuern Blätter der Weltgeschichte auf, so findet unser
begeistertes Auge als eine der glänzenden Epochen jene, wie
die kleinen Waldcantone der Schweizer aufstehen, ihre tyran-
nischen Vögte verjagen und erschlagen und sich gegen das
mächtige Oestreich in Freiheitsgesinnungen auflehnen. Ihnen
gelingt das Wagestück, mehr und mehr Städte und Landschaften schließen sich an, und Oestreichs Ritterheere erliegen, und
des übermächtigen prahlenden Burgund Königskrone wird
von ihnen, indem sie geschmiedet wird, zertreten. Man hat
diese großen Begebenheiten sehr würdig erzählt und auch
nicht verschwiegen, wie die erst Gedrückten hoffärtig und
auch oft meuterisch wurden, auch für die böse Sache auf-
standen und gegen einander kämpfend manchmal im leeren
Schwindel ihr Blut vergossen. Hat man also diese Vorfallen-
heiten scheinbar vielseitig ergründet, so ist es doch von allen
Forschern bisher übersehen worden, daß die Butter großentheils die Ursach dieses Freiheitstaumels war. Noch jetzt ver-
speist der echte Oestreicher keine Butter in ihrer natürlichen
Gestalt, er hat vielmehr einen Widerwillen gegen dieses Erzeugniß, und die biedern Tiroler, Steirer und Kärnthner
schmelzen das gewonnene Produkt sogleich ein, um es für die
Dauer in Massen zu bewahren. Daher, daß diese Menschen
niemals Butter essen, die unerschütterliche Legitimität dieser
Völker. Sehen wir die Nationen der pyrenäischen Halbinsel an,
auch nur mit oberflächlichem Blick, so werden wir wenigstens
so viel gewahr, daß sie keine Butter verspeisen. Die Olive, die
Frucht der Weisheit spendenden Pallas, erhält alle diese süd-
lichen Gemüther schmeidig und fügsam, das Öl macht sie
nachgiebig und einsichtsvoll, und sie sind immerdar dem
Guten und der Ordnung zugänglich. Aber jene Butter essenden

und fabricirenden Holländer und Niederländer führten einen langen, unversöhnlichen Krieg mit diesen Verehrern der Olive. Und gleich ist von Republiken die Rede, von Volksherrschaft, von Niederhaltung des Adels und Denkfreiheit. O meine Werthen, eßt Butterbrot, doch mit Bescheidenheit, mit frommer, einträchtiger Gesinnung. Was hat von je die Engländer so halsstarrig gemacht, allen Neuerungen so zugänglich, daß sie nicht Gesetze und Maschinen genug erfinden können? Von früh bis Abend Butterschnitt, geröstet, gestrichen, getrocknet, gefeuchtet, auf Brot, Kartoffeln, Toast, bei Thee, Kaffee, dem Mittagmahl, dem Wein. Wohin in Holstein, Schweden, Norwegen dieser Vorrang der Butter gedrungen ist; da allenthalben Schroffheit, Widerstand, Rechthaberei, Zank. Und wo man dies bösvortreffliche Wesen nicht selbst erzeugt, wird es von Holland und Holstein in die andere unfruchtbare aber unschuldige Welt hinein gesendet. Wahrlich, seit ich hörte, daß man hier und da in Italien angefangen hat, die Butter zu cultiviren, habe ich mich nicht mehr über die vielen Carbonari und geheimen Gesellschaften verwundert. Und wie es in unsern deutschen Landen, den nördlichern vorzüglich, Berlin, Hannover, Hamburg, Leipzig, um sich griff, daß man, wie in England, Thee und immer wieder Thee trank, und dazu fast unermüdet Butterschnitte in den Mund schob, da wußte ich auch, wie viel die Glocke geschlagen hatte. Unsere guten treuherzigen Vorältern, Bürger, Magistrat und Adel, Gelehrter und Kaufmann, saßen beim Kruge Bier oder ihrem Glase Wein, an hergebrachte Zucht, an alte, ruhige Gedanken gewöhnt. Nun, chinesischen Thee, ostindische Butterverehrung, und alles gegen die alte Ordnung verschworen. Der Instinct und uralte Gesetze bestätigen auch meine Ansicht, oder vielmehr Ueberzeugung. Machte sich ein Patron zu mausig, wollte er weder Gott noch Menschen gehorchen, erkannte er, wie der St. Simonianer, kein Eigenthum an, so setzte man ihn immer, und zuweilen noch jetzt, fest bei Wasser und trocknem Brot. Könnte man es also nur dahin bringen, daß dem Volk die Butter entzogen würde, so wäre mir um das gute Princip der Legitimität nicht weiter bange. Ließe sich es einrichten, vielleicht durch erhöhte Abgaben, daß nur der solide gesetzte Mann, der ächte Aristokrat Butter auf sein Brot streichen könnte, so wäre Europa gerettet. Warum sind nun die Bramanen bei ihrer Butterliebe so fromm und milde? Liegt es vielleicht darin, daß sie niemals das Fleisch der Wesen genießen, die ihnen die rebellische Butter liefern? Der Engländer, Holländer, Schweizer, Holsteiner ißt eher zuviel als zu wenig vom Rindfleische. Bestätigte sich der Argwohn, so sollte man den Unmündigen und Unruhigen vielleicht noch lieber alles Fleisch als die Butter entziehen. Und, wunderbar, wie der Instinct wirkt, jene unsichtbare Weisheit, die verhüllte Pallas! haben nicht manche Regierungen schon oft dahin gearbeitet, wie damals unter dem verständigen Ludwig XV., dem gemeinen Manne Fleisch und Butter, nach Gelegenheit selbst das trockne Brot zu entziehen? Das letztere aber, wenn ich meine wahre Meinung sagen soll, heißt die väterliche Milde zu weit treiben. Aber, um mein politisches Glaubensbekenntniß zu schließen: die neuern Republiken haben nichts als Butter und Käse hervorgebracht; dessen haben wir genug ; wozu also neue schaffen? Und liefert nicht Parma schon ohne das ziemlich guten Käse? Um aber auch nicht ohne Nutzanwendung gesprochen zu haben, so beschwöre ich Sie Alle: achten Sie auf Ihr schwaches menschliches Herz, damit Ihnen nicht böse Gelüste, Zwietracht und demagogischer Hader aus dieser an sich unschuldigen Butter erwachse.

Man hatte mir nicht ohne Rührung zugehört, und alle gaben mir die Hand und das feierliche Versprechen, sie wollten in sich gehen und sich beobachten. Am folgenden Morgen brach ich auf, um mich auf die Höhe des Gebirges zu bege-

ben. Man reiset zu Fuß ganz anders als im Wagen; ich meine,
man steht mit der sogenannten Natur in einem ganz andern
Verhältniß. Der Reisende wird selbst in die Natur mit aufgenommen, und es wird ihm viel leichter, sie nicht als bloße
Decoration zu genießen. Immer wollen wir frei und beständig
sein, und doch sind wir mit allem Großen nur einverstanden,
wenn wir eins damit werden, darin aufgehen können. Sage
ich mir nun auf meinen einsamen Wanderungen die Natur-
laute unsers Göthe vor, so bin ich in der wahren Begeisterung
handelnd und leidend zugleich, Object und Subject, wie die
Gelehrten sagen.

Nur keine Naturschilderungen, wie einige vielgelesene und
berühmte Romanciers sie jetzt Mode gemacht haben. Ohne
Stimmung ist keine Natur da, und ob der Nebel auf den Bergen oder auf meinem Gemüthe liegt, ist dasselbe. Diese zu-
sammengesuchte Mosaik ist eben so lästig wie die gelehrte
Kleiderbeschreibung der Personen, oft der unbedeutenden.
Man sieht nicht vor lauter Sehen, wie in manchen neumodi-
schen Stuben, die nur aus Fenstern bestehen. Heilig und zart
ist der Umgang mit der Natur, und sie spricht nicht in allen
Stunden zu uns; aber wenn sie redselig ist, ist es auch das
Lieblichste, was unsere Seele vernimmt.

Wie war es aber mit dem alten Schulmeister? Er wollte eben
jenes alte Gedicht zu Fidibus und allerhand Düten zerreißen
und zerschneiden. Ich habe selbst daran gearbeitet, sagte er in
seinem Eifer, folglich steht mir auch das Recht zu, Alles damit
vorzunehmen, was mir nur gefällt. Das kleine Buch hat mir
schon tausendfältigen Verdruß gemacht. Ein altdeutscher Professor, wie er sich nannte, war vor anderthalb Jahren hier; ich
glaube gar, er hat durch Sie von mir und meinem Buch erfahren. Der meinte, ich sei der größte Sünder auf Erden, daß ich
die alte Fabel nicht buchstäblich so gelassen habe, wie ich sie
vorgefunden, mit allen Schreibfehlern und unbegreiflichen

23

Stellen, auch die Lücken, wo Würmer in das Papier hinein gefressen hatten, wo Wasser ganze Stellen Moder erregt und
viele Zeilen herausgefallen waren. Es half mir nichts, daß ich
ausrief: Mein Herr Professor! ich habe das Büchel schon in
meiner Jugend von einem uralten Priester erhalten, der hatte
es schon völlig ruinirt, wie Sie es nennen würden; denn er
hatte fast alle Reime schon in Prosa verändert und willkürlich
weggelassen, was er nicht verstand, und hinzugesetzt, wo ihm
etwas zu fehlen schien. Er, der Geistliche, wollte mich über-
reden, daß es jener reimende Poet aus dem sechzehnten Jahrhundert gewiß schon ebenso gemacht habe. Nun war aber
dieser mein alter geistlicher Herr ein wirklich unausstehlicher
Mann, so fromm und gut er übrigens auch sein mochte. Er
schrieb noch jenen fatalen Kanzleistyl, von dem uns der alte
Gottsched erlöste, dabei war der Priester noch in seinem hohen Alter ganz voll von Paracelsus, Jakob Böhme und Leuten
dieses Gelichters. In der Jugend soll er nun gar ganz fanatisch
diesen Schwärmern ergeben gewesen sein. Nun hatte der
Mensch (verzeih mir der Himmel die Sünde, daß ich einen or-
dinirten würdigen Priester so nenne) allen diesen Unsinn in
das Gedicht hineingebracht. Wie mir der Selige nun schon vor
fünfzig Jahren sein Opus schenkte, dankte ich ihm zwar herzlich und hatte auf der einen Seite meine Freude an der hübschen Erzählung, auf der andern aber hatte ich auch großen
Verdruß an alle dem unchristlichen Aberglauben. So las ich
halb in Aerger, halb mit Vergnügen; die Sache war ergötzlich
und durch den abscheulichen Styl doch eigentlich auch wieder
langweilig, Vieles verstand ich gar nicht; wo der Mann die
alten Verse noch abgeschrieben hatte, mochten sie auch wohl
ganz unrichtig und ihm selber unverständlich gewesen sein:
kurz dies mixtum compositum von Aberwitz und Poesie,
nachdem ich es etlichemal durchgelesen hatte, ward von mir
in den Winkel geworfen, dann verkramt, es gerieth unter alten

Plunder an eine feuchte Stelle, wo der Regen durch das Fenster schlug, und als ich vor ungefähr zehn Jahren auf den Gedanken gerieth, meiner seligen Frau an einem stürmischen Winterabend die Schnurre vorzulesen, fand ich das Manuscript im erbarmungswürdigsten Zustande wieder. Sie kennen gewiß die eigne Erscheinung an Büchern, wenn sich die Nässe hineingefressen hat, und halbe Seiten bei der Berührung in bläulicher Verwesung zerfallen. Dazu hatten sich einige Mäuse, die ich sonst in meiner Wohnung niemals dulde, darüber gemacht und manche der wichtigsten Stellen zernagt. Wollte ich also das ganze verstörte Wesen meiner Frau mittheilen, so mußte ich emendiren und neu erschaffen, was ich denn auch nach meinen geringen Fähigkeiten ins Werk gerichtet habe. – Der eigensinnige Professor war aber mit allen diesen Erklärungen noch nicht zufrieden und meinte, das Geschreibsel, wie es jetzt da liege, sei keinen Heller mehr werth. Ich verschmerzte diese Beleidigung, denn ohne mich waren die Bogen ganz verloren. – Nachher kam ein anderer Alterthumsforscher, oder Grammatikus, oder was er sein mochte, blätterte und warf die Schreiberei verächtlich hin. Unsinn! rief er aus; das ganze Ding, mein lieber Schulmeister, rührt ganz und gar, Erfindung und Styl von Ihnen her. Aus dem Mittelalter? Uebergearbeitet von einem Meistersänger? Auch kein Geruch, kein Atom früherer Jahrhunderte. Farbe, Styl, Ausschmückung, Alles ganz modern; dazu die ungeheuern Anachronismen! Nirgend wird Phelle, Kürsitt, Zimier, Zindel oder dergleichen nur erwähnt, weil der Ignorant diese Dinge nie hatte nennen hören. – Auch dieser grobe Mann verließ mich zornig, und ich mußte gelassen zurückbleiben. Was Anachronismen und Kleidungsstücke! In einem träumerischen Märchen, welches nur ergötzen soll! Ich habe in neuern Büchern, die mir der Professor von unten geliehen hat, nur zu viele und umständliche Kleiderbeschreibungen gelesen. – Seitdem habe ich das Büchel fast vergessen. Ein ältlicher Offizier rief mir es vorigen Sommer wieder ins Gedächtniß. Er stellte sich sehr begierig danach, nannte es einen unbezahlbaren Schatz und setzte sich mit Degen und Ueberrock gleich an jenen Tisch, um es zu studiren. Er las sehr eifrig, und ich fühlte mich geschmeichelt, in meiner Stube doch endlich einmal einen echten Bewunderer zu haben. Er las lange, als er geendigt hatte, setzte er hier in der Stube seinen Hut auf und sagte kalt und feierlich: Mein Herr! ist es Unwissenheit oder absichtliche Bosheit, daß in dem ganzen Poem nichts vom Christenthum vorkommt? Nicht ein einziges Mal, ich habe genau darauf Acht gegeben, wird der Name Christi genannt. Ich war erstaunt und replicirte etwas verblüfft: Gnädiger Herr Kriegsobrister, das Ding ist was unsere Vorfahren eine Mär, späterhin Märlein, wir jetzt noch mit unbedeutenderm Ton ein Märchen betiteln. Was da! rief der erzürnte Mann; ohne den Heiland sind wir ein Nichts, es giebt keine Ergötzung, wenn sie nicht mittelbar zur Andacht und zum Glauben führt. Das Heilige, das Edle, Religiöse, Legitime, Hohe und Ewige muß jetzt mehr als je bestätigt werden, weil die Zeit eine ruchlose ist und ihre Jünger Alles zu zerstören suchen. Wer nicht für mich ist, ist wider mich, spricht die ewige Wahrheit. Alles muß in dieses universelle und höchste Bedürfniß einklingen. Früher fanden solche Schriften, zuweilen auch ihre Urheber, den Scheiterhaufen, als Ergänzung ihrer Unthat. Einen bösartigen Dichter ins Feuer werfen, ist unsrer Zeit nicht angemessen; aber daß man die Lästerer des Heiligen festnimmt, ist nicht unbillig. – Und ein solcher Mann ist hier Schulmeister! soll Knaben und Mädchen des Christenthums fähig machen! Ich will schweigen, und das ist vielleicht schon mehr, als ich vor dem ewigen Richterstuhl verantworten kann.

Nun war ich ganz verdrießlich. Das fehlte mir noch, daß mich die Scharteke einmal um Amt und Brot brächte. – Seitdem lag das Zeug vergessen und nicht angesehen; da kommt im Spätherbst ein junger Jäger und miethet sich bei mir ein. Er sucht nach Papier, um Kartätschen, Cartuschen oder Patronen zu machen (ich weiß nicht, wie man's nennt) und findet das Büchel. Ich bedachte mich doch etwas, ob ich es ihm zum Pulverbedarf so unbedingt übergeben sollte. Es war kein rechtes Jagdwetter, und der junge Mensch, eine wilde Hummel, der sich mit keinem Vorgesetzten vertragen konnte, fing an zu lesen. Donnerwetter! rief er in seiner ungezogenen Manier, – Alter! was seid Ihr zurück und so ganz und durchaus dumm geblieben! Was, Mensch! Ihr glaubt an Herkommen, König, Adel und dergleichen? Ihr wißt es gar nicht, daß wir Liberalen alles das Zeug längst abgeschafft haben? Das sind ja Feudalgedanken, und Ihr sprecht und schreibt wie ein leibeigner Knecht, wie ein Sklave. Kaum taugen solche Zettel, daß sich ein edler Selbstdenker Fidibus daraus macht. So riß er auch gleich ein Blatt heraus, und zündete seine Jägerpfeife damit an. Ich war eben nicht sehr böse; als er aber ausgegangen war, legte ich das Buch doch wieder an seinen alten Platz. Er muß es freilich nachher wieder gefunden haben, denn nachdem er uns verlassen hatte, fand ich es so verstümmelt, wie es jetzt ist, indem viele Blätter fehlen.

Bei dieser Stimmung des alten Schulmeisters ward es mir nicht schwer, einen Handel mit ihm abzuschließen, den er für einen vortheilhaften erkannte. Ich las das Manuscript und es erschien mir viel anders, wie vor mehreren Jahren. Jene Stimmung war mir verschwunden, und da ich den Inhalt fast ganz vergessen hatte, so las ich es jetzt kritisch, um mir das Wesentliche einzuprägen. War es den vorigen Rezensenten nicht gelehrt genug oder zu wenig christlich gewesen, hatte der letzte den Mangel liberaler Gesinnungen zu scharf getadelt, so stieß ich mich an dem Kunterbunten der Schreibart; bald war sie neu, bald alt, bald kamen Reime, und die Rede ging dann wieder unmittelbar in weitschweifige Prosa über. Schilderungen waren vermieden, dagegen triviale Reflexionen und Nutzanwendungen gewaltsam herbeigeschleppt. Am anstößigsten war mir aber, daß der neuste Umarbeiter die Figur eines Schulmeisters nicht nur zu sehr hervorgehoben, sondern mit einer unerlaubt zärtlichen Vorliebe bearbeitet hat. Dieser Mann war in der Schilderung Dasjenige, was der sinnige Leser so oft das höchste Ideal von Edelmuth nennt, indem ein solches Subject sich immerdar ohne Noth aufopfert, ungefragt die herrlichsten Lehren weitläufig ertheilt, mit dem Ersten Besten sein letztes Brot theilt, und grob wird, wenn dieser ihm nach Gelegenheit seine Armuth erleichtern will.

Wie ich also abzuschreiben anfing, stellte sich im Copiren wie von selbst die neue Bearbeitung ein. Vielleicht meint die Welt und die gelehrte Gesellschaft, Alles sei ganz und neu von mir gedichtet; dem ist aber nicht so. Doch was kümmern mich hier im einsamen schönen Gebirge die kritischen Urtheile?

Die Reise in's Blaue hinein.

So in der Mitte ungefähr des wahren echten Mittelalters fand es sich, daß zwei junge Menschen oder Jünglinge, welche Freunde schienen, sich auf der Landstraße befanden. Beide waren schön und kräftig, heiter und anmuthig, vorzüglich aber doch Jener, welcher von Beiden der Reichere und Vornehmere sein mußte. Athelstan, sagte Jener, der etwas kleiner war, kehren wir nun nicht bald zurück? Was wird Dein Vater, der strenge Freiherr zu unserer Reise sagen? Unser Hofmeister, der gelehrte Mann, wird in Verzweiflung sein, das Schloß und die ganze Familie ist gewiß in der größten Verwirrung. Was wird man von mir denken?

Lieber Fritz, erwiderte Athelstan überaus heiter, ergib Dich nicht diesen Ängsten, denn wir werden bei Gelegenheit und immer noch zu früh in unsre Heimath zurückkehren.

Wir sind aber schon drei Wochen abwesend und treiben uns hier und dort ohne Zweck und Absicht herum.

Und muß denn Alles, rief Athelstan mit einigem Unwillen aus, mit Absicht geschehen? Du weißt es ja, seit zwei Jahren schon quäle ich meinen Vater, mir einmal eine solche Reise zu gestatten, denn er behandelt mich, als wenn ich immer noch ein Kind wäre. Ja, mit Reichthum und unter Aufsicht will er mich in einigen Jahren, wenn ich erst reifer bin, wie er sich ausdrückt, in die Welt hinaussenden: ich soll alsdann die Höfe besuchen und mich den Großen und Fürsten vorstellen. Als wenn das Reisen hieße!

Aber Deine schöne Muhme, die liebe Hedwig; wie wird es ihr indessen ergehen? sagte Friedrich mit einem Seufzer.

Athelstan lachte laut und sprach dann mit flüchtiger Rede: Sieh, Herzensbruder, die Schönheit dieses Mädchens, ihre Zärtlichkeit zu mir, und die Absicht meines Vaters, mich nur recht bald in diese Ehe zu schmieden, könnten mich bewegen, lieber als Kesselflicker durch das weite ferne Land zu laufen, als da auf meiner Hufe zu sitzen, die Lehn zu überkommen, mit dem Abte Sonntags im Bret zu spielen, und wenn mein Landgraf es verlangt, seine Züge mitzumachen. O Fritz, Du glaubst nicht, wie mir das das Herz zusammenschnürt, daß ich als ein solcher Freiherr in unsern engherzigen trostlosen Tagen habe geboren werden müssen! Wohin ich blicke, Fehde, und oft um nichts, Misverstand, Zerwürfniß, und der große Kaiser giftig angefeindet, nur schwach von mistrauenden, zweifelhaften Freunden unterstützt. Immerdar Handel mit der Kirche um Lehren, die ich nicht fasse, die mir gering erscheinen. O Freund! was man so von alten Zeiten singt und sagt, als Gottheiten zur Erde herabstiegen, als der ewig gerühmte

Alexander siegend durch die Welt zog, als in Berg und Thal sich Wunder der Natur hervorthaten, als der große Poet Virgilius auch der größte Zauberer war, als der unverwundbare Siegfried Riesen und Zwerge überwand und den Gesang der Vögel begriff, als es dem Orpheus erlaubt war, in die Hölle hinabzusteigen, um seine Geliebte wiederzuholen –

Bruder, fiel der Freund ein, Du spricht von lauter Märchen. Und soll denn unsre Zeit so viel schlimmer und nüchterner sein? Man fabelt ja auch hie und da vom heiligen Graal, und die Siegfriedgeschichten werden gesungen: die Dichter, die Sänger ziehen ja auch umher und wetteifern oft mit ihren Liedern. Die Großen erfreuen sich dieser Kunst und ermuntern sie, und –

Und Du bist ein Narr! fiel Athelstan zornig ein. Freilich, Märchen! So nennt ihr Alles, was nicht alltäglich ist. Und unsre Sänger und Dichter! Die sitzen in ihren Stuben, und lesen und schreiben emsig, lassen sich Bücher schicken aus der Fremde und erleben nichts. Sind fast wie Capellane oder Pfaffen anzuschauen. Und viele von den Herumziehenden sind ja Spasmacher und Thoren. Für Geld, ein Kleid, einen Becher Weins springen sie herum wie die abgerichteten Hunde.

Und Ulrich, der Lichtensteiner, warf Friedrich ein, der dort im Lande Oestreich als Frau Venus herum zieht, eine Fürstin liebt und ihr zu Ehren ein unermeßliches Gold verschwendet, nur dichtet und liebt und prachtirt, – erlebt der etwa nichts? und wenn Du einmal der Phantasie einzig und allein leben willst, könntest Du es nicht in Zukunft vielleicht auf eine ähnliche Art anfangen, und die Leute auch von Dir reden machen?

Der Ulrich ist ein Phantast! rief Athelstan aus.

Und Du tadelst ihn darüber? warf jener ein.

Weil seine Lieder mir zu trocken, seine Lebensart noch viel zu prosaisch ist, fuhr Athelstan in seinem Eifer fort. Er ist

mehr eitel als verliebt, er kann sich keines echten Glücks erfreuen, weil er es nicht sucht. Ich glaube nicht, daß ihm ein
Sinn für das Wahre und Hohe aufgegangen ist. Prunk, Selt-
samkeit und Aufsehn begeistern ihn. O Fritz, was mich lockt,
ist die Einsamkeit, jene Süße, die uns aus Wald und Berg an-
redet, das Geheimniß, das uns der flüsternde Bach verrathen
will. Soll ich einmal lieben, o so muß etwas Anderes als eine
solche verständige Hedwig sein, die über Alles, was ihr seltsam dünkt, die schon zu großen Augen noch größer aufreißt.
Ich habe auf der ganzen Reise schon bemerkt, daß Du mich
auch nicht verstehst.

Nein, sagte Friedrich mit einigem Erstaunen, ich begreife
Dich wahrlich nicht. Wir gehen hin und her, bleiben beim
Mondschein der Nacht im Freien, Du besteigst diesen und jenen Felsen, bist nie zufrieden, strebst immer weiter und wirst
böse, wenn ich Dir deutlich machen will, wie nöthig es ist,
endlich einmal wieder umzukehren.

Umkehren? Kann das Dein Ernst sein, Du trockner, langweiliger Mensch, der Du mein Freund sein darfst? sprach
Athelstan im höchsten Unwillen; da unsre Wanderschaft
kaum begonnen hat? Da wir uns jetzt erst dem herrlichen Gebirge nähern, von welchem wir schon als Kinder immer so
schön geträumt haben? Lieber sterben, als meinen Vorsatz
aufgeben.

Sie gingen bei schönem Sommerwetter weiter, beide verstimmt. Endlich sagte Friedrich: Ich muß es Dir nur gestehen,
Athelstan, ich habe Dich blos deshalb begleitet, weil ich
glaubte, Dich unterwegs von Deiner Thorheit oder Krankheit
heilen zu können. Da ich sah, daß diese Reiselust bei Dir bis
zum Wahnsinn gestiegen war, daß es kein anständiges Mittel
gab, wenn man Dich nicht in Ketten legen wollte, Dich in der
Heimath zu halten, so begleitete ich Dich, ging nur scheinbar
in Deine Plane ein, um Dich zu bewachen, damit sich Deine

Spur nicht verlöre, und Dein Vater und Deine Verwandten Dich wiederfänden. Jetzt bereue ich meinen Schritt, da ich sehen muß, daß meine Gegenwart nichts dazu hilft, Dich wieder vernünftiger zu machen. Ich dachte, wenn er recht ermüdet ist, sich erhitzt hat, wenn Hunger und Durst ihn plagen, wenn er sieht, daß es allenthalben im Freien ungefähr auf dasselbe hinausläuft, daß Wald Wald und Berg Berg ist, das Steigen aber eine unangenehme Beschäftigung, so wird von selbst die Sehnsucht nach der Bequemlichkeit seines väterlichen Schlosses wieder erwachen. Aber nun ich sehe, daß es mit jedem Tage toller mit Dir wird, daß Du Deine Gesundheit, wohl Dein Leben so leichtsinnig wagst, so erscheine ich mir selber wie ein Verbrecher oder Wahnwitziger, daß ich Deine Krankheit nicht Deinen Vorgesetzten und Anverwandten verrieth, damit Dich diese mit Gewalt zurückgehalten hätten.

Nach dieser Erklärung stand Athelstan still, betrachtete seinen Begleiter eine lange Zeit und sagte dann mit einem schmerzlichen Ausdruck: Kennte ich Dich nicht seit der frühesten Kindheit, wüßte ich nicht, wie gut Du bist, wie liebevoll Du sein kannst, so würde ich Dich unbeschreiblich verachten. So weit also kann Menschenfurcht und die Hochachtung vor dem Gewöhnlichen, Langweiligen die besten Menschen führen! Ja, diese Gefühle und Schwächlichkeiten sind die bösen Geister, die den Menschen verfolgen, ängstigen und ihn täglich vom edelsten Thun, von den schönsten Aufgaben des Lebens zurück schrecken. So ist es denn entschieden, daß wir uns eben niemals, wenn wir uns auch lieben, verstehen werden. Es sei! man muß sich im Leben gewiß an vieles Traurige gewöhnen. Am besten so früh als möglich.

Friedrich war gekränkt und wendete seinen Blick vom aufgereizten Freunde. Bald aber war ihr Streit unterbrochen, denn indem sie jetzt um einen waldigen Hügel bogen, welcher ihnen den Lauf der Heerstraße verdeckt hatte, sprengte ihnen ein Haufe von Reitern entgegen. Diese Männer, von denen einige gerüstet waren, sprangen alsbald von ihren Rossen und umgaben die überraschten Jünglinge. Ein ältlicher Mann wälzte sich zuletzt mühsam von seinem Pferde herunter, kam mit Keuchen und Seufzen näher und stellte sich dann vor die beiden jungen Reisenden mit ausgebreiteten Armen und hocherhobenen Händen hin. So haben wir sie doch endlich angetroffen, diese Wildfänge! rief er aus; ja, ja unsere Mühe ist nun doch belohnt, und mein saures Reiten war nicht vergeblich. Seid Ihr noch meine Zöglinge? Wie Bettler, wie Räuber aus dem Schlosse laufen? Ohne Ursach, ohne Zweck? Ziemt dieses einem künftigen Freiherrn? Wie wird sich der Herr Vater wieder besänftigen lassen? Er hat in seinem umherfahrenden Zorne sogar mir, dem tugendhaften Lehrer und Erzieher, die Schuld beimessen wollen, weil ich den jungen Herrn einige Seltsamkeiten aus der Geschichte erzählt habe; aber nie ist mir dergleichen im Traum beigekommen, daß ein junger künftiger Rittersmann so einen eichenen oder buchenen Stab, nicht anders wie ein Klausner, Pilgrim oder bettelnder Bruder, in die Hand nehmen könnte, um ohne Bedienung und Begleitung auf seinen eignen zarten, deß ungewohnten Füßen die Welt zu durchstreifen. Drei volle Wochen haben wir uns wie die Freibeuter in Busch und Wald umgetrieben, und nun begegnen wir den armen Verirrten hier, indem sie uns von der entgegengesetzten Seite so unverhofft entgegentreten.

Was ist zu thun, Herr Caplan? fragte einer von den gepanzerten Reitern.

Setzt den jungen Herrn, rief der Alte, auf Euer bestes Pferd, welches den leichtesten Trab oder Schritt wandelt und schreitet, kommt nach der Herberge zurück, welche wir unlängst verlassen haben, dort wollen wir uns näher berathen, und der Herr Castellan Joachim wird uns dort auch seine Meinung sagen. Den jungen Fritz, den Bösewicht, nehme aber der stärkste von Euch auf sein eignes Roß und halte ihn fest und packe oder binde ihn, wenn man es nöthig findet, denn er ist mit seiner Schwärmerei und Aberweisheit am ganzen Unheil schuld. Dergleichen jugendliche Freundschaften und Vertraulichkeiten schlagen immer dahin aus, das hat uns die Geschichte aller Zeiten bewiesen, daß der Reiche und Vornehme von dem Aermern verführt wird, damit dieser sich nur bei jenem in Gunst setzen könne.

Es half nichts, daß Athelstan sich mit den heftigsten Einsprüchen vernehmen ließ: Friedrich wurde auf ein Pferd hinter einem großen Geharnischten gebunden gesetzt, und so machte sich der Zug auf den Weg. Die vorübergehenden Landleute verwunderten sich über die jungen Räuber und Mörder, die man eingefangen habe, und Athelstan, der seinem Freunde die schimpfliche Behandlung ersparen wollte, auf dessen Einreden aber Niemand achtete, brach in seinem gesteigerten Zorne in Thränen aus.

Man hielt vor der Herberge, welche einsam im Walde lag. Als man abgestiegen war, suchte man vorerst einen sichern Gewahrsam für den unschuldigen Friedrich, welchen der Hofmeister und Erzieher, ohne sich irren zu lassen, für gefährlich erklärt hatte. Als man diesen eingeschlossen hatte, entfernten sich die andern Reiter, um nach ihren Rossen zu sehen, und der alte Caplan blieb mit dem jungen Freiherrn allein im Zimmer. In einer langen und gelehrten Rede, auf welche sich der alte Lehrer sehr gründlich vorbereitet hatte, drang dieser jetzt mit hundert Ermahnungen und Figuren in den Jüngling, seinen thörichten Irrthum einzusehen, der Wahrheit zu folgen, und zu seinem väterlichen Heerde zurückzukehren.

Athelstan hörte ihm ernsthaft und schweigend zu; endlich, nachdem er sich besonnen noch, sagte er mit einiger Feierlichkeit: Mein ehrwürdiger Freund und Lehrer, Eure Ermahnungen sollen auf keinen dürren, unfruchtbaren Boden gefal-

len sein. Ich begreife, daß ich mich in schweren Irrthümern
herumgetrieben habe, und da Ihr mir das Versprechen gebt,
daß mein sonst unfreundlicher Vater mir und dem guten Fritz
Alles vergeben will, daß von dieser kindischen Thorheit niemals wieder die Rede sein soll, so kehre ich um so lieber mit
Euch zu meinen Angehörigen zurück. Dort können wir denn
wieder die Bücher von Moral und Philosophie lesen, Ihr erschließt mir mehr und mehr die Geheimnisse der Religion, wir
üben uns in schweren Rechnungen, und alle Freuden der Ma-
thematik und Geometrie thun sich mir wieder auf. Das ist ein
anderes Leben, als sich hier die Beine müde laufen, Hunger
und Durst leiden, nichts als Wald, Berg, Wolken und Wasser
zu sehen. Heute wird man naß und friert am Abend; morgen
ist es unerträglich heiß, und man zerrinnt in Schweiß. In den
Schenken elende Nahrung und noch schlechtere Betten, die
Gesellschaft von lumpigen Gesindel ist oft unvermeidlich:
welche Thorheit also, ja, welcher Aberwitz, möchte ich sagen,
sein weiches bequemes Lager, seinen schmackhaften und
reichlichen Tisch, schöne Gesellschaft von Mädchen und
Frauen, die Liebe eines edeln Vaters und die unbezahlbaren
Lehrstunden eines so würdigen Mannes, wie Ihr es seid, zu
verlassen, um nichtigen Nebeln nachzujagen, so wesenlosen
Gebilden, die fast ein Nichts sind.

Der Alte hörte seinem Schüler mit inniger Freude zu. Nur,
sprach Athelstan weiter, mögt Ihr meinem guten Fritz die
Schuld meiner Verirrung nicht beimessen. Ich habe ihn mit
Gewalt und Ueberredung zwingen müssen, mir zu folgen, als
mich dieser schnöde Taumel ergriffen hatte. Er hatte niemals
meine kranke, mir jetzt unbegreifliche Schwärmerei getheilt;
er hat mich abgemahnt, und noch im Augenblick, als Ihr uns
mit Eurer Schaar ergrifft, waren wir deshalb in Zank. Er ist
viel vernünftiger, gesetzter als ich. Helft mir nur vorerst, dies
meinem heftigen Vater recht deutlich zu machen, der mit dem

Burgvogte und dessen Sohn Friedrich schon immer sehr unzufrieden war. Meine Verirrung muß das Schicksal der Unschuldigen nicht verschlimmern.

Der Caplan gab alle Versicherungen, und als die Reiter
zurückkamen, deren Wachsamkeit er vertrauen konnte, begab
er sich zum eingesperrten Friedrich. Mein junger Bursche, fing
er an, Ihr sollt alsbald frei sein und alle Vergebung, ja selbst
Belohnung und auch vom Freiherrn zugesichert erhalten,
wenn Ihr mir jetzt rein mit der ganzen vollständigen Wahrheit
herausgeht. Daß dem jungen Athelstan deshalb nichts Schlimmeres widerfährt, wenn wir Alles wissen, könnt Ihr Euch
wohl selbst an den Fingern abzählen. Heraus also mit dem
Geständniß! In wen hat sich der Jüngling verliebt, wo lebt, wo
wohnt die Verführerin oder Verführte? Ist sie zu hohen oder
zu niedrigen Standes? Frau oder Mädchen? Witwe oder Die-
nerin? Denn ein Grund Eures Weglaufens, eine Leidenschaft
muß doch da sein, und Du bist sein Vertrauter, vor dem er
kein Geheimniß hat, ja Du bist höchst wahrscheinlich sein
Verführer, denn es ist zu unnatürlich, daß ein junger reicher
Mann so aus dem Hause rennen sollte, wo eine junge und
schöne Muhme nur darauf wartet, daß der Ungetreue ihr Ehe-
gemahl werden soll. Auch sieht es ihm wenig ähnlich, daß er
wie der fromme Franziskus aus geistlichem Triebe sein väter-
liches Haus verlassen sollte.

O mein verehrter Lehrer, erwiderte Friedrich in klagenden
Tönen, wie thut Ihr mir doch so sehr Unrecht, wenn Ihr mir
dergleichen Böses zutraut! Glaubt meiner heiligen Versicherung, meinem Schwure, daß nichts von alle dem, was Ihr
befürchtet, die Ursach dieser seltsamen Flucht ist. Glaubt meinem Eide, daß mir diese sonderbare Krankheit meines Freundes ebenso unbegreiflich ist wie Euch. Schon im vorigen Sommer lag er mich dringend Tag und Nacht an, mit ihm in's Freie
zu laufen; es lasse ihm keine Ruhe, so sagte er, zwischen den

vier Wänden, er müsse weit in die Berge hinein wandern, es
zöge ihn, wie mit Ketten, wie mit Zauberei. Das Schloß, die
Stadt unter diesem, Alles sei ihm tödtlich verhaßt, Euer liebevoller, wohlmeinender Unterricht ihm unerträglich; er müsse
sterben, das fühle er, wenn er nicht diesem übermächtigen
Triebe genugthun könne. Ich redete ihm zu, oft ganze Nächte
hindurch, indessen er seufzte und weinte. So kam denn glücklich Herbst und Winter heran, und er schien beruhigt. Kaum
aber waren die Schwalben heuer zurückgekommen, als ich
dieselbe Qual mit ihm, ja eine noch viel größere mit ihm
hatte. Er glaubte jetzt, es gehöre zu seinem und meinem
Glück, daß ich dieselben unbegreiflichen Wünsche in meinem
Busen erwecken müsse. Er drohte sich zu ermorden, wenn ich
ihm nicht willfahre, oder wenn ich Euch und seinem Vater
seine Absichten entdecke. So entschloß ich mich denn höchst
unwillig, seiner Tollheit nachzugeben und sie mitzumachen.
Als er nun sah, daß ich im freien Umirren mich nicht so glücklich fühlte, als er gehofft hatte, gerieth er außer sich. Ich
bemühte mich, ihn zurückzulenken, aber er wies zornig alle
Ermahnungen von sich. Ich blieb bei ihm, um ihn unter Aufsicht zu behalten, ich richtete es so ein, da er in seinem Taumel auf die Wege nicht sonderlich achtete, daß wir im Kreise
gingen und schon, ohne daß er es wußte, der Heimath näher
waren, als vor einigen Tagen. So kam es denn auch, daß Ihr
uns entgegenrittet, weil ich hoffte, ihn unvermerkt in die
Nähe seiner Heimath zu bringen.

Ihr seid halsstarrig, erwiderte der Alte trocken, und sprecht
mir lauter Unsinn vor. Ich kenne auch den Menschen und bin
in der Beobachtung desselben alt geworden, ich habe in vielen
Büchern geforscht und deren Lehren ergründet, und darum
weiß ich auch, daß Dasjenige, was Ihr mir da beibringen
wollt, völlig unsinnig und unmöglich ist. Zu Hause werden
wir wohl Mittel finden, Eure Zunge zu lösen, und es trifft sich

glücklich genug, daß Athelstan selber zur Vernunft gekommen ist und seinen Fehltritt aufrichtig bereut.

Der Alte verschloß den Jüngling wieder in sein Zimmer, und als er zur Gesellschaft zurückkehrte, fand er Alle sehr aufgeräumt, denn Athelstan hat seinen Wächtern Wein geben lassen, und Alle sprachen und erzählten fröhlich durcheinander. Der Caplan nahm auf bescheidene Weise Theil am Gelage, und da die ungewohnte Reise ihn sehr ermüdet hatte, so aß und trank er mehr als gewöhnlich und legte sich dann zur Ruhe, überzeugt, daß die Reisigen ihre Pflicht nicht verabsäumen würden. Der alte Castellan ging auch schlafen. Die andern blieben noch lange munter und priesen die Güte und Freundlichkeit des jungen Herrn, der es nicht müde ward, eine Kanne nach der andern des guten Weins hereinbringen zu lassen.

Und so kehren wir nun in guter Geselligkeit mit einander zurück, sagte der Anführer des Zuges, ein starker, vielerfahrner Mann. Es war, als wenn man mit den Netzen auf die Vogeljagd geht; ein ganz sonderbarer Streifzug. Man lernt nicht aus, wenn man auch noch so alt wird.

Ja wohl, sagte Athelstan, Ihr, mein guter Kunz, habt mich nun eingefangen wie einen unerfahrnen Gimpel, der fortfliegt, ohne zu wissen, wohin, der betäubt und schwindelnd wird, wie er die freie Luft draußen fühlt, und nun werde ich auch gelinde wieder in meinen Käfig gesteckt, um meinen Hausgenossen mein altes Liedchen vorzuzirpen.

Kunz lachte laut, und die übrigen Knechte stimmten mit ein. Aber wo wolltet Ihr nur hin, junges Herrchen? begann Kunz wieder. Euer Ritterzug zu Fuß ist ja ohne Absicht und Kriegsplan. Aus dem Lande hinaus, nach keinem Verwandten hin, kein Gelübde zu lösen, keine Pilgerfahrt zu vollbringen, zu Hause nichts verbrochen, um Euch etwa durch die Flucht zu retten. Es muß denn doch so sein, wie der Herr Caplan sagt, daß Euch der junge Fritz bezaubert hat, oder daß Ihr einem Mädel nachrennt.

Alte gute liebe Freunde, antwortete Athelstan fröhlich den halb trunkenen Knechten, wer in der Welt recht weit zu kommen denkt, muß gar nicht wissen, wo er hin will. Hinaus in's Weite, war meine Absicht, und je weiter, je besser. Immer der Nase nach, wie der Bauersmann zu sagen pflegt; nur muß man nicht vergessen, daß die Nase sich mit uns dreht nach allen Richtungen des Windes hin. Wer also seines Kopfes nicht mächtig ist, dem hilft die Nase, als solche, so viel wie nichts. Nicht wahr, meine Freunde?

Sehr verständig, erwiderte Kunz, und ich habe zu Hause nicht denken können, daß Ihr ein so lustiger Kumpan wärt.

Guter Mann, sagte Athelstan, dazu hilft ja das Reisen. Blieben wir nur etwa so eine kleine hundert Jahre beisammen, wir würden uns gewiß etwas näher kennen lernen.

Die Knechte lachten wieder in ausgelassener Fröhlichkeit, und Kunz rief, nachdem er sich am Lachen gesättigt und in jeder Pause einen Becher geleert hatte: Doch nun heißt es: umgekehrt! Aber, Flaumbärtchen, warum lieft Ihr uns denn entgegen in unsere Klauen? Drei Wochen setzen wir Euch nach; diese Abtheilung nämlich, die ich und der alte windschiefe Caplan anführen, der immer vom Rosse fallen wollte; Einige von uns rechts, Andere links, und kommen dann wieder nach dem Kriegsplan, den ich angab, zusammen; halten aber immer geraden Strich, immer gerade aus. Nun wollen wir weiter rennen, gerade aus natürlich, und Ihr kommt uns entgegen, als wenn Ihr schon umkehrtet. Da ihr immer in's Weite wolltet, recht weit in die Landschaft hinaus, so war dieser Euer Kriegesplan doch offenbar ein ganz dummer. – Seid nicht so voreilig, alter Kunz, erwiderte der Jüngling, damit ich Euch aber verständig Antwort geben kann, muß ich Euch Alle bitten etwas ernsthaft zu sein, weil Ihr die Sinne und den

Verstand anstrengen müßt, um mich und meine Rede begreifen zu können. Darum trinkt Alle vorerst, um Euch zu stärken, einige Becher Weins, wer noch etwas zu lachen in sich hat, der lache sich erst aus und leer, und dann widmet mir Eure Aufmerksamkeit.

So geschah es: er schenkte Allen von dem starken Weine ein, und als sie mehrmals getrunken hatten, stemmten Kunz, Peter, Gottfried, Emmerich, Balthasar, Günther und Hansgürgen die Ellenbogen auf den Tisch, um recht zu begreifen, was ihnen der Freiherr, der ein ernsthaftes, selbst feierliches Gesicht machte, erzählen würde. Athelstan sagte mit milder Rede: Ihr seid nicht so glücklich, alle die Stunden des Unterrichts, die mir der alte Caplan gönnt, genießen und Theil daran nehmen zu können; folglich wißt Ihr auch Vieles von Dem nicht, was mein Geist in mancher stillen Mitternacht gelernt und erfahren hat. Auch ist es vielleicht nützlich, manche dieser Naturgeheimnisse dem gemeinen Mann zu verbergen, dessen schlichter frommer Glaube dadurch erschüttert, oder seine stillwirkende Thätigkeit dadurch gestört werden möchte. Es ist Euch also wahrscheinlich verborgen geblieben, daß Alles, was Schöpfung heißt, entweder rund ist, oder nach der Rundung hinstrebt. Die Rundheit der Fläche nennen wir Gelehrten Zirkel oder Kreis, das nach allen Seiten Abgerundete, Kugel. So sind also nicht blos Aepfel und Birnen, Eier und Kürbisse rund und rundlich, sondern unser Kopf, die Augen und Vieles an und im Menschen so wie in der Geisterwelt nimmt ebenfalls diese Gestalt an. So auch die Himmelskörper, Sonne, Mond und alle Gestirne; aber ebenfalls die Erde, auf der wir wohnen, ist eine Kugel, und als Kugel hat sie unzählige Zirkelausschnitte, Sinus, Tangenten, Sehnen, Bogen, Axen, Pole, Parallaxen, Koluren, Thesen und Antithesen, Postulate wie Axiomata, nicht minder dialektische wie logische Argumente und synthetische Constructionen, und was

der Wunderdinge mehr sind. Reist man also, versteht mich
wohl, grade aus, so muß man, da man sich doch immerdar
auf einem runden Wesen befindet, und nothwendig in einem
von den vielen Zirkelausschnitten geht, nach einer gewissen
Zeit dahin wieder zurückkommen, von wo man ausgegangen
ist. Nicht wahr, das könnt Ihr einsehen?

Sehr curiös! sagte der tiefsinnende Peter. Wenn also ein
Knecht weglaufen wollte, so muß er von selbst zurück, wenn
er immer grade ausgeht?

Nothwendig, antwortete Athelstan, Ihr seht ja, daß es uns
ebenso ergangen ist. Will man wirklich von der Stelle kommen, so muß man immer rechts und links von der Seite springen, in einen andern Bogen- oder Kreisausschnitt hinein, und
so immer wieder in einen andern, um sich nicht im Zirkel zu
drehen.

Das ist zu begreifen, sagte Kunz lallend, so macht es ja der
verständige Haase auch, sonst ein dumm Thier, wenn er gejagt wird, und jeder echte Kriegsplan muß auch immer auf
einen Kreisschnitt gegründet sein, und wie Ihr sagt, Bogen
und Armbrust ist dabei unentbehrlich.

Das ist aber, fuhr Athelstan fort, noch nicht das ganze Geheimniß und Kunststück der Natur und Erde. Wie alles aus
Kreisen besteht, so dreht sich auch Erde, Sonne, Mond und
alle Gestirne, hin und her und um einander in fortwährender Kreisschwingung. Wenn man also geht oder reitet muß
man immer dahin sehen, daß man die rechte Bewegung der
Erde mitmacht: renne ich gegen den Strich, so geht die Erde
hinter mir ebenfalls, und ich stehe, wie ich auch laufe, auf
dem alten Fleck, ja es kann sich treffen, daß ich hinter den
Punkt gerathe, von dem ich ausgegangen bin. Das kam nun
heute Morgen uns ebenfalls in die Quere, und so mußten
wir Euch, wir mochten wollen oder nicht, in die Hände gerathen.

Das ist schon etwas schwerer zu verstehen, sagte Kunz, denn so könnte, wollte ich im Kriege nach guten Plan arbeiten, der Bolzen, den ich abschieße, wenn die Erde sich grade ungeschickt dreht, auf meine Nase fliegen.

Das geschieht ja oft, sagte Athelstan, die List fällt auf den Erfinder zurück, sagen wir darum im Sprichwort; wer Andern eine Grube gräbt und dergleichen.

Drehen? rief Peter stammelnd; die Erde? Wie? Das müßte man denn doch sehen können, wenn die Augen nicht blind sind!

Das erleben wir ja auch oft genug, sagte Athelstan; nur müssen Umstände obwalten, die wir nicht immer in unsrer Gewalt haben. Alte Leute, wißt Ihr, brauchen Brillen, um noch zu sehen, und so muß unser Auge aufgethan, gestärkt sein, um dieses Umrennen der Erde gewahr zu werden. Manchmal in Krankheiten wird es uns so gut, oder wenn jener Zustand eintritt, den wir Schwindel nennen. Es ist schon später Abend; aber tretet einmal an das Fenster hier, mir scheint jetzt eine günstige Gelegenheit, das Geheimniß der Erde zu belauern und sie in ihrer Tücke auf der That zu ertappen, denn mir dünkt, Alles rennt und dreht sich.

Die Knechte stürzten in taumelnder Eile an das Fenster. Richtig! schrie Peter, der junge Herr ist nicht so dumm, als wir denken; seht! Alles rennt, Bäume, die Erde, die Bäume – der Wald – die Bäume –

Wenn es uns nun Alles davon läuft! schrie Kunz.

Ihr vergeßt, sagte Athelstan, daß wir uns, und die Stube hier, und das ganze Haus, mit drehen und bewegen.

Richtig, sagte Hansgürgen, indem er auf den Boden fiel, Alles dreht sich mit uns, ich will mich aber an den Tisch fest halten, daß ich morgen früh noch hier bin.

Athelstan, der das Temperament der Knechte kannte, hatte seinen Endzweck erreicht, Einer nach dem Andern legte sich nieder oder fiel auf den Boden hin, denn Alle hatte der starke Wein überwältigt. Als sie fest schliefen, indem es nun ganz finster geworden war, nahm Athelstan Wein und Speise und eröffnete das Zimmer, in welchem sein Freund, den man mit Vorsatz vernachlässigt hatte, gefangen war. Er betrachtete ihn mit Rührung, indem er ihm in das Gesicht leuchtete, und löste beim Schein der Laterne dessen Bande. Dann umarmte er ihn herzlich und sagte: Aermster, Alles dies leidest Du aus Liebe zu mir, der ich Dir jetzt diese Freundschaft noch nicht vergelten kann. Iß, Geliebter, trink und stärke Dich, unsre Wächter sind so fest vom Schlaf befangen, daß wir ungestört sprechen und thun können, was wir nur wollen.

Der völlig ermattete Friedrich stärkte sich durch Wein und Speise; nachher sagte Athelstan: Jetzt komm, Freund! hörst Du wohl, wie uns die Nachtigall aus dem Walde ruft? Eilen wir in dessen Dickicht, dort soll uns Niemand finden.

Nein, Athelstan, erwiderte der betrübte Friedrich, ich bin entschlossen, mit unsern Wächtern zurückzukehren, und wenn Du noch auf Deinem verkehrten Willen beharrst, so ist es meine Pflicht sie zu wecken, oder wenigstens den nüchternen und verständigen Caplan, damit wir Alle Dich mit Gewalt zur Vernunft zurückbringen, und ich so Deinem Vater beweise, daß ich es nicht bin, welcher Dich zu diesem wilden Treiben verführt hat.

Athelstan wollte noch einige Einwendungen machen; da er aber den Ernst seines Freundes sah, begütigte er ihn wieder mit vernünftiger Rede: es war ja nur Scherz, mein Friedrich, denn da ich nun wohl sehe, daß mir nichts so geräth, wie ich es mir dachte, ist es auch mein fester Wille, zu meinem Vater zurück zu reisen. Dir, Lieber, Guter, muß es immerdar in diesem Leben nach Wunsch ergehen, denn Du bist so redlich und wahr, Du willst nur das Nützliche und Rechte. Lege Dich nun nieder, schlafe und ruhe aus bis morgen. Ich gehe zu meinen Wächtern.

Er umarmte den Freund herzlich und mit Thränen. In der Thür kehrte er noch einmal um und schloß seinen Jugendgespielen wieder mit Rührung in seine Arme. Vergieb mir, sagte er schmerzlich, alle die Kränkungen, die Du meinetwegen hast erdulden müssen. Glaube mir, Theuerster, Dir wird das Glück dieser Erde, Ehre, Wohlfahrt, Reichthum, nicht entgehen. Statt zu den trunkenen Knechten zurück zu kehren, eilte Athelstan über den Hof, öffnete die kleine Pforte desselben und stürzte sich mit Eil und klopfendem Herzen in den dunkeln Wald. Er suchte die tiefste Einsamkeit und die dichtverwachsenen Stellen. Er achtete es nicht, daß ihn Dornen ritzten, daß er oft mit dem Kopf gegen die Bäume rannte. Er wanderte, so viel er vermochte, immer tiefer in den Forst hinein, und als der Morgen aufdämmerte, glaubte er seinen Verfolgern schon weit entrückt zu sein. Er genoß die Speise und den Wein, die er mit sich genommen und freute sich der Stille um ihn her, nur vom Gesang der Nachtigall, vom Laut des Baumspechts, vom wundersamen Aufklang des Pfingstvogels unterbrochen. Er vermied an diesem ganzen Tage Menschen und die Landstraße und ruhte auch die folgende Nacht in den Schatten des Waldes, die ihn wie mit breiten dunkeln Flügeln beschirmten.

In diesen beiden Tagen hatte sich Athelstan trotz aller Entbehrungen in seiner Einsamkeit sehr beglückt gefühlt. Oft war es ihm, als hörte er ferne Stimmen von Leuten, die ihn suchten, aber das Geräusch des Waldes und das Leben der Natur um ihn her übertönte jene unbestimmten Laute. Als er sich endlich völlig sicher dünkte, setzte er seine Wanderung nach ungewisser Richtung fort, um wieder Menschen anzutreffen und in jenes Gebirge zu gelangen, zu welchem seine Phantasie schon seit seiner Kindheit gestrebt hatte. Er traf endlich auf eine Köhlerhütte, und ein Greis sowie eine alte Frau verwunderten sich sehr über seine Erscheinung. Sie konnten ihm auf seine Erkundigungen keine Nachricht geben, denn zu diesem abgelegenen Waldplatz waren seine Verfolger nicht gedrungen. Auf seine Forschungen nach den Fußpfaden in das wunderbare Gebirge hinein, erbot sich ein junger Köhlerbursche, ihn auf Wegen, welche nur der Jäger kenne und betrete, in die innersten Schluchten zu geleiten.

Als Athelstan am Abend mit der Familie des Köhlers beim einfachen Mahle saß, und vom Heerde das Feuer, von Fichtenholz angezündet, leuchtete, sagte der Jüngling: Wie lebt Ihr, Ihr stillen schwarzen Leute hier auf Eure Art glücklich. Kinder des Waldes, ohne Umgang, Vertraute des schönen Frühlings und des ernsten Winters, von allen den wandernden Vögeln umsungen, die alljährlich wiederkehren – Ihr, wahre Zöglinge und Freunde der Natur, vermißt hier gewiß nicht, wonach die Menschen in der Welt so gierig laufen.

Wenn man's so anhört und sich wieder als was Neues denkt, antwortete der eisgraue Köhler, so ist viel Wahres darin. In der Art, wie es möglich ist, sind wir auch glücklich hier, ich wenigstens, das Alter in der Erinnerung und Traum, die Jugend in Träumerei und Hoffnung, wie denn die Buben an Heirath mit ihren hübschen Mädchen denken. Ich war in meiner Jugend Soldat, und das Mühsamste, Noth, Wunden und Gefahr, wenn ich jetzt mich des erinnere, erscheint mir als eine Art Glück, so widerwärtig es mir auch im Erleben war. Als ich schon nicht mehr jung war, heirathete ich und fand diesen Arbeitsplatz. Meine Braut ist mit mir alt geworden und kann ich nicht mehr viel beim Holzfällen und der Feuerung verrichten, so schwatz ich denn mit der Frau und am Abend mit meinen Jungen, der Duft der Kohlen, der Ruch des Theers und Pechs, das Sausen des Waldes, der Dampf, der von den Meilern aufsteigt und durch die Wipfel der Baume in gekräuselten Wolken zieht, selber das Schreien der Eule,

45

wovor sich viele Menschen fürchten, Alles das ist mir zu meinem Leben nothwendig geworden.

Nur Umgang mit Menschen fehlt uns, fuhr die Alte fort;
nur selten spricht der Vetter, der Bergmann bei uns ein, und
wir kommen denn auch mal zur Kirmse und Ostern oder
Pfingsten nach dem schmucken Dorf hinunter. Dann schwatzt
man sich einmal mit allen Gevatterinnen auf ein halbes Jahr
satt, und ich bringe diese Neuigkeit, mein Alter eine andere
Geschichte, und die Jungen erzählen wieder Wunderlichkei-
ten, die sie von Jungfern und Knechten erfahren haben. Da
geht denn auch der Winter so hin. Dann haben wir Wind und
Wetter, helle und finstre Tage, Regen und Sonnenschein; bei
den Meilern fällt etwas vor, auch etwas Unbegreifliches ereignet sich manchmal, und Geister und Gespenster, Vorspuk und
Ahndungen melden sich. Da giebt es denn Winterstunden, wo
wir uns in Erzählungen so recht herzlich fürchten und grauen;
das ist nun auch in seiner Art recht hübsch.

Und so erlebt Ihr Abenteuer mit Geistern? fragte Athelstan
sehr lebhaft; so begegnen Euch hier Wunder?

Lieber Junker, sagte der Greis, wer im Walde in der Einsamkeit lange lebt, der erfährt gewiß Manches, wovon die
Leute in den volkreichen Städten, da unten in den kornreichen
Ebnen nichts wissen. Wir sehen, hören und glauben, und davon ist es ja auch beinah sprichwörtlich, thörichte Mährlein,
dumme Wundersagen, auf welche man doch schwört, mit
dem Namen Köhlerglauben zu bezeichnen. Ein alter Sängersmann kam mal hier durch, er schlief die Nacht in unsrer
Hütte, denn er hatte sich verirrt, der meinte, der gutgeartete
Mensch sei mit seiner Harfe zu vergleichen, die ertöne, sowie
eine Hand oder ein Finger nur sie anrühre, selbst der Hauch
des Windes mache sie erklingen, oder ein laut gesprochenes
Wort. Oft, im Saale hingelehnt, ertöne sie auch wohl, als
wenn unsichtbare Geisterhände sie anrührten. Also auch,

wenn wir mit Saiten bezogen sind, und diese die rechte Stimmung haben, klingt Alles in unserm Herzen und Kopfe wieder, wo Natur sich regt, wo Geister sich bewegen. Gefühle, Vorahndungen, das, was mit Namen und Worten nicht genannt werden kann, das finde sein Echo im Menschen. Das ist der Wunderglaube, und wenn dieser geübt und gekräftigt wird, so kann der so begabte Mensch das Seltsamste erleben. Die einsame Beschäftigung in Berg und Wald, sowie des Köhlers und Bergmannes, stimmen aber die Saiten am reinsten und schönsten, und die Einbildung werde wie beflügelt und mit Zauberkraft begabt. Was nun ein auf die Weise dichtender Sinn empfinde, schaue oder erlebe, das sei ihm und andern Harfenseelen wahr, und denen, die unbesaitet und beflügelt sind, unwahr und Lüge. So ohngefähr, aber mit deutlichern Worten wollte jener alte Sängersmann unsern angefochtenen Köhlerglauben rechtfertigen.

Man muß nur den dummen Leuten nicht Alles wieder erzählen, sagte ein krausköpfiger Bube mit schwarzen glänzenden Augen, und so macht Ihr es immer, Ihr alten Leute. So wie das Schönste und Wundervollste in die kalte nüchterne Luft so von Menschen kommt, die keinen Merks, kein Versteh ich dich davon haben, so wird es um so dummer, um so schöner es ist. So wie die Erzählung von der Wunderlinde und der Göttin oder Fee Gloriana.

Und was ist das? sprich, mein Junge! fiel Athelstan hastig ein.

Erzähle ihm das, Gottfriedchen, sagte die alte Frau.

Der junge Bursche stand auf, ging Athelstan näher, betrachtete ihn genau von oben bis unten, schüttelte den Kopf und sagte nach einer Pause: Mutter, der kommt mir auch noch dumm vor.

Grober Bengel! rief der Alte, wie kannst Du unsern geehrten Gast so schelten?

Laßt ihn, Vater, antwortete Athelstan freundlich, Euer Gottfriedchen wird mich morgen nach dem Gebirge begleiten, da werden wir uns unterwegs besser kennen lernen.

Er ist ja blos neugierig, der fremde Junge, rief Gottfried verdrießlich aus: Wenn er aus stillen Glauben früge, wenn er sich schon im voraus freute und aus solcher Erzählung wie eine Biene saugen wollte, ja dann hätte ich's ihm gerne vorerzählt; aber so eine Geschichte von Mord und Todschlag würde einem neugierigen Menschen eben so gefallen.

Der Junge, bemerkte der Alte, wird mit jedem Tage eigensinniger und naseweiser. Der taugt für mein Gewerbe nicht, dem muß ich noch erst den Kopf brechen.

Man legte sich zur Ruhe. Dem Fremden war eine Abtheilung angewiesen, wo man das Heu für die einzige Kuh aufbewahrte, die den kleinen Hausstand mit Milch versorgte. Beglückt wühlte sich Athelstan in den Duft seines Lagers. Er hörte noch die Stimmen von unten aus der Wohnstube, draußen sausten die Waldesbäume, ein munterer Bach rauschte melodisch dazwischen, und viele Nachtigallen wetteiferten fern und nah in wechselnden Liebesgesängen. Von Zeit zu Zeit ließ sich der wachsame Haushund mit Bellen vernehmen, ein vorüberflatternder Vogel schrie in wilden Tönen, und im Wehen des Waldes, im Plaudern des Baches, dem schläfrigen Rauschen der Lüfte, in den gurgelnden Tönen der befiederten Waldesorgeln glaubte Athelstan noch Geisterstimmen und prophetische Töne zu vernehmen, die in magischer Sprache aus der innersten Natur unmittelbar mit der Seele sprechen, Gefühl und Gedanke, Musik und Seligkeit, die sich in die gewöhnliche Redeweise der Menschen nicht übersetzen lassen. So taumelnd, schwärmend und träumend dämmerte er schlummernd ein und erweckte sich wieder, um durch die Spalten des Daches über sich den blauen Himmel und einige Sterne zu sehen; wieder schlief er ein, und seitwärts durch eine

kleine Wandspalte kroch ein schmaler scharfer Streif des
Mondlichtes zu ihm, und spielte und spiegelte mit den grünen
Gräsern, auf welchen er gebettet lag.

Jauchzend stand er am Morgen auf und schüttelte die Hal-
men aus den Haaren und von den Kleidern. So glücklich,
sagte er zu sich selbst, war ich noch niemals in meinem Leben.
Er begrüßte die beiden Alten; die Söhne waren schon nach
den Kohlenmeilern gegangen. Gottfried war reisefertig und
schaute munter aus seinen Augen. Nachdem man Milch und
Brot zum Frühstück genommen hatte, machte sich Athelstan
mit seinem Begleiter auf den Weg. Als sie eine Weile gestiegen
waren, fühlten sie Dampf und rochen den starken Duft des
Harzes. Es waren zwei dampfende Meiler, die tief unter ihnen
lagen, und bei welchen Athelstan Gottfrieds Brüder in eifriger
Arbeit sahe. Gottfried schrie hinab und begrüßte sie, die Brüder dankten und nun begaben sich die Wandrer in eine enge
Waldschlucht, durch welche der Fußweg zwischen Felsen
nach den einsamsten Stellen des Gebirges hinauf führte. Athelstan sprang und hüpfte mehr, als er ging. O Gottfried! rief er
aus, kannst Du mir denn vielleicht nachfühlen, wie überaus
glücklich ich bin? Dieser Morgenduft, der wie aus der Unschuld des Paradieses uns hier aus frisch thauigem Moos, aus
glänzendem Fels, aus den dichten schlanken Buchen anhaucht
und mit dem Geruch der Blätter uns erfrischt, dies Echo der
Steine, das den Klüften drunten, den Eichen drüben jeden unsrer Schritte ausplaudert, das vielfach verwirrte und doch har-
monische Concert der tausend Wandervögel, die umher flat-
tern und im dunkeln Nestchen sitzen, der Geieradler, der über
uns kreist und im dunkelblauen Himmel so scharf sich ab-
zeichnet, dort das Geschwirr der wilden Tauben, die geängstigt herabtauchen, das Girren der Turteln unter uns in
den Bäumen, der klingende perlende Wasserfall dort von der
Felswand, und die Prophetensage, die zauberisch über uns

hinweht: daß die Seele dies Vieldeutige und Unaussprechliche in sanfte, schwellende Gestalt fassen möchte, um so das Edelste im Menschen mit dem Göttlichen der Natur zu vermählen. Ja, so entsteht die Dichtung; diese Wonne, die Rührung, das Jauchzen, was ich jetzt empfinde, ist die Begeisterung, über die ich so viele unnütze Reden gehört habe.

Gottfried stand still und sah seinen Gefährten mit Verwunderung an, denn Athelstan vergoß Thränen und weinte so heftig, als wenn ihn jetzt ein großes Leid betroffen hätte. Als er das Erstaunen seines Kameraden sah, sprang er auf diesen zu und rief lautlachend, indem er ihn umarmte: Nein, Junge, mir fehlt nichts, als daß ich gar so glücklich, daß ich entzückt bin; ja, das ist jetzt und mit Dir eine ganz andere Wanderschaft, als mit meinem Fritz, der immer müde und immer vernünftig war, der gegen Wind und Wetter, am meisten aber gegen den Regen Einwendungen machte. Du bist, Herzensjunge, das fühle ich lebbaft, ganz so wie ich; wir müssen Freunde sein.

Ihr seid halt wohl etwas confuse, erwiderte Gottfried: aber es ist einem wohl dabei; nicht wahr? Was ich so von Welt gesehen habe, das ist nicht viel, aber doch so viel: es sind die recht verständigen Menschen, die sich über nichts verwundern, recht erzlangweilig.

Sie schritten immer noch empor. Oft lief ein flüchtig Reh bei ihnen vorbei, oder stand einen Augenblick still und schaute sie rührend mit den klugen braunen Augen an. Die Haasen sprangen seitwärts, Rebhühner, die schwerfällig wandelten, schnurrten empor, das gläserne Auge des Kaninchens starrte sie röthlich aus einem Sandhügel an, und der Hirsch, der Fürst des Waldes, stand beobachtend in der Ferne.

Das ist wie eine große, schöne Schulstube, sagte Gottfried, wo Groß und Klein herzuläuft, um von Busch und Baum, von Tanne und Buche und dem alten ehrbaren Fels beten und Gottesfurcht zu lernen, der Fuchs schleicht durch das Gras, um hinter die Schule zu gehn, der Geier hat schon sein Pensum aufgesagt und fliegt fröhlich wieder zu Hause, der große Hirsch da ist Primus und sitzt oben an, und die Karnikel kommen nicht längst von der Mutter Brust, die haben noch Naschwerk bei sich, um die Schule nur erst zu gewohnen. Wenn sie manchmal Alle zugleich aufsagen, so ist das ein Schnattern, Zwittern, Blöken, Brummen, Krischen und Bullern durcheinander, daß des Schulmeisters fromme Geduld dazu gehört, um nicht unwirsch zu werden.

Die beiden Jünglinge wanden sich den Bergpfad wieder höher hinauf, nachdem sie einigemal thalab gestiegen waren. Die Sonne begann jetzt heißere Strahlen herab zu senden, und der Thau des Morgens war verzehrt. Das Gespräch war weniger lebhaft, und die Reisenden gestanden sich ihre Ermüdung.

Aber auch dies Gefühl, sagte Athelstan, gehört zum Glück des Reisenden. Nur der Wanderer, der lange in der Hitze des Sommers gewandert und geschmachtet hat, weiß, wie die Ruhe schmeckt, was die frische Kühle eines über ihm rauschenden Baumes zu bedeuten hat. Findet er gar noch einen kühlen Brunnquell im Berge, daß er seinen Gaumen laben kann, so ruht er selig, an den Stamm gelehnt, indeß die Natur umher in feierlicher Stille schweigend harrt und lauscht.

Bei uns, sagte Gottfried, gurren dann die Hühner und scharren ihren Bauch in den heißen Sand. Aber so hübsch, wie Du eben gesagt hast, kann es uns nach einer Viertelstunde werden. Wir kommen dann zu der großen mächtigen Zauberlinde, von der ich gestern Abend gesprochen habe, wo nicht weit davon die Fee Gloriana ihre Wohnung hat.

Nach kurzer Zeit gelangten sie zu dem schönen alten Baume, der sich duftend und schattend weit verbreitete. Ein sanft geschwungener Weg kam vom höhern Waldberge herab, und Alles war grün und anmuthig. Von oben dunkelten und rauschten die Wälder hernieder, die jetzt in der Mittagsstunde

nur leise flüsterten, und von dem Rasensitze unter der Linde
schaute man unten tief hinab in das Gemisch weit verbreiteter
Waldungen und grüner einzelner Hügel und kleiner Wiesen.
Ferne Schneegebirge zogen sich hellleuchtend rund um den
ganzen Horizont. Der Reisende und sein jüngerer Führer setzten sich lächelnd
und tiefaufathmend unter den schönen Baum. Man genoß von
dem Vorrathe, den man aus der Hütte mitgenommen hatte.
Das Murmeln des kühlen Baches, der zu ihrer Seite frisch aus
dem Berge strömte, erhöhte ihre Freude, und sie schöpften die
klare Woge mit dem hölzernen Becher, den sie bei sich führten.
Wie ruhig, friedlich und süß schlummernd umgiebt uns hier
die Natur mit ihren Träumen der Einsamkeit, sagte endlich
Athelstan; was verlangt der unruhige Mensch noch, wenn ihm
solche Minuten zu Theil werden, wie ich heut schon so viele
erlebt habe? Ich weiß, diese Strömungen des Entzückens gehen vorüber, nur im Vorbeifliegen rühren die seligen Geister
meinen Sinn an; aber weil ich es fühlte, weil es meine ganze
Seele durchdrungen hat, ist es mir dadurch ewig und mein. So
finden wir schon als irdische vergängliche Wesen die Seligkeit,
und mein Schmerz, meine Wehmuth über dieses Verschwinden erhöht die Lust des Entzückens. Was in diesem Anschauen mein geworden ist, wird ein Unsterbliches.

Ja, ja, sagte Gottfried, könnte man nur eben Alles verstehen, was uns einfällt, so würde man bald klüger werden.
Aber das Beste rennt nur durch unsern Kopf wie ein Blitz oder
Sternschnuppe, oder flimmert nur so webend und still lich-
tend kurze Zeit, wie die kleinen Funken in der Sommernacht
durch das feuchte Gebüsche, die sie die Johanniswürmchen
nennen.

Das sind die süßen, heiligen Geheimnisse unsers Gemüthes,
sagte Athelstan, die wir nicht zu fürwitzig aufstören und
durchforschen sollen. Das ist der Traum der Wollust, das

himmlische Räthsel, die ewige Täuschung, die sich immer in
neue Gestaltung wirft, und in welche die Sonne, die wir Sterblichen die Wahrheit nennen, nie hineinleuchten darf, wenn
nicht die Blüthe unsers Glücks und die Wurzel unsers Lebens
ganz zerstört werden soll.

Ach ja! sagte Gottfried freundlich lachend, es mag wohl
nur hübsche Lüge und wundersam schönes Märchen sein, was
uns Natur und alles Leben, Nacht und Tag, Winter und Sommer, Schmerz und Freude vorerzählt. Wenn wir glauben, ist
es gut, sträuben wir uns und ärgern uns am Erzähler, der nicht
müde wird uns angenehm zu hintergehen und hinters Licht zu
führen, so geht der Zank los, bei dem wir Menschen immer zu
kurz kommen.

Junge, sagte Athelstan, indem er ihn wieder umarmte, Du
solltest bei mir bleiben.

Das geht nicht, erwiderte der Knabe, so gern ich auch länger solches Zeug mit Euch schwatzen möchte. Ich muß zu
meinem Alten, arbeiten, ihm helfen und kann nicht so in die
Welt hineinlaufen.

Athelstan war schon auf eine Figur aufmerksam gewesen,
die langsam den Fußsteig herauf wandelte, und sich ihnen
näherte. Ein alter Mann, der nicht ganz das Ansehn eines Bauern hatte, stand jetzt vor ihnen, betrachtete den Baum und die
beiden jungen Leute mit höchst bekümmerter Miene, grüßte
dann bescheiden und schickte sich an, weiter zu wandeln.

Es ist sehr heiß, sagte Athelstan; gefällt es Euch, neben uns
hier im kühlen Schatten Platz zu nehmen?

Mit dem Ausdruck der höchsten Betrübniß schüttelte der
Greis den Kopf und sagte: Danke, junger Herr, ich bin am
liebsten allein.

Wenn wir Euch stören, erwiderte der Jüngling, so wollen
wir Euch Platz machen und weiter wandern, denn wir sind
schon ausgeruht.

Nein, nein, rief der Alte, ich habe hier nichts zu thun. Ob mir heiß wird, ob nicht, ist dasselbe. Er sah den Baum nachdenklich an, alsdann trat er einen Schritt näher und schaute lange dem Junker in's Angesicht. Armer Mensch! sagte er dann tief erseufzend; o unglückselige Creaturen, o tiefes, unaussprechliches Elend alles Geschaffenen! Er ging den Fußpfad weiter hinauf und verschwand bald hinter den Gebüschen. O mein Gott, rief Athelstan nach einer Weile aus; wer kann dieser Unselige sein, was kann er meinen? Ich habe es bis jetzt nicht gewußt und nicht für möglich gehalten, daß das menschliche Antlitz eines so furchtbaren Ausdrucks ruhiger, ewiger Todesverzweiflung fähig wäre. Was können seine Worte nur bedeuten? Seit ich denken kann, hat mich nichts so erschreckt und tief betrübt, als der Anblick dieses sonderbaren Mannes.

Wir kennen ihn wohl, sagte Gottfried, denn er ist auch einigemal zu uns in den Wald hinabgekommen. Er wohnt im Dorf dort, was aus den Birken vorragt. Er ist ein recht wohlhabender Bauersmann, der nur einen einzigen Sohn hat, der auch schon bejahrt ist und die Wirthschaft führt, so daß es dem Alten leicht wird, sich so mit seinen traurigen Redensarten in der Welt herumzutreiben. Er war, so sagt man, ein sehr schönes und lustiges Kind, der Sohn eines Schäfers. Der Vater war streng und hielt den ausgelassenen Knaben schon sehr früh zur Arbeit an. Am liebsten sah es der kleine Junge, wenn ihn der Vater mit den Schafen auf die Weide schickte, da konnte er mit dem klugen Hunde spielen, sich Rohrpfeifen und Stöcke zurechtschneiden, Lieder singen, die er schon früh gelernt hatte, und ganz nach seinem Sinne leben. Das gefiel Bauersleuten und andern Schäferknechten, die ihn wohl auf dem Felde besuchten ; nur ließ er über die Späße seine Schafe aus der Acht, und das konnte der Vater, der ein sehr strenger

Mann war, nicht leiden. Neben dem Verdruß gab es auch noch empfindliche Schläge, so daß der übermüthige Junge schon gedroht hatte, er wolle seinem Vater einmal ganz und gar davonlaufen. Es hatte sich wieder ein Schaf versprungen, oder war gestohlen worden, und als der Alte schon den Prügel zurecht gelegt hatte, kam es nun heraus, daß der junge Hirte auch verloren war. Man suchte, fragte, aber nirgend war eine Spur und Nachricht, und so mußte man glauben, der Junge sei aus Furcht in die sogenannte weite Welt hineingelaufen. Der Vater hatte das Kind beinah schon verwunden, als nach einem vollen halben Jahr der Junge an einem Abend in die Hütte zu seinen Aeltern trat. Er war in der Zeit sehr gewachsen und beinah gar nicht wieder zu erkennen, denn er war ernst, traurig und sprach lauter nachdenkliche Sachen. Was er aber erzählte, war noch viel wunderbarer. Er sagte den Aeltern nämlich, er hatte zu seinem Schrecken bemerkt, daß ein Schaf wieder fehle, er habe es verzweifelnd in Berg und Wald, in allen Gebüschen gesucht, aber vergeblich. Hin- und herrennend, schreiend und weinend, habe er sich endlich, um auszuruhen, hier unter diese schöne frische Linde gesetzt. Der Duft der Blüthen, das ferne Blöken seiner Schafe, bei denen der wachsame Hund geblieben war, die liebliche Einsamkeit dieser Stelle, Alles, und die Furcht vor seinem Vater dazu, habe ihn so unbeschreiblich gerührt, daß er sich im Weinen nicht habe ersättigen können. In dem Gefühle sei ihm eine Art von Trost gekommen, und ohne daß er es bemerkt, habe ihn der Schlaf, und zwar ein recht tiefer Schlaf, überfallen. Wie er aufgewacht sei, sei es schon roth am Abendhimmel geworden, und ihm sei's vorgekommen, als fühle er wieder die alte Lustigkeit in sich, als habe er Schafe, Vater und Prügel vergessen. So springt er denn auf und rennt singend und pfeifend umher, ungewiß aber, was er thun soll. Indem er hier um die Ecke hüpft, der plaudernden, lachenden Quelle vorbei, sieht er plötzlich in dem grünen Hügel eine Oeffnung, über welcher Epheu sich im Abendwind bewegt. Die Höhle war nie dagewesen; er geht hinein. Wie er schon im dunkeln Schatten steht, sieht er Glanz und Licht in der Ferne. Er geht tiefer hinein und glaubt nun auch, eine schöne Musik zu vernehmen. Es zog den Knaben nach, und wie er weiter schreitet, steht er plötzlich in einem hohen, hell erleuchteten prächtigen Saal; große Tafeln mit den seltensten Speisen sind ausgerüstet, Herren und Frauen in glänzenden Kleidern sitzen umher, schöne Kinder gehen als Bedienung hin und wieder, und Alles ist fröhlich und spricht und lacht. Anfangs wird er im Getümmel des Festes nicht bemerkt, dann läßt ihn eine der schönen Frauen herantreten und fragt ihn: Mein Knabe, wie bist Du herein kommen? Er erzählt, daß er den Berg offen gefunden habe und aus Neugier weiter gegangen, und so, ohne es zu wollen, in ihre Pracht hinein gerathen sei. Die andern Kinder nehmen ihn in ein Gemach; pflegen ihn, stärken ihn, er ißt und trinkt und schläft, und als er aufwacht, sitzt er wieder draußen unter der Linde hier. Er meint, er sei nur eine Nacht abwesend, und sechs Monate und mehr sind seitdem verstrichen. Die Aeltern hätten Alles lieber für eine Lüge gehalten, wenn der Junge nicht einen ganz kostbaren, unschätzbaren goldnen hohen Becher oder Pokal aus der Höhle mitgebracht hätte, nebst einem goldnen Untersatz, auf den man das große Trinkgeschirr stellte. Die Arbeit daran, Laub, Blumen, Kinder und Thiere, blau eingelegt, und mit funkelnden Edelsteinen und zarten weißen Perlen, Alles dies soll ein Wunder der Welt gewesen sein. Der Junge hatte den schweren Becher kaum bis in das Dorf hinunter schleppen können. Den hatten ihm die Geister zum Angedenken an seinen Besuch mitgegeben. Nun regierte in der Herrschaft ein Graf, ein gar lieber Herr. Der hörte von der Geschichte, ließ die Leute mit dem Becher kommen und gab ihnen dafür etliche der allergrößten Güter hier

in der Gegend, wovon sie nachher wie die Edelleute haben leben können, und für die reichsten Dorfleute im Lande galten.
Wo der Becher nachher hingekommen ist, weiß man nicht. Ob
der Graf ihn wieder verkauft, ob er ihn dem Kaiser geschenkt
hat, ob er im Kriege ist weggeraubt worden. Der frohe Junge
war aber seitdem wie verwandelt, denn man hat an ihm kein
heiteres Gesicht mehr gesehn, ihn auch niemals wieder lachen
hören. Er war nun reich, konnte es aber nicht genießen; er
heirathete nachher ein hübsches Mädchen und hat Kinder
und Enkel, aber er sieht sie kaum an. Er sagt immer, seit er in
der Höhle gewesen und die überirdische Herrlichkeit dort, sowie diese wunderschönen Menschen oder Götter, oder was sie
sein mögen, gesehen habe, könne ihm auf Erden nichts mehr
gefallen, Alles hier in Gottes Schöpfung sei nur finster, häßlich
und dumm; er könne sich an nichts erfreuen, weil ihm jene
himmlischen Gestalten immerdar vorschwebten. So läßt er
Wirthschaft und Alles liegen und läuft nur immer als ein Müs-
siggänger umher, um zu sehen, ob er nicht noch einmal den
Berg hier wieder offen und seine alten Spielkameraden wiederfinden könne. So ist er alt und grau geworden und wird
als ein widerwärtiger Murrkopf in sein Grab gehen.

Athelstan hatte diesem Bericht mit der größten Aufmerksamkeit zugehört. Der wunderliche Greis! sagte er dann; um
so heiterer müßte er ja werden und lebenslustiger, da es
ihm einmal vergönnt gewesen war, das Ueberirdische anzuschauen, wenn er auch diesen Anblick niemals wiederfinden
konnte. Da Du aber einmal im Erzählen bist, so sprich mir
auch noch das Andere, von jener Gloriana, was Du mir versprochen hast.

Das ist nun wohl eine ganz andere Sache, erwiederte Gottfried, denn die Geschichte mit dem Becher haben wir alle mit
erlebt, da Du ja selber den alten reichen verdrießlichen Bauer
noch gesehen hast. Sie sagen, unsre Alten nämlich, die Linde

57

hier sei schon vor vielen hundert Jahren zum Andenken von
einem Fürsten hier gepflanzt worden, der lange in dem Zau-
berberg mit allen den Geistern oder Feen herrlich und in Freuden gelebt habe, und dann wieder zur Welt und zu seinem
Regimente zurück gekommen sei. Was es für Art mit den
Feengeistern hat, und wie sie leben, davon weiß kein Mensch
was Gründliches. Die Wenigen, die drin gewesen und wieder-
kommen, sprechen wohl nicht darüber. So sagen denn die
Alten, die Alles wissen wollen, daß alle hundert Jahr aus dem
Berg ein wunderbarer Zug von den schönsten Geistern her-
auskommt, hier herumzieht, wie auf die Jagd, und dann in
den Berg wieder eingeht. Du hast doch gewiß schon die lieblichen Jagdinstrumente und auch Waldhörner gehört. Nun
sollen aber Jäger dabei sein, die auf so schönen goldnen
Hörnchen blasen, daß Jeder, der es in der Ferne vernimmt,
diese entzückenden Töne Zeit seines Lebens nicht wieder vergißt. Die Königin Gloriana führt den herrlichen Zug an, rei-
tend auf einem weißen Zelter, der mit Purpurdecken und Gold
geschmückt ist; sie trägt einen Falken auf der Hand. Ein bun-
ter Zug, allerhand Gestalt, Männer, Frauen, Mädchen, Kinder, Alle zu Pferde, Alle schön, folgen der Fürstin. Wer ihnen
begegnet, ist glücklich; wer den Muth hat, sie anzureden,
kann sich eine Gnade erbitten. Gloriana aber soll so in himmlischer Schönheit strahlen, daß jedem Sterblichen, welcher sie
anschaut, das Herz entfällt, und er nur heftig zitternd in die
Knie sinkt; dann ist Alles ohne Spur, wie ein Traum vorüber.
Ich kann mir wohl vorstellen, daß weibliche Schönheit alle
Kraft und allen Entschluß raubt; stehen wir doch schon vor
Blumen, Bäumen, Wasserfällen mit Erstaunen. Oft schon
suchte ich mir ein recht ausbündiges Mädchen, eine vornehme
Dame im Glanz ihrer Schönheit vorzustellen. Das muß durch
den grünen Wald wie Edelsteine stralen und alle rothen und
weißen Rosen mit Macht überglänzen. Dann ein Lächeln des

Mundes, ein sanftes Wort gesprochen, die runden Schultern und vollen Arme in Bewegung: nicht wahr, Herr Junker, dies muß die Seele in Andacht, Liebe, Entzückung und Anbetung versetzen? Athelstan sah seinen jungen Führer mit Erstaunen an. Du bist wohl schon verliebt? fragte er ihn dann – so jung Du auch noch bist?

Ei bewahre! rief Gottfried lebhaft aus, indem er über und über roth geworden war; das verlohnte sich auch der Mühe! Meine Brüder sind verliebt, wie sie sagen, und wollen auch sobald wie möglich heirathen; aber diese runden, braunen, unbeholfenen Dinger, so wackelnd und schreiend, können mir nicht gefallen. Da wäre das Lieben ein Elend, eine Verzauberung.

Verzauberung, sagte Athelstan, muß wohl jede Liebe sein; denn zum gewöhnlichen Leben gehört sie so wenig als Poesie und Musik. Doch laß uns weiter gehen, es ist schon kühler geworden.

Es hatten sich Wolken vor die Sonne gezogen, ein frischer Wind wehte durch die Wälder. Man stieg noch höher und der Tag wurde trüber. Es wird ein Gewitter kommen, sagte Gottfried, die Wolken fangen an zu rennen. Noch ist der Wind unten im Thal am stärksten, aber noch vor Sonnenuntergang haben wir allenthalben Regen und Sturm.

Mit der zunehmenden Finsterniß wurde es in der höhern Gegend des Gebirges kälter. Endlich fielen Regentropfen, und als man um eine Felsenecke bog, brausete ihnen Sturm und Gewitter entgegen. Ich weiß hier unfern eine sichere Höhle, sagte Gottfried, wo wir uns vor dem Wetter bergen können. Sie eilten durch Gesträuch und über bemooste Felsen eine steile Anhöhe hinauf, und nach wenigen Augenblicken fanden sie eine räumige Höhle, indem schon die rothen Blitze zuckten und ferne Donner rollten. Der weite Himmel riß plötzlich aus

einander, die reine Bläue zeigte sich wieder, und ein blenden-
des Sonnenlicht schoß über Wiese, Wald und Gebirge schnell
hinein. Die leichten Wolken senkten sich, ein eilender Wind
trieb sie hinweg, und auf den schwarzen Flügeln des Sturmes
flog ein tosendes Gewitter herbei. Nun verfinsterte sich der
Himmel von Neuem, Blitz und Donner, der krachend tobte,
folgte schnell auf einander, und ein vielfaches Echo hallte in
den Bergen wieder. So wie das Gewitter näher zog, entband es
sich mit jedem Schlage furchtbarer, und wie ein Wolkenbruch
stürzte der Platzregen rauschend nieder.

Ist Dir bange? fragte Athelstan seinen Gefährten.

Ich fürchte mich, antwortete dieser; aber mir ist in dieser
Furcht doch wieder wohl. Es ist wie ein Krieg im Himmel,
denn es wüthen jetzt drei Gewitter gegen einander. Wie die
Drachen sind die Wolken grimmig herbeigezogen.

Sie bargen sich, so gut sie konnten vor dem Sturm und Regen, welche auch in die Höhle hineinschlugen. Immerdar und
in allen ihren Gestaltungen, sagte Athelstan, ist die Natur
groß und erfreulich. Wer sie nicht in allen ihren Stimmungen
und jedem Wandel gern aufsucht und ihre Liebe sowie ihr
Gemüth versteht, der kann sich noch nicht ihren Freund nennen. Wohl mir, daß ich dort den engen Zimmern entronnen
bin, nur jetzt lebe ich frei und glücklich.

Wollt Ihr denn immer so herumwandeln? fragte Gottfried.

Das weiß ich nicht, sprach der Jüngling; ich weiß auch noch
nicht, was aus mir werden soll. Das Alles wird mir ein gütiges
Geschick erst auf dieser Reise offenbaren. In allen Ständen
und Gewerben sind ja die Lehrjahre nothwendig, so auch für
meinen Lebenslauf.

Aber irgendwo, sagte Gottfried, muß jeder Mensch doch
ankleben, sich fest bauen, eine Heimath haben.

Das ist eben das Fürchterliche, erwiderte Athelstan, daß
wir nicht ewig lernen und was Neues erleben können, daß

sich das aufstrebende Gemüth endlich wieder zum Gewöhnlichen herabsenken muß. Alsdann ist es, – sieh diesen von Sturm und Regen auf den Boden hierher geworfenen Schmetterling – seine Flügel, die sich noch vor einer Stunde glänzend in allen Farben entfalteten, sind jetzt naß und beschmutzt, sie haben ihre sonnige Schwungkraft verloren, nun klebt er hier an der Erde und flattert mit den schweren Fittigen, um sich wieder zu erheben. Ueberdauert er auch diesen Sturm, gelingt es ihm selbst, sich wieder aus dem nassen Lehm des Bodens zu befreien, so ist er doch niemals jener schöne fliegende Blume wieder. Besser, ihn gleich zu vernichten.

Gottfried sah schweigend zu und schien tief nachzudenken. So kam die Nacht heran, das Gewitter wüthete nicht mehr so heftig, hatte sich aber noch nicht erschöpft. Die beiden Jünglinge suchten sich, so gut es sich fügen wollte, in der Höhle ein Lager einzurichten, den letzten Vorrath hatten sie schon vorher aufgezehrt. Athelstan schlief nur wenig, und wenn er von seinen Träumen erwachte, die ihm vorspiegelten, daß er wieder in seinem väterlichen Hause sei, so fühlte er sich glücklich, daß er den Sturm und Regen brausen hörte und die fernen Blitze noch dort und da am Gebirge aufleuchten sah; Frost und Schauder waren ihm nicht zuwider, so wenig wie der feine Regen, welcher manchmal vom Wind in die Höhle getrieben ward, denn sie waren ihm eine Bürgschaft seiner neu errungenen Freiheit.

Als der trübe Morgen heraufkam, machten sich die Freunde durch Schütteln und hastige Bewegung munter. Sie waren nicht vom Schlaf erquickt, und Gottfried war nicht heiter gestimmt. Athelstan aber bezwang das Mißbehagen, welches in ihm aufsteigen wollte. Beiden war es empfindlich, daß sie ohne Frühstück ihre Wanderung nach der kalten Nacht fortsetzen sollten. Junker, sagte Gottfried, ich muß hier von Dir Abschied nehmen, denn meine Alten haben sich um mich vielleicht schon geängstigt; Du aber findest nach einer Stunde, wenn Du diesem Pfade folgst, ein einzelnes Haus auf der einsamen Höhe, wo Du Trank und Speise, wenn auch nur bäuerliche, antreffen wirst. Ich kenne die Leute auch, Du kannst von uns grüßen, aber ich muß nothwendig umkehren.

Da Athelstan's Beredsamkeit, der gern den Knaben auf seiner Reise länger mit sich geführt hätte, vergeblich war, so umarmte er ihn noch einmal herzlich und dankte ihm für seine Gesellschaft, dann reichte er ihm zum Lohn einen kleinen Beutel, welcher mehrere Goldstücke enthielt. Gottfried sah ihn mit seinen dunkeln großen Augen an und sagte: Ist das Dein Ernst? So bleibt Dir ja nichts übrig, und Du wirst es doch auf Deiner Reise nöthig haben.

Nein, sagte Athelstan, Du brauchst um mich nicht zu sorgen, denn mein Vorrath an Geld, an welchem ich seit Jahren gespart habe, wird nicht so leicht zu Ende gehen. Ich schenke Dir diese Goldstücke auch nicht für Deine Mühe und als einen Wegweiser, sondern als meinem Freunde, den ich auf unsrer kurzen Wanderschaft herzlich lieb gewonnen habe. Die Summe kann Dir zu irgend einem kleinen Besitz verhelfen, wodurch Dein Leben erleichtert wird.

O bester Junker! rief Gottfried hocherfreut, ganz anders kann und soll es nun kommen. Mir hat das finstre Köhlerwesen da unten niemals Spaß gemacht, aber bei den vielen Kindern haben meine Aeltern auf keines etwas wenden können. Ein Weltpriester in der nahen Stadt, der aber auch arm ist, hat mich immer zu sich nehmen wollen, daß ich lesen und schreiben, Gottesfurcht und vielleicht Latein oder sonst noch was lernen könnte. Mein Vater hätte uns gern den Gefallen gethan, aber der geistliche Herr verlangt etwas Unterstützung, wenn auch nicht viel, und das konnten wir bis jetzt immer nicht aufbringen. Mit dem Beutel komme ich nun zu meinem

Vetter wie ein Engel vom Himmel. Der Mann, so viel es sein Stand erlaubt, liebt auch die Dichtkunst und die Meistersänger; er hat sich selbst mit eigner Hand einige schöne Geschichten abgeschrieben, die er mir nun gewiß vorlesen wird. Seht, was ich am meisten wünsche, ist das. Wir haben einen Priester in unsrer Nähe, der sammelt und hascht alle Schmetterlinge, die er habhaft werden kann, und freut sich an den bunten Dingern. Im Kloster wendet der Abt viel auf Blumen und läßt sich manche selbst aus fernen Ländern schicken. Der Graf drüben hat einen großen Saal voll schöner Waffenrüstungen. Aber wie herrlich muß es sein, alle die Lieder, die in der Welt herumfliegen, kennen zu lernen, sich an allen den schön duftenden Liebesgeschichten, deren wohl viele sind, zu ergötzen, oder die Heldenthaten zu erfahren, die wohl in manchen großen Büchern in Büchersälen herumstehen. Auch von geistlichen Legenden, heiligen Sagen und Wundergeschichten mag es viele geben, die schön und erbaulich sind; himmlisch mag es sein, selbst etwas Neues zu dichten, das den Menschen dann noch in Zukunft gefällt, oder wenigstens umzuschreiben und zu verbessern, oder aus fremden Sprachen in unsere deutsche zu übersetzen. Das begriff ich an dem alten Sangesmanne, der uns dazumal besuchte, am allerwenigsten, daß er nur einige Lieder auswendig wußte und sich um neue und fremde gar nicht kümmern mochte. Alles zu wissen und zu erfahren, was die großen Geister jetzt und in der Vorzeit gedichtet haben, scheint mir die größte Seligkeit auf Erden, und diese kann ich mir nun wohl durch Eure Freundschaft und gütige Beihülfe erringen.

Sie trennten sich hierauf beide gerührt, und Gottfried eilte mit Freudensprüngen den Felsenabhang hinunter, um seinen Aeltern recht bald sein neues Glück zu verkündigen.

In Wind und Regen stieg Athelstan das Gebirge höher hinauf. Er trauerte um den Jüngling, der ihn verlassen hatte, und zürnte, ohne es sich zu gestehen, auf den Regen, der ihm schneidend entgegentrieb und sich immer dichter ergoß. Auf der kahlen dürren Höhe stürmte es so gewaltig, daß Athelstan seinen Hut wahren mußte, um ihn nicht zu verlieren. Mit Freuden gewahrte er endlich das einsame Haus, er verdoppelte seine Schritte, und kaum war er in die Thür getreten, als wieder ein rauschender Platzregen niederstürzte.

Die sichere Behaglichkeit einer Wohnung, auch einer geringen, war ihm so erfreulich, daß er sich sogleich bei einem wärmenden Feuer, welches in einem großen Kamin brannte, niederließ. Die Frau des Hauses saß bei einer Wiege, in welcher ein schönes gesundes Kind schlummerte, der Hausherr ging geschäftig hin und wieder und bereitete für den Junker Glühwein, an welchem sich dieser erkräftigen und erwärmen wollte. Im Winkel kauerte eine wunderliche Gestalt, an welcher Athelstan nicht unterscheiden konnte, ob es ein alter Zwerg oder ein unerwachsener Knabe war. Das Wesen schielte auf beiden Augen, die Nase war schief und unverhältnißmäßig groß, der grinsende Mund reichte mit den dicken Lippen fast zu den Ohren, die auch von ungewöhnlicher Länge waren. Das Haupt der Mißgestalt war, gegen den Körper gehalten, zu groß, und die krummen Beine zu klein und dünn. Hannes, sagte der Wirth, hole für den Herrn einen Becher aus dem Schrank. Murrend erhob sich das seltsame Wesen, öffnete den Schrank, watschelte herbei und setzte den Becher vor Athelstan hin, indem er ihn grinsend mit seinen schielenden Augen anblickte. Die Frau begab sich nach der Küche, um den Glühwein zu bereiten; doch rief sie vorher eine große starke Magd herbei, die sich indessen zur Wiege setzen mußte. Hannes, der ungestalte Zwerg, wackelte wieder nach seinem Winkel und biß den Hund in's Ohr, der sich indessen dort niedergelassen hatte. Hannes! schrie der Wirth, als der Hund laut klaffte und heulte; immer ungezogen? Hannes aber sah den Hund mit Freuden an, der sich winselnd das verwundete Ohr kratzte, und lachte dann laut.

Nach einiger Zeit kam die Mutter wieder herein und setzte mit höflichen Worten das Frühstück vor Athelstan hin. Hannes erhob sich und kletterte mühsam auf einen Stuhl, um aus der Ferne hinüber zu schauen, welch ein Gericht der Junker verzehre. Indem rief der Wirth: Seht, das tolle Hexenwetter jagt uns auch den Griesgram, den alten Balthasar, in unser Haus herein! Zu Athelstan's Verwunderung erschien wirklich der alte Menschenfeind, der sein Leichenantlitz in die Stube hinein wendete und sagte: Verzeiht, Ihr wißt, es ist sonst nicht meine Art, bei Euch einzukehren, aber es ist draußen im Freien nicht auszuhalten. Gebt mir einen Becher Wein und etwas Brot zum Imbiß.

So widerwärtig, ja entsetzlich dem Jüngling das Antlitz und der Blick des Alten war, so konnte er doch das Auge nicht von ihm abwenden, und als der alte Bauer dies bemerkte, rückte er seinen Schemel so, daß er dem Beobachtenden den Rücken zukehrte. Es währte nicht lange, so wurde die Hausthür wieder heftig aufgerissen, und eine lange hagere Figur stürzte in die Stube herein, von deren ganz durchnäßten Kleidern sich sogleich Ströme von Wasser auf den Boden verbreiteten. Ah! rief die Hausfrau, unser Schulmeister Wendelin; wie kommt Ihr bei dem Wetter in's Gebirge?

Unglück und Schicksal, rief der hagere Mann, indem er sich das triefende Gesicht abtrocknete. Hat mich's doch noch erwischt, da ich schon Eures Hauses ansichtig war. Ihr wißt ja, daß ich dort auf dem Schlosse drüben immer dem Priester helfen muß, wenn er aus dem Besessenen den Teufel austreibt. Das sind jedesmal einige Meilen, und oft fruchtet unsre Mühwaltung nicht, wie denn heut der Teufel wieder so mächtig und eigensinnig war, daß Weihwasser, Gebet, Stol' und

Brevier nichts an dem Ungeheuer vermochten. Er lachte uns, aus dem Leibe des Wüthenden, nur aus.

Hier schlug Hannes eine laute Lache auf. Der Schulmeister sah sich kurz um, warf dem Unhold einen wüthenden Blick aus seinen kleinen Augen zu und schrie im Zorn: Wechselbalg! hebe Dich hinweg, wo gläubige Christen athmen und sprechen!

Der Wirth stand auf, faßte des Schulmeisters Hand, indem er sagte: Nicht Euch ärgern, würdiger, alter Mann. Hannes, geh in den Stall und lege den Kälbern Heu auf.

Hannes verzog das Maul, sah den Schulmeister von der Seite an und wackelte brummend aus der Stube hinaus. Mit Verlaub, sagte der Alte, ich bin so triefend naß, daß ich nicht ausdauern kann. Ihr leiht mir wohl ein altes Wamms, um meine Kleider am Feuer trocknen zu können.

Der Wirth brachte ihm sein Sonntagsgewand, das der Küster mit Wohlgefallen anlegte. Er hing hierauf seine Kleider an einen Nagel über dem Feuer auf, die Perücke daneben, indem er eine hohe wollene Mütze über sein kahles Haupt stülpte. Athelstan konnte ein Lächeln über diese sonderbare Figur nicht unterdrücken. Der Schulmeister setzte sich nun neben Athelstan an das große Feuer des Kamins, dessen Wärme an diesem kalten Tage den Reisenden sehr angenehm war.

Nach einiger Zeit kam Hannes aus dem Stalle wieder zurück und machte sich beim Feuer zu schaffen, welches dem Schulmeister sehr unangenehm zu sein schien. Jetzt am Licht konnte Athelstan die seltsame Figur näher beschauen, die fast etwas Gespenstisches hatte. Wendete er seine Blicke von diesem nur wie scheinbar belebten Klotz zur Leichengestalt des Balthasar, und von dem blassen Angesicht zum Schulmeister, so mußte er fast, um von seiner ängstlichen Träumerei zu erwachen, die Augen auf die starke gesunde Frau des Wirthes richten, in welcher ihn ein erfreuliches wirkliches Leben wieder begrüßte. Als der Zwerg eine Weile herumgewirthschaftet hatte, verließ er die Stube, deren Thür er offen ließ. Nicht lange, so stolperte ein Kalb herein, das springend und staunend hin- und herrannte und endlich dem tiefsinnenden Balthasar zwischen die Beine gerieth. Als dieser erschreckt auffuhr, sprang das Thier über Stuhl und Schemel, warf einige Gefäße um und ward endlich von dem bellenden Hunde hinausgejagt, indem Alles im Zimmer in die größte Verwirrung gerieth und das Kind schreiend in der Wiege erwachte. Die Mutter nahm das blühende Wesen und drückte sein volles Gesicht an ihre Brust, um es zu tränken und so zu beruhigen. Der Wehrwolf! rief der Schulmeister erzürnt aus; man sollte ihn nur dem Ketzer- oder Hexengericht übergeben, daß sie die Unthat mit Feuer aus der Welt schafften! Er hat seinen Busenfreund, das dumme Kalb, mit Vorsatz in die Stube hereingelassen, um hier Verwirrung zu stiften. Sein Dichten und Trachten sind nur solche Koboldsstreiche, um christliche Menschen zu ärgern.

Wer ist das unglückliche Wesen? fragte Athelstan; wem gehört er an?

Die Wirthsleute hier, antwortete der Schulmeister, müssen ihn für ihren Sohn anerkennen; er ist aber seiner eigentlichen Natur nach ein Wechselbalg.

Athelstan sah Wirth und Wirthin bedenklich an; diese sagte: Mein junger Herr, Euch wird es unglaublich vorkommen, was der alte Herr da ausspricht, aber wir, ich und mein Mann, müssen es dennoch glauben. Wir hatten vor zwölf Jahren ein Kind, einen Knaben, der war groß und stark, gesund und freundlich, dabei noch viel schöner, als den ich jetzt an der Brust habe. Es war unser Erstes, und wir Aeltern waren sehr glücklich. Der Herr Schulmeister erzählte uns schon, was er in zwei, drei Jahren dem Jungen Alles lehren wolle. Mein Mann war aus, um Holz einzukaufen, Gäste hatten wir nicht, ich war mit dem Kinde ganz allein. Seine Wiege stand in der Kammer da neben meinem Lager, und so wie die Sonne so schön über die Berge dort unterging, und es roth und dämmerig in der Stube wurde, lege ich mich ein wenig auf das Bett, denn ich war müde vom Backen und hatte die Nacht vorher auch nicht viel wegen des Flachsbrechens geschlafen, wie es denn immer für eine starke Frau im Haushalt vielerlei zu thun giebt. Da gerathe ich in einen Zustand wie in Rausch oder Betäubung, ich wußte, daß ich nicht schlief, und doch konnte ich auch nicht sagen, daß ich vollkommen wach sei. So kamen in der röthlichen Dämmerung drei kleine Frauengestalten herein, ohne daß ich die Thür hatte aufmachen sehn, sie trugen etwas Eingewickeltes und gingen ganz sacht auf die Wiege zu. Die Wesen, die altfränkische Weiberanzüge und widerliche Kopfzeuge trugen, nahmen mein schlafendes Kind aus der Wiege, wickelten es aus seinen Kleidern und Windeln und zogen ihm eine seltsame Art von Ueberzug, grau wie Spinneweben, um die Glieder, brachten das Eingepackte und thaten es mit den Kleidern meines Kindes an. Immer sahen mich die alten eingeschrumpften Gesichter, die über hundert Jahr alt sein mußten, dabei an; ich wollte reden, aber ich konnte nicht, ich vermochte auch kein einziges Glied zu rühren, nicht einmal den Kopf, selber nicht die Augen zu bewegen. So gingen sie weg mit meinem Knaben und hatten mir statt seiner was Anderes in die Wiege gelegt. Ich war keines Gedankens mächtig. Um Mitternacht kam der Mann zurück, er dachte, ich schliefe, und ging still zu Bette, um mich nicht zu wecken. Ich war noch immer wie mit Stricken festgebunden, nur war mir, als wenn etwas in der Wiege, ganz wie ein großer Mensch, schnarche. Am Morgen, als früh die Sonne herein schien, sahen wir nun die schöne Bescheerung, als ich munter war und das Kind tränken wollte. Ein Klumpen war's, unförmlich, fast ohne Gesicht, ganz, wie man sich die jungen unreifen Teufel denkt. Mein Mann war in Verzweiflung. Der Herr Schulmeister kam zu uns und meinte, wir sollten das Wirrsal nur gleich in's Wasser tragen. Der Beichtvater wollte aber meiner Erzählung nicht glauben, er meinte, in der Nacht könne das Kind wohl das Gefrais befallen haben, und die Krämpfe hätten es so zugerichtet, er sei gewiß noch immer unser Sohn und könne sich künftig einmal wieder ins Leidliche und Menschenähnliche hinauswachsen. Es sei Sünde und Mord, den verwachsenen Sohn ohne sein Wachsthum abzuwarten in's Wasser zu schmeißen. So haben wir ihn denn behalten und auferzogen, und da wir die Sache doch nicht mit ganzer Sicherheit wissen, so fühlen wir auch gegen den verdrehten Ungerathenen eine Art von älterlicher Zärtlichkeit. Der lange Umgang thut viel, man gewöhnt sich denn nach und nach an Alles.

Nein, schrie der Schulmeister, er ist kein Mensch, sondern ein simples untergeschobenes Gespenst. Wir kennen ja hier zu Lande das Treiben dieser Unterirdischen, die, wo sie nur können, die schönen Christenkinder rauben, um ihre einzulegen, die nur Balge von Fleisch, Haut und Knochen sind, und die man nicht mehr zu respectiren hat, als wenn sie mit Heu und Stroh ausgestopft wären. Die Feen, Elfen, oder wie sie sich sonst noch nennen, sind von Gott abgefallene Geister, halb teuflisch, halb elementarisch, diese rauben aus Bosheit die getauften Kinder, um ihnen die Seligkeit zu entreißen, und schieben ihre ungerathenen Teufelsfrüchte, diese madigen, wurmstichigen Alraunen und Krokodile unter, um Hexerei, und Teufelei unter dem Menschengeschlechte zu verbreiten. Und wenn das die zu milden Geistlichen zulassen, so kann auf diesem Wege noch das ganze Christenthum untergehn, und wir alle unvermerkt und nach und nach zu solchen Unholden werden.

Hannes, welcher sich indessen wieder hereingeschlichen hatte, brach wieder in jenes gellende schadenfrohe Gelächter aus, über welches Alle erschraken. Balthasar wendete sich zum Zwerg, betrachtete ihn aufmerksam und sagte dann mit dumpfem Ton: Der Knirps da aus dem Feenreich? O Ihr dummer, ganz unwissender Mann, der Ihr Euch einen Schulmeister nennt und Euch anmaßen wollt, andere, klügere Sterbliche zu unterrichten: die Feen, Elfen, Götter dort sehen gar anders aus als dieses Wurzelgeflecht, das krummgebeinte, höckerbelastete Kürbisgesicht. Da würden Ihr, ich, und Wirth und Wirthin, auch die Mägde hier im Hause, ja die meisten Menschen auf der Welt nur eine schlechte Figur spielen, kaum der junge Herr dort könnte mit Anstand in die Versammlung treten, so ausbündig herrlich, so himmlisch glänzend, so edel gebildet sind dort Alle, bis auf die niedrigsten Diener hinab.

Blendwerk! schrie der Küster, wenn Ihr dergleichen gesehen habt, Ihr altes Leichenhuhn. Wem die ganze Hölle zu Gebote steht, für den ist es eine Kleinigkeit, sich und seines Gleichen herauszuputzen, um den Augen der Leichtgläubigen etwas vorzumachen.

Nun wagen wir es nicht, fing die Mutter wieder an, die Wiege nur einen Augenblick zu verlassen, damit uns nicht wieder einmal ein fremdes Unthier hineingelegt werde. In der Nacht lösen wir uns ab, Knechte und Mägde, damit immer ein Gesunder munter bleibt, und des Morgens wache ich doch mit Zittern auf, ob ich auch noch mein schönes Kind noch ebenso wiederfinde.

Werden mal die alten Weiber den Küster neinlegen! schrie Hannes stotternd mit einer widerlichen Stimme und lachte laut dabei.

So viel, sagte der Vater verwundert, hat er seit Jahren nicht gesprochen; wir glaubten Anfangs, er würde gar nicht reden lernen. Manchmal ist es auch, als wenn er kein Gehör hätte; man mag sprechen, was man will, auch mit ihm, er merkt nicht darauf, und nach Monaten weiß er doch Alles, so daß man sich vor ihm in Acht nehmen möchte.

Bosheit! nichts als Bosheit! rief der Schulmeister, er hat's hinter den Ohren.

Der Hund war wedelnd durch die Stube gegangen und hatte endlich am Kamin Platz genommen. Jetzt sprang er zwei, drei Mal empor und riß mit dem letzten Sprunge des Schulmeisters Perücke vom Nagel, die alsbald in's Feuer fiel und lichterloh brannte. Der Spitz lief mit dem übrig gebliebenen Zopf unter den Tisch und schien diesen schmatzend zu verzehren. Als man aber zusah, war unten an diesen ein großes Stück Wurst gebunden, welches der Hund gewittert und mit seinem letzten Sprunge erobert hatte. Der Schulmeister stand wie versteinert, die dürren Hände über den Kopf vor Schrecken zusammengeschlagen, der Vater suchte nach einem Knüttel, denn es war kein Zweifel, daß der ungeberdige Hannes die verlockende Wurst dem Haarzopfe angebunden hatte. Auch der Schulmeister ergriff jetzt ein Scheit Holz, und die beiden Männer verfolgten schreiend den häßlichen Zwerg. Dieser, der sonst nur langsam hinkte und watschelte, rannte jetzt mit der größten Behendigkeit in den Stall, die Beiden ihm nach, er sprang wie eine Heuschrecke auf Krippe und Raufe, und von dort kletterte er wie eine Katze mit der größten Sicherheit zu den Sparren des Daches hinauf. Er fand eine Luke offen und flüchtete sich auf das Strohdach in's Freie. Der Küster, der ihn durchaus abgestraft haben wollte, rannte hinaus und legte außen eine Leiter an, um ihn einzufangen, indessen der Vater sich mit dem Prügel in der Hand zu dem Sparren hinauf dem ungerathenen Sohne nach quälte, um ihm den Rückweg zu versperren. Schon hatte der Küster das Dach erreicht und haspelte sich im Stroh hinauf, als der Zwerg, unbegreiflich wie, unten stand und plötzlich die lange Feuerleiter vom Hause hinwegriß. Der Vater, neugierig, kroch jetzt mühsam aus der Luke, da er den Küster schreien hörte, schwang er den Prügel heftig und traf den Schulmeister, ohne es zu wollen, so stark, daß dieser in der Erboßung ebenfalls mit seinem Holze sich vertheidigte. So arbeiteten die beiden Alten schreiend und schimpfend mit Schlägen auf einander, und der Bucklichte stand unten und lachte so heftig und laut, indem er sich hintenüber warf, um das Schauspiel zu genießen, daß er das Gleichgewicht verlor und in den Brunnen stürzte. Alles erschrak, die auf dem Dache oben Kämpfenden stießen ein lautes Geschrei aus. Aus dem Hause stürzte die Mutter und Athelstan, um zu sehen, welch Unglück geschehen sei. Vom Dache riefen die Beiden herunter, der Zwerg sei in den Brunnen gestürzt. Alle Gefühle gegen ihr unglückliches Kind regten sich im Herzen der Mutter, sie weinte laut und um so heftiger, da sie aus der Tiefe des Brunnens keine Antwort erhielt, als sie hinab gerufen hatte. Die beiden Aeltesten hatten indessen den Weg vom Dache herunter gesucht, und der Küster kroch lamentirend und scheltend auf allen Vieren durch die Luke zurück. Athelstan stand am Brunnen und ließ den Eimer herunter, der bleiche Balthasar war ihm gefolgt, hielt sich aber entfernt, um sich nicht dem Regen, der etwas schwächer geworden war, auszusetzen. Mit aller Anstrengung seiner Stimme schrie Athelstan in die Tiefe hinab, daß sich der Unglückliche in den Eimer setzen möge, wenn er lebe und den Ton vernehme. Jetzt kam der Vater mit einer Laterne herbei und leuchtete hinab. Alles schrie und fragte, aber aus dem Brunnen selbst ließ sich nichts vernehmen. Als das Seil zu Ende war, drehte Athelstan das Rad zurück und beruhigte die Klagenden, weil er eine Last im Eimer fühle. Das wird nur das Wasser sein, klagte die Mutter. Je mehr Athelstan zog, je schwerer ward die Last. Jetzt stürzte der Vater, der wieder in das Haus getreten war, herbei und schrie: Unser Kind ist weg!

Ach! die Unterirdischen, heulte die Mutter, haben es uns am hellen Tage gestohlen! Balthasar und der Vater rannten mit der Mutter in das Haus. Athelstan arbeitete immer eifriger, er durfte seinen Kräften vertrauen, doch ward die Last endlich so groß, daß von der Anstrengung ihm der Schweiß vom Haupte floß, und er nach Beistand rief, um den unnatürlich schweren Brunneneimer aus der Tiefe zu erheben. Jetzt konnte er schon den Zwerg unterscheiden, und der Schulmeister kam auf sein Rufen herbei, ihn zu unterstützen. Das Kind ist da, sprach dieser, die Magd hatte es vorsorglich mit in die Küche genommen, damit es die Unterirdischen nicht stehlen möchten. So wie die Last wuchs, an welcher jetzt beide arbeiteten, um sie herauszuziehen, um so bestimmter konnten die Ziehenden den Zwerg unterscheiden, der ganz wohlgemuth und guter Dinge zu sein schien. Athelstan beugte sich jetzt mit dem ganzen Leibe hinüber, um dem Ungestalteten die Hand zu reichen, daß er auf die nur niedrige Lehne des Brunnen steigen könne. Hannes sah seine Befreier mit einem grinsenden Lächeln an, sprang im heftigen Schwunge auf den Brunnenrand, gab seinem Erlöser Athelstan, der noch weit übergebeugt stand, im Ausspringen einen heftigen Stoß und rannte laut lachend, ohne sich umzusehen, in das Haus hinein. Der Schulmeister stand jetzt händeringend und laut schreiend an dem Brunnen, rief hinab, stampfte mit den Füßen und schalt auf den Unhold, denn dieser hatte gewandt seinen Befreier, der nichts argwohnte, in die Tiefe geworfen.

Der Küster ließ den Eimer wieder hinab rollen, aber er war zu schwach, den Jüngling herauf zu arbeiten. Der Wirth kam herbei und mit seiner Hülfe gelang es, das aufwindende Rad in schnellere Bewegung zu setzen. Wir hatten das Ungeheuer nur sollen ersaufen lassen, sagte der Küster während der Arbeit, da das Schicksal selbst ihn einmal in das Wasser gestürzt hatte. Wir Menschen sind zu gut und hülfreich, das hat der

73

Junker entgelten müssen, der nun wenigstens durchnäßt ist, und dessen Kleider verdorben sind. Meine Perücke ist vom Feuer verzehrt, Ihr, Matthes, habt mir da oben auf dem Dache einen tüchtigen Schlag beigebracht, und so ist von diesem Krüppel Unheil durch Unheil hervorgebracht.

Jetzt sprang Athelstan leicht aus dem Eimer und dankte den Helfenden, die ihn aus der Tiefe herauf gefördert hatten. Er ging mit ihnen in das Haus und legte sich in ein Bett, damit seine Kleider getrocknet werden konnten.

Als er wieder aufstand, war das Wetter heller geworden, und der blasse Balthasar hatte sich nach seiner Heimath gewendet. Der Küster sagte: Diesem Manne haben die Unterirdischen auch einen Theil seiner Seele gestohlen; das ist im Grunde ein dummer Tiefsinn, über welchen der Unglückselige immerdar brütet.

Tiefsinn? sagte Hannes, indem er aus seinem Winkel hervorkam.

Ja, Zwerg, antwortete der Küster und sah ihn verachtend von der Seite über die Schulter an; warum mengt sich das Ungethüm in das Gespräch vernünftiger Menschen? Kann er nicht mit den Kälbern und Stieren draußen seine Conversation führen? Besser noch mit Dornen, Disteln und stachlichtem Unkraut im Felde, mit dem giftigen Bilsengewächs, welches die Menschen wahnwitzig macht. Was geht den Klotz die Tiefe der Betrachtung an, in welche der unsterbliche Geist hinabsteigt?

'Neingefallen in die Tiefe ist der blanke Junker! rief Hannes, und ich war auch unten. – Will die Kälber besuchen – besser blöken und singen können die, wie Küster.

Er ging fröhlich hinaus, und die Aeltern wunderten sich, daß ihrem misgeformten Sohne seit heut die Zunge wie durch ein Wunder gelöset sei, denn er hatte bis dahin immer nur einzelne, unzusammenhängende thierische Töne hervorgestoßen,

niemals aber Worte hervorgebracht. Der Küster sagte: Die
Allmacht ist groß und läßt sich nichts vorschreiben. Haben
doch auch zu Zeiten Bilder von Holz und Stein gesprochen;
vielleicht wird er noch ein Mensch, aber es wäre auf alle
Weise besser, daß ihn die Unterirdischen wieder in ihr Reich
abholen, da unten ist jedenfalls so etwas besser zu gebrauchen.

Man setzte sich zum Abendessen nieder, und Athelstan war
so fröhlich, daß er Alle erheitern, selbst den Küster über den
Verlust seines Haarschmuckes trösten konnte. Er beschenkte
den Alten und nahm am Morgen von seinen freundlichen
Wirthen Abschied, denen er ebenfalls Gelegenheit gegeben
hatte, seine Großmuth zu rühmen.

Die Sonne schien wieder auf die Gebirge herab. Athelstan
fühlte sich, jetzt ganz einsam, so glücklich, so übermüthig und
stark in allen seinen Kräften, wie er es noch nie erlebt, wie
er es selbst in seiner träumenden Ahndung nicht für möglich
gehalten hatte. So lange er auf der Höhe war, übernachtete
er in einzelnen Hütten, bei Hirten, die ihm von ihrer Beschäftigung erzählten; zuweilen fand er die kleinen Häuser ganz
verlassen, dann richtete er sich ein, suchte Lebensmittel und
ließ Geld auf dem alten Tische zurück. Als er sich wieder
in die niedrigern, schönern und wärmern Gegenden begab,
verschmähte er es nicht, die Nacht im Walde zuzubringen,
oder auf einer Felsenbank im Schein des Vollmondes zu ruhn
und von dort dem Spiel des Lichtes auf den Wellen des Flusses
tief unter ihm zuzusehn. Dann lebte er wieder in den Dörfern
unter Bauern, oder auf Meierhöfen; mit den Förstern ging er
auf die Jagd und lernte die Wildbahnen kennen; von Jedermann war er geliebt, da er immer freundlich und dienstlich
war. Die Ebene vermied er, um nicht die Kunde von sich zu
verbreiten, die dann wohl bis in seine Heimath reichen
konnte.

Der Sommer war auf diese Weise durchschwärmt, und durch die Freundschaft, die ein junger Edelmann, den er auf der Jagd hatte kennen lernen, mit ihm verband, gerieth er auf jenes Schloß, in welchem der Besessene lebte, von welchem der Küster früher schon erzählt hatte. Dieser Besessene, wie ihn Alle nannten, war der Oheim des jungen Mannes, dessen Vater dem reisenden, poetischen Athelstan mit vieler Güte entgegenkam.

Auf dem Schlosse des alten Ritters fand der dichterische Jüngling zu seinem Erstaunen alte Bekannte wieder, den Küster nämlich und den misgestalteten Hannes. Es waren seitdem mehr als zwei Monate verflossen, als er die Beiden oben in der einsamen Bergschenke hatte kennen lernen, und hier bei dem Freiherrn Brandenfels erfuhr Athelstan düster, wovon das Land umher schon seit einer Woche erfüllt war.

Der Freiherr sagte nämlich, nachdem sie vom Mittagsessen aufgestanden waren: Ihr kommt zu einer wunderbaren Begebenheit in mein Schloß, im Saale nämlich wird Verhör gehalten. Der Abt vom nahen Kloster und ein Weltpriester sind zugegen, um die Anklage gegen einen Küster zu vernehmen, der bisher für einen unbescholtenen Mann gegolten hat.

Sie traten ein, im Saale fand sich ein ehrwürdiger Greis, der Abt nämlich, von dem gesprochen war, ein Weltpriester, der armselig und unbedeutend aussah, und der Bruder des Gutsherrn, der Besessene, der gerade seine gute Stunde hatte und ganz verständig sprach. Der Ritter Brandenfels sagte: Morgen erwarten wir noch einen eigentlichen Hexenrichter, der mit Processen der Art noch mehr Bescheid weiß wie unser lieber Abt, indessen soll von diesen geistlichen Herrn doch der Anfang eingeleitet werden. Ein Wunder nämlich hat sich in unserer Provinz ereignet. Droben auf dem Gebirge – man kann bei ganz hellem Wetter das Haus von hier unten unterscheiden – lebte seit dreizehn oder vierzehn Jahren ein Zwerg, der immerdar stumm schien, auch taub, und der jetzt so geläufig wie ein Procurator redet. Man setzte sich und der Besessene sagte: Ja wohl geschehen noch Wunder. Der gute Küster hat uns oft besucht, und hat dem Herrn Pfarrer dort beschwören helfen, wenn ich von dem bösen Feinde zu leiden hatte.

Freilich, sagte der bedächtige Pfarrer, wie oft habe ich nicht an Euch gearbeitet, Herr Ritter; Ihr wißt es, immer vergeblich, denn der Feind war uns zu stark. Aber ganz natürlich, wenn mein Hülfreich, ein Küster, wie man jetzt fast glauben muß, selbst nichts Besseres als ein Teufel ist.

Der Abt strich seinen langen weißen Bart und sagte: Meine Freunde, junge sowohl als alte! die Sache ist noch nicht ganz klar und evident, und ein geistlicher Mann, wie der Küster einen vorstellt, muß erst nach allen seinen Rechten vernommen und verstanden werden, auch ist die Präsumtion für ihn, daß er am wenigsten mit Teufeln in Verbindung geräth, da er zwei Drittheile seines Lebens in der Kirche und mit heiligen Functionen zubringt.

Die Thüre öffnete sich und mit Wächtern trat der Küster herein, und bald darauf in anständigen Kleidern und mit einem ganz ehrbaren Wesen der krüppelhafte seltsame Hannes. Der Küster verbeugte sich zitternd vor dem Abte und sagte dann erfreut: Ach, lieber Junker! Ihr seid da? Vielleicht könnt Ihr mir aus meiner Schmach helfen, in welche mich das Scheusal da gebracht hat, das Euch damals in den Brunnen stieß.

Hier wird fürs Erste nicht geschimpft, sprach der Abt, fürs Zweite spricht man nur, wenn man gefragt wird, und ich denke, man wird mit der eignen Verantwortung genug zu thun haben.

Man setzte sich und der krummbeinige Hannes neigte sich gegen die Richter und sagte dann: Daß mir die Zunge gelöst ist, auf wunderbare Weise, das ist im Lande bekannt. Das

geschah durch göttliche Einwirkung. Wie ich aber die Sprache
verlor und so verzaubert wurde, wie ich mich gegenwärtig immer noch befinde, das geschah durch höllische, satanische
Kniffe und Künste, und wie dies zugegangen ist, weiß man
noch nicht, weil ich bis dahin der Rede nicht fähig war, auch
die Besinnung und Erinnerung ebenso, wie meine geraden
Beine, die Schönheit meines Angesichtes, den edlen Wuchs,
den reizenden Ausdruck meiner Mienen, kurz, alles Einneh-
mende schon seit Jahren verloren hatte –
Verehrte Männer, stammelte der Küster, sieht man nicht
deutlich, daß der Unflath ein Kobold ist? Kann ein Kind von
eilf Jahren so reden?

Ihr hattet Recht, Ihr Schalk, antwortete Hannes, wenn der
Himmel nicht an mir ein Wunder hätte offenbaren wollen, um
das Reich der Gespenster zu vernichten und die Hexen zu verderben. Ich fahre also fort: – Ich war schon getauft, und war,
wie ich schon bemerkte, und wie meine Familie es bezeugen
kann, ein sehr schöner Knabe. Die Mutter hatte mir eben
noch die Brust gegeben, und ich befand mich in jenem anmuthigen Zustand, der den Sterblichen so behaglich ist, gesättigt, aber nicht übersatt, nicht schlafend, doch im Uebergang
zum leichten Schlummer. In dieser süßen Abwesenheit erwachen dem Menschen die besten und klügsten Gedanken,
aber er weiß es noch nicht: der Geist fabricirt sie spielend und
phantasirend in der geheimsten Werkstätte, und so freute ich
mich schon im Voraus, was mir alles Gescheidtes und Merkwürdiges beifallen würde, wenn ich erst meine dreißig Jahre
auf dem Buckel haben würde. Auch war ich schon eitel, wie
schön ich mich aus der lieblichen Knospe, die ich jetzt war,
herauswachsen würde. Summa Summarum, mir war so recht
kregel zu Muthe, so was man Hundewohl nennen könnte.

Athelstan konnte sich nicht entbrechen, auszurufen: Herr
Abt! Ist dies nicht ein Spuck, ein Gespenst, welches redet? Mir

78

scheint der arme Küster Hülfreich mit Unrecht angeklagt, denn er spricht schlicht und einfach. Und dumm! rief Hannes. Soll das ein Kennzeichen der ächten Menschheit sein, wenn ein Kerl ein Simplex ist? Schöne Empfehlungen für den unsterblichen Geist.

Der Abt strich sich wieder den langen weißen Bart und sagte bedächtlich: Durch ein Wunder ist der stumme Knabe ein Redner geworden und spricht, so wie ihm die Zunge nur frei wurde, wie ein Buch: unbegreiflich freilich, wenn es kein Wunder wäre, da es aber ein Wunder ist, so muß nothsächlich Alles bei ihm jetzt unbegreiflich sein, sonst verdiente er gar keinen Glauben. Auch denuncirt er das Höllenreich, und aus dem Munde des Unmündigen will sich der Ewige, wie er selber spricht, Lob zubereiten.

Der Besessene nahm das Wort: Erlaubt mir, meine Herren, daß ich etwas aus der Schule schwatze. Da der Teufel so oft leibhaftig in meinem Leibe steckt, so muß ich endlich wohl mit derlei curiosen Geschichten etwas Bescheid wissen. Ich war immer ein schlichter frommer Mann und seit meiner Besessenheit inclinire ich zum gottlosen Wesen. Mein Bruder weiß, daß ich von Jugend auf auf gewisse Weise dumm war: so wie der Teufel in mich fährt, bin ich witzig, wie die Leute sagen. Ich bin von Natur sanft, aber dann tobe ich und brauche vielerlei seltsame Flüche. Ein andermal rede ich tiefsinnige Sachen und erlaube mir Zweifel über die beliebtesten Sätze unserer Religion. Manchmal habe ich schon fremde Sprachen geredet. Jetzt habe ich Respect vor dem Herrn Pfarrer und noch mehr vor diesem ehrwürdigen Abt: kommt nun die Besessenheit über mich, so lache ich über diese trefflichen Geistlichen, denn sie kommen mir ganz komisch vor. Ja, der Schwarze handthiert manchmal so in mir herum und klettert wie eine Katze durch alle Stockwerke meines innern Wesens, daß mir Leben, Essen und Trinken, Schlaf und Wachen, Berg und Wasser, und was man von Hölle und Himmel, Geist und Element aussagt und fabelt, ohne allen wahren Zusammenhang erscheint, und ich mir in dieser Verblendung vornehme, Alles neu zu untersuchen und durchzudenken. Läßt mich dann Beelzebub plötzlich los, so bin ich wieder ein vernünftiger Mensch wie jetzt, und weder Zweifel stören mich, noch andere Gedanken beunruhigen mich. Ich wollte also nur sagen, wenn der böse Geist gewissermaßen an mir solche Wunder thut, der doch nur gegen den Himmel gehalten, der schwächere Geist ist, so muß der Himmel in dem scheinbaren Zwerge, in welchem eigentlich innerlich ein schönes Kind steckt, noch weit mehr thun können, und ich sehe gar keinen Grund, warum wir uns verwundern sollten.

Athelstan hatte aufmerksam zugehört, diese Schlußfolge und Nutzanwendung schien ihm aber gar keinen Zusammenhang zu haben, er schüttelte bedenklich mit dem Kopfe, der Abt aber sagte: Sehr richtig beobachtet und klar auseinandergesetzt. Der Knabe Johannes oder Hannes fahre nun weiter fort.

Hannes räusperte sich und sprach: Ich lag also beschriebner Maße in meiner Wiege, und die Mutter schien zu schlafen. Mit meinem prophetischen Blick sah ich in das Abendroth, das so appetitlich in unsere Stube herein schimmerte, denn es sah aus wie eine schöne Weinsuppe von rothem Wein, die in einer vergüldeten Schüssel schwimmt, wie die, Junker Athelstan, die Ihr jetzt genoßt, nur aßet Ihr sie aus einem zinnernen Teller. Da kam ein Haufe gespenstischer alter Weiber, kleiner Unterirdischen, in die Stube, eine lange dürre Bohnenstange mit kahlem Kopfe unter ihnen, dieser Küster Hülfreich, den sie aber nicht so nannten, sondern er ist von den Gespenstern bei seiner Geburt, da sie alle Gebräuche unserer heiligen Religion nachäffen, Langmichel Grinsemaul getauft worden. Müßt Ihr es nicht eingestehn, Michel?

Der arme Küster kreuzigte sich vor Erstaunen und Schmerz, er konnte jetzt kein Wort hervorbringen, und der Zwerg fuhr fort: Die fatale Gesellschaft trat zu meiner Wiege, und Alle sahen mich mit ihren grünen Katzenaugen an, Langmichel Grinsemaul aber sagte mit boshafter Feierlichkeit: seht, meine unterirdischen Spielgenossen, ihr meine Verbündeten zum Bösen und zum Verderben der Menschheit, da liegt nun das Wunderkind, Johannes getauft, mit seinem Familiennamen Püstrich genannt. Das Schicksal hat beschlossen, den allerschönsten Mann, den allerweisesten aus ihm zu formen, vorzüglich aber soll er ein Pfeiler der Kirche werden. Darum wollen wir ihn jetzt durch unsere Zauberkünste in einen Unhold verwandeln; er muß bucklicht und krummbeinig werden, damit man ihn niemals zu einem Dechanten, oder gar zu einem Abt erwähle, er soll ein höchst widerwärtiges Angesicht erhalten, damit er keinem Menschen gefalle, und soll dabei stumm und taub werden, damit er unser Geheimniß nicht verrathe. Das geschah denn auch Alles, und so hat sich diese Geschichte zugetragen, und nicht auf die Weise, wie sie meine gute Mutter vorzutragen pflegt, die sich einbilden möchte, daß ich ein sogenannter Wechselbalg sei. Nun war ich mitunter sehr verdrießlich, daß man mir Beine und Maul so verdreht hatte, und ich wünschte oft und flehte zum Himmel, daß ich aus der Haut fahren könnte und dürfte. Das wurde mir versagt, aber vor kurzem hatte ich in der Nacht eine Erscheinung, und da wurde mir die Zunge gelöst, und mein Verstand, der bis dahin auch ein Zwerg gewesen war, gerieth in ein plötzliches Wachsen, und so bin ich nun heut zu Tage der, der ich bin, und klage den sogenannten Küster, der aber ein eigentlicher Unterirdischer und Kobold ist, an, peinlich und criminell, daß man den Unhold so bald als möglich zum Scheiterhaufen verurtheile.

So wird es wohl kommen müssen, sagte der Abt ganz gelassen, und der ruhige nachsprechende Pfarrer gab auch seine

Meinung dahin ab. Der Besessene stand auf und betrachtete den zitternden Küster in der Nähe und sagte: Natürlich haben bei solchem Küster und Sakristan die Beschwörungen des Herrn Pfarrers nichts Sonderliches an mir fruchten können. Der weinende Küster vertheidigte sich, so gut er es vermochte, doch fanden seine Gründe nur wenig Eingang, weil das Vorurtheil schon gegen ihn war. Er erzählte von seiner Familie und Auferziehung, von dem Kloster, in welchem er unter der Leitung der frömmsten Männer seine Studien gemacht habe, wie lange er den gegenwärtigen Pfarrer schon kenne und von diesem wie von seiner ganzen Gemeine immer als ein ächter Christ sei anerkannt worden. Nun schilderte er die unnatürliche Bildung des Zwerges, wie eine so ausdrückliche Häßlichkeit doch wie ein Fingerzeig des Himmels zu betrachten sei, wie dieser Kobold, denn das sei er gewiß, schon früh einen Haß auf ihn geworfen habe, weil er ihn immer Wechselbalg und als solchen erkannt habe, er habe auch gefürchtet, daß er, der Küster, einmal das Ungeheuer beim geistlichen Gerichte anklagen würde, denn Alles, was er begangen, sei Bosheit oder Schalksnarrenpossen gewesen, wie Aeltern, Bekannte und Jeder bezeugen müsse, der die Schenke gekannt und besucht habe. Nun solle dieser garstige Zwerg plötzlich ein ächter Mensch, er, der alte Geistliche, aber ein Unhold sein. Daß der Boshafte jetzt so geläufig rede, beweise nur, daß er sich bis dahin aus Tücke taub und stumm angestellt habe, oder daß ihm die Rede durch Zauberei gekommen sei. Das Letzte müsse man glauben, denn sei selbst die stumme Zunge durch ein Wunder gelöset, so würde sie doch mindestens wie die eines zwölfjährigen Knaben sprechen müssen, nicht aber wie das Organ eines alten erfahrenen Mannes.

Da Abt, Priester und Besessener ungläubig die Köpfe schüttelten, konnte sich Athelstan, dem der Küster ein inniges Mitleid einflößte, nicht länger zurückhalten, er erhub sich und erzählte, wie vielen Spuk und Schabernak der ungestaltete Zwerg nur an dem Tage, an welchem er ein Bewohner der Schenke gewesen sei, angestiftet habe, wie boshaft er sich erwiesen, und wie, wenn man irgend Kobolde annehmen könne oder wolle, dieser seltsame Hannes, sich am besten zu einem qualificire, er, der ganz lahm sei und doch schneller wie Andere zum Dach hinauf und von dort hinunterklettern könne, der so klein er erschiene, im Brunneneimer sich so ungeheuer schwer erwiesen habe, daß Anthelstan's Kräfte nicht hingereicht hätten, ihn heraufzuziehen, daß er endlich jetzt, obgleich er Knabe sei, nicht nur zusammenhängend, sondern klüger spreche, wie sie Alle, er der stammelnde Blödsinnige.

Gemach! rief Hannes, daß Ihr den Zauberküster vertheidigt, ist natürlich, denn Ihr seid ja unterwegs, die Zunft der Unterirdischen und Feen aufzusuchen, Ihr seid ja deshalb Euern Aeltern entlaufen, Ihr wollt Euch ja der Magie und allen übernatürlichen Kräften weihen und gäbt viel Geld darum, wenn Ihr nur das Mauseloch im Berge finden könntet, um in die Zunft der Gefeiten zu gerathen. Ihr müßt freilich Langmichel Grinsemaul vertheidigen, denn Ihr seid von demselben Gelichter.

Athelstan war so verlegen und erschrocken, daß er, mit glühender Röthe und Todtenblässe wechselnd, keine Antwort hervorbringen konnte. Er stand auf, zitterte aber so heftig, daß er sich wieder niedersetzen mußte, so hatte ihn der Schreck, daß dieser Zwerg um ihn und seine Flucht aus dem väterlichen Hause zu wissen schien, erschüttert. Nach diesen Anzeichen verlangte der Abt, der Herr des Hauses solle den jungen Mann in irgend eine sichere Stube seines Hauses verschließen, um ihn dem Hexen- und Ketzerrichter, welcher morgen ankomme, vor Gericht zu stellen. Der Freiherr mußte dem Verlangen nachgeben, und so sah sich Athelstan zu seinem innigsten Verdruß in diesen aberwitzigen Handel verwickelt und mußte fürchten, das Gelindeste, was ihm geschehen könne, würde seine Auslieferung an seinen Vater sein.

Um Mitternacht öffnete sich die Thür seines verschlossenen Zimmers, und Eduard, der Sohn des Freiherrn, trat herein. Ich kenne Dich nicht näher, sagte der freundliche Jüngling, aber Du sollst durch den Unsinn dieses Zwerges nicht leiden. Folge mir, daß ich Dich aus der Burg geleite und Dich auf jene Fußpfade führe, die Dich in den sichern Wald geleiten. Athelstan folgte dem freundlichen Jüngling, und die beiden jungen Leute umarmten sich herzlich, als sie sich trennten. Im tiefen ruhigen Walde ließ sich Athelstan, als die Sonne heraufgekommen war, an einer schönen Stelle nieder und genoß von dem süßen Wein und den Gerichten, die ihm Eduard zur Stärkung mitgegeben hatte. Die grüne Natur, das Rauschen der Bäume erfreuten sein Herz um so inniger, als ihm noch jener Aberwitz in den Ohren klang, den er kürzlich hatte anhören müssen. Frohgemuth und singend wandelte er über die frischen Berglehnen hin, von denen er von Zeit zu Zeit den Ausblick auf die schönen Felsen hatte, die sich ihm bald rechts, bald links in aller Herrlichkeit offenbarten.

Es war am Abend des folgenden Tages, als Athelstan vom röthlichen Himmel herab, und durch die lauen Winde angehaucht, ein Entzücken über sich kommen fühlte, als wenn ein Wesen mit großen Zauberfittigen zu ihm heranrausche, um ihn der süßesten Wunder theilhaftig zu machen. Als er sich umsah, stand er wieder vor jener schönen, alten, blätterreichen Linde, wieder murmelte der klare Bach vom Hügel herunter, er setzte sich wieder auf den Rasen, wo er vor einigen Wochen sich vom Köhlerbuben Gottfried so Manches hatte erzählen lassen. Er breitete die Arme in seligen Gefühlen den unsichtbaren Geistern entgegen, die ihn zu umschweben schienen. Da ertönte ein so wundersamer Ton, ein so liebliches süßes Klingen, wie er noch niemals vernommen hatte, und sein tiefstes Herz erzitterte. Er stand auf, trat an die Ecke des Hügels, und vom höhern Walde hinab glänzte und spielte durch das grüne Laub ein Lichtschein, der näher funkelte, indessen die süßen Töne laut musicirten. Plötzlich trat ein Zug aus den dämmernden Waldschatten in die Abendröthe. Voran zog auf weißem Zelter, der mit Purpurdecken, mit goldnen Blumen durchwirkt, behangen war, eine weibliche Gestalt, so schön und glänzend, daß Purpur, Gold und das Funkeln des Abends vor ihrem leuchtenden Schein erblaßte. Ihr folgten Jünglinge und Mädchen, alle zu Roß, alle schön, alle überirdisch. Manche hielten gewundene, künstlich gearbeitete goldene Hörner an den Mund, aus welchen diese Wundermelodien quollen. Das ist die Jagd der himmlischen Gloriana! sagte Athelstan zu sich selbst und trat noch mehr auf den Weg hinaus. Jetzt kamen sie näher. Gloriana sah in ihrer Herrlichkeit mit feuchtem Glanzblick und lächelndem Mund auf den entzückten Jüngling nieder. Gegen die Röthe dieser Lippen dünkten ihm des Rubines Flammen matt und bleich, der Blick der Göttin drang durch sein Auge in sein Herz, er richtete sich hoch auf, und seiner selbst nicht mehr bewußt, umarmte er Gloriana und drückte einen langen innigen Kuß auf ihren Mund.

Der Zug stand still, die Musik verstummte, mit Hülfe Athelstan's stieg Gloriana von ihrem Zelter.

Das hat noch kein Sterblicher gewagt, sagte sie mit bewegter Stimme. Manchen habe ich wohl angelächelt, Mancher hat am Wege gekniet, und Alle, wenn auch nur mein scheidender Blick sie streifte, sind durch mich glücklich geworden. Aber Du! Mir einen Kuß auf meinen Mund zu drücken! Du weißt es wohl nicht, Sterblicher, schöner Jüngling, daß Du mir dadurch auf immerdar und unbedingt als mein Diener, mein Ergebner, mein Gemahl zugehörst?

85

Will ich etwas Anderes? erwiderte Athelstan; diese Erfüllung fliegt noch über meine kühnsten Wünsche hinaus.

Der grüne Berg stand weit offen, drinnen schimmerten in Wunderpracht die weiten Säle, Alle neigten sich vor Athelstan als ihrem Herrn, und von der weißen Hand der schönen Gloriana geführt trat der Jüngling in den Hügel hinein, der sich alsbald, als er Alle aufgenommen hatte, wieder verschloß.

Nun aber werde ich wieder Einiges von mir selbst, nämlich von mir Gottlieb Beeskow, einschalten. Jener junge dumme Jäger kam zu meinem Küster zurück (auch in meinem abgeschriebenen Gedicht heißt *zdumm, tumm* jung, ein Beweis, daß Vieles darin alt ist) und trieb Unfug über Unfug. Ich war auf einem Spaziergang, und er riß das alte Buch von meinem Schreibetisch weg, steckte es ein und lief damit in den Wald, der Schulmeister mochte protestiren, so viel er wollte. Als er wiederkam und ich ihn mit einiger Heftigkeit zur Rede stellte, meinte er, er hätte den Küster nicht verstanden, weil dieser undeutlich spreche und oft zu sehr stammle und daher nicht gewußt, daß das Manuscript jetzt mein Eigenthum sei, indem ich es für baares Geld erkauft habe. Außerdem habe er nothwendig Patronen machen müssen, um auf die Jagd gehen zu können, um von seinem Standpunkt oben nach allen Richtungen schnell zu schießen, und er habe nirgends anders Papier angetroffen. Der Küster wurde auch eifrig, ich war verdrießlich und der junge liberale Jäger, seiner Bestimmung nach, grob. Er schien große Lust zu haben, mich noch obenein auf Pistolen zu fodern und mich selbst zum Beschluß des Spaßes todtzuschießen. Wie so viele Menschen, die nicht wissen was Ehre ist, sprach er unaufhörlich von seiner verletzten Ehre. Ich erhielt endlich das von neuem verstümmelte Buch von ihm zurück, ich dankte ihm dafür, und auch, daß er sich nicht an meiner neuen Abschrift und Ueberarbeitung vergriffen hatte.

Auf den Antrag, oben auf dem Berge aus den Gebüschen die einzelnen verschossenen Patronen und Papierstreifen wieder zusammenzusuchen, nahm ich keine Rücksicht, weil ich dachte, daß ich das Fehlende so gut wie manches Vorige aus meinem eignen Ingenio ersetzen könne. So verließ ich den alten Schulmeister, meinen bisherigen Wirth, und stieg wieder wohlgemuth nach dem kleinen Städtchen, meinem lieben Capellenburg, hinunter, wo ich denn auch am folgenden Tage gegen Mittag gesund und fröhlich anlangte und mein Zimmer im Hause des Bürgermeisters wieder bezog.

Bei Tische war der Bürgermeister nicht zugegen. Alle schienen verstimmt, die Frau sagte mir, ihr Gemahl sei unwohl. Es ward wenig gesprochen, denn auch die Kinder schienen traurig, Fremde waren nicht zugegen. Ich mußte glauben und fürchten, daß das Haus seinem Untergange nahe sei, daß auswärtige Bankerotte vielleicht den Sturz des hiesigen Handels veranlaßten. Nach aufgehobener Tafel ging ich eilig zum Herrn des Hauses hinüber. Er saß in seinem Lehnstuhl und las. Freundlich empfing er mich, und als ich ihm die traurige Verstimmung seiner Familie und meine Besorgnisse mittheilte, ließ er mich ruhig aussprechen und blieb ganz gelassen. Darüber kann ich Sie beruhigen, sagte er dann, unsere Geschäfte sind überhaupt von der Art, wir sind so wenig mit auswärtigen Häusern verwickelt, daß ein solches Unglück unser Städtchen nicht leicht betreffen kann. Nein, es ist ein häuslicher Verdruß, der mich accablirt, und der mir mein ganzes Leben verbittern wird. Sie hatten wohl Recht, als Sie uns neulich die gutgemeinte Oration hielten, daß in der unglückseligen Butter ein böser Geist, ein Geist der Widerspenstigkeit und des Aufruhrs, ein Gelüst zur Empörung sich entwickelt. Sie wissen, daß wir jetzt selbst Butter machen, sie ist schmackhaft und vortrefflich, meine Frau führt selbst die Aufsicht darüber, und

so wie sie resolut in allen Dingen ist, deren sie sich annimmt,
so versteht es sich von selbst, daß das Erzeugniß nicht
schlecht, sondern ungemein vorzüglich sich zeigt. Diese Neuerung ist nun in unserm Städtchen Mode geworden, alle Hausfrauen haben Kuhwirthschaft und eigne Milch und Butter;
allenthalben gut und reinlich, wie sich das annehmen läßt. Ob
die Butter in dieser, in jener Familie besser sei, ist schwer zu
entscheiden. Nun hat sich aber bei uns über diesen Gegenstand ein wahrer Fanatismus gebildet, der mir, in meiner
Nähe entstanden und ausgewachsen Alles erklärt, was ich
ehemals nicht in der Geschichte der Religionsstreitigkeiten begreifen konnte. Jede Hausfrau in der Stadt verlangt nun, man
solle nicht nur ihre Butter für die beste anerkennen, sondern
für die einzige, die der andern Familien erklärt sie nicht nur
für schlecht, sondern für abscheulich, schmuzig, ekelhaft; und
wie Jede es mit Gewalt durchsetzt, daß man von der ihrigen
genießt und viel genießt, so nennt sie jeden ihren Feind, der
von dem Product eines andern Hauses auch nur kostet. Darüber ist nun Zank und Zwietracht in allen Familien. Der
Commerzienrath, dessen Sohn meine Aelteste heirathen soll,
war neulich mit der Familie bei uns. Als zum Beschluß der
Mahlzeit die schöne, frische Butter aufgesetzt wurde, sah ich,
wie die Räthin dem Manne und der Tochter bedeutend zu-
winkte, der Sohn, der Verlobte, war auf Reisen und nicht zugegen. Meine Frau nöthigte zur Butter, aber Räthin, Mann
und Tochter dankten, anfangs höflich, nachher aber, als meine
gute Frau immer zudringlicher, endlich sogar heftig wurde,
versagten jene auch mit zunehmender Empfindlichkeit und er-
klärten zuletzt, sie könnten es unmöglich über sich gewinnen,
anderswo als im eignen Hause ein Product, welches so viele
Aufmerksamkeit und Reinlichkeit erfordere, zu genießen. In
der Bosheit aß meine Frau desto mehr, und wir, die Familie,
mußten des Hausfriedens wegen ihr nicht nachstehn, so daß

wir uns Alle nachher unwohl befanden. Nachher waren wir bei dem Commerzienrath. Meine Frau hätte uns gern einen Eid abgenommen, Gleiches mit Gleichem zu erwidern, und dort bei den hochmüthigen Leuten ihre Butter keines Blickes zu würdigen. Es war eine Scene, fast wie die, als Hamilkar den Hannibal seinen ewigen Haß gegen Rom beschwören läßt. Als wir dort eintraten, war alles Freundlichkeit und Liebe, man schien gegen uns so zuvorkommend, wie noch niemals. So ging es auch bis zum Nachtisch, und wir waren Alle ganz kordial geworden. Nun wandelte sich aber die Scene, als die Butter, und zwar eine ganz vortreffliche, auf den Tisch gesetzt wurde. Die Hausfrau wurde noch zehnmal freundlicher und liebevoller, aber die meinige machte so ernste und schmähende Mienen, daß ich zitternd erbangte. Des Nöthigens der Räthin war kein Ende, und ich, der ich nicht unhöflich sein wollte und die Unartigkeit meiner Frau wieder gut zu machen suchte, aß von der Butter, und da meine Brigitte vollends eine Uebelkeit affectirte, immer mehr und immer hastiger. Endlich schien es gar, meine Frau fiel in Ohnmacht, und die Töchter führten sie in ein anderes Zimmer. Meine Angst erreichte den höchsten Grad, und ich verspeiste so viel Butterschnitt, daß ich schon bei Tisch die Indigestion verspürte. Zu Hause gab es nun großen Lärm, Zank, Bitterkeit, Haß, alles bis zur Wuth und Verzweiflung gesteigert. Es war von nichts Geringerm die Rede, als daß man sich von allen Gesellschaften zurückziehn, und allen Umgang im Städtchen aufheben wolle.

So der Bürgermeister. Alles dies erschien mir furchtbar. Ich dachte, auf welchen Weg man dieser so revolutionairen Butter entgegenarbeiten könne und ging nach Mittag in das ganz nahe liegende Haus des Commerzienrathes. Ich fragte nach dem Sohne, der seit vorgestern von seiner Geschäftsreise zurückgekommen war. Es hieß, er sei krank, und ich fand ihn wirklich im Bette liegen. Wie geht's Ihnen, lieber Ferdinand? fragte ich besorgt; woran leiden Sie? Ach! seufzte der blasse Jüngling, wie wohl ist mir, daß ich Ihr freundliches Angesicht wieder sehe! Setzen Sie sich zu mir und lassen Sie uns etwas schwatzen.

Ich erfüllte seinen Wunsch, und da ich ihn so krank sah, bezeigte ich ihm mein Mitleid. Es ist, fing er an, traurig, aber auch zugleich lächerlich, und Sie, der Sie in einer großen Stadt leben, werden das Komische der Sache um so lebhafter empfinden, wenn ich gleich darunter leide. Bald nach Ihrer Abreise von hier begab ich mich in Geschäften meines Hauses mit dem Herrn Wandel, der auch in Handels-Absichten reisete, in das Gebirge unsers Nachbarlandes hinein. Schon vorher war, wie Sie ebenfalls wissen, eine Buttercultur, eine Verfeinerung der Sitten und des Geschmacks hier eingerissen. Wohin wir kamen, waren unsre Handelsfreunde sehr wohlwollend, und der dicke Wandel ließ sich die gute Aufnahme allenthalben sehr gut gefallen. Ich, arglos wie ich bin, war vergnügt und freute mich, daß ich hier und dort für das Haus meines Vaters einen vortheilhaften Contract abschließen konnte. Diese Wochen, in denen ich mich im Freien so arglos umtrieb und dabei für meine Familie in der Fröhlichkeit etwas Nützliches ausrichten konnte, gehören zu den glücklichsten meines Lebens, die Aussicht so nahe vor mir, meine mich liebende Braut wieder zu sehn, wenn ich zurück kam, und sie bald zu meiner Frau zu machen. So komme ich mit dem dicken Duckmäuser, dem Wandel, wieder hier an. So wie wir zu Tische uns setzen, examinirt mich meine Frau Mutter hin und her, dies und jenes, und als wir bald wieder vom Tische uns erheben wollen und noch mit der Butter und dem Käse beschließen, fragt sie mich, ob ich auch unterwegs von dem abscheulichen ekelhaften Zeuge irgendwo etwas genossen habe, das man dort frech genug mit dem Namen der Butter gegen alles Gewissen und alle Religion belege. Ich mußte über diese

Frage und die Feierlichkeit, mit der sie an mich gethan wurde, laut lachen, und sagte, so viel ich mich erinnern könnte, hätte ich bei den Handelsfreunden gute und mittelmäßige Butter genossen, oder auch, wenn ich schon gesättigt war, stehn lassen. Ist es wahr? fragte meine Mutter den albernen Wandel. Wie es kam, antwortete dieser; mein junger Freund scheint mir überhaupt in diesem Punkt sehr freigeistig, denn er hat selbst in Wirthshäusern die Butter nicht verschmäht. Meine Mutter stand auf, wie von einem Entsetzen ergriffen. Ist es möglich? rief sie mit tragischer Stimme aus; kann ein Sohn von mir so aus der Art schlagen? Giebt es denn kein Gefühl, kein Gewissen mehr, nichts von Dem, was unsere bessern Denker und Schriftsteller jetzt Pietät nennen? O ich Unglückliche! Welche Kinder habe ich zu meinem Entsetzen zur Welt gefördert! Der Würdigste unsers Senats, der höchst gelehrte Andres, ist jetzt auf der Reise nach Hamburg, und sogar bis in England hinein, und dieser hat ohne sich nur zu weigern, seiner Frau Bertha in ihre Hand feierlich geschworen, nirgend, nirgend, selbst in den besten londner Häusern keine Butter anzusehn, und er bekennt, daß ihm dieses als kein Opfer erscheine, da er durch die vortrefflichste Kost seines Hauses zu sehr verwöhnt sei: – und Du, bei unsern elenden Bekannten, die Alles Butter nennen, was nur schmierbar ist, in elenden Wirthshäusern, hast Dich so vergessen können!

Die Mutter fiel in Krämpfe: ich konnte nichts thun sie zu beruhigen. Ich mußte es zugeben, daß unser Doctor Heinzelbauer mich curirte und purgirte, um als ein Gereinigter wieder zu erscheinen. Heinzelbauer thut in solchen Fällen lieber zu viel als zu wenig, und so, ich versichere Sie, fühle ich mich seit sechs und dreißig Stunden so elend und matt, wie nur dem Fisch in der Sommerhitze auf dem trockenen Sande sein muß. Aber das ist noch nicht die ganze Summe meines Elends. Ich höre, die Frau des Bürgermeisters will meine Verbindung mit

Wilhelmine zertrennen, wenn ich mich nicht eidlich anheischig mache, niemals anderswo, als nur in ihrem Hause etwas
von Butter zu genießen; meine Mutter aber setzt ihren Fluch
dagegen und schwört, nehme ich nur eine Messerspitze dort,
so gebe sie nie ihre Einwilligung. Der Doctor hat mich mit
seinen Mitteln so mürbe gemacht, daß ich lauter Furcht bin,
die Weiber rasen, Wilhelmine weint, der Bürgermeister wagt
nicht zu sprechen – und Alles ist in chaotischer Verwirrung.

Ich ging zum Herrn Wandel. Diesen traf ich mit dem Stock
in der Hand und den Hut auf dem Kopf. Seine Frau stand neben ihm, und beide sprachen eifrig. Nachdem ich sie begrüßt
und sie mir gedankt hatten, fragte ich, ob ich den lieben
Freund nicht auf seinem Spaziergange begleiten könne, denn
das Wetter sei sehr schön. Es handelt sich nicht darum, sagte
die Frau erbost, mein Alter hat ein sehr nothwendiges Geschäft mit dem reichen Bellan, und er kann jetzt nicht hin-
gehn, obgleich es die höchste Zeit ist.

Die Frau verlangt, sagte Wandel, daß ich durch unsern langen Garten, dann hinten durch die kleine Pforte gehe, dann
soll ich mich zwischen den Pfaffenhügeln herum schleichen,
um in das Gehölz zu kommen und von da in den Garten des
Herrn Bellan, wo es dann noch die Frage ist, ob ich die Thür
dort offen finde, die der vorsichtige Mann fast immer verschlossen hält.

Aber warum, fiel ich lebhaft ein, da der Herr kaum dreißig
Schritt von Ihnen wohnt?

Das ist es ja eben, rief die Frau und wurde glühend roth im
ganzen Gesicht, der Commerzienrath und der großthuige
Lembert liegen da weit aus ihrem Fenster und schauen sich
um, wie es ihre Art ist, da sie so wenig zu thun haben; die Madame Eisenberg sitzt gar mit allen ihren Töchtern hinter den
vergoldeten Stäben ihres Balkons, da kann mein Mann unmöglich vorbei und die Straße hinuntergehen, denn er müßte

ja doch alle diese Menschen grüßen, und das ist von allen Unmöglichkeiten die unmöglichste. Weshalb? fragte ich erstaunt; was ist denn vorgefallen? Alte bekannte und befreundete Mitbürger zu grüßen, ist doch so natürlich, daß man es selbst nicht unterlassen kann, wenn uns der Feind begegnet, oder ein Mensch, den wir verachten müssen, den Hut vor ihm zu rücken.

Ach! Sie sind so lange nicht hier gewesen, antwortete die Gattin, daß Sie auch alle die Schrecklichkeiten nicht wissen, die seitdem hier im Orte vorgefallen sind. Alle diese Leute waren neulich bei uns auf einem großen Gastgebot, das wir jährlich geben, und kein Einziger von Allen, weder Mann und Frau, noch Sohn und Tochter, Kind und Kegel hat von meiner Butter nur den kleinsten Bissen genommen oder gekostet, ja wenn sie ihre Hunde und Katzen mitgebracht hätten, so würden es die neidischen Weiber auch diesen verboten haben, einen Butterschnitt anzurühren, da es doch weltbekannt ist, daß die Butter meines Kellers die allerbeste und feinste in der ganzen Stadt ist. Und lieber mag mein Mann das vortheilhafte Geschäft nicht abschließen, lieber soll er vor Nacht nicht aus dem Hause gehn, wenn er nicht jenen Umweg nehmen will, als daß er jetzt irgend eine Notiz von allen diesen undankbaren Menschen nimmt, denen wir in frühern Zeiten so viele Gefälligkeiten erwiesen haben.

Ich erstaunte über den Zwiespalt, der das ganze Gebirgsstädtchen aufzulösen drohte; den angenehmen Ort, wo fast alle Einwohner sehr befreundet, oder nahe verwandt waren. Ich kann aber nicht umhin, sagte ich endlich, alle diese Leute freundlich zu begrüßen.

Sie sind auch nicht gekränkt und beleidigt, sprach die Frau, ob Sie gleich in der Neutralität zu weit gehn und sich gegen Ihre wahren Freunde etwas zweideutig benehmen. Sie essen bei Allen und loben bei Allen ohne Unterschied, was erscheint, und haben entweder über Butter gar keine Stimme, oder verletzen die Rechtschaffenheit und Wahrheit, die ein edler Mann immerdar zur Schau tragen sollte.

Ich entfernte mich tief bewegt, und mannichfaltige Gedanken in meinem Innern hin und her wälzend. Bald hatte ich mit einem vertrauten kühnen und verständigen Diener einen Plan entworfen, durch den es mir vielleicht gelang, die zerrissenen Gemüther wieder zur alten schönen Einheit zusammenzufügen. Ich bestellte ein festliches Gastmahl in dem Gartenhause des nächsten Dorfes, von wo man den weitesten Blick über das ganze Gebirge hat. Es war so eingerichtet, daß jede Familie glauben konnte, sie sei nur allein von mir eingeladen worden, und da aller Umgang im Städtchen aufgehoben war, so konnte ich sicher darauf rechnen, daß Keiner mich dem Andern verrathen würde. Auch war die Einrichtung getroffen, daß jede Familie eine Viertelstunde später als die vorige eintraf, und auch hierin konnte es mir nicht fehlen, da die Kleinstädter in Ansehung der Stunden, welche ihnen bestimmt werden, äußerst pünktlich sind. Ich hatte das ganze Haus gemiethet und alle Zimmer für die Aufnahme der Einzelnen, sowie den Saal für die allgemeine bei Tische einrichten lassen. Die Bürgermeisterlichen kamen zuerst, dann die Familie des Commerzienrathes, und so nach und nach die übrigen. Alle befanden sich wohl in den niedlich aufgeschmückten Zimmern, und die Equipagen wurden vom Wirthe sogleich untergebracht, so daß keiner noch andere Gesellschaften vermuthen konnte. Als Alle versammelt waren, ließ ich sie in den Speisesaal treten, und indem das Erstaunen und eine Art von Grauen alle Gemüther zu sehr fesselte, um Zorn oder Zwist aufkommen zu lassen, benutzte ich geschickt diese weltgeschichtliche Pause zu folgender feierlicher Rede:

Verehrteste allerseits! Redliche Männer, gebildete Frauen, hoffnungsvolle Jugend, vielerprüfte, tugendhafte und edle Ge-

müther! Euch zu sagen, was Freundschaft sei, oder was Feind-
schaft bedeutet, warum es gut ist, wenn Brüder einträchtig
bei einander wohnen, und der Haß erst Andern schadet, um
sich selber am Ende den größten Nachtheil zuzufügen, Alles
dieses jetzt erörtern wollen, hieße diese vortreffliche Stumm-
heit, welche Euch durch meine Anstalten befallen hat, nur
schlecht nutzen oder vielmehr gänzlich misbrauchen, denn dergleichen wird besser in den herkömmlichen Lehrbüchern der
Moral abgehandelt. Nein, dieser ästhetisch-ethische Schreck
der jetzt Eure Nerven in Spannung hält, muß für das Edlere und
Nothwendige angewendet werden. Und auch ich bin, so wie
Ihr, ein guter Bürger, so müßig ich auch scheinen mag; erfüll'
ich nicht das schwerste Gesetz, ehr' ich es nicht? Der Trochilus
ist ein kleines unbedeutendes Thier, und wagt sich in den Ra-
chen des ungeheuern Krokodils, wozu uns Allen, wie wir da
sind, der Muth fehlen würde, um dem Sultan die Zähne zu reinigen: Lohn genug, nicht wahr, wenn das Viehchen nur unbeschädigt zwischen den Pallisaden wieder hervorkommt? So
ich, ein schwacher Zahnstocher, werfe mich zwischen Euren
knirschenden Zorn, um Eure Werkzeuge des Essens vor Be-
schädigung zu wahren, und den Weisheitszähnen zum Wachsthum zu verhelfen, oder, wo sie schon entsprossen sind, sie vor
Wurm, Brand und Aushöhlung zu beschützen. War das goldne
Zeitalter irgendwo sichtbar, hätte man die Stelle wieder kennen
mögen, wo das Paradies gestanden hatte, so war es hier, wo die
Umrisse noch fast wie eine Silhouette der Physiognomie jenes
Gartens bemerklich waren. Und wohin ist dieser Friede entflohen, diese holdselige Eintracht? Braucht nicht die Ausrede,
fromme Bürgersleute, der Teufel habe das Alles geholt, oder ein
unabweisliches Fatum es zum Angedenken mitgenommen,
denn ich kann hier so wenig das sogenannte böse Princip, als
ein vornehmes, zu verehrendes Schicksalsgewebe wahrnehmen.
Es sind menschliche Schwächen, es ist Eigensinn, und diese

lassen sich durch starken Willen besiegen. Wenn die Städte und
Dörfer, welche am Fuße des Aetna oder Vesuv liegen, plötzlich
von verwüstenden Flammen und Feuerregen heimgesucht werden, so dürfen sie über ihr Schicksal klagen; wenn Bürgerkriege
und Religionshändel, große Interessen und Eigennutz Menschen mit Menschen entzweien, so kann man sie beklagen oder
über sie zürnen; doch mildert die Größe des Gegenstandes unser hartes Urtheil, und die Wichtigkeit des Zweckes entschuldigt etwas die Leidenschaft. Aber hier, im frommen Gebirge
wollt Ihr die Zwiste der Ghibellinen und Welfen, der Weißen
und Schwarzen, der Montecchi und Capelletti, an denen Ro-
meo und Julia zu Grunde gingen, die Kriege der Albigenser erneuern? und zwar um einen Gegenstand, der fast an das Komische, wenigstens einigermaßen grenzt, um die Frage, welche
Kuh und welche Familie die beste Butter hervorbringt? So tief
habt Ihr Euch schon in das nichtige Unwesen hinein gebuttert,
daß Ihr Alle, wie Fliegen, die in die Sahne gefallen sind, nicht
mehr schnell und anständig in Euern Lebensverhältnissen Euch
fortbewegen könnt, und in der Butter- und Milchschüssel werdet liegen bleiben und verkommen müssen, so schleppen Euch
klebrig und hemmend falsche Ambition nach, fanatisirte Eitelkeit, misverstandener Stolz, und Jeder, selbst schon im Verscheiden, will seinen Nachbar, Freund und Bruder proscribiren.
Schon ist die Rede davon, das Glück zweier Liebenden zu trennen, den Vortheil bedeutender Geschäfte zu vernachlässigen,
die Wohlfahrt der Stadt zum Sinken zu bringen. Und sind es
etwa böse thörichte Menschen, die dergleichen unternehmen?
Neidharte, gehässige Wesen? An denen wäre nicht so gar viel
verloren. Nein, es sind im Gegentheil die edelsten Menschen,
die sich so wunderlich selbst verblendet haben, großmüthige
Männer und weise Väter der Stadt, wohlthätige, gefühlvolle
Mütter, Frauen, die mit dem ächten Adel der schönsten Weiblichkeit geschmückt einherwandeln, weltkluge und menschen-

kennende Kaufherren, kurz, Leute, die ich, so oft ich konnte, mühsam aufsuchte, weil das Herz mich zu ihnen trieb. Hier ist Arkadien, wenn irgendwo. Eine schöne Natur, fruchtbare Aecker, frischgrüne Wälder, erhabene Felsen. Bewohner, mit allen Tugenden des Gemüthes ausgerüstet, werth, die Segnungen des Himmels, die er ihnen reichlich spendet, zu genießen, und die nur eine kleine, kleine Laune, welche an Thorheit streift, aufgeben dürfen, um wieder als ein Blumenstrauß aller häuslichen und bürgerlichen Tugenden zu glänzen: ich sehe, durch edle Thränen wird das Bouquet schon erfrischt und getränkt. Es war mir gelungen, alle Herzen durch meine eindringliche Rede tief zu bewegen. Alle Feinde umarmten sich in schöner Rührung und schworen sich eine neue und unerschütterliche Bruder- und Schwesterliebe. Sogleich wurden die jungen Verliebten mit einander verlobt, und man beschloß zugleich, daß die Hochzeit in acht Tagen sein sollte. Dieses Fest sollte aber zugleich als eine Versöhnungsfeier einen eigenthümlichen Charakter annehmen, man wollte nämlich einen großen Pikenick veranstalten, Jeder sollte dazu auserwählte Lieblingsgerichte und vortreffliche Weine geben, so könnten die Hausfrauen sich auszeichnen, die Männer ihren Kellern Ehre machen, und doch sollte man nicht erfahren, wer die Weine oder Schüsseln geliefert habe. Mit denselben republikanischen Gesinnungen wollte jede Hausfrau Butter absenden, um sie in ein gemeinsames Gefäß zu thun und zu vermischen, auch ward schon jetzt die unbedingteste Butterfreiheit proclamirt, jeder Gatte, Sohn, Tochter, Nichte oder Vetter durfte Butter, so viel er wolle, in einem fremden Hause ohne Nachtheil an Ruf oder Liebe genießen. – Es war ein schöner, ein großer Augenblick und wir setzten uns, stolz auf uns selbst, an den langen, reichlich besetzten Tisch, ich am glücklichsten, dem Camillus nicht unähnlich, da ich die Römer bestimmt hatte, den alten Wohnsitz nicht zu verlassen.

Man war an der Tafel sehr fröhlich, und ich, um das Vorige ganz in Vergessenheit zu bringen, erzählte von meiner Reise im Hochgebirge, und von dem Märchen, das ich als Manuscript von dort heruntergebracht und neu abgeschrieben und bearbeitet habe. Der Bürgermeister sowie noch einige Senatoren wunderten sich, daß ich, als ein gescheiter und gelehrter Mann, einem Märchen so viele Aufmerksamkeit widme; ja, wenn es noch eine Erzählung wäre, oder ein Punkt aus der vaterländischen Geschichte, oder ein moralisches und erhebendes Werk. Da konnte ich mich nicht enthalten, Folgendes zu erwidern: Das ächte Märchen, so sagte ich ungefähr, erschließt mit seinem Kinderton und dem Spielen mit dem Wunder eine Gegend unsers Gemüthes, in welche die übrige Kunst und Poesie nicht hineinreicht. Unsre ersten und heiligsten Verhältnisse zur Natur und der unsichtbaren Welt, die Basis unsers Glaubens, die Elemente unsers Erkennens, Geburt und Grab, die Schöpfung um uns her, die Bedürfnisse unsers Lebens, Alles dies ist wie Märchen und Traum und läßt sich nicht in Das auflösen, was wir vernünftig und folgerecht nennen. Darum die Heiligkeit und das Wunderliche, Unbegreifliche aller alten Sagen. Die Schöpfung, die Entstehung des Guten und Bösen, der Fall der Engel, die Erlösung, man nenne, was man will bei Griechen, Heiden, Juden oder Christen, das Ursprüngliche der Legende sowohl wie unsers nächsten alltäglichen Lebens ist, wenn wir das Wort heilig und ernst nehmen, ein Märchen. Wer nun durch Erfindung sich auf diesen ersten Standpunkt des Lebens versetzen kann, dem klingt das innerste Gemüth der Menschen entgegen, aller Derer, die sich nicht schon ein einseitiges System von Kunst und Kritik auferbaut haben. Wir werden an unsre räthselhafte Stellung und Bestimmung durch diese erinnert, und zwar in einer lieblichen Gestaltung, in der das Gemüth nicht sogleich jene tiefsinnige Hinweisung erkennt. Alles Geschichtliche, Politische, Historische ist schon, wenn auch edel und groß, ein Abgeleitetes; hier werden schon jene ersten Urbestimmungen der Menschheit als etwas Unerschütterliches, das sich von selbst versteht, vorausgesetzt, als etwas, das keine Verwunderung, keine Untersuchung mehr erregen soll. Dieses blitzende, sehnsüchtige oder kindliche Hinweisen auf die Natur und die frühsten Bedingungen der Existenz geschieht, und so vielleicht am lieblichsten, auf kindliche, spielende Weise, indem sich eine süße Rührung mit dem Schauer vermählt, der Jeden durchzieht, der zum ersten Mal die Alpen oder das Meer erblickt. Es kann aber auch witzig, neckend, geistreich geschehn. Jetzt sind die Märchen des Hamilton und ihre besten Nachahmungen fast vergessen, aber der Scherz dieser Wunder ist ein viel besserer, als der des Musäus. Auch in der Entartung, im Misverstehn und Uebertreiben wirkt dies unbesiegbare Element oft. So hat der gewiß nicht vollendete Hofmann bei den Franzosen eine neue Literatur erregt. Und wären Hofmann, Fouqué und Aehnliche da, ohne den gestiefelten Kater, Zerbino, getreuen Eckart, blonden Eckbert, die verkehrte Welt und andere frühere Anklänge, die in die Weite, oft unbegriffen, hineintönten, und erst in nachahmender Uebertreibung von den Zeitgenossen verstanden und beantwortet wurden?

Ich wußte auch, daß ich an dem langen Tische nicht verstanden wurde, konnte es aber doch nicht unterlassen, diese unnütze Rede zu halten.

Hic Rhodus, hic salta.

Oft verdroß es mich, wenn man in neuer Zeit diese alte Sprichwörtlichkeit falsch anwendete, um eine Schwierigkeit anzudeuten, die schwer zu überwinden war. Das Sprichwort beschämt jene Prahler, welche so oft rufen: da hab' ich Das, dort Jenes gethan! Hier ist Rhodus! kann man ihnen dann antworten, nun tanze hier! – Ich habe aber nirgend gesagt, daß ich im Stande sei, das Schwerste dieser Erzählung, und wo sich die bedeutendsten Lücken finden, aus eigner Kraft wieder herzustellen, oder schon hergestellt zu haben. – Es ist sehr verdrießlich, daß Mäuse, Schimmel, Jäger u. s. w. sich gerade hier an dem Gedicht am schlimmsten versündigt haben, wo es am interessantesten und am meisten poetisch werden mußte. Der gute Schulmeister hatte hier Blätter eingelegt, die gar nicht zu brauchen waren, denn er schildert ziemlich weitläufig das unter- oder überirdische Reich der Feen und Geister wie eine hübsch eingerichtete reinliche Dorfschule, wo die gutgearteten Kinder dem Küster gar keinen Verdruß machen.

Also denn: – mit Gunst irgend einer Muse – –

Im glänzenden Saale wimmelte es von lichten, schönen Gestalten. Auf goldnen Leuchtern brannten Kerzen, Musik ertönte durch den Raum, und nachdem sich Athelstan noch etwas umgesehn hatte, setzte er sich an Gloriana's Seite zum Mahle nieder.

Du bist nun mein Gatte, sagte sie zu ihm mit ihrer süßen Stimme, und als dieser wirst Du Dich nach und nach von dem gröbern irdischen Stoffe, der Euch Sterbliche drückt, befreit fühlen. Jung und blühend wirst Du Jahrhunderte hindurch bleiben und erst spät in das Alter treten. Wie Du diese Vorzüge durch mich erhältst, so wird auch mein Leben durch die Verbindung mit Dir erhöht und veredelt. Die zu zarte und geistige Existenz erhält mehr Kraft und Innigkeit, die flatternden Gedanken und Vorstellungen, die wie Zugvögel schwärmen, wachsen wie heimathlich der Seele mehr ein und bringen mehr Frucht und Genuß, und meine Seligkeit wird mir dadurch mehr bewußt, daß ich sie mit Dir theile, daß Du mein zweites Ich wirst. So hat es mir meine Mutter gesagt, die vormals als·Fürstin diese Geisterreiche beherrschte. Sie erzählt noch immer in ihrer stillen Grotte, wo sie jetzt wohnt, von dem Glücke, das sie mit ihrem Manne, dem Fürsten genossen, der sie durch seine Kühnheit erwarb; dieser sehnte sich aber nach seinem Reiche und seinen Unterthanen zurück, und sie mußte es gestatten, daß er sie verließ und ein Sterblicher blieb. Solche Leiden müssen wir Feen oft erdulden. Schon vor vielen Jahren verließ auch ein berühmter Sterblicher, Held Ulysses, eine Freundin meiner Mutter, die geheimnißreiche Elfe Kalypso. Diese lebte und webte am liebsten oben in der Einsamkeit nahe am Meere, als verbunden mit diesem Element. Das müssen große Schmerzen sein, die uns der Verlust geliebter Sterblichen erregt, denn meine Mutter war seitdem nicht mehr fröhlich, als der König von ihr schied.

Nach dem Mahl begaben sie sich in die Hochzeitkammer, und am Morgen fragte sie den beseligten Athelstan: Bist Du ganz glücklich?

So, rief der Jüngling, wie keine Worte es aussagen können, nur in meinen Blicken kannst Du es vielleicht lesen, in diesen Thränen, welche ein überirdisches Entzücken aus meinen Augen preßt.

Noch nie, sagte Gloriana, hat ein Sterblicher den Muth gehabt, eine Königin unsers Reichs, indem er sie erblickte, auf den Mund zu küssen, und deshalb bin ich Dir mehr unterthan, als jemals eine Fee es einem Manne der Erde war; aber auch Du gehörst mir mehr und inniger zu eigen, als sonst dergleichen Verbindungen bei uns sind geschlossen worden; Du kannst mich niemals verlassen, ich darf mich niemals von Dir entfernen. Wenn dies nicht Dein Wunsch ist und bleibt, so sind wir Beide unglücklich. Geht Dein Sehnen nach einer andern Bahn, so ist Dein Schicksal ein klägliches.

Nein! rief Athelstan aus, auf Dich, ohne daß ich Dich kannte, waren alle Träume meiner Jugend gerichtet; Du bist der Spiegel, in welchem meine Seele ihre Gestalt erst hat kennen lernen. Besinne Dich aber, fuhr Gloriana fort, was etwa noch weiter zu Deinem Glücke nöthig sein könnte. Jede Fee hat ihre Bestimmung, ihre Arbeit und ihr Spiel; die verschiedenen Geister der Erde, Luft, des Lichts, Feuers und Wassers sind auf ihre Weise beschäftiget. Unser Gewebe hier scheint unsichtbar, und knüpft sich doch in vielen tausend Fäden an die Schicksale und Arbeiten der Sterblichen. Der Geist der Elemente ist bei uns reiner und heiterer, die Abbilder hier von den Sachen droben erglänzen mehr und haben ein richtiger Verhältniß: unser Reich ist die edlere Wurzel jener sonderbaren Welt dort oben, und so muß auch jeder Sterbliche, der hier verweilt, auch wenn er, wie Du, vergeistigt und der rohen Materie entrissen wird, an dem lichten Webestuhl des Verhängnisses Platz nehmen, um das Getriebe lebendig und thätig zu erhalten.

Ich werd Eure Einrichtungen kennen lernen, antwortete Athelstan, aber was ich mir immer wünschte, war, das Innere der Welt, den Zusammenhang aller Begebenheiten zu verstehn und zu fühlen, selbst das im Herzen zu erleben, was den Menschen nur als Historie oder Fabel vorübergeht, das Wunderbare wie ein Natürliches zu fassen, und im Gewöhnlichen, was das blöde Auge so nennt, das Wunder zu sehn. Mit einem Worte, das Herz der Welt in meinem eignen Herzen zu fühlen, daß ein Mitleiden und Mitfreuen aller Art als Bekannte durch meinen Busen ziehen.

Gloriana umarmte ihn mit erneutem Liebesfeuer. O Geliebtester, rief sie aus, daß diese Wünsche in Dir lebten, daß sie sich so stark in Deinem jugendlichen Herzen meldeten, ist es, was uns zu einander gezogen, was uns auf ewig verbunden hat. Das, was Du meinst und sinnst, das, was Du liebtest, bevor Du mich kanntest, bin ich: dieses Durchdringen, Verstehn

der Natur und des Gemüthes, dieses Lieben der Liebe ist mein
Beruf, und darum bin ich die Fürstin dieses herrlichen Reiches. Ja, das ist es, was der blöde Sterbliche so oft mit ver-
dämmerten Sinnen die Poesie nennt, die Dichtung, die schaf-
fende Kraft der Phantasie. Das ist Dein Beruf, mein Gemahl,
an meiner Herrschaft Theil zu nehmen.

Als es in der wunderbaren Landschaft Tag geworden war,
kleideten sie sich in glänzenden Schmuck, und ein heitrer
Geist in buntfarbigem Anzug leistete ihnen Gesellschaft. Das
ist, sagte Gloriana fröhlich, der Philosoph unsers Hofes. Ja
wohl, rief Filbert aus, dermalen, um Euch Scherz und Spaß
vorzutragen: ich arbeite an der Kosmologie und Geognosie,
der Einsicht über die Entstehung der Welt und ihrer periodi-
schen Veränderungen.

Darin, sagte König Athelstan, habe ich ehemals bei meinem
alten Caplan auch schon viel geleistet. Wir wußten genau von
der Geschichte der Schöpfung Bescheid. Wenn die Mittel nur
nicht abgingen, hätte man nach dem Recept selbst eine neue
Erde bauen können. Nun also, fuhr Athelstan fort, sage mir,
gelehrter Filbert, wo lag eigentlich das Paradies? Denn darüber haben die Gelehrten auf Erden vielen Streit geführt.

Und doch ist das gerade leicht einzusehn, rief Filbert lachend: gerade über uns. Alles, was Euch oben die Erdkugel
weist und darstellt, haben wir hier im verjüngten Maaßstab,
denn auch unsre Erde ist rund, und Eure Herrschaft erstreckt
sich über diesen ganzen feinern und edlern Erdglobus. Der
Umfang des alten Paradieses war natürlich sehr groß, und es
ist fast kindisch, wenn Reisende etwa noch die Stelle aufsuchen wollen, oder in die Nähe desselben zu gelangen wähnen.
Denn kaum waren die sündigen Aeltern hinaus gewandert,
um jene Welt der Unschuld niemals wieder zu finden, als auch
das Paradies verschwand.

Es ist verschwunden? fragte der König.

Freilich, fuhr der Philosoph fort, davon wird Euch der alte Caplan nichts haben melden können. Ihr müßt Euch die Sache so denken. Jemand hat einen Leberfleck, ein Muttermahl am Körper, einen kleinen Ausschlag auf der Stirn, ein rosiges Mädchen einen Tüpfel auf der Wange oder der Nase, die Folge einer Erhitzung, des Tanzes, oder eines zu hastigen Trunkes. Giebt es doch auch wohl Sterbliche, denen die ganze Nase wie eine Purpurrose in glänzender Blüthe steht. Diese Personen brauchen etwas gegen diesen Ueberfluß, oder sie erkälten sich auch nur, und plötzlich verschwindet der falsche Zierrath, noch schneller, als er gekommen ist. Auf solche Weise geschah es mit dem Paradiese. Das Wesen war so zarter Natur, daß, wie sich Eure Erde einmal erkältet hatte, und der Mensch den Rath der Schlange angehört, die ganze Lieblichkeit wieder in das Innere des Körpers hineinschlug, und man uns nun diesen sublimirten Paradiesescorpus zum Wohnsitz angewiesen hat. Das hängt mit der Lehre von der Transmutation zusammen, der die wirren Menschen auch, weil sie das Gold zu sehr schätzen, gerne nachhängen.

Filbert empfahl sich mit vielen komischen Verbeugungen und stieg über den Berg mit Windesschnelle in den blauen Aether hinauf. Das ist ein narrirender, schwatzhafter Luftgeist, sagte Gloriana, der in seiner Behendigkeit eigentlich nichts versteht, sondern nur von plötzlichen Einfällen lebt. Sie kommen ihm wie Wind und Wetter, und er wird von den Elementen regiert, statt daß er sie beherrschen sollte.

Sie bestiegen die glänzende Gondel, welche von großen Schwänen über den klaren See gezogen wurde. Nymphen tauchten, in Jugend blühend, aus den Wogen, und schmückten mit Wasserlilien, Corallen und purpurrothen Muscheln das Fahrzeug. Am jenseitigen Ufer empfingen sie die geschmückten Jäger, die auf den goldenen Hörnern die lieblichen Waldmelodien bliesen. Der Zelter der Gloriana ward vorgeführt, und Athelstan bestieg ein schönes braunes Pferd, das kostbar aufgeschmückt war. So zogen sie durch die Wälder und erlegten manches Wild. Der Jagdruf, die Musik, der Gesang der Jäger ertönte wunderlieblich durch die schöne grüne Wildniß. Das Echo, das Brausen des Waldes, das Bellen der Hunde und das Geschrei des Wildes ertönte bezaubernd hin durch die schattige Einsamkeit. Im Walde ward auf einer grünen frischen Wiese das Mittagsmahl eingenommen, dann ging die Reise weiter, ohne daß man noch der Jagd gedachte. Als es Abend wurde, ging der Zug langsamer fort. Ein lieblicher Wind bewegte die duftenden Frühlingswälder, und tausend Nachtigallen besangen das Glück der Liebe und des Daseins. Eine süße Dämmerung verschattete allgemach die Gegend, und Finsterniß blickte aus dem Walde, indessen noch die letzten Schimmer der Abendröthe hie und dort durch die dichtvergatterten Zweige flimmerten. Da erhoben sich glimmende Wolken von Johanniswürmchen in der träumenden Dunkelheit und leuchteten magisch und wie in nächtlichen Regenbogen der Schaar der Reisigen. Als die Nacht mehr hereinbrach, erglänzten Fackeln und Windlichter und so setzte sich der Zug in Bewegung. Alte Liebes- und Heldenlieder wurden gesungen, und durch alle Windungen des vielverschlungenen Waldes glänzten die Flammen der Fackeln; es dünkte Athelstan zauberhaft, hie und dort, nah und entfernt die schönen Gestalten der Mädchen, Pagen und reitenden Jungfrauen zu erblicken, und beseligt fühlte er sich, wenn er dann die Augen auf Gloriana warf, die als die Schönste von Allen blendend hervorleuchtete. Jetzt kamen sie in einen Orangenhain, und die goldnen Früchte funkelten zitternd und schwankend in dem dunkelgrünen Gehölz, indem sie vorüber ritten. Bald zeigte sich das lächelnde Gesicht eines Mädchens, bald ein Jüngling mit ernstem feurigen Blick, bald schimmerte ein goldner Apfel zwischen den Zweigen hindurch, und Alles athmete Wollust, Liebe und Poesie. Wo endigt das Wunder, wo beginnt es? sagte Athelstan zu sich selbst, und hatte völlig seinen Vater, das einheimische Schloß, seinen Freund Friedrich, geschweige seine schöne Base und den verständigen Caplan vergessen.

Auf ihrer Reise gelangten sie in eine sonderbare bergige Gegend, in welcher zerrissene, unzusammenhängende Hügel, auf welchen einzelne Tannen dunkel standen, ein verworrenes Bild darstellten. Hier ist es melancholisch, sagte der König. Freilich wohl, antwortete Gloriana; hier hausen die Zwerge und Gnomen. Viele unter diesen sind schadenfrohe und tückische Wesen, die an Verdruß und Unglück ihre Freude haben. Indem wimmelte es aus allen Hügeln hervor, und die Misgestalten beeilten sich, dem neuen Herrscher ihren Willkommen zu bringen. Ein widerwärtiges Geheul erfüllte die Gegend, welches Gesang und Musik bedeuten sollte. Athelstan fühlte sich unbehaglich und ward ängstlich, als er sich so von allen Seiten umdrängt sah. Noch mehr ward sein Verdruß erhöht, als die Massen der Gespenster sich zu Tanzen anschickten, und das weite traurige Feld von den wackelnden Gestalten in widerwärtigen Gruppen belebt und durchtobt wurde. Zwischen zwei häßlichen voreilenden Alten fiel um so mehr die außerordentlich schöne Gestalt eines Jünglings auf, der mit schwermüthigem Antlitz alle diese Bewegungen nur gezwungen und widerwillig mit zu machen schien. Die Königin war immer heiter und betrachtete auch diese wilden Gesellschaften mit holdseligem Lächeln. Als eine Pause entstand und die Gespenster auszuruhen schienen, winkte sie den Jüngling und seine beiden alten Begleiter zu sich heran. Ich versprach Dir neulich, sagte sie, Dir beim nächsten Fest Deine Freiheit zu schenken; es sei heut, kehre zu Deinen wahren Aeltern zurück, Ferdinand. – Der Jüngling war dankbar, aber die

beiden Alten fingen an zu heulen und zu schreien. Er ist unser
Sohn! krächzten sie, und wir haben uns nun seit Jahren an ihn
gewöhnt: er ist hübsch und groß geworden, und es ist eine
wahre Freude, den Bengel nur anzusehn.

Er hat aber, wie Ihr es wißt, antwortete Gloriana, niemals
zu Eurem Stamm gehören, noch sich für einen andern einweihen lassen wollen. Er findet keine Freude daran nach Gold
und Silber in der Erde zu wühlen, oder in Euren Bergwerken
zu arbeiten, er wünscht sich zu den Menschen hin, die er noch
nicht hat kennen lernen, und die Zeit seiner Prüfung soll nun
zu Ende sein.

Ferdinand ließ sich dankbar auf ein Knie nieder. Die königliche Fee steckte mit ihrer weißen Hand einen einfachen Gold-
reif an den Finger des Jünglings. Durch die Berührung dieses
Goldes, sagte sie, hast Du nun Alles schon vergessen, was Du
hier in diesem Reiche erlebt und gesehen hast. Du wirst dort
oben von den Geheimnissen unsrer Haushaltung nichts aus-
schwatzen können. Beim Ausgang der Höhle soll Dir aber ein
Kleinod gegeben werden, was Dich und Deine Aeltern, die auf
der Höhe des Gebirges wohnen, reich machen wird. Dafür
kauft Euch in einem fremden entfernten Lande an, und lebt
dort glücklich, damit Eure Nachbarn und Richter und Priester nicht forschen, woher Euch dieser Schatz komme.

Indem sich Ferdinand, von zwei Geistern in Gestalt von
Jägern begleitet, schnell entfernte, schrien und heulten die
beiden Alten auf die widerlichste Weise. So wollen wir doch
wenigstens unsern guten klugen Hannes wieder haben! zankte
die Mutter, der muß wieder hergeschafft werden; denn wenn
er auch bei den Menschen nichts Vernünftiges wird gelernt
haben, so ist er doch von unserm Blut und Geist. Aber das
sage ich Euch, Frau Gloriana, die Ihr uns heut dies große
Unrecht thut, wenn ich wieder, wie ich es denn hoffe, von
meinem Alten hier ein rechtes Scheusal zur Welt bringe, so

vertausche ich den Balg gegen den allerschönsten Prinzen, der nur auf Erden zu finden ist.

Indem erhob sich ein ungeheures Geschrei von allen Zwergen, und die ganze große dunkle Masse erhob sich jauchzend in Sprüngen, denn der hinkende übelgestaltete Hannes kam schon herbeigerannt. Die beiden Aeltern umarmten ihn und musterten dann seine Gestaltung. Er hat doch ordentlich etwas Menschliches angenommen, sagte der Vater, er hat so einen vornehmen Blick gekriegt, gleichsam etwas Gebietendes. Ich denke, wir machen ihn zum Prinzen von Geblüt bei der Arsenikspinnerei, da unten in dem Bleibergwerke, wo die recht boshaft giftigen neuerfundenen Libelle und sogenannten Scharteken gewirkt werden, die wir nachher mit ihren dreckigen Farben und Schmuz den sterblichen Menschen verkaufen, die so große Freude daran haben.

Es lebe der Arsenikprinz! schrien die Zwerge.

Hannes wollte sich bedanken und die Feenkönigin begrüßen, als er jetzt erst den König bemerkte. Ei! ei! der Herr Vetter Monarch! sprach Hannes, also seid Ihr hier, glorreicher Kaiser, zum Oberon geworden? Das hätt' ich vor einiger Zeit nicht denken können, als ich Euch in den Brunnen auf unserm Hofe hinabstieß.

O Geliebte, sagte Athelstan, befreie auch einen unglücklichen Greis, den dieser boshafte Zwerg bei dessen Vorgesetzten angegeben hat, und so viel ich sehn konnte, war bei jenen Blödsinnigen der arme Schulmeister in Gefahr.

Ja, rief Hannes mit grinsendem Lachen aus, sie wollten ihn ganz simpel auf einen brennenden Holzstoß, als einen Zauberer setzen, und das kann ein solcher dürrer Mann nicht aushalten. Uebrigens, Herr Sultan Oberon, verbitte ich mir alle Anzüglichkeiten und persönliche Injurien! Wer ist ein Zwerg? hier sind alle meine Landsleute wie ich gewachsen, und die Menge hat immer Recht.

Sei ohne Sorge, mein Gemahl, um jenen Sterblichen, sagte Gloriana, er ist schon gerettet und für seine Angst entschädigt. Das plötzliche Verschwinden des Arsenikprinzen hat den alten Mann gerechtfertigt und die Bosheit der Anklage erwiesen. Sie haben ihm jetzt eine bequeme und einträgliche Priesterstelle gegeben, in welcher er sein Alter pflegen kann. – Auch der sogenannte Besessene dort ist geheilt, denn er sieht jetzt mit den Uebrigen ein, daß ihm nichts fehlte. Dem simpeln Mann erwachte zuweilen ein besserer und hellerer Geist, er sprach verständiger als gewöhnlich, und seine noch einfältigern Verwandten meinten, er müsse besessen sein; da er es immer wieder hörte, ward er selbst davon überzeugt, und ließ seinen Verstand, als wenn ein böser Dämon aus ihm spräche, von Priestern beschwören.

Man zog weiter, und das Gemüth Athelstans erheiterte sich wieder, als sie in schönere Gegenden gelangten. Du verstehst noch nicht, mein Oberon, sagte Gloriana, Dich ganz in Dein erhöhtes Wesen zu finden. Du giebst noch den Zufälligkeiten Raum, und bist nicht so glücklich in meiner Nähe, wie ich in der Deinigen, denn ich verlange nichts, wie Dich und Deine unwandelbare Liebe. Was auf Erden die verschiedenen Stimmungen der Menschen sind, ihre Launen, Trauer und Freude, geheimnißvolle Ahndung und witzige Lust, Alles das findest Du hier in Wirklichkeit und Wahrheit. So Vieles, was erst in Zukunft auf der Welt einheimisch werden kann, wächst und gedeiht hier im voraus und entsprießt erst spät in mannichfaltiger Gestaltung und That dort auf der Erde. Hier ist das geistige Vorrathshaus für die Zukunft der Sterblichen.

Aber das Häßliche! rief Athelstan, wie kann man sich damit befreunden?

Doch, antwortete Gloriana, indem es als Erscheinung auftritt und unbewußt den Witz darstellt. Es ist nicht mehr ganz häßlich, wenn wir es scherzhaft nehmen und das Gemeine

durch unsern Witz adeln. Alle Ordnung, mein Geliebter, ist
nur dadurch, daß es auch das Ungeregelte giebt und geben
darf, und wenn man nur nicht das Häßliche selbst für schön
nimmt und sich darin vergafft, so erläutert durch ihren Gegensatz die Häßlichkeit die Schönheit. Außerhalb der Kunst
darf und muß sich eine Unkunst bewegen, und je genialer,
größer und poetischer, um so besser und zum Gewinn für die
Kunst. Und glaubst Du denn, daß jene häßlichen und abscheulichen Wesen, die Dir so unangenehm sind, so sein würden, wenn sie nicht aus freier Wahl so sein wollten?

Wie, rief Oberon erstaunt, aus freier Wahl?

Das ist eben das Geheimniß der Geisterwelt, antwortete die
holdselige Gloriana mit feierlichem Ton. Seit ewigen Zeiten
geschieht es, daß in den höchsten und zartesten Geschöpfen
sich oft ein Keim entwickelt, der uns Allen zu unserm Dasein
nothwendig ist, der Keim eines Gelüstes, sich selbst zu zerstören, aus den heiligen süßwollüstigen, beseligenden Schranken zu treten, in denen nur unsre Freiheit möglich ist, und
diese ächte beglückende Freiheit, in welcher alle unsre Kräfte
ihre Flügel entfalten, mit einer unsinnigen Willkür, mit nichti-
ger Unbedingtheit, mit sklavischer Schrankenlosigkeit zu ver-
tauschen. Selbst im Glück des Erkennens blitzt auch in den
Seligen ein Taumel des Entzückens auf: wie es geschieht, daß
so oft die Seele dann aus der Begeisterung freiwillig in die Leidenschaft stürzt, ist das ewige Räthsel und Geheimniß. Nun
rennt der Geist, wie sich selber zum Trotz, auf der Bahn des
Feuers fort, verschmäht das Licht als ohnmächtig und ver-
senkt und vertieft sich in Das, was seinem Wesen das Wider-
wärtigste ist, indem er jetzt erst glaubt, im Wilden, Schroffen,
Unverständigen seine Eigenthümlichkeit angetroffen zu haben. Nun wohnt er in der Lüge und Unwahrheit und lästert
auf Schönheit und Heiligkeit, als wenn diese die Lüge wären.
Aus übermäßigem Freiheitstaumel muß der Geist nun ein

Sklave der Häßlichkeit werden, und je enger ihn die Ketten schnüren, jemehr pocht er hohnlachend auf seine Ungebundenheit. Solche aus ihrer ersten Bestimmung tief gesunkenen Geister sind diese Zwerge und Misgeburten, diese widerwärtigen Gnomen und Kobolde. Manche sind erst nach vielen Verwandlungen ihres Irrthums in diese Unformen gerathen, die heftigsten sind mit Blitzesschnelle aus der schönen Form hinein gestürzt. Finden sie in entzündeter Sehnsucht die Wahrheit wieder, so steigen sie schneller oder langsamer zur Schönheit wieder empor: doch ist es unendlich schwer, daß dieser Eigensinn wieder gebrochen werde, der jetzt die Wurzel ihres Wesens ist.

Und doch, sagte Athelstan, werfen sie ihre Kinder den Menschen hin und holen sich die schönen Gestalten.

Aus Schadenfreude, antwortete Gloriana, um die Menschen zu betrüben, und in der Hoffnung, daß ein solcher Wechselbalg in der Familie recht viel Unglück anrichten wird. Auch ist ihnen, zu ihrem Misbehagen, noch ein Rest von Schönheitssinn geblieben, so daß sie oft wie mit Gewalt zu einem solchen Raube getrieben werden. Machen es bei Euch die Menschen und sogenannten Poeten anders? Wie mancher dürftige Zwerg, der nur das kümmerlich Häßliche hervorbringen kann, reißt dem ächten Dichter eine glänzende Stelle diebisch weg, und fügt sie seiner Dummheit ein.

Du sprachst auch, Titania, fing Oberon wieder an, von Geistern, die aus ihrem Beruf und aus der Bahn der Schönheit sich stürzen, und dennoch großbleiben.

Du wirst es immer mehr fühlen, je länger wir beisammen leben, erwiderte Titania, daß es kein anderes Erkennen giebt, als in dem sich ein Geheimniß in ein höheres auflößt. So wie Wahrheit, Schönheit, Glaube und Kunst das Höchste sind, und sich Alles, was Kraft, Glück, Begeisterung, Andacht und Liebe in hunderttausend und unzähligen Gestaltungen in

diesen Regionen formt und immer vollendet ist: – so wohnt
dem Jenseitigen, dem wilden Garten der Unkunst und Nicht-
liebe solch Wunder bei, so kräftige und glänzende Pflanzen
entwachsen dieser Wildniß, daß sich immer von Zeit zu Zeit
ein himmlischer Geist in diese unauflösbare Räthselwelt vergafft, hier einheimisch wird, und Riesenkräfte entwickelt, die
in so frecher Gewalt niemals im Garten der Kunst sichtbar
werden können. Bleiben die Geister in dieser düstern Region,
welche gegen Liebe und Schönheit anstürmt, so erwächst aus
diesem Kampfe, welcher die Wahrheit zu vernichten scheint,
dieser, sowie der Liebe eine neue Kraft und frisches Vertrauen.
Es bilden sich dann zwei Welten, die einander unentbehrlich
sind: aber nur selten, selten nur verharren diese großstreben-
den Geister in dieser schauerlichen Wildniß, wo sie ganz neue
Wunder entdecken könnten, sie lüstern wieder zur Schönheit
und Kunst hinüber, und doch haben sie selbst in ihrem riesen-
haften Bestreben die zarten Flügel zerbrochen, die sie hin-
übertragen könnten.

O Titania, holdselige Göttin aller Poesie, meine Gattin,
meine Braut, meine Geliebte, Freundin und Lehrerin, welch
Leben hast Du mir vergönnt! rief Oberon in seligem Entzücken.

Auch Du, antwortete Titania, bist jetzt der König aller Poesie. So laß uns denn in jene Gefilde hinüberschweben, wo die
Dichter leben und glücklich sind.

Sie erhoben sich leicht und fast unsichtbar bis zum Aether
und sanken als lichte Wolken wieder in einen frisch grünen-
den Wald hinab.

Sie sahen und sprachen die großen Dichter des Alterthums.
Viele, deren Namen und Schriften erloschen sind fanden sie in
diesen geweihten grünen Hallen, unter Felsen und Blumen, an
rinnenden Bächen und Quellen, oder auf der Höhe der Berge,

indem Alle sangen oder still dichteten. Holdselige Nymphen und reizende Jungfrauen waren zu ihrer Gesellschaft geschäftig und scherzend gegenwärtig. Die süßeste Musik schwang sich durch die Haine, in denen die Sommerlüfte sich summend schaukelten, und das Echo und Nachtigallen antworteten den Gesängen.

Oft, sagte Gloriana, kehrt einer dieser Geister zur Erde zurück und bewohnt eine neue Gestalt, um die Menschen zu erheben und zu entzücken, andere Wohnplätze sind hier für Diejenigen bereitet, die in Zukunft die Erde verlassen werden. So geschieht es auch, daß, wenn ein Sterblicher boshaft und schlecht ist, daß er Alles verwirrt und seine Nächsten beschädigt und kränkt, daß er alsdann, in einen häßlichen Zwerg verwandelt, die Gesellschaft jener widerwärtigen Gnomen vermehrt. Es ereignet auch wohl, daß diese Gnomen, wenn sie immer verkehrter und böswilliger werden, um noch tiefer zu sinken, in Menschengestalt verwandelt werden, um dort auf Erden ein recht nichtswürdiges Leben zu führen; die meisten besinnen sich dann, und können nach ihrem Tode wieder eine höhere Region einnehmen.

Oberon und Titania durchreisten alle Theile des großen und schönen Reiches. Athelstan lernte es bald, die Gestalt der Geister auf Zeiten anzunehmen, und so scherzten sie in mondhellen Nächten, nicht größer als die Blüthen der Aurikel und Vergißmeinnicht, mit ihren Elfenchören auf den grünen duftenden Wiesen, schaukelten in den Wipfeln der Bäume und glitzerten fliegend in den Funkenwolken der schwärmenden Johanniswürmchen.

Dann ließen sie sich wieder vom göttlichen Homer die Begebenheiten erzählen, die seine Gedichte nicht aussagen; der ungestaltete Thersites, der schon einmal zum Gnomen geworden war, aber seine Strafzeit überstanden hatte, kam mit den griechischen Helden und lästerte noch wie ehemals.

Alles, was die Welt Großes und Schönes gedichtet hatte,
ging in wechselnden Gestaltungen ihnen vorüber. So lernte
Athelstan Alles kennen, was auf Erden Glänzendes vor seiner
Geburt geschehen war. Im Anschauen und Gefühl besaß er
Alles, wonach der Sterbliche in vergeblicher Sehnsucht ringt,
und im Besitz der schönen Gattin, in ihrer Liebe war Alles er-
füllt, was Phantasie und Wirklichkeit, das Mögliche und die
Poesie gewähren können.

Jetzt, sagte nach einiger Zeit Titania zu ihm, kennst Du
Alles, Du hast als Herrscher Deine Provinzen und Unterthanen gesehn, die edlen Geister sowie die niedrigen kennen lernen; Du darfst strafen und belohnen nach Deiner Ueberzeugung oder Deinen Wünschen gemäß, denn die Macht meines
Scepters ist auf Dich übergegangen, ich weiß es, Du wirst
Deine Gewalt niemals misbrauchen, sondern die Geisterwelt
eben so gern wie die Menschen beglücken.

Welche Sprache, antwortete König Oberon, könnte mein
ganzes Glück aussprechen, ich wünsche nichts als Dich, Deine
Nähe ist mein Himmel; aber ist es mir vergönnt, wenn vielleicht einmal die Sehnsucht mich treibt, auf kurze Zeit zur
Erde zurückzukehren?

So oft Du willst, antwortete Gloriana; hast Du doch gehört
und gesehn, daß ich selbst zu Zeiten mit meiner fröhlichen
Jagd hinaus ziehe. Du bist unumschränkter Gebieter, und
Dein Wille ist Dein einziges Gesetz, doch kannst Du die Verhängnisse nicht brechen, die unser Reich in ewigen Schranken
bewahren und sein Glück sichern. Erkennst Du diese nicht
mehr an, so bist Du wieder Mensch und unglückselig und
stirbst im Elend. Wenn Du auf Erden wandelst, so kannst Du
eine Gestalt annehmen, welche Du willst; Du kannst dort
Deine Menschen, die Du als Deine ehemaligen Brüder immerdar lieben wirst, beglücken, Noth und Elend lindern, die Armuth erleichtern, und wen Du mit der Absicht anblickst, ihn

berührst, oder ihn gar umarmst, dem wird die Gabe der Dichtkunst mitgetheilt. Wenn ich dann aber zu Dir sende, da darfst Du Dich nicht entziehn, schnell zurückzukehren, denn diese Sendung ist ein Zeichen, daß ich Dein bedarf, daß mir ein Drangsal, unserm Reich eine Gefahr nahe kommt.

Keine Eide kann und will ich Dir schwören, antwortete Oberon, aber Du bist meiner so gewiß, wie ich meiner Seele, und mit demselben Glauben weiß ich es, daß Du mir bleibst: unser Glück ist unzerstörbar, was die fernsten Zeiten bringen und noch verhüllen, sei uns, wenn die Jahrhunderte verflossen sind, auch dann willkommen.

Alles wird auch dann Glück und Freude sein, antwortete Gloriana, wie Welt und Erde sich einmal anders gestalten mag, welchem neuen Gesetz dereinst die Geisterwelt gehorcht, wir selbst können uns niemals wieder verloren gehn.

Dein Reich, Titania, sagte Oberon, indem er sie umschlang, wird sich immerdar vermehren, und mir liegt es jetzt ob, mit neuen glänzenden Geistern die schöne Provinz der Dichter hier zu bevölkern.

Wie viele Gewächse in den Thälern, sprach Titania, wie viele Bäume in schönen und sonderbaren Wäldern, die Wundergegend an den Wasserfällen, die Zauberwände, an denen immerdar die Regenbogen spielen, der lichtgrüne Hain voll seltsamer fremder Vögel, jene Tiefe, die ernst wie Verzweiflung von oben anzusehn, und in welcher die weinenden Bächlein fließen, die wolkenhohen Paläste mit den blanken Zinnen, alle diese und viele andre Zauberorte stehn noch unbewohnt, alle diese Poesie muß sich noch in menschlicher Dichtung entwickeln und die erstaunte und trunkene Welt durchdringen. Sind auch nur wenige dieser Geister zur höchsten Vollendung berufen, so schlummern doch noch tausend und tausend entzückende Melodien in jener großen Naturharfe, deren klingende Saiten die Welt durchtönen sollen. Eine neue Zeit wird

durch Dich erwachen, die der Wunder und der Liebe; Gesänge
werden die Welt durchströmen, wie sie noch niemals gehört
waren, und ein Kampf der Poesie wird mit jenen alten ewigen
Heroen entbrennen, daß der forschende Sinn zweifeln wird,
welcher Schönheit er den Kranz reichen soll. Meine Geister
haben mir schon Manches von diesen Wunderereignissen zu-
geflüstert, und mein scharfes Auge dringt in die Fernen der
Zukunft. Der Kaiserstamm der Hohenstaufen, welcher jetzt
auf Erden herrscht, wird diese Kraft entbinden und den Sinn
begeistern, Religion, Andacht, Liebe, Alles wird unter dem
Schutze großer Kirchenfürsten die geistigen Flügel weit ausbreiten, und dann – dann – wie alles Sterbliche, wie alles
Schöne, erbleicht auch diese Herrlichkeit, und Italien wird,
Spanien nachher, später ein nordisch Volk die Harfe schlagen,
und Dein geliebtes Deutschland fast vergessen sein, bis dann
freundlich der Jüngling Dir im einsamen Walde begegnen
wird, dem Du die Weihe ertheilst, dem jugendfrischen Helden, dem sich die Geister der Vorzeit und der Nachwelt neigen werden. – O mein Oberon, o mein schöner Athelstan!
welche Freuden werden wir noch mit einander genießen! Alle
diese Unsterblichen, und er, der deutsches Wort am höchsten
adelt, sind dann glückselig hier bei uns, und wir sind in ihrem
Glück beglückt und lernen von denen, die unsre Schüler waren. Geschichte, Natur, Andacht, Liebe, Thorheit, Weisheit
und Scherz, Alles spricht uns verständlich und wir fühlen in
jedem das Ganze und sind die Fürsten und geliebten Freunde
dieser seligen Geister.

Es waren viele Jahre seit diesen Begebenheiten verflossen, als
an einem schönen Sommertage drei bejahrte Männer das
schöne Gelände hinaufstiegen, um sich behaglich in das Gebirge zu begeben. Der älteste von ihnen ein Freiherr von
Braunstedt, der im Lande und bei den Fürsten sehr in Ansehn

stand, war reich und milde, und deshalb von hoch und niedrig geliebt. Ob er gleich alt war, so bewegte er sich dennoch sehr rüstig und schritt oft seinen jüngern Begleitern voran. Der zweite in der Gesellschaft war ein Gelehrter, den seiner Kenntnisse und Talente wegen der Freiherr beschützte, und den man, seinem Wohnort nach, nur Meister Gottfried von Straßburg zu nennen pflegte. Der dritte Mann war ein Geistlicher, ein Abt, der heiter und vergnüglich lebte, und jetzt, indem er seine Freunde begleitete, zugleich eine Capelle besuchen wollte, die einem Priester, der als uralter Greis gestorben war, geweiht wurde, indem das Volk glaubte, der Verstorbene habe mehr als ein Wunder verrichtet.

Schreitet mir nur voran, sagte der Freiherr, indem er ruhend stille stand und die Schönheit der Natur umher, und die frischen Thäler und Wälder unter sich betrachtete, ich war noch niemals in diesem Bezirk, ihr Freunde seid aber, wie ihr mir erzählt habt, hier gewissermaßen einheimisch. Wie wunderbar schön ist doch unser deutsches Vaterland, wie reich und mannichfaltig in seiner Herrlichkeit, und wie wechselnd in allen Gestaltungen.

Und viel, erwiderte der Abt, ist hier verbessert, angepflanzt und durch Häuser und Bevölkerung vermehrt, seit ich nicht hier war. Damals war manche Stelle noch wüst, und so sagt man mir, daß oben auf der letzten Höhe des Gebirges, wo ich geboren wurde, jetzt ein stattliches Kloster prangt.

O meine lieben Freunde, sagte lächelnd der gelehrte Meister Gottfried, ist es doch mit der Natur fast wie mit einem lieben Freunde. Ich kann mich über nichts freuen, das hier verbessert und verschönert ist; ich sehe, wie unbillig meine Erwartung ist, aber ich wünsche, ich hätte Alles so wiedergefunden, wie ich es in der Jugend hier verlassen habe. Ich habe im Stillen darüber geweint, daß in den lieben Thälern hier so Vieles anders erscheint.

Es giebt fast keinen Vorschritt ohne einen Rückschritt, sagte der verständige Freiherr: es ist aber natürlich, daß, wenn wir eine schöne heimathliche Gegend wie ein Gemälde oder ein Gedicht zu betrachten gewohnt sind, wenn unsre Liebe das Wesen zu einem vollendeten Kunstwerk für unsre Phantasie gestempelt hat, wir nachher von jeder Aenderung und Verbesserung in der Landschaft schmerzlich gestört werden.

Mit unserm Leben, fuhr Gottfried fort, ist es ja ebenso. Wer möchte nicht alle Weisheit und alle seine Erfahrungen hingeben, wenn er dafür die frische unbefangene Jugend wieder erobern könnte: jene Ahndungskraft, die in jedem Mondschein, Sonnenuntergang und jeder Morgenröthe ein Wunder erwartet, den Anbeginn eines neuen und unerhörten Zauberlebens.

Sonderbar ist es auch, sagte der Abt, was uns vor wenigen Tagen Wolfram von Eschilbach und Hartmann von der Aue erzählten.

Ihr meint, nahm Meister Gottfried das Wort, von jenem wundersamen Jünglinge, der ihnen im einsamen Walde begegnet ist. Wie er sie begrüßt, sie mit seltsamen Worten angeredet, und ihnen gleichsam durch eine feierliche Umarmung eine geheimnißreiche Weihe ertheilt hat?

Wohl meine ich diese Erscheinung, sagte der Abt, deren Schönheit und eigenthümlichen Zauber uns diese Herren nicht genug zu schildern wußten.

Aber darüber vergessen wir, rief der Freiherr, die einzige Schönheit dieser reichen, herrlichen Gegend zu genießen. Auch ist es heiß geworden, und so gern ich wandle, fängt mir das Schreiten doch an beschwerlich zu fallen. Ihr sagtet uns, Herr Gottfried, von einem Baum, in dessen Schatten wir ruhen könnten.

Sie kann nicht mehr weit entfernt sein, diese Wunderlinde, erwiderte Gottfried, denn wenn mich mein Gedächtniß nicht trügt, so führt uns dieser Fußsteig bald in ihren kühlenden

Schatten, und an den frischen Brunnen, der mit anmuthigem
Geräusch aus dem grünen Berge springt. Ich war freilich fast
noch ein Kind, als ich diese Gegend verließ, und ich bin seitdem nicht wieder in dieses Gebirge gekommen, aber die Eindrücke jener Jugendtage sind noch so frisch in meinem Gedächtniß, daß ich mich nicht irren kann. – Und, ihr Herren,
vernehmt ihr das Rieseln der Blätter und das Geschwätz des
perlenden Brunnens? Da kommen mit ihnen meine liebsten
Jugendträume zurück. Noch zwanzig Schritte aufwärts, und
wir sind gewiß an Ort und Stelle.

Wirklich kamen jetzt die drei freundlichen Wanderer, nach
einer Biegung des Weges, ganz in die Nähe des Baumes, der
weit und breit in der dortigen Gegend berühmt war. Indem sie
sich umwendeten fuhren alle Drei mit einem lauten Ausrufe
des Erschreckens zurück, denn auf dem Rasen saß im Schatten der Linde eine Gestalt, welche sie alle zu kennen glaubten.
Der fremde Jüngling stand auf, ging ihnen freundlich entgegen, und der alte Freiherr war der erste, welcher die Sprache
wieder fand, indem er ausrief: wie, Athelstan, könnte es möglich sein, solltest Du nach so vielen Jahren meinen Augen wieder erscheinen, und zwar in derselben Gestalt, in welcher Du
mir damals verloren gingest?

Und warum nicht möglich? sagte Athelstan lächelnd, indem
er den bejahrten Ritter herzlich in seine Arme schloß.

Athelstan! rief Meister Gottfried, ja wohl Ihr seid es, Theurer, Verehrter! Aber wie kommt Ihr in dieser Jugendgestalt vor
unsre Augen? Erinnert Ihr Euch des Köhlerbuben, des kleinen
Gottfried noch?

Wohl erinnere ich mich des lieben Gefährten, antwortete
Athelstan, indem er dem Meister mit Herzlichkeit die Hand
schüttelte.

Der Abt war scheu zurückgetreten und murmelte für sich,
indem er ein Kreuz schlug: Oberon!

Ja, mein geliebter Friedrich, o Du mein Fritz, mein Jugendfreund, fing Athelstan wieder an, ja, ich sehe Dich mit tiefer
Rührung wieder, ich kann mich an Deinem Anblick nicht ersättigen, denn ich bin, in Deiner Nähe, wieder Knabe und
Jüngling, und alle Leiden und Freuden jener Tage ziehen mit
verjüngter Kraft durch meinen Busen.

Die erstaunte Gesellschaft stand sich betrachtend und mit
den Augen messend eine Weile still, bis Athelstan sagte: man
hat dort seit zehn Jahren ein großes Haus gebaut, wo man mit
allen Bedürfnissen des Lebens versehn ist. Dorthin, wie ich
weiß, habt Ihr Eure Diener beschieden, laßt uns hin wandeln,
damit Ihr Euch erquicken könnt, und dann erzählen wir uns,
was uns zu wissen nöthig ist. Dein Leben, mein lieber Fritz,
obgleich ich Einiges davon weiß, ist mir am wichtigsten.

Die Gesellschaft begab sich nach dem bequemen Hause,
welches mit Wein und Speisen reichlich versehn war. Ein jüngerer Sohn führte die Wirthschaft für seinen greisen Vater und
die alte Mutter, und dieser jüngere Geschäftsführer begrüßte
den Abt mit großer Ehrerbietung als seinen ältern Bruder. Dieser Abt war Niemand anders, als jener Ferdinand, den die Unterirdischen aus der Wiege geraubt hatten: der Jüngling hatte
damals den beglückten Aeltern die Reichthümer übergeben,
die er aus dem Reiche der Elfen mitgebracht hatte, sie waren
erst, um sich den Nachforschungen zu entziehn, in ein fremdes Land gegangen, kamen aber nach einiger Zeit zurück, um
sich wieder in ihrer ehemaligen Heimath niederzulassen. Der
fromme Abt ging zu den greisen Aeltern, die sich sehr glücklich schätzten, von einem so vornehmen Sohne die Segnung
zu empfangen.

Bei Tische erzählte der Freiherr: mein geliebter Athelstan,
seit ich mich etwas von meinem Erstaunen erholt habe, ge-
wöhne ich mich allgemach an Deine Jünglingsgestalt, die mir
noch ganz so erscheint, wie in jener Zeit, als wir uns auf die

abenteuerliche Wanderung begaben. O mein geliebter Freund, als ich damals zu Deinem zürnenden Vater wiederkehrte, mußte ich viele Kränkungen erdulden, weil man immer noch glaubte, ich allein sei die Ursache Deiner Flucht. Ich ward lange gefangen gehalten, und weder die Bitten meines Vaters, noch aller seiner Freunde vermochten etwas über den halsstarrigen alten Mann. Die Zeit heilte endlich, so viel als möglich war, seinen Zorn wie seinen Gram. Du erschienst nicht wieder, nirgend war eine Kunde von Dir zu erlangen. So warf er denn alle seine Liebe, da er keine Kinder außer Dir hatte, auf die schöne Base, welche Dir bestimmt war, und sonderbar genug, auf mich, als wenn er durch fast übertriebene Zärtlichkeit sein Unrecht gegen mich wieder gut machen wollte. In einem Kriegeszuge gelang es mir, mich vor den Augen meines Landesherrn auszuzeichnen, dieser gab mir den Adel und schlug mich im Felde selbst zum Ritter. Jetzt zeigte sich die Liebe Deines Vaters noch deutlicher: mit Bewilligung des Landgrafen und unsers gnädigen Kaisers nahm er mich an Sohnes Statt an, ließ mich in alle Deine Rechte treten und vermählte mich mit Deiner schönen Nichte. Er sprach nur selten von Dir und war überzeugt, Du seist verunglückt und irgendwo von Räubern erschlagen. Er starb nach einigen Jahren in unsern Armen. Ich war ganz glücklich, nur sehnte ich mich oft nach dem so ganz verschollenen Jugendfreunde. Ich habe Söhne und Töchter, die mir Freude machen, meine Gattin ist noch rüstig und gesund, und seit ich mich zu alt fühle, um Kriegesund Ritterdienste zu thun, lebe ich auf meinen Schlössern und in schöner Natur, bei Gelagen mit Freunden, auf Wanderungen und bei Gesängen ein behagliches Leben. Denn ich freue mich unsers deutschen Meistergesanges, und viele der wackern Dichter kennen mich, kommen auf Wochen und Monden zu mir und lesen mir und den Meinigen ihre schönen Bücher vor.

Jetzt erst, geliebter Athelstan, verstehe ich etwas mehr, was Du in Deiner ungestümen Jugend suchtest. Diese Gestaltungen der Phantasie, diese wunderbaren Bewegungen des Gemüthes, die sich nur in der Dichtung erregen lassen und in süßer Täuschung unsern Sinn gefangen nehmen, daß wir darüber auf kurze Zeit die Wirklichkeit vergessen, wolltest Du eben in dieser unpoetischen Wirklichkeit selbst aufsuchen. Wir sind aber nur in dieser anmuthigen Täuschung glücklich, und um so mehr, weil wir uns ihrer bewußt sind. Handfest, greiflich, unsern Fragen stille haltend, können wir diesen Träumen und Wahngebilden niemals begegnen.

Athelstan lächelte auf eine sonderbare Weise, und indem der Freiherr sich diesen seltsam wehmüthigen Blick, der doch auch Spott auszudrücken schien, nicht deuten konnte, ward er verlegen und sagte mit etwas beklemmter Stimme: Mein edler Freund, so ist meine Lage, so mein Geschick; aber ich weiß, daß Dir von Rechtswegen Alles gehört, was ich besitze, und so wie Du auf Deine Güter einziehen willst, räume ich Dir den Platz, und zwar mit frohem Sinn, und Alles ist wieder das Deinige.

Athelstan gab ihm die Hand und sagte: Mein lieber Jugendfreund, sei ohne Sorge und bewohne Deine Schlösser und genieße, was Dir und Deinen Nachkommen für ewige Zeiten bleiben soll: ich bin so glücklich und reich, daß ich keinen König und Kaiser zu beneiden brauche. – Aber, mein Gottfried, wie wohl seht Ihr aus als Mann und ältlicher Mann; nie kann ich es vergessen, welch ein munterer Geselle Ihr wart, als Ihr, ein Knabe damals, mich durch dies Gebirge führtet, und mir die schönen Geschichten erzähltet.

O mein Wohlthäter! rief der Meister Gottfried aus, wie glücklich machte mich damals Euer so reiches Geschenk! Meine Aeltern segneten Eure Großmuth und man schickte mich sogleich zu jenem Weltpriester, unserm Vetter, von wel-

chem ich Euch damals sagte. Er unterrichtete mich und ließ
mich nachher die großen Schulen besuchen. So lernte ich
manchen Vornehmen kennen, der mich beschützte, so auch in
spätern Jahren den edlen Freiherrn, den ich Freund nennen
darf. So ward es mir vergönnt, mich den Schriften und der
Kunst des Gesanges zu widmen und in diesem meinen Treiben fühle ich mich ganz glücklich.

Athelstan stand auf, nahte sich mit einer Art von Feierlichkeit dem Meister und schloß ihn herzlich in seine Arme. Er
wiederholte dreimal diese Umarmung und sagte dann mit der
freundlichsten Stimme: Ich weiß, lieber Bruder, Du wirst den
holdseligsten Tristan singen: es ist kein Frühlingswind so lieblich und erquickend, wenn er durch das erste funkelnde Laub
der Birkenwipfel säuselt, keine Nachtigall schlägt so inbrün-
stig, keine Morgenrose duftet im Schatten so süß, wenn der
Thau noch in Perlen auf ihren Rubinlippen steht, als Deine
deutschen Worte, Deine spielenden und springenden Reime
klingen, duften und schimmern werden. Aber auch der Nachtigall Sehnsuchtsklage, das Weinen des einsamen Baches, den
unnennbaren Schmerz der Liebe wirst Du, Meister, in die
weichste, zarteste Rede kleiden. Sei glücklich so wie Du andere beglückst.

Gottfried konnte sich der Thränen nicht enthalten. Bist Du
denn etwa der, fragte er dann furchtsam, der den Walther,
auch der den von der Aue, und unsern Eschilbach mit geheimnißvollem Gruße angesprochen hat?

Derselbe, sagte Athelstan: alle Sänger und Dichter sind mir
befreundet, und mein Wohlwollen kommt ihnen zu gute, indem es ihren Geist beflügelt.

Jetzt stand der Abt auf und nahte sich verlegen: Ich sah
Euch ebenfalls, so dünkt mir wenigstens, vor vielen Jahren
in einem sonderbaren Reiche, wo sie Euch den Oberon nannten.

Ihr solltet wohl Alles vergessen haben, antwortete Athelstan: war nicht so der Vertrag? Und tragt Ihr nicht noch jenen Ring am Finger?

Der Abt suchte sich zu sammeln, setzte sich wieder nieder und sagte dann: Mir ist freilich Alles nur so, wie ein Traum, wie Nebel und Dämmerung, aber Eure Gestalt, so wie die glänzende der Gloriana kann ich noch heraussehn und erkennen.

Nun war Gottfried neugierig geworden, aber Athelstan unterbrach das Gespräch, und Alles ward geschwätzig und vielfach redselig, als die greisen Aeltern des Abtes in das Zimmer traten. Die Söhne und Töchter kamen auch von der Arbeit des Feldes zurück, und Alles beeiferte sich, dem ältern Bruder, dem Abte, Ehrfurcht zu beweisen. Die Alten erkannten auch Athelstan wieder, und auch von dem Wechselbalge, dem Zwerge Hannes war wieder die Rede, welcher damals auf eine unbegreifliche Weise verschwunden war, indem er eben vor dem Ketzergerichte seine Anklagen und Aussagen gegen den alten Schulmeister erhärtete.

Sonderbar ist es in der Welt hergegangen, bemerkte der greise Wirth, unsern ächten Sohn, Hochwürden Gnaden, erhielten wir so unvermuthet zurück und mit ihm Geld und Gut, der Wechselbalg, unser Hannes, war wie in alle Winde verstoben. Das Alles ist fast wie so ein Kindermärlein, und doch haben wir es selbst erlebt, und Hochwürden Gnaden sitzt noch da und ist unser leibhafter Sohn, und der Junker Athelstan ist auch wieder gekommen und hat nach so vielen Jahren noch dasselbe Gesicht und die nämlichen Augen wieder mitgebracht. Wir sehn das Alles und sind mitten drunter, und begreifen es nicht und müssen es doch annehmen und glauben.

Ja, und dieser alte Schulmeister, der damals wohl zu uns kam, setzte die alte Frau das Gespräch fort, es war ein guter alter Mann, aber er war doch simpel und galt dafür in der ganzen Gegend. Nun wollten sie ihn verbrennen, weil er ein Kobold sein sollte, wofür ihn unser Sohn, der Hannes ausgegeben hatte. Wie der Zwerg nun nicht mehr in der Welt zu finden war, so ließen sie den Küster wieder frei und weihten ihn auch zum Priester. Nun hat derselbe Mann nachher, wie sie sagen, Wunder gethan, und die gemeinen Leute sehn ihn wie einen Heiligen an, so daß man ihm nun auch eine Capelle gebaut und eingeweiht hat, wo viele Hunderte von Frommen beten, und Processionen zu ihm aus der Ferne wallfahrten. So sehn wir, was aus den Leuten werden kann, denen man es am wenigsten ansieht.

Da kam ein Diener herein, blaß und verstört. Was giebt es, Balzer? fragte der Freiherr. Gnaden, sagte der Diener stammelnd, ich sollte freilich sagen, was ich jetzt gesehen habe, aber ich weiß es nicht vorzubringen, weil Ihr mir nicht glauben werdet.

Sprich nur, rief der Freiherr, das Wunderbare und Unbegreifliche ist uns so nahe getreten, daß wir über nichts mehr erstaunen werden.

Der Diener fuhr fort: Einige von uns waren dort höher hinaufgegangen, der Stelle nach, wo die große sogenannte Zauberlinde steht. Die Zeit der Nachtigallen ist vorüber, aber plötzlich fing eine an zu singen, gegenüber eine zweite, die laut antwortet und im Widerstreit die erste übertreffen will. Mit einemmal wird der ganze Lindenbaum wie lebendig, jedes Blatt scheint eine Nachtigall, so schmettern, als wenn es Tausende wären, die vielen lauten Gesänge durcheinander. Der sprudelnde Quell wird plötzlich stark und groß, er quillt und hebt sich schnell mit einem vollen Strahl als Springbrunn in die Höhe, drinnen im Berge musicirt es, wie Waldhorn, Flöte und Trompete, der Hügel ist wie lebendig und wie aus einer Thür kommen zwei große Hirsche hervor. Man sieht im Berge fern und ferne schöne Jäger und Mädchen in kurzer knapper grüner Tracht stehn, die alle auf goldnen Hörnchen blasen. Die Hirsche aber haben goldnes Geweih und dazwischen goldne Schellen und Glöckchen, die lieblich erklingen, so wie sich die klugen Thiere langsam vorwärts bewegen.

Das gilt mir, rief Athelstan, indem er sich erhob, ich werde abgerufen, lebt wohl, Freunde, vielleicht sehn wir uns noch einmal wieder.

Er umarmte die Freunde schnell, und verließ dann das Haus. Alle sahen ihm nach: die Hirsche standen, wie ihn erwartend, still, und wie er zwischen ihnen war, kehrten sie um, sie gingen weiter und verschwanden, da die Dämmerung schon eingetreten war, in dem grünen Hügel. Nun war Alles still, die Musik schwieg und die Vögel verstummten.

Die Uebrigen blieben draußen und sprachen noch viel über das Wunder, welches sie gesehn hatten. Der Freiherr, Meister Gottfried und der Abt kehrten nachdenkend in das Zimmer zurück. Der Abt sagte endlich: Nein, meine Freunde, dieser Athelstan, wie er sich ehemals nannte, ist den bösen Geistern verfallen. Das ist eine ähnliche Geschichte wie die mit dem Tannenhäuser, und es ist entsetzlich, daß es hier, unsrer lieben Heimath so nah, einen Eingang in diesen verruchten Venusberg giebt. Er ist selbst, der so täuschend sich als ein schöner Jüngling darstellt, zum bösen Geist geworden; darum wollte er auch nichts von unsern irdischen Speisen genießen: habt Ihr es wohl bemerkt, daß er kaum etwas, ein Geringes nur, von unserm guten Wein trank? So siegen die Hexen, Kobolde und Höllenkünste denn immerdar.

Schweigt, rief Meister Gottfried, Ihr unnütz eifernder Abt, und sprecht nicht so thöricht, wie die Ketzerrichter. Von der herrlichen Fee Gloriana sprechen ja seit lange die Sagen dieses Landes; ich sehe, er hat sie gefunden, und sie liebt ihn, darum ist ihm Jugend, Reichthum und Macht verliehen. Sie ist es, die ihn jetzt durch diese wundersamen Herolde in ihr Reich zurückruft. Erzählen uns doch so viele Gedichte von den Rittern des Artushofes, wie Dieser und Jener die Gunst einer Elfe, oder Wasserfeie gewann; deuten wir nur diese süßen Wunder mit unserm stumpfen Witze nicht zu höllischen Legenden um. Er wohnt im Reich der Poesie, und die Poesie ist himmlischen Ursprungs.

Der Abt sprach noch Manches von der Kirche und ihren Verwerfungen, doch Gottfried, der sich auch ein frommer Mann dünkte, ließ sich nicht irre machen. Der Freiherr meinte, ein so heiterer poetischer Sinn, wie er ihn immer an seinem Athelstan gekannt habe, könne niemals zum Bösen führen.

Seitdem ward Athelstan oder Oberon in jenen deutschen Landschaften nicht wieder gesehn, aber in Italien begegnete er nachher dem großen Dante; Petrark, Boccaz und Ariost erzählten auch wohl später von einem seltsamen Mann, welcher sie begrüßt und umarmt habe.

In der Einsamkeit von Warwikshire, dort in den schönen Wäldern begrüßte Athelstan manchen Jüngling: am innigsten umarmte er jenen William, auf welchen sich alle unsre neuere Poesie stützt und lehnt. Chaucer war früher schon von ihm anerkannt, sowie der liebliche Spencer, und wie er durch Italien, England und Spanien streifte, um dort herum, vor Allen Cervantes, Camoens, Lope und Calderon zu grüßen, so schien er lange unser Deutschland zu vergessen.

Der Sänger des Messias erzählte so, es habe ihm ein seltsamer Greis die Hand gedrückt, und dann warnend den Finger erhoben. Unser Schiller meinte: es bedürfte dergleichen Fratzen nicht, wenn die eigne Kraft ausreicht, etwas Großes hervorzubringen. Aber wenn er auch diesen Oberon leugnete, so hat er ihn doch sehr wohl gekannt und hat eine vertraute heimliche Stunde mit ihm zugebracht. Da Wieland sich von diesem Athelstan, als dieser ihm die Hand gab, geneckt glaubte, so hat er von ihm als von einem Kinde gedichtet und ihm den Ernst und das Deutsche ganz abstreifen wollen.

Aber als der Athelstan, der nun endlich doch zum Greise geworden war, sich wieder einmal seiner Jugend erinnerte, und ihm das Herz ganz frisch aufging, als er seines geliebten Köhlerbuben, der nachher der Meister Gottfried von Straßburg wurde, wieder gedachte, und wie dieser ihm zuerst von seiner Gloriana erzählt hatte, die noch immer in verklärter Schönheit glänzte und ihn stets, wie in den ersten Tagen liebte, da ging Athelstan nach Straßburg, um die herrliche Gegend einmal wieder zu beschauen. Beim Abschiede hatte Titania zu ihm gesagt: Du warst neulich entzückt über das Wonnethal, das so frisch blüht und grün, so schön von Waldströmen durchrieselt, so entzückend von Nachtigallen durchsungen ist, daß Du meintest, so edel, groß und lieblich zugleich, so rein in allen seinen schönen Verhältnissen von Berg und Wald, so schlanke Buchen seien Dir noch nicht in unsern Reichen vorgekommen. Ist es nicht Zeit, daß sich endlich dies in Poesie zeige? Dir, einem gebornen Deutschen war dieser Völkerstamm sonst fast der liebste, jetzt scheinst Du Deine Landsleute beinah vergessen zu haben: geh und handle, daß dieses edle Blut sich wieder erfrische. Da traf in stiller Nacht in feierlicher Einsamkeit Oberon den Jüngling, der, wie er uns selbst so schön erzählt, von Zabern nach Straßburg wiederkehrend sich im Anschaun seines Genius vertiefte. Er setzte sich zu ihm und gab ihm in Umarmungen die höchste Weihe. –

– Es versteht sich von selbst, daß ich, der Beeskow diesen Schluß der alten Mär ganz hinzugefügt habe, so wie ich oben schon die zu große und grobe Lücke habe ergänzen müssen.

Es werden jetzt fast vierzig Jahre verflossen sein, als ich, ein junger Bengel, mit einem andern jungen Burschen auf einer

sogenannten poetischen Reise mich befand. Damals waren die
Fußreisen noch nicht etwas so Alltägliches, wie sie es seitdem
geworden sind. Jetzt haben sich fast Knaben schon buchstäblich das an den Schuhen abgelaufen, was vor vierzig und fünfzig Jahren nur mühsam entdeckt und erlebt werden konnte. –
Also, dieser mein junger Freund war mit mir. Er ist seitdem im
Alter der Präsident unsrer, nicht nur in der Umgegend, sondern auch im ganzen Deutschland völlig unbekannten gelehrten Gesellschaft geworden. Das heißt, so wie wir zusammen-
kommen, setzt er sich, unter dem Vorwande, er sei müde und
könne das Stehen nicht vertragen, gleich in seinen großen bequemen Lehnsessel: und so ist er, durch diesen demagogischen
Kunstgriff, ohne irgend wen weiter zu fragen, unser Präsident
geworden. Dieser also, damals noch ein junger Mann, kletterte mit mir in schöner Sommerhitze eins der vielen deutschen Gebirge hinauf. Er war damals viel umgänglicher, denn
er ging mehr, was für einen stubensitzenden Gelehrten in
Deutschland immer schon eine große Tugend ist. Man hatte
uns allerhand confuses Zeug vorgeschwatzt, von einer großen
Zauberlinde, einem Elfenfürsten, Sachen, die nicht gehauen
und nicht gestochen waren, wie die meisten Legenden dieser
Art in Deutschland. Wer hier Poesie sucht, der wandelt auf
einem schlimmen Wege. Indessen hat man in der Jugend den
übertriebenen Hang, das Schlechteste in dieser Gattung noch
immer für besser zu halten als das Beste in der verständigen
Art. Und besonders litt mein Reisegefährte an diesem Fieber
und Friesel, welches sich oft als Hautkrankheit zurückschla-
gend auf die Nerven und die edlern Theile wirft, so daß schon
mehr als Einer, der das Volksbuch von den Haimonskin-
dern oder den gehörnten Siegfried übermäßig und unbillig
schätzte, nachher selbst den Shakspeare nicht mehr leiden
mochte, und sich an einem moralischen Lehr- oder leeren Gedicht erbaute. Kurz und gut, oder gut und lang, denn ich finde

mich aus mir selber nicht wieder heraus, dieser damals noch nicht Präsident der unbekannten gelehrten Gesellschaft seiende Freund kletterte mit in jenes Gebirge hinauf. Wie die Hitze zunahm, wurden wir immer dummer und müder. Sie hatten uns auch von einer großen Linde erzählt; diejenige, die in dem vorigen Märchen vorkommt, war längst weggehauen, ein empfindsamer Förster der Vorzeit hatte aber wieder eine neue an dieselbe Stelle gepflanzt. Wie wir oben waren, und uns in der recht hübschen Gegend umschauten, saß wirklich ein alter Kerl mit einem langen Bart unter der Linde. Da sitzt der ewige Jude! sagte ich zu meinem Reisegefährten. Still! sprach dieser mit seinem poetischen Accent und Dialekt, das ist gewiß jener Athelstan oder Oberon, von dem die alte Mär erzählt. Wir gingen näher, der alte Mensch stand von dem Rasensitze unter der Linde auf und kam auf uns zu. Indem ging die Sonne unter, und ein ganz schräger Strahl, zwischen den fernen Bergen hindurchschießend, traf horizontal mein Auge, welches damals etwas krank war. Nun frage ich jeden empfindsamen Menschen, ob ein Mann, der nur etwas Sinn für schöne Natur hat, nicht unter solchen Umständen einer Blendung bei Sonnenuntergang wird niesen müssen. So geschah es mir denn auch, und zwar dreimal hintereinander, so daß ich in diesem Niesen-Staccato weder meinen Freund, noch jenen mythenartigen Menschen, der wie ein Perser oder Jude aussah, weiter beobachten konnte. Man verliert beim Niesen immer, wie beim Erscheinen der Idee, das äußere Bewußtsein, aber es war mir doch vorgekommen, als wenn der bebartete Irrgänger auch in den Schein der Abendsonne hinein hatte niesen müssen. Als ich wieder zu mir kam, war der alte Zauberer verschwunden, aber mein Freund, der nachherige Präsident, war in einer närrischen Extase. Hast Du gesehn, rief er begeistert aus, wie mir dieser Athelstan, oder Oberon, oder Dichter- und Elfenkönig die Hand gedrückt, ja mich sogar

umarmt hat? Ich war, antwortete ich, in der Nieserei so vertieft, daß, wie der von der Sonne Geblendete allenthalben
Sonnen sieht, ich nur Niesende erblicken konnte: mir kam es
vor, als wendete er sich von Dir, um gehörig auszuprusten.
Nein, rief jener, umarmt hat er mich, und wie! Und wirklich
schrieb dieser nachherige Präsident bald darauf den Stern-
bald, die Genoveva und den Octavian. Den kühlen Kritikern
überlasse ich es, diese hier vorgetragene Thatsache auf ihre
Art zu erläutern.

_____

(*Anmerkung des letzten Herausgebers und Ueberarbeiters
dieser Geschichte.*

»Gern hätte ich diesen letzten Perioden und Paragraphen
gestrichen und vernichtet, denn mein alter Schulfreund geht
hier etwas zu unbillig mit mir und meinen Gefühlen um. Der
Alte hat mich, das kann ich versichern, damals wirklich umarmt: doch könnte der Greis sich geirrt haben, wie jeder sterbliche und unsterbliche Geist. Noch mehr, es könnte ja auch
der ewige, oder sogar ein Perser oder andere Jude gewesen
sein: und gewiß wird man weder den Einen noch den Andern
für den ächten Musageten anerkennen wollen. Sei es, wie es
sei, geniest hat jener Unbekannte damals gewiß nicht. Dergleichen Insinuationen sehn dem guten Beeskow sonst nicht
ähnlich, denn er war redlich, aber eine kleine Rancune gegen
mich konnte er nicht verleugnen. Vielleicht weil ich so viel
drucken ließ, was er nicht leiden mochte, da er selber träge
war.«)

_____

In den neuesten Zeiten, so sagt man, ist Byron, auch W. Scott
von dem wunderlichen Dichtergeist umarmt worden, inniger
aber als diese *Manzoni* in Italien, dessen Roman: »Die Verlobten«, wohl einige Jahrhunderte überdauern, und unsern
Nachkommen unsre Gesinnungen überliefern wird.

Jetzt, so behauptet und spricht und erzählt eine unver-
bürgte Sage (die Cabinette und Diplomaten wissen wenigstens
nichts davon), der gute Dichterfürst Athelstan oder Oberon
sei doch wirklich gestorben. Von Rußland aus will man wissen (ich begreife aber nicht, wie es dahin gelangte) Oberon
und Titania haben sich entzweit, leben in Zank und wollen
sich nach siebenhundert Jahren ihrer Ehe vom Consistorium
wieder scheiden lassen. Einige Engländer sagen aus, alle Geister seien im Aufstand und verlangten für alle die Spinnereien
in Sentimentalität und Humor, für den Dampf des Witzes und
die Oefen der Religiosität erhöhten Arbeitslohn, da es dort
immer theurer werde, weil die Lebensmittel, Poesie, Spaß,
Lust und Scherz, nebst der Andacht und Liebe immer seltner
eingeführt würden, unverstandnerweise auch an der Grenze
einen unverhältnißmäßigen Zoll zu entrichten hätten. – Diese
Sachen gehören für den Bundestag und können hier nicht
erörtert werden.

Wahrscheinlicher ist jene Nachricht, die uns durch die
Preußische Staatszeitung überkommen ist. Vorausgesetzt,
Athelstan sei todt, und Gloriana bekümmere sich in Schmerz
und Trauer nicht mehr um die Poesie unsers etwas veralteten
Europa, so habe sich im Gegentheil, um keine Lücke einreißen
zu lassen, das Heer der Gnomen dieser nicht unwichtigen Sache angenommen. Einige melden, dem aber Andere wider-
sprechen, der uralte Thersites sei vor mehren Jahren in einen
gewissen Herrn Müllner hineingefahren, der ganz in der
Weise des berühmten Alten gedichtet und kritisirt habe. Ich
frage nun ganz einfach: wodurch hatte der uralte Schalk denn
dergleichen verschuldet? Er müßte sich doch übermäßig versündigt haben, um ein so hartes Schicksal zu verdienen. Ein
ausgezeichneter Gnome (man will sogar Hannes nennen) soll
als ein Hofmann Deutschland entzückt und sogar die Franzosen, die große Nation, neu revolutionirt haben. Ich sage: un-

wahrscheinlich. Hofmann, als ächter Deutscher, war viel zu sehr redlich und selbst sentimental in Kobolde und Teufelslarven verliebt, um selber Kobold sein zu können. Aber in Frankreich erhebt sich ein neues großes Jahrhundert, was, den Musen zum Trotz, von jenen Gnomen und Kobolden zu einer wundervollen Höhe hinauf getrieben wird. Unter diese hat man wirklich (Talleyrand und andere wahrheitsliebende große Männer haben es ihren Freunden, diese haben es ihren Bekannten, und einer dieser Bekannten hat es mir gestanden), den Arsenikprinzen Hannes und seine Freunde losgelassen, um ein neues, großes Säculum zu stiften. Romantische Schule! Das ist ein Wort, vieldeutsam, unverständlich, nach Gelegenheit dumm. In Brandenburg, meinem Vaterlande, heißt *manschen* oder *mantschen* etwas Widriges und Ekelhaftes durcheinanderwerfen und mischen, wie im Blut des geschlachteten Viehes handthieren, mit Dem, was der Verwesung gehört, sich gemein machen; wenn die Kinder in schmuzigen Pfützen mit den Händchen plätschern: alles dies garstige Treiben nennt der gemeine Mann in Berlin, Brandenburg, Havelberg, in der Prignitz und Altmark, und ich weiß nicht, wie hoch nach dem Norden hinauf, *mantschen*. Wenn dies nun recht gemein und roh, unmenschlich und kannibalisch geschieht, so hätten wir etymologisch erklärt, das *rohe Mantschen.* – O ihr zarten Geister und feinen Gedichte des Gottfried von Straßburg, du heiliger Parcival, mystischer Titurell, du edler, geistig witziger Ariost, glänzend gutmüthiger Tasso, o du hellstralender Camoens, du in Gesellschaft aller Musen schalkhaft lächelnder Cervantes, du Calderon, mit dem Straus der dunkeln Purpurblumen in der Hand, einziger W. Shakspeare, vor dem die Musen und Apollo selbst sich neigen, Du, deutscher Göthe, der als Glanzgestirn den ewigen Frühling die Sonnenbahn heraufführst, – ihr Romantiker, ihr ächten Romantischen seid also die Vorbilder und begeisternden Muster jener

Schamlosen, die das Laster, die Verwesung, das Scheusal und die Werke der Finsterniß singen? Nein, man muß jener Nachricht glauben, daß jene chaotischen Gnomen und wüsten Zwerge sich dieser Armen bemächtigt haben, von denen jetzt die große, französische Nation elektrisirt wird. Jener merkwürdige Hannes soll jetzt als Victor Hugo alles Edle mit Füßen treten, in der Verwesung des Lasters schwelgen und vom Ekelhaften trunken sein. Ist es denn möglich, daß ihr, die Bessern, Balzac, Nodier, und wenige Andere, diesem kranken Gelüste folgt? Unseliges Volk! Welcher Messias wird Euch von dem lauen Wasser eures Racine erlösen, wenn die Heilungsmittel, die man Euch bietet, schlimmer als die Krankheit sind? Und doch verehren sie jetzt Shakspeare und Göthe und wissen sich viel damit, daß sie nicht mehr in dem gewöhnlichen, alltäglichen Sinne Franzosen sind. Und die schönen Talente, die der Mode gemäß jetzt auf der Straße des Wahnsinns taumeln!

Wir Deutschen bleiben nun auch mit Recht nicht zurück und erheben uns im patriotischen Enthusiasmus und rufen: wie, der große, krummbeinige, einzige Hannes soll ein Franzose sein? Nein, ein Deutscher ist er, das dürfen wir uns nicht nehmen lassen! Daß der sogenannte Börne kein Individuum ist, ist ja klar: denn könnte ein solches in der Wuth so blödsinnig werden? Der Zorn, wie schon Juvenal sagt, hilft ja den Vers machen. Dieser B. lebt gar nicht, hat niemals gelebt, er ist nur Schatten, Scheme, aber Hannes zankt und krakeelt aus ihm heraus, über Dinge, die zwar Hannes nicht versteht, aber auch nicht zu verstehn braucht, denn was gehn einen unterirdischen, bucklichten, krummbeinichten, stotternden Gnom die europäischen Verhältnisse, ihre Fürsten und Gesetze an? Er schimpft, um zu schimpfen; er stellt sich so dumm, weil er doch eigentlich pfiffig ist.

Nein! rufen andere, unsern Hannes wollt ihr so wegwerfen? Der Verfasser der Reisebilder ist er ja offenbar, in den

sich sogar alte abgelebte Diplomaten noch auf ihrem Sterbe-
bette vergaffen! Zeigt doch einmal den Dichter alter und
neuer Zeiten auf, der das vermocht hat. Junge Mädchen entzücken, Jünglinge hinreißen, poetisch Gesinnte entflammen,
die Andächtigen zum Beten bringen – welcher Pinsel vermag
dergleichen nicht? Aber die legitime, officielle, durch alle Le-
bensepochen abgeschwächte blasirte Blasirtheit noch erwärmen und aufreizen, das, so glauben wir, kann kein Peter
Aretin, kein – kein – etc. etc. – –
    – Ach! mir ist unwohl von allen diesem Getreibe und Ge-
schreibe. Und ich, Beeskow! was denke ich denn? Wenn Du
nun noch leben bliebest, und alle die klaffenden nichtswürdigen Hunde aus den christlichen, jüdischen und heidnischen
Höfen auf Dich herbeihetzen ließest! Kennst Du denn nicht
Dein Vaterland, Dein edles Deutschland? – Aber, wie gesagt,
mir ist recht fatal zu Muthe. –

––––

– – Ich war neulich ein Gast auf dem vielbesprochenen Picke-
nick. Meine edlen Freunde, sagte ich, als wir versammelt waren, ich hoffe, daß ich, wie weiland Curtius in Rom, den Pest-
golf verstopft habe, ohne mich selbst hinein stürzen zu dürfen,
als Schlußstein des Gewölbes, oder als ein Verzweifelter, der
sich in den Abgrund wirft, um andere zu erretten. Nein, ich
liebe Euch, und Ihr mich, und keine Liebe wird eine andere zu
vernichten streben.
    Wie gesagt, Ihr Edlen seid versöhnt und habt die Prüfung
überstanden. Rechnet mich immer zu Euren Freunden und
gedenkt auch nach meinem Tode wohlmeinend meiner. Et
voluisse sat est. Das heißt: Madame, ich bin eigentlich schon
satt, und nehme diese vortreffliche Pastete für genossen. – Ich
sehe, ich kann nur als Essender Ihr Freund sein, und als solcher Ihr Vertrauen erwerben, – sei's: steckte doch M. Scävola

die Hand in's Feuer, ich meine Zunge in diesen heißen Pudding, – man kann nicht mehr thun, schönste Freundin, da ich außerdem zu Hause niemals Mehlspeisen genieße. – Aber weder Ernst noch Scherz half etwas, weder Depreciren, noch stehendes Bitten, weder Bitterkeit noch Süße. Jeder Theilnehmer des Pickenicks hätte geglaubt, ich sei sein persönlicher Feind, wenn ich nicht wenigstens ebensoviel von seiner Speise, als von dem Gerichte seines ehemaligen Gegners genossen hätte. Nicht anders war es mit den Weinen. Ich hoffte immer, meine mich tödtenden Freunde würden bald vom vielen Trinken die Besinnung verlieren, und ich würde sie dann hintergehn und Wasser statt des Weins verschlucken können. Aber sie waren dem Strauß mehr gewachsen als ich. Alles war noch erträglich; als aber der Nachtisch kam, und die Versöhnungsbutter aufgesetzt wurde, die in einem großen Gefäße prangte, in welchem vermischt und unkenntlich der Beitrag einer jeden Haushaltung glänzte, – da war es um mich geschehn. Ich mußte essen, und immer wieder essen. – Der Großstädter hat keinen Begriff von der Kunst des Nöthigens, welche ein Kleinstädter auszuüben versteht, – auch ein todter Leichnam würde noch seinen Mund öffnen, um einen Bissen zu verschlingen. – – Ja, ich wurde elend, man mußte mich nach Hause fahren. – Ich kann jetzt nicht weiter schreiben und erzählen –

Lebe wohl, mein lieber Präsident, – ich schicke Dir die neue Bearbeitung des alten Buches – die fatale Buttergeschichte – morgen mehr –

Aber es folgte nichts mehr von seiner Hand, sondern nur eine Nachschrift vom Bürgermeister und dem Stadtarzt, daß mein alter Freund an einer Indigestion verschieden sei, die er sich unvorsichtigerweise bei einem großen Familienfeste zugezogen habe. –

Und so möge denn die alte und neue Mär unsere Freunde begrüßen und eine gute Stätte finden. Ob ich dem guten Beeskow, der immer so friedfertig war, nicht die polemischen Stellen des Schlusses hätte wegstreichen sollen? Denn was nützt dergleichen? In wenigen Jahren sind die Namen vergessen: indessen mögen auch diese Worte, wie alle, in die Welt hineinfahren, und sehn, ob sie Aufnahme finden. –

DER ALTE VOM BERGE.

Novelle.

Im ganzen Gebirge galt der Name des Herrn *Balthasar*; denn jedes Kind kannte den reichen Mann und wußte von ihm zu erzählen. Alle Menschen liebten ihn aber und ehrten ihn auch, denn er war eben so gut, als vermögend, nur fürchteten sie sich ebenfalls vor ihm, denn er quälte sich und andere mit vielen Sonderbarkeiten, die keiner begriff, und seine Melankolie, sein schweigsamer Ernst drückte vorzüglich diejenigen, die ihn zunächst umgaben. Keiner hatte ihn seit vielen Jahren lächeln sehn, fast niemals verließ er sein großes Haus, welches oben über dem Gebirgstädtchen lag, dessen Häuser und Bewohner fast alle sein Eigenthum und ihm angehörig waren, weil er die Menschen zu seinen Fabriken, Bergwerken und Alaungruben herbei gezogen hatte. Dieser kleine Fleck des Landes war daher sehr bevölkert und von der größten Thätigkeit belebt. Maschinen arbeiteten und sausten, Wasser rauschten, Wagen und Pferde gingen und kamen, die Pochwerke lärmten: nur war durch die rauchenden Kohlen, die dampfenden Gruben und die schwarzen Schlacken, die weit umher in vielen Haufen hoch aufgethürmt lagen, die finstere abgelegene Gegend noch düsterer, und kein Reisender, der um sich zu erfreuen die Natur aufsuchte, mochte lange in diesem finstern Bezirke verweilen.

Unter der großen Menge, welche durch die ausgebreitete Thätigkeit und vielfachen Geschäfte vom alten Balthasar abhängig waren, schien keiner das Vertrauen des reichen Mannes in so vollem Maaße zu genießen als *Eduard*, der, jetzt einige dreißig Jahre alt, die Oberaufsicht über die Werke und Fabriken, so wie die Rechnungsbücher führte. Groß und wohlgebildet, immer heiter und gesprächig, stach er sehr von seinem finstern und einsilbigen Vorsteher ab, der früh gealtert war, und dessen dürres, runzelvolles Antlitz, dessen trauriger, matter Blick aus den eingesunkenen Augen jedermann eben so zurückschreckte, wie die frohe Miene Eduards zum Vertrauen und zur Hingebung anlockte.

Es war noch sehr früh an einem Sommertage, als Eduard nachdenkend in die rauchenden Thäler hinabsah, die Sonne war hinter schweren Wolken, und die niedrig ziehenden Nebel, die sich mit dem schwarzen Dampf der rauchenden Gruben vermischten, verhinderten die Aussicht und wickelten die Landschaft wie in grauen Flor. Er überdachte seine Jugend, und wie er, gegen alle seine früheren Vorsätze, in diesem finsteren, abgelegenen Gebirge festgehalten sei, das er wahrscheinlich, da er sich schon dem reiferen Mannesalter näherte, nicht wieder verlassen würde. Indem er sich in Gedanken verlor, eilte neben ihm der junge *Wilhelm*, ganz reisefertig, wie es schien, hastig vorüber, ohne ihn nur zu grüßen. Der junge Mensch erschrak, als er im Vorübereilen den sinnenden Eduard bemerkte, und mochte dessen Fragen nur ungern Rede stehen.

Wie? rief Eduard, Sie wollen uns schon wieder verlassen, junger Mann, da der Herr Sie erst vor drei Wochen nach vielen Bitten und langer Ueberredung von uns beiden aufgenommen, und Ihnen Ihren neulichen, plötzlichen Austritt verziehen hat?

Ich muß fort! rief der junge Mensch: halten Sie mich nicht auf! Ich muß undankbar scheinen; aber ich kann nicht anders.

Ohne Abschied, erwiederte Eduard, ohne Urlaub? Was soll man von Ihnen denken? Auch wird Herr Balthasar Sie entbehren, denn es ist jetzt Niemand da, um ihre Schreiberstelle zu versehen.

Theuerster Herr, rief der Jüngling bewegt, wenn Sie meine
Lage kennten, so würden Sie mich nicht schelten, oder tadeln.
Hat der Herr Sie beleidigt? Haben Sie eine Ursach zu kla-
gen?

Nein! nein! im Gegentheil! rief der junge Mann erschüttert:
der alte Herr ist die Güte selbst, ich erscheine schlecht und
nichtswürdig, aber ich kann mir nicht anders helfen. Entschuldigen Sie mich, so gut Sie es mit Ihrem Wohlwollen und
Gewissen vermögen.

Sein Sie ein Mann! rief Eduard, indem er ihm die Hand gab
und ihn fest hielt: Sie können hier Ihr Auskommen finden und
Ihre künftige Wohlfahrt begründen; verscherzen Sie nicht zum
zweitenmale so muthwillig mein und des Herren Zutrauen.
Wir nahmen Sie auf, als Sie ohne Zeugnisse, ohne Empfeh-
lung, fast ohne Namen zu uns kamen: der alte Herr ging von
allen seinen Grundsätzen Ihretwegen ab, die sonst unerschütterlich sind; ich habe mich gewissermaßen für Sie verbürgt;
wollen Sie unser Vertrauen so vergelten, und sich auf so
leichtsinnige Weise verdächtig machen? Und können Sie darauf hoffen, nach einem Monat oder später, wieder aufgenommen zu werden?

Der geängstete Jüngling riß sich mit Ungestüm los und rief:
Ich weiß es ja, daß ich mir diese Freistätte, in welcher es mir
so wohl ging, wo ich mich so glücklich fühlte, auf immer ver-
schließe. Elend und Noth warten meiner und die herbeste
Strafe für eine zu leichtsinnige Jugend: wer aber kann für sein
Schicksal? Rennt der Wagen stürzend den Abgrund hinunter,
so gnügt keine Menschenkraft, um ihn aufzuhalten.

Wenn Sie aber nur Ehrgefühl besitzen, antwortete Eduard,
wenn wir nicht alle an Ihnen irre werden sollen, so müssen
Sie gerade jetzt bleiben, da ich überdies nicht begreife, welche
Gewalt Sie so plötzlich von hier vertreiben kann. Sie wissen,
wie schon seit langem die theuersten und kostbarsten Tücher

aus dem Magazine entwendet worden, ohne daß man noch dem Verbrecher hat auf die Spur gerathen können. – Ich muß auch dieß über mich ergehen lassen, rief Wilhelm, schnell erröthend. An mir ist nichts mehr zu retten, und ich habe nichts mehr zu verlieren, drum verdiene ich auch die gute Meinung des Redlichen nicht, sei er selbst der Geringste meiner Brüder. – Mit diesen räthselhaften Worten eilte der junge Mensch hinweg, ohne sich noch einmal umzusehen. Eduard schaute ihm nach und bemerkte, wie er eilig sich nach der kleinen Stadt wendete, durch die Straßen derselben mehr rannte als lief, und sich jenseit nach dem Fußsteige kehrte, um einen steilen Felsen zu erklimmen. Von dort verlor er sich in der Einsamkeit des Gebirges.

Der Nebel hatte sich indessen etwas verzogen, und man sah von oben, wie grüne Inseln, unten die von der Morgensonne erleuchteten kleinen Thäler mit Wald und Busch, dazwischen die halbversteckten Häuserchen und Hütten, die sich an Hügel und Felsen lehnten.

Ein alter Bergmann, der entfernt von hier, in den Gruben arbeitete, die dem Fürsten zugehörten, trat jetzt verdrüßlich zu Eduard. Wieder umsonst herüber gelaufen! rief er verdrüßlich: ich wollte den jungen windigen Patron sprechen, und nun hör' ich von dem Pochjungen schon in der Stadt, daß er eben hindurch gestrichen ist und kein Mensch sagen kann, wohin er rennt.

Was habt Ihr mit ihm, mein lieber Kunz? fragte Eduard.

Was hat man mit so jungem Volk! erwiederte der mürrische Alte. Da habe ich ihm ein kurioses Bergbuch drüben von dem uralten weißköpfigen Steiger, der schon seit drei Jahren blind ist, kaufen müssen: das Ding hatte der kuriose Graukopf aus Neugier und Naseweisheit selbst in der Jugend aus dem Buche eines durchreisenden Tyrolers abgeschrieben, auch alle die närrischen Bilder nachgerissen. Da er es nun aus Blindheit nicht mehr lesen kann, so habe ich es für den jungen Herrn Lorenzen, unserm Wilhelm hier, gekauft, und nun ist der Fant über alle Berge.

Was enthält denn das Büchelchen? fragte der Inspector Eduard.

Sehn Sie nur selbst, fuhr jener fort, allerhand Geister- und Gespenstergeschichten, Nachweisungen, wo man droben im Hochgebirge Gold und Diamanten in Höhlen und Sandgruben, an entlegenen, unzugänglichen Plätzen findet; es sollen noch Merkmale aus uralten Zeiten an Felsensteinen und Bächen eingehauen und angeschrieben stehen, mit großen Platten oder Kieseln, auf eigene Weise gelegt, sollen kundige Italianer vor zwei und drei hundert Jahren die Stellen gemarkt und gezeichnet haben, die jetzt freilich, wie mir der Steiger sagt, schwer zu finden sind, weil auch die Berggeister und Kobolde, die nicht gern gestört sein wollen, oft die kennbaren Blöcke wieder verrückt und anders gestellt haben.

Eduard lachte, indem er das seltsame Büchelchen durchblätterte. Spott' Er nur nicht, junger Herr, rief der Alte: Er ist auch von den Superklugen, Neumodigen. Wenn ihm einmal, wie mir wohl geschehen ist, tief unten in der Einsamkeit, vom Himmel und aller Welt abgeschieden, nur die Lampe bei ihm, und kein Ton als sein Hammer zu erhorchen, der hohe schreckliche Berggeist erschiene; was gilts, er würde auch ein ander Gesicht ziehen, als jetzt hier, in der freundlichen Morgensonne? Lachen kann jeder, aber das Schauen ist nicht vielen vergönnt, und noch Wenigern, sich als Mann zu fassen, wenn ihnen einmal die Augen aufgethan werden.

Ich will Euch, lieber Alter, erwiederte Eduard freundlich, das Buch bezahlen, und es unserm Wilhelm aufheben, bis er etwa wieder kommt.

Ha ha! rief der Bergmann, (indem er herzlich lachte, und das Geld einsteckte,) und heimlich lesen und studiren, und an

Sonn- und Festtagen etwa die geheim versteckten Gänge aufsuchen. Laßt Euch nur dann nicht thören, junger Mann,
ticken und erschrecken, und habt Ihr gefunden, alsdann haltet
fest. Seht, der Herr des Gebirges, oder der Alte vom Berge,
wie ihn manche auch nennen wollen, hat das Ding gut begriffen, der ist den Geistern und Elfen und Kobolden auf die
reichsten Taschen gerathen, und sie haben ihm ausbeuteln
müssen. Wen meint Ihr? fragte Eduard halb verwundert: und zugleich wollte er mit einer gewissen Empfindlichkeit dem Alten
das beschmutzte Buch wieder zurück geben, indem er sagte:
hebt unserm Freunde, da Ihr mir so wenig traut, oder vielmehr mich für so thöricht haltet, das Schatzkästchen selber
auf, und gebt dem Steiger nur sein Geld.

Nein, rief der Alte, was einmal übergeben und bezahlt ist,
muß in der Hand des Käufers bleiben, das ist ein heiliges Gesetz, sonst sind der Steiger und ich verfehmt. – Aber wen ich
unter dem Alten vom Berge, oder dem Herrn des Gebirges
meine? Das wißt Ihr nicht, und seid wohl schon zwölf Jahre
hier und drüber? Euren großen mächtigen Fabrikanten, Berg-
werksinhaber, Kaufherrn, Goldmacher, Geisterseher, den All-
mächtigen, den Millionair, den Balthasar nennt ja die ganze
Welt so. Und Ihr stellt Euch wohl auch zum Ueberfluß so an,
als wenn Ihr es nicht wüßtet, woher er seine unmenschlichen
Reichthümer hat? Ja, ja, mein Guter, der alte blasse Brumm-
bär hat sie an seinem Schnürchen, die Geister, Wochen ist er
oft abwesend und drinnen bei ihnen, in ihren heimlichen
Kammern: da zählen sie ihm auf, da brechen sie die alten Kro-
nen von einander, und geben die Diamanten in seine dürren
Hände, da klopfen sie mit den geweihten Ruthen an die Stein-
wände, und auf den Bächen müssen die Wasserjungfern von
unten herauf schwimmen, und ihm Korallen, Perlen und Tür-
kisse ausliefern. Gold achtet er kaum noch, das die kleinen

Kobolde ihm aus dem Sande waschen, und ihm dann in Kugeln und Körnern, wie die Bienen, sammeln, und in den Stock, wie Honig, tragen. Ja, ja, mein bester, jungbärtiger Allerweltsweisheitskrämer. Darum ist der Alte auch immer so traurig und darf niemals lachen, darum wird er verrückt, wenn er zufällig Musik hört, die aller frommen Menschen Herz erfreut, darum geht er in keine Gesellschaft, und ist immer griesgrämig, weil er wohl weiß, welches Ende er nehmen muß, wovon ihn alle die irdische Herrlichkeit nicht zurück kaufen kann, weil er Gott abgesagt hat, und kein Mensch ihn noch jemals in einer Kirche gesehen hat.

Das ist das Hassenswürdige, rief Eduard bewegt aus, des Aberglaubens, der sonst nur unsere Verachtung verdient, der, wenn er nicht auf diese Art Sinn und Herz verdürbe, von seiner poetischen Seite uns Freude machen und die Phantasie seltsam ergötzen könnte. Schämt Ihr Euch nicht, Alter, vom tugendhaftesten, wohlthätigsten Manne so zu denken und zu schwatzen? Wie viele Menschen ernährt sein verbreitetes Geschäft und macht sie wohlhabend, wie theilt er mit jedem Bedürftigen den Segen, durch den der Himmel seine Thätigkeit belohnt! Er denkt, wacht, sorgt, schreibt und arbeitet, um Tausende zu ernähren, die ohne ihn darben und unbeschäftigt sein würden, und da das Glück alles, was er verständig unternimmt, begünstigt, so ist der Aberwitz frech genug, seinen Verstand, den er nicht begreifen, seine Tugend, die er nicht würdigen kann, durch das Abgeschmackte der Dummheit zu erniedrigen.

Glück! lachte der Bergmann: Ihr sagt Glück, und meint mit dem allerdümmsten Wort etwas ausgesprochen zu haben: das ist dasselbe, was ich meine und glaube, nur aber ohne allen Verstand gesagt, wobei man sich gar nichts denken kann. Mein Schatz: Erde, Wasser, Luft, Berg, Wald und Thal sind keine todten, leblosen Hunde, wie Ihr vielleicht meint. Da wohnt, handthiert allerlei, das Ihr so vielleicht Kräfte nennt: das leidet es nicht, wenn ihm die alte stille Wohnung so umgerührt, aufgegraben, mit Pulver unter dem Leibe weggesprengt wird: die ganze Gegend hier, meilenweit umher, raucht, dampft, klappert, pocht, man schaufelt, webt, gräbt, bricht auf, wüthet mit Wasser und Feuer bis in die Eingeweide, kein Wald wird verschont, Glashütten, Alaunwerke, Kupfergruben, Leinwandbleichen und Spinnmaschinen, seht, das muß Unglück oder Glück dem bringen, der die Wirthschaft und den Spektakel anrichtet, ruhig kann es nicht abgehn. Wo keine Menschen sind, da sind die stillen Berg- und Waldgeister, werden sie nun zu sehr gedrückt, denn in gewisser Nähe und Ruhe vertragen sie sich gut mit Menschen und Vieh, rückt man ihnen zu scharf auf den Leib, so werden sie tückisch und bösartig, da giebt's dann Sterben, Erdbeben, Ueberschwemmungen, Waldbrand, Bergfall, oder was sie nur zu Stande bringen, oder man muß sie hart zwingen, dann dienen sie freilich, aber wider Willen, und je mehr sie einbringen, um so weniger sind sie am Ende gutmüthig. Seht, junger Herr, das ist, was Ihr Glück nennt.

Der Streit wäre wohl noch nicht zu Ende gewesen, wenn sich ihnen nicht jetzt ein ältlicher Mann genaht hätte, dem Eduard, wenn er nur irgend konnte, gern aus dem Wege ging. Diesmal aber kam Eliesar zu schnell, und hatte so viel von Geschäften zu berichten, daß der Oberinspector jenem, der die Webereien unter sich hatte, Rede stehen mußte. Eliesar war ein kleiner, kränklicher Mann, eigensinnig und verdrüßlich, fast noch mehr als sein Oberherr, der Alte vom Berge, wie ihn Kunz, nach der Weise der Landschaft dort, genannt hatte. Gestern hörte ich, sagte Eliesar, von einer Kutsche, die im nächsten Städtchen soll übernachtet haben, ich sprach im Vorbeigehn unserm Wilhelm davon, und nun ist dieser Mensch, der über meine Nachricht zu erschrecken schien, auf und davon.

Der Herr wird noch einmal seinen Schaden und Aerger an solchem hergelaufenen Volke haben, dem er so oft mehr, als erprobten alten Freunden vertraut.

Er betrachtete das sonderbare Büchelchen, las und schien erfreut. Gefällt Euch das thörichte Werk, sagte Eduard, so will ich Euch ein Geschenk damit machen, im Fall unser Wilhelm nicht wieder kommt, für den ich es gekauft habe.

Danke, danke recht sehr, sagte Eliesar schmunzelnd, indem er die stechenden kleinen Augen erhob und ein sonderbar grinsendes Lächeln sein gelbes häßliches Gesicht noch mehr entstellte. Euch ist es Ernst mit Eurer Tugend, sagte der alte Bergmann, und die Wahrsagungen des Erdgeistes sind auch bei dem kranken Herren da besser aufgehoben, als bei einem solchen muntern Sorgenfrei. – Er ging von der andern Seite, der Stadt entgegen gesetzt, den Berg hinunter, um sich zu seiner Grube zu begeben, indessen der zerstreute Eliesar schon in seinem neuerworbenen Buche mit großem Eifer zu lesen schien.

Indem bemerkte Eduard wie sich ein Fuhrwerk aus dem Thale, von der Seite des Waldes her, zum Berge empor arbeitete. Sollten wir Besuch erhalten? rief er verwundert aus. Ei was! erwiederte Eliesar, es ist ja des alten Herrn Fuhrwerk, das er den Leuten drüben wieder zur Hochzeit geliehen hat, und die zweite Kutsche ist zur Taufe, nach dem fernsten Bergdorf hin, gegeben worden. Zwei Equipagen, die er selbst niemals braucht, da er nicht aus dem Hause geht, und Fuhrmann und Bediente immer für fremdes Bettelvolk auf den Beinen, das es ihm nicht einmal dankt, wenn Wagen und Pferde zu Grunde gehen, und von vier zu vier Jahren neue angeschafft werden müssen.

Können Sie diese wohlthuende Freundlichkeit wirklich tadeln? erwiederte Eduard; doch Eliesar machte es überflüssig, den Streit fort zu setzen, da er sich mit seinem Buche schnell

davon machte, ohne nur noch einmal den Redenden anzusehen. Eduard fühlte sich erleichtert, als ihn der gehässige Menschenfeind verlassen hatte, der bei jeder Gelegenheit seinen
Wohlthäter bitter lästerte. Die Kutsche strebte indessen die
zweite Höhe hinan, und aus dem langsamen und unsichern
Schritte der Pferde konnte man schließen, daß diese aus der
Ebene sein müßten. Es blieb dem Beobachtenden auch nicht
mehr zweifelhaft, daß das Fuhrwerk fremd sei und wohl einen
unvermutheten Gast herbei führe. Keuchend und schwer ar-
beitend zogen die Rosse endlich die Kutsche die letzte Anhöhe
hinan, und eine ältliche Dame stieg vor dem großen Hause
aus, indem sie die Aufwärterin mit dem Diener und Fuhrwerk
nach dem Gasthofe der Stadt schickte.

Eduard war verwundert, da ihm die Frau, deren Antlitz
noch verrieth, daß sie einst schön gewesen, völlig unbekannt
war. Sie erlauben mir wohl, sagte sie mit einer wohlklingen-
den Stimme, daß ich hier im Vorhause einen Augenblick aus-
ruhe, alsdann wünsche ich den Herrn Balthasar zu sprechen.

Eduard war verlegen und führte die Frau mit Aengstlichkeit zu einem Sitze der Vorhalle. Wenn es Ihnen gefiele, sagte
er dann, so würde ich Sie auf den Saal begleiten und Ihnen ein
Frühstück reichen lassen. –

Ich danke für Alles, rief sie sehr bewegt, was ich einzig
wünsche, ist ein Gespräch mit dem Herrn des Hauses. Ist er
schon aufgestanden? In welchem Zimmer werde ich ihn finden?

Das weiß keiner von uns, antwortete Eduard: bevor er
nicht selbst sein Zimmer eröffnet, darf Niemand zu ihm gehen, und noch ist es verschlossen. Er pflegt aber früh aufzu-
stehn, und, wie er selbst sagt, nur wenig zu schlafen. Ob er
sich so früh in der Einsamkeit mit Lesen beschäftigt, ob er betet und andächtig ist, weiß keiner zu sagen, weil er gegen Jedermann zurückhaltend ist. Aber Sie anmelden, – auch nach-

her? – ich weiß nicht; denn wir alle haben den gemessensten
Befehl, niemals einen Fremden zu ihm zu lassen: er spricht nur
die Beamten und Diener in Geschäften zu gewissen Stunden,
und von dieser Regel ist er in den zwölf Jahren, seit ich ihn
kenne, niemals abgegangen. Fremde, die etwas zu suchen haben, müssen mir oder dem Herrn Eliesar ihr Verlangen vortragen, das wir entweder sogleich selbst schlichten, oder,
wenn dies nicht unmittelbar von uns geschehen kann, ihm alsdann den Bericht abstatten ohne daß er den Fremden jemals
sieht. Diese grillenhafte Einrichtung, wenn Sie es so nennen
wollen, macht seine Einsamkeit unzugänglich, und das ist es
gerade, was er beabsichtigt.

Gott! rief die Frau tief erschüttert: so sollte also diese Reise,
mein Entschluß, alles vergeblich gewesen sein? Denn wie
sollte ich Worte oder Ausdrücke finden können, Ihnen einem
ganz Fremden meine Wünsche und Bitten zu vertrauen? O
Lieber, Theurer, Ihr Auge redet und verkündigt Gefühl, gehn
Sie um meinetwillen, einer Unglücklichen, Tiefbekümmerten
wegen nur einmal von der strengen Sitte des Hauses ab und
melden Sie mich dem Herrn.

Indem hörte man den lauten Schall einer großen Glocke.
Das ist das Zeichen, sagte Eduard, daß er zu sprechen und
sein Zimmer geöffnet ist: ich will alles für Sie thun, was Sie
wünschen, aber ich weiß im voraus, daß es vergeblich ist, und
daß ich mir seinen Zorn zuziehe, ohne Ihnen nützen zu können.

Er ging mit schwerem Herzen über den langen Corredor,
weil es ihn schmerzte, der edeln Gestalt, die ihn rührte und
interessirte, nicht helfen zu können. Der alte Balthasar saß in
tiefen Gedanken, das Haupt auf den Arm gestützt, hinter seinem Arbeitstische: er sah heiter und freundlich auf, als ihn
Eduard begrüßte, und reichte ihm die Hand. Als der junge
Mann nach einer langen Einleitung, die ihn entschuldigen und

151

den Alten begütigen sollte, eine Geheime-Räthin geborne Fernich nannte, fuhr der Alte, wie vom Blitz getroffen, mit einem schrecklichen Aufschrei schnell von seinem Stuhle auf. – Die Fernich? Elisabeth? rief er dann, wie entsetzt, – diese, diese ist hier? hier in meinem Hause? Mein Gott, – o Himmel, schnell, schnell soll sie herein kommen! O so eilen Sie doch, mein lieber Freund, rief er noch einmal, indem ihm die Stimme brach. Fast erschreckt ging Eduard zurück, um die Fremde zu Balthasar zu führen. Zu dieser hatte sich indessen die junge Tochter des Hauses gefunden, ein angenommenes Kind, welches aber vom Alten zärtlich geliebt, und ganz wie ein eigenes gehalten wurde. Die Fremde zitterte, und war, als sie in das Zimmer des Alten trat, einer Ohnmacht nahe, der Alte trocknete seine Thränen und konnte keine Worte finden, als er die bleiche Frau in den Sessel niederließ: er winkte und Eduard verließ das Zimmer, sehr besorgt um seinen alten Freund, den er niemals so bewegt gesehn hatte, und zu welchem er durch diesen sonderbaren Auftritt in ein neues Verhältniß gesetzt wurde.

Es ist schön, Röschen, sagte er zu dem jungen, blühenden Mädchen, daß Sie die fremde Dame indessen unterhalten haben.

Es wollte sich nicht recht fügen und schicken, antwortete sie erröthend, denn sie war so matt und erschöpft, daß sie auf alles, was ich sagen mochte, nur Thränen hatte. Sie mag wohl krank sein, oder ein schweres Anliegen auf dem Herzen haben. Ich bin ganz traurig geworden, und habe auch schon geweint. Die Augen in unserm Kopf sind doch ganz so wunderlich, wie die kleinen Kinder. Herumfahren, gaffen, alles Neue betrachten; das glänzt und blinkt vor Freude, und dann werden sie so ernst und trübe, und wenn einem das Herz recht weh thut, laufen sie über und plätschern in Thränen, bis sie wieder hell und freundlich sind. Es giebt wohl viel Leiden auf Erden, mein lieber Eduard?

Der Himmel behüte Sie vor recht traurigen Erfahrungen, antwortete der junge Mann: bis jetzt ist Ihr junges Leben noch so friedlich wie ein Schwan über den stillen Teich hingestrichen.

Sie meinen, rief sie lachend, unser eins hätte nicht auch schon seine Leiden, und recht bittere und schmerzende gehabt? Weit gefehlt!

Nun? fragte Eduard gespannt. –

Es fällt einem nicht gleich bei, woran man leidet, sagte das freundliche Mädchen: warten Sie einmal. Denke ich an manches große Unglück in der Welt, wovon ich wohl habe reden hören, so will es freilich nicht viel bedeuten, was ich erlebt habe, indessen ist für kleine Menschen, wie ich einer bin, kleines Elend schon groß genug. Ist es denn nicht ein wahres Leiden, daß ich niemals Musik hören darf? daß ich nicht weiß wie der Mensch aussieht, oder wie ihm zu Muthe ist, wenn er tanzt? Ach, liebster Eduard, letzt, als wir ausgefahren waren, kamen wir dort unten, jenseit der Stadt bei der Schenke vorbei, wo die Bauersleute tanzten; – das Springen, die Töne der Geigen, das sonderbare Jubeln im Takt machte einen so wunderlichen Eindruck auf mein Gemüth, daß ich nicht sagen konnte, ob ich froh, oder recht tief betrübt war. Hier in der Nähe, weder in der Schenke noch sonst wo, darf ja jemals Musik sein. Wenn ich von Comödien, Opern höre, – ich kann es mir nicht vorstellen , daß dergleichen Wunderwerk wirklich und wahrhaftig in der Welt sei. Die Lichter, die vielen geputzten Menschen, eine ordentliche Bühne, und auf der eine Geschichte vorgespielt, an die ich glauben soll: giebt es etwas Kurioseres? Und ist es denn nicht ein wahrer Jammer, daß ich hier alt werden soll, ohne jemals in meinem ganzen Leben auch nur ein kleines Blickchen in diese Herrlichkeiten hinein zu thun? Sagen Sie Lieber, Sie sind doch auch ein guter Mensch, ist denn dieser Wunsch, oder die Anstalt selbst

Sünde? Herr Eliesar sagt es freilich, und mein lieber väterlicher Oheim nimmt es auch so an, ihm ist auch alles dergleichen verhaßt, aber König und Obrigkeit lassen es doch zu, gelehrte Leute billigen es und schreiben und dichten die Sachen:
kann es denn da wohl so gottlos sein?

Liebes Kindchen, sagte Eduard mit der größten Freundlichkeit, wie leid thut es mir, daß ich Ihnen nicht einmal diese unschuldige Freude verschaffen kann. Aber Sie wissen selbst,
wie strenge Herr Balthasar in allen diesen Sachen ist.

Ja wohl, erwiederte sie: dürfen die Bergleute doch hier im
Städtchen nicht einmal musiziren; dürfen wir doch nicht eben
über eine Stunde weit ausfahren; sind ja doch sogar die lusti-
gen Bücher, und Gedichte und Romane hier im Hause verboten. Und oben ein wird unser einem immer Angst gemacht,
daß so viele Gedanken, Vorstellungen, und was man sich so in
vielen einsamen Stunden ausmahlt, gottlose Sünde sein sollen.
Da sinne ich mir so kleine Geschichtchen aus, von allerliebsten Geisterchen und schönen Landschaften, und wie der
Müller in seinem Mühlbach seine Liebste findet, die nachher
eine Fürstin ist und ihn zum König macht, oder wie der Fi-
scher in den Fluß stürzt, und unten ganz wunderbare und
glänzende Herrlichkeiten antrifft. Die kleine Schäferin spielt
mit den Lämmern auf der Weide und ein schöner Prinz, der
auf einem großen Pferde sitzt, reitet vorbei und verliebt sich in
sie. Wenn dann die Abendglocke in der Dämmerung schallt,
und der Wind vom schwarzen Berge da das Hämmern und
Pochen herüber bringt, oder ich den fernen Zainhammer vernehme, so kann ich weinen und bin doch eigentlich im Herzen fröhlich. Aber der böse, finstere Eliesar, dem ich so etwas
einmal erzählen wollte, schalt mich aus, und sagte, so was
auszudenken sei die allerärgste Sünde und Bosheit. Und ich
kann doch nichts dafür, denn es kommt mir alles so ganz von
selbst.

Liebes, unschuldiges Wesen, sagte Eduard und faßte die
Hand des aufblühenden Mädchens. – Ihnen, fuhr diese fort,
kann man so alles sagen, und Sie verstehn auch alles auf die
rechte Weise, die andern schelten aber gleich, weil sie jedes
falsch nehmen. So war auch meine alte Wärterin, die nun gestorben ist. Sie waren schon lange im Hause, als ich dachte,
ich könnte Ihnen nichts sagen und vertrauen, wie ich noch so
ganz klein war, und mit meiner Puppe spielte. Lieber Himmel,
das ist nun schon ganzer zehn Jahre her, daß ich die Clärchen,
wie sie damals hieß, nicht mehr mit Augen gesehen habe. Meiner alten Brigitte, und dem Vater, und Eliesar, und der Köchin
dachte ich alles sagen zu können, weil sie so ernst waren; Sie
lachten immer, und da glaubte ich, daß Sie gar nicht eigentlich
zu uns gehörten. Wenn nun die Betstunde kam, so durfte ich
nicht Clärchen ansehn, oder gar mitnehmen, die wurde alsdann in den Schrank geschlossen. Das that mir so weh, ich
glaubte nämlich, sie weinte nach mir. So macht' ich es doch
möglich und nahm sie heimlich unter mein Tuch, und drückte
sie recht warm und fest an meine Brust, und wie wir in die
Betstube kamen, flehte ich heimlich Gott zu allererst an, daß
er es mir vergeben möge, wenn ich mein Clärchen vielleicht zu
lieb hätte, er möchte auch verzeihen, so groß und mächtig wie
er sei, daß ich sie heimlich in seine hohe Gegenwart mitgebracht hätte, er solle es mir nicht als Betrug oder Verachtung
seiner auslegen, denn er wisse ja, daß dem nicht so sei. Nach
dieser Vorrede sprach ich nun beruhigt, wie ich glaubte, die
gewöhnlichen Gebete und war andächtig. Das gelang mir
wohl acht Tage: da entdeckte die Brigitte die Sache. Ach Himmel! Das gab einen großen Lärmen. Der gute Vater sagte
auch, so sei das menschliche Herz von allerfrühester Jugend
verderbt und böse, daß es Götzendienst mit dem Nichtigen
und Verächtlichen treibe. Ich verstehe noch jetzt nicht, was er
damit gemeint hat. Wenn man einmal etwas liebt, so ist es ja

so schön und muß so sein, daß ich es nicht zu nahe prüfe: was ist die Rose, wenn ich sie zerdrücke? Sie ist so hinfällig, und darum so lieb. Konnte mein Clärchen was dazu, daß sie nur ein Püppchen von Leder war? In voriger Woche betrachtete ich sie einmal wieder, und konnte selbst nicht begreifen, wie ich sie damals so lieb haben konnte, und doch hätte ich fast darüber weinen mögen, daß mir von damals doch nun auch jetzt kein Gefühl mehr möglich sei. Und Untreue kann dieß jetzt doch eben so wenig sein, wie meine Liebe vor zehn Jahren Götzendienst und Bosheit war.

Lieber Engel, sagte Eduard nicht ohne Rührung, unser Herz übt sich an den sichtbaren, vergänglichen Gegenständen in der Liebe zum Ewigen. Wenn ich ein Kind so zärtlich und unschuldig mit selbst geschaffnen Figürchen spielen und in Liebe und Freude über das leblose Wesen weinen sehe, so möcht' ich glauben, daß sich in dieser Stunde Engel zu dem kleinen Menschen gesellen und freundlich um ihn scherzen.

Ach! rief Röschen aus, das ist ein allerliebster Gedanke!

Wenn sich aber, fuhr Eduard fort, Herz zu Herzen wahrhaft neigt, wenn sich zwei Gemüther in der Liebe finden und verstehn, so ist in diesem Glauben und Fühlen auch der Unsichtbare für alle Ewigkeit gegenwärtig.

Das verstehe ich wieder nicht, sagte das Mädchen nachdenkend; wenn Sie aber die Liebe meinen, die zu einer Heirath nothwendig ist und für die wahre glückliche Ehe, so denke ich darüber ganz anders.

Und wie denn? fragte der junge Mann.

Das ist schwer zu sagen, erwiederte die Kleine mit tiefsinniger Miene.

Wenn Sie nun also, sagte Eduard halb gerührt, indem er sich zum Lachen zwang, um sein Gefühl zu verbergen, morgen etwa heirathen müßten, wen würden Sie wählen? Welcher Mann ist Ihnen von allen, die Sie bis jetzt kennen gelernt haben, wohl der Allerliebste? Haben Sie wohl Vertrauen genug zu mir, mir das recht aufrichtig zu sagen?

Warum nicht? erwiederte sie: denn ich brauche mich auch gar nicht zu besinnen – –

Und – und der schon Auserwählte?

Ist ja natürlich unser Eliesar.

Eduard fuhr höchst überrascht zurück. – Erst verstanden Sie mich nicht, sagte er nach einer Pause, – aber jetzt haben Sie mir ein Räthsel gesagt, das mich erschreckt.

Und die Sache, erwiederte sie ganz unbefangen, ist doch die natürlichste von der Welt. Ich glaube auch, daß mein Vater schon die Einrichtung getroffen hat, daß der gute Eliesar künftig mein Mann werden soll. Wenn ich Sie liebte und wählte, so wäre das nichts Besonderes, denn Sie gefallen mir und jedem Menschen, alle Welt muß Vertrauen zu Ihnen haben, dabei sind Sie hübsch, immer freundlich und vergnügt, so daß man kaum, wenn man Sie nur erst kennt, ohne Sie leben möchte. Solchem Menschen, wie unserm Wilhelm, werden tausend Mädchen gut sein, und Schade ist es, daß er uns schon wieder weggelaufen ist. Selbst der alte Kunz, auch mein Vater sogar, müssen in ihren jüngern Jahren hübsch gewesen sein, – aber sehn Sie einmal den armen Eliesar an, der noch gar nicht so sehr alt ist, und den kein Mensch im Hause, ja wohl in der ganzen Welt keiner leiden kann, – was soll der doch wohl anfangen, wenn ich mich seiner nicht annehme?

Wie, unterbrach sie Eduard, ein so ungeheurer Mißverstand sollte dies schöne Leben verzehren? Kann die Verwirrung dunkler Gemüther denn auch die reine Unschuld ergreifen, und muß die Liebe selbst ein Gewand finden können, um den gespenstischen Aberwitz als edles Opfer und vernünftige Resignation auszuschmücken?

Heut verstehn wir uns gar nicht, fuhr sie ruhig fort. Es ist ja nicht, daß ich ihn wirklich liebe; weiß ich doch noch gar nicht, was uns diese Liebe vorstellen und bedeuten soll. Um nun wieder von den Leiden meiner Jugend zu sprechen, wovon wir anfingen. Als mir mein Clärchen noch sehr lieb war, hatte ich auch ein Kätzchen hier im Hause, das mein kindisches Herz eben so in Anspruch nahm. Ich bildete mir sogar ein, die Puppe und das weiße freundliche Thierchen müßten meinetwegen recht böse auf einander sein. Herr Eliesar verfolgte und haßte aber alles, was einer Katze nur ähnlich sah, denn er nennt sie boshaft. Der Aberglaube scheint allgemein zu sein. Wo sich nur die schmiegsamen Wesen zeigen, schreit alles, auch die freundlichsten Menschen: Katz! Katz! und hetzt und jagt nach ihnen, als wenn sie in jeder der unschuldigen Creaturen den Antichrist verscheuchen könnten. Darum sind sie denn freilich auch mißtrauisch und lauersam. Mein Kätzchen hatte Junge, die eben nach dem neunten Tage die blauen Aeugelchen aufgethan hatten. Was das für Kinder Spaß und Lust ist, die Mutter mit den Jungen zu sehen, und die possirliche Freude der Kleinen, und ihr Hüpfen und Fallen und Springen, das kann kein Großer begreifen. An demselben Tage hatte Herr Eliesar eine neue Windbüchse bekommen, die er gern probiren wollte. Dem Vater hatten sie schon seit lange vorgesprochen, mein Thierchen suche und fresse die Singvögel. Es spaziert da hinten im Garten und klettert aus Mutwillen auf den größten Orangenbaum. Gleich schießt sie Eliesar herunter, und sie ist todt, und die Kleinen mußten nun auch ersäuft werden. Noch nie war er mir so braun und garstig vorgekommen, so gar wenig wie ein Mensch. In der Nacht betete ich, daß Gott ihn auch möchte sterben lassen. Aber schon am Morgen, so kindisch ich auch noch war, fiel es mir aufs Herz, wie er selbst am unglücklichsten sei, daß er kein Wesen lieben könne, und daß ihn weder Mensch noch Thier lieben möge. Und so denk' ich noch jetzt. So widerwärtig wie er ist, findet er kein Herz auf Erden, wenn ich ihn im meinigen ausstreichen wollte.

Liebes Röschen, sagte Eduard jetzt ruhiger, Sie werden sich nicht übereilen, und diesen Gedanken gewiß in Zukunft noch aufgeben.

Mir ist es, fing sie wieder an, indem ihr die Thränen in die klaren Augen stiegen, eigentlich eben so wie den armen kleinen Kätzchen gegangen, nur daß mich der liebe Gott nicht so kläglich hat ersäufen lassen. Aber ich habe auch meine Mutter nicht gekannt, ihr wurde es nicht so gut, mich zu erziehen, sie ist bald nach meiner Geburt gestorben. Mein Pflegevater hier ist so gut, aber es muß doch noch ein ganz anderes Gefühl sein, einen wirklichen Vater zu haben; der ist aber auch im Grabe. Nun, bei alledem, ich dächte wir hätten da für mein junges Leben Unglücks genug zusammengebracht.

Liebstes Röschen, fing Eduard wieder an, würde es Ihnen wohl auch schmerzhaft sein, wenn Sie mich so recht unglücklich wüßten? oder wenn ich auch nicht mehr da wäre?

Ach! guter, lieber Freund, rief sie aus, bringen Sie mich nicht zum Weinen. Ich sage Ihnen ja, mir ist noch kein Mensch so lieb gewesen, wie Sie. Aber so glücklich und froh, wie Sie sind, wie Ihnen alle Menschen gut sind, da können Sie leicht meine Liebe entbehren. So ist es mir aber nicht mit Ihnen.

Der Diener kam und rief Eduard ab, zum Alten hinüber. Das Gespräch mußte bedeutend gewesen sein, denn Balthasar so wie die Fremde schienen in Thränen aufgelöst, so sehr sich beide auch wieder zu fassen suchten. Führen Sie, sagte der alte Mann mit der weichsten Stimme, mein lieber Freund, mein guter, theurer Eduard, die fremde Dame nach dem nächsten Gasthof, nehmen Sie aber gleich vier tausend Thaler in Gold und Wechseln mit aus der Casse. Nur kein Mensch, ich vertraue Ihnen, muß von unserm Geschäft wissen, am wenigsten Eliesar. Denken Sie, der Unmensch hat drei höchst wichtige Briefe der Armen an mich unbeantwortet gelassen. Daß er sie

mir nicht zeigte, kann ich ihm zur Noth vergeben, da er die
Vollmacht dazu von mir hat.

Es geschah nach seinem Willen, und die Fremde reisete nach Mittage getröstet wieder ab, ohne ihren alten
Freund wieder besucht zu haben.

Am folgenden Tage ließ Balthasar den jüngern Freund zu sich
entbieten. Als er sein Zimmer verschlossen hatte, fing er an:
Sie sind der einzige Vertraute eines Verhältnisses und einer Begebenheit, die mich gestern so tief erschütterte, daß es mir unmöglich war, Ihnen etwas darüber zu sagen. Da ich Sie aber
ganz wie meinen Sohn betrachte, so bin ich Ihnen auch schuldig, Ihnen etwas mehr von mir und meiner Geschichte zu entdecken, als noch irgend ein sterblicher Mensch erfahren hat.

Sie setzten sich, der Alte gab dem jüngern Freunde die
Hand, die dieser herzlich drückte, worauf er sagte: Sie können
an meiner Liebe und Freundschaft nicht zweifeln, und was Sie
mir mittheilen, ist bei mir eben so verborgen, wie im ver-
schweigenden Grabe.

Ich habe Sie lange beobachtet, sagte der Alte, und kenne
Sie. Wir haben bis jetzt wenig mit einander gesprochen, ich
bin jetzt gezwungen, meine Sitte gegen Sie zu ändern und zu
brechen, denn es liegt mir auch daran, daß irgend ein Wesen
mich kennt und versteht.

Eduard war gespannt, und der Alte fuhr mit zitternder
Stimme fort: ich bin noch so bewegt, die gestrige Erschütterung wirkt noch in allen meinen Organen so fort, daß Sie Geduld mit meiner Schwäche haben müssen. – Daß mein Leben
kein freudiges ist, daß ich auf alle jene Erholungen und
Genüsse, um derentwillen die meisten Menschen eigentlich
nur leben, längst verzichtet habe, müssen Sie schon seit lange
bemerkt haben. Von Jugend auf bin ich dem Vergnügen aus

dem Wege gegangen, mit einem Gefühl, das ich fast Furcht nennen möchte. Von einem strengen Vater erzogen, der in der größten Dürftigkeit lebte, war meine Jugend und Kindheit nur Leid und Trauer. Als ich größer ward, diente mir mein wachsender Verstand nur dazu, das Elend meiner Eltern, so wie den Jammer der ganzen Erde um so deutlicher wahrzunehmen. Kein Schlaf kam oft viele Nächte durch in mein Auge, indem meine Thränen flossen. So gewöhnte sich meine Phantasie, die ganze Welt nur wie eine Strafanstalt anzusehen, wo Jammer und Noth jedem beschieden sei, und diejenigen, die der Armuthseligkeit des Lebens enthoben waren, fast um so schlimmer an einer blödsinnigen Verblendung litten, in der sie weder ihren Beruf noch das allgemeine Schicksal erkannten, sondern nur in nüchterner Freude und verächtlichem Wohlleben dahin und dem Grabe entgegen taumelten. Nur ein Stern schien in diese trübe Nacht hinein, aber auch eben so unerreichbar, wie ein Himmelsgebild, jene Elisabeth, mir verwandt, aber reich, vornehm und für Glanz und Genuß erzogen. Ein Vetter, Holbach, noch reicher und übermüthiger, war ihr bestimmt, unsre Familie sah jene so hochmüthigen Anverwandten fast niemals, und mein strenger Vater besonders haßte sie und sprach nur mit Ingrimm von ihrer Verschwendung. Diesen Haß trug er auch auf mich über, als er meine stille und heftige Neigung entdeckte. Er gab mir seinen Fluch, wenn ich nur an jenes schöne und liebe Wesen denken wolle. Es währte auch nicht lange, so ward sie jenem übermüthigen jungen Manne vermählt, und ein Reichthum floß zum andern, und erschuf eine so vornehme Haushaltung, daß die ganze Stadt die Herrlichkeit dieses Lebens beneidete. Dieser Bruder meiner Mutter, der seinen Sohn so reich ausgestattet hatte, schämte sich unserer Armuth so sehr, daß er meine Eltern nicht einmal zur Hochzeit lud, was den Kummer und Verdruß meines schon tief gekränkten Vaters so vermehrte, daß er an

den Nachwehen dieser Verletzung starb. Die arme Mutter
folgte ihm bald. Von mir selbst will ich schweigen. War mir
das Leben bis dahin finster erschienen, so verwandelte es sich
jetzt in ein Gespenst, dessen gräßliche, verzerrte Mienen und
Blicke mich erst entsetzten, und mich nachher in kalter Gewöhnung alles, mich selbst aber am meisten, verachten lehr-
ten. Elisabeth hatte um meine Leidenschaft gewußt. Sie hatte
sich nicht bemüht, so selten wir uns auch sahen, ihre Neigung, mit welcher sie mir entgegenkam, zu verbergen. Wenn
sie auch nicht so, wie ich, allen Freuden abgestorben war, so
blieb ihr ganzes Dasein doch verschattet und von schweren
Wolken bedeckt. Sie hat nachher genug gelitten. Der Mann
war ausgelassen und ruchlos, er verschwendete Tausende aus
Eitelkeit und geringen, verwerflichen Absichten. Es ist, als
wenn manche elende Menschen eine Art von Bosheit und Haß
gegen das Geld fühlten, so daß sie die wunderlichsten Anstalten treffen, es auf allen Wegen von sich zu jagen, wie der
Geitzige es mit unverständiger Liebe hegt und pflegt, und sich
von seinem Götzen erdrücken läßt. Elisabeth war schwach genug, dem Mann ihr Eigenthum unbedingt zu übergeben, sich
als Mitschuldnerinn, als der Credit schon gesunken war, zu
erklären, und so ist denn Elend, Verwirrung, Haß und Zank
in demselben Hause, in welchem alle Götter des Olymp ein-
gekehrt schienen, um ewige Freude zum Geschenk zu bringen.
Der elende Gatte, der Rath Holbach, hat sein Letztes als Leibrente verkauft, ohne auf Gattinn und Sohn Rücksicht zu nehmen. Dieser Sohn ist wie von den Furien begeistert, unbändig, wild und ohne Gefühl, er hat Schulden gemacht, dann
betrogen, und endlich vor zwei Jahren die weinende Mutter,
die ihn ermahnen wollte, in seiner thierischen Wuth mit Schlägen gemißhandelt. Nach dieser großen That ist er in alle Welt
gelaufen. Der Vater aber schwelgt und lacht, verzehrt an gut-
besetzten Tafeln sein Einkommen, das noch reichlich sein

mag. So kam sie zu mir, ihren Stolz, ihre Gefühle unter-
drückend, um durch mich eine Schuld tilgen zu lassen, die sie
in Schmach und Gefängniß würde geführt haben. Schon seit
zwanzig Jahren wünscht sie zu sterben, lebt aber, sich zum
Grauen und keinem Menschen zur Freude. – Senden Sie ihr
vierteljährig tausend Thaler; sie hat mir versprochen, weder
jetzt noch künftig den ruchlosen Mann von dieser Hülfe
etwas wissen zu lassen.

Eduard sah den tiefen Gram des Alten und schwieg lange,
endlich fing er an: wie konnte aber Herr Eliesar so hart sein,
Ihnen nicht jene Briefe mitzutheilen?

Ich that Unrecht, erwiederte der Alte, ihn neulich deshalb
zu schelten. Er handelt in meinem Namen, und weiß recht
gut, daß ich schwach und weich bin; die näheren Umstände
kannte er nicht und that also nur, was ihm obliegt. Weiß ich
doch auch nicht einmal, ob ich recht gethan habe, indem ich
meinem zerrissenen und tief erschütterten Herzen folgte, denn
sie ist doch vielleicht nicht stark genug, dem Elenden zu ver-
schweigen, was geschehen ist; bleibt er doch ihr Gatte und
nächster Angehöriger. Sie, zum Beispiel, weil Sie mich lieben,
aber mit weichem Sinn, weil die Noth Sie rührt, würden anders, besser handeln, aber wahrscheinlich auch, wenn ich
mich ganz in Ihre Hände geben sollte, mich verziehen und verderben, denn nichts so Gefährliches im Menschen, als seine
Eitelkeit, die aus allem Nahrung zieht.

Was nennen Sie Eitelkeit? fragte Eduard.

Alle unsre Gefühle, antwortete der Alte, die besten, red-
lichsten, die weichsten und beglückendsten ruhen auf diesem
Giftboden. – Doch davon ein andermal mehr. – Ich wollte
Ihnen nur kürzlich sagen, wie ich zu meinem Vermögen gekommen bin, wie mein Wesen sich so gebildet hat, wie Sie
mich haben kennen lernen. Nach dem Tode meiner Eltern erfüllte ich meines Vaters letzten Wunsch und verband mich mit

einem Mädchen, das auch durch weitläufige Verwandtschaft zu unserer Familie gehörte. Sie war arm, unversorgt, ohne Schutz: verkümmert aufgewachsen und ohne alle Bildung, dabei häßlich, und ihr zänkischer, finsterer Charakter so, daß ich keine vergnügte und nur wenige friedliche Stunden mit ihr verlebte, so lange sie mit mir war. Meine Lage war fürchterlich.

Aber warum? fragte Eduard.

Weil ich es meinem Vater versprochen hatte, fuhr Balthasar fort: und weil es mein Grundsatz ist, der Mensch müsse nie seine Leidenschaften, am wenigsten die der Liebe befriedigen. Ich bin der Ueberzeugung, unser Leben sei Qual und Angst, und jemehr wir diesen Gefühlen entfliehen wollen, um so fürchterlicher rächt sich späterhin unsere Flucht. Warum es so ist; wer kann es ergründen?

Dieser Glaube, erwiederte Eduard, ist höchst sonderbar und widerspricht allen unsern Wünschen, ja der alltäglichen Erfahrung.

O, wie wenige Erfahrungen müssen Sie dann noch gemacht haben, erwiederte der Alte. Alles lebt, bewegt sich, um zu sterben und zu verwesen; alles fühlt nur um Schmerzen zu finden. Die innere Qual treibt uns zur sogenannten Freude, und alles, was Frühling, Hoffnung, Liebe und Lust den Menschen vorlügen, ist nur der umgekehrte Stachel der Pein. Leben ist Schmerz, Hoffnung, Wehmuth, Nachdenken und Besinnen Verzweiflung.

Und finden wir nicht, sagte Eduard etwas furchtsam, wenn alles so wäre, Trost und Hülfe in der Religion?

Der Alte sah auf und dem jungen Manne starr ins Angesicht; sein finstrer Blick erhellte sich, aber nicht freudig oder gerührt, sondern ein so wundersames Lächeln lief über das bleiche, faltenreiche Antlitz, daß es fast wie Hohn aussah, und Eduard unwillkührlich an die Worte des Bergmanns dachte.

Brechen wir davon heute ab, sagte der Alte mit seiner gewöhnlichen finstern Miene, es findet sich wohl ein andermal
Gelegenheit, darüber zu sprechen. So lebte ich denn meine
Verdammniß fort, und das Andenken an Elisabeth schien
freundlich aber peinigend, in meine Hölle hinein. Der Wahnsinn des Lebens hielt mich aber fest, auch meine Stelle in der
großen Irren-Anstalt einzunehmen, und meine Rolle unter
dem großen Zuchtmeister durchzuspielen. Man sagt, daß wir
im Tode geheilt sind: andere hoffen wieder, aus einer Anstalt
in die andere versetzt zu werden, Ewigkeiten hindurch Narren
zu bleiben, und am Schein als flüchtige Wesen verloren zu
gehn. Mit wenigem Gelde, es ist lächerlich, wenn ich die
Summe nennen wollte, manche brauchen so viel, um sich einmal zu sättigen, fing ich ein kleines Geschäft an. Es gedieh.
Ein kleiner Handel ward unternommen. Er gerieth. Ich trat
mit einem vermögenden Mann in Verbindung. Es war, als
wenn ich allenthalben erriethe und fühlte, wo Gewinn und
Vortheil in fernen Gegenden, in unscheinbaren, oder miß-
lichen Unternehmungen schlummerten. So erzählt man von
der Wünschelruthe, daß sie auf Metalle, auf Wasser ein-
schlägt. Wie manche Gärtner eine glückliche Hand haben, so
gerieth mir im Handel jede, auch die unwahrscheinlichste
Spekulation. Es war weder Verstand noch tiefe Kenntniß, sondern nur Glück. Man wird aber verständig, wenn man Glück
hat. Mein Compagnon war erstaunt, und da er hier einen kleinen Besitz hatte, so zogen wir in diese Gegend, wo wir bis zu
seinem Tode die Geschäfts-Gebäude und Fabriken vermehr-
ten. Als er starb, und ich mich mit den Erben auseinander
setzte, konnte ich schon für einen reichen Mann gelten. Aber
ein Grauen kam mir mit diesem sogenannten Besitz. Denn
welche Verantwortung, ihn gut zu verwalten! Und warum
hatten so viele redliche Menschen Unglück, da mir so unbegreiflich alles einschlug? Nach vielen Leidensjahren starb

auch meine Frau; ohne Kinder, ohne Freunde, war ich wieder allein. Wie sehr mich das blinde Wesen, was die Menschen Glück nennen, begünstigte, können Sie aus folgendem Umstand sehn. Es war immer mein Abscheu, Karten oder ein andres Spiel um Geld zu spielen. Denn was thut der Mensch, als erklären, daß das elende Wesen, was ihm als Geld schon so wichtig ist, ihm noch zum Orakel, zu einem göttlichen Ausspruch erhöht werden soll? Nun setzt er Herz und Gemüth auf diese Einbildung; wechselnder Zufall, der Aberwitz selbst soll ihm in ersonnenen Verschlingungen heraus rechnen und klügeln, was er werth, wie er begünstigt sei: die dunkeln Leidenschaften erwachen, wenn er sich von diesem Zufall vernachlässigt glaubt, er triumphirt, wenn er sich begünstigt wähnt, sein Blut fließt schneller, sein Gehirn braußt, sein Herz schlägt gewaltsam, und er ist unglücklicher, als der Rasende, der an Ketten liegt, wenn jede Karte, auch die letzte endlich, gegen ihn aussagt. Sehn Sie, da ist der König der Schöpfung, in seinem geflickten Bettlerhabit, den er für einen Königsmantel hält.

Der Alte lachte fast, und Eduard erwiederte: so ist aber alles Leben zwischen Wahn und Wahrheit, zwischen Schein und Wirklichkeit auf einer schmalen Linie hinlaufend.

Meinethalben, rief Balthasar. Doch lassen wir das. Ich wollte Ihnen nur erzählen, wie ich mich in meinem letzten Jahr von meinem Compagnon bereden ließ, einmal in die benachbarte Lotterie zu setzen. Ich that es gegen mein Gefühl, weil diese Anstalten mir die strafwürdigsten scheinen. Durch sie authorisirt der Staat Straßenraub und Mord. Erhitzt sich doch der arme Mensch schon von selbst für den Gewinn übermäßig. Ich hatte die Erbärmlichkeit schon vergessen, als man mir den Gewinn des großen Looses meldete. Diese Summen ließen mir gar keine Ruhe. Was der Pöbel von bösen Geistern fabelt, das war mir mit diesen Geldsäcken ins Haus gekommen. Von diesem unseligen Capital ist drunten, zwei Stunden von hier, das Spital für alte, kranke Frauen fundirt, woraus mir elende Zeitungsschreiber ein so großes Verdienst haben machen wollen. Was hatte ich denn dazu gethan? Nicht einmal einen Federstrich. Nun begreifen Sie, wie neue Gewinne und Capitalien, die mir aus allen Unternehmungen zuströmten, mich zwangen, neue Entreprisen zu machen, und wie das immer so fort, und mehr ins Große gegangen ist. Und so giebt es keine Ruhe und Rast, bis der Tod endlich das letzte Punktum für diesmal anfügt. Dann fängt natürlich ein anderer da zu rasen an, wo ich aufgehört habe, und seinem Aberwitz kommt vielleicht jener unsichtbare in der Gestalt des Unglücks entgegen.

Eduard war verlegen. Sie sind, fuhr der Alte fort, meine Worte und Ausdrücke noch nicht gewohnt, weil wir über diese Gegenstände noch niemals gesprochen haben, Sie kennen meine Art zu denken noch nicht, und weil Ihnen diese Gefühle, diese Blicke in das Leben hinein noch neu sind, so verwundern Sie sich. Glauben Sie, guter Mensch, man wird nur darum nicht wahnsinnig, weil man so stillschweigend mit dem Strome schwimmt, weil man immer fünfe gerade sein läßt, und sich in das Unabänderliche fügt. Indessen hilft auch noch eine andere Cur und hält so hin. Man macht sich feste, unerschütterliche Grundsätze, eine Art zu handeln, von der man niemals abgeht. Geld, Vermögen, Erwerb, der Umschwung und die Strömungen des Eigenthums und des Metalles nach allen Richtungen hin und durch alle Verhältnisse des Lebens und der Länder ist eine der allerwunderlichsten Erfindungen, auf die die Welt gerathen ist. Nothwendig, wie alles, und da die Leidenschaft sich dieses Wesens am heftigsten bemächtigt hat, so hat es auch ein Ungeheuer aus ihm erzogen, mehr Chimäre und fabelhafter, wie alles, was eine toll erhitzte Phantasie nur je hat träumen können. Dies Ungeheuer also verschlingt und zehrt immerdar, unersättlich, nagt und knirscht am Gebeine Verschmachteter und säuft ihre Thränen. Daß in London und Paris vor dem Pallast, in welchem ein Gastmal tausend Goldstücke kostet, ein Armer verhungert, der mit dem hunderten Theil eines Goldstückes gerettet wäre; daß Familien in wilder Verzweiflung untergehen, Selbstmord und Raserei im Zimmer, und zwei Schritt davon Spieler im Golde wüthen, alles das ist uns so natürlich und geläufig, daß wir uns nicht mehr wundern, daß jeder kaltblütig genug meint, es müsse so, es könne nicht anders sein. Wir nähren die Staaten, und sie können nicht anders, dieses Geldungeheuer auf, und richten es zum Wüthen ab. In manchen Gegenden kann nur noch oben das Capital wachsen, indem es unten die Armen noch mehr verarmt, bis denn der Verlauf der Zeit das trübselige Exempel einmal ausrechnen und das schreckliche Facit mit blutiger Feder durchstreichen wird. – Als ich mich nun so reich sah, hielt ich es für meine Pflicht, so viel ein Mensch es kann, diesen Reichthum abzurichten und das wilde Thier zu bändigen. Gewiß ist die Schöpfung zum Jammer bestimmt, sonst würden nicht Krieg, Krankheit, Hunger, Schmerz und Leidenschaft so wüthen und zerstören. Dasein und Qual ist ein und dasselbe Wort, indessen muß doch jeder, der nicht selbst ein böser Geist im Muthwillen sein will, das Elend mildern, so viel er kann. Es giebt keinen Besitz, in dem Sinn, wie die meisten ihn annehmen, er soll nicht sein, und ihn festhalten zu wollen, ist ein gottloses Bestreben. Noch schlimmer, durch den Einfluß des Reichthums Unglück verbreiten. So verwalte ich denn den meinigen, indem ich der Landschaft aufhelfe, den Armen Arbeit gebe, die Kranken versorge, und durch immer vermehrte Thätigkeit es dahin zu bringen suche, daß recht viele ohne Thränen und Reue ihr Brod essen, sich an ihren Kindern und ihres Geschäfts freuen, und, so weit mein Auge und Arm reicht, nicht so viel die Schöpfung verflucht wird, als in andern Dörfern und Städten.

Der Segen, den Sie verbreiten, warf Eduard ein, muß auch Sie beglücken . . . .

Segen? wiederholte der Alte und schüttelte das Haupt. Alles ist ja nur ein Tropfen im Meer. Wie bald müssen auch die jüngsten Kinder sterben; diese Zeit, diese Jahrhunderte und Jahrtausende wie verlachen sie unsere morschen Gebäude, diese Vergessenheit, wie triumphirt sie allenthalben auf Moder und Schutt, diese Vernichtung, die alle Gebilde so schadenfroh und unempfindlich zerstampft. So habe ich nun heut auch die gute Elisabeth getröstet. Aber kann ich sie wohl trösten? Ihr Schicksal, ihr Leben geht immer mit ihr, die verlorne Jugend, daß sie sich einem schlechten Menschen weggeworfen, daß sie einen Tiger als Sohn der Welt geboren hat. Im Traume kehrt dies Gefühl wieder, im Schlaf und Wachen, und auch in jeder Fiber, daß sie mich einmal geliebt hat, wohl noch liebt, und mein Unglück im Herzen nun mit zum ihrigen trägt. Nicht wahr – daß ihr nun einmal ein Bissen besser schmeckt, – daß sie einmal, vielleicht bei einem albernen Buch, sich vergißt, sich an Schicksalen freut, für Leiden interessirt, die nur schwache Schatten der ihrigen sind – in diesem rührenden Blödsinn lebt sie vielleicht etwas getröstet in einzelnen Minuten? Das ist was Großes, daß ich ihr das habe erleichtern können! Aber das Gefühl, daß von meiner sogenannten Wohlthat weder Mann noch Sohn, noch Sohn, der Sprosse ihres eigenen Bluts und Leibes, doch auch ihres Geistes, etwas wissen darf, wenn ihr Elend nicht dadurch wachsen soll – fühlen Sie nicht, wie erbarmenswerth dies, und alles Leben ist? – doch brechen wir ab, erzählen Sie mir lieber etwas Neues.

Eduard berichtete ihm, daß Wilhelm sich wieder schleunig, und ohne Ursach entfernt habe. Es ist mir lieb, antwortete der

Alte, ich habe ihn immer für unsern Dieb gehalten, durch die Finger gesehen, um ihn nicht ganz zu stürzen, aber es muß doch einmal ein Ende damit haben. Ich habe ihn geliebt, und eben darum um so mehr gehaßt. Wie das? fragte der junge Mann.

Je nun, erwiederte jener, thöricht genug zog seine Physiognomie mich an, der weiche Ton seiner Rede, sein ganzes Wesen. Diese wunderliche Sympathie verfolgt uns ja immerdar. Ich machte viel aus ihm, und da ich mein Herz auf dieser Thorheit ertappte, so strafte ich mich, daß ich einen rechten Widerwillen gegen den Menschen faßte, wie wir immer gegen alles thun sollen und müssen, was uns recht gefällt.

Eduard wollte weiter fragen, aber die schlagende Uhr rief ihn an sein Geschäft, und er ging mit vielen Gedanken, als der Alte ihn beurlaubt hatte, von diesem, um in Ruhestunden dem sonderbaren Gespräch weiter nachzusinnen.

Wenn sich Eduard jetzt in manchen Stunden besann, so erschien ihm seine ganze Lage, die Stellung, die er in dieser einsamen Gegend angenommen hatte, das Geschäft, was er betrieb, so wie die Menschen, mit denen er umzugehen gezwungen war, in einem ganz andern Lichte, als bisher. Er mochte es sich selbst nicht gestehen, wie sehr das neuliche Gespräch mit Röschen auf seine Einbildung sonderbar gewirkt hatte. War sie ihm früher nur als ein anmuthiges Kind erschienen, so knüpften sich jetzt Erwartungen und stille Hoffnungen an dieses liebliche Wesen, er beobachtete sie aufmerksamer, er sprach öfter und länger mit ihr, und die Entwicklung dieser jungen Seele, ihre freundlichen unbefangenen Mittheilungen bewegten sein Herz mehr und mehr. Gedachte er nun des häßlichen, gelbbraunen Eliesar, dessen herben menschenfeindlichen Gemüthes, und daß diese zarte Blume sich dem

Widerwärtigen im Stillen schon als Opfer bestimmt habe, so zürnte er diesem thörichten Vorsatz, den er in andern Stunden wieder belächeln mußte. Eliesar war schon seit einigen Tagen entfernt. Er hatte es kein sonderliches Hehl gehabt, daß er jenen Anweisungen, die er im Buche des Steigers gefunden, in den einsamen, abgelegenen Stellen des Gebirges nachgehn wolle. Es paßte diese Thorheit zu seinem seltsamen schwärmerischen Wesen, denn er schleppte sich oft mit Zauberbüchern und alchemistischen Schriften, hatte in seinem Zimmer ein Laboratorium, und berühmte sich oft, in ziemlich deutlichen Anspielungen, den Stein der Weisen gefunden zu haben. Dachte Eduard dem sonderbaren Gespräch des alten Balthasar nach, welche Gesinnungen er in jener vertrauten Stunde ausgesprochen hatte, so war es ihm nicht mehr unwahrscheinlich, daß dieser ehrwürdige Mann, seinen Grillen und seiner Melancholie gemäß, das aufblühende Röschen wohl dem finstern Eliesar zur Gattin könne bestimmt haben. Es erfaßte ihn ein Schauder, mit welchen dunkeln und verwirrten Gemüthern er in so naher Beziehung stehe, ihm schwindelte unter den Schwindelnden, und er schien sich seiner selbst nicht gewiß. Er vermißte darum schmerzlicher als je den jungen Wilhelm, dazu wuchs sein Verdruß, denn die Beraubung der Magazine ließ nicht nach, sondern wurde unverschämter, als jemals betrieben. Er selbst hatte auf Wilhelm einen leisen Verdacht gehabt, und konnte sich den Frevel durchaus nicht erklären.

In dieser Stimmung begrüßte er Eliesar nicht mit besonderer Freundlichkeit, als dieser von seiner abentheuerlichen Streiferei zurückkehrte. Eliesar war auch empört, als er hörte, daß die Beraubungen indessen mit großer Frechheit waren fortgesetzt worden, und da er Eduard keine Nachlässigkeit oder Saumseligkeit mit Recht vorwerfen konnte, so nahm dieses erste Gespräch zwischen den beiden, die schon von selbst niemals einverstanden waren, eine noch empfindlichere Wendung. Als sich der widerwärtige Gefährte entfernt hatte, nahm sich Eduard vor, indem er es jetzt als eine unerläßliche Pflicht ansehen mußte, mit dem Fabrikherrn ernster als je über diesen Gegenstand zu sprechen.

Diese Räubereien, die mit so großer Sicherheit ausgeübt wurden, erregten die Neugier der ganzen Gegend, und in der Schenke des Bergstädtchens war auch viel die Rede davon. Der alte Kunz saß in dem hölzernen Lehnstuhl am Ofen und erzählte eben dem gemächlichen Wirthe umständlich vom neuesten Diebstahl, als ein fremder Mann einkehrte, der sich sogleich als einen wandernden Bergmann zu erkennen gab. Der Fremde war noch nicht alt, und sprach und fragte daher anfangs nur bescheiden, gab aber zu verstehen, daß es wohl Mittel geben möchte, die Sache bald zu entdecken, wenn man seinem Rathe folgen wolle. Durch diese Winke wurde die Neugier anwesender Bauern, die unten von der Ebene, einige Meilen her, zur steilgelegenen Bergstadt mit Korn herauf gekommen waren, gewaltig gereizt. Kunz, der sich in dieser Gesellschaft für den klügsten hielt, ward still und einsylbig, um zu vernehmen, worauf die Erfindung, oder das Mittel, den Dieb zu entdecken, hinaus laufen würde.

Man legt, sagte der Fremde, einen Bann, über welchen der Dieb, wenn er die Gegend betritt, nicht wieder hinaus kann, und so muß er sogleich nach Aufgang der Sonne entdeckt werden.

Und woraus? fragte der Bauer Andres, der der vorwitzigste war, wird ein solches Band gemacht?

Kunz lachte laut und mit Verachtung, indem er sagte: Bauerntölpel, sprecht doch nicht mit, wenn von Kunst und Wissenschaft die Rede ist, bleibt bei Eurem Stroh und Hexel, denn das könnt Ihr besser handhaben. Fahrt fort, unterrichteter Mann, setzte er hinzu, sich mit verdächtiger Freundlich-

keit an den Fremden wendend, wie meint Ihr, daß ein solcher
Bann oder Fluch beschaffen sein müsse, damit er seine Wirkung nicht verfehlen könne?

Der Fremde, dessen blasses Gesicht sonderbar gegen den
starken braunen Kunz, den feisten Wirth und die aufgedunse-
nen Physiognomien der Bauern abstach, sagte mit etwas ge-
dämpfter Stimme: Eibenzweige, die im Neumond geschnitten
und geschält werden, dann im ersten Viertel mit Wolfsmilch
und Schierling abgekocht, die ebenfalls in derselben Nacht gesucht werden müssen, werden, indem man einige Sprüche
sagt, die ich kenne, in die Erde, in gewissen Entfernungen um
den Ort gesteckt, in welchem der Raub geschieht, und der
Dieb, sei er so frech, als er immer wolle, wisse er auch Bann-
sprüche und Lösungen, kann aus diesem Distrikt nicht wieder entfliehen, sondern steht in Angst und Zittern, bis ihn am
Morgen die finden, die den Zauber gelegt haben. Dies habe
ich oft in Ungarn und Siebenbürgen ausüben sehen, und es ist
jedesmal gelungen.

Kunz wollte antworten, aber der vorwitzige Andres rief dazwischen: mein Großvater, der Schmidt, hatte einen Fluch mit
Abracadabra, das rückwärts und vorwärts gesprochen wurde,
und dazu einige Bibelsprüche, wenn er die Worte sagte, so
mußte jeder Dieb, wie er im Walde, auf der Landstraße, oder
im Felde war, gleich mitten im Laufen, oder wenn er auf
einem Pferde ritt, in Angst und Bangigkeit still stehen, so daß
ihn dann die Kinder greifen konnten, wenn sie mochten.

Kunz sah den Bauer mit unbeschreiblicher Verachtung an,
worauf er sich mit zweideutiger Höflichkeit zum fremden
Bergmann wendete: Ihr seid, sagte er, ein Mann von Erfahrung und Kenntniß, wie es scheint, indessen möchte hier Euer
gut gemeinter Rath wohl keine Annahme finden. Denn erstlich wird der Alte vom Berge hier sich niemals mit dergleichen
Zauberseegen einlassen, weil er allen Aberglauben, sogar den

frommen und nöthigen haßt, wie vielmehr einen solchen, der ihm als ganz verrucht erscheinen muß. Dann wißt Ihr ja auch nicht einmal, auf welche Art der Diebstahl vor sich geht, um die gehörigen Maßregeln zu treffen.

Wie so? fragte der Fremde, halb verlegen und halb neugierig.

Habt Ihr nie, fuhr Kunz fort, von jenen wunderbaren Menschen gehört, oder gelesen, oder ist Euch, da Ihr ein so vielgewanderter Mann seid, keiner persönlich aufgestoßen, die mit den Augen durch ein Bret, durch Dielen und Keller, oder tief in den Erdboden und Gebirge hinein sehen können?

In Spanien, sagte der Fremde, soll es dergleichen geben, die auch ohne Wünschelruthe Schätze und Metalle mit ihren leiblichen Augen finden können, wenn die Dinge auch noch so tief unter Felsen oder Wäldern liegen.

Ganz recht, fuhr Kunz fort, Zahori, oder Zahuri werden sie genannt, wie ich mir habe erzählen lassen, die es mit ihrer Kraft und Wissenschaft so weit gebracht haben. Nur weiß man nicht, ob einer es vom andern lernen kann, ob es Naturgabe ist, oder von einem Bündniß mit dem Bösen herrührt.

Gewiß vom Teufel, fuhr Andres dazwischen, der sein Gesicht immer näher geschoben hatte.

Mit Euch, Bauersmann, sagte Kunz, spreche ich gar nicht, Ihr thätet besser, Euch hinter den Ofen zu setzen, wo Ihr hingehört, wenn von Wissenschaft die Rede ist.

Andres brummte und setzte sich erbost etwas zurück, worauf Kunz fortfuhr: seht, Mann, die Kunst ist aber in vielen Gegenden nicht die einzige, oder beste, so vortheilhaft sie auch sein möchte, um die Adern der Erze, oder gar Gold und Silber zu entdecken. Viel bedeutender und gefährlicher sind aber jene Menschen, die in ihren Augen eine Kraft haben, dem Andern Böses zu thun, ihm mit einem einzigen Blick eine Krankheit, Fieber, Gelbsucht, Verrücktheit, wohl gar den Tod anzuwerfen. Die Besseren und Frommeren unter diesen tragen darum freiwillig das eine Auge verbunden, denn oft ist die Gewalt nur auf einer Seite, um so, ohne ihren Nebenmenschen zu schaden, mit ihnen handeln und wandeln zu können.

Von diesen habe ich nie gehört, erwiederte der Fremde.

Das nimmt mich doch Wunder, fuhr der Bergmann mit der größten Ruhe fort, denn da Ihr von Ungarn kommt, wohl gar dort geboren seid, wo Ihr einen solchen Ueberfluß an Vampyren, oder blutsaugenden Leichen besitzt, so viele Kobolde und Bergmännlein, Zwerge und Unterirdische, die sich oft sogar am hellen Tage sehen lassen, da dachte ich, wären alle Hexenkünste im schönsten Gange und offenbar.

Nein, antwortete der Wandersmann, von diesen Curiositäten habe ich bis dato noch nichts erfahren, so viel ich auch gesehn und selbst erlebt habe, das andern, die nicht so weit herum kamen, merkwürdig genug scheinen mag.

Nun also, nahm Kunz wieder das Wort, hat es der sogenannte Zahuri erst so weit gebracht, daß er mit seinem bloßen Auge, statt die Schätze ruhig zu sehen, die unter ihm liegen, jemand krank machen, oder umbringen kann, so hat er nur noch einen Schritt weiter, um in seiner Kunst vollkommen und Meister zu werden. Seht, guter fremder Mensch, hat er so das Letzte gelernt, so setzt er sich vor die Bratenschüssel, wenn sie verdeckt und zugemacht noch auf dem Ofen steht, und frißt Euch, ohne daß es ein Mensch merken kann, nur mit den Augen die Gans, oder den Hasen, oder was es nur sein mag, so rein und sauber in sich hinein, daß, wenn er es so will, auch kein Gebeinchen übrig bleibt. Setzt ihm Nüsse vor, oder Melonen, so speiset er, ohne daß die Schaalen nur angerizt werden, Kern und Fleisch vollständig heraus, und laßt die Hülsen, als wenn alles noch darin wäre, unbeschädigt zurück. Er ist satt, kein Mensch kann es ihm beweisen, oder nur argwohnen, und die andern haben das leere Nachsehn.

Teufel noch einmal! rief Andres, das ließ ich mir gefallen, wenn ich die Kunst lernen könnte.

Ein solcher Künstler, fuhr der alte Bergmann fort, kann aber noch viel weiter kommen, denn dergleichen wäre am Ende doch nur Spaß. Ist er aber auf jemand böse, so kann er ihm eben so mit einem Blick das Herz aus dem Leibe, wie das Geld aus der Tasche nehmen. Der Gegner, den er verfolgt, muß schmählich und schmerzhaft sterben, und der andere verarmen, indeß er selber so reich wird, wie er nur immer will.

Appetitliche Sachen! rief Andres unbewußt aus, so sehr war er von diesen Vorstellungen hingerissen.

Kunz wendete ihm den Rücken, indem er sich näher zum Bergmann setzte, und sagte dann: wenn wir nur nicht den Pöbel hier so nahe bei uns hätten, so könnte ich Euch die Sache mit mehr Seelenruhe erzählen. Es ist nehmlich so. Ist der Zahuri nun vom Lehrburschen oder Pochjungen zum Gesellen, dann zum Meister oder Steiger avancirt, seht, so setzt er sich in seiner Stube hin, hier oben in der Schenke, oder wo es sei, denkt an das Magazin unsers Alten vom Berge, oder an den Hafen in London, oder nach Spanien hinunter, wo er weiß, daß beim Bankier, Juwelier oder Schiffsherrn Kostbarkeiten liegen, und so wie er sie mit den Augen denkt, hat er sie auch vor sich, und keiner weiß darum und kann es hindern. Eben so kann er sie auch sogleich mit seinem bloßen Willen schon von dem Orte, an dem er sie nimmt, nach Spanien oder Calkutt, oder wohin immer versenden, und sich die Bezahlung dafür schicken lassen. Wenn also ein solcher Mann hier in der Nähe lebt, oder selbst in Amerika, und ihm beliebt es, das Magazin durch diese Kunst zu berauben, so begreift Ihr wohl mit Eurer simpeln Vernunft, daß da Eure abgeschälten und abgekochten Stäbchen so wenig helfen können, als eine gut eingerührte Milchsuppe etwa eine Cur gegen ein Erdbeben abgeben könnte.

Der Fremde hatte Verstand genug, um einzusehen, daß man ihn narrte, die Bauern aber, wenn sie auch nicht alles verstanden, verschlangen diese widersinnigen Berichte. Kunz labte sich an seiner Ueberlegenheit und fuhr fort: seht, Mann, wenn es nicht dergleichen Tausendkünstler gäbe, wo sollte wohl alle die Contrebande herkommen, die in allen Ländern gemacht wird? darum helfen alle Anstalten dagegen so wenig, so strenge sie auch immer sein mögen. Die Kunst zu erlernen mag freilich ziemlich beschwerlich sein, und darum dringen auch wohl nur sehr wenige bis zur Meisterschaft durch.

Wunderlich, antwortete der Fremde, ist alles, was Ihr mir da vorgetragen habt, und unser Diskurs beschlösse sich vielleicht am anmuthigsten damit, daß ich behauptete, ich sei ein solcher Künstler. Indessen würdet Ihr gleich Proben meiner Wissenschaft verlangen, und damit möchte es denn allerdings etwas hapern. Indessen, mag es nun Ernst oder Spas sein, was Ihr mir erzähltet, so giebt es doch gewiß, was kein Vernünftiger bestreiten wird, vieles Unbegreifliche und Wunderbare in der Welt.

Kunz, der indessen am starken Bier sich gelabt hatte, und meinte, er habe einen vollständigen Sieg über den Unbekannten davon getragen, ward über diese Gegenrede empfindlich, und um so mehr, weil die Bauern, die dem Gespräch zugehört, nicht im Stande waren, die Rolle der Schiedsrichter zu übernehmen.

Ei was! rief er jetzt aus, Ihr scheint mir einer von denen, die noch kaum wissen, was wunderbar, oder was natürlich ist. Habt Ihr Geister mit Augen gesehn, so wie ich? Habt Ihr mit Kobolden Gespräche gepflogen, mit den Kleinen, die da oben bei unserm Gebirgsherrn aus und eingehen? Habt Ihr Erze und Edelsteine wachsen sehn, oder Gold- und Silberbäume sich lebendig und fortwuchernd bewegen?

Glaubt Ihr denn, fragte der Fremde, daß die Gesteine entstehen und vergehen, daß die Erze anschießen und sich

fortpflanzen? denkt Ihr Euch denn die unterirdischen Lager
wie ein fortwucherndes Kartoffelnfeld?

Mich gehn Kartoffeln und alles solches Gezüchte nichts an,
rief der ergrimmte Kunz, dem es ganz etwas Neues war, sich
von einem unbekannten, und, wie es ihm schien, unbedeutenden Menschen hofmeistern zu hören: – daß aber Leben und
Weben in den Erzen und Gebirgen ist, versteht sich von selbst,
daß sie wachsen und vergehn, und daß, wie hier oben Sonne
und Mond scheint, Regen und Nebel ist, Frost und Hitze, so
da drunten Brodem und Wetter, die einschlagen und ausfahren und da im Finstern unsichtbar kochen und sich gestalten.
So ein Wetter sickert wie Nebel ein, nun tropft es herab und
wird mit den Qualitäten der Berge und des Unterreichs verschwistert, und wie dann der Qualm geht und sich richtet, so
erzeugt er Erz, oder Gestein, verquickt sich in Silber oder
Gold oder rennt als anschießendes und zersprengtes Eisen und
Kupfer durch die fernen und nahen Adern hin.

Also, so weit seid Ihr hier noch zurück? fragt der Fremde
mit allen Zeichen des Erstaunens. O mein Lieber, laßt Euch
dienen, seit der Schöpfung, oder wenigstens seit der Sündfluth
ist Berg, Stein, Fels, Erz und Juweel unabänderlich in sich
selbst verschlossen. Wir graben und schaufeln von oben hinein, und gerathen kaum, wenn wir auch noch so tief gelangen, unter die oberste Haut der Warze, wie das Gebirge im
Verhältniß zur Erde ist, wie ein Stückchen Nagel zum Menschen. So weit wir kommen können, reuten wir, insofern wir
ihn bedürfen, diesen uralten Vorrath aus, und es wächst
nichts nach, weder Steinkohle noch Diamant, weder Kupfer
noch Blei; und wie Ihr Euch es vorstellt, ist es ein bloßer Aberglaube. In Afrika, so erzählt man das Geschichtchen, fand
man in einer Sandgrube von Zeit zu Zeit kleine Goldkörn-
chen, die dem armen schwarzen Könige als dessen Eigenthum
ausgeliefert werden mußten. Damit kaufte er denn von den

Ausländern mancherlei. Plötzlich entdeckte man etwas tiefer zwei bedeutende Kloben massiven gediegenen Goldes. Die Sklaven brachten mit Entzücken ihrem schwarzen Herrn den Ertrag, der mehr war, als sie seit zehn Jahren gefunden hatten, und meinten, wie sehr sich der Armselige freuen müsse, so plötzlich reich zu werden. Aber sie irrten sich. Der weise alte Mensch sagte: seht, Freunde, diese Stücke sind Vater und Mutter jener Goldkinderchen, die wir seit langen Zeiten immer gefunden haben, tragt sie ja sogleich wieder an Ort und Stelle, damit sie fortfahren können, neue Brut zu erzeugen. Geschähe dies nicht, so hätten wir für den Augenblick großen Vortheil, verlören aber den dauernden Nutzen für alle Folgezeit. Der Mohr war aberwitzig; nicht wahr?

Nichts weniger, als das, schrie Kunz immer zorniger; nicht Unrecht hatte er, das Geheimniß zu schonen, wenn wir gleich, als Bergleute, die Sache nicht so, wie er, ansehen können. Das Gediegene ist auch gewachsen, und ob es nicht in seiner Nähe die anschießenden und sich bildenden Erztheile ermuntert und befördert, können wir alle nicht wissen.

Ich sage Euch aber, fuhr der Fremde fort, das sich Fortbilden und Wachsen, aus sich selbst und in die Atmosphäre hinein und als Wurzel in die Erde hinab ist nur die Natur der Pflanzen. Der Stein ruht in sich, das Gewächs nimmt Licht, Wärme und Wasser in sich auf, und modifizirt die Erdtheile, in denen es begründet ist, um sich zu entwickeln. Das Thier springt vom Elemente fort, und bewegt sich doch in ihm, seine Wurzel in seinen Eingeweiden mit sich herumtragend.

Nein! nein! schrie Kunz immer heftiger: dadurch wird mir ja die Welt, und vollends meine herrlichen Berge, die glänzenden, unterirdischen Kammern nur in Stapelplätze, schlimmer als von Holz, in klägliche Schuppen und Waarenlager verwandelt. Was hätten denn die Geisterzwerge und der mächtige Berggeist, und alle die Kobolde und Elfenkäutzchen, und das Geschwirre von Gnomen da unten zu thun, die doch immerdar, manche geschickt, manche tölpisch, Hand an das Werk legen? Und die Wasser? Und die Dämpfe? O ihr Taub- und Blindgebornen, die ihr nicht schauen und begreifen wollt, was doch viel leichter zu fassen ist, als eure todte, abgestorbene Welt. Kann das Leben und das Erzeugen irgendwo aufhören, so ist es auch an euren Stellen, wo ihr das Lebendige seht, nur Schein und Lüge. Das Feste lebt, aber auf andere Art: und wenn es mal Athem holt, und der alte Riese in Langeweile seine Beine streckt und etwas anders legen will, so schreit ihr denn doch in eurem Jammer über Erdbeben, wenn euch die gemauerten Hütten zur Abwechslung nachlaufen, und die Thürme in eure Taschen und Pantoffeln fallen.

Wunderlicher Mann, sagte der Fremde, der Ihr viel zu hitzig seid, um Raison anzunehmen. Die Wissenschaft sollte uns doch lieber, als unsere Vorurtheile sein. Wir schaffen die Natur ja nicht, sondern sie ist nun einmal da, und uns hingelegt, um sie zu betrachten und aus ihr zu lernen.

Natur, sagte der Bergmann, das ist auch so ein dummes Wort! Mein Bergwerk gehört nicht zur Natur, das ist mein Berg. In ihm versteh ich Alles, von Eurer Natur weiß ich gar nichts. Als wenn ein Schneider, der ein Kleid zurichten sollte, immer nur von Wolle, oder den englischen Schaafen reden sollte. Aber dahin haben es die Menschen schon gebracht, daß sie nichts mehr als das ansehn können, was es ist, sondern nur ein Allgemeines suchen, woran sie es binden und erwürgen mögen. Ich habe, was sagt Ihr dazu? einmal einen ungarischen Menschen gesprochen, Euren Landsmann, aber klüger war er, als Ihr; der erzählte mir, wie eine Weinrebe, ich glaube nicht weit von Tokay, die auf einem Gang von Golderz muß gestanden haben, in das Holz der Rebe goldene Verzweigungen und Adern aufnahm. Er zeigte mir ein Stück der Rebe, an der ich noch den hineingewachsenen Goldschimmer genau sehn und unterscheiden konnte. Er schwur mir, in einigen der großen und saftigen Weinbeeren waren einige Körner derselben von gediegenem Golde gewesen. Nun seht einmal, erwiederte der Fremde: kann man mehr verlangen? Nicht nur als Mineral wächst also das Gold, sondern sogar als Pflanze. Ich weiß aber doch noch eine bessere Geschichte. Nicht weit von Cremnitz waren einmal bei feuchtem Wetter in dem dortigen steinigen Erdreich einige Dukaten verloren worden. So viel man auch suchte, konnte man sie nicht wieder finden. Sie mußten zwischen Steinlöchern und Schutt weit hinab gefallen sein. Was geschieht? Nach einigen Jahren, kein Mensch, auch der Eigenthümer denkt mehr an den Verlust, sieht man eine ganz fremde Staude, die kein Mensch in der Gegend kennt. Sie blüht wunderbar schön und setzt nachher kleine Schooten an. Die Schoote fasert sich bald nachher wie die Hülse der Judenkirsche: und, wie man das Ding näher betrachtet, ist in jedem Felle ein neuer blanker Cremnitzer Dukaten. Wohl fünfzig waren reif geworden, etliche, die der Nachtfrost getroffen hatte, kaum wie dünner Goldschaum. Und das wunderlichste: die Dukaten hatten jedesmal (denn man hütete sich wohl das schöne Unkraut auszurotten) die neueste Jahrzahl, in welchem Jahr sie waren gezeitigt worden. Nachher hat man gewünscht, wenn es nur irgend möglich wäre, den Zweig eines Baumes, der vielleicht Portugaleser trüge, auf diesen einträglichen Strauch zu pfropfen, um dadurch die Frucht zu veredeln.

Selbst die Bauern lachten, da sie diesen Spaß zu verstehen glaubten, Kunz aber sah ihn zwar auch ein, mißverstand ihn aber in so fern, daß er kein Wort erwiederte, sondern vom Getränk und Zorn berauscht, nur die Faust erhob, und sie so stark in das Angesicht des Erzählenden warf, daß dieser sogleich vom Schemel zu Boden stürzte und ein Blutstrom ihm aus Mund und Nase rann. Der Fremde besann sich und wollte, obgleich er offenbar der Schwächere war, seine Rache nehmen, aber die Bauern warfen sich dazwischen, und vermittelten, für den Augenblick wenigstens, den Frieden. Es war um so leichter, als wandernde Bergmusikanten mit ihren Instrumenten in die Schenke traten, die der berauschte Kunz sogleich in seinen Sold nahm. So sehr Wirth und Wirthin widersprachen, so mußten sie dennoch erst Lieder und dann Tänze aufspielen und Kunz nahm die Ermahnungen und Erinnerungen, daß man die Musik bis in das sogenannte Schloß hinauf hören könne, nicht an. Was kümmert mich, schrie er, der Alte vom Berge da droben! Er kann sein böses Gewissen auch einmal etwas in den Schlummer singen lassen! Er tanzte erst allein, dann mit der Wirthin, und da der Tumult einmal lebendig war, fanden sich auch einige Männer und Mädchen, die an dem so unvermutheten Freiball Theil nehmen wollten. Nur als die jüngsten der Bauern sich auch in die Reihe stellten, sprang Kunz plötzlich auf sie zu, schob sie ungestüm zurück und gebot herrisch den Musikanten zu schweigen.

Wann sich Pöbel und Gesindel unter die Menschen mengt, rief er aus, so muß sich unser eins wieder davon machen. Aber, das sag' ich euch, wer sich von euch jetzt rührt, oder nur mukst, dem brech' ich Arm und Bein.

Die Bauern, die sich vor dem Betrunkenen zu fürchten schienen, oder ihn vielleicht nur nicht noch mehr aufreizen wollten, zogen sich an ihren Tisch zurück. Kunz setzte sich, nach allen seinen erfochtenen Siegen, mit einer majestätischen Miene wieder in seinen Lehnstuhl und schaute mit auffordernden Blicken umher. Da keiner zu reden anfing, sagte er mit lauter Stimme: seht, Bergleute, ich bin einer der ältesten Männer hier oben vom Gewerk; schaut, Cameraden, und ihr Lumpengesindel da, Wirth und Bauern meine ich, diese Thaler hat mein Fürst und Herr in unserer Grube gewonnen! – Er warf eine Hand voll Silber auf den Tisch. – Und so alt ich bin,

Männer, (ich bin hier oben aufgewachsen,) bin ich doch noch niemals unten in das Feld und die Thäler hinab gekrochen. Ich kann mich rühmen, und das ist gewiß eine Seltenheit, ich habe noch niemals das Getreide auf dem Felde, noch niemals das Korn in dem erbärmlichen Stroh in seinem Wachsthum und seiner Reife gesehn. Wir arbeiten in Silber und Gold, sind groß im Geheimniß und der Wissenschaft, hauen, amalgamiren, schmelzen – und die armen Lumpen da müssen mit ekelhaften Mist, wie man mir erzählt hat, vertraut umgehn, den Gestank auf ihre Felder führen und ausbreiten, und darum kommen die Schmutzkittel mir auch mit Recht als unehrlich und verächtlich vor, wenigstens ein Bergmann sollte ihnen niemals die Hand reichen, oder mit ihnen aus einem Kruge trinken. Ich will auch mit Ehren sterben, so wie ich alt geworden bin, ohne jemals zu den Strohdächern oder Dreschscheuern hinab zu kommen; ich habe mich vier und funfzig Jahr vor der Schande bewahrt, und der Himmel wird mich auch ferner behüten.

So schwatzte er noch, bis er endlich betäubt und ermüdet einschlief. Die Bauern, die sich jetzt empfindlicher noch als vorher beleidigt fühlten, hatten mehr wie einmal mit bedeutenden Blicken auf ihre Knittel gesehn. In dieser Stimmung hörten sie um so lieber auf den Rath des Fremden, der sich indeß gewaschen hatte, den Hochmüthigen, da er so fest schlief und wie in Betäubung war, auf einen der Wagen zu laden, unten im Grunde in ein Kornfeld abzusetzen, damit er dort von seinem Rausch erwachen könne. Es konnte um so leichter geschehen, da die bezahlten Musikanten sich schon wieder entfernt hatten, und der Wirth in der Küche beschäftigt war.

———————

In der Einsamkeit des Waldes, wo die Eisenhütten arbeiteten, wo unter finstern Felsen, in der Nähe des Wassersturzes das Gelärm und Hämmern der Arbeiter weit hin, wetteifernd mit

dem Rauschen der Wogen, tönte, war am Abend Eduard mit
dem Inspektor des Bergwerkes zusammengetroffen, um mit
diesem einige wichtige Geschäfte zu bereden und ihm Auf-
träge des Fabrikherrn mitzutheilen. Das Feuer leuchtete aus
den hohen Oefen wunderlich in die Dämmerung hinein, die
hellere Gluth des halbflüssigen Eisens, die tausend blenden-
den Funken, die vom Ambos unter den Hämmern der rüstigen
Arbeiter ausstäubten, die Bewegung der dunkeln Gestalten in
der weiten Bretterhütte, in welche der Baumstamm grünend
hineingewachsen war, und im Winkel über dem Blasebalge
schwebte, dieses wunderliche Nachtstück zog Eduards ganze
Aufmerksamkeit an sich, als unter den Arbeitern ein lautes
Gespräch und Gelächter entstand. Ein Fremder hatte ihnen so
eben erzählt, was einige Bauern gestern mit dem betrunkenen
Kunz vorgenommen hatten, und wie dieser heut Morgen zu
seinem größten Aerger mitten in einem Kornfelde aufgewacht
sei. Die Sache schien allen so wichtig, daß die Arbeit auf
einige Zeit still stehen durfte.

Das gönn' ich, rief einer der breitgeschulterten Schmiede-
gesellen, dem hochmüthigen Kauz! Der unerträglichste und
gröbste Bergmann von allen weit in der Runde! der alles besser weiß und der klügste ist!

Wie wüthend und unsinnig soll er herumlaufen, fuhr ein Er-
zählender fort, denn nun ist das, worauf er am hochmüthig-
sten war, aus und vorbei; er hat nicht nur das Korn sehen
müssen, wie es auf dem Felde wächst, er hat mitten darin
gelegen.

Eduard wendete sich zu diesem und fragte: Michel, Ihr seid
schon wieder ganz gesund, daß Ihr so im Freien umgeht?

Ja, Herr, erwiederte der Schmidt, Dank Euch und dem alten
Herrn da droben. Das Auge ist weg, das versteht sich, muß
doch mancher von uns mit dem einen arbeiten können. Der
Eisenfunke, der es mir ausbrannte, konnte noch größer sein.

Schmerzen hat es gegeben, das ist natürlich, aber mit Gottes
Hülfe bin ich doch wieder ein gesunder Kerl geworden. Herr
Balthasar hat freilich viel dabei geholfen, und seiner Pflege,
Milde und Beisteuer habe ich sehr vieles zu danken. Und so
wir alle, die wir ihm angehören.

Ein anderer Einäugiger fiel in diese Lobsprüche ein und
fügte hinzu: es trifft sich, daß einer und der andere von uns so
verstümmelt wird, denn mit dem Feuer ist nicht zu spaßen,
aber wir sind von Gott durch unsern Alten gesegnet, denn
wenn auch einer von uns ganz blind werden sollte, so würde
der uns doch nicht verschmachten lassen.

Die Arbeiter waren wieder an den Amboß getreten und
Eduard hatte nicht bemerkt, daß Eliesar, mit einem Fremden
sprechend, in die Hütte gekommen war. Dieser war jener rei-
sende Bergmann, der die Veranlassung gegeben hatte, den
alten Kunz auf eine Art zu demüthigen, die diesem von allen
Kränkungen die empfindlichste war. Eliesar stritt heftig und
meinte, es sei gottlos, einen alten Mann auf diese Art zum
Zorn, ja zur Verzweiflung zu reizen, denn er hatte gehört, daß
Kunz wie ein Unsinniger durch die Berge liefe, und weder
Rath noch Trost annehmen wolle. Der Fremde entschuldigte
und vertheidigte sich, so gut er konnte, und während die
Hammer tobten, der Blasebalg sauste und die Wasser rauschten, verhallte dieser Wortwechsel und wurde nur etwas vernehmlicher, als der wüthende Kunz selber, schreiend, mit auf-
gelaufenem Gesicht und glühenden Augen zu den Streitenden
trat. Meine Ehre! meine große Bergmanns-Ehre! so schrie er,
mein Ruhm und mein Stolz, alles ist dahin, unwiderbringlich
und auf ewig! Und von nichtswürdigen Bauern, von einem
elenden, blaßgelben, schmalschultrigen fremden Hungerleider
bin ich darum gebracht! Im ganzen Gebirge hier, auch in vielen andern gewiß, konnte kein Hauer und Steiger sich berühmen, daß er in seinem Leben nicht in die lumpige Ebene

hinunter gekommen war. Im Stroh bin ich aufgewacht, im Korne, so haben es die Spitzbuben abgekartet! Die Aehren stachen mir in die Nase und Augen, als ich mich besann, das struppige, jämmerliche Zeug, das ich nur in meinem Bett als Strohsack bis dahin gesehn hatte. Schimpf und Schande! Mord und Brand ist nicht so abscheulich! Und kein Gesetz dagegen, keine Hülfe, kein Menschenverstand in der ganzen weiten Welt!

Die Uebrigen hatten genug zu thun, den alten kräftigen Mann von dem schwächlichen Fremden zurück zu reißen, an dem er persönlich seine Rache nehmen wollte.

Da Kunz auf diesem Wege keine Genugthuung erhalten konnte, setzte er sich in einem Winkel der Hütte auf den Boden nieder, und da jetzt Feierabend gemacht wurde, so lagerten sich die Schmiedeknechte um ihn her, einige tröstend, andere ihn verspottend. Beruhigt Euch, rief der Einäugige, die ganze Sache ist ja Kinderei. Wenn das Feuer Euch das Auge ausgebrannt hätte, wenn Ihr die unsäglichen Schmerzen hättet leiden müssen, im Gehirn, und die schlaflosen fieberhaften Nächte überstehn, dann könntet Ihr Euch beklagen, aber so ist die Sache ja nur Kleinigkeit und Einbildung.

Wie Ihr's versteht! rief Kunz; einfältiges Gewäsch kann jeder treiben und reden. Daß Ihr das Auge in Eurem Beruf verloren habt, ist Euch eine Ehre und Ihr könnt stolz darauf sein und Euch damit berühmen: – aber daß sie mich da unten zwischen ihrem Mist hinstecken, daß ich da wie eine Garbe, oder ein Bund Heu liegen muß, – das sind drei oder mehr Nägel zu meinem Sarge. Kunz! Kunz! Einfaltspinsel! Strohsack! so war's mir, als wenn's rund um mich her riefe. Kenn ich doch nun den elenden, kläglichen Acker, auf dem die lumpigen Bauern sich ihr Brodt erziehen müssen. Jämmerlich sieht's da unten aus, und man hört keinen Hammerschlag, kein Wasser, nicht einmal einen Pochjungen. Wie an der Welt Ende ist es da beschaffen und ich habe mir das Getreideland und die Fläche, wo die meisten Menschen wohnen müssen, doch nicht so ganz verächtlich vorgestellt.

So stritt und sprach man hin und her, und um eine andere Rede aufzubringen, wurde von den großen Diebereien erzählt, die der Herr des Gebirges, oder der Alte vom Berge auf so unbegreifliche Art nicht störe, und so wenig oder gar nichts dazu thue, den Räuber zu entdecken, da die Verluste, so reich der Fabrikherr auch sein möge, doch bis zu großen Summen steigen müßten. Der fremde Bergmann sprach wieder von seinen Kunststücken, den Dieb auf sichere Weise zu fangen, und Kunz, der sich der Gespräche erinnerte, drohte nur stillschweigend mit der Faust.

Eliesar schien auf die sonderbaren Vorstellungen einzugehn, er freute sich mit gemeiner Lustigkeit, des Diebes endlich auf diese Weise habhaft werden zu können. Indem ihn Eduard in der Dämmerung der Hütte betrachtete und das Gesicht sah, dessen braune und gelbe Formen vom glimmenden Feuer ungewiß beleuchtet wurden, glaubte er, daß ihm dieser widerwärtige und ihm feindselige Mann noch niemals so häßlich erschienen sei: ein geheimes Grauen überschlich ihn, indem er an Röschen dachte und daß dieser Mensch der Vertraute und Busenfreund eines Mannes sei, den er verehren mußte, wenn gleich dessen Schwächen und Seltsamkeiten gegen seine Tugenden einen grellen Abstich machten.

Die Schmiede hörten dem Gespräch mit Aufmerksamkeit zu, sie glaubten dem Fremden, doch brachte jeder ein anderes abergläubisches Mittel in Vorschlag, zu welchem der Sprechende jedesmal noch ein größeres Zutrauen hatte. Eduard ward, so viel Widerwillen ihm auch das Geschwätz erregte, doch, ohne es fast zu bemerken, in diesem Kreise festgehalten. Gespenstergeschichten wurden erzählt, man sprach vom wilden Jäger, den viele gesehn haben wollten, von Berggeistern und Kobolden, dann kam man auf Vorzeichen und Orakel, und das Gespräch wurde immer lebendiger, die Erzählenden immer eifriger, so wie die Hörenden aufmerksamer. Kobolde, sagte Michel, giebt es, denn ich bin selber vor zehn Jahren mit einem gut bekannt gewesen, mit dem es sich auch ganz leidlich umgehn ließ. Der Knirps hat mir auch damals vorher gesagt, daß ich um diese Zeit das rechte Auge einbüßen würde. Was war das für ein Kerl? rief ein andrer Schmiedegesell; und warum hast du uns das noch niemals erzählt?

Als ich in der Bergstadt, sagte Michel, fünf Meilen von hier, meine Lehrjahre überstanden hatte, und nun zum alten Meister Berenger in die Hütte kam, wurde ich denn, wie das jedem jungen Kerl geschieht, von den andern Gesellen im Anfang gehänselt und zum Narren gehalten. Wenn ich nicht mehr lachte und es verdroß mich, gab es Schlägerei, ich theilte aus und bekam, wie es in solchen Lagen und Verhältnissen nicht anders sein kann. Besonders war mir ein greisbärtiger Schmiedeknecht am meisten aufsässig und zuwider, ein riesenhafter Kerl und dabei klug, der so spitzig reden konnte, daß man sich wohl ärgern mußte, wenn man es sich auch beim Morgenseegen noch so fest vorgenommen und eingeprägt hatte, daß einem die Galle gewiß nicht überlaufen sollte. In meiner Drangsal weinte ich oft vor Bosheit, denn in der Stadt hatte ich mich klug gedünkt, und manchem war vor meinem losen Maule bange gewesen. Als ich mal in der Nacht recht bedrängt und traurig war, ich lag da drüben auf dem Knorrenberge ganz einsam in einem kleinen Stübchen, im Hause wohnte nur noch eine steinalte Frau, – so hörte ich plötzlich neben mir gehn und rascheln. Ich machte den Fensterladen etwas auf, der mir zu Köpfen war, und wie der halbe Mond so ein wenig hinein schien, sah ich ein kleines Wesen, das mir die Schuh abbürstet. Wer bist du? fragte ich die

Krabbe, denn er sah fast wie ein Bürschchen von eilf Jahren aus. Still! sagte der Kleine und bürstete eifrig fort, ich bin ja der gute Camerad, der Silly. Silly? fragte ich, den kenn' ich nicht. Frau kennt ihn, Ursel kennt ihn, sagte der Kleine und stellte die Schuh auf den Boden. – Laß meine Sachen liegen! rief ich. – Rein machen, abstauben, sauber fegen, antwortete mir das Gethier, und machte sich an meinen Sonntagshut. Spektakel und kein Ende! gab ich wieder zur Antwort, putze deine eigne Nase. Er lachte und that gar nicht, als wenn ich in meiner eignen Stube was zu befehlen hätte. Fürchtest dich, kicherte er dann, vor dem großen Ulrich. Nicht Noth zu fürchten. Frage ihn morgen, wenn er wieder anfängt, wo er den braunen Brandfleck oben auf dem Kopf über der rechten Augenbraue her hat, dann wird er wie ein Lamm. – Das Gezeug war weg. Ich horchte, nichts da. Den Fensterladen macht' ich wieder zu und schlief ein. Am Morgen war mir als hätt' ich alles nur geträumt. Aber doch waren meine Schuh sauber und mein Hut abgebürstet. Ich fragte endlich die alte taube Ursel nach dem unbekannten Burschen. Es dauerte lange, ehe ich ihr deutlich machen konnte, was ich wollte. Ach! schrie sie endlich, ist das kleine Bürschle bei dir gewesen! Nu, nu, viel Glücks, mein großer Junge. Das Dingelchen schadet keinem, und bringt jedem Glück, mit dem es sich einläßt. Ich kenn ihn schon an die vierzig Jahr. Er geht herum in die Häuser, wo ihm die Menschen gefallen, und hilft ihnen in der Haushaltung, bald dies, bald jenes. Alles rein machen, das ist seine liebste Beschäftigung. Staub kann er nicht leiden, schmutzige, rußige Töpfe und Küchengeschirr sind ihm zuwider, da scheuert er denn oft aus Leibeskräften. Blanke Messingsachen, glänzendes Kupfergeschirr, darin ist er ganz vernarrt, auch zinnerne Teller hat er gern. Manchmal hat er mir Groschen gebracht, blank und neu, wie aus der Münze. – Aber wo ist das Kraut! schrie ich. – Wo soll das Kindchen

sein? sprach sie. Die Leute wollen es Kobold nennen, oder
Männle, er selbst schreibt sich Silly, das ist sein Taufname.
Aber er ist ein guter freundlicher Geist und darum mußt du
ihm ja nichts zu Leide thun, daß er nicht auf dich böse wird.
Ich hatte von solchen Kerlen gehört, aber nicht daran glauben können. In der Schmiede ging das Necken wieder an, der
greise Ulrich machte mich ganz wüthig, denn sie hatten nun
meine Empfindlichkeit gemerkt und arbeiteten desto lustiger
in diese hinein. Ich wollte den greisbärtigen Schlingel schon
das glühende Eisen in seinen schneeweißen Kopf stoßen, als
mir Silly einfiel. Und der braune Brandschaden da, sagt' ich,
wißt Ihr, Ulrich! So rief ich, ohne was bei zu denken, da
wurde der alte Riese so still, zaghaft und fromm, daß ich die
Augen weit aufreißen mußte. Von dem Augenblicke an war
der wilde Mensch mein Freund. Ja er wurde gegen mich so
demüthig, daß ich bei allen andern dadurch gewann, und von
nun an recht hoch am Brete stand. Als wir bekannter mit einander wurden, erzählte er mir im Vertrauen, daß er in der Jugend sich einmal hatte beikommen lassen, mit Hülfe eines
Dienstmädchens einen Diebstahl auszuführen. Er hatte sich
schon in die Stube geschlichen, in der Meinung, daß alles
schliefe. Der Schmidt aber, noch wach, sei ihm mit einem
brennenden Span, vom Heerde gerissen, entgegen gerannt,
und so sei ihm Kopf und Haar versengt worden. Er meinte,
daß kein Mensch diese Geschichte wisse, der er sich schäme,
und darum bat er mich auch himmelhoch, sie keinem wieder
zu sagen, da er schon nicht begreife, wie ich sie könne erfahren haben. Darin irrte er aber eben, denn ohne ihn selbst hätte
ich kein Wort davon gewußt. So ging denn seit dem mein Leben ganz ruhig hin und der Kleine kam immer von Zeit zu
Zeit und half mir in meiner Wirthschaft. Bald aber erzürnten
wir uns doch. Er war oft so schnell, so unvermuthet da,
manchmal, wenn ich an nichts weniger dachte, daß ich etliche

mal recht von Herzen erschrak. Sagte ich einmal darüber ein Wort, so wurde er sehr böse und meinte, ich sei undankbar, daß ich seine vielfältigen Dienste nicht anerkennen wolle. Nun hatte ich kürzlich von einem durchreisenden Engländer gehört, daß der Name meines Koboldes in englischer Sprache „albern" bedeute, und daß man in England ein solches Wesen Puck, oder auch Robin Gut-fell nenne, und da ich meinem kleinen Gaste dies treuherzig wieder erzählte, ihm auch zugleich, weil er mich wieder erschreckt hatte, eine kleine Schelle anhängen wollte, damit ich ihn immer hören könne, ehe er zu mir käme, so wurde der Geselle aus der Maßen böse und wüthig, prophezeite mir, daß ich um die Zeit das Auge verlieren würde, und verschwand mit einem großen Gerumpel. Seit dem habe ich auch den Kauz nicht wieder gesehn.

Windbeutel über alle Windbeutel! rief Kunz, als die Erzählung geendigt war: Mann! könnt Ihr denn nicht den Mund aufthun, ohne zu lügen, und kommt doch nun schon in die Jahre? Leute, die eine Zeit lang mit Geistern umgehn, kriegen mehr Verstand. Die Handthierung der wunderlichen Wesen ist mehr mit überirdischen, seltsamen Dingen, und wenn sie zu uns kommen, so kriegt man schon durch den Schreck, ehe man sich ein Bischen an sie gewöhnt hat, etwas Nachdrückliches und Gehaltreiches.

Besonders, rief jener Bergmann erbost, wenn man eine Nacht im Kartoffelnfelde geschlafen hat.

Daß diese Nacht, fuhr Kunz fort, und diese abscheuliche Begebenheit, diese ehrvergessene That eines Lanstreichers mein Tod sein wird, weiß ich so gut, als ihr selber. Lange werd' ich's nicht mehr machen.

Kann sein, sagte der blasse Fremde, indessen wißt Ihr ja immer noch nicht, ob ich nicht selber ein solcher Kobold bin, der Euch von Euren Narrheiten hat kuriren wollen. Um gut Freund mit Euch zu werden, barscher, hochmüthiger Mann, dazu gehörte denn freilich, daß Ihr mir etwas leutseliger entgegen kamt. Weisheit, Erfahrung, Seelenstärke theilt sich oft von denen mit, hinter welchen man es am wenigsten sucht. Wenn Ihr, meine Herren aber wissen wollt, wer von allen zuerst sterben wird, so kann dazu bald Rath geschafft werden.

Sie saßen alle im Kreise auf Bänken und Schemeln umher. Der Fremde zog eine blecherne Büchse aus seiner Tasche, indem er fortfuhr: der kleine brennende Span, den ich anzünden werde, muß schnell von Hand zu Hand gehn, und in wessen Faust er erlischt, der ist von uns der nächste zum Abscheiden. Alle sahen den Fremden erwartungsvoll an. Dieser stieß einen kleinen hölzernen Stecken heftig in die Büchse, indem er etwas murmelte, und zog ihn brennend und flackernd aus dem Gefäße. Eliesar, der nächste, empfing ihn, gab ihn weiter, und so ging das Funken sprühende Stäbchen aus einer Hand in die andre. Es hatte den Kreis gemacht, und kam zu Eliesar zurück, der es ungern annahm und es eben weiter geben wollte, als es hell aufsprühend plötzlich zwischen seinen Fingern erlosch. Narrenpossen! rief er verdrüßlich, indem er das Holz auf den Boden warf und zornig aufsprang: Aberglauben über Aberglauben! Und wir sind auch so gutmüthig, daß wir uns zu dergleichen Fratzen gebrauchen lassen.

Er sah mit seinen brennenden Augen den Fremden scharf an, schlug ihm dann auf die Schulter und entfernte sich mit ihm. Der Mond war indessen aufgegangen und beschien hell die waldige Felsengegend, die Gesellschaft ging aus einander, und Eduard begab sich auch auf den Rückweg. Als er den einsamen Fußsteig hinauf schritt, hörte er lebhaftes Gespräch, es schien ein Zank zu sein, und als er näher kam, glaubte er Eliesar und den Fremden zu unterscheiden. Er schlug darum einen andern Weg ein, theils, um sie zu vermeiden und nicht in ihre Gesellschaft zurück gehn zu müssen, theils auch, um nicht den Anschein zu haben, als hätte er ihre Angelegenheit und den

Zwist etwa behorchen wollen, denn Eliesar war argwöhnisch und gegen jeden Menschen mißtrauisch, obgleich er es sehr übel empfand, wenn man ihm nicht ein unbedingtes Vertrauen erwies.

Im Hause war alles still, und nur Röschen sang mit unterdrückter Stimme, kaum hörbar, ein einfaches Lied in ihrer abgelegenen Stube. Eduard war gerührt, und so heftig, daß er sich selbst über seinen aufgereizten Zustand verwundern mußte. Ehe er einschlief, hatte seine Wehmuth so zugenommen, daß er nahe daran war, Thränen zu vergießen.

Nach einigen Tagen bemerkte Eduard jenen Fremden, der eben aus dem Zimmer des Herrn Balthasar kam. Er wunderte sich, was dieser hier habe ausrichten wollen, und fand, als er in das Gemach zum Alten trat, diesen in heftiger und zorniger Bewegung. Immer nur wildes und ungestümes Wesen und abergläubische Fratzen, die die Menschen regieren! rief er dem jungen Manne entgegen; der elende Mensch da, dem Sie begegneten, schleicht sich ein, will ein großes Stück Geld von mir gewinnen, wenn er durch abgeschmackte Anstalten unsern Dieb entdeckt. Er wird mir nicht wieder kommen, der Thörichte, denn ich habe endlich einmal meiner Gesinnung Luft geschafft. Das Unerträglichste ist es mir, wenn die Menschen durch willkührlich ersonnene Formeln, oder durch überkommene Ceremonien, die meist aus geschichtlichen Mißverständnissen, oder alten Gebräuchen erwachsen sind, die ehemals ganz etwas anders bedeuteten, sich mit dem Wesen, was sie die unsichtbare Welt nennen, in Verbindung setzen wollen, ja wenn sie meinen, dieses, das ihnen doch als ein furchtbares erscheint, dadurch zu beherrschen. Eigentlich sind doch die allermeisten Menschen verrückt, ohne es Wort haben zu wollen: ja die Weisheit von tausenden ist doch eben auch nur Wahnsinn. Und wie ein Dieb muß dieser Vagabund sich einschleichen, so daß er, wie durch ein Wunder, plötzlich vor mir steht. Was helfen nun meine Maßregeln?

Es schien, als sei der alte würdige Mann selbst über sein zürnendes Eifern beschämt, denn er fing sogleich an von andern Dingen zu sprechen. Eduard mußte sich zu ihm niedersetzen und er ließ ein Frühstück bringen, was sonst niemals seine Sitte war. So können wir heut ungestört mancherlei abmachen, fuhr er dann fort, wozu uns vielleicht an andern Tagen die Zeit mangeln dürfte.

Die Thür war wieder verschlossen, und dem Diener war befohlen, aus keiner Ursach ihr Gespräch zu unterbrechen. – Ich fühle, fing Herr Balthasar dann an, daß ich alt werde, ich muß für die Zukunft denken und sorgen, da ich nicht weiß, ob mir ein langsames Absterben, oder ein plötzlicher, unvermutheter Tod beschieden ist. Treffe ich keine Anordnungen, verscheide ich ohne Testament, so ist jener Verschwender in der Stadt, der die Geliebte meiner Jugend so unglücklich gemacht hat, mein nächster natürlicher Erbe, und der Gedanke ist mir wahrhaft fürchterlich, daß mein großes Vermögen künftig dazu mißbraucht werden sollte, um diesen verächtlichen Schlemmer in seinem Wahnsinn zu bestärken. Alle meine Armen, alle die thätigen Hände in dieser Gegend würden wieder verschmachten und zur bettelhaften Trägheit verdammt werden. Es ist eine heilige Pflicht, diesem zuvor zu kommen. – Wie denken Sie, mein junger Freund, über Ihre Zukunft?

Eduard wurde durch diese Anrede in Verlegenheit gesetzt. Er hatte wohl früher schon seine Plane entworfen, er hatte sie sogar dem erfahrenen Alten mittheilen wollen, aber seitdem ihm die reizende Pflegetochter des Hauses in einem andern Lichte erschienen war, seitdem er sich stärker zu ihr hingezogen fühlte, war er nicht mehr so dreist und zuversichtlich. Er war mit sich uneinig, ob er sich verbergen, oder entdecken

sollte, denn, so vertraulich ihm Balthasar war, in so vielen
Gefühlen und Ansichten erschien er ihm wieder fremd und
räthselhaft.

Sie sind nachdenkend, sprach der alte Mann weiter, Sie vertrauen mir nicht genug, weil Sie mich nicht kennen. Ich halte
es auch für meine Pflicht, als ein Vater für Sie zu sorgen, Sie
sind gut, klug, thätig, mitleidig, Sie sind ganz in die verschiedenen Zweige meines Geschäftes eingeweiht, und ich habe ein
Vertrauen zu Ihnen, wie ich es nur zu wenigen Menschen habe
fassen können. Ihr Fleiß für mich und meine Anstalt, Ihre Um-
sicht und Redlichkeit, alles zwingt mich, auch wenn ich keine
Vorliebe für Sie hätte, Sie gut und sehr reichlich zu bedenken,
da ich Ihnen so vieles zu danken habe. Aber ich wüßte gern,
und bitte Sie ganz aufrichtig gegen mich zu sein, ob Sie mit
dem Besitz eines großen Vermögens es über sich gewinnen
könnten, in hiesiger Gegend, in diesem Hause zu bleiben, oder
ob Sie es vorziehn würden, nach meinem Tode als ein reicher
Mann vielleicht in der Stadt zu leben, ein anderes Geschäft
anzufangen, sich zu verheirathen, oder auf Reisen zu gehen,
um die Heimath zu entdecken, die Ihnen die liebste wäre.
Hierüber sprechen Sie jetzt ganz aufrichtig, denn da Sie auf
das Drittheil meiner Habe Anspruch machen können und sollen, so muß ich nach Ihrer Erklärung meine bestimmten Einrichtungen treffen, denn die Anstalten hier und im Gebirge,
die Fabriken und Maschinen, Bergwerke und Einrichtungen
sehe ich auch als meine Kinder an, die nach meinem Tode
nicht zu Waisen werden dürfen.

Eduard versank noch mehr in Nachdenken. Diese Großmuth und väterliche Liebe des Alten hatte er niemals erwarten
können, nie war es ihm eingefallen, daß er durch diesen
Freund einst reich und unabhängig werden dürfte. Durch
diese Erklärung war sein Verhältniß zu Herrn Balthasar ein
anderes geworden, er glaubte, ihm jetzt mehr und dreister das

sagen zu können, was ihn seit einigen Tagen ängstlich beschäftigt hatte. Er leitete mit der Versicherung seiner Dankbarkeit ein, daß dasjenige, was der Alte für ihn thun wolle, zu
viel sei, daß seine Verwandten dennoch Anspruch auf seine
Liebe behielten, und daß auch viel weniger ihn zu einem
glücklichen und unabhängigen Manne machen würde.

Ich weiß alles, was Sie mir hierüber sagen können, unterbrach ihn der Alte; auch für diese Verwandten, selbst für den
mißrathenen Sohn und den nichtsnützigen Vater wird gesorgt
werden, so daß sie keine gegründete Ursache zur Klage haben
sollen. Aber ich weiß, daß Sie mir die besten Jahre Ihrer Jugend und Kraft aufgeopfert haben. Für einen muntern Geist
Ihrer Art, für Ihr frohes menschenfreundliches Gemüth ist der
lange Aufenthalt in diesen melancholischen Bergen nichts Erfreuliches gewesen. Sie haben seit so vielen Jahren aller Munterkeit und Zerstreuung den Abschied gegeben, alles, was die
Jugend anzieht, Musik, Tanz, Gesellschaft selbst, Schauspiel,
Reisen, Lektüre haben Sie meinetwegen aufgeopfert, weil Sie
sich so ganz, wie ich es wohl bemerkt habe, und schon früh,
in meine Gemüthsart haben schicken wollen. Unter Tausenden hatte kaum Einer dies vermocht, und dieser Eine sind Sie
gewesen, und so, daß Sie an Freundlichkeit und gutherzigem,
dienstfertigem Wesen nichts darüber eingebüßt haben. Wollen Sie also künftig anderswo und nach einem ganz andern
Lebensplane sich einrichten, so kann ich nicht das Mindeste
dagegen haben, auch soll Ihnen dadurch an Ihrem Besitze
nicht das Geringste verkürzt werden. Aber aufrichtig sagen
müssen Sie Ihren Entschluß, wenn Sie ihn schon gefaßt haben,
oder jetzt gleich fassen können, denn, im Fall Sie hier bleiben,
mein Geschäft fortsetzen möchten, so muß Ihnen mein Testament die Möglichkeit eines nützlichen Wirkens durch vielfache Bestimmungen und ausgeführte, unumstößliche Verord-
nungen zusichern, darum sprechen Sie. –

Eduard erwiederte mit Rührung: gebe der Himmel, daß Sie uns noch lange als Vater bleiben: ob ich aber diese Gegend als meine Heimath ansehn kann und will, hängt nur von Ihnen selber ab, von Ihrem Wort; dann kann ich mich sogleich für immer dazu bestimmen, auch wenn Sie uns noch viele Jahre gegönnt werden. Können oder wollen Sie dies Wort aber nicht aussprechen, so muß ich früher oder später eine andre Heimath suchen, und ich fürchte, daß mir dann selbst Ihr großmüthiges Vermächtniß das Glück nicht schaffen kann, welches ich höher als Reichthum stellen muß.

Ich verstehe Sie nicht, junger Freund, antwortete Balthasar, Sie sprechen mir da Räthsel.

Sie haben, erwiederte Eduard, mit Ihrer Großmuth und stillen Liebe eine arme Waise auferzogen, Sie haben sich väterlich gegen sie erwiesen, und darum muß ihr Schicksal auch von Ihnen und Niemand sonst bestimmt werden: geben Sie mir das liebe Kind, geben Sie mir Röschen zur Frau, und ich lebe und sterbe auf diesem Berge, ohne etwas zu vermissen.

Plötzlich verfinsterte sich das Gesicht des Alten bis zu einem Ausdruck, den man fürchterlich hätte nennen können. Er stand schnell auf, ging im Zimmer einigemal auf und ab, setzte sich dann wieder seufzend nieder und fing mit bitterem Tone an: Also? Nicht wahr? Sie lieben? Ist es nicht so? Ich muß dies unglückliche, unheilbringende Wort wieder hören? Ich muß auch an Ihnen, dem verständigen Menschen diesen Wahnsinn, diese dunkle, trübselige Erbärmlichkeit erleben? Und alles, alles, was man achten, für vernünftig halten möchte, geht in diesem Strudel unter, der mit Gräuel, Tollheit, wildem Gefühl, thierischer Begier und Abgeschmacktheit zusammen fluthet! diese Heirath aber, Eduard kann niemals, niemals werden!

Ich habe zu viel gesagt, antwortete Eduard ruhig, um mit der bloß abschlägigen Antwort zufrieden sein zu können.

Theilen Sie mir Ihre Plane für das liebe Kind mit und ich werde mich zu resigniren wissen.

Und sie, die kleine Thörinn? fuhr der Alte lebhaft dazwischen, – liebt sie Sie auch vielleicht schon? Ist das unkluge Wort schon zwischen Euch beiden ausgewechselt?

Nein, antwortete Eduard, ihre reine Jugend schwebt noch in jener glücklichen Unbefangenheit, die nur wünscht, daß morgen wie heut und gestern sein möchte. Sie kennt nur noch kindische, einfache Wünsche.

Um so besser, sagte Balthasar, so wird sie also vernünftig sein können, und meinem Plane nichts in den Weg legen. Eigentlich hätten Sie es, der Sie mich doch so ziemlich verstehn, schon lange merken müssen, daß ich die Kleine für unsern Eliesar bestimmt habe. Sie soll heirathen, in einer Ehe leben, nicht in sogenannter Liebe schwärmen und faseln.

Und wird sie, fragte Eduard, mit diesem Manne glücklich werden?

Glücklich! rief der Alte, fast laut auflachend; glücklich! Was soll der Mensch sich bei diesem Worte denken? Es giebt kein Glück, es giebt kein Unglück, nur Schmerz, den wir sollen willkommen heißen, nur Selbstverachtung, die wir ertragen müssen, nur Hoffnungslosigkeit, mit der wir früh vertraut werden sollen. Alles andre ist Lüge und Trug. Das Dasein ist ein Gespenst, vor dem ich, so oft ich mich besinne, schaudernd stehe, und das ich nur durch Arbeit, Thätigkeit, Kraftanspannung erdulden und verachten kann. Den Webestuhl, die Spinnmaschine könnte ich beneiden, wenn in dem Gefühl und Wunsch Menschenverstand wäre, denn nur im Elende ist unser Bewußtsein, unser Dasein ist, daß wir den Wahnsinn, die Raserei alles Lebens spüren, und uns ihm geduldig hingeben, oder fratzenhaft weinen und uns sträuben, oder Verzerrungen des Glücks und der Freude, um deren frevle Lüge wir selbst recht gut in unserm nackten Innern wissen.

Ich darf also auch nicht fragen, fuhr Eduard still und traurig fort, ob Sie diesen Eliesar als Freund lieben, ob er der Freundschaft oder Achtung durchaus würdig ist, denn in Ihren finstern Gedanken geht alle Freiheit des Willens und alle Regung des Gemüthes unter.

Als wenn ich nicht, sprach Balthasar weiter, gefühlt, geweint und gelacht hätte, wie die übrigen Menschen. Der Unterschied ist nur, daß ich mir die Wahrheit früh gestanden habe, und daß ich die Verächtlichkeit meiner selbst, aller Menschen, der Welt und des Daseins einsah und fühlte. Eliesar! der und Sie! Wenn wir es so nennen wollen, Freund, so liebe ich Sie, mit allen Herzensfasern bin ich an Sie festgebunden, im Wachen und Traume stehn Sie vor mir, Ihr Elend könnte mich zur Verzweiflung bringen – und dieser hagere, widerwärtige Eliesar! Wenn es einen Namen haben soll, das Thörichte meines Wesens, so hasse ich ihn, er ist mir ekelhaft, so wie er vor mir steht und in meiner Phantasie; die Leberkrankheit, die ihm aus Auge und Gesicht dunkelt, die schielenden Blicke, das Rümpfen der Nase, so wie er spricht, wobei sich die langen Zähne wie im Grinsen entblößen, sein Schultern-Zucken bei jedem Wort, wobei der fatale hellbraune Rock in die Höhe geht und die dürren Knöchel der Hände jedesmal entblößt, alles dies, die Art, wie er Athem holt und seine Stimme zischt, ist mir so körperlich widerwärtig, und weckt meinen Ingrimm immerdar so sehr, so peinigend, daß ich noch niemals einem andern geschaffenen Wesen gegenüber diese Qual erlebte, und eben deswegen, weil ich so viel an ihm gut zu machen habe, weil ihn Himmel und Natur selber so sehr vernachlässigten, muß er mein Haupt-Erbe, mein Sohn werden. Auch weiß er es schon seit lange und freut sich auf diese Verbindung.

Ich verstehe Sie nur halb, antwortete Eduard! Sie kämpfen gegen Ihr eignes Gefühl, Sie martern sich freiwillig. Ich rede jetzt nicht gegen Ihr Versprechen, das Sie jenem Manne einmal gegeben haben, aber, warum dieses Bild des Lebens festhalten, das Sie peinigend verfolgt? Warum nicht den frohen Gefühlen, den lichten Gedanken Raum geben, die eben so nahe, näher liegen?

Wie Sie wollen, sprach der Alte, – für Sie, aber nicht für mich. Habe ich doch immer gesehn, daß die allerwenigsten Menschen etwas erleben. Sie sind in fortwährender Zerstreuung, ja was sie Denken und Tiefsinn nennen, ist eben auch nichts anders, wodurch sie sich das Wesen und das einwohnende Gefühl ihres Innern verdämmern und unkenntlich machen. Und der Hochmuth erwacht, das Bewußtsein ihrer Würde und Kraft stachelt und spornt sie kitzelnd zum frechen Stolz. Auch dies habe ich in der Jugend gekannt und überstanden. Dann liebte ich, wie ich meinte. Wie klar, wie rosenroth, hell und lachend lag die Welt vor mir. War doch auch mein Herz wie im reinen Aether gebadet, blau, weit, von süßer Hoffnung, wie von Morgenwolken, erfrischend durchzogen. Und der Grundstamm dieser Liebe, was ist er? Aberwitz, Thierheit, die sich mit den scheinbar zarten Gefühlen verschwistert, die mit Blüthen prangt, in diese Blumen hineinwächst, um auch sie zu zerblättern, das, was sie himmlisch nannte, in den Koth zu treten, und (noch schlimmer, als das unschuldigere Thier, das von der Natur gegen seinen Willen gestachelt wird,) alles zu verletzen, was ihm erst für heilig galt. Aus diesem Brande erwachsen dann fort und fort jene Unheils-Funken, die wieder Kinder werden, wieder zu Elend, wenn nicht zur Bosheit in ihrem Bewußtsein erwachen. Und so immer, immerdar in eine unabsehbare Ewigkeit hinein! Und der Reiz, die Schönheit der Welt! die Frische der Erscheinungen! Ist denn hier nicht auch alles auf Ekel gegründet, den mir die Natur doch auch gab? Durch ihn, den unsichtbaren innern Mahner, verstehe ich vielleicht nur das sogenannte

Schöne. Dieses ist aber allenthalben, in Blume, Baum, Mensch, Pflanze und Thier auf Koth und Abscheu erbaut. Die Lilie und Rose zerbröckelt in der Hand, und läßt mir Verwesung zurück: des Jünglings, der Jungfrau Schönheit und Reiz – seht es ohne freiwillige Täuschung, ohne den thierischen Kitzel der Sinne an – Grauen, Moder, das Abscheuliche ist es: und einige Stunden Tod, ein aufgerißner Leib verkünden auch den Jammer. – Und ich selbst! in meinem Wesen Tod und Grauen, der Dunst der eignen Verwesung verfolgt mich – und in den Gefühlen Wahnwitz, in jedem Gedanken Verzweiflung!

Kann denn die Religion, die Philosophie, erwiederte Eduard, der Anblick des Glückes, welches Sie verbreiten, nichts über diese finstere Laune, über diese Melancholie, die Ihr Leben zerstört?

Ach, guter, lieber Freund, erwiederte der Alte, ich versichre Sie, das, was ich von jenen christlichen Büßern und Einsiedlern gelesen habe, die aus übertriebenem Eifer ihr Leben zu einer fortwährenden Marter umschufen, um nur dem Einen und höchsten Triebe und Gedanken zu genügen, ist weniger, viel weniger, als was ich ausgeübt habe, seitdem ich mir meines trostlosen Daseins bewußt geworden bin. Auch ich war einmal mit meiner ganzen Seele in jenen Gefilden einheimisch, in denen die Gläubigen die Nähe der Gottheit und deren Liebe im Vertrauen und in seliger Beruhigung fühlen. Mein Geist verklärte sich, alle meine Empfindungen wurden geläutert, mein ganzes Wesen wollte sich wie in eine Blüthe entfalten, alles in mir war Seligkeit und Ruhe, und in dieser himmlischen Ruhe der süße Trieb zu neuen Anschauungen, ein entzückender Stachel, mich noch tiefer in dieses Meer der Freude zu tauchen. – Und was war das Ende? –

Fahren Sie fort, sagte Eduard. –

Ich entdeckte, nahm der Alte nach einer Pause die Rede wieder auf, – daß auch hier Sinnlichkeit, Täuschung und

Aberwitz mich wiederum zu ihrem Gefangenen gemacht hatten. Diese wollüstigen Thränen, die ich oft in meiner so scheinbaren Andacht vergoß, die ich die reinste Inbrunst meines Herzens wähnte, auch sie entsprangen nur aus Sinnlichkeit und körperlichem Rausch; das Thierische hatte sich angemaßt, Geist zu sein, und die Freude in diesen Thränen führte mich bald dahin, diese Rührung willkührlich zu suchen, in diesem geheimnißvollen, nahen Verhältniß zur höchsten Liebe einen Kitzel des feinsten Sinnenreizes zu erregen, und diesen in der Entzückung der Thränen zu löschen. Ich erschrak vor dieser Lüge meiner Seele, als ich sie entdeckte und nicht mehr abläugnen konnte, und die fürchterlichste Oede der Verzweiflung, die gräßlichste Einsamkeit des Todes umgab mich wieder, als die Täuschung gefallen war, und die Vision sich nicht mehr zu meinem äffischen Spielwerk der Phantasie herablassen wollte. Als ich nun im Strahle der Wahrheit meine Forschungen fortsetzen wollte, da begegnete mir das Gräßliche selbst an jener Stelle, wo nur eben noch, wie eine Bühnen-Dekoration meine Entzückung gestanden hatte. Kein Zweifel mehr, denn auch in diesem ist noch Freude, keine Gewißheit, denn auch in der furchtbarsten ist Leben, sondern der dürrste Tod der völligsten Gleichgültigkeit, ein trocknes Anfeinden alles Göttlichen, ein Verachten aller Rührung, als des Läppischen und Albernen selbst, lag wie ein unermeßliches Schneegefilde in den Wüsteneien meiner Seele. – Seele! Geist! so sagt' ich oft lachend zu mir selbst, und muß auch jetzt wieder lachen – kann es etwas andres geben? Und eben darum: wo ist der Unterschied mit der Materie? Wo die Scheidemauer zwischen Leben und Tod? – Im Gespenst des Daseins, im Sphinx-Räthsel der Existenz – in jenem gräßlichen Werde! aus welchem die Welten hervor gingen, und sich im Krampf immer und immerdar wälzen, um die Ruhe, das Nichtsein wieder zu finden – hierin gehn alle Widersprüche und Gegensätze auf, um im Wahnsinn als unauflöslicher Fluch zu versteinern.

Eduard schwieg erst eine Weile, dann sprach er, nicht ohne Bewegung, diese Worte: ich verstehe Sie nicht ganz, weil mir diese Richtung Ihres Geistes und Gemüthes ganz fremd ist. Was ich auch Trübes erlebte, was ich auch Unersprießliches und Trostloses dachte, so bin ich doch nie in diese Wüsten gerathen, die wohl am Horizonte eines jeden liegen mögen, der sich dem grübelnden Forschen mit zu großer Leidenschaft ergiebt. Gehört und gelesen habe ich von kräftigen Gemüthern, die im Trotz der Leidenschaft, oder in überschwenglicher Liebe gleichsam die Riegel der Natur und des Lebens sprengen wollten, um alles zu sein und zu besitzen. Verzweiflung, Widerwille gegen sich, Haß gegen Gott, war oft die Bestimmung und das unglückliche Loos so heftig aufgeregter Menschen. Wir fühlen wohl, daß uns die Vernunft nicht durchaus genügt, um das auszugleichen oder zu offenbaren, was wir gern verstehn, was wir im Einverständniß mit den göttlichen Kräften sehen möchten. Aber es mag gefährlich sein, jene Regionen des Gefühls, der Anschauung und Ahndung zu Hülfe zu rufen. Sie wollen die Herrschaft führen und entzweien sich leicht mit der Vernunft, die sie anfangs zu unterstützen scheinen. Gelingt es ihnen, diese edle Vermittlerinn, die im Centrum aller unsrer geistigen Kräfte durch ihre ausstrahlende Herrschaft diese erst zu Kräften macht, zu unterdrücken und in Ketten zu schlagen, so erzeugt jeder edle Trieb einen Riesen als Sohn, der wieder den Himmel stürmen will. Denn nicht Zweifel, Witz, Unglaube und Spott allein kämpfen gegen Gott, sondern auch Phantasie, Gefühl und Begeisterung, die erst für den Glauben eine so sichere und geheimnißvolle Freistätte zuzubereiten scheinen. Darum, mein theurer, verehrter Freund, weil allenthalben um unser Leben her diese schwindelnden Abgründe liegen, weil alle Wege von allen

Richtungen her zu diesen führen, – was bleibt uns übrig, als mit einem gewissen Leichtsinn, der vielleicht auch zu den edelsten Kräften unsrer Natur gehört, mit Heiterkeit, Scherz und Demuth dem Dasein und der Liebe jener unendlichen, unerschöpflichen Liebe zu vertrauen, jener höchsten Weisheit, die alle Gestalten annimmt, und auch das, was uns thöricht scheint, auf ihren Webestuhl einschlagen kann? Um so sicher und leicht unser Leben zu tragen, uns der Arbeit zu erfreun, und im Wohlbehagen selbst glücklich zu sein, und so viel wir können, andre glücklich zu machen? Sollte denn dieses nicht auch Frömmigkeit und Religion sein? Ich, für mich selbst, habe keine andre finden können.

Kann alles sein, antwortete der Alte abbrechend, wenn die Wurzel des Daseins aus Liebe gewachsen ist.

Sagt es uns nicht, rief Eduard, jede Blume, jedes Lächeln des Kindes, das fromme, dankbare Auge des Erquickten, der Blick der Braut –

Er hielt plötzlich inne, weil der kindliche helle Blick Röschens plötzlich mit aller Kraft in seiner Seele aufleuchtete. Wie erstaunte er aber, als er wieder aufschaute, daß er Thränen in den Augen seines alten Freundes sah. – Eduard, sprach dieser sehr bewegt, erfahren Sie alles. Röschen ist kein angenommenes, es ist mein wahres Kind, mein Blut. Ach! das ist auch wieder eine klägliche Geschichte von der menschlichen Schwäche und Eitelkeit. Als ich hier einsam lebte, kam ein junges, schönes Wesen, als gemeine Magd, hier in mein Haus. Das Kind war von sehr armen Eltern, aber gut und fromm erzogen. Sie war redlich und tugendhaft. Sie liebte die Einsamkeit so, daß, wenn sie ihre Geschäfte verrichtet hatte, sie sich von jeder Gesellschaft, besonders der der jüngeren Leute zurückzog. Auf wundersame Weise schloß sie sich mir an, ihre Ergebenheit oder Liebe hatte fast einen abergläubischen Charakter. Sie verehrte mich Aermsten wie ein überirdisches Wesen. Noch nie war ich von einem Mädchen gereizt worden, und von dieser am wenigsten, so schön sie war; ich, als alter Mann, glaubte sie väterlich zu lieben und dachte auf ihre Versorgung. Wie es geschah, wüßte ich nicht zu erzählen, weil alles unwahr erscheinen möchte. Sie war schwanger. Längst schon war ich über meine Schwäche und Armuth erschrocken. Schaam, Verzweiflung, Menschenfurcht kämpften in meinem Wesen und machten mich zu ihrem nichtswürdigen Sklaven. Ich entfernte sie in Angst, sorgte für sie reichlich, überflüssig, aber mein Herz war erstarrt. Gram, Schwermuth, Zweifel an sich und Gott, tiefe Kränkung, daß meine Liebe verscherzt, oder sie ihrer nicht würdig sei, sich selbst furchtbar anklagend, wie es die Unschuldigsten am leichtesten thun, brach ihr Leben! hatte ich sie verführt? Liebte ich sie nicht wirklich? Nein, ein elender Verführer war ich nicht, aber ich hatte nicht den Muth, meine Sünde zu gestehn und ihr ihre unschuldige Herzensliebe zu vergelten. Und dadurch war ich ein Nichtswürdiger. Sie starb und ich verzweifelte immer mehr an mir selbst. Die Eltern der Armen, die ich in Wohlstand versetzte, segnen mich alten Bösewicht, daß ich die Schande der Tochter nicht gestraft, daß ich das Kind hier erzogen. – Dies Kind, diese Kleine, die ich liebe, wie es vielleicht nicht erlaubt ist, denn ihr Glück ist Tag und Nacht mein Gedanke, wird nun auch vielleicht dem Elend aufgeopfert, denn ein Verhängniß, das stärker ist, als ich, zwingt mich, sie dem Eliesar zur Frau zu geben. – Gehn Sie jetzt zu diesem, er wird mein Schwiegersohn; sagen Sie ihm, daß in acht Tagen die Hochzeit sein wird, und können Sie dann nicht bei mir bleiben, Liebster, den ich auch wie einen Sohn liebe, so wird Ihnen Ihr Capital, das ich Ihnen bestimmte, ausgezahlt, – und wir sehn uns auch nicht wieder. – Gehn Sie!

Er konnte vor heftigem Schluchzen nicht weiter sprechen, und Eduard ging mit den sonderbarsten Gefühlen von ihm, um Eliesar aufzusuchen, der in einem eigenen Hause, unterwärts in einem kleinen Thale wohnte und dort sein Wesen trieb.

Eliesar saß in einem feuerfarbnen weiten Schlafrocke vor einem kleinen Destillir-Ofen. Das Gemach war nur wenig erleuchtet, die Vorhänge waren halb herunter gelassen und große Bücher verbauten die untern Scheiben. Die größte Unordnung herrschte im Zimmer, so daß Eduard kaum einen Platz fand, um sich zu setzen. Gläser und Kolben, Schmelztiegel, Pfannen, Haken, Cylinder, und vielerlei chemisches Geräth stand und lag umher. Ein seltsamer Dunst vom Feuer war im Zimmer. Mit mürrischer Miene legte Eliesar den Blasebalg aus der Hand und kam aus dem Winkel hervor. Er hörte nur halb, was Eduard ihm zu melden hatte und sagte endlich mit seiner krächzenden Stimme: in acht Tagen schon? Dann bin ich mit meiner großen Operation noch nicht fertig. Könnte denn der Alte nicht noch einen, oder zwei Monate Geduld haben? Das dumme Kind weiß ja auch noch gar nicht einmal, was die Ehe zu bedeuten hat.

Eduard war über diese griesgrämelnde Weise, so wie über die Undankbarkeit des herzlosen Mannes auf das Aeußerste verstimmt. Hatte ihm Balthasar vom Wahnwitze, als von dem wahren Grund und Inhalt des Lebens so viel vorgesprochen, so schien es ihm wirklich, daß Schwieger-Vater und Sohn endlich auf diesem Grunde ihr trauriges Wohnhaus aufführen würden. Das Schicksal des jungen Kindes schnitt ihm durch die Brust. Tragen Sie dem Herrn, sagte er erzürnt, Ihre Bitte vor, und es gelingt Ihnen wohl, sich noch auf einige Zeit frei zu erhalten. Wenn Sie ihm recht sehr zureden, läßt er vielleicht den Gedanken der Ehe ganz fahren, denn es scheint mir, als wenn Ihnen an Röschens Besitze nicht sonderlich viel läge.

Doch, sagte Eliesar, indem er seinen Schlafrock abwarf, und sein Kleid mit großer Nachlässigkeit anlegte: doch! er setzte sich wieder an den Ofen und prüfte die Essenz, die er läuterte: dennoch, weil so das Vermögen beisammen bleibt, und ich dadurch einmal recht im Großen wirken kann. Aber der Alte läßt niemals mit sich sprechen, so wie er es einmal ausgesonnen und ausgesprochen hat, so muß es bleiben, und wenn alle Vernunft darüber zu Grunde gehen sollte. – Indessen sollte mich das am wenigsten kümmern; wenn der fremde Landstreicher mir nicht neulich den Zorn in den Leib gejagt und die Galle erregt hätte. Man sollte solche unnütze Menschen todtschlagen dürfen.

Was haben Sie? fragte Eduard verwundert.

Wissen Sie denn nicht mehr, fuhr Eliesar mit grimmigem Gesichte fort, jenen elenden Fremdling, der uns letzt in der Eisenhütte sein dummes Experiment vormachte? Ich soll bald sterben. Das fehlte noch, um die ganze hiesige Wirthschaft in die allergrößte Verwirrung zu bringen. Aber da, hier im Ofen wird es schon präparirt, das sicherste Mittel gegen alle derlei unnütze Furcht, und so wie es mir mit dem Beistande der Weisheit gelungen ist, Gold aus unscheinbaren Dingen hervor zu bringen, so soll mir auch die Verwirklichung jener Essenz nicht mangeln, nach welcher schon so viele große Geister, und oft vergeblich, geforscht und gesucht haben.

Eduard kam näher. In der That, rief er aus, Sie setzen mich in Erstaunen. Sie sprechen von diesen geheimnißvollen Dingen mit einer so nachlässigen Sicherheit, wie ich es noch nie vernommen habe, mir um so unbegreiflicher, da meine Vernunft mir sagt, daß das Streben nur Chimäre und die Entdeckung der Kunst eine Fabel sei.

Vernunft! rief der kleine Mann, und zog unzählige Falten in sein dürres Gesicht. Diese Vernunft dürfte wohl die rechte Chimäre sein und immer nur Fabeln ausgeboren haben. Nehmen

Sie diese Goldstangen, die ich gestern in diese Form goß, nachdem ich in voriger Woche das Metall aus dem Blei gewonnen hatte, da steht der Probirstein, streichen Sie, und dann sagen Sie, ob es nicht ächtes, wahres Gold ist.

Eduard nahm die schweren Stangen, brachte sie auf die Probe, und sie zeigten sich als ächt. Sie müßten denn glauben, fuhr der Laborant fort, ich schaffte erst die Dukaten an, um sie als ein Unsinniger so einzuschmelzen, sonst werden Sie nichts mehr einwenden können. – Wollten Sie diese beiden Stangen zum Andenken behalten? Ich schenke sie Ihnen.

Eduard sah die kleine Figur mit Verwunderung an, dann legte er die Stangen wieder auf den Tisch und sagte: nein, ich will Sie nicht berauben, das Geschenk wäre allzubedeutend. Aber Sie sollten dieses große Vermögen nicht so roh und unscheinbar hier unter den übrigen Sachen herum liegen lassen; Sie könnten dadurch Diebe und Räuber anreizen.

Keiner sucht es bei mir, antwortete jener, wieder vor seinem Ofen thätig: keiner erkennt das Gold in der unscheinbaren Form. Auch giebt es noch Mittel, Raub und Einbruch abzuhalten, von denen Sie sich auch alle nichts träumen lassen. – Wenn Sie aber noch zweifeln, bringen Sie mir das nächstemal einen Thaler, den Sie heimlich zeichnen mögen, und ich gebe ihn Ihnen als Gold zurück. Nur muß die Sache unter uns bleiben. – Dann werden Sie auch nicht mehr zweifeln, daß ich die Lebens-Essenz wohl noch finden werde. – Nur jenem lumpigen fremden Menschen, dem boshaften Kräutersucher und erbärmlichen Magier möcht' ich seine Strafe zubereiten können! Er sollte mir nur hier einmal in mein Gehege treten! Der sollte sich bei allen seinen verächtlichen Kunststücken verwundern! Ich bin auf den Kerl so ergrimmt, daß mir das Blut in den Kopf steigt, so wie ich nur an ihn denke!

Wie hat, warf Eduard ein, jener armselige Spaß nur einen so tiefen Eindruck auf Sie machen können?

Spaß? schrie Eliesar; Herr! ist das Spaß, daß ich in diesen Tagen die Höllenangst, diese scheußliche Furcht vor dem Tode nicht wieder aus dem Leibe habe kriegen können? Immer steht mir das Beingerippe und die eigne Verwesung vor den Augen. – Der Kunz da drüben ist auch krank geworden, und lamentirt darüber, daß er seine Reputation verloren hat. So ein Mensch, wie dieser Unbekannte, ist ja so schlimm, wie ein Mörder. Und ärger! Denn er legt einem das Gift, ohne selbst etwas zu wagen, in öffentlicher Gesellschaft, in den Körper! – Er sprang auf. – Hören Sie! rief er und umfaßte Eduard. – Ja, der Alte hat Recht, die Hochzeit muß recht bald sein, so bald wie möglich, morgen, übermorgen, der Sicherheit wegen. Ich kann auch nach der Heirath noch meine lebensrettende Essenz suchen. Nicht wahr? – Wer wird denn auch gleich so schnell sterben, Freundchen, Fleisch und Gebein halten ja doch noch so ziemlich zusammen.

Er lachte laut, daß er sich schüttelte, und bei den Verzerrungen des Gesichtes ihm die Thränen aus den stechenden Augen drangen. Eduard, der den Mürrischen noch niemals hatte lachen sehen, entsetzte sich vor ihm. Er sagte ihm, als der Alte wieder beruhigt war, er könne unmöglich dem Herrn Balthasar jetzt diesen Wunsch des Laboranten vortragen, die Sache würde in der Ordnung, wie sie einmal festgesetzt sei, wahrscheinlich vor sich gehn. Er war froh, als er Zimmer und Haus hinter sich hatte, und wieder im Freien athmen konnte. Sein Entschluß, die Gegend zu verlassen, stand fester, als je, er wollte selbst, wenn dies seine Reise beschleunigen könne, auf die große Belohnung verzichten, die ihm Herr Balthasar zugedacht hatte.

———————

Nach einer unruhigen, meist durchwachten Nacht, traf Eduard am Morgen das liebenswürdige reizende Mädchen auf dem Rasenplatze vor dem Hause. Sie war sehr gesprächig, er desto weniger zu Mittheilungen gestimmt. – O lieber Herr Eduard, sagte Röschen endlich, Sie scheinen mir auch nicht ein Bischen mehr gut zu sein, da Sie mir so verdrüßliche Gesichter machen.

Ich werde bald, antwortete der junge Mann, Sie und diese Gegend verlassen müssen, und das ist es, was mich so traurig stimmt.

Müssen? Verlassen? rief Röschen erschreckt aus; giebt es denn ein solches Müssen? Mein Himmel, es ist mir noch niemals eingefallen, daß dergleichen möglich sein könnte. Ich dachte immer, Sie gehörten so zu uns, wie das große Haus, in dem wir wohnen, oder der grüne steile Berg da drüben.

Ich habe es nun auch, was ich nicht glauben konnte, von Ihrem Vater gehört, daß Sie den Herrn Eliesar heirathen werden, und das recht bald.

Habe ich es Ihnen nicht gesagt? antwortete Röschen; ja, ja, das ist mein Schicksal, und ich wünsche nur, daß ich den traurigen Mann etwas fröhlicher machen könnte. Die Zeit wird mir bei ihm erschrecklich lang währen. Aber vielleicht kann ich denn doch auch einmal in die Stadt kommen, ein Stückchen von der Welt sehn, Musik hören und ein Tänzchen machen, denn ich denke doch, ein alter Mann muß seiner jungen Frau manches zu Gefallen thun. Und bei allen den Sachen hatte ich recht sehr auf Sie gerechnet.

Nein, mein Kind, sagte Eduard ernst und finster, auf mich müssen Sie durchaus nicht rechnen, denn, um die Wahrheit zu sagen, diese Ihre Heirath ist es vorzüglich, die mich zwingt, diese Gegend zu verlassen. Es würde mir das Herz brechen, wenn ich hier bliebe.

Eduard bereute seine leidenschaftliche Uebereilung, daß diese Worte unbedacht seinen Lippen entfahren waren, um so mehr, da er sah, wie sich das reizende Kind entfernte, von ihm wie entsetzt zurück sprang, um dann ihrem bedrängten Her-

zen in einem Thränenstrome Luft zu machen. Er wollte tröstend ihre Hand fassen, aber sie stieß sie zornig zurück, und
sagte dann nach einer Weile, als sie das heftige Schluchzen be-
wältigt und die Sprache wieder gefunden hatte: Nein, lassen
Sie mich jetzt, denn wir sind nun auf immer geschiedene Leute.
Ich hätte nicht gedacht, daß Sie so schlecht an mir handeln
könnten, da Sie mir immer so freundlich waren. Ach Gott! wie
bin ich nun verlassen! Ja, meinen Mann Eliesar wollte ich
recht herzlich lieben, und ihm alles zu Gefallen thun, denn das
muß ihm der Himmel bescheeren, da er ja wie ein Aussätziger
oder böser Geist von allen Menschen gehaßt und vermieden
wird. Ich kann ihn auch nicht leiden, wenn ich bloß so nach
meinem Gefühl gehen wollte, denn er ist durch und durch eine
widerwärtige Person. Aber seinetwegen und meinem Vater zu
Liebe, ja auch Ihretwillen, Eduard, hatte ich mich so schön
darin gefunden, und darum dachte ich, daß Sie nun auch wohl
recht gern hier bleiben, und auch für mich wohl etwas thun
könnten, im Fall Ihnen hier nicht alles recht sein sollte.

Wie denn, Röschen, meinetwegen haben Sie sich auch in
diesen Entschluß gefunden? fragte der erstaunte Eduard.

O ja, antwortete das Kind, und ihre Augen waren schon
wieder freundlich geworden; aber jetzt sehe ich wohl, daß ich
meine Rechnung ohne den Wirth gemacht habe. Sie verdienen
es nicht, Sie wollen es ja auch nicht, daß ich Ihnen so gut bin.
Und wenn Sie nun wirklich fortgehn, so ist es ja was Entsetz-
liches, daß ich den Eliesar heirathen soll, denn in dieser Einsamkeit, ohne Ihre Hülfe und Ihren Beistand, würde er mir
wie ein Gespenst vorkommen.

Wie ist es aber möglich – unterbrach sie Eduard –

Lassen Sie mich ausreden! fiel Röschen lebhaft ein, und
nachher will ich fortgehn und wieder weinen, denn das wird
nun wohl oft geschehen müssen. Ich dachte so: ist Eliesar
finster, so ist Eduard freundlich, den seh ich nun alle, alle

Tage, und er spricht mit mir, er giebt mir wohl Bücher, denn mein Vater, so sagen die Leute doch, hat mir nicht mehr so viel zu befehlen, wenn ich erst verheirathet bin. So konnte ich denn meinen traurigen Ehemann mehr vergessen, und immer an Sie denken, wenn Sie nicht da waren, und mich freuen und glücklich sein, so wie Sie nur wieder zu mir kamen. Lebt man doch auch so, und die Prediger befehlen es einem sogar, halb mit dem Herzen im Himmel und mit der andern Hälfte auf der finstern Erde. So hätt' ich Kraft und Muth behalten, den unglücklichen Eliesar auch aufzuheitern, – gehn Sie aber fort, – dann – o woher das Zutrauen nehmen? dann werde ich bald sterben – oder nur wünschen, daß mein Vater, – oder der fatale Mann mir nur recht bald abstürbe – ach! ich bin, nun Sie mich nicht mehr lieb haben, recht unglücklich. –

Sie weinte von neuem, und noch heftiger, als zuvor. Eduard sah sie lange mit dem prüfendsten Blicke an, in tiefes Nachsinnen verloren. Wie die Menschen, so dachte er still bei sich, auf einem dunkeln Wesen nur erst ruhen, Grillen und Abentheuerlichkeiten zum Inhalt ihres Lebens machen, so wächst ihnen auch unter der Hand das Unglück und Entsetzliche von selbst auf. Das Leben ist so zart und geheimnißvoll, so nachgiebig und geistig vielgestaltig, daß es willig alle Keime in sich aufnimmt. Das Böse wuchert fort und fort, und bringt aus der Unterwelt die berauschenden Trauben und den Wein des Entsetzens hervor. In dieser Kindheit und Einfalt schlummern schon die furchtbarsten Begebenheiten und Gefühle der Zukunft, wenn Zeit und Gelegenheit das Reifen der Keime befördern: und lockend steht der böse Geist in meiner Nähe, um mich als Gärtner in diesem reizenden Garten der gräßlichen Früchte anzustellen.

Er erwachte aus seinem Nachdenken und sagte mit Wehmuth: liebes Kind, du verstehst dich, dein Schicksal und die Welt noch nicht. Ich bin nicht leichtsinnig genug, um auf deine Gedanken einzugehen, oder sie dir in deiner unschuldigen Jugend zu bestärken. Was du wünschest, kann auf keinen Fall geschehn, und nach einem Jahr, wohl noch früher, wirst du einsehn, wie unmöglich es ist. Wir beide würden elend, und uns im Unglück gegenseitig verachten. Lenke der Himmel dein Schicksal; aber, eben weil ich dich liebe und achte, kann ich dich nicht verderben. Bete zu Gott, er wird dir beistehn.

Er spricht auch ganz schon wie der Vater! rief Röschen und entfernte sich, halb wehmüthig, halb zürnend, und Eduard ging sinnend in seine Wohnung: Hat Balthasar denn doch am Ende Recht? sagte er zu sich selber; ist die menschliche Natur so durch und durch verderbt? Oder muß Kraft, Vorsatz, Vernunft eben das in uns so wie in aller Zeit in Tugend und Adel verwandeln, was sonst, verwahrlost, zur Bosheit und Niedrigkeit würde? –

Er schrieb einen langen Brief an Herrn Balthasar, und sagte ihm noch einmal bestimmt, daß er die Gegend und sein Haus verlassen müsse, wenn die Heirath Eliesars und Röschens unumstößlich beschlossen sei. Daß er gern auf jenes Vermögen verzichte, wenn der reiche Mann ihn nur einigermaßen in seinen künftigen Lebensplanen unterstützen wolle. Er machte den Vater aber noch einmal auf das Unpassende, ja auf das Schreckliche dieser projectirten Verbindung aufmerksam. Er beschwor ihn, das Glück seines Kindes mit festerm, unpartheiischerm Auge anzusehn: zugleich aber erbat er sich noch eine, die letzte Unterredung, und die Gewährung einer Bitte, die ihm der Alte erfüllen müsse, wenn Eduard mit Ehre, ruhigem Gewissen, und ohne sein Leben hier zu bereuen, dieses Gebirge verlassen solle.

———————

Der Gang zum alten Fabrikherrn wurde dem jungen Eduard sehr schwer. Recht betrübt und drückend lag ihm das ganze Schicksal des Menschengeschlechts auf der Brust. Peinigend war ihm die Ueberzeugung, daß auch schon in der süßesten und reinsten Unschuld alle Wurzeln der Bosheit und Sünde liegen, die nur von Zufall und Laune zum Wachsen gebracht werden dürfen, um ihre heillosen Früchte zu zeigen. Seine Lage hatte sich so sehr verändert, daß er das Haus, in dem er so lange einheimisch, die Gegend, die ihm lieb geworden war, nur erst recht weit hinter sich wünschte, um alle Erinnerungen dieser Zeit mit sicherer Hand nach und nach auslöschen zu können. Sehn wenigstens wollte er das Heillose nicht, was sich hier nach seiner Ueberzeugung nothwendig aus der Finsterniß der Gemüther entwickeln müsse: zugegen wollte er nicht sein, weil er sich die Stärke nicht zutraute, daß seine Leidenschaft und Schwäche nicht auch bei dem einbrechenden Unheile mitwirken könne. So sehr er den Gedanken an dergleichen jetzt verabscheute, so wußte er doch wohl aus Beobachtung und Erfahrung, daß der Mensch nicht immer gleich, und auch der Beste nicht in allen Stunden mit gleicher Kraft bewaffnet ist: daß auch die Sophistik unserer Leidenschaften allen guten Gesinnungen und Entschlüssen am gefährlichsten in den Weg tritt.

Er fand den Alten in ernster Stimmung, aber nicht bewegt, wie er gefürchtet hatte. Sein Sie mir gegrüßt, rief ihm Balthasar entgegen, obgleich Sie mich verlassen wollen. Wie ich Ihre Abwesenheit ertragen soll, begreife ich noch nicht, so wenig ich wüßte, wie ich ohne Licht und Wärme leben sollte; aber doch werde ich es lernen müssen, wenn nichts Ihren Entschluß ändern oder umstoßen kann.

Mein väterlicher Freund, fing Eduard an, können Sie denn bei Ihrem, mir unbegreiflichen, Entschlusse bleiben? Ist es Ihnen durchaus unmöglich, mein Glück, und auch gewiß das Ihrer Tochter, zu begründen?

Ich hatte gehofft, lieber Freund, antwortete der Alte sehr mild, Sie würden diese Saite gar nicht wieder berühren, die

allzu schmerzlich durch mein ganzes Wesen erklingt. Ueber-
zeugen Sie sich doch, daß ich diesen längst gefaßten Entschluß,
den Sie vielleicht eine Grille nennen, unmöglich zurücknehmen
kann, weil er allzufest in mein Leben verwachsen ist. Was wir
so nach sogenannten Ueberzeugungen, nach raisonnirenden
Hin- und Herdenken thun, ist selten weit her. Alles Feste,
Eigenthümliche, Wahrhafte unsers Wesens ist Instinkt, Vorurtheil, nennen Sie es Aberglaube. Ein Abschluß ohne Frage
und Untersuchung, ein Handeln, weil man nicht anders kann.
So ist dies bei mir. Stellen Sie es sich als ein Gelübde vor, einen
Schwur, den ich mir selber gethan habe, und den ich nicht verletzen kann, ohne gegen mein Herz auf die ruchloseste Art
meineidig zu werden. Ich bin diesem guten, armen Eliesar
einen großen Ersatz schuldig, daß ich so viele Jahre hindurch
Widerwillen, Bitterkeit und Groll gegen ihn in meinem Gemüthe gehegt und genährt habe. – Und das Glück der Beiden?
– Ueber diesen Punkt denke ich eben ganz anders als Sie. Er ist
weise, verständig, tugendhaft, er ist schon jetzt glücklich und
wird es bleiben, er mag heirathen oder nicht. Er läßt sich ja
mit seinem ernsten Wesen zu meiner Tochter nur herab. Ein
Mann, der den Stein der Weisen im Besitz hat, ist von den irdischen Armseligkeiten nicht mehr gefährdet. Und meine Ro-
salie? O lieber Freund, es wäre ja eben entsetzlich, wenn ich
sie Ihnen zur Frau geben wollte; das Wesen, dies Kind, was ich
so lieb haben muß, und mit Reue und Wehmuth in mein Herz
schließen, ginge ja auch in weltlicher Lust zu Grunde, in
Eigenwillen und Scherz, in Zerstreuung und Wildheit. Sie würden ihr ja aus Liebe in allen Thorheiten nachgeben, und jene
und sich unglücklich machen. Nein, es kann nicht, unter keinen Bedingungen sein, und Sie selbst werden mir in Zukunft
für meine vernünftige Verweigerung Dank sagen. Und nun
kein Wort mehr, Theuerster, über diesen Gegenstand, jetzt zu
Ihrer andern Bitte, die ich Ihnen gewiß zugestehe.

Eduard ging mit düsterm Sinn an den Vortrag, an die Her-
rechnung des Schadens, der durch die Räubereien, die auf unbegreifliche Art geschahen, veranlaßt wurde: und wie man
dem Thäter jetzt endlich, bevor Eduard die Gegend verlasse,
auf die Spur gerathen müsse. Der Alte wollte abbrechen, aber
Eduard erinnerte ihn an sein feierliches Versprechen. Am meisten wehrte sich Balthasar gegen den Vorschlag, den ihm der
junge Mann that, heimlich einen Selbstschuß im Magazine
anzulegen, durch welchen der freche Räuber endlich gefunden und gestraft werden müsse. Dem Alten schien dieses Mittel gottlos, unerlaubt und mit einem vorsätzlichen Morde
nahe verschwistert. Eduard suchte diese Vorstellung zu wi-
derlegen und sagte endlich: Sie sind es sich und mir schuldig,
diesen Vorschlag, den ich auch nicht unbedingt anpreisen
möchte, der hier aber der einzige rettende ist, anzunehmen.
Ich brauche Ihnen nicht noch einmal die Summe zu nennen,
die schon seit länger als drei Jahren Ihnen geraubt ist, sie
macht ein großes Vermögen aus, ein so großes, daß mancher
Wohlhabende an diesem Verlust wäre zu Grunde gegangen.
Ihre unbegreifliche Nachsicht hat den Dieb, der die Gelegenheiten genau kennen muß, so dreist gemacht. So oft gewacht
wurde, ist nichts geschehen. Aber, wenn wir wieder sicher waren, haben uns Riegel und große Vorlegeschlösser, keine noch
so kluge Maßregel, gefruchtet. Den unschuldigen Wilhelm
und so manchen andern haben wir in Verdacht gehabt. Sie
können es nicht leugnen, Ihr Argwohn muß und wird auf
allen Personen, von denen Sie umgeben sind, abwechselnd ruhen. Wie kann sich nur Ihr edles Herz mit diesem abscheulichen Gefühl vertragen, daß Sie auf Minuten diejenigen, denen Sie Liebe und Vertrauen schenken, der ehrlosesten
Niederträchtigkeit fähig halten. Sie thun hundert Menschen,
die ehrlich und edel sind, das schreiendste Unrecht, um einen
einzigen Bösewicht durch eine Milde zu schonen, die ich

Schwachheit, und unter diesen Umständen eine unerlaubte Schwachheit nennen muß. Nun verlasse ich Sie in wenigen Tagen. Es ist möglich , daß dem Diebe die Gelegenheit fehlt, daß ein andrer Aufseher es besser trifft, daß er Sie veranlaßt, strenger zu sein und sich mehr Furcht verbreitet; die Räubereien bleiben aus: können Boshafte, vielleicht der Dieb nun selbst, damit er niemals entdeckt und jede Untersuchung vereitelt werde, nicht ausbreiten: ich selbst sei jener abscheuliche Dieb? Gewinnt die Sache nicht dadurch sogar die größte Wahrscheinlichkeit, da keiner freilich so sicher als ich selbst zu jenen Gütern gelangen konnte? Was hilft es mir in der Ferne, wenn Sie mich vertheidigen und die Verleumdung niederschlagen wollen? Wird Ihre neue Milde, so wie die jetzige unnatürliche Nachsicht, nicht das abscheuliche Gerücht in die größte Wahrscheinlichkeit, ja in unumstößliche Wahrheit verwandeln? Von wo, mit welchen Mitteln soll ich mich alsdann rechtfertigen? Und, geliebter, verehrter Freund, sollte denn in Ihrem finstern Gemüthe, der Sie im Handeln Freund der Menschen und in Grundsätzen Menschenfeind sind, nicht selbst jener Argwohn aufstehen, sich ausbreiten, und nach und nach zur Ueberzeugung werden, ich sei der Thäter? –

Balthasar sah ihn an und ging schweigend einigemal im Zimmer auf und ab. Er kämpfte mit sich selbst und schien ganz im Nachsinnen verloren. Sie haben nicht Unrecht, sagte er nach einer langen Pause, Sie haben vielmehr vollkommen Recht. Sie wissen, wie ich von Reichthum und Besitz denke. Beide sind mir fürchterlich. Mir schien, es geschehe mir ganz recht, und wäre gleichsam eine kleine Vergütigung beim Schicksal über mein unbegreifliches Glück, daß mir auf einer Seite doch wieder entrissen werde, was mir von zehn andern her so reichlich zuströmte. Bald meinte ich, der oder jener erringe den Besitz, weil er ihn bedürfe, und verdiene ihn gewissermaßen durch die List und Klugheit, wodurch er ihn sich zu verschaffen wisse.

Es setzte sich ein Aberglaube bei mir fest, ich wollte vorsätzlich nicht klar sehn, um nicht einen wunderlichen Traum und ein unbestimmtes Gefühl in mir zu zerstören. Es that mir weh, so viele meiner Leute, ja alle in Verdacht zu haben, und doch auch wieder wohl, daß ich von keinem überzeugt sein konnte. Ja, Freund, auch Ihnen, auch Ihnen habe ich Unrecht gethan. Sie kennen mich so ziemlich, und ich bitte Ihnen jetzt ab. Ich dachte manchmal im Stillen, ohne Ihnen deshalb böse zu sein: je nun, er nimmt sich im voraus, was er durch Mühe, Nachtwachen und Sorgfalt aller Art reichlich verdient hat; er kann ja nicht wissen, ob Dich nicht ein plötzlicher Tod dahinrafft, er hat vielleicht arme Verwandte, er will sich wohl glänzend etabliren, er hat vielleicht ähnliche Begriffe vom Eigenthum, wie Du selber. Dies war hauptsächlich der Grund meiner Milde und Schwäche, wie Sie sie nennen, vorzüglich als nach Wilhelms und mancher andern zweideutigen Menschen Entfernung die Sache nicht besser wurde. Selbst Ihr großer Eifer, Eduard, Ihr Zorn, auch dies stimmte meinen Argwohn gegen Sie. Ich sagte wohl zu mir selbst: warum fragt er, warum streitet er so viel? Ich habe ihn ja in dieser Sache ganz unumschränkt gemacht; läge es ihm so an Herzen, er würde ja auf die und jene Art, klug oder gewaltsam, die Entdeckung schon befördert haben. Ich mußte ja doch nachher alles billigen, was zu meinem eignen Besten geschehen war.

Ein ungeheurer Schmerz erfaßte während dieser Rede den jungen Mann, er fühlte sich einer Ohnmacht nahe. Mit dem Ausdruck der Verzweiflung warf er sich in den Sessel, stützte sich tief beugend Hand und Kopf auf den Tisch, und ein Thränenstrom, der brennend aus den Augen stürzte, ein krampfhaftes lautes Schluchzen machten endlich seinem Herzen etwas Luft, das zu brechen drohte. Der Alte sah mit Erstaunen diese ungeheure und unerwartete Wirkung seiner Rede, die er mit kalter Ruhe, selbst mit Freundlichkeit vorgetragen hatte.

Er suchte den jungen Mann zu trösten und zu begütigen, er richtete das Haupt auf, er trocknete die Thränen vom Gesicht, das noch immer den Ausdruck des tiefsten Schmerzes und der Verzweiflung ihm entgegen hielt. Er umarmte den Freund, er suchte nach Worten, wieder gut zu machen, den Sturm zu beschwichtigen, den er herauf gerufen hatte. O mein Himmel! rief er endlich aus, als er sah, daß alle seine Bemühungen vergeblich waren: was soll ich thun? Eduard! ich habe es ja gar nicht so böse gemeint! Ich denke ja nur von andern, was ich mir selber zutraue. Ich liebe Dich ja, junger Mann, mehr wie irgend einen, den ich habe kennen lernen, Du bist mir ja wie Sohn, daher meine verkehrte Milde bei meinen unwahren Gedanken; Du mußt mir alles, alles vergeben, theuerster Eduard, ich will ja alles, alles thun, was Du von mir verlangst.

Als sich Eduard endlich etwas gesammelt hatte, sagte er mit matter Stimme, oft noch von krampfhaften Schluchzen unterbrochen: nein, nein, Edelster, Redlichster aller Menschen, nie, niemals wären Sie bis zum elenden Diebe hinabgesunken! Keine Noth, nicht Hunger und Blöße, keine noch so lockende Gelegenheit konnten Ihren hohen Sinn jemals so tief erniedrigen. Sie sagen es auch nur, mich zu beruhigen. O Himmel! dieser Mann, der mir innige Liebe und unbedingtes Vertrauen bewies, der mir Summen, ohne nachzuforschen, in die Hände gab, um seiner Wohlthätigkeit Genüge zu thun, um Hungrige zu speisen und Kranke zu pflegen, dieser nehmliche Freund konnte in derselben Zeit mich solcher Schändlichkeit fähig halten! Sehn Sie, sehn Sie nun, wie gefährlich es ist, so finstere Geister und Gespenster in sein Gemüth aufzunehmen, die endlich alle Wahrheit, Liebe, Kraft und Vertrauen aus unsrer Seele vertreiben? O du helle, reine Wahrheit, o du ungefälschte Tugend! Wie erscheint mir dieser Mann seit diesem unglückseligen Worte, und wie komme ich mir selber vor! Wie furchtbar, wie entsetzlich hat sich mein Verhältniß zu ihm geändert! Mir ist, als ginge dadurch, daß man an die Möglichkeit glaubt, eine solche wie dieser an sie glaubt, ein Schatten des Lasters und der Verworfenheit in mich hinüber! denn dieser Edle war ja doch bisher der Spiegel meines Werthes, vor dem ich mir meiner Güte, meiner Redlichkeit bewußt wurde. Kann, kann alles in unserm Herzen sich durch eine einzige Minute so umgestalten? Ja, theurer, väterlicher Freund, ich ehre, ich liebe Sie immerdar, ich bewundere Sie, indem ich Sie beklage, aber auch ohne weitere Ursachen hätte dieses Gespräch uns geschieden, dieses allein, ohne Rücksicht auf mein Glück und Unglück, treibt mich von Ihnen in die weite Welt.

So sind wir denn also durchaus geschieden, sagte mit großer Wehmuth der Alte, durch das Schicksal, nicht durch meine Schuld. Man kann alles bezwingen, nur nicht sein eigenstes Selbst. In mir ist der Argwohn nicht das Schlimme, wozu Ihr überreiztes Ehrgefühl, wie ich es noch bei keinem Menschen gesehn habe, es mit seiner Auslegung macht. Aber so lange verweilen Sie, theuerster Freund, ohne welchen mein Leben auf lange Zeit ohne Inhalt sein wird, bis ich Ihnen Ihr Vermögen in sichern Papieren mitgeben kann. Denn diesen Lohn müssen Sie als von einem Vater annehmen, wenn Sie mich nicht zu tief demüthigen wollen.

Sie umarmten sich, und der Alte gab die unbedingte Erlaubniß, alles so anzuordnen, wie Eduard es für gut finden würde, den Dieb zu entdecken und zu strafen. Eduard hatte sich wieder gefaßt, und der Alte war ganz Milde und Weichheit. Sie besprachen noch andere Angelegenheiten, und Eduard nahm einige Bücher mit, um Rechnungen durchzusehen und zu berichtigen. Umarmen Sie mich noch einmal recht herzlich, sagte der Alte, und vergeben Sie mir auch von Herzen. Eduard kehrte wieder um und sagte nach der Umarmung: theuerster Freund, was habe ich Ihnen in Ihrem Sinne zu vergeben? Das Wort paßt nicht. Was ich in diesen Minuten erlebt habe, kann ich niemals wieder vergessen, und diese Erschütterung wird bis in mein spätestes Alter hinein zittern. Des Menschen Herz, unsre Seele, Mensch und Gott sind mir durch diesen furchtbaren Blitzesschlag wie ein Anderes geworden. In Ihrem Sinne können Sie mir auch nicht zürnen, wenn ich jetzt halb im Scherz noch sage, daß ich, hätten Sie mir meine Maßregel nicht erlaubt, in der Ferne glauben könnte, Sie selbst hätten sich, wer weiß aus welchen künstlichen Absichten, so geschickt und listig beraubt, vielleicht eben auch um auf diesen und jenen einen Verdacht zu erregen.

Sie haben nicht ganz Unrecht, sagte Balthasar. Eduard stand wieder in der Thür. Warten Sie noch einen Augenblick, junger Mann! rief ihm der Alte zu. Eduard kehrte noch einmal um. Jetzt aber, da er dem Alten wieder näher trat, war er erstaunt, dessen Gesicht und den Ausdruck seiner Augen so ganz verwandelt zu finden. Ein feuriger, schneller Blick funkelte ihn wie ungewiß an. Sie sind, begann der Alte, von den Wahrheiten unsrer christlichen Religion, wie ich weiß, überzeugt, Sie lesen fleißig und mit Erbauung in der Bibel. Sie glauben auch dem historischen Theil, und Ihnen ist die Offenbarung eine wirkliche: die Vernunft, die Allegorie, die kritischen gelehrten Erklärungen genügen Ihnen nicht. Nicht wahr? Sondern Sie sind ein wahrer Christ mit Herz und Seele?

Gewiß, antwortete Eduard.

Jene Erzählung, fuhr der Alte fort, wie der Heiland von dem Bösen in der Wüste versucht wurde, ist Ihnen keine Parabel, oder Allegorie, oder mythische Sage, ohne Bedeutung, sondern Sie glauben dem wahren Christus, dem Sohne Gottes, sei dieses mit den dort angegebenen Umständen und Fragen und Antworten begegnet?

Was wollen Sie damit? fragte Eduard zögernd nach einer Pause. Ja, ich glaube an diese Erzählung als ächter und orthodoxer Christ.

Nun? fuhr der Alte fort, indem sich die blassen, geschlossenen Lippen zu einem sonderbaren Lächeln verzogen. Zweierlei will ich damit, was ich kaum zu erwähnen brauchte, wenn Sie jemals über diesen Umstand tiefer nachgedacht hätten. Erstens: wenn sich der Heiland dergleichen muß gefallen lassen, wenn der Argwohn, auch beim Bösen, nur möglich war, so können Sie mir auch wohl aus vollem Herzen vergeben, wenn ich mit der Hälfte, oder dem Viertel des meinigen in manchen Minuten an Ihnen halb gezweifelt habe. Mir deucht, diese tiefsinnige, sonderbare und vieldeutige Erzählung verdammt doch nicht meine Ansicht von der menschlichen Natur so gerade zu. Es sind nicht eben Gespenster, die mein Wesen in Besitz genommen haben, wenn sie nicht etwa mit Geistern eine und dieselbe Familie ausmachen. Zweitens: hat in Ihren Augen diese Wundergeschichte wohl viel Sinn, wenn die Verlockung gar nicht, durchaus nicht möglich war? – Nun denn, also! Fürchterlich genug wird unser einem und wohl auch Ihnen zu Muthe, wenn man da hinein fühlt und denkt! – Noch möcht' ich ein Drittes als Schluß hinzufügen: – was wurde aus der Welt und den Menschen, aus Himmel und Erde, wenn der Versucher durchdrang? Wenn die Liebe sich verlocken ließ? – O junger Mensch, die Thüren sind nicht allenthalben geschlossen, wo wir sie angelehnt sehn. – Ihr glaubt alles durchmustert zu haben, wenn Ihr kaum bis fünfe gezählt habt. – Ich glaubte ja auch, forschte auch, war in Liebe und Andacht aufgelöst, fand die Liebe in meinem und anderer Geiste, und daran ist mein Herz und Leben eben gebrochen, um niemals, niemals wieder sich lebendig zusammen zu fügen. Laßt den Stolz Eurer Empfindungen fahren, schwingt Euch nicht auf mit der Phantasie, sondern kriecht am Boden wie das Gewürm und eßt den Staub, denn also geziemt es sich.

Mit einem starken Händedrucke, und mit einem wilden Lächeln, plötzlichen Auflachen, welches den jungen Mann

entsetzte, riß sich der Alte von Eduard los. Dieser blieb, wie
betäubt, noch eine Weile stehen, und als er den Blick endlich
erhob, war Balthasar wieder in tiefes Sinnen verloren und
stand mit jener finstern, leidenden Miene, die seine gewöhnliche war, an seinem Schreibtische. Eduard hatte die Empfindung, als verließe er einen Sterbenden, indem er fortging, und
die große eichene Thür langsam und vorsorglich wieder in das
Schloß fallen ließ.

Eduard hatte seine Anstalt eben so geheim als klug betrieben.
Keiner von den Dienern, den Aufsehern, oder selbst den
höhern Bevollmächtigten wußten darum, daß er sich draußen
im Magazin zu schaffen mache. Alles, was stören konnte, war
bedacht. In der stillsten Einsamkeit, indem auch Niemand
wußte, daß er sich vom Hause, dem sogenannten Schlosse,
entfernt hatte, traf er seine Einrichtungen. Erst mit der Dunkelheit kam er zurück. Er wußte nicht, ob noch in dieser
Nacht, oder in einer künftigen wieder ein Raub geschehen
würde. Alle Wächter hatte er, ohne daß es auffallen konnte,
vom Magazine entfernt. –

Jetzt, in der Einsamkeit der Nacht, setzte er sich, um seine
Gedanken auf einen Punkt zu sammeln, und sich dadurch von
den Eindrücken, die er erlebt hatte, zu erholen, zu den Rech-
nungsbüchern nieder. Es war wichtig, dies Geschäft noch vor
seiner Abreise völlig in Ordnung zu bringen. Es gelang ihm
endlich, das Vorgefallene für diese Augenblicke zu vergessen,
auch zerstreute er sich an dem Geschäfte in so weit, daß er
nicht mehr daran dachte, daß wohl diese Stunden schon die
Entwickelung jener widerwärtigen Geschichte herbei führen
könnten, um welche sie alle seit Jahren waren geängstiget
worden.

Als er abgeschlossen hatte, und in einem älteren Buche blätterte, fielen ihm einige beschriebene Bogen in die Hände, die

von Balthasar herrührten, und wohl schon viele Jahre alt sein mochten. Er las folgende Fragmente: –

Ja wohl ist das Weinen ein Wunder, und, wie sie sagen, eine Gabe, die vom Himmel stammt. Eine Seligkeit verbreitet sich in unserm Gemüth, so wie die fließenden Thränen, gleich den Stromeswogen, den schwarzen Kummer, die Angst, den bangen Zweifel entführen. Wieder geschenkt seid ihr mir alle, ihr Seelen, die einst mein waren, und die ein herbes Schicksal nachher von mir trennte.

Eben darum auch sucht man die Thräne, man ladet sie mit Schmeicheleien ein, wenn sie nicht kommen will. Das Tagewerk ist geendet, und so, wie der Schwelger und Vornehme seine mannichfaltige Mahlzeit mit Zucker beschließt, so sucht man nach der Arbeit, nach Rechnungsabschluß Gedanken der Andacht und rührende Gefühle, man gedenkt der Gestorbenen, um diesen Lebenswein der Thräne in das wollüstige Auge und schwelgende Gehirn zu locken. Nun überglaßt die zarte Wehmuth alle Gegenstände einer gemeinen Gegenwart, und in demüthigen Empfindungen einer verschmachtenden Reue und Zerknirschung erhebt sich der ekelhafte Hochmuth trotzend auf den Adel eines verzogenen, launischen Herzens. O wie elend erscheinen uns nun die Mitgeschöpfe in ihrer Gewöhnlichkeit, die doch alle als nüchterne Bewohner der gemeinen Erde viel besser sind, als wir. –

Aber das Lachen. Dieses Erdbeben, welches unsichtbare Kräfte aus dem Räthsel unsers verschlungenen und vielfach verschürzten Wesens herauf heben; das in polternden, albernen Tönen zu vernehmen giebt, daß innen, in der unsichtbaren Welt, der Geist wieder Irrthum und Wahrheit erkennt, und den zarten Verkündiger eben ermordet, der ihm die Erscheinung zugeführt hat. Diese dummen, rohen Töne, die auch das beste Gesicht, die regelrechte Larve auf lange entstellen.

Wie sehnt sich der Mensch nach diesem widerwärtigen Krampf! Lügt und heuchelt die Thräne mit dem himmlischen Gefühl, so spielt das Gelächter mit dem Aberwitz der bösen Dämonen ein linkisches Verstecken, verbirgt sich vor der Gemeinheit, um gesehn zu werden; thut erschrocken, wenn das sich sträubende Gefühl gefunden wird, und zerrt sich, mit dem Widerwärtigen, Gemeinen sich verwirrend, im Handgemenge hin und her; indem bald das Erkennende, sogenannte Bessere, bald das Gemeine, Nichtswürdige, oben, und bald wieder unten ist: und so wechselnd, spielend und zankend klappert das Lachen die Stiege der Erbärmlichkeit mit den harten Absätzen der irdischen Kraft hinunter – und der Mensch grinset und ist glücklich. – –

Selige Zeit, als noch ein wirkliches Dasein, ein Leben im Leben war! Als noch die ganze Ewigkeit, sich selbst genug, sich nicht in Zeit versplittert hatte, als der Geist noch nicht die zeitliche Folge des Abmessens in zeitlichen Räumen bedurfte, um sich seiner Kraft und seines Daseins bewußt zu werden. Welche sonderbare Begebenheit, als sich Dauer und Leben von einander trennten, als das innige Geisterband los ließ, und der fremde Gast, der Tod, in den Zwiespalt eindrang um beide zu beherrschen. Nun hat sich das Feste, Ewige, Dauernde tief in sich selbst hinein gegründet, und die unwandelbare Miene des soliden Nachdenkens angenommen. Stein, Fels, Metall trotzt in seinem kalten Schein dem Vergehn und meint den Wandel nicht zu kennen. Die kleinen Wassertropfen, als Kobolde, der Luftzug so weit er reicht, lösen die starren, trotzigen Riesen auf, der kleine Mensch gräbt in das Gebein, und könnte, möchte er tiefer wüthen, alles in flüchtigen Staub auflösen. – Steht es mit den ewigen Gestirnen etwa nicht besser? Unter Säuren braust der Felsenstein närrisch und prustend auf und erinnert sich für den Augenblick seines Geistes.

Und du Schmetterlingsgestalt im leichten Sommerrocke, die du schwebend über das Gebirge flatterst und wandelst! Von der verwandelten Raupe bis zum Löwen und Menschen, ihr alle einen kurzen flüchtigen Funken in euch hegend, wie der Blick aus Stein und Stahl, – vorüber ist das rothe Aufsprühen des Funkens – und auch nur Larven liegen wieder da, nach dem kurzen Traum des Lebens und der Liebe, Stein auf Stein, Verwesung auf dem Moder – der Urgroßvater neben dem verstäubenden Enkel, und keiner kennt den andern, keiner weiß vom andern. –

Die Gewächse umher deuten Euch in tausend Gestalten das Ohr, die Blumen lächeln schalkhaft und wehmüthig in die Maskerade hinein: und Traum mischt sich in Traum, wenn der Liebende die Rose bricht, und die erröthende er selbst erröthend seinem verschämten Mädchen reicht.

Der Pulsschlag ist nicht nur Zeichen des Lebens, sondern das Leben selbst. Kein Gefühl, kein Gedanke, kein Sehn und Hören, Schmecken und Empfinden strömt im fluthenden Guß, sondern alles hüpft nur Woge um Woge, Tropfen um Tropfen, und dadurch ist es. Ein Gedanke löst den andern ab, zwischen Tod und Sein wechselnd fühlt sich das Gefühl, jeder Kuß wird nur lebendig durch die kalte Pause, das Entzücken am Gemälde, an Musik ist nur im Wellenschlag da, bald lebend, gleich darauf gestorben. So athmet das Meer in Ebbe und Fluth, die Zeit in Tag und Nacht und Winter und Sommer. Vergeß' ich mich selbst nicht in diesem Augenblick, so kann ich mich im nächsten nicht wieder finden. – Und der Tod – –

Ist diese Puls-Umsetzung, diese Tackt-Abänderung, dieser Wechsel des Tempo eine Einleitung, ein Uebersprung zu einem neuen Musik-Stück? Alles lebende Wesen ist da, um von einem andern gefressen zu werden, nur der Mensch hat sich dieser Canton-Einrichtung und Militär-Pflichtigkeit scheinbar entzogen, und spart sich der Erde, diesem zertrümmerten Chaos der Steine, und der Verwesung auf. –

Im Lieben, im Unglück, in der Freude, im Verzweifeln, in der Arbeit und Ruhe war Tod immer mein nächster, möcht' ich doch sagen mein einziger Gedanke. Mich selbst zu tödten wäre mir unter allen menschlichen Handlungen die allernatürlichste. Ich habe es nie gefühlt, daß uns eine unnennbare Angst, ein gewaltiges Grauen zurückzieht und uns das Messer aus den Händen wirft. Wenn uns die arme nackte Freude, die so wenig Schmuck hat, und sich schämt, auf Erden aufzutreten, einmal besucht, dann wäre der Stich des blanken Dolches nur die letzte, funkelnde Spitze dieses Freudenbewußtseins. Denn wie ist nach dem kurzen Pulsschlag die Erde kahl und das Leben dunkel! Gerade deshalb, weil ich nicht weiß, wohin ich gehe, und ob ich gehe, oder ob es ein Wohin giebt, ist die That so anlockend. Die Menschen gestehn sich dies nur nicht, und nennen Feigheit und Stärke, was eben keins von beiden ist. In der Zerstreuung geht den Armen Tod und Leben unter.

———————

Ein wunderlicher Traum, das heißt ein Traum hat mich besucht. Das Gewöhnliche ist eben so seltsam, als sein Gegentheil, nur stumpft die Gewöhnung unsren Sinn.

Ich war gestorben. Ich wußte es deutlich, und lebte doch in meinem Bewußtsein fort. Alle meine trübseligen Zweifel, meine Hartnäckigkeit, die sich nicht gefangen geben wollte, mein starres Herz, das sich so früh der Liebe entwöhnte, hatten mich, das sagte mir mein Gewissen, von jenem Orte ausgeschlossen, auf welchen die Besseren hoffen. Worin ich mich befand, und unzählige andre mit mir, war ein Zustand, der

durch seine gemeine Gewöhnlichkeit, durch das Geringfügige
entsetzlich war. Ich konnte mich meiner Freunde und Geliebten durchaus nicht erinnern, so sehr ich auch mein Gedächtniß anstrengte und marterte. Eine Sehnsucht, wie dem Erdür-
stenden nach der Woge kühlen klaren Wassers, peinigte mich,
die Bilder und das Andenken dieser Theuern in meiner Phantasie hervor zu rufen, ich fühlte die Mahnung an sie, wie einen
schweren Druck, der mich quälte, in meinem verhüllten Innern. Eben so wenig wollten mir jene Thaten zurückkommen,
die ich wohl in meinem Leben gute genannt hatte. Alles war
in dieser Richtung meiner Gedanken dürre ausgebrannte
Steppe. Aber alles Böse wälzte sich in wirbelnden Kreisen er-
müdend und Schwindel erregend vor meinem innern Blick.
Meine Schlechtigkeiten und Irrthümer, alle Fehler meines Lebens, alle elenden Augenblicke meines zeitlichen Daseins umgaben mich wie mit Geschrei und Gekrächz von wilden hung-
rigen Raubvögeln. O diese Sünden, wie riesengroß erwuchsen
sie! Wie entsetzlich war es, ihre Folgen weit, weit in die Zukunft hinein sich entwickeln zu sehn: wie sie in die künftigen
Geschlechter fortwuchsen und wütheten: alle die Blicke des
Jammers, des Vorwurfs, der Leiden, der bittern Verzweiflung
von dort waren nach mir her gerichtet. Eben so erinnerte ich
mich leicht aller Menschen, die mir gehässig oder zuwider
gewesen waren: aller langweiligen Stunden, deren Erinne-
rungsquaal mich von neuem befiel: aller Albernheit und Abgeschmacktheit, die ich selbst gesprochen, oder von andern
gehört hatte.

In den weiten, vielfachen Sälen saßen, standen und gingen
unzählige Menschen umher, die eben so erbärmlich an sich
selber litten. Und keine Abtheilung, nicht Stunde, nicht Sonne
und Nacht störte und wechselte dieses traurige Mühsal. Nur
eine einzige Ergötzlichkeit gab es. Hin und wieder erinnerte
einer an den vormaligen Glauben unsres Lebens, daß wir

einen Gott gefürchtet und angebetet hatten. Dann erscholl ein
lautes Gelächter, wie über das Abgeschmackteste durch den
Saal. Nachher wurden alle ernst, und ich strebte mit allen Sinnen mir die Ehrfurcht, die Heiligkeit des Gefühls von ehemals
zurück zu rufen, doch umsonst – – –

———————

Eduard hatte nicht bemerkt, daß der Morgen schon dämmerte, so sehr hatte er sich in diese seltsamen Blätter vertieft.
Er hätte auch ohne Zweifel noch viel länger gelesen, wenn ihn
nicht jetzt ein lautes Schreien und heftiges Klopfen an seiner
Thür unterbrochen hätte. Er stand auf, um nachzusehen, als
Kunz, roth, keuchend und mit wilden Geberden in sein Zimmer stürzte.

Da haben wir's! rief der Bergmann im höchsten Zorn; hab'
ich's nicht schon damals gesagt, daß der Landstreicher die
Bosheit selbst ist? Lassen Sie ihn nur, Herr Inspektor, gleich in
zentnerschwere Ketten schmieden, und den Hund mit Ruthen
zerhauen, daß ihm das Leben und die verruchte Seele zoll-
weise ausfährt!

Was habt Ihr denn? fragte Eduard; ich fürchte, Ihr habt
Euch vom Fieber aufgerafft, und seid im Rasen.

Ha! schrie Kunz, nun wird mir meine böse Krankheit schon
vergehn, nun die Bestie auf ihren Lastern ertappt worden ist!
Der wird mich nun nicht mehr in die abgeschmackten Stroh-
halme hinunter tragen!

Von wem redet Ihr denn? fing Eduard wieder an; doch
nicht von dem fremden ungarischen Bergmann?

Von keinem andern, antwortete Kunz! das Ungeheuer hat
gestohlen und hängt mit einer ganzen Diebesbande zusammen. Hören Sie, kurz und gut: ich konnte die Nacht doch
nicht schlafen, trieb mich also im Walde um, auch um mir etliche Kräuter für meine Krankheit zu suchen. Es fängt schon

an zu dämmern, da hör' ich was da unten, auf dem einsamen Fußsteige im dichtesten Walde wie karren, und dabei stöhnen und ächzen, wie man denn so in der Nacht alles deutlicher hört und versteht. Ich darauf zu. Karren zwei Kerle unter Angst und Seufzern und der blasse Schuft geht daneben und treibt sie an. Spitzbuben! schrie ich auf sie los; und, ich habe das Wort noch nicht aus dem Halse, so rennen die beiden Strauchdiebe fort, den blassen magern Gauner aber halte ich fest, der Karren mit den geraubten Sachen bleibt im Walde. Sie bringen ihn aber nach, denn zwei Arbeiter begegneten mir, die schickte ich zurück, und den ungarischen Woywoden habe ich selbst hergeschleppt.

Indem kam das ganze Haus in Aufruhr. Der Fremde saß gebunden draußen, Bergleute, Spinner und Weber drangen herein, von den Mühlen kamen Menschen und alles schrie, und jeder verwunderte sich über den andern, alle wollten zugleich erzählen, und keiner schien zu wissen, was denn vorzutragen sei, so daß Eduard und Kunz verwirrt und verstört diesen und jenen fragte, bis der Bergmann mit seiner donnernden Stimme dazwischen rief: alle das Maul gehalten! Nur der soll Rapport geben, den der junge Herr fragen wird!

Der einäugige Michel stand in der Nähe, und da sich Eduard an ihn wandte, so erzählte dieser: Es mochte in der dritten Stunde nach Mitternacht sein, als ich von der Hütte herauf ging, um recht früh da drüben im Zainhammer eine Botschaft auszurichten. Ich geh durch den Wald den Steg hinauf und denke nichts Böses, nur daß mir, wie ich schon ziemlich nah am Magazin bin, alle die Nachtdiebereien einfallen, die nun da schon seit so lange sind ausgeübt worden. Ich möchte wohl den Schelm erwischen, sagt' ich so vor mir hin, – als – mit einem male ein Schuß fällt. Ein Schuß! holla! das fiel mir auf's Herz. Sind doch keine Jäger hier in der Nähe, so sprech' ich und rappl' und arbeite mich etwas rascher und emsiger hinauf. So hör' ich auch schon Schreien und Zeter und Lärm, Gepolter und Zank. Das Ding, denk' ich, ist nimmermehr richtig. Oben bin ich und seh' auch schon die Bescheerung. Das Magazin offen, einige Karren, Menschen davor, sie laden auf: eine kleine Figur, die ich im Finstern nicht erkenne, keucht und ächzt, schreit und klagt, humpelt herum und fällt wieder nieder. Ich den Kerlen nach mit den gestohlnen Sachen. Da halten mich welche fest und drücken mir die Augen zu. Es wird stiller, schreien kann ich nicht, hätte mir auch nicht viel geholfen. Wie sie mich wieder los lassen, ist nichts mehr in der Nähe. Auch der Hinkende, so viel ich suche, ist fort, und nicht mehr zu finden. Wie ich näher an die Häuser komme, schreie ich alles wach, daß die Leute nur das Magazin bewachen, daß sie den Spitzbuben nachlaufen sollen.

Und ich! rief Kunz, habe den General-Beutelschneider beim Kragen erwischt, den Propheten von neulich, der in eurer Hütte das Kunststückchen mit dem Schwefelholze machte.

So erzählten sie alle nun wieder, schrieen und lärmten eben so arg, als zuvor. Doch Eduard ordnete alles an, was jedem obliege, ließ den Fremden bewachen, das geraubte Gut herein bringen, und gebot dann Stille, um den alten Herrn nicht, wenn er noch schliefe, in seiner Ruhe zu stören. Er selber eilte mit einigen nach dem Magazin, um auch dort Vorkehrungen zu treffen, und noch mehrere der Diebe, wo möglich, zu entdecken.

Eduard fand im Magazin und draußen die Spuren des Blutes. Diesen gingen er und seine Begleiter nach. Sie verloren sich bald, bald entdeckten sie sich wieder seitwärts im Busche, dann zeigten sie sich auf einem Fußwege wieder. Eduard schritt mit bangen Gefühlen weiter, eine Ahndung preßte seine Brust, er mochte sich seine Vermuthungen selber nicht gestehn. Aber nicht lange, so wurden sie zur Gewißheit, denn die Spur führte nach dem, auf einem grünen Abhange gelegenen Hause Eliesars. Als sie sich näherten, sahen sie auch die Umgegend schon in Bewegung, Menschen eilten aus der Stadt herauf, der Prediger des Ortes ging so eben in die Thür. Drinnen war große Verwirrung, und Arzt und Chirurgus in den Zimmern geschäftig.

Eduard ließ seine Begleiter draußen und öffnete mit klopfendem Herzen die Thüre des Gemachs. Eliesar lag bleich und mit ganz entstellten Zügen in seinem Bette. So eben war die Untersuchung der Wunde geschehen, und der Verband gelegt. Alle Menschen im Zimmer, Arzt, Chirurgus, Prediger und Diener sahen bleich und verstört aus, denn dieser Vorfall mußte allen so unbegreiflich und schrecklich erscheinen, daß sich ein Entsetzen aller Gemüther bemächtigte.

Der Wundarzt, welchen Eduard beiseit nahm, schüttelte mit dem Kopf und versicherte, es sei keine Hülfe, der Patient werde schwerlich diesen Tag überleben. Jetzt erhob sich Eliesar aus seiner Betäubung, sah um sich und bemerkte den Inspektor. Aha! rief er angestrengt und mit matter Stimme – Ihr auch schon da? Nun ja, Ihr habt nun endlich über mich gesiegt. Dahin ist ja schon seit lange Euer Trachten gegangen. Ich liege nun hier, und alles ist vorbei, alles entdeckt, es giebt keine Frage und Antwort, kein Heut und Morgen mehr. Wie es Euch bekommen wird, das wird sich auch noch zeigen. Gut auf keinen Fall. Triumphirt also nicht in Eurer eingebildeten Tugend.

Er winkte und ließ sich vom Prediger eine Schrift reichen, die auf dem Fenster lag. Gebt dies dem Alten vom Berge, fuhr er dann fort, er wird daraus sehn, daß ich ihn geliebt habe, denn es ist mein Testament.

Jetzt sprach der Prediger einige Worte, der mit dem Kranken allein zu sein wünschte. Eduard verließ gern das Zimmer, um sich im Freien zu erholen. Draußen lief ihm Kunz wieder athemlos entgegen und rief: Verwirrung über Verwirrung! Wie er es angefangen hat, unser theurer Eliesar, so ist ihm wohl sein letztes Brod gebacken. Seht doch, der Mensch, der Allmächtige, der Schwiegersohn des Alten vom Berge, der ist ein nichtswürdiger Dieb! Nun will ich es dem blassen ungarischen Lumpen vergeben, daß er mir neulich den Streich gespielt hat, denn was ist doch alle Reputation dieser Erde, alle Ehre dieser Welt?

Die ganze Gegend, Stadt und Land war über diese Begebenheit in Aufruhr. So wie das Unglaublichste geschehn war, eine Missethat, die sich nicht läugnen oder verbergen ließ, von einem Manne ausgeübt, den alle hatten verehren müssen, der ihnen als ihr künftiger Brodherr und Beschützer erschienen war, so konnten sich alle diese Arbeiter von ihrem Erstaunen nicht erholen und in ihre Verhältnisse zurück finden, denn alles Maaß, woran der Mensch sich erkennt, war eine Zeit lang im Tumult allen Gemüthern verloren gegangen.

Der Alte hatte in dieser allgemeinen Verwirrung die Geschichte doch schon erfahren, so sehr dies auch Eduard hatte verhindern wollen. Er ließ Niemand in sein festverschlossenes Zimmer.

Eduard verhörte vorläufig den Fremden. Dieser hatte schon lange mit Eliesar Verkehr getrieben, er wohnte in einer Stadt, die einige Meilen entfernt war, schickte oft Bothen, und half die geraubten Güter verkaufen. Ein Kaufmann in einem andern Städtchen leitete ebenfalls das Geschäft. Der Ungar hatte sich mit Eliesar entzweit und war in der Absicht in das Gebirge gekommen, sich dem alten Balthasar zu nähern, diesen zu erforschen, und, wie er ihn gestimmt fand, ihm für eine ansehnliche Summe die ganze Abscheulichkeit des Handels und den Zusammenhang desselben zu entdecken. Da der Fabrikherr sich aber gar nicht geneigt bewiesen hatte, auf irgend ein

Kunststück, noch weniger auf die verdeckten Anzeigen einzugehn, der Fremde also für sich selber fürchten mußte, wenn er sich verriethe, so zog er sich wieder zurück und blieb seinem Bundesgenossen Eliesar treu. Dieser hatte ihn mit einer Summe und größern Versprechungen wieder begütigt.

Jetzt erscholl die große Glocke des Alten und Eduard nahm die Papiere und begab sich zu ihm. Sie haben mir, lieber Freund, fing er mit scheinbarer Ruhe an, alle meine Rechnungen durchgesehn und berichtiget? Eduard bejahte es, indem er die Bücher überreichte, er zögerte noch, und wußte nicht, ob er das Testament Eliesars zugleich übergeben sollte. Der Alte nahm es ihm selber aus der Hand und übersah es. Ich bin, fing er an, schon vor drei Monaten zum Universalerben von ihm eingesetzt, im Fall er früher, als ich, sterben sollte. Er verzeichnet hier alle seine Habseligkeiten und weiset nach, wo sie zu finden sind. Das Wichtigste ist eine Anzahl von Goldbarren, die er selbst will erschaffen haben. Lesen Sie.

Eduard nahm verlegen die Blätter. Nicht wahr, sagte der Alte nach einiger Zeit, der Wahnsinn ist es doch, der alles belebt und regiert? Können Sie sonst diesen Mann und sein Wesen begreifen? Wir begreifen es freilich auch durch dieses Wort nicht. – O junger Mann, junger Mann: fühlen Sie denn nun, wie sehr ich Recht hatte? Diesem vertraute ich unbedingt, weil kein täuschender, verführender Schein ihn umkleidete, weil nichts in meinem Herzen ihm entgegen kam und ich mir nicht selber zu seinem Besten log, um meiner eigenen Eitelkeit zu schmeicheln. Ja, Freund, jetzt ist nun alles entdeckt und offenbar, er scheidet ab und giebt mir in diesem Testamente zurück, was die Rechtsgelehrten mein Eigenthum nennen würden. Testament! Nun ist es freilich auch wohl Zeit, das meinige zu machen, und auch anders, als ich mir vorgenommen hatte. Nun wird Ihr liebes Ehrgefühl auch wohl noch etwas bei mir aushalten können, und mein Kind,

mein Röschen – ach! wie fürchterlich, daß dieses geliebte
Wesen auch zu den Menschen gehört!

Ich will Ihnen in dieser Stunde, die Ihnen fürchterlich sein
muß, antwortete Eduard, nicht noch einmal meine Wünsche
vortragen, Sie selbst haben sich an sie erinnert, sonst würde
ich auch diese Worte unterdrücken. Aber freilich muß ich jetzt
bei Ihnen bleiben, das Schicksal selbst zwingt mich dazu, und
legt es mir als eine heilige Pflicht auf.

Gewiß das Schicksal! sagte der Alte mit seinem bittern
Lächeln; Sie sind dem Röschen gut, Sie hören, sie ist schon
versprochen, das treibt Sie von mir, aber vor dem Abschiede
muß Ihrer Ehre genug geschehen, und Sie schießen mir zum
Andenken meinen theuersten Vertrauten, den Mann meiner
Seele von der Seite. Nun ist Röschen frei, Sie sind ungebun-
den, der Nebenbuhler fort, und das Schicksal hat alles ganz
vortrefflich gemacht. Ob dieser Schuß mir aber nicht selbst
ins Herz gegangen ist, ob er mir wohl nicht das innerste Heiligthum meiner Seele zerrissen und zersprengt hat, darnach
wird nicht gefragt. Wie eine unendliche Lücke gähnt es aus
meinem Geiste herauf, – Vertrauen, Glaube – alles – sag' ich
doch: das Gute nur ist das wahre Böse. – Eduard, sein Sie
nicht so traurig, – mich dünkt, ich spreche ganz irre.

Er faßte die Hand des jungen Mannes. Bringen Sie mir heut
Abend den Burgemeister, auch den Prediger und Amtmann als
Zeugen. Sie sind jetzt mein Sohn, und in diesem Sinne werde
ich mein Testament machen: ich fühle, es ist die höchste Zeit,
denn es wäre fürchterlich, wenn der Helbach mit meinem Vermögen wüthen sollte. – Könnte ich nur diesen Schuß und den
Eliesar erst ganz vergessen, gingen nur nicht mehr so wilde
Gedanken durch mein Gehirn. Nun bleiben Sie und Röschen
bei mir.

Eduard entfernte sich. Er suchte Röschen in ihrem Zimmer
auf. Sie weinte laut, sprang vom Stuhle auf und stürzte dem

jungen Manne mit dem Ausdruck der innigsten Herzlichkeit
in die Arme. Ach Eduard! rief sie schluchzend, und verbarg
ihr Haupt an seiner Brust: sehn Sie nun wohl, was ich alles in
meiner Jugend erleben muß. Das wurde mir nicht an der
Wiege gesungen, daß ich so schrecklich, noch vor der Hochzeit, um meinen Mann kommen sollte. Und am wenigsten
konnte es mir einfallen, daß Sie ihn todtschießen würden, Sie,
der liebste und freundlichste aller Menschen. Ach! der arme,
der arme Eliesar! Schon von Natur so ein häßlicher, kleiner,
widerwärtiger Mensch! Und dazu nun noch stehlen, lügen
und betrügen! Meinen guten Vater, der ihm alles geben wollte,
zu berauben! Was wird nun mit seiner armen Seele? Ach ja,
der ist noch grausamer umgekommen, er ist noch viel unglücklicher, als damals mein Kätzchen, das die Jungen hatte,
und das er so unbarmherzig vom Orangenbaum herunter
schoß. Ach! Eduard! Sind Sie denn auch wirklich ein so guter
Mensch, wie ich immer geglaubt habe, oder sind Sie auch vielleicht recht böse? Nicht wahr, Sie haben es nicht gern gethan,
daß der Eliesar so sterben muß?

Eduard bemühte sich, ihr den Zusammenhang der Sache
deutlich zu machen. Beruhigen Sie sich nur, fuhr er fort, unser
aller Leben hier hat plötzlich eine gewaltsame Umänderung
erlitten, wir alle müssen diese Erschütterung überstehn, um
uns wieder in die Bahn des Rechten hinein zu finden. Neulich
waren Sie traurig, daß ich fortgehn wollte, wenn Sie das etwas
trösten kann, so erfahren Sie, daß ich wenigstens für jetzt
noch hier bleibe und hier bleiben muß. Ist es Ihnen denn noch
eben so lieb?

Sie sah ihn freundlich und getröstet an. Also das ist nun gewiß? rief sie aus: ach ja! ich glaubte immer, Sie würden bleiben, denn ich kann ohne Sie nicht leben, und mein Vater kann
es nicht, und alle die armen Arbeiter und Spinner, die guten
Tagelöhner, für die Sie sprechen und handeln, und die bei den

Zahlungen, oder wenn sie Hülfe suchen, mit der ganzen Seele an Ihren freundlichen Augen hangen, die können es am allerwenigsten.

Dieses Unglück, sagte Eduard, kann Sie, den Vater, mich und uns alle in Zukunft glücklich machen. Diese Entdeckung mußte geschehn, und vielleicht ward sie, wenn nicht jetzt, zu einer Zeit gemacht, in der wir alle durch sie elend wurden.

Wenn der Vater, sagte Röschen, nun nur nichts dagegen hätte, so könnte ich mich wohl daran gewöhnen, Sie als meinen künftigen Mann anzusehen. Könnt' ich nur etwas mehr Respekt und Furcht vor Ihnen haben! wenn Sie nur manchmal recht barsch gegen mich sein wollten, nicht immer so freundlich, sondern manchmal böse und grob, so möchte ich mich mit der Zeit darein finden. –

Eduard ging an seine Geschäfte. Nach dem lauten Tumulte war alles jetzt im Hause ruhig und still, es schien, als wenn keiner zu athmen wagte, jedermann ging leise und auf den Zehen. Die Nachricht traf ein, daß Eliesar gestorben sei.

Gegen Abend führte Eduard den Burgemeister und die Zeugen in das Zimmer des alten Balthasar. Er war verwundert, diesen im Bette zu finden. Auf die Anrede der Eintretenden erhob er sich, sah alle starr an, und schien keinen zu erkennen. Aha! der Herr Prediger, rief er endlich aus, Sie kommen, heute schon den zweiten armen Sünder abzuholen. Es geht frisch in Ihrem Beruf. Ist Herr Eliesar mit gekommen?

Er winkte Eduard zu sich: Du gelber Verirrter! sagte er heimlich zu ihm; was soll ich denn mit Deinen Goldbarren machen, die Du mir verschreibst? Laß Dir Deinen dummen Betrug nicht so abmerken, er fällt ja zu deutlich in die Augen. Aber nimm Dich nur vor dem Eduard in Acht, der ist klug und gut. Wenn der einen Verdacht auf Dich hat, so bist Du verloren. –

Er sprach mit den andern, aber immer ohne Zusammenhang, wild phantasirend. Der Burgemeister und die Zeugen entfernten sich und Eduard ging, um den Arzt zu holen. Das Geschäft, das Testament abzufassen, wurde aufgeschoben, bis der Kranke wieder hergestellt und zu seinem vollen Bewußtsein gelangt sei. Der Arzt fand den Zustand des Patienten bedenklich. Eduard wurde in der Nacht gerufen, aber als er in die Thüre trat, war der alte Balthasar schon verschieden. – Die Verwirrung, die Klage war allgemein. Die Gerichte versiegelten. In diesem Tumulte schien es nur ein unbedeutendes Ereigniß, daß jener Fremde Mittel gefunden hatte, aus seinem Gefängnisse zu entkommen.

In jener Stadt, in welcher der verschwenderische Rath Helbach lebte, war ein großes Fest, zu dem sich alle Schwelger, die gut zu essen wußten und Leckerbissen kannten, versammelt hatten. Der Rath selbst war die Seele dieser Gesellschaften, er galt in ihnen als Gesetzgeber und er war es auch, der diesen Schmauß angeordnet hatte.

Man näherte sich dem Beschluß der Mahlzeit, einige der Gäste, die Geschäfte hatten, entfernten sich schon, die Gesellschaft ward stiller, und nur am obern Ende der Tafel, wo der Rath und einige der wissenden Speiser saßen, war das Gespräch noch laut. Glauben Sie mir, meine Freunde, sagte der Rath sehr lebhaft, die Kunst zu essen, die Bildung, die sich der Mensch hierin geben kann, hat eben so gut ihre Epochen, ihre classischen Zeiten, ihre Verderbniß und Verdunkelung, wie alle übrigen Künste, und mir scheint es, daß wir uns jetzt wieder einer gewissen Barbarei nähern. Schwelgen, Uebermaas, Seltenheiten, neue Moden, das zu Gepfefferte, zu Gewürzreiche, alle diese Sachen, meine Herren, sind es, die jetzt nur so oft einem Gastmale sein Lob bereiten, und doch sind es gerade diese Dinge, von denen sich der denkende Esser mit Geringschätzung verachtend abwenden wird. Es ist überhaupt in diesem Felde noch viel zu leisten, und das, was wir vom alten Schwelger Heliogabal und ähnlichen aus den Zeiten des entarteten Römerstaates lesen, und das viele Menschen mit dumpfen Erstaunen erfüllt, verdient unser Mitleid.

Es ist wohl überhaupt schwer, sich von den Speisen und Leckerbissen einer frühern Zeit, so fing ein andrer an, eine deutliche Vorstellung zu machen. Kocht man nach übriggebliebenen Recepten, so muß es wohl immer abgeschmackt ausfallen, so wie jenes Gastmal, das uns Smollet so launig in seinem Peregrine Pickle schildert.

Es fehlt immer, antwortete der Rath, der Handgriff, auf welchen doch alles ankommt, das feine sichre Maas, das nur aus dem Instinkt hervorgeht, und dann aus der Bearbeitung des Feuers, dessen reifende Eigenschaft sich niemals beschreiben läßt, sondern das jeder Koch nur durch lange Erfahrung, Takt und Beobachtung in seine Gewalt bekommen kann, vorausgesetzt, daß er zum Koch geboren ist. Das Wichtigste aber ist, daß unsre Zunge und Gaumen von Kindheit an zu bestimmten Empfindungen, Sympathieen und Antipathieen erzogen und gebildet sind, und daß oft das Beste, Richtigste und Edelste, wenn es, als Neuling, als noch Ungeschmecktes, scharf eintritt und sich dieser Störung des Vorurtheils widersetzt, oft verkannt und gelästert wird, bis fortgesetztes Studium alsdann auch das Fremde einbürgert, und oft von dieser neuen Erkenntniß die heilsamsten Einflüsse und Belehrungen wieder auf andre alte und neuerfundene Speisen übergehn, so daß sie dem Gaumen eine neue Saite aufziehn, die vielseitig und reizend tönt. Aber auch die Vorwelt, die Bildung unsrer Voreltern spielt in diese Tastatur unsers schmeckenden, prüfenden und genießenden Wesens hinein, und wie in der

Philosophie und Wissenschaft, in Staatsgeschichte und Verwaltung ist hier ein Continuum, das uns aus früher Vorzeit schon so und nicht anders gestimmt hat, welche Stimmung nur nach und nach, nicht durch Revolution, kann und soll modifizirt, aber niemals von Grund aus umgestürzt werden. Geschichte ist für den Menschen das Höchste.

Sie sollten selbst, sagte der Gast, eine solche Geschichte von den Nahrungsmitteln, der Kunst des Essens, und den geistigen Fortschritten derselben schreiben.

Wenn man selbst, antwortete der Rath, praktisch, so gern wie ich, und so viel arbeitet und sich neue Erfahrungen nicht gereuen läßt, so muß man dergleichen wohl den müßigen und mehr beobachtenden Leuten überlassen. Man kann nicht alles leisten wollen, ohne die ächte Thätigkeit zu hemmen und zu verkürzen.

Warum, fing jener wieder an, das ewige Schelten auf die Sinnlichkeit: warum gestehn sich die Menschen so selten, und auch dann nur ungern, die Freuden am Essen und Trinken?

Weil sie, sagte der Rath Helbach, eben nicht wissen, was sie wollen. Es ist mir immer merkwürdig und seltsam vorgekommen, daß in dem runden Kästchen, in welchem alle unsre feineren Sinne eingefugt und aufbewahrt liegen, und dem zugleich oben das Denkvermögen, die geistigen und edelsten Arbeiten der Seele anvertraut sind, dicht darunter die roth ausgelegte Schieblade eingesetzt wurde, mit feinen Warzen, die wie Kleinodien die tönende und zitternde Zunge und Gaumen belegen, vorn mit arbeitenden und schneidenden Zähnen versehn und vom anmuthigen Munde beschlossen. Speise ist nur ein andres Denken. So wird nun in dieses Kästchen alles, was an feinen und gröberen Essenzen erschaffen ist, Duft und Saft, das anschmiegende und feine Oelige, das scheinbar widerstrebende Knuspernde, das sich schnell in Wohllaut auflösende Geistige, auf die Capelle gebracht und geprüft. Nun

knirren und schneiden die Zähnchen, die so geschwätzige
Zunge wälzt und handhabt das Zermahlene, drückt es
freundlich und mittheilsam an den Gaumen, um ihm Freude
zu machen und selbst zu genießen, und wenn der zärtlichen
Bemühung genug geschehen ist, schiebet sie es fast unwillig
endlich hinten dem schluckenden Freunde zu, der eigentlich
den wahren Genuß davon hat, aber nur einen Moment, den
höchsten, und der es nun, sich aufopfernd, einer andern Kraft
resignirend übergiebt. Nun fängt zum zweiten, zum dritten-
male das Spiel an. Ich habe noch von keinem sich quälenden
Anachoreten gehört, daß er die Lust des Speisens, und wenn
er nur Brod genoß, hätte hindern wollen. Auch hat die gütige
Natur dafür gesorgt, daß es so gut wie unmöglich ist.

Fein bemerkt! erwiederte der Speisende.

Wir sehn auch, fuhr der Belehrende fort, wie diese Operation des Zehrens, Essens, Zerbeißens und Verschlingens
von der Natur in allen Reichen so wichtig genommen, und
ganz vorzüglich berücksichtigt ist. Wo blieben alle die Thier-
geschöpfe auf Erden, die umschweifenden Vögel der Luft, und
die Massen der großen und kleinen Bildungen des Wassers
und der Meere, wenn jeder nicht einen Wechsel, auf Sicht
zahlbar, auf den andern erhalten hätte? Es wechselt ja nur der
zwiefältige Prozeß, hervorzubringen und zu verschlingen. Der
König der Schöpfung, der Mensch, steht nun als Krone und
Endpunkt dieser vielgestalteten Gäste. Jene Subalternen, die
einer auf den andern, oder auf Pflanzen angewiesen sind,
schauen ihn mit bewundernder Ehrfurcht an, denn nicht blos
dieses und jenes, nicht blos Thier, oder Pflanze, nicht blos
Fisch oder Wild, nein, fast alles ohne Ausnahme weiß er, sich
an allen seinen Untergebenen beglückend, zu verspeisen. Nur
seines Gleichen, und mancher dienenden Vasallen, oder
deren, die aus Vorurtheil oder in der That, übel schmecken,
enthält er sich. Mit Feuer, das ihm gehorcht, mit starken

Geistern, Fett, Oehl und Gewürz, Pflanze und Thier alles
künstlich gemischt und chemisch verarbeitet, erschafft er dem
Gaumen wundersame Erzeugnisse. Indessen oben das Auge
weint, das Gehirn ob dem Auge rührende Sachen denkt, oder
sich und das Herz an Erhabenheit begeistert, die Nase, über
Hyacinthenflor gehalten, der Phantasie die süßesten Bilder
der Sehnsucht erweckt, lüstert und züngelt schon unten der
Mund nach dem Braten, oder der Leberpastete, die vorüber
getragen wird. Das empfindsame Fräulein füttert gerührt ihre
Täubchen, und derselbe Mund, der ihnen aus Gedichten die
artigsten Verse und Idyllen vorspricht, verspeiset dieselben
unschuldigen Wesen nachher mit vielem Wohlgeschmack.
Könnten die Thiere, so wie wir, beobachten, und es stünde
einmal ein Dichter unter ihnen auf, mit wie seltsamen Farben
müßte ein solcher den Menschen mahlen können.

Ja wohl, sagte der Freund, ein solcher, auf den Menschen
zurückgedrehter Spas, müßte sehr ergötzlich sein.

Wir sprechen, fuhr der Rath Helbach fort, von Universa-
lität, und in der Kunst, wo uns die Natur selbst angewiesen
hat, universell zu sein, ich meine in der des Essens, verschmä-
hen es so viele, und meinen sie sind edler, wenn sie die ganze
Wissenschaft mit Verachtung behandeln. Und doch fliegt der
Schwarm der Zugvögel, schwimmen die wandernden Fische
nur für unsern Gaumen in das Netz, und Luft, Klima und ferner Welttheil geht im Genuß in unserm Innern auf. Wer emp-
findet nicht in den Austern, wenn der Sinn für sie ihm geworden ist, alle Kraft und Frische des Meeres? O Spargel, wer
dich nicht zu genießen verstehst, der weiß nichts von den Geheimnissen, die die träumende Pflanzenwelt uns offenbart.
Kann man was von der Weltgeschichte oder Poesie wissen,
wenn man in allen diesen Naturgefühlen ein Fremdling ist,
und nicht einmal den Werth einer Schnepfe oder gar eines
Steinbutt zu würdigen weiß? –

Die übrigen Gäste hatten sich schon entfernt, die Mahlzeit war völlig beschlossen, und nur der Rath Helbach und seine beiden näheren und vertrauten Freunde waren sitzen geblieben, um diese und ähnliche Gespräche zu führen. Ich bewundere, fing der eine an, Ihre frische Jugendlichkeit, die Sie sich erhalten, Ihren fröhlichen Muth und diesen poetischen leichten Sinn. Wir übrigen alle sind so alt geworden und die Jahre drücken uns schon so schwer, indessen Sie noch scherzen und der Genuß Ihnen immer neu und reizend bleibt.

Wir sind jetzt unter uns, sagte der Rath, und darum darf ich wohl etwas aufrichtiger zu Vertrauten sprechen. Es ist wahr, dieser sinnliche Genuß erfreut mich und kann mich zu Zeiten über vieles trösten: aber ich bin der leichtsinnige Mann nicht, für den Sie mich halten, bin es vielleicht niemals gewesen. Fast jeder Mensch hat eine Maske, und so ist dies die meinige. Ich bewege mich bequem und leicht in ihr, und darum sehn sie so viele für meinen Charakter an. Meine Jugend war sehr traurig, ich konnte meine Eltern, die zu deutlich alle ihre Schwächen, ihre Verschwendung und Eitelkeit, mir und der Welt zeigten, nicht achten, und das ist für den Jüngling das fürchterlichste Gefühl. Denn Armuth und Elend, Entbehrungen aller Art lassen sich viel leichter ertragen: jenes Unglück aber zerbricht das Herz, bevor es noch ausgewachsen ist. So mußte ich denn reich sein, verschwenden, hoffärtig mich betragen. Treibe man nur etwas eine Zeit lang zum Schein, so wird es bald ein Theil unsers Wesens werden. Man ahme den Stotternden eine Weile nach, und man muß sich schon sehr zusammen nehmen, nicht im Ernste zu stammeln. Ich liebte, und war im Begriff, ein ganz andrer Mensch zu werden, denn meine Leidenschaft war ernst und heftig. Aber, neue Trübsal. Das edle Wesen, das auch bald meine Gattin wurde, konnte ihr Herz niemals zu mir neigen. Die stärkste Leidenschaft muß erlöschen, wenn sie keine Erwiedrung findet, und der Mensch hat dann schon genug gethan, wenn sich sein schönstes Gefühl nicht in Haß und Bosheit umsetzt. Mich warf es wieder in meinen scheinbaren Leichtsinn zurück, und um nur mein Unglück nicht zur Schau zu tragen, so wie meine sonst treffliche Frau, die dieser Schwäche nur zu sehr nachgab, ergab ich mich den tobenden Gelagen, der lauten Freude und unnützen Gesellschaften. Es ist oft ein Trotz in uns, halb edel und nicht ganz zu verwerfen, der die stärkere Natur von der Bekehrung und vom Besserwerden abhält, so sehr uns auch das Gewissen dazu ermahnt. Je unglücklicher ich mich fühlte, je mehr spielte ich den Glücklichen. Als mein Sohn geboren war, zog sich meine Gattin ganz von mir zurück und verkannte mich oft vorsätzlich. Ganz widmete sie Liebe und Sorgfalt dem Kinde, lebte nur für dieses, und bildete ihm Launen und Eigenwillen so stark aus, daß sie selbst am meisten darunter litt, und doch nicht Kraft genug besaß, den boshaften Eigensinn wieder zu brechen, den sie selbst dem Wesen erst anerzogen hatte. Mein Rath wurde nicht gehört, es war schon angenommen, daß ich das Kind so wenig lieben könne, wie ich sie verstehe und achte. Mir blutete das Herz, und doch konnte und durfte ich nicht mit Gewalt durchgreifen, wollte ich nicht vor ihr und der ganzen Welt für einen Unmenschen gelten, da ich schon Tyrann, gefühllos, leichtsinnig hieß, und aus Gewohnheit so nachgegeben hatte, daß ich mir selber oft so erschien. So wurde mein Sohn mir ein Fremdling, vorsätzlich und mit Kunst in allen seinen Gefühlen von mir entfernt, aber die zu weiche, zu leidenschaftlich liebende Mutter gewann nichts dabei, denn sie verlor ebenfalls das Herz des entarteten Wesens, auf das sie, als der Knabe erwachsen war, gar keinen Einfluß mehr haben konnte. Wie wild und unbändig er sich gezeigt hat, wissen Sie ja, wie elend die Mutter geworden ist, ist bekannt, aber mein Leben, Freunde, ist auch ein verlornes.

Ein Diener trat hastig ein, und rief den Rath ab, weil er nothwendig eiligst nach Hause kommen müsse, denn etwas Wichtiges sei vorgefallen.

Die Räthin Helbach saß in dem Schlafzimmer, das von dem Hofe her nur von einem dämmernden Lichte matt erleuchtet war. Ihre verweinten Augen waren starr auf das aufgeschlagene Evangelium gerichtet, sie las mit Andacht und betete. Da hörte sie Getümmel, der Diener wurde von jemand, den er abhalten wollte, kräftig zurückgestoßen, man riß die Thüre gewaltsam auf, und zu den Füßen der Frau stürzte ein Jüngling heftig nieder, ergriff die Hand der Erschreckten und bedeckte sie mit Küssen, indem ein heißer Thränenstrom aus seinen Augen brach. Erst nach einer Weile erkannte die Mutter den verloren geachteten Sohn. Eine gewaltige Rührung erfaßte sie: sie fragte: wo kommst du her? – Steh auf! – Unglücklicher, komm in meine Arme. – Mehr konnte sie nicht sagen. –

Sie verstoßen, Sie verabscheuen mich nicht? rief der Jüngling in der schmerzlichsten Bewegung: Gott! habe ich auch nur einen Funken Liebe noch von diesem edlen Herzen verdient? Bin ich auch nur noch eines Blickes würdig?

Sie hielten sich eng umschlossen, und konnten beide lange keine Worte finden. – Aber Mutter, sagte endlich der junge Mann, können Sie das Ungeheuer in Ihren Armen, an Ihrem Herzen halten, das damals – –

Nein, mein Sohn, mein geliebter Sohn, erwähne dieses entsetzlichen Augenblickes nicht wieder, den wir vergessen müssen. So stammelte die Mutter. – Ich weiß jetzt auch, daß ich dir damals Unrecht that, das Mädchen, das du liebtest, ist gut, wie es sich nachher erwiesen hat. Ich selbst hatte dich ja zu wenig gelehrt, deine Leidenschaften zu mäßigen. Laß jene Stunde wie einen schweren Traum auf immer aus unserm

Leben verschwunden sein! Aber wo kommst du her, wo warst du bis jetzt? Sie setzten sich, sie suchten sich beide in Leid und plötzlicher Freude zu fassen und zu beruhigen. Der Jüngling erzählte, indem er wieder von Zeit zu Zeit die geliebte Mutter umfaßte, oder ihre Hände küßte, wie er nach jener furchtbaren Stunde ohne Plan und Entschluß verzweifelnd umhergestreift sei, wie er, nachdem er von den letzten Mitteln entblößt war, in der Nähe des Gebirges den Entschluß gefaßt habe, den alten Balthasar aufzusuchen, um von diesem vielleicht Unterstützung zu erhalten. Da er aber von den Eigenheiten des seltsamen Mannes hörte und wie schwer es sei, ihm nahe zu kommen, so änderte er seinen Entschluß, machte unter dem falschen Namen Wilhelm Lorenzen mit dem Inspektor Eduard Bekanntschaft und wurde als Schreiber angestellt. Seine Geliebte zu sehn, die eine Reise unternahm, verließ er den Dienst, kam wieder, und entfernte sich von neuem, als er zu seinem Schrecken erfahren hatte, daß seine Mutter den Fabrikherrn besuche.

Jetzt eben, beschloß der Sohn, habe ich von einem Reisenden, einem ungarischen Mann, der in Eile vom Gebirge kam, eine höchst wichtige Nachricht vernommen. Ich wollte mich, dazu war ich unterwegs, auf Ihre Gnade und Ungnade zu Ihren Füßen werfen, als ich ihn im nächsten Städtchen traf. Erschrecken Sie nicht zu sehr, Herr Balthasar ist gestorben, plötzlich, am Schlage, ohne Testament wie jener Fremde für gewiß gehört hat. Das Haus, das Städtchen, die ganze Umgegend ist in der größten Verwirrung. O meine Mutter, wir sind alle glücklich, wir können alle gut werden, wenn Sie an meine Reue und Besserung glauben, wenn wir den Vater bewegen können, in den Vorschlag einzugehn, den ich ihm thun will. Ich weiß, Sie versagen mir jetzt Ihre Einwilligung zu meiner Verbindung mit Carolinen nicht mehr, die Einwürfe, daß ich und das Mädchen nur arm sind, sind gehoben, wir sind viel zu reich geworden, viel zu sehr, um uns selbst vertrauen zu dürfen. –

Man hatte, als man sich beruhigt und verständigt hatte, zum Vater geschickt, der ernster und bewegter eintrat, als es gewöhnlich seine Weise war. Wie erstaunte der Alte, seinen verlornen Sohn als gebesserten, vernünftigen, umarmen zu können. Er war für dieses freudige Erschrecken unvorbereitet. Auch die gerührte Mutter kam ihm mit mehr Vertrauen und Liebe entgegen. Der Tod des Jugendgeliebten hatte sie tief erschüttert.

Zum erstenmal war diese Familie einig und glücklich, und empfand in der Trauer eine reine Freude in Aussicht einer behaglichen und gesegneten Zukunft. Der Alte, der sich vornahm, nach dem Beispiel seines Sohnes anders zu werden, und die letzten Jahre seines Lebens anständiger hinzubringen, fand sich auch ohne Ueberredung darein, dem mündigen Sohn gerichtlich die unbeschränkte Verwaltung des Vermögens zu übertragen. Es ward beschlossen, daß der Sohn vorerst in Gesellschaft der Mutter hinaus reisen solle, um alles zu ordnen, später sollte die Braut und Frau des Sohnes ihnen folgen, der Vater zog es vor, in der Stadt zu bleiben, und seine Familie nur im Sommer zuweilen zu besuchen. So können wir, beschloß der Rath, ein fast verlorenes Leben noch wieder ergänzen und erhöhen, es in gegenseitiger Liebe und Einigkeit verklären. Meine Leibrente ist mehr als genügend zu meinem Unterhalt, und sollte es, wie ich nicht glauben kann, fehlen, so hilft mein Sohn mit mäßiger Beisteuer aus.

Oben im Gebirge war alles ruhig. Balthasar, so wie sein ungetreuer alter Freund waren begraben. Wilhelm, wie er vormals hieß, kam mit seiner Mutter an, um sich als Erben kund zu geben. Die Richter, so wie Eduard händigten ihm alles ein, und als die Uebergabe geschehen war, und Eduard mit der Räthin und dem Sohn nachdenkend allein im Zimmer waren, unterbrach Wilhelm das Stillschweigen: jetzt sind wir hier unter uns, mein lieber Eduard, und ich darf ganz frei mit Ihnen sprechen, und Ihnen, wenn Sie es so nennen wollen, für Ihre ehemalige Liebe dankbar sein. Als ich hier war, und einst beim Copiren mich verspätet hatte, ward ich im Vorplatz versperrt, die Hausthüre war geschlossen und ich mochte mich nicht melden, um keinen Aufruhr zu erregen, hauptsächlich aber, um Herrn Balthasar nicht zu erzürnen, dem solche Störungen sehr verdrüßlich waren. In der Nacht, indem ich mich still halten mußte, hörte ich den alten unglücklichen Mann in seinem Zimmer auf und nieder gehn, bald schwer seufzend, bald mit Aechzen und Klagelauten mit sich selber sprechen. Es waren nicht blos abgebrochene Laute und Ausrufungen, sondern er schien die Gewohnheit zu haben, manche Begebenheiten seines Lebens sich selber vorzutragen, als wenn er mit einem Unsichtbaren spräche. So vernahm ich von seiner Jugendgeschichte, seinen ungeheuren Leiden, aber auch von seiner Liebe zu Eduard, und welchen Theil seines Vermögens er diesem zugedacht hatte. Das Wichtigste aber, und was mich am meisten rührte, war, daß ich erfuhr, Röschen sei nicht eine angenommene, sondern seine wirkliche Tochter. Wie er sich anklagte, wie er die Mutter, die gestorbene bedauerte, und sein Kind bemitleidete, war herzzerschneidend. – Nun also, liebe Mutter und theurer Eduard, was bleibt uns übrig zu thun? Vor unserm Gewissen, wenn wir es uns redlich gestehen wollen, ist Röschen seine eigentliche, wahre Erbin, ihr gebührt der größte Theil des Vermögens. –

Nach dieser Erklärung behandelte die Räthin das schöne Kind als eine geliebte Tochter, und an demselben Tage, an welchem Wilhelm seine Verbindung feierte, wurde auch dem beglückten Eduard sein Röschen angetraut. Das Vermögen wurde getheilt, Eduard blieb der Führer der wichtigsten Geschäfte, und eine frohe, glückliche Familie bewohnte und belebte das alte Haus, das den finstern Charakter verlor, und oft Musik, Gesang und Tanz zur Freude aller Bewohner des Städtchens laut ertönen ließ.

Eigensinn und Laune.

Novelle.

Erster Abschnitt.

Es ist nicht selten, daß Männer, welche ihre Frauen verloren haben, als Witwer sich wenig fähig zeigen, Töchter gut zu erziehen, so wie es verwitweten Frauen fast unmöglich ist, Söhne richtig zu behandeln. Es scheint, als wirkte die Liebe, die in diesen Fällen fast immer eine ungehörige ist, zu einseitig. Man hat in Deutschland so viele Bibliotheken über die Wissenschaft der Erziehung geschrieben, und doch ist das *Verziehn* eigentlich nur durch diese zu einem System geworden, und wären nicht Leidenschaft, Schicksal und Unglück, welche sich so oft des verwahrloseten Menschen annehmen müssen, so würden die Folgen dieser überzarten, zu wissenschaftlichen und allzueiteln Verbildungs-Anstalten der Kinder noch viel trübseliger sein, als sie uns jetzt wohl schon oft genug und schmerzlich ins Auge fallen.

Dies ungefähr sagte ein alter strenger Mann seinem Freunde, dem reichen Banquier Runde, der mit großer Gutmüthigkeit dem Eifern des Rathes Ambach zuhörte und nur selten etwas erwiderte. Was du eben bemerkt hast, Freund, sagte Runde, nach einer Pause, ist gewiß sehr richtig; jenes Unsichtbare, welches außerhalb aller Berechnung liegt, unsere Hoffnungen wie Befürchtungen tausendmal Lügen straft, und das wir Schicksal oder Vorsehung nennen, muß wohl in allen unsern Anstalten das Beste thun und mit seiner feinen Geisterhand die rohen Blöcke unsrer Plane und Absichten in schöne Bildungen umgestalten.

Aber oft, rief der eifernde Ambach, zerschlägt und zerbricht es auch unsre bunten Püppchen, weil wir selbst das haben schnitzeln wollen, was jene göttliche Hand allein nur ausführen kann und soll.

Erzürnen wir uns nicht, sagte Runde und faßte die widerstrebende Hand seines Freundes. Ich kenne deine Wünsche und Pläne, und würde mich freuen, wenn sie sich realisiren ließen. Ich habe meiner Emmeline zugeredet, so oft und eindringlich, als ein Vater nur darf; aber da du ihren Charakter kennst, brauche ich dir nicht zu sagen, wie vergeblich alle meine Worte gewesen sind.

Und mein Junge, mein Ferdinand, rief der Alte und stand unwillig vom Stuhle auf, soll darüber zu Grunde gehn?

Du sagst selbst, antwortete der ruhige Mann, daß Unglück dem Menschen oft die wahre Erziehung oder Ausbildung gibt.

Ja wohl, rief der Alte unwillig und stieß mit dem Stock auf den Boden, da hat aber der Teufel (Gott verzeih mir die Sünde) so ganz verfluchte Sorten von Unglück geschaffen, die so niederträchtig miserabel sind, daß sie den tüchtigen Menschen nur auf eine ganz klägliche Art zu nichte machen. Und das elendeste in dieser Manier ist, wenn eine herzlose Coquette einen wackern Jüngling aus Langeweile und Nüchternheit so recht lüstern massakrirt, damit er ihrem verdorrten Herzen zum Labsal dienen und daß sie nachher sich und ihren gähnenden Gespielinnen erzählen kann: den und den habe ich dazumal mit auserlesener Kunst hingerichtet; ich bin im Stande, eine ungeheure Leidenschaft zu erregen! und dergleichen Dummheiten mehr.

Ich sollte böse werden, sagte der Banquier, aber ich kenne dich, es ist nicht dein Ernst, wenn du so übersprudelst. Hättest du Recht, so wäre ich ein unglücklicher Vater; aber ich danke dem Himmel dafür, daß er mir diese Tochter geschenkt hat.

Sie wurden vom Diener abgerufen, und Beide gingen in den Saal, in welchem die Tafel angerichtet und die Gesellschaft versammelt war. Der alte Baron Excelmann machte dem Wirthe höfliche Vorwürfe, daß seine Geschäfte ihm erst so spät zu erscheinen erlaubten, und Ferdinand, ein schöner Jüngling, eilte mit einem forschenden und fragenden Blicke zum Vater, dieser aber konnte, da man sich eben an die Tafel setzte, dem bekümmerten und aufgeregten Sohne keine Antwort geben. Erst, als alle Gäste ihre Plätze eingenommen hatten, bemerkte man, daß die Wirthin, die Tochter des Hauses, noch fehle. Siehst du, flüsterte Ambach dem verdrüßlichen Runde zu, welcher neben ihm saß: Sie kann mit ihrem Putze noch nicht fertig werden, oder sie thut es mit Fleiß, um erst vermißt und dann um so mehr bemerkt zu sein.

Der mürrische Alte hatte nicht so leise sprechen können, daß es ein sehr freundlicher, eleganter Mann von einigen vierzig Jahren, welcher ihm gegenüber saß, nicht sollte gehört haben; dieser sagte mit einer sanften Stimme: Ei, alter Herr, wie kannst du nur so menschenfeindliche Behauptungen aufstellen! Wenn sie sich noch schmückt, so geschieht es ja nur unsertwegen, und es ist ein Beweis, wie sehr das schöne Kind uns liebt und achtet.

Der alte Liebhaber, sagte Ambach halb zornig und halb lachend, bezieht Alles noch immer auf sich, als wenn er ein junger Knabe wäre, er trägt noch Puder und Frisur, was doch schon seit vierzehn bis funfzehn Jahren abgekommen ist, will jung sein, und ist doch hierin zurück geblieben und älter als wir Alten.

Die in der Nähe saßen, lachten und betrachteten den reichen Mann, welcher für einen Millionär galt, genauer. Sein sonderbares Aeußere, sein weiß gepudertes Haar, seine Seitenlocken, sowie seine übertriebene Eleganz, die aber durchaus einer ältern Zeit angehörte, gaben ihm das Ansehn einer

aufgeschmückten, vergoldeten und sorgsam aufbewahrten
Antiquität. Sein freundliches Wesen und seine Gutmüthigkeit
waren so groß, daß er über jeden Scherz, den man sich über
ihn erlaubte, lächelte, und so ward Grundmann von Allen geliebt, von Fremden und Bekannten oft um Hülfe angesprochen, wenn ihm auch keiner seiner Freunde große Achtung zu
beweisen schien.

Einige Damen hatten es übel empfunden, daß die Tochter
des Hauses nicht zugegen war, sie zischelten und flüsterten, indem sie sich bittre Bemerkungen erlaubten, als die Flügel der Saalthüre sich mit Geräusch öffneten und die ge-
schmückte Emmeline groß, schlank und majestätisch im
vollen Glanz ihrer Schönheit hereintrat. Sie neigte sich freundlich gegen die Gesellschaft, sprach im Vorübergehn einige
Worte und nahm dann ihren Platz neben dem Vater ein, dem
freundlichen Gesicht und gepuderten Kopf des Banquier
Grundmann gegenüber, indem ihr der zweite Nachbar, Baron
Excelmann, verbindlich Platz machte. Eine allgemeine Stille
war entstanden, weil jedes Auge von dieser Schönheit geblen-
det und Jedermann in Bewunderung und Entzücken schwieg,
indeß die Damen ebenfalls, von Neid angeregt, schweigend
das leuchtende Bildniß musterten, ob sie nicht an der Gestalt,
oder wenigstens an der Kleidung einen Makel entdecken
konnten. Erst spät wurde es Ferdinand inne, daß er stumm
wie bezaubert da saß, und eine tiefe Schaamröthe ergoß sich
über sein Antlitz. Indeß er aus seinen Träumen erwachte, um
bald wieder in andre zu versinken, lebte das vielfältige Gespräch wieder auf und Neuigkeiten des Tages, Einfälle, Politik
und Scherze löseten sich ab. Der Baron Excelmann suchte sich
seiner schönen Nachbarin gefällig und anmuthig zu erweisen,
und da sie ihn oft freundlich anlächelte, so war er überzeugt,
daß seine Bemühungen gelängen und dankbar anerkannt würden.

Am untersten Ende der Tafel saß ein bleicher junger Mensch, der von seinen Nachbarinnen und den übrigen Gästen nur wenig beachtet wurde, so sehr er sich auch bemühte, Spaß zu machen und die Aufmerksamkeit auf sich zu ziehn. Er war ein weitläufiger Anverwandter des Hausherrn, von schlechten Sitten, oft verschuldet, und von Gläubigern auf rohe Art gedrängt, welcher nach manchen mislungenen Lebensversuchen jetzt auf dem Comptoir arbeitete und die Geschäfte, welche sich auf den Haushalt selbst bezogen, verwaltete und ordnete. Da sein Vetter und Beschützer ihn wegen seiner Lügenhaftigkeit und leichtsinnigen Verschwendung selbst nicht achten konnte, so behandelten ihn die Besuchenden ebenfalls als einen Untergeordneten von oben herab, und einige wunderten sich selbst, daß der angesehene Mann diesen Verdächtigen an seinem Tisch, indem Fremde geladen waren, hatte Platz nehmen lassen. Friedheim, der sich für seine Lebensart schon gebildet hatte und die nöthige Unverschämtheit besaß, achtete die nachlässigen Blicke und zögernden Antworten nicht, sondern benahm sich so, als wenn sein Platz die Oberstelle der Tafel wäre.

Der Hausherr, welcher das Auge überall hatte, bemerkte wohl das vorlaute Wesen des jungen Friedheim und nahm sich vor, ihm einen billigen Verweis zu geben, wenn sie allein wären, ihm auch mehr Anstand und feinere Sitte zu empfehlen; am meisten aber bekümmerte ihn der Tiefsinn des jungen Ferdinand, welcher ganz in sich versunken schien und dessen Angesicht Spuren eines tiefen Grams und einer vielleicht gefährlichen Krankheit zeigten. Sein Nachbar, der Rath Ambach, sprach mit bekümmertem Zorn über den hinwelkenden Sohn, und der verständige Runde beschloß, noch heut ein ernsthaftes Wort mit seiner Tochter zu sprechen. Er wurde in seinen Betrachtungen gestört, als der reiche Grundmann aufstand und mit dem Baron Excelmann anstieß, um die schöne

Emmeline hoch leben zu lassen. Sie dankte mit einem verbindlichen, aber doch spöttischen Lächeln und ließ ihr Glas an die Kelche der alten begeisterten Herren klingen. Ferdinand fuhr aus seinen Gedanken auf, sah die geräuschvolle Anstalt, und mochte, da aus Höflichkeit auch der Vater des Mädchens dankte, die Begebenheit für eine erklärte Verlobung halten, denn er wurde leichenblaß und verlor das Bewußtsein. Er stand zitternd auf, wollte sich entfernen, taumelte aber im Schwindel gegen die Wand. Erschrocken sprang Ambach auf und rannte mit einem Ausruf zum Sohn, der in einen Sessel sank und erst nach einiger Zeit wieder zum Bewußtsein kam. Bediente liefen herbei und wurden geschickt. Da man schon beim Nachtisch war, erhob sich die ganze Gesellschaft und der junge kranke Mann wurde in einer Sänfte, welche sein trauriger Vater begleitete, nach seiner Wohnung gebracht.

Alles sprach natürlich über diese unerwartete Begebenheit, welche erschreckend den Frohsinn der Gesellschaft gestört hatte. Viele verließen das Haus, die Zurückbleibenden versammelten sich im Musikzimmer um Emmelinen, welche die Damen und Herren mit großem Eifer ersuchten, ihre schöne Stimme im Gesange hören zu lassen. Emmeline schickte nach dem jungen Friedheim, der kein ungeschickter Clavierspieler war, damit er sie auf dem Instrument begleiten könne. Sie sang mit voller und klarer Stimme einige der Lieblingsarien, die in der Mode waren. Gegen Abend verließen alle Fremde das Haus.

Runde war zu seinem Freunde Ambach gegangen, Ferdinand hatte sich erholt, er schien wieder Muth gefaßt zu haben und ganz gesund geworden zu sein, nachdem er vernommen, daß jene Verlobung Emmelinens nur eine Einbildung seiner Melancholie gewesen sei; doch war er entschlossen, das Haus, wo Emmeline wohnte, nicht mehr zu besuchen, oder lieber noch eine Reise zu unternehmen, damit er nicht in Gefahr gerathe, mit ihr in Gesellschaft zu kommen.

Vater! rief Emmeline dem Alten entgegen, du machst ja ein erschrecklich ernsthaftes Gesicht! Ist dir in deinen Geschäften etwas Verdrießliches begegnet? Denn das ist es ja doch, was euch Kaufleuten immer die schlimmsten Verstimmungen gibt. Gewiß hat es irgend einen bösen Bankrott gegeben. Nun, wie viel büßen wir denn ein?

Mein Kind, sagte der Vater mit gerührtem Ton, um ein Menschenleben handelt es sich hier, und du würdest mir viel Liebe zeigen, wenn du auf eine Stunde deinen Leichtsinn bei Seite thun, mich ruhig anhören und einmal wie ein vernünftiges Wesen dein Leben überdenken wolltest.

O weh! sagte Emmeline, eine ganze Stunde lang soll ich das sein, was ihr alten Leute vernünftig nennt? Könnten wir das nicht auf morgen verschieben? Da haben wir ja ohnedies den sogenannten Bußtag.

Es handelt sich um ein Menschenleben, sagte der Vater mit einigem Unwillen: mit dem Ferdinand wird es ernst; er ist in einem elenden Zustande. Das kann nicht mehr so dauern. Der Alte, so oft er mich sieht, macht mir die bittersten Vorwürfe.

Nun so rede, Väterchen, sagte Emmeline. Sie ordnete sich auf dem Sofa die Kissen, um recht bequem sitzen und sich anlehnen zu können, dann faltete sie die Hände, als wenn sie einer Predigt zuhören wollte, und sagte mit andächtiger Miene: Nun? – Doch halt! rief sie plötzlich, sprang auf und hängte ein Tuch über den Käfig ihres Canarienvogels; der kleine Schwätzer überschreit dich sonst in deinen erbaulichsten Betrachtungen – sagte sie, indem sie wieder ihre vorige Stellung einnahm.

Der Vater rückte mit seinem Stuhle näher und sagte: Sieh, mein Kind, ich meinte schon seit einem Jahre zu bemerken, wie dir der Ferdinand nicht gleichgültig sei; der Jüngling ist schön, wohlerzogen und liebt dich herzinnigst. Er besitzt Talente, hat schon ein Amt und wird von der ganzen Stadt, so jung er auch noch ist, hoch geehrt. Es kann ihm nicht fehlen, dereinst im Staat ein bedeutender Mann zu werden. Dazu steht ihm Reichthum zu Gebot, da er nur der einzige Sohn ist; die beiden Landgüter, die er einmal erbt, sind im besten Zustande. Er war schön und wohlgebildet, und kränkelt nur jetzt aus Gram über die sichtliche Gleichgültigkeit, mit der du ihn seit einiger Zeit behandelst. Wenn es dir möglich ist, mein süßes, mein angebetetes Kind, so laß die ehemalige Zärtlichkeit für ihn in deinem Herzen wiedererwachen. Du machst ihn, seinen Vater und mich unaussprechlich glücklich. Er wäre mir von allen Männern, die ich kenne, der liebste Eidam. Wenn er dir aber zuwider ist, so war es sehr Unrecht von dir, ihm früher so unzweideutige Beweise deiner Gunst zu geben; denn es fiel in die Augen, wie du ihm den Vorzug vor allen deinen alten und jungen Bewerbern einräumtest.

Väterchen, unterbrach sie den Alten, du weißt gar nicht, wie sehr du gegen meinen Vortheil sprichst, ja selbst zum Nachtheil deines jungen Schützlings. Dieser menschenfreundliche junge Mann, der immer recht hübsch gewesen ist, hat ja durch seine Melancholie und kränkliches Wesen in der ganzen Stadt an Theilnahme außerordentlich gewonnen. Er hat so sehr im Interessanten zugenommen, daß er Mode geworden ist. Wer sprach wohl im vorigen Jahre von Ferdinand Ambach? Jetzt ist er das allgemeine Gespräch. Wenn er wo vorübergeht, rennen die jungen Mädchen ans Fenster, um den gedankenreichen Schwermüthigen ins Auge zu fassen. Ich versichere dich, unter allen Schönheiten hier, selbst unter den reichsten, hätte er nur die Auswahl, so stolz würde Jede darauf sein, ihn, den Tiefsinnigen, Blassen, unendlich Verliebten zu erobern. Durch seine Ohnmacht von heut steigt sein Werth nun noch um das Doppelte. Vielleicht hat man ihn schon gar todt gesagt. Es ist nicht unmöglich, daß ein Freund des Wunderbaren einen Zeitungsartikel aus der Begebenheit macht, oder in einem literarischen Blatte sich darüber vernehmen läßt und ankündigt, wie hier bei uns ein wirklich wahrhafter noch lebender Werther zu sehen sei. Und allen diesen Ruf, diese Glorie des Wunderbaren sollte ich unserm Ferdinand rauben, um einen ordinairen alltäglichen Ehemann aus ihm zu machen?

Deine Art und Weise, Kind, fiel der Vater ein, misfällt mir durchaus, ja es schmerzt mich diese Gesinnung, die hoffentlich nicht so die deinige ist, wie leichtsinnige Worte sie aussagen. Ist es dein Ernst, diesen jungen trefflichen Mann niemals zu heirathen, so wende dich zu einem ältern und durch seinen großen Reichthum bekannten und ausgezeichneten Mann. Mit Grundmann könntest du, wenn du einmal junge Leute verschmähst, so glücklich sein, daß dich alle Damen der Stadt und des Landes beneiden müßten. Dieser Mann ist so sanft und gefällig, er ist dir so ergeben, daß er jeden deiner Wünsche, auch den ausschweifendsten, befriedigen würde. Ist es nicht ein wahres Glück, in einer so sichern Lage zu sein, daß man sich nichts, gar nichts zu versagen braucht? Das können selbst Fürstinnen nicht erreichen, denn sie sind von Etikette, Ceremoniel und tausend Rücksichten umschränkt und beengt: ihr Einkommen, so groß es sein mag, wird in hundert Kanälen, denen sie den Zufluß nicht versagen können, abgeleitet; es giebt Momente, in denen sie, vorzüglich wenn ihre Natur eine gütige ist, selbst um kleine Summen verlegen sind. Dies Alles hättest du niemals zu besorgen. Und dieser Mann, dessen höchstes Glück dein Besitz wäre, würde nur dein stets ergebener Diener sein; ihm ist kein Opfer zu groß, er wäre fähig, für dich Hand, Arm und Fuß hinzugeben, oder sich deinetwegen foltern zu lassen, ohne nur einen Laut der Klage auszustoßen.

Es ist wohl möglich, sagte Emmeline, daß der ausbündige Mann so großer Opfer fähig wäre, aber gewiß würde er meinetwegen nicht seine schön gepuderte Frisur ablegen. Jede Haushaltung, in der sich ein hübsches Zimmer mit Porzellan, Tapeten und Mahagoni-Meubles befindet, müßte sich eigentlich auch einen solchen bunten, klaren, angenehmen Grundmann anschaffen. Wenn ich ihn hätte, so setzte ich ihn neben dem rothseidnen Sofa auf unsern Armstuhl, der mit der schönen Stickerei himmelblau, roth und gelb erglänzt und die leuchtenden goldenen Knöpfe hat. Grundmann's hübsches röthliches Gesicht, die scharf abgeschnittne weiße Frisur, die angenehmen Seitenlocken, die feinen weißen Hände und langen Finger machten sich dann sehr anmuthig, nur würde ich ihm, statt seines Zopfes, einen kleinen Haarbeutel in den Nacken hängen. Um den Kragen des Rocks und die Aufschläge, vorn am Kleide herunter, müßten goldne Tressen genäht werden, die Kniegürtel müßten auch golden sein und die Franzen derselben auf den weißen seidnen Strumpf herniederbaumeln. Der Rock selbst müßte rother oder violetter Sammet sein, die Knöpfe mit Brillanten besetzt, Busenstreif und Manschetten die feinsten Spitzen, die Weste Drapd'or, mit himmelblauen Blumen eingelegt. So säße er lächelnd im Stuhl, und wenn ein Fremder käme, fragte man: Sie haben doch auch einen Grundmann? – O ja, wie dürfte der fehlen, aber er ist nicht so kostbar als der Ihrige. – Eigentlich, sagt dann eine andre Dame, muß er neben dem Kamin sitzen, recht hübsch ruhig, und über ihm nicken dann die Pogoden von Porzellan und verdrehen die Augen. – In ärmern Haushaltungen fände man dann unechte, oder Patent-Grundmänner, und wenn die Mode einmal wieder vorüberginge, kämen sie allzumal in die Auction, oder die Engländer kauften sie ein wie die alten Drucke und Holzschnitte. Nun siehst du aber doch, denkender Vater, daß ich mich unmöglich mit solchem hübschen Meuble, oder einer Hauspuppe verheirathen könnte.

Ich möchte fortgehn, rief der Vater, und gar nicht mehr von ernsthaften Dingen mit dir sprechen.

Und doch lächelt er, sagte Emmeline und faßte seine Hand; zwinge dich nicht, Väterchen, denn ich sehe ja, wie du das Lachen verbeißen mußt. Der Alte lachte wirklich laut auf und setzte sich wieder nieder. So darf ich wohl kaum, sagte er dann, dir noch von dem Baron Excelmann sprechen? Ist er auch nicht so reich wie Grundmann, so steht er doch schon jetzt auf einem hohen Posten, der König schätzt ihn sehr, und er wird nächstens als Gesandter von hier gehn. Reizt es dich denn nicht, Excellenz titulirt zu werden, bei Hofe dich vorstellen zu lassen, zu den vornehmsten Gesellschaften zu gehören?

Das kenne ich schon, sprach Emmeline, seine Rede unterbrechend. Als wir in Hamburg waren, fuhr ein Holländer mit einer großen Wasserkufe durch die Stadt und zog mit Geschrei von Zeit zu Zeit einen ansehnlichen Seehund bei den Ohren aus dem Gefäß, den er den Umstehenden für Geld zeigte, das er nachher einsammelte. Alle freuten sich über das dort selten gesehene Thier, und nur ein ehrbarer Bürgersmann schien zweifelhaft und fragte: was haben wir denn aber nun gesehn? Ist es denn ein Fisch oder ein Thier? Der Holländer, welchen diese wissenschaftliche Forschung überraschte, sagte nach einigem Besinnen in gebrochenem Deutsch: natürlich, Mann, nach dem Wort See ist er Fisch, und nach Hund ein Thier, und darum heißt er Seehund, weil er beides zugleich und deshalb keins von beiden recht ist. So würde mir es auch als Excellenz ergehen. Unter den Altadeligen wäre ich verlegen, und auf dem Trockenen, und die See der Bürgerlichkeit genügte dem armen verwöhnten Thiere auch nicht mehr, mein Vermögen würde gebraucht, um den Glanz meines Mannes zu vermehren, der es mir doch nicht dankte, sondern sich noch obenein meiner bei hundert Gelegenheiten schämte. Daß er durch mich dann hie und da verlegen erschiene, wäre mir aber gar nicht gelegen. Besser der Seehund ganz im Wasser, als so gelegentlich bei den Ohren herausgezogen und für Geld gezeigt zu werden.

In der Thorheit ist doch Vernunft, sagte der Alte, und wenn in der Uebertreibung einige Wahrheit ist, kann ich dir nicht ganz Unrecht geben. Nun begreife ich auch etwas mehr, warum du im vorigen Jahre den Grafen ausschlugest, der jetzt hier Minister geworden ist. Ich würde mich zwar sehr geehrt fühlen, einen solchen Eidam zu haben, und der Graf ist wirklich ein menschenfreundlicher Mann, der an den Vorurtheilen seines Standes nicht so fest zu hängen scheint.

Brauche nicht so häßliche und anstößige Ausdrücke, Vater, wie »hängen«, wenn du von so großen, vornehmen Leuten sprichst. Die Devotion und auch die gute Lebensart verbietet dergleichen. »Er erhöht dadurch seinen Adel, daß er das Bürgerthum ehrt.« So ungefähr mußt du dich aussprechen.

Willst du denn aber gar nicht heirathen? –

Emmeline stand auf und sagte feierlich: Lieber, verehrungswürdiger Herr Vater, bis jetzt habe ich dich angehört, nun ist es an mir, dir eine Rede zu halten, darum nimm du jetzt meinen Platz im Sofa, und ich setze mich auf diesen Stuhl, schlafe aber nicht ein, denn mein Bestreben muß sein, dich zu erbauen und zu überzeugen.

Man muß die Thörin gewähren lassen, sagte der Alte, indem er sich fügte. – Mein Herr und Vater, fing sie hierauf an, wie soll ich es anfangen, dir eine Sache, eine Gesinnung, eine Gemüthsart deutlich zu machen, die doch so klar ist, und dich von etwas durch Ueberredung zu überzeugen, was sich eigentlich von selbst versteht? – Was die Welt regiert, ist die Macht, die Weisheit, die Klugheit und List oder Kriegsglück und

Heldenthum. Derjenige, der mit Charakterstärke und Einsicht begabt ist, und dem Glück nur irgend beisteht, rangirt in den Augen der Welt neben Königen und Kaisern. Diese haben den Vortheil, daß ihnen schon durch die Geburt die Glorie mitgegeben wird, vor der die Menschen sich alle neigen, beglückt oder beängstigt sind von der Nähe und tief durchschauert von Hochachtung und Ehrfurcht, wenn ein Blick sie trifft, oder gar ein freundliches Wort in ihren Busen dringt. Welcher Glanz umgiebt den Helden! Jedes Umsehn verlangt die Huldigung der Welt, die ihm auch im eiligen Entgegenkommen geboten wird. Diese dämonische Kraft oder geistige Weihe begleitet den großen Poeten oder Schriftsteller. Erinnerst du dich noch, wie exaltirt, erfreut, bewegt alle Welt war, als jener Dichter uns seine Gegenwart gönnte? Der Stolzeste, Anmaßendste hat in seiner Seele das ewige Bedürfniß, sich auch einmal zu demüthigen, gläubig zu verehren. Und was bleibt uns, wenn wir nicht Herrschende, Prinzessinnen sind? Wir gehören nur zur Masse, zum Volke, sind ein Nichts, und weder im Staate noch in der Wissenschaft sollen unsere Stimmen etwas gelten. Aber hier tritt in scheinbarer Demuth Etwas auf, das sich oft allem Andern gleichgestellt und nicht selten es sogar besiegt und überflügelt hat. Die Schönheit nämlich. Die Frau, die diese wahrhaft besitzt, das Mädchen, welches in diesem Schmuck einhergeht, beherrscht eine Legion von unsichtbaren Geistern, die sie als ihre Diener unter die Scharen der Sterblichen sendet, um die Größten oder Hoffärtigsten zu unterjochen. Denn Jedermann, er habe Namen wie er wolle, beugt sich vor dieser Krone der Schönheit. Winke, Lächeln, flüchtige Worte, Scherze, Tadel fliegen als ebenso viele Herolde umher und belohnen oder bestrafen. Eine schöne Jungfrau ist mehr als eine Sterbliche. Jedermann, der sich ihr naht, sei er noch so hölzern, tritt in das Reich der Poesie, in einen Zaubergarten. Aber weil diese Herrschaft so zarter und geistiger Natur ist, kann sie auch nicht von langer Dauer sein. Die Schönheit welkt, das Alter zerbricht nach und nach alle diese Zauberstäbe: die Göttin zieht schwermüthig ein Glanzgewand nach dem andern von den nicht mehr leuchtenden Schultern, und eine verdrüßliche Alte, oder eine langweilige Hausfrau bleibt übrig. Alle Welt und auch mein Spiegel sagt mir, ich sei schön. Ich glaube es nur gar zu gern. Und diese Herrschaft, diesen Zustand der Herrlichkeit soll ich gegen eine ganz armselige Existenz austauschen? Jeder, der von mir weiß, weiß auch, daß ich jetzt noch nicht heirathen will, daß ich davor zittere, so früh und mit eigenem Vorsatz zu verwelken. Bin ich nun Diesem und Jenem freundlich, weil er mir wohlgefällt, scherze ich mit einem Andern, weil er witzige Antworten zu geben weiß, spreche ich mit einem Dritten ernsthaft, weil ich von ihm lernen kann, so schwören alle diese darauf, ich hätte ihnen meine innigste Liebe und Treue zugesichert, und verwundern sich nachher über die Gebühr, wenn ich von ihren unvernünftigen Erwartungen keine Notiz nehme. Jeden soll ich heirathen, dem ich gefalle? Und gegen Jeden bin ich grausam, treulos und meineidig, den ich nicht mit Grobheit von mir weise? Wir leben in einer verkehrten Welt. Und, möcht' ich hinzusetzen, in unserer Bestimmung, in der Natur selbst ist unendlich viel Verkehrtes. Ich kann mich in manchen Stunden vor alle Dem entsetzen, was die Menschen natürlich, anständig, gut und selbst heilig nennen. Wenn ein Mädchen in der Leidenschaft die Folgen ihrer thörichten Hingebung ertragen muß und ihren Zustand nicht mehr verheimlichen kann, da schreit alle Welt Zeter, alle Bekanntschaften sondern sich von ihr ab und verleugnen sie; geschieht dasselbe mit Wissen der Verwandten und Angehörigen, ist die wunderliche Sache in das Kirchenbuch eingeschrieben, dann kommen Greise und Matronen und wünschen mit runzelvollen Angesichtern und religiöser Salbung

Glück. Und, magst du mich schelten, ich für meine kleine Person bin gar nicht im Stande, den großen Unterschied hiebei einzusehen. Und was diese Schwärmer, diese Ferdinande heilige Liebe, Entzückung, Platonismus, Anbetung nennen – wie graut mir vor dieser Ziererei und den lügenhaften Phrasen, wenn ich fühlen und einsehen muß, daß sie nur jene, mir ganz widerwärtige Verbindung meinen und wollen, die meine Schönheit, um derentwillen sie mich doch nur verehren, ertödtet, mein Leben in Gefahr setzt, mir mindestens, im besten Fall, ungeheure Schmerzen zubereitet, um durch diese sogenannte Liebe alles das einzubüßen, weswegen ich ihnen jetzt wünschenswerth erscheine.

Kind! Kind! rief der Alte, und sein Gesicht hatte sich ganz verfinstert, was muß ich von dir hören? Woher kommt dir der Geist der Empörung? Laß wenigstens Niemand anders dergleichen unschickliche Worte vernehmen. –

Ich bin ja, lieber Vater, in dem großen, bösen und guten Jahre 1789 geboren, daher kommt auch meine Widersetzlichkeit gegen das Herkommen und alle die Ordnungen, die die Menschen für so wichtig und nothwendig achten. Ich bin mit allen Männern gern freundlich, es gefällt mir, wenn sie mich vorziehen, wenn sie sich meiner Nähe erfreuen; ich selbst ziehe sie den Weibern vor, aber an die Ehe mit irgend einem von ihnen kann ich nicht ohne Grauen denken. – Mache nicht so verdrüßliche Mienen, Vater; kommt es einst dazu, daß diese sonderbare Leidenschaft mich ergreift, daß ich so liebe und rase, daß mir diese Verbindung anders erscheint und zur Ruhe meines Lebens nothwendig wird, so sollst du es gewiß sogleich erfahren, und wir wollen dann zur Trauung schreiten.

Du machst mir wenigstens eben so viel Kummer als Freude, sagte der Alte: – wenn ich nun sterbe, und du bist noch nicht vermählt.

Wir haben ja Freunde, erwiderte Emmeline, und ich werde
ja mein Väterchen, das so gesund und stark ist, nicht so bald
verlieren. Aber die Reise, die mir schon seit so lange versprochen ist? Das Jahr ist so schön, die Menschen hier werden
langweilig: was kann uns noch abhalten?

Wir wollen fort, sagte der Alte, obgleich es nicht ganz klug
sein mag. Die Stellung des Königs von Holland macht mich
besorgt. Wir haben schon so Vieles erlebt, und immer rascher
drängen sich die Begebenheiten; gewiß dürfen wir aber noch
in vielen Jahren auf keinen dauernden Frieden rechnen.

Also recht bald! rief Emmeline und umarmte den Vater
mit Herzlichkeit, der sich kopfschüttelnd und vielerlei bei
sich überlegend von ihr entfernte.

Der Rath Ambach hatte sich von seinem Schreck erholt, und
sein Sohn war wieder ganz hergestellt. Jener sonderbare Anfall war vorübergegangen, ohne andere Folgen zu veranlassen. Der Rath war über seinen alten Freund, den Banquier
Runde, sehr erzürnt, noch mehr über dessen leichtsinnige
Tochter. Sie ist völlig herzlos, rief er aus, schadenfroh, ihre
Freude würde sein, wenn du dir eine Kugel durch den Kopf
jagtest, damit in der Stadt nur recht viel von ihr die Rede
wäre. Diese Wesen sind wie der Basilisk; sie vergiften mit den
Augen.

Lieber Vater, erwiderte der Sohn, ich werde meine Leidenschaft gewiß überwinden, aber weil sie sich so nach und nach,
ohne daß ich es merkte, meines ganzen Wesens bemächtigt
hat, weil dies meine erste Liebe ist, so ist es nothwendig, daß
mein Gemüth durch und durch erschüttert, daß mein Leben
fast zerstört wurde. Sie nennen Emmelinen schlecht. Ich weiß
sie nicht zu vertheidigen. Unser Herz ist ein wundersames und
unergründliches Wesen. Ich kann sie nicht böse oder schlecht

heißen. Unheilbringend, ja: aber vielleicht ist sie es ohne Vorsatz, wie diese Blume angenehm duftet und die Sinne stärkt, jene mit Farben glänzt, aber in der Nähe betäubt. Ich hoffe, ich genese durch diese Erschütterung, die alle Fugen meines Wesens zu zerbrechen drohte, zum Mann. Ich danke Ihnen, daß Sie jetzt Ihre Erlaubniß zu meiner Reise, daß Sie mir so freundlich die Mittel dazu gegeben haben. Heiter und lebenskräftig werde ich dann von London und Paris zurückkehren, um die Arbeiten meines Amtes wieder zu übernehmen.

Und du willst sie noch einmal sehen? Abschied von ihr nehmen? Wird der Widerhaken sich nicht tiefer und reißender deiner Brust einbohren?

Gewiß nicht, mein Vater, ich werde sie jetzt mit ganz andern Augen betrachten. Seit gestern ist mir überhaupt das ganze menschliche Leben in einer andern, viel ernstern Gestalt erschienen. Es dünkt mir jetzt tadelnswerth, auch in der Jugend die Liebe zur Aufgabe desselben zu machen. Dieser letzte Krampf meines Irrthums, meiner Verblendung, oder wie ich es nennen mag, war wohl nothwendig, damit ich einsehe, wie weit weg ich von der Wahrheit verschlagen war.

Du bist fast zu vernünftig, sagte der Rath, als daß ich schon an deine beginnende Heilung glauben könnte. Aber ich vertraue dir; so siehe denn der bunten Schlange noch einmal ins Auge, und wenn der Zauber sich nicht erneuert, so will ich dem Schicksal und der gesunden Vernunft mein Dankopfer bringen.

Ferdinand fand Emmeline allein an ihrem Clavier. In dem leichten weißen Morgenanzuge war sie unendlich reizend. Sie kam ihm mit der unschuldig naiven Miene entgegen, die ihn zuerst in Fesseln geschlagen, die ihn früher von ihrer Arglosigkeit und schönen Herzenseinfalt so fest überzeugt hatte. Als sie ihm die Hand gab, fing er an zu zittern, er bezwang sich aber und setzte sich ihr ruhig sprechend gegenüber. Sie schien anfangs darüber verwundert, daß sein Benehmen so fest und gelassen war, daß er sich nicht leidenschaftlichen Ausbrüchen hingab. Ich komme, sagte er nach einigen unbedeutenden Reden, um Abschied zu nehmen.

Sie wollen reisen, so hört' ich, erwiderte Emmeline, – aber wohin? Zuerst nach Paris, und dann über Amsterdam nach London. Von dort werde ich erst, wenn sechs Monate, die man mir bewilligte, vorüber sind, wieder hierher zurückkehren. Es ist nothwendig, daß ich mein Leben erneue, ganz fremde Gegenstände, Menschen und Länder sehe, um nicht in mir selbst am Elend zu verschmachten. Ich muß mich Ihnen und Ihrem Anblick auf lange entziehn, um mich selbst, mein Gemüth und Herz wiederzufinden.

Sehr löblich, sagte Emmeline, und ich danke Ihnen, daß Sie mir Ihre Reiseroute mitgetheilt haben, damit wir uns nicht irgendwo begegnen, denn ich werde mit meinem Vater ebenfalls reisen, und in diesen Tagen, aber nur durch Deutschland, und höchstens bis in die Schweiz. Ich wünsche, daß wir Beide gesund und frisch in unsre Vaterstadt zurückkehren.

Ich hoffe zu vergessen, sagte Ferdinand mit schmerzlichem Ton, und kann es doch nicht wünschen oder es mit Freuden hoffen: denn war diese Täuschung nicht mein schönstes Glück? Ich habe, bevor ich diese furchtbaren Schmerzen kennen lernte, einen so seligen Traum durchgeträumt, daß alle Freuden des wachenden Zustandes dagegen nur nüchtern sein müssen.

Ich verlöre, antwortete sie, ungern Ihren Umgang, wenn Sie nicht an meine Freundlichkeit Foderungen geknüpft hätten, die ich nicht erfüllen kann. Mir ist es überhaupt ein Räthsel, warum sich aus einem heitern Umgang von Mädchen und jungen Männern etwas Unglückliches, Wildes und Verderbliches entwickeln soll. Ich weiß es recht gut, Sie nennen mich, Herr Assessor, eine Coquette, wie ihr Männer denn für Alles gleich Namen in Bereitschaft habt. Und ist etwas erst getauft, so glaubt ihr es dann auch nach eurer Benennung zu kennen. Der Name, die Bezeichnung sind es aber eben so oft, die irre führen. Man weiß von mir, denn ich habe dessen kein Hehl, daß ich einen Widerwillen gegen die Ehe hege: jedermann darf doch gewiß darüber denken, wie es ihm gefällt. Kein Mann kann sagen, daß ich ihm die Heirath versprochen, daß ich ihm Treue zugeschworen, oder daß ich ihm nur gesagt hätte, ich liebe ihn oder sei in ihn verliebt, oder wie die Ausdrücke nun so lauten. Sie, mein Freund, gefielen mir im Umgang, wie so mancher liebenswürdige Mann: ich kann nicht spröde geizen mit einem freundlichen Blick, einem Händedruck, einem Lächeln oder Scherz, weil ich diesen Kleinigkeiten keine innere geheimnißvolle Bedeutung gebe, wie es jene wahren Coquetten thun. Was kann ich nun dafür, wenn ihr jeder Aeußerung meines Wohlwollens oder meiner Freundlichkeit eine falsche Ausdeutung gebt? Mit einem Händedruck soll ich mich verpflichtet haben, eine wilde Leidenschaft zu theilen, und mich dem Egoismus meines Bewerbers aufopfern? Ein Anderer sagt, weil ich ihm freundlich gelächelt, indem er mir von Liebe gesprochen, und ihn nicht zur Thür hinausgewiesen, habe ich ihm ebenfalls meine ewige Liebe zu ihm gestanden. Eben weil ihr alle leidenschaftlich seid, meine Freunde, ist keine Vernunft, kein Menschenverstand in euern Reden.

Nach einigen Worten nahm Ferdinand Abschied. Er hatte wieder gefühlt, wie viel er verlor, indem er die Hoffnung auf dieses schöne Wesen aufgeben mußte. Emmeline war ganz gleichgültig und sehr munter und gesprächig, als einige junge Freundinnen sie besuchten.

Die übermüthige Jugend fiel darauf, einige neue Tänze einzuüben, die seit Kurzem Mode geworden waren. Erst spielte ihnen Emmeline; da diese aber auch ihr Talent im Tanz versuchen wollte, so wurde der junge Friedheim, dessen Geschicklichkeit man kannte, beschieden, ihnen aufzuspielen.

Seine Arbeit auf dem Comptoir war eben geendigt, und er erfreute sich um so lieber der schönen Gesellschaft, die sein leichtsinniges Wesen mit Freundlichkeit aufnahm, als er eben von schwierigen Berechnungen aufgestanden war.

Man wurde des Tanzes auch bald müde, und da man das Talent des jungen Friedheim kannte, so ersuchten ihn die Mädchen, einige bekannte Männer in der Stadt zu copiren. Man brachte einen Schirm herein, hinter welchem der mimische Künstler seine Schminke, Puder, Kleider und falsche Haare, nebst Spiegel und dergleichen hinstellte, um dort seine eiligen Verkleidungen bewerkstelligen zu können. So trat er nun als der bekannte Burgemeister herein, dann als der Minister der Finanzen, und die schönen Kinder freuten sich von Herzen, indem die Persönlichkeit achtbarer Männer ihnen auf satirische Weise preisgegeben wurde. Nun aber, rief Emmeline, spielen Sie uns einmal den Baron Excelmann, denn jene Herren sind uns und Ihnen doch nicht so bekannt, wie es dieser Freiherr ist. Friedheim ging hinter seinen Schirm und kam dann mit feierlichem Schritt und langsam, zierlich auf einen Stock gestützt, herein; er grüßte, sich tief verbeugend, und zog, wie es die Gewohnheit des Barons war, die Stirn in viele Falten. Langsam richtete er sich auf, und sagte halb stotternd und dann wieder schnell die Worte herauspolternd: Freut mich sehr – sehr – ungemein – so zu sagen sehr, eine so freundliche, schöne und auserlesene Gesellschaft hier anzutreffen; denn – um nicht zu viel zu sagen, – weil – ja gewiß bin ich der Meinung – man müßte weit reisen, – weit, – wenn dies auch ein relativer Begriff ist, – um so viel Geist, Schönheit, Anmuth, Witz in einem einzigen Zimmer oder Saal, so zu sagen, Salon, anzutreffen und zu finden, wie ich schon vorher bemerkte und zu beobachten Gelegenheit hatte.

Alle lachten laut: Getroffen, rief Josephine, zum Verwechseln! O, diese Kunst, zu reden und nichts zu sagen, die einem Diplomaten so nothwendig ist. Fahren Sie fort.

Friedheim verbeugte sich wieder, die Stirn in viele Falten legend, erhob den Kopf dann, drückte die Augen zu und riß sie plötzlich gewaltsam auf, indem er auf den Stock gelehnt sich bedeutsam umsah, und dann mit feierlichem, ernstem Tone sagte: – Ja! – Und, wie ich eben ausdrücken wollte – ja !! – Ich – so will es mein Fürst, – soll reisen – reisen – nun freilich – ja – ich werde reisen – aber wohin ich auch komme, im Dienst meines Herren und des Vaterlandes, – immer – das heißt jedesmal, stets, nicht selten, oft, fast in jeder Minute – also immerdar – und das ist nicht zu viel gesagt – werde ich diesen Kreis, – selbst in der erhabensten Umgebung – gleichsam vermissen, und wünschen – wenn Wünsche gegen das Schicksal und meine Bestimmung etwas vermögen, – daß ich hieher – wieder einmal – oder einst – so zu sagen in Zukunft, – heißt das, wenn meinem Vaterlande dadurch kein Nachtheil widerführe, – hieher – wenn auch nicht grade in dieses Haus – zurückzukommen – oder, wenn mein Verhängniß anders beschließt, – hier, – wo mein Herz so gern weilt, – oder mein Gemüth – Sinn – enfin, mein sogenanntes Selbst – nicht ganz vergessen zu werden.

Nun lächelte er, mit der Brust vornüber gebeugt, fein und sinnig, im zunehmenden Ausdruck, der am Ende in ein Grinsen ausartete und dann plötzlich in den starrsten Ernst, wie durch eine springende Feder zurückschnappte, sodaß selbst die laut lachenden Fräulein einen kleinen Schreck empfanden. Während des feineren Lächelns hatte der Darsteller den goldenen Knopf seines Stockes gestreichelt, und, als der Ernst eintrat, ihn bedeutungsvoll erhoben, und dann etwas vorwärts gewendet: indem er nun zu Boden sah, und dann von unten auf mit halbem Blick den Zirkel seiner Zuschauer musterte, als wenn er zu viel gesagt hätte, was ihn vielleicht compromittiren könnte.

O, wie sprechend! wie sprechend! rief Josephine wieder, ich habe es nicht für möglich gehalten, Jemanden mit seiner ganzen Art und Weise im Konterfey so hinzustellen. Nun werde ich nächstens den Baron noch viel genauer beobachten, denn durch das Spiel wird man erst auf die Lächerlichkeiten der Menschen aufmerksam gemacht. Schade, Emmeline, daß du ihn nicht heirathest, so könnten wir in fröhlichen einsamen Stunden Original und Copie immer mit einander vergleichen. – Nun aber spielen Sie den allerliebsten reichen Grundmann, aber so, wie er unserer Emmeline eine Liebeserklärung macht.

Friedheim kleidete sich um, und kam im Frack und schön gepudert, das Gesicht mit Schminke gefärbt, wieder zurück. Seinen dreieckten Hut trug er unter dem linken Arm, die rechte Hand steckte in der zierlichen Weste; er kniff die Lippen zusammen und sagte dann mit feinem, gespitztem Ton: Verehrteste, die ich glücklich genug bin, Freundin nennen zu dürfen. Wann wird jener Tag erscheinen, Gütigste, an welchem wir, durch den Segen der Kirche geheiligt, uns und der Welt sagen können, daß wir ganz einig und nur einen Menschen ausmachend, unser Glück vor aller Welt verkündigen dürfen? Man nennt mich in der Stadt den Millionär, aber wäre ich auch millionenmal ein solcher, so würde ich doch nie aufhören, Sie als meine unumschränkte Herrin und mich als Ihren demüthigsten Knecht zu betrachten. Wenn Sie mich schelten, werde ich Lehre annehmen, wenn Sie mich loben, werde ich entzückt sein, treten Sie mich mit Füßen, so werde ich auch dieses als ein Zeichen der Gunst ansehn, denn Ihnen, Glorreichste, gegenüber, kann ich gar nicht erniedrigt werden, Sie, Himmelhohe, können mir gar keine Schmach anthun, und selbst jene, die vom ganzen Männergeschlecht immer als eine solche ist angesehen worden, würde ich nur demüthig, als Gnade und Auszeichnung empfangen. Geniren Sie sich also doch nicht länger, mir Ihre Hand zu geben, und nie werde ich im Frevelmuth so weit mich versteigen, Sie zu duzen, oder mit dem vertraulichen Du anzureden. Es ist genug, windiger Patron! rief aus dem Hintergrund eine barsche Stimme, denn der Herr des Hauses war unbemerkt hereingetreten. Es kleidete ihn besser, fuhr der Banquier fort, wenn der leichtsinnige Herr Vetter den verworrenen Calcül vollends zu Ende brächte, da morgen doch neue Geschäfte auf ihn warten.

Friedheim verbeugte sich gegen die Gesellschaft und schnitt mit dem niedergedrückten Gesicht der nahestehenden Josephine und Emmeline noch eine boshaft spöttische Grimasse. Das Lachen hatte aufgehört, und als die Fremden sich entfernt hatten, sagte der Vater: Es ziemt sich nicht, Kind, daß der Bengel sich in deiner Gegenwart und so offenkundig über respectable Männer aufhält. Man erfährt den Scandal nun allenthalben, und was werde ich meinem Freunde Grundmann darüber sagen können? Ich werde den Schwindler aus dem Hause schaffen müssen, denn, ob er gleich Talente und Kenntnisse besitzt, so wird doch nie etwas Rechtliches aus ihm werden. Immer nehmen Sie das Leben zu ernsthaft, sagte Emmeline. Nichts da von nehmen, rief der Vater unwillig, es ist ernsthaft, und wer einen Spaß daraus machen will, an dem wird es sich am schwerfälligsten rächen. – Er ward aber bald von den Liebkosungen der Tochter wieder besänftigt und aufgeheitert.

Emmeline war auf der Reise. Runde hatte seine Equipage genommen; eine Kammerjungfer und ein Bedienter begleiteten sie. Wohin sie kamen, machte die Schönheit des Mädchens

Aufsehen und sie nahm, wie sie es gewohnt war, mit Freundlichkeit die Huldigung an, die ihr Alt und Jung, Vornehm und
Gering darbrachte. Nur ein Umstand machte sie verdrüßlich,
ja brachte sie oft außer aller Fassung. Da man in der schönen
Gegend nur langsam und fast ohne allen Plan reisen wollte,
so hatte Grundmann seinen Freund und seine angebetete Emmeline zu Pferde begleitet. So ängstlich und peinlich dieser
Mann in Gesellschaft sich oft betrug, so frei und ungezwun-
gen saß er zu Pferde; ja, er konnte für einen Meister in der
Reitkunst gelten, und er selbst kannte seinen Vorzug, denn
er hatte manches Jahr auf einer vorzüglichen Reitschule seine
Zeit zugebracht und unermüdet von den besten Stallmeistern
Unterricht genommen. In einem eleganten Reithabit folgte er
also dem Landauer seines Freundes, auf seinem besten und
schönsten Pferde, immerdar auf die Dame seines Herzens aufmerksam, und oft die Künste zeigend, die auch der ernste Reiter, der nicht zu den Stutzern gehören mag, nicht immer verschmäht. Seine Figur nahm sich daher im Freien und zu Roß
viel vortheilhafter aus als im Zimmer, und seine Gewandtheit
und Sicherheit war in der That zu bewundern. Ein Diener, in
reicher Livree, auf einem fast ebenso trefflichen Rosse, folgte
ihm. Aber weder der glänzende Aufzug, noch die feine Geschicklichkeit Grundmann's konnten der eigensinnigen Schönen Blicke des Wohlwollens abgewinnen. Sie schmollte un-
verhohlen und verbarg ihren Verdruß nicht, wenn man sich
am Mittagstische oder am Abend vereinigte. So hatte man
einige Tage zugebracht, und der Vater sah mit Verlegenheit
den wachsenden Verdruß seiner Tochter, sowie er die unerschütterliche Hingebung und Freundlichkeit des Reiters bewunderte, der sich weder durch Blicke noch Worte beleidigen
ließ.

So war eine Woche vorüber, als in einer großen Stadt, wo
man Rasttag machte, der Vater von einem Briefe eingeholt

wurde, der dem Postamte dringlich empfohlen war. Er besah langsam das Siegel, dann die Aufschrift, und sagte nachher: Eine wichtige Nachricht von einem sehr lieben Freunde. Wenn es sich nur nicht um Tod und Leben handelt.

Er ging hierauf langsam und sinnend in ein anderes Zimmer, kam mit dem Gelde zurück und quittirte im Postbuche den Empfang des empfohlenen Briefes. Als sich der Postbote entfernt hatte, sagte Emmeline: Vater, ich bin dir sehr böse. – Warum? – Du sagst selbst, der Brief sei sehr wichtig, er brachte vielleicht Todesbotschaft, und gehst und holst Geld, zählst langsam, schreibst noch langsamer deinen Namen, – statt das Couvert aufzureißen, und erst den Inhalt kennen zu lernen. – Das ist einmal meine Weise, der Ordnung halb, sagte der Vater. – Als er hierauf den Brief, ohne Zeichen besonderer Aufregung, gelesen hatte, sagte er ruhig: Wir werden umkehren müssen.

Wie so? –

Wie ich immer fürchtete, Holland ist plötzlich dem französischen Kaiserreiche einverleibt worden: wichtige Nachrichten sind aus Amsterdam angekommen, der Rath Ambach schreibt, und eine Einlage von meinem ersten Buchhalter sagt mir, daß gleich ein Bevollmächtigter, oder ich selbst von dort aus, wegen Capitalien verfügen müsse. Auch Grundmann, von dem Summen bei mir stehn, ist betheiligt und bedroht; wenn er dort wäre, würde sich alles fügen, denn er kennt alle unsere Verhältnisse und ist klug.

So laß ihn zurückreisen, rief Emmeline; dann bin ich noch einmal so vergnügt; er ist uns hier nur zur Last und nimmt mir alle Freiheit.

Aber, Kind, Tochter –

Wozu hat man denn Freunde, wenn man sie niemals, auch in den dringendsten Fällen nicht, gebrauchen will? Er thut es auch gewiß gern, wenn er einsieht, wie nützlich es dir ist. –

Ich habe nicht den Muth, mich ihm als einen so groben Egoisten gegenüberzustellen. –

Ich will es ihm auseinandersetzen, sagte Emmeline; was kann ihm denn auch an solcher langweiligen Reise liegen? Er kommt ja mit seinen schmucken Pferden, die er immer schonen muß, nicht von der Stelle, und hindert uns ebenfalls.

Am Morgen schon reisete Grundmann mit Extrapost nach seiner Heimat mit beschwingter Eile zurück. Er gab drei-doppelte Trinkgelder und ließ den Reitknecht mit seinem schönen englischen Pferde gemächlich die Meilen in kurzen Tagereisen zurückmessen, indessen Emmeline vergnügt mit dem etwas unzufriedenen Vater weiterreisete.

Der Vater verwunderte sich, daß Emmeline nach der Abreise des Freundes sich eben nicht heitrer zeigte. Die Gegend war schön, man war in den Bergen, angenehme Städte boten mit allen ihren Bequemlichkeiten Ruheplätze an und das Wetter war beständig. Du freutest dich seit lange auf diese Reise, sagte Runde, und nun scheint sie dir doch nicht gar viele Begeisterung zuzuführen.

Ferdinand, antwortete sie, hat es gut, der verliert sich als ein ganz Einzelner so völlig in die Strömungen der Menschenmenge, ihm ist alles neu und unerhört; er darf alles auf sich beziehn und vergißt Heimath und alle Langeweile des gewöhnlichen Lebens. Ein armes Mädchen kann natürlich nicht so allein und ohne Begleitung reisen, aber es ist betrübt genug. So schleppen wir nun deinen Bedienten und ich meine Kammerjungfer mit uns und mit diesen beiden langweiligen Leuten unsern ganzen Haushalt aus der Stadt, ich sehe unsre Wände und Tapeten von dort vor mir, alle die elenden Gespräche und Klätschereien summen mir im Ohr, wir sind nicht in der Fremde, sondern nur zum Schein von unsrer Stadtwohnung fortgereiset. Du wirst niemals gescheit, sagte der Alte mit einigem Verdruß. Ich lebe ganz dir zu Gefallen, und du bist niemals zufrieden.

Als sie in der nahen Stadt angekommen waren und der Vater einige Besuche gemacht hatte, kam ihm die Tochter freundlich entgegen, indem er das Zimmer in seinem Gasthofe betrat. Ich bin zufrieden, mein Vaterchen! sagte sie, ihm schmeichelnd und liebkosend; du thust mir sehr Unrecht, und es schmerzt mich, daß ich von dir so verkannt werde. Du weißt es selbst, wie oft mir von allen meinen Bekannten Unrecht geschieht, wie die Frauen mich nicht lieben und die Männer mich vergöttern, um nachher desto dreister auf mich zu schelten. Alles das würde mich nicht so viel kümmern, denn ich bin es schon gewohnt, daß aber der eigne Vater, mein einziger wahrer Freund, sich auch noch zu meinen Gegnern gesellt, das muß mich mehr als alles schmerzen.

Gieb dich zufrieden, sagte der Alte, ich bin schon wieder gut; morgen überschreiten wir nun die deutsche Grenze und betreten das schöne Schweizerland, dort wollen wir recht ungestört der Natur leben.

Dazu aber, sagte sie mit weicher Stimme, mußt du mir noch eine Bitte erfüllen. Dann will ich auch nie wieder etwas verlangen. Wir bleiben dann immer vergnügt und ganz einig den lieben langen Tag und vergessen Verdruß und Sorgen.

Nun? Es ist gewiß etwas Besonderes, daß du so lange Vorrede machst, Etwas, wovon du schon im Voraus weißt, daß es mir verdrüßlich fällt. –

Gleichgültig muß es dir sein, denn du bist ein kluger Mann, ein Weltmann, ein Denker, der nicht zum ersten Mal eine Reise unternimmt, der in seiner Jugend manche Beschwerlichkeiten überstanden hat, der kein Weichling ist. –

Und hauptsächlich, unterbrach sie der Alte, der Vater einer
misrathenen Tochter, die er selbst durch übertriebene Zärtlichkeit verdorben hat.

Also es geschieht, um was ich dich bitte? –
Weiß ich doch noch gar nicht, worauf du dein Absehn rich-
test. Nun? –
Bitte, bitte, nicht ungeduldig. Sieh einmal, wie wohl uns
sein könnte, wenn wir nicht unsre angewohnten fatalen
Dienstboten bei uns hätten. Schicke die mit der Post oder
sonst einer Gelegenheit zurück, wir nehmen dann einen Fuhrmann und sind uns ganz selbst und unsern Launen überlassen,
frei und in nichts gehemmt. Nun kommen uns erst alle Gegenstände als neue entgegen, und wir werden nicht mehr von
dem Geschwätz der albernen Menschen belästigt, von ihren
fatalen Blicken, die uns immer auszuforschen scheinen, bedrängt. Es geht erst dann ein andres frisches Leben für uns
auf.

Närrisches Kind, sagte der Mann, wenn ich mich auch
ohne Bedienten behelfen kann, da ich nicht verwöhnt bin, wie
willst du ohne deine Jungfer zurechtkommen?

Sie hindert mich mehr, als sie mir hilft, und ärgert mich nur
durch ihre Ungeschicklichkeit. Ich kann mich recht gut selbst
bedienen, auch macht es mir Spaß, wenn ich beim An- und
Auskleiden Jemand bedürfte, mich mit den verschiedenen
Mädchen in den Gasthöfen einzulassen. Da hört man denn so
viel Närrisches und Lustiges, daß es ein Spaß fürs ganze Leben bleibt, auch lernt man das Volk dadurch mehr kennen.

Verdrüßlich fällt es mir allerdings, sagte der Vater, und
dann das Wechseln der Fuhrleute, da es in der Schweiz keine
Posten giebt.

Alles ist abgemacht, lieber Vater. Ein junger Thüringer, ein
muntrer Bursche, er heißt Martin, ist unten im Hause. Er hat
von Basel eine Herrschaft herübergebracht und ist ohne Wa-

gen. Seine Pferde sind rüstig und brav, der junge Mensch aller-
liebst. Er hat mir schon vielerlei erzählt, und freut sich sehr,
uns nach Bern, Basel, Zürich zu schaffen. Er kennt alle diese
Orte, denn er hat die Reise schon öfter gemacht. Seinen Wagen hat er in Stuttgart zurücklassen müssen, weil er dort die
französischen Leute und ihre Kutsche traf. Man kann gewiß
nicht besser bedient sein, als von diesem braven Mann.
Der Alte ließ diesen Martin zu sich bescheiden. Ein schlan-
ker junger Mensch trat herein, ohne Verlegenheit, oder jene
bäurische Dreistigkeit, die wohl von Leuten, die stets sich
auf der Landstraße umtreiben, dem feineren Reisenden lästig
fallen kann. Sein schönes braunes Auge hatte einen klugen
Ausdruck, und es stand ihm gut, wenn er den Kopf schnell
wendete und die krausen Locken des braunen Haars sich bewegten. Seine Freundlichkeit war Vertrauen erregend, und
man sah, daß Runde sich über den Jüngling verwunderte, da
er wohl eine ganz andre Erscheinung erwartet hatte. Man war
bald über die Bedingungen einig und es ward beschlossen,
wenn man die Schweiz wieder verlasse, über Stuttgart zurück-
zureisen. Der Diener und die Kammerjungfer waren nicht wenig erstaunt, als man ihnen ankündigte, wie sie allein den Weg
nach der Heimath zurücklegen müßten.

Man blieb noch einen Tag länger, als erst bestimmt war, um
alles besser ordnen zu können, und als nun der Banquier mit
seinem neugedungenen Fuhrmann den Weg nach Basel einschlug, war Emmeline im Wagen, welcher beim schönen Wetter ganz zurückgeschlagen war, außerordentlich fröhlich. Sie
freute sich der schönen heitern Gegend, sie lachte, scherzte
und umarmte ein über das andremal den Vater, der sich nun
auch gern und freundlich in die sonderbaren Launen der
Tochter fand, seinen Verdruß fahren ließ, und dem es nun
selbst angenehmer dünkte, mit einem Fremdling, statt des bekannten Kutschers und seiner Dienstleute zu reisen. Der junge

Mann war äußerst aufmerksam, und achtete auf jeden Wunsch. Er fuhr sicher und schnell, sodaß Herr Runde seine starken und gut eingefahrnen Rosse nicht vermißte. Als der Wagen eine Anhöhe hinauffuhr und Martin einige Minuten zu Fuß ging, sagte der Banquier zu ihm: Eins, Freund Martin, habe ich gestern doch bei unserm Accord noch vergessen. Mir ist der Taback so unerträglich, daß keiner meiner Dienstleute rauchen darf; reise ich mit der Post, so müssen sich die Postillone auch meiner Eigenheit fügen. Wie steht es mit Euch? Wird es Euch sehr schwer, so will ich für die Entbehrung dem Fuhrlohn noch etwas zulegen.

Gnädiger Herr, antwortete Martin lachend, Ihnen kann das fatale Zeug und der Geruch davon unmöglich so zuwider sein wie mir. Darum bin ich auch immer für mich und kann mit den übrigen Fuhrleuten nicht in derselben Stube aushalten. Mir ist alles dergleichen zu unsauber.

Ihr seid ja auf die Art ein prächtiger Mensch, sagte Emmeline, die sich über den Vater wegbog, um mit dem jungen Manne sprechen zu können; ein Sonderling unter Eures Gleichen. Nehmen sie Euch das nicht übel?

Wohl, schönes gnädiges Fräulein, sagte der Fuhrmann, es hat schon manchen Verdruß gegeben. Aber ich begreife nicht, wie die Menschen, auch viele Gebildete, den Gestank von diesem Kraut nur dulden, geschweige ein Wohlgefallen daran finden können. Wenn mir das Zeug aber auch nicht zuwider wäre, würde ich doch nicht rauchen, denn wenn mir auch meine Genossen deshalb aufsässig sind und ich bei denen etwas verliere, so habe ich wohl gemerkt, daß ich damit bei den Herrschaften gewinne, besonders bei den Damen. Man erscheint ihnen weit reputirlicher und reinlicher. Es ist auch nichts so abscheulich, als immer die garstige, übelriechende Pfeife in der Tasche mit sich herumzuführen. Und ein Kutscher mag sich ausreden, wie er will: er kann, wenn er das

Ding im Munde hängen hat, nicht so auf- und abspringen, wie es manchmal ein dringender Augenblick nothwendig macht. Nun ist auch das elende Feueranschlagen; der Schwamm will nicht brennen, die Pfeife ist verstopft und dergleichen. Glauben Sie mir nur, es ist schon manches Unglück aus dieser schlechten Gewohnheit entstanden. Dabei betäubt der Geruch und macht schläfrig. Sie reden im Gegentheil vom Muntermachen, aber ich habe es oft beobachtet, wie sie verdusseln und beim Rauchen in halben Schlaf gerathen. So trinke ich auch niemals von dem abscheulichen Branntewein, der den Menschen auch dumm macht, und von welchem auch der widerwärtige Geruch den Trinker verfolgt. Ein gemeiner Mann, wie ich es bin, muß auf seine Ehre und Anstand weit mehr halten, als der Vornehme und Reiche, sonst möchten uns manche von diesen wie das Vieh behandeln.

In diesem Augenblicke fiel ziemlich nahe ein Schuß hinter der grünen Hecke, die sich um einen Garten längs der Landstraße hinzog. Die beiden Reisenden fuhren erschreckt zusammen, aber der Kutscher und die Pferde blieben in ihrer ruhigen Haltung. – Das war ich in jedem Augenblick vermuthend, sagte Martin lachend, denn als wir herunterkamen, sah ich den Patron schon mit seinem Gewehr, der unter die Sperlinge schießt. Wenn man den Zügel recht in Wahrsam nimmt, so merken meine Pferde schon, daß so was unterwegs ist, und sie wissen, daß sie nicht erschrecken dürfen. – Mit diesen Worten schwang er sich wieder auf seinen Sitz.

Ist es nicht ein prächtiger Mensch? fragte Emmeline ihren Vater.

Ich vermuthe, antwortete dieser, er ist von guter Herkunft. Alle seine Manieren verrathen eine gute Erziehung.

Alles steht ihm so hübsch, sprach die Tochter weiter, er hat so gar nichts gemeines. Ich beobachtete ihn schon im Gasthof in der Stadt dort, wie du mich allein gelassen hattest. Er kümmerte sich um die übrigen Domestiken wenig, er war viel in dem kleinen Gärtchen, hinter dem Hofe, las dort, oder spielte mit seinem Hunde. Dabei ist er immer vergnügt, denn es ist keine Melancholie, die ihn von der groben Gesellschaft absondert.

Sie kamen spät in Basel an, und als sie mit einiger Noth im Gasthof zu den drei Königen untergebracht waren und man sich eingerichtet hatte, genoß Emmeline aus ihren Zimmern die Aussicht über den Rhein und dessen schöne Ufer. Es klopfte, und als der Alte die Thür öffnete, trat der Kutscher mit einer schweren Cassete herein. Verzeihung, sagte er, die ungeschickten Kellner, die freilich oft auch zu viel zu thun haben, haben gerade das Wichtigste im Wagen vergessen. Er setzte die Schatulle auf den Tisch. So geht es uns, sagte der Banquier, die wir durch unsre Bedienung gar zu sehr verwöhnt sind, man verliert alle, auch die nöthigste Aufmerksamkeit. – Ein Glas Wein, Freund Martin, verschmäht ihr doch nicht? das wird nicht gegen Euer Gelübde sein, um Anstand und Reputation aufrecht zu erhalten.

Im Gegentheil, Ihro Gnaden, sagte Martin schmunzelnd, von Ihres Gleichen ein Glas Wein anzunehmen, ist eine doppelte Wohlthat, denn erstlich ist es eine große Ehre, und zweitens ist es auch ein ausgezeichnetes Weinchen, zu dem wir auf unserm gewöhnlichen Wege niemals gelangen.

Er trank das Glas auf die Gesundheit der Herrschaft und in der Art und Weise eines Kenners und stellte den Römer dann mit einer zierlichen Verbeugung wieder auf den Tisch. Sagt einmal, fing der Alte wieder an, seid Ihr beim Fuhrwesen aufgewachsen? Oder haben Euch Unglücksfälle in den Stand getrieben und sind Eure Eltern vielleicht höher gestellt und reicher gewesen?

O mein gnädiger Herr, sagte Martin mit einem schlauen Lächeln, Sie sind gar zu gütig, wenn Sie denken, daß ich viel-

leicht gar von vornehmen Leuten herkomme! Ach nein! Ich
bin bei dieser Beschäftigung aufgewachsen und befinde mich
auch ganz wohl dabei. Dieser Stand nährt seinen Mann und
ist auch, bei den beständigen Reisen und dem Verkehr mit vielerlei Menschen vielfach angenehm, wenn auch oft beschwerlich. Ich habe schon die Schweiz etlichemal durchreiset und
bin bis Mailand und Verona in Italien gekommen; Deutschland kenne ich fast in allen Richtungen, und so treffe ich
manchmal Bekannte, Herrschaften und Kameraden, wo ich es
am wenigsten vermuthe. Es ist was Unbegreifliches, daß die
meisten Leute in unserm Gewerbe etwas darein setzen, sich
gemein zu betragen, übermäßig zu trinken, zu fluchen und
grob zu sein. Sie meinen, durch ein rohes barsches Wesen setzen sie sich in Autorität. So muß ich mich oft meiner Genossen schämen, und doch könnten sie alle mehr Ehre genießen,
wenn sie die Ungezogenheiten ablegten. Es wäre ihnen selber
bequemer, reputirliche Menschen vorzustellen, denn das
Wohlfeilste und Nächste ist doch immer und überall die Vernunft. Weil ich aber so denke, um es mir im Leben eigentlich
nur bequem zu machen, meinen Ihro Gnaden, ich müßte von
Hause aus was Besseres und Vornehmeres sein.

Als er das Zimmer verlassen hatte, sagte der Vater: er hat
uns eine gute Lection gegeben. Wir denken immer, unsre sogenannte gute Erziehung bringe erst Menschen hervor. Und
wie oft verhüllt sich nur in unserm Stande die Gemeinheit der
Seele und der Sitten, und ist dabei viel schlimmer als die der
niedern Stände. Man kann in vielen Gegenden von Deutschland beobachten, wie ehrwürdig der Bauernstand ist, wie viele
treffliche Männer in der Stille und Unbekanntheit zur Reife
erwachsen. Wo es noch Bürgerstand giebt, liefert er auch oft
so zu sagen Musterbilder, wahre Männer, die das Handwerk,
statt sie zu erniedrigen, erst zu ihrer festen Bestimmtheit her-
ausgearbeitet hat. Und in der Schweiz hat man Gelegenheit,

Bürger, Bauern und Hirten kennen zu lernen, die so stark geprägt, so vom edelsten Menschenverstand durchdrungen und geläutert sind, daß jedes Wort von ihnen (wenn man es versteht, sich in sie hinein zu hören und sie zu fassen) für unser einen zur Lehre wird. Diese Art des gesunden Verstandes wird aber immer mehr bei uns untergeordnet und unter hochtönende, nichts bedeutende Phrasen begraben, oder von jenen flauen Trivialitäten, nichtssagendem Gallimathias verdeckt, der sich auch nur zu oft als echter gesunder Menschenverstand brüsten will.

Immer höre ich das Sprichwort, fiel Emmeline ein, gesunder Menschenverstand! Als wenn es auch einen kranken gäbe, oder geben könnte!

Und warum nicht? antwortete der Vater. Unsre Vorfahren haben sich bei dem Ausdrucke doch wohl etwas Eignes und Bezeichnendes gedacht. Der Verstand, die Einsicht, die im Menschen gleichsam wild und ohne alle Pflege wächst, weiß von den Conventionen und verschlungenen Combinationen eines künstlichen Zustandes nichts. Dieser Verstand kann in Kunst und Wissenschaft, Politik und fein verwickelten Rechtsfällen nichts entscheiden. Es vergleicht sich einem großen Wassersturze in der Wüste, wie wir deren viele in der Schweiz sehn werden. Brausend kommt die Flut und springend vom Felsen herab, durch den Wald und rennt schäumend und vielfach tönend in das Thal, wo sie Bach und Fluß wird. Hier in der schönen Wildniß kann das Element keine Mühlen treiben und keine Fabriken in Thätigkeit setzen, noch weniger läßt es sich in Brunnenröhren vereinsamen, in Kanälen zertheilen, um da und dort Wiesen zu wässern, oder Vieh und Menschen aus künstlichen Pumpen zu tränken, oder, in Schläuche gefaßt, dem Feuer Einhalt zu thun. Es ist also für diese frische Jugendzeit ganz unnütz und unerzogen. Wenn der Mensch aber davor steht und sieht seinem Treiben

nach, so tritt in der bewegten Kühle und Einsamkeit wohl ein
hoher Gedanke auf ihn zu und erinnert ihn an das Ursprüng-
lichste der Welt und des Gemüthes; ein Gedanke, der in sich
doch mehr Werth hat, als die Theorien über Spinnmaschinen,
als die künstlichen Rechenexempel des Staatshaushaltes, oder
die Kenntniß unsrer italienischen Buchhaltung. Um zurück zu
kommen, so kann es sich wohl auch treffen, daß ein ungebil-
deter Mensch, indem er mit seinem frischen unverfälschten
Verstande in jene künstlichen Verhältnisse cultivirter Zustände, überbildeter philosophischer Schulen und verfeinerter
Sophisten, wie mit einem kühlen Morgenlichte hineinleuch-
tet, leicht das elende Verschrobene, Unnütze und Zugespitzte
von Denkkünstlern ohne Anstrengung entdeckt, und den
wahren Zweck unmittelbar erreicht, sodaß die berühmtesten
und abgefeimtesten jener bei ihm in die Schule gehen müssen.

Ach Väterchen! rief Emmeline mit gefalteten Händen, –
warum sprichst du denn nicht immer, oder wenigstens oft so?

Thörin! sagte der Alte. Ist also hiermit, fuhr er fort, der gesunde Menschenverstand bezeichnet, so kann es denn doch
wohl auch einen *kranken* geben, der, wenn man sie nicht zu
unterscheiden versieht, mit seinem robusten Bruder oft mag
verwechselt werden. Auch er ist keine Philosophie und hat mit
den tiefsinnigen Forschungen der Wissenschaft nichts zu thun.
Er ist auch scheinbar selbständig, aber durchaus schwach und
krank gemacht durch die neumodige Philanthropie, durch
Menschenrechte, Psychologie, Erbarmen und sentimentales
Winseln über das Elend der Welt – daß dieser kranke Menschenverstand , wenn er nun einmal jene Zustände, große und
verwickelte Verhältnisse in seinem Spiegel erblicken will, nur
Misgestalten und Ungeheuer sieht und gewiß, von seinem
Standpunkte aus, nichts rectificiren, sondern alles, in sofern er
Einfluß gewinnen möchte, nur noch mehr verunstalten und
verderben würde, ist leicht zu begreifen. –

Ei ja, sagte Emmeline nachdenklich, – wenn man nur immer wissen könnte, welche Art dieses Menschenverstandes sich in uns regte, so wäre damit schon viel gewonnen. – Von Basel aus nahm man den Weg durch das unbeschreiblich schöne Münster-Thal. Emmeline war begeistert, und das leichtsinnige Mädchen, welches sonst nicht leicht gerührt war, war oft bis zu Thränen entzückt. An einer Stelle, als man wieder herauf fuhr, fing der Vater an, von dem Wohlgeruch der duftenden Bäume und Kräuter, der Einsamkeit und dem Schaukeln halb betäubt, einzuschlafen. Auf einen Wink der Tochter fuhr Martin noch langsamer. Er stieg ab, und ging neben dem Wagen, auf der Seite, wo Emmeline saß. Ihr Hund, sagte das Mädchen, ist munter, aber jetzt schon recht ermüdet. Warum ließen Sie ihn vorher so lange laufen?

Gnädiges Fräulein, antwortete Martin, das kleine Vieh ist so dumm, und es ärgert mich, daß er nun schon seit Jahren, so klug er sonst ist, gar keinen Menschenverstand annimmt.

Wie meinen Sie das? –

Sehn Sie, fuhr der Kutscher fort, ich lasse ihn oft laufen, denn es macht dem Köter Spaß. Was er davon hat, da solches Vieh sich doch gar nicht umsehn kann, weiß ich nicht; aber ich sehe, daß er sich daran freut. Nun ist es aber unausstehlich, daß er, wenn ich nur etwa vorn am Zaum was zurecht schiebe und ihm einen Wink gebe, er doch mit hinunterspringt, wenn er selbst müde ist. So war es gestern. Dann ärgert mich der Spitzbube so, daß ich ihn immerfort neben dem Wagen traben lasse. Ist er wirklich müde, so werfe ich den Narren selbst hinauf, daß er sich zu meinen Füßen ausruht.

Er schwang sich wieder auf den Bock und sah sich schalkhaft nach Emmelinen um. Warum nehmt Ihr das Hündchen nicht mit hinauf? fragte sie verdrüßlich. Sehn Sie nur, wie der Arme in der Hitze hinkt und schleicht und gar nicht mehr fortkann; ach, wie er so erbärmlich zu Ihnen hinaufblickt . . . .

O nehmen Sie ihn doch wieder auf den Sitz dort, oder ich will ihn zu mir in den Wagen nehmen.

Lassen Sie ihn nur, gnädiges Fräulein; denn der Kerl, so duckmäusig er sich jetzt anstellt, ist doch nur ein wahrer Komödiant.

Ein Komödiant?

Ja, ich meine, daß er sich so ziert, daß er sich so müde anstellt, es aber noch gar nicht ist. O, es ist nicht auszusagen, und darüber ließe sich vielerlei denken, was diese Thiere so alles lernen, wenn sie in den Umgang mit Menschen gerathen. Und wo dieser es nur herhat, der immer nur bei mir und bei den Pferden ist, begreife ich vollends nicht. Sehn Sie, wie das Vieh den Schwanz hängen läßt und gar nicht mehr wedelt, wie er den linken Hinterfuß nachschleppt, als wenn er lahm wäre, oder eine Blessur am Bein hätte. Die Zunge streckt er so röchelnd aus dem Halse, und sieht mich immer mit so erbarmungsreichen Augen an, als wenn schon seine letzte Stunde geschlagen hätte. Nun bellt er zu den Pferden auf, als wenn er sie ausschelten wollte und sie Schuld hätten, daß der Wagen nicht still stände. Und doch schwör' ich Ihnen, das ist alles nur Verstellung.

Verstellung?

Ja, Heuchelei und Verstellung. Er will fahren. Und doch darf ich nur absteigen, so springt er wieder nach und hat keine Ruhe hier oben.

Seht nur, Martin, da legt er sich hin. Es ist sein Letztes.

Warten Sie, schönes Fräulein. – Muntsche! rief er laut, und der Hund sprang munter auf. – Apport! Er schleuderte einen Stab mit voller Kraft weit in das Feld hinein, und das Hündchen sprang mit der größten Fröhlichkeit behende über den Graben und lief begeistert dem Stabe nach, der weit ab im Kornfelde niedergefallen war. Rasch und mit angestrengter Kraft schleppte er den langen Stock herbei und schien vergnügt und rüstig. Der Kutscher stieg ab, nahm ihm den Stab aus dem Maule und Muntsche sah ihn mit begierigen Augen an, als wenn er darauf lüstern wäre, daß sich das Spiel erneuen solle. Du hast vorhin so miserabel gethan, sagte Martin, und die Dame hat so viel Mitleiden mit dir gehabt, daß du jetzt schon Ehren halber wieder fahren mußt.

Er warf ihn auf den Sitz und stieg selbst hinauf. Wie nennen Sie Ihr Hündchen? fragte Emmeline.

Er heißt Muntsche, antwortete Martin, ein russischer Herr, der ihn so nannte, hat mir ihn im vorigen Jahre geschenkt. Der Offizier trennte sich nur ungern von seinem Muntsche. Er meinte aber, er gönnte ihn Keinem lieber als mir, weil ich ihn gewiß in Acht nehmen und ihm kein Unrecht thun würde. Und so halte ich es auch mit dem Thierchen, denn ich habe ihn lieb. – Sehn Sie, so könnte ich mit Apportiren das Unkraut noch zwanzigmal weit in die Felder hineinjagen und der Bengel würde nicht müde werden.

Am folgenden Tage erschraken die Reisenden beinah, als sie von der Höhe, die sie erstiegen hatten, zuerst die blaue Fläche des Bieler Sees erblickten, und weit hinaus nach allen Seiten die Gebirge, und hinter sich Wald und Berg; so anmuthig und erhebend, daß das trunkene Auge nicht ruhen, sich nicht ersättigen konnte, und doch so selig befriedigt war.

Sie ließen den Wagen in Biel und fuhren auf einem Schiffe nach der Peters-Insel. O mein Vater! sagte Emmeline, indem sie immer und immer wieder dem Alten herzlich die Hände drückte, was macht mich diese Reise glücklich!

Die Reisenden hatten den Wagen und ihren Kutscher in Thun gelassen, um in einem Schiffe über den schönen See nach dem reizenden Interlaken zu fahren. Der Vater war jugendlich über die Herrlichkeiten des berner Oberlandes entzückt, und die

Tochter betrachtete die Zauber jener Gegenden mit einem ernsten Auge, oft in Nachdenken verloren.

Nachdem sie zwei Tage in Interlaken verweilt hatten, fuhren sie nach dem Grindelwald. Diese herrliche, großartige Natur, die poetische Wildniß dieser Landschaft kann nur durch Beschreibung in Dessen Phantasie wieder hervorgerufen werden, der selber diese Gegenden sah. Hier, bei den stürzenden Bergwassern, bei den niedergerollten Felsenklippen, gedachte Emmeline der Worte, die ihr Vater neulich gesprochen hatte. In dieser poetischen Einöde in der Nähe der Alpen, die furchtbar schön über die Wolken hinausragen, beim Brausen dieser Bäche, den einsamen Hütten, hier völlig von aller menschlichen Etikette, den verwirrten Verhältnissen abgeschnitten, bilden sich in der ungewohnten Einsamkeit große Gedanken, Empfindungen und Entschlüsse. Die Reisenden erschraken, und zugleich befiel sie eine seltsame Rührung, als sie den grünlichen Krystall des Gletschers gewahr wurden, der dem Gasthofe gerade gegenüberliegt, in welchem sie abstiegen. Es traf sich, daß das große Haus ganz leer war und sie sich also die bequemsten Zimmer auswählen konnten. Lange saßen sie schweigend am Fenster, in den Anblick dieses einzigen Bildes verloren.

Als sie am folgenden Tage den Gletscher in der Nähe betrachtet, ihn bis auf eine gewisse Höhe mit dem Führer bestiegen hatten und nach dem Gasthofe zurückgekehrt waren, sagte der Vater: was ist dir nur, Kind? Dein Zustand bekümmert mich. Ich fürchte, eine gefährliche Krankheit ist im Anzuge. Du bist immerdar gerührt, ich sehe oft Thränen in deinem Auge, du bist ernst, ja melancholisch, alles deinem bisherigen Leben und deiner Art und Weise völlig entgegengesetzt; du, das stets frohe, leichtsinnige Wesen.

Lieber Vater, erwiderte sie mit Schluchzen und hervorbrechenden Thränen, kann man die Wunder dieser Natur, über uns den Eiger und die andern unermeßlichen Alpen, dort den Gletscher mit seinem ewigen Eise umher, die grüne Einsamkeit der Wildniß, und alles das so Herzergreifende denn ohne tiefe Erschütterung sehn? Ich habe vorher niemals glauben können, daß die Natur so gewaltig einzudringen, uns bis in das Innerste unsers Wesens zu ergreifen diese Gewalt hätte. Meine Seele erliegt ja diesen unerwarteten Empfindungen.

Es freut mich, sagte der Vater, daß du solcher tiefen Gefühle fähig bist; aber diese Erschütterungen, die die höchste Wollust unserer Seele sind, müssen uns auch nicht krankhaft aushöhlen und schwächen, und das geschieht vielleicht, wenn wir uns ihnen zu sehr hingeben, uns ganz in sie versenken. Unser Wesen ist so seltsam construirt, daß nach so starken Eindrücken uns wieder Zerstreuung und Leichtsinn nothwendig werden.

Ja wohl, sagte Emmeline, ist es nothwendig; wer das nur finden könnte! Mir ist aber, seit wir in diese Einöde gerathen sind, als wenn mein Herz brechen sollte. Sie warf sich in den Sessel und weinte heftig.

Dir ist sonst noch was, Mädchen, einziges Kind, dein Gesicht, dein Auge ist ganz anders, als ich es seit Jahren kenne. Was geht mit dir vor? Sprich! Rede! Eröffne mir dein Herz. So sprach ängstlich der bekümmerte Vater.

Emmeline reichte ihm die Hand und sagte nach einer Pause: Nicht wahr, hier in dieser grünen Einöde, unter diesen ewigen Schneeklippen dort oben, unten von Eis und Blumen zugleich umgeben, vergißt man die Menschen und ihren Verkehr so gänzlich, daß, wenn man gewaltsam zurückdenkt, einem das Getriebe in den großen Städten, die Gesellschaften und Sitten dort, das Wirrsaal der Verleumdung und des Hochmuths, Alles, was die kleinlichen Wesen dort belebt, ängstigt und begeistert, nur lächerlich, abgeschmackt und wahnsinnig vorkommt. Sind wir hier nicht gleichsam in einem Zauberbann,

als wenn die Schöpfung um uns her eben erst fertig geworden
wäre? Ach, mein Vater, ich bin seit einigen Tagen viel älter
und ernster geworden, diese Reise hat mich zu einem ganz andern Wesen erzogen, als ich sonst war. Meine Seele ist umge-
wandelt, mein Sehnen und Wünschen ist lebhaft erwacht, und
nach ganz andern Gegenständen, als die mich bisher rührten.
Soll das in mir nicht in alle künftigen Jahre hinauswirken, Vater?

Nun ja, sagte jener, aber es kann auch Seelen- oder körper-
liche Krankheit werden.

Nein! rief die Tochter, ich verspreche es dir in deine Hand,
ich sage dir, mir ist wohl.

Soll ich dich etwa niemals wieder heiter und fröhlich sehn?

O, gewiß, übermüthig, jauchzend vor Freude, wenn mein
Väterchen mir getreu bleibt, wenn er nicht von mir abfällt.

Was willst du damit sagen?

Das schöne Wesen faßte den Vater in die Arme, küßte, streichelte und liebkoste ihn, sah ihn lächelnd an, drückte ihn
wieder an die Brust, blickte plötzlich ernsthaft, nahm dann
die Hand, die sie zärtlich in ihre beiden faßte, sie dann küßte,
tief aufseufzte und sich nun weinend zurückbog, und in den
Stuhl schluchzend ihr Angesicht zwischen den Armen verbarg.

Kind! Emmeline! rief der Vater gerührt und doch etwas ungeduldig, ich kenne dich, du willst etwas von mir haben, und
denkst, ich werde es dir abschlagen.

Ja, sagte sie ganz ermattet, wenn du es mir abschlägst, so
werde ich krank, so sterbe ich, noch hier, in dieser schauerlichen Wildniß.

Und was verlangst du?

Ich versprach dir, dich sogleich zu meinem Vertrauten zu
machen, wenn dergleichen in meinem Gemüthe reif würde.
Ich will heirathen.

Der Alte sprang auf und tanzte laut lachend im Zimmer herum, dann umarmte er die Tochter und sagte: Nun, das war ja seit lange mein Wunsch; so nenne mir nur den deiner Freunde, welchen du gewählt hast.

Freunde! sagte sie mit einem langen Gesicht; die thörichten, langweiligen Menschen dort in unserer Stadt? Wie kannst du in dieser erhabenen Natur nur an jene Krüppel denken? Nun, und wen denn sonst?

Väterchen, sagte sie, wieder süß schmeichelnd, nun hast du einmal Gelegenheit, mir zu beweisen, ob du mich liebst; diese Gelegenheit kommt uns Beiden nicht wieder, so lange wir auch leben. Und, es geht um Alles, das glaube mir nur, denn ich habe in diesen Tagen meinen Zustand ernsthaft geprüft.

Ich sinne und sinne, quäle mich ab, einen Mann aufzufinden: – wer ist es denn?

Martin, unser junger Kutscher. –

Hier schlug sich der Vater mit der flachen Hand heftig vor den Kopf, taumelte zurück und rief aus: Himmel und Erde! dieser Fuhrknecht? Ein Mensch, den Grundmann schwerlich anständig genug finden würde, nur in seinem Stalle zu dienen? –

Er stierte die Tochter an, doch diese sagte ganz kalt: So ist es, und wenn du dich nicht an den Gedanken gewöhnen kannst, daß dieser mein Mann wird, so laß uns hier Abschied von einander nehmen, denn ich sterbe gewiß bald.

Donner und Wetter, schrie der Vater, sich nicht mehr bemeisternd, und stürzte wie ein Verzweifelter aus dem Zimmer.

Als er nach einer halben Stunde durchnäßt zurückkam, denn er war im Regen um das Haus her in der größten Aufwallung geirrt, eilte er in seine Stube, sich umzukleiden, denn er bemerkte jetzt erst, wie er vom Wasser triefe, und als er den Aufwärter fragte, was die Tochter mache, fing dieser an zu weinen und sagte: Ach! das arme schöne Fräulein liegt im

Bette, sie ist zum Sterben krank, so leichenblaß, sie weint und klagt; was muß ihr nur zugestoßen sein?

Der Alte zitterte vor Verdruß und Schreck, er eilte dann zur Tochter, die blaß und still weinend im Bette lag. Er setzte sich zu ihr und sagte: Sieh, mein Kind, ich bin jetzt ruhiger, und überzeugt, daß dieser ganz extravagante Vorschlag nicht dein Ernst sein kann. Bedenke, daß wenn ich schwach genug wäre, einer solchen unerhörten Grille nachzugeben, wir uns dadurch von allen Freunden, Bekannten und Gesellschaften absonderten. Und was thäte das? erwiderte sie mit mattem Tone: was sind uns alle diese Menschen, wenn vom wahren Glück die Rede ist? Glück? könnte ein so ungeheurer Misgriff, ein so völliges Misverständniß seiner selbst, zum Glücke führen?

Ich sehe, sagte sie, alle jene klein-großstädtischen Gedanken, alle jene beweinenswerthen Lächerlichkeiten deiner Umgebung, des Standes und Geldes sind dir nachgefolgt. Das ist das Entsetzlichste im Menschen, daß er sich nicht von diesen Lastern und dem Aberwitz seiner Erziehung losmachen kann. Diesen Vorurtheilen opfert er Alles, Leben, Gewissen, Religion.

Wie du sprichst! sagte der Vater, du weißt selbst nicht, was du hervorbringst. Und wäre Alles beseitigt, weißt du denn, ob dieser Martin nicht schon längst verheirathet, oder ob er nicht mit einem Mädchen versprochen ist?

Nein, rief sie lebhaft aus, als du neulich schliefst und er an einer schlimmen Stelle neben dem Wagen ging, fragte ich ihn: Martin, Ihr werdet wohl oft an Eure Liebste denken? Da lachte er so auf seine hübsche, feine Art, daß die reinen weißen Zähne hinter den vollen rothen Lippen hervorschienen: Nein, ich habe noch keine Liebste, und bin immer, da ich so arm bin, allen hübschen Mädchen aus dem Wege gegangen.

Meine Mutter lebt noch, die ich durch meinen Fleiß ernähre, da der Vater nichts hinterließ. Die Mutter hofft auf mich, und, wenn mein kranker Herr gestorben ist, so heirathe ich vielleicht seine Witwe, so alt und häßlich sie auch ist. Dann bin ich mein eigner Herr und kann meiner Mutter Alles vergelten, was sie an mir gethan hat. – Aber ein so hübscher Bursche, wie Ihr, sagt' ich, sollte sich nicht mit einer häßlichen Alten verbinden. – In unserem Stande, antwortete er mir, paßt es nur selten, daß man der Liebe oder Leidenschaft folgt: unser Leben ist ein hartes, – und, beschloß er, wollte ich einmal so wahnsinnig sein, mich zu verlieben, so könnte ich ja vielleicht gar mein Herz an eine verlieren, die so hoch über mir stände, daß ich in Verzweiflung sterben müßte. Dergleichen ist auch schon vorgekommen. Mit einem traurigen Ernst stieg er wieder auf seinen Sitz und mir gab die letzte Rede einen Stich mitten in mein Herz hinein. Ich ging dem Zuge nach und immer weiter nach, und entdeckte nun zu meinem Schrecken, daß dieses mein Wohlwollen gegen den jungen Mann schon Liebe geworden war. Tag und Nacht hat mich dieses Gefühl gequält und glücklich gemacht. Und, Vater, sieh den Jüngling nur mit unbefangenem Auge an, so mußt du gestehn, daß er der schönste ist, der liebenswürdigste und gewiß auch der edelste aller Menschen. – Sie umfaßte den Vater wieder und drückte ihn mit Thränen an ihr klopfendes Herz. Ihre Züge waren entstellt und krank, der Vater wußte nicht mehr, was er ihren seltsamen Launen entgegensetzen sollte; er tröstete, er bat sie, wieder vergnügt zu sein; er versprach endlich, wenn sie in den nächsten Tagen noch bei diesem unbegreiflichen Entschlusse beharre, auf Mittel und Wege zu sinnen, die dem märchenhaften Abenteuer doch eine Gestaltung geben könnten, die dem Menschlichen und Anständigen etwas näher käme.

So sehr sich der reiche Kaufmann auch gesammelt zu haben glaubte, so dachte er doch nur mit Grauen an die Rückkehr aus dieser Einsamkeit. Er zog noch umher in den benachbarten merkwürdigen Orten und sendete einen Boten nach Thun, damit sich Martin nicht über das längere Außenbleiben ängstigen möge. Stand er dort nun auf den Felsen, einsam und von Niemand beobachtet oder gestört, und sah er, wie Emmeline indeß mit dem Führer, eifrig sprechend, umherschweifte, so überdachte er wohl sein sonderbares Schicksal, und es fiel ihm schwer auf das Herz, wie diese Tochter, so sehr ihre Schönheit auch von aller Welt bewundert werde, ihm noch niemals eigentlich Freude gemacht habe. Dann fiel es ihm ein, daß wohl in den Enkeln sich die guten und bösen Eigenschaften der Großältern wiederholen möchten, und von diesen neubelebten Temperamenten vielleicht sich Schicksale und Verhängnisse entspinnen, denen zu widerstreben unmöglich sei. In der Geschichte seines Hauses, soweit er sie kannte, fehlte es nicht an Abenteuern. Der Urgroßvater (denn höher stieg seine Kenntniß der Familie nicht) war aus dem nördlichen Deutschland gekommen; er hatte durch Fleiß und Thätigkeit und durch eine verständige Heirath sein mäßiges Vermögen vermehrt, war aus einem Handwerker Kaufmann und der Herr einer ansehnlichen Fabrik geworden. Nachdem er sich späterhin in der Residenz niedergelassen und Bedeutung und Ansehn gewonnen hatte, verlor er einen großen Theil seines Vermögens durch einen ausschweifenden Sohn, der so wenig auf den Alten Rücksicht nahm und die Vernunft so wenig achtete, daß er den Vater mehr als einmal an den Rand des Abgrundes brachte. Endlich mußte er entfliehen, und als er schon seit vielen Jahren verschollen war, sodaß ihn seine Angehörigen schon lange gestorben glaubten, kehrte er zurück und zwar verheirathet. Und mit wem? Es war eine zu brünette Italienerin, die leidenschaftlich und ohne

alle Erziehung in den Kreis von gebildeten Menschen trat, die
sie alle verletzte und beleidigte. Theils um sich zu rächen, oder
um sie zu entschuldigen, wie Andere vorgaben, behauptete
man, dieses Frauenzimmer sei eigentlich von Geburt eine Zi-
geunerin. Der Großvater schien in sofern glücklich mit ihr,
weil er ihr Thun und Treiben billigte, und nur den altklug stei-
fen Ton der Residenz beklagte, der die verwöhnten Leute hin-
dere, die Vorzüge seiner Gattin einzusehen. Er hatte aber im
Auslande Vermögen erworben, befriedigte seine alten Gläubiger und schloß sich wieder der Handlung und den Geschäften
seines Vaters an. So glücklich er in den übrigen Verhältnissen
schien, so erlebte er doch den Kummer, daß alle seine Kinder
früh in der Jugend starben. Nur sein jüngster Sohn blieb am
Leben, ein Kind, das immer still und ruhig war und kein Talent verrieth. Als dieser erwachsen war und nach dem Tode
seiner Aeltern die Handlung übernahm, gelang es ihm, das
Vermögen und den Wohlstand des Hauses auf eine unglaub-
liche Art zu vermehren. Er vermied jeden Umgang, lebte in
seinem Hause einsam wie in einem Kloster, und nachdem er
sich mit einer sehr reichen Holländerin vermählt hatte, zog er
sich, wenn dies möglich war, noch mehr von aller Gesellschaft
zurück. Die Menschen behandelten ihn und sprachen von ihm
wie von einem halb Blödsinnigen, und doch vertraute man
ihm unbedingt, und sein Credit in der Kaufmannschaft war
unerschütterlich. Ihn beerbte der einzige Sohn, unser Runde,
und indem dieser jetzt, in seinem reifen Alter, die Reihe seiner
Vorfahren überdachte, schwindelte ihm vor der Ahndung, die
ihr finsteres Angesicht ihm zukehrte, daß in seiner schönen
Emmeline wohl der verzauberte Großvater und dessen Zigeu-
nerin diese unbegreiflichen Launen herausarbeiten möchten.
Wäre es so, sprach er endlich zu sich, wie Recht hatten alsdann unser alter Adel und die Fürsten, auch ehrbare Bürger
und Bauern, keine Mesalliance, keine Fremdlinge und an-

rüchige Menschen in ihren Familien zuzulassen. Es ist also wohl das Blut, was ihre Vernunft und besseren Neigungen verfinstert. Dagegen giebt es denn kein Mittel, und so viel ist gewiß, der bräunliche hübsche Martin hat wenigstens keine Ader von einem Zigeuner und keinen Zug von einem Abenteurer. Da er an die mögliche Krankheit und einen nahen Tod seiner Tochter glaubte, so ersann er in diesen Stunden einen Plan, den er auch Emmelinen mittheilte, und sie kehrten nun endlich über den See nach Thun zurück. Martin war sehr erfreut, die Herrschaft wiederzusehen, und seine Heiterkeit stieg noch höher, als er bemerkte, mit welcher vertraulichen Freundlichkeit ihm Emmeline begegnete, und wie ihn der alte Herr mit Sie anredete und ihn beinah wie Seinesgleichen behandelte. Jetzt nahm auch Emmeline das Hündchen Muntsche unter ihre besondere Obhut und gab es nicht mehr zu, daß das feine Thier sich so müde laufen und auf der Chaussee bestäuben durfte.

Erst als sie die Schweiz wieder verlassen hatten, schloß sich in einer deutschen Stadt der Vater mit dem jungen Fuhrmanne ein, um ihm nach und nach sein unverhofftes Glück zu entwickeln und ihn auf die Rolle vorzubereiten, die er von jetzt in der Welt zu spielen habe. Vorerst wurde an seine Mutter eine Summe gesendet, damit sie ohne Sorgen leben könne; es wurde ihr aber jetzt im Briefe noch nichts von der bevorstehenden Heirath gesagt, damit sich nicht von dort ein Gerücht verbreite, welches den klugen Plan des alten Herrn zerstören könne. Dann sollte Martin mit einem andern Kutscher die Pferde zurücksenden, so wie den Wagen, der in Stuttgard geblieben war, und seinem Herrn melden, daß eine neue Stellung und ein vortheilhaftes Dienstverhältniß, welches sich ihm plötzlich angeboten habe, es ihm unmöglich mache, zu ihm zurückzukehren. Bei allen diesen Erörterungen war dem

jungen Martin nicht anders zu Muth, als wenn er in ein mär-
chenhaftes Feenland gerathen wäre; er that bei jedem neuen
Vorschlag nichts anders, als daß er immer wieder die Hände
zusammenschlug und ausrief: ei du mein Gott! das schöne
Fräulein soll meine Frau werden! Aus mir wollen sie einen
vornehmen Mann machen! Ein Schneider hatte schnell für Martin's Garderobe gesorgt.
Emmeline konnte nicht aufhören zu lachen, als er sich ihr
zum erstenmal in seinem neuen Costum zeigte. Er fühlte sich
zwar etwas gehemmt, doch war sein Betragen keinesweges
ängstlich. Als man sich von der ersten Verwunderung erholt
hatte, scherzte Emmeline und er wie die Kinder mit einander.
Der Alte schien nun schon an die Vorstellung gewöhnt, und
nannte ihn abwechselnd Herr Sendling und Sohn, einmal
überraschte ihn sogar das vertrauliche Du; er ward aber blut-
roth und vermied nachher mit der größten Aufmerksamkeit
diese Anrede. Auch hierüber, wie über Alles, was sich ereig-
nete und angeordnet wurde, konnte Emmeline vor fröhlichem
ausgelaßnen Lachen nur selten in den Ton des Ernstes zurück-
fallen. Dies verstimmte den Alten, der sich bewußt war, welche ungeheure Opfer er dem Eigensinne seiner Tochter gebracht hatte. Er hatte darauf gerechnet, daß sie, die vor
Kurzem noch so innig gerührt gewesen war, auch jetzt eine
edle Empfindung der Dankbarkeit zeigen solle; da sie aber
nur scherzte und mit ihrem Bräutigam alberne Possen trieb,
wurde er ungeduldig. Plötzlich rief sie: nun ja, Väterchen,
deine Kinder sollen ernsthaft sein. Denn in deiner Gegenwart
soll mir mein Bräutigam in diesem feierlichen Augenblicke
den ersten Kuß geben. Sie faßte das schöne Haupt des Jünglings zwischen ihre weißen Hände, und drückte ihm einen
herzlichen Kuß auf die vollen rothen Lippen. Eigentlich, fing
sie dann an, soll diese Weihe das größte Geheimniß im Geheimniß der Liebe sein, wir Beide haben aber eine ernsthafte

Sache ernsthaft in Gegenwart des verehrungswürdigen Vaters verhandelt.

Nach einigen Tagen machte man sich auf den Rückweg. Ehe sie ihren Wohnort erreichten, ließ der Banquier in einer andern großen Stadt, in welcher er ebenfalls ein ansehnliches Haus besaß, den Jüngling dieses beziehn und untergab ihm Dienerschaft und ein nöthiges Einkommen. Hier nannte er ihn Martin Sendling, einen Vetter, der aus weit entlegenen Landen herübergekommen sei, um sich in diesem Theile von Deutschland auszubilden. Lehrer wurden angenommen, ein Tanzmeister und Fechtmeister, sowie ein Virtuos, der dem wißbegierigen Jüngling die Anfangsgründe der Musik beibringen sollte. Martin verwunderte sich im Stillen, daß es so vielerlei Wissenschaften gebe, und daß es so viel Kunst koste, aus einem gewöhnlichen Menschen einen gebildeten zu machen. Er unterzog sich aber mit Lust und Fleiß allen seinen Stunden und versprach dem reichen Schwiegervater, ihm gewiß in Zukunft Ehre zu machen. Emmeline ermahnte ihn, indem sie ihn einigemal lebhaft umarmte, seine Bildung recht zu beeilen, damit ihre Verbindung nicht zu lange hinausgeschoben würde. So reisete sie mit dem Vater ab, nachdem sie mit ihrem Bräutigam noch eine Correspondenz verabredet hatte.

Als man in die Heimath zurückgekommen war, verbreitete sich bald ein ungewisses schwankendes Gerücht, daß Emmeline versprochen sei. Einige nannten einen fremden Grafen, ein paar alte Frauen sogar einen Prinzen; wieder meinten Andre, der Bräutigam sei nur ein gewöhnlicher Künstler. Es fehlte auch nicht an Neuigkeitskrämern, die allem widersprachen und behaupteten, sowie Ferdinand nur von seinen Reisen zurückgekommen sei, werde sich Emmeline mit diesem vermählen.

Martin studirte eifrig; Emmeline schrieb ihm fleißig und freute sich seiner verständigen Briefe; der Vater erzählte oft und viel von seinem weitläufigen Verwandten Martin Sendling, einem hoffnungsvollen jungen Manne, den er vielleicht in einiger Zeit zum Compagnon annähme, und so erhielten die ungewissen Gerüchte in Ansehung des Bräutigams bestimmtere Umrisse. Der Vater besuchte von Zeit zu Zeit den jungen Scholaren und war mit dessen Fortschritten sehr wohl zufrieden. Er wollte aber nicht, daß Emmeline ihn begleitete, um kein unnützes Gerede zu veranlassen.

So waren seit der Rückkehr ungefähr neun oder zehn Monate verflossen, als der Vater seinen Schwiegersohn von jenem Bildungsorte in Person abholte.

Mit aufwallender Freude empfing Emmeline den schönen Jüngling, den sie so lange nicht gesehn hatte, und er wußte ihr in so feinen und zierlichen Reden zu antworten, daß sie es nicht begriff, wie ein Mensch in so kurzer Zeit so völlig verwandelt werden könne.

Sendling besuchte die Gesellschaften und die Freunde seines Schwiegervaters, allenthalben ward er wohl aufgenommen, am freundlichsten vom Baron Excelmann; auch der Rath Ambach zeigte ihm Wohlwollen, nur der reiche Grundmann zog sich völlig zurück, und bewohnte in eigensinniger Laune sein Landhaus, um nicht in die Gefahr zu kommen, seinen Nebenbuhler irgendwo anzutreffen, da er immer noch die schöne Emmeline liebte.

Nach acht Tagen versammelte Runde alle seine Freunde bei sich; auch Ferdinand, der von seiner Reise zurückgekommen, war zugegen. Bei einem großen feierlichen Gastmahl sollte die Verlobung des jungen Paares bekannt gemacht werden; Ferdinand, der jetzt Rath geworden war, fühlte, daß er es ertragen würde; nur Grundmann hatte sich nicht eingefunden.

Die ganze Gesellschaft war in einer gewissen Spannung. Man musterte von allen Seiten den fremden jungen Mann, man redete ihn an, und die jüngern wie die ältern Männer fanden ihn interessant und unterrichtet, und einige wunderten sich nur darüber, wie sich die leichtsinnige Emmeline in einen so soliden Charakter habe vergaffen können.

Endlich erschien sie selbst, und wieder kündigte eine allgemeine Stille den Eindruck an, welchen ihre glänzende Schönheit auf Jedermann machte. Sie schien sehr heiter und wurde nur verlegen, als Sendling sich ihr näherte, um sie zu bewillkommnen. Jetzt meldete der Diener, daß angerichtet sei, und indem man sich in den Speisesaal verfügen wollte, riß sie sich schnell vom Arme Martin's los und eilte wie beflügelt in ihr Zimmer.

Diese Entfernung, die einer Flucht ähnlich sah, machte die ganze Gesellschaft betroffen. Der Vater stand eine Weile wie bewegungslos, dann verbeugte er sich gegen seine Gäste, und begab sich zögernd und mit allen Zeichen der Verwirrung in das Zimmer seiner Tochter. Es befiel ihn ein Entsetzen, als er die Thür öffnete. Sie lag auf den Knien, die Arme auf den Sopha gestützt, die Locken und Flechten ihres Haares waren aufgelöst, das glänzende Diadem und die Ohrgehänge, der Perlenschmuck lagen auf dem Boden verstreut, und sie selbst schluchzte so gewaltsam, daß sie an heftigen Krämpfen fast zu ersticken schien.

Bleich und entsetzt stürzte der Vater auf sein Kind zu. Was ist dir, meine Tochter? schrie er mit zitternder Stimme und hob sie vom Boden auf. Laut weinend warf sie sich an seinen Hals und sagte, nachdem sie die niederfließenden Haare aus dem bethränten Gesicht gestrichen hatte: ach: Vater, ich mache dir vielen Kummer. – Aber was ist dir? Bist du krank? – Nein, aber sterbend in Verzweiflung. –

Er ließ sie auf den Sopha nieder, setzte sich dann zu ihr und faßte ihre Hände: um des Himmels willen sprich, Kind, wenn ich nicht vor Gram sterben soll. Was ist dir zugestoßen?

Drüben im Saal, sagte sie, – ach! lieber Vater, man hat
mir wohl von Menschen erzählt, die verrückt geworden sind,
weil sie ein Gespenst gesehn haben – so war mir, wie ich ihn
dort sah, so fremd, so zum Entsetzen, nein, lieber Vater, unmöglich, unmöglich kann ich ihn heirathen, – nein – er ist ja
ganz – ach! es ist zum Erbarmen! – er ist ja ganz wie die übrigen Menschen geworden! Der Vater sprang auf. Kind! Kind! rief er erschreckt, – du
bist mein Tod, meine Qual. Ich habe dir nachgegeben, das Un-
mögliche gethan, und nun –
Aber ich kann nicht, sagte sie mit einem wilden Ausdruck,
der ihr schönes Gesicht entstellte: warum ist er mir so widerwärtig geworden? Hätte ich ihn gleich dort, in den einsamen
Thälern der Schweiz, abgetrennt von allen Menschen, heirathen können, damals, als er noch so eigen, seltsam, so angenehm war, so hätten wir vielleicht dort bei den Wasserfällen
und himmelhohen Alpen ein glückliches Leben mit einander
geführt. Aber jetzt ist er mir abscheulich. Sieh nur selbst, wie
geziert und steif er ist, wie er die Phrasen drechselt und ihm
die eigentlichen Gedanken ausgehn. So ein Leben, wie er es
jetzt führt, ist kein wahres, lebendiges, nein, er ist ein Gespenst, eine schlechte, Menschen nachgekünstelte Puppe. Und
so ist mein Abscheu vor jeder Heirath von neuem in mir lebendig geworden.

In diesem Augenblick öffnete sich die Thür, der Bräutigam
trat herein, um die Besorgniß, die Furcht und Spannung der
versammelten Gesellschaft zu verkündigen. So wie sein Kopf
nur durch die Thür sichtbar wurde, sprang Emmeline mit
dem Ausdruck des Entsetzens auf und rannte in den Alkoven
hinter die Vorhänge, um sich in ihrem Bette zu verbergen.
Martin stand eine Weile erstaunt, dann machte er Miene, ihr
nachzugehen. Der Vater aber faßte ihn unter den Arm und
sagte ernst: wir müssen jetzt auf jeden Fall zur Gesellschaft

zurückkehren, die unser langes Ausbleiben nicht begreifen wird.

Die Gesellschaft war wirklich in der höchsten Spannung, als der Vater mit dem jungen Manne wieder in den Saal trat.

Meine Herren und Damen, sagte der Alte mit erzwungener Fassung, meine Tochter beklagt es unendlich, daß sie nicht an dem Vergnügen Ihrer Gesellschaft Theil nehmen kann; ein plötzliches Fieber hat sie überfallen, so daß ich sogleich zum Arzt geschickt habe und sehr um sie besorgt bin.

Man war bei Tisch sehr still. Alle beobachteten den Bräutigam und den Vater, und Jeder dachte über den seltsamen Vorfall auf seine Weise, ohne daß es irgend Einer wagte, dem Nachbar seine Bemerkungen mitzutheilen. Der Vater war am meisten beklemmt; es gelang ihm nur wenig, seine völlige Verstimmung zu maskiren, und er fühlte es selbst, daß, so oft er auch den Punkt wieder berührte, keiner seiner Zuhörer an die Krankheit seiner Tochter glaubte.

Alle waren froh, als die Tafel aufgehoben wurde und man das Haus verlassen konnte. Der Vater sagte, als sie allein waren, zu Martin: gehn Sie, Lieber, in diesen Tagen nicht zu meiner Tochter, bis der erste Acceß ihrer Krankheit vorüber ist und sich gemildert hat.

Geehrter Herr, antwortete Martin kurz, es ist mir auch noch nicht eingefallen, sie jetzt zu belästigen. Mit diesen Worten ging er auf sein Zimmer.

Der tief bekümmerte Vater besuchte die Tochter, die sich in das Bett gelegt hatte, nur auf einen Augenblick; er war traurig, verstimmt und auf sich selbst erzürnt, daß seine Nachgiebigkeit und Schwäche, seine zu weichliche Erziehung ihm jetzt diese Trübsal erzeuge. Er fühlte, daß auch Emmeline immer unglücklich sein müsse. Am Morgen brachte ihm der Bediente folgendes Billet: Verehrter Mann! ich kann nur mit Dank von Ihnen scheiden, so unglücklich sie mich auch gemacht haben.

Für meinen ehemaligen Stand verdorben, ist doch keine Fähigkeit in mir, irgend einen andern mit Sicherheit zu ergreifen. Wie wenig Ihre Tochter mich wahrhaft geliebt hat, fühlte ich schon, seit ich wieder in ihrer Nähe war, und ihre ehemalige scheinbare Neigung war auch wohl nur Laune des Augenblicks. Ich will Ihnen und ihr nicht länger lästig fallen! Die weite Welt steht mir offen, und lieber das Aeußerste ergriffen und das Schmählichste erlebt, als in dieser Stellung länger geblieben. Der unglückliche Martin Sendling.

Zweiter Abschnitt.

Nach einigen Wochen war der Vater mit seiner Tochter wieder auf der Reise. Beide hatten es gefühlt, wie sie für einige Zeit sich entfernen müßten, denn die Stadt, deren Einwohner, am meisten aber ihre Bekannten und unter diesen vorzüglich ihre ehemaligen Freunde, waren ihnen unerträglich geworden. Diesmal wendeten sie sich nach Paris, um sich in dieser großen Welt zu zerstreuen. Es gelang auch in so weit, daß Emmeline ihre ehemalige Munterkeit zum Theil wiedererhielt, der alte Mann aber verfiel sichtlich, denn der vielfache Verdruß, die Vorwürfe, die er sich selber über seinen Mangel an Charakter und Festigkeit machte, zehrten an seiner Gesundheit.

Einen neuen Schlag gab ihm die Nachricht, daß ein großes Handelshaus, mit welchem er seit Jahren in Verbindung stand, gefallen war. Man sendete ihm aus seiner Heimat seinen Vetter, den jungen Friedheim nach, welcher ihm die genauen Berichte übergab und mit welchem er nun überlegte und arbeitete, um den Schlag, der ihn treffen sollte, wenn auch nicht ganz abzulenken, was unmöglich schien, doch wenigstens zu schwächen.

Friedheim war in den Geschäften viel brauchbarer geworden, er hatte gelernt und sich angestrengt, um der Handlung
seines Verwandten nützlich zu werden. Der Alte war auch jetzt
viel milder gegen ihn als ehemals und schenkte ihm nach und
nach ein größeres Vertrauen. Dadurch ward der junge Mann in
alle Verhältnisse eingeweiht und konnte, so gestellt, dem Alten
auch erst wahrhaft nützlich werden. In den Freistunden machte
er sich eben so ein angelegentliches Geschäft daraus, Emmeline
mit seinen gewöhnlichen Possen aufzuheitern und zu zerstreuen. Wenn sie spazieren, oder in die Theater ging, spielte er
den dienenden Cavalier, ebenso begleitete er sie in Gesellschaften. Sie war mit ihm sehr zufrieden, denn schmiegsam, wie er
war, fügte er sich in alle ihre Launen, und wenn sie verdrüßlich
war, ließ er sich, als wäre er ein gewöhnlicher Diener, alles von
ihr bieten. So war er denn der Ableiter ihres Zornes und aller
jener eigensinnigen Störungen, die vormals oft den Vater tra-
fen, und deshalb sah dieser es nicht ungern, wenn Emmeline
Alles, was sie kaufen wollte, ihm auftrug, wenn er eben sowohl
Gesellschafter, Vertrauter, wie Diener und Spaßmacher war.
Auf diese Art, sagte der Alte zu sich, mag wol mancher Günst-
ling die hohe Staffel seines Glücks erstiegen haben, indem er
ohne Aengstlichkeit Alles ausrichtete, was man ihm auftrug,
nichts übel nahm, ohne Gewissen und Ehre niemals eine
Würde behaupten wollte, und niemals gestört war, wenn er im-
merwährend, im Geheim wie öffentlich verachtet wurde und
man ihm diese Verachtung auch in keiner Minute verhehlte.
Eines solchen Vertrauten bedarf mancher Hochgestellte, weil
er mit allen eignen Fehlern seiner Creatur gegenüber sich noch
der Achtung würdig fühlt. Daß aber mein nichtsnutziger Vetter
dies alles so erträgt, und daß meine Tochter so mit ihm die Fürstin spielt, ist wahrlich bejammernswürdig.

Doch bemerkte er, wie Emmeline ernster und gesetzter
wurde. Ihre Launen wechselten nicht mehr so schnell und

gewaltsam, er fand sie oft nachdenkend, oder in einem ernsthaften Buche lesend, und wußte nicht, ob er sich über diese Aenderung freuen, oder sie auch nur für Krankheitsanzeige halten solle. Die Verwicklung seiner Verhältnisse trat aber bald darauf in eine so entscheidende Krisis, daß er nicht mehr Zeit und Stimmung hatte, um dergleichen Dingen nachzusinnen. Es war nöthig, den Vetter mit einer unumschränkten Vollmacht nach Brüssel zu senden, um dort nach eigner Willkür und nach seinem Befinden der Umstände zu verfahren. Er würde selber diese Reise gemacht haben, wenn er sich nicht zu schwach gefühlt hätte. So durfte der Vetter also dort nach seiner Einsicht Summen aufnehmen, Schulden tilgen und Alles schnell und bestimmt leiten und abschließen, wie er es für die Wohlfahrt und die Ehre seines Patrons am besten fand. An Kenntniß, an Einsicht fehlt es dir nicht, sagte der Vater, als er den jungen Mann zu seiner Reise beurlaubte, du kennst alle Verhältnisse meines Hauses, mein ganzer Glücksstand, alles liegt klar vor dir. Es ist auch dein eigner Vortheil, wenn du Alles zum Besten wendest, und schnell und besonnen; denn ich werde dir deine guten Dienste niemals vergessen, und wie ich dich belohnen soll, darfst du bei deiner Rückkehr nur selbst bestimmen.

Vielleicht, sagte der Abreisende, daß uns alsdann ein näheres Band verbindet. Er küßte mit diesen Worten, was er noch niemals gethan hatte, die Hand seines Beschützers. Der Alte war verlegen, und als er sich nach der Tochter umblickte, sah er, daß diese glühend roth geworden war. Was geschehn soll, wird sich finden, antwortete er fast stotternd, nur schnell hin und zurück, denn jeder Augenblick kann große Summen verschlingen.

Sei ruhig, mein Kind, sagte der Vater, als Friedheim das Zimmer verlassen hatte, um den Wagen zu besteigen. Diese Unverschämtheit des jungen Sausewinds muß dich nicht ärgern oder betrüben; er ist durch deine Güte und vertrauliche Herablassung so dreist geworden, aber er wird zufrieden sein, auch auf andre Weise bezahlt zu werden.

Ach, lieber Vater, sagte sie mit einem schweren Seufzer, wir sind unglücklich, und ich fürchte, ein großer Theil davon fällt auf mein Haupt als meine Schuld zurück. Dir habe ich schon vielen Kummer gemacht; das Gefühl hat meinen Stolz gebrochen, und so bin ich über diese seine Anmaßung nicht so empört, wie du es scheinst.

Das wäre ein trefflicher Schluß deines Lebenslaufes, sagte der Alte, mit einem solchen verbunden zu sein. Aus dem gesunden, redlichen Martin konnte alles werden, wenn ihr euch nicht Beide einer unbegreiflichen Thorheit überlassen hättet. Verliere nicht den Muth, mein Kind, unser Schicksal wird wieder eine bessere Wendung nehmen. Du bist jetzt immer so ernst, die Röthe deiner Wangen verschwindet, die Augen werden matt. Ueberlaß dich nicht dem Gram, auch ich werde Lebenslust und Heiterkeit wiederfinden. Das scheint wohl ausgemacht, daß ich den besten und frohesten Theil meines Daseins schon hinter mir habe, aber mit dir ist es ein andres, du mußt erst noch recht zu leben anfangen.

Ich habe allen Muth verloren, sagte sie. Mag Friedheim sein, wie er will, war seine Abreise auch unvermeidlich, mir wird er fehlen. Wer soll mich jetzt führen? Wer alles für mich besorgen? Viel kann freilich die Baronesse Duval thun, die mir einige ihrer jungen oder ältern Cavaliere abtreten muß.

Diese leichtsinnige, ja ausgelassene Witwe, sagte der Vater, sehe ich nur ungern so oft mit dir, sie ist deines Vertrauens unwerth; auch ist ihr Ruf, selbst hier, wo man darüber anders denkt als bei uns, so schlecht, daß es mich ängstigt, dich viel in diesem Hause zu wissen.

Ruf? Name? rief die Tochter; was können die beweisen! Die besten Menschen sind in der Regel am meisten verleumdet.

Folgte man jenen Moralisirenden, so wäre das Leben gar nichts werth, und man endete damit, alle Menschen zu verachten.

Der Vater verließ sie mit einem misbilligenden Kopfschütteln, und sie fuhr zur Witwe, um sich zu trösten und zu zerstreuen.

Der Alte hatte nicht ähnliche Mittel, sich über seinen Kummer zu erheben. Er sah mit der größten Spannung und fast in einem fieberhaften Zustande den Briefen seines Geschäftsträgers entgegen. Dieser schrieb gleich von Brüssel, die Sachen ständen schlimmer, als sie Beide hatten erwarten können. Er thue das Mögliche und sei gezwungen, bei Gerichten und Advokaten Hülfe zu suchen. Der kranke Vater wurde durch diese Nachricht noch schwächer und war schon im Begriff, obgleich es fast unmöglich schien, die Reise nach den Niederlanden selbst zu unternehmen. Hin und her schwankend, Anstalten treffend und vom Doktor wieder überredet, zu bleiben, wurde er bald durch eine erschreckliche Nachricht aus diesem Zustand der Ungewißheit gerissen.

Zitternd, bleich und entstellt wie ein Sterbender, trat er in das Zimmer der Tochter, die er in einem Fieberanfalle traf. Er konnte ihre Krankheit aber jetzt nicht beachten; auch mochte sie ihm, den sie mit Entsetzen betrachten mußte, nicht mit ihren gewöhnlichen Klagen entgegenkommen. Der Vater stürzte schreiend an die Brust der Tochter, seine Arme und Hände umklammerten sie in krampfhaftem Druck. Er schien die Sprache verloren zu haben. Wenn ich nicht auf der Stelle sterben soll, rief Emmeline, so sprich, Vater. – Was ist es? was ist vorgefallen?

Ein Brief war angekommen. Nicht von Brüssel selbst, sondern aus der Heimath. Diesen hielt der Vater noch in der Hand. Wisse, rief er, der Elende, der ehrlose Friedheim –

Um Gottes willen! Warum nennst du ihn so?

Er hat meine Vollmacht gemisbraucht – alle Gelder, so viel er konnte, in meinem Namen aufgenommen – hat alle Gläubiger unbefriedigt gelassen, mit keinem nur gesprochen – und ist als Dieb mit meinem ganzen Vermögen nach Amerika entflohn!

Fast ohnmächtig setzte sich der alte kranke Mann in den Sopha neben seine Tochter. Beide sahen sich stumm an. Endlich sagte sie: Also so ist es gemeint? So ist die Entwickelung? Nicht wahr, Vater, es ist entsetzlich? Furchtbar und gräßlich ist unser Schicksal, sagte der Alte. O ich weicher leichtsinniger Thor, daß ich einem Verworfenen so unbedingt trauen konnte! Wir sind Bettler, und ehrlose Bettler; denn ich kann die Schulden in Brüssel nicht bezahlen.

O, das ist noch lange nicht alles, sagte die Tochter jetzt mit lautem Lachen der Verzweiflung: wäre er hier, der ehrlose Dieb, der als infam gebrandmarkte, ich würde mich im Staube zu seinen Füßen winden, daß er barmherzig sein, sich so erniedrigen möchte, mich zu seinem Weibe zu nehmen. Schon bei seiner Abreise war dies der stolzeste Wunsch meines Herzens.

Der Alte sprang auf. Wie? schrie er mit einer entsetzlichen Stimme: Ungerathene! Verworfene! was sagst du mir da?

Emmeline rannte durch das Zimmer, bleich und entsetzt, dann fiel sie zu seinen Füßen nieder und sagte: Ja, ich bin Mutter von diesem verworfnen Elenden.

Der Alte hob den Fuß auf, um sie fortzustoßen, doch besann er sich und trat, vor sich selber schaudernd, zurück. Nein, rief die Verzweifelte, stoßen Sie mich, vernichten Sie mich, Zärtlichster, Großmüthigster aller Menschen. Ich bin eine Verworfene und nur zu Ihrem Unglück zur Welt geboren. Mir bleibt nichts als Tod und Vernichtung.

Ja, ich fluche dir, rief der Alte, den die Wuth von Neuem übernommen hatte; stirb! vergehe! werde ein Nichts, und alle

meine Liebe für dich, meine übergroße, wahnsinnige Zärtlichkeit, meine verruchte, verächtliche Schwäche sei auch verflucht, mit hundert tausend Flüchen, Alles, was ich war,
dachte und wollte, mein Stolz auf dich und deine Schönheit
sei mir in der Erinnerung Raserei und Hohngelächter.

So sei es, sagte sie erschöpft, ich fühle, daß ich alles dies,
daß ich noch mehr verdiene. Ich will fort, und durch die Welt
mit meiner Schande betteln gehn.

Sie wand sich auf dem Boden, wie ein Gewürm, und der
Alte ging im Zimmer händeringend auf und ab. Dann ging er
auf sie zu, hob sie vom Boden auf und sagte heftig weinend:
Nein, komm, du bist und bleibst doch mein Kind. Was wäre
das Vaterherz, wenn es sich nicht erbarmen, wenn es nicht die
schwersten Vergehen auch verzeihen könnte? Flehen Mörder
und Räuber zum unsichtbaren Gott und hoffen auf Barmher-
zigkeit, so darf das Kind mit noch mehr Vertrauen zum leiblichen Vater aufschauen und das ganze Herz in seinen liebenden Busen ausschütten.

Er nahm die ganz erschöpfte Tochter auf seinen Schoos,
liebkoste sie und trocknete ihre Thränen. Nimm die Haare
aus dem Gesicht, sagte er dann, und mache mir es nur begreiflich, wie du grade an diesen Menschen, den ich von jetzt
an nicht wieder schimpfen will, verloren gehen konntest.

Eben weil ich ihn verachtete, antwortete sie mit bebender
Stimme. Die Natur, die Heiligkeit der Ehe, die Würde und
Weihe des Menschen, alles rächt sich jetzt an mir, weil ich
alles dies verspotten konnte. Er war in meinen Augen der
letzte aller Menschen, und darum glaubte ich auch, daß er
sich jede Vertraulichkeit erlauben dürfe. Die Witwe Duval
nahm ihn ebenfalls in ihren Schutz, und es mochte wohl ein
Complott von Beiden sein, mich durch meinen Leichtsinn und
diese aberwitzige Sicherheit zu verderben. Sie lachte über
alles, was geschah; sie sprach mit leichter Zunge die größten

Frevel aus, und mein verkehrter Sinn ergötzte sich an diesem Witz, wie ich das Schandbare nannte. So, mich selbst und die Menschheit erniedrigend, wurde ich zu jener Abscheulichkeit geführt, die mir, vom Aberwitz trunken gemacht, als gleichgültig erschien. Als ich nun der abscheulichen Französin meinen Zustand bekannte und Hülfe von ihr begehrte, sagte sie mir mit schadenfroher Kälte, ich solle mich nicht verwundern, wenn sie sich jetzt meinem Umgang entzöge und mir ihr Haus verschlösse, denn dies sei sie sich und ihrem Rufe schuldig.

Armes, liebes Kind, sagte der Alte hierauf mit leisen Tönen: laß uns beisammen bleiben, so lange der Himmel uns noch unser Leben schenkt, wir wollen uns gegenseitig trösten und erheitern. Wir sind Bettler und ganz unglücklich, das wollen wir uns gestehn. Deinen Schmuck, meine Equipage und was wir sonst Werthvolles und Ueberflüssiges besitzen, wollen wir zu Gelde machen, uns mit der kleinen Summe in eine stille Einsamkeit, ein wohlfeiles Oertchen zurückziehn und die ganze übrige Welt vergessen, um nur uns zu leben, um uns zu lieben, so lange das Leben, oder das kleine Capital ausreicht. Nicht wahr, mein Kind?

Sie war mit Allem zufrieden, so zerbrochen und gedemüthigt, wie sie sich in allen ihren Kräften fühlte; sie hatte nur noch so viel Energie, um mit gerührter Dankbarkeit die Großmuth und Liebe des väterlichen Herzens zu empfinden.

Schon dachte am Nachmittage der kränkelnde Alte daran, die Projekte in Wirklichkeit zu setzen, als ein freundliches Schicksal plötzlich alles anders wendete. Der Großmüthigste aller Freunde hatte schon in der Heimath, sowie die Abscheulichkeit Friedheim's nur kund geworden war, die Handlung und die Ehre Runde's gerettet ; mit seinem ganzen unermeßlichen Vermögen war er eingetreten, hatte alle Gläubiger befriedigt und alle fälligen Wechsel bezahlt, und so war der Credit des angesehenen und berühmten Hauses unerschüttert geblieben. Jetzt war er selbst im Fluge nach Paris geeilt und nach einigen Tagen reisete Emmeline als die Gattin Grundmann's mit diesem und ihrem Vater in die Bäder von Barèges.

Es waren Jahre verflossen. Grundmann hatte den Rest seines Vermögens nach und nach aus der Handlung gezogen und lebte jetzt die meiste Zeit auf einem Gute, in einer angenehmen Gegend des Landes. Sein Schloß war groß, bequem eingerichtet und reichlich mit Allem versehn, was das Leben schmücken und ihm Reiz und Anmuth geben kann. Der alte Runde kränkelte, und die Aerzte, seine Freunde, versicherten einstimmig, daß er nicht lange mehr leben könne. Seine Tochter war mit ihm aus Barèges als ein verwandeltes Wesen zurückgekommen. Nach ihrem Wochenbette, von welchem Niemand in der Heimath etwas wußte, war sie voller und stärker, aber auch um Vieles älter geworden. Ihre blühende Farbe war verschwunden, ihre Augen leuchteten nicht mehr von jener Jugendfrische, die ehemals alle Menschen bezaubert hatte. Alle Freunde und Besucher des Hauses gestanden, wie sie in dieser Gestalt zurückkam, daß sie sie wahrscheinlich nicht, wenn sie es nicht gewußt, als die Tochter Runde's wiedererkannt hätten. Auch ihr Temperament, sowie ihr Betragen, war verwandelt; sie war ernst und still und vermied die Gesellschaft; Bälle und Tanzbelustigungen waren ihr zuwider, und so stellte sie, im lebhaftesten Contrast mit ihrem früheren Wesen, das Bild einer ernsthaften, fast strengen Matrone dar.

In der großen bewegten Welt hatte sich unterdessen auch Vieles umgestaltet und eine neue Geburt der Zeiten stand bevor. Das große, unüberwindliche Heer der Franzosen hatte in Rußland seinen Untergang gefunden, der Brand Moskau's hatte wie eine neue Morgenröthe durch Deutschland geleuchtet, alle aufgegebenen Plane, Hoffnung und Kraft erwachten, und Jedermann war so aufgeregt und gespannt, daß er von jedem neuen Tage neue Wunder erwartete.

In der Stadt war indessen der Rath Ambach gestorben und Ferdinand, sein Sohn, in seine Stelle getreten. Excelmann lebte an einem fremden Hofe und Runde schmachtete auf einem schmerzvollen Krankenlager. Er wäre sehr verlassen gewesen, wenn seine Tochter nicht von ihrem Gute herübergekommen wäre und seiner mit kindlicher Liebe gepflegt hätte. Alle in der Stadt, welche sie vorher gekannt hatten, bewunderten sie und begriffen es kaum, daß sie einer so edeln Aufopferung fähig sei. Der gutmüthige, liebevolle Grundmann leistete dem Kranken auch oft Gesellschaft, und so verlebte der Vater seine letzten Tage in Aufheiterung und stiller, scheinbarer Zufriedenheit. Was er erfahren hatte, seine wankende Ehre, die auf dem Spiel stand, sein fast eingetretener Bankrott, vorzüglich aber der Gram und die Erschütterungen, die ihm der Leichtsinn seiner Tochter verursacht, hatten seine Kraft aufgezehrt. Er konnte sich von diesen Schlägen niemals wiedererholen, und seine jetzige Krankheit, welche die Aerzte aus ganz andern Ursachen herleiteten, war nur die Folge jener Begebenheiten.

Seit Emmeline wieder in der Stadt war, vermied der junge Rath Ambach das Haus, in welchem er ehemals so oft gewesen war, und der Kranke entschuldigte diese scheinbare Vernachlässigung, weil er fühlte, daß der Anblick der Tochter für Ferdinand verwundend sein müsse. Dieser hatte sich seitdem auch verheirathet und lebte mit der jungen bescheidenen Frau ruhig in einem kleinen Kreise von Freunden.

Wie viel Liebe die Tochter auch dem kranken Vater bezeigte, so war ihr Wesen doch nicht heiter und freundlich, ihre Miene war ernst und fast feierlich , und sie sang selbst nur ungern dem Vater jene Lieder oder Arien vor, die sie vormals so sehr geliebt hatte. Es war eine Eigenheit, daß sie seit jener schrecklichen Scene in Paris und ihrer bald darauf folgenden

Verheirathung den Vater immer mit »Sie« anredete; der Kranke konnte sie nicht dahin bringen, daß sie, wie sonst, das vertrauliche »Du« aussprach. Als er es foderte, sagte sie: Das hätte niemals eingeführt werden sollen, der Vater tritt durch diese einzige Sylbe, die sich die Kinder erlauben, diesen viel zu nahe. Die Furcht verschwindet wie die Ehrfurcht und es liegt nicht so gar fern, daß der Uebermuth den Vater erniedrigt. So gestattete sie es auch nicht, daß irgend wer, selbst der Vater nicht, sie jemals Emmeline nennen durfte. Diese, hatte sie einmal geäußert, ist längst gestorben und wird niemals wieder zum Leben erwachen. Wie schnell, liebster Vater, ist die Schönheit verschwunden, mit welcher diese unglückselige Emmeline prunkte. Diese Herrschaft, in der meine Eitelkeit sich so glücklich fühlte, ist bald gestürzt worden, um Reue, Pein, Gewissensvorwurf und traurige Langeweile auf den Thron zu setzen.

Du solltest dich aber nicht immerdar so quälen, Kind, sagte der Alte.

Wo keine Schönheit ist, erwiderte sie, da wird nur Widerwille erregt: – »und was nicht reizt, ist todt« – wie jene Prinzessin so richtig sagt.

Ich hoffte, sagte der Kranke, du würdest im Reichthum, mit einem Gatten verbunden, der jeden Wunsch von dir für Befehl hält, dich glücklich fühlen und die vorigen Tage vergessen. Aber du wünschest nichts, du verlangst nichts, du grübelst in deinem Innern, du bist mit dir und der ganzen Welt unzufrieden.

Halten Sie fest an dem Gedanken, lieber Vater, daß ich gestorben bin. Was soll ich wünschen? Das Leben? Es kehrt nicht wieder. Den Tod? Er ist da und wird auch bald dieses Scheinbild völlig auflösen.

So muß ich denn, fuhr der Alte fort, mein Leben beschließen und kann den Trost nicht mit mir nehmen, daß ich dich glücklich weiß. Und auch das bekümmert mich, daß du den hohen

Werth deines Gatten nicht erkennst. O, Kind, als er an jenem
Nachmittage, nach jener entsetzlichen Entwickelung zu uns
trat, mir mit dem einfachen Händedruck sagte, daß er als Bruder mich und meine Ehre gerettet habe, als er nun gar unter
verzeihenden Thränen dich, die ganz Unglückselige, in seine
Arme nahm und dich, um dir Namen, Leben und Alles zu retten, seine Gattin nannte, – o, da war mir, als wenn ein Engel,
ein hoher Geist voll Milde und Liebe mir erschienen wäre und
mir Seligkeit brächte. Das war nach der schmerzlichsten die
schönste Stunde meines Lebens. Kannst du, Tochter, diese Tugend nicht würdigen, diese Liebe nicht erkennen? Er klagt zuweilen über deine Kälte und Zurückgezogenheit. Verdient er
diese? Er hat mir geschworen, daß alles Das, was er für uns
gethan, ihm kein Opfer gewesen sei; daß es ihn selbst beglückt
habe, uns zu retten, und daß er schon belohnt sei, wenn er dir
nur eine Thräne trocknen, eine Freude oder Beruhigung geben
könne. Ich habe durch unser Schicksal erst das himmlische
Gemüth, die unbedingte Aufopferung dieses stillen, ruhigen
Mannes kennen lernen. Daß ein Mensch so völlig allen Egoismus abstreifen könne, habe ich nicht für möglich gehalten. Ist
sie es doch, sie, die Einzige, hat er mir gesagt, die ich im Herzen getragen habe und immerdar hege; jetzt kann ich beweisen, daß nicht ihr Reichthum, ihre Schönheit und etwas Ver-
gängliches mich an sie fesselten, es war und ist ein Ewiges.

Ich ehre ihn, sagte die Tochter, da aber meine Jugend und
die ganze vormalige Emmeline dahin ist, so kann ich ihm auch
nur mit dem Gefühl entgegenkommen, mit welchem ich die
ganze Welt betrachte. Er muß keine Leidenschaft von mir verlangen, keinen muntern Leichtsinn; wohin beide führen, habe
ich wohl erfahren.

Grundmann kam zu ihnen. Er war sorgsam um den Freund
bemüht und suchte ihn durch vielerlei Erzählungen zu erheitern. Man sprach denn auch allerhand von den politischen

Begebenheiten des Tages, von den Franzosen, die in den verschiedensten Gestalten des Erbarmens durch Deutschland zögen; wie viele stürben, oder als Folgen der Leiden und Anstrengung den Verstand verlören. So ist mir nun, sagte Grundmann, von einem alten Freunde ein französischer Capitain auf das dringendste empfohlen worden, der sich eine Zeitlang draußen bei mir aufzuhalten wünscht. Er hat oben in Preußen im Hause meines Freundes eine gefährliche Krankheit überstanden, ist noch nicht ganz genesen, will aber bei uns, da er seines Zustandes wegen einen längeren Urlaub hat, die Wiederkehr seiner Gesundheit abwarten. Mein Freund, ein reicher Handelsherr, ist diesem Franzosen vielfach verpflichtet, weil er im Stande war, ihm im vorigen Jahr einen großen Theil seines Vermögens zu retten. Wir werden ihn also als einen guten alten Bekannten behandeln müssen, damit sich dieser Capitain Geoffroy in unserm Hause gefalle.

Das ist also derselbe Mann, sagte der Kranke, der beim Durchmarsch sich so wacker betrug, als damals der Proceß und die verleumderische Anklage wegen Smuggelei und Verletzung der Sperre deinen Freund verderben sollte?

Derselbe, sagte Grundmann; seine Aussagen, da er selbst beim Cordon gewesen war, und seine Bravheit, daß er sogar den Zorn seiner Vorgesetzten nicht fürchtete, haben meinen Freund damals gerettet.

Nun, sagte der Vater mit matter Stimme, ich werde es nicht mehr erleben, aber allen diesen Unsinn, diese barbarischen Anstalten sind wir ja hoffentlich nun los. Ihr, Kinder, lebt einer schönern Zukunft entgegen.

Die Krankheit des Alten zog sich noch einige Tage hin, und als er sein Ende nahe fühlte, ließ er in Geheim den Rath Ambach zu sich kommen. Diesem Redlichen übergab er Briefschaften und Anweisungen, so wie ein Capital, und er beschwor ihn, niemals und zu keinem Menschen von diesem

Geheimniß etwas verlauten zu lassen. Ambach versprach es und dankte dem Alten für dies Vertrauen, denn er begriff, warum diese Verhandlung auch der Tochter und dem Schwiegersohne verborgen bliebe. –

Der alte Vater war begraben und Grundmann kehrte mit seiner tief betrübten Gattin auf sein Gut zurück. Nach wenigen Tagen kam der angemeldete französische Officier an, noch krank, aber doch heiter und gesprächig. Sein Ansehn deutete, nach den vielen Leiden und der Krankheit, auf ein höheres Alter, als er wahrscheinlich erreicht hatte, die tiefen Narben auf der Stirn und im Angesicht auf seine Bravour und wie oft er in Lebensgefahr gewesen sei; ein starker, finsterer Bart verschattete den Ausdruck seiner Mienen und gab dem höflichen Manne etwas Abschreckendes und Herbes, was noch seine tieftönende Stimme vermehrte.

Der stille, freundliche Grundmann empfing seinen Gast mit allen Zeichen des Wohlwollens, dieser schien auch die Herzlichkeit seines gutmüthigen Wirthes zu erkennen und, wenn auch auf eine etwas barsche Weise, zu erwidern. Bei Tische erschienen der Amtmann und Prediger des Ortes, sowie einige nahe wohnende Edelleute mit ihren Frauen, und man war fröhlich und suchte den Fremden mit Erzählungen und Gesprächen zu erheitern. Dem Capitain fiel der Ernst der blassen Wirthin auf, die sich nicht viel um ihre Gäste kümmerte und erst aufmerksam wurde, als er gegen Ende der Mahlzeit das ungeheure Elend der französischen Armee auf ihrem Rückzuge schilderte. Man sprach nur französisch, weil es schien, man es auch so voraussetzte, daß dem Kriegesmann die deutsche Sprache unverständlich sei. Alle waren erschüttert und die Frau des Hauses sagte endlich: Zu selten halten wir uns im Leben den Spiegel solchen Unglücks und dieser ungeheuern Begebenheiten vor, und daher kommt es, daß wir uns mehr

oder minder in einem kleinlichen Egoismus verlieren. Man
weiset solche Schilderungen gern ab und nennt sie märchen-
haft und übertrieben, damit nur unser Wohlbehagen nicht gestört und unsere verweichlichte Phantasie nicht aufgeschreckt
werde. In diesen Bildern lernen wir aber erst, welchen tiefen
Sinn das Leben habe.

Der Capitain sah sie mit großen und forschenden Augen
an, er schien fragen zu wollen, wie eine junge Frau zu der melancholischen Wollust komme, vorzugsweise sich den Bildern
des Schrecklichen hinzugeben. Doch wurde das Gespräch jetzt
unterbrochen, weil man vom Tische aufstand.

Die Spannung der Gemüther war mit Recht groß, die Aufregung in jener Zeit allgemein. Jeder hoffte, daß Deutschland
sich wieder erheben würde, es war möglich, daß auch diese
Gegend der Schauplatz des Krieges werde, der Abscheu gegen
die Tyrannei des Fremden, da Alle gelitten hatten, war allgemein, und viele gutmeinende Patrioten wollten es Grundmann
verübeln, daß er grade jetzt einen Franzosen in seinem Hause
so wohlwollend verpflege und als einen Freund behandle. Als
unter den beiden Gatten das Gespräch hierauf fiel, sagte sie:
Ueber die sonderbaren Menschen! Als müßte man an dem
Einzelnen, der uns als Gast anspricht, den Haß auslassen, den
uns Deutschen diese Regierung einflößen muß. Du erfüllst die
Bitte deines Freundes, welcher wohl dergleichen fodern darf,
und verschwendest gewiß deine Güte an keinen Unwürdigen,
denn dieser Fremdling scheint mir ein sehr wackrer Mann, der
im Herzen vielleicht selber ein Feind der Tyrannei ist.

Die Nachbarn aber, da der Krieg unvermeidlich schien, zogen sich immer mehr von Grundmann zurück, um seinem be-
herbergten Fremdling nicht zu begegnen. Grundmann ver-
argte seinen Bekannten diese Engherzigkeit nicht, weil sie aus
einer guten Quelle floß; mehr verstimmte es ihn, daß auch in
der Stadt alte Freunde ihn vermieden und manche Voreilige

ihm geradezu den Vorwurf machten, er sei ein Freund der Franzosen, was sich in diesen Zeiten durchaus nicht gezieme.

Grundmann blieb also auf seinem Gute, ritt, wenn es schönes Werter war, mit dem Capitain spazieren, oder Beide gingen auf die Jagd, doch war der Franzose nur ein ungeschickter Schütze. Im Hause las man und Grundmann fühlte sich geschmeichelt, daß der Fremde oftmals gerührt war und ihm bezeugte, daß er mit vielem Ausdruck und angenehmer Stimme vortrage. Oft war die Frau zugegen, die sich aber lieber zurückzog, wenn etwas Poetisches vorgetragen wurde.

Fürchten Sie sich nicht, sagte der Capitain, als er mit der Frau im Garten spazieren ging, daß Sie vielleicht in einigen Monden hier mit in die Kriegsscenen verwickelt sein können? Warum fürchten? erwiderte sie; sterben, wovor die meisten Menschen zittern, denke ich mir als etwas Leichtes, und fliehen, und mich anderswohin begeben, bleibt uns wahrscheinlich noch offen. Einbuße am Vermögen, Abbrennen unserer Häuser und dergleichen, soll man das nicht verschmerzen können?

Der Fremde sah sie mit Erstaunen an. So, antwortete er, spricht nur der Held, oder die Verzweiflung; Sie sind aber zu glücklich, um trostlos sein zu dürfen, darum müssen diese sonderbaren Worte einer erhabenen Gesinnung entströmen.

Erhaben? erwiderte sie mit einem bittern Lächeln, was nennen wir so? Ich glaube an die Sache nicht, und darum kann mir auch diese Bezeichnung mit Tönen gleichgültig sein.

Der Capitain wurde verwirrt. Verehrte Frau, fing er wieder an, wie kommt es, daß Ihr Herr Gemahl, der doch ein feiner und gebildeter Mann ist, sich noch so trägt in Frisur und Kleidung wie um 1780?

Die Frau lachte laut und mit dem Ausdruck der Heiterkeit. Das fragen Sie mich?

Ja, und warum nicht?

Warum ist der Katholik katholisch und der Grieche griechisch? Einer betet den Rosenkranz, der andere klappert, um andächtig zu sein: hier liegen sie platt hingestreckt, dort knien sie, um dem Himmel näher zu sein, und in Amerika gibt es eine Sekte, deren Kirchendienst darin besteht, sich Rock und Weste auszuziehen und singend zu tanzen und zu springen, wodurch sie sich Gott geneigt machen wollen. Es ist eben seine Religion, so gepudert und frisirt zu gehen, und läßt keine weitere Erklärung zu.

Die Sache auf die Art deutlich zu machen, schien dem französischen Capitain doch noch nicht klar genug, er sagte daher nach einer kleinen Pause: Mir wird es schwer, Sie zu verstehen. Sollten Sie doch nicht glücklich sein?

Glücklich? wiederholte sie, glauben Sie mir, nur Diejenige ist glücklich, die als Mädchen gar nicht denkt, die nichts will, oder die sich für den Mittelpunkt der ganzen Schöpfung hält. – O, wären nur nicht die Tugenden in der Welt.

Ich verstehe Sie nicht.

Es gibt eine Großmuth, fuhr sie fort, in einem Tone, als wenn sie nur mit sich selber spräche, – eine Aufopferung, ein so edles Wesen, daß man zehnmal lieber völlig zu Grunde gehen möchte, als von diesen christlichen Tugenden abhängig werden.

Wer viel erlebt, sagte der Officier, wird die Menschen überhaupt wohl anders ansehn, als es ein einsamer Priester, oder ein einfältiger Landmann im Stande ist.

Sehr wahr! Und so ist die Peitsche, die den Sklaven bis auf das Blut geißelt, oft nicht so schmerzend und demüthigend, als die scheinbare Liebe und die Großmuth so mancher kalten, seelenlosen Geschöpfe, die oft für Märtirer gelten, während sie doch warlich nur die Marterknechte sind. Die Folter ist abgeschafft, als barbarisch: aber Blicke, Worte – o, ich kann nicht Alles sagen, was ich fühle und denke.

Der Officier sah vor sich nieder. Edle Frau, fing er nach einer Pause an, ich muß fürchten, daß Sie in der Ehe nicht glücklich sind.

Warum nicht? antwortete sie mir einem herben Ton; sind wir denn dazu berufen, um glücklich zu sein? Und ist denn die Ehe etwa eingesetzt worden, um eine solche Foderung und unreife Grille zu befriedigen? Die Zeit, uns, unsere Bestimmung und Tod und Leben vergessen, dieser Rausch ist Glück: Besinnung, Denken, Fühlen, Ernst und Tiefsinn sind Unglück. – Sie sagen, die Ehe sei ein Band zwischen Mann und Frau? Nicht wahr?

Nun freilich. –

Und wo sind denn diese Männer, von denen uns die alten Sagen erzählen? Sind sie nicht ebenso gut wie die Mammuth und andere Riesengeschöpfe antediluvianisch? Diese alten Weiberchen mit den glasirten Handschuhen und den denkenden Furchen in der Stirn, wie von der Wäscherin eingeplättet, diese roth und weißen Kinderchen mit den glänzenden Augen, oder diese wandelnden Haubenstöcke mit dem regelrechten Blicke – je nun, freilich Männer, wie die jetzigen kleinen Armadills ein Auszug und eine Andeutung an jene Riesen-Panzerthiere der alten Vorzeit sind. Es ist eben nur das umgekehrte Perspektiv der Gegenwart, wodurch Alles verkleinert wird, was die Natur ursprünglich als groß gemeint hatte.

Der Capitain wußte nicht mehr, ob er lachen oder ernsthaft bleiben sollte, in dieser halben Verlegenheit sagte er: Wie es Ihnen mit den Männern ergeht, so auf ähnliche Weise mir mit den Mädchen und Weibern. Ich möchte auch behaupten, daß dieses Geschlecht ausgestorben sei und nur noch nachgeahmte Puppen übrig geblieben sind. Macht Schönheit und Reiz allein die Weiblichkeit aus? Nur der junge unerfahrene Mensch kann das behaupten. Und doch, kaum ist diese Rosenzeit vorüber, wie lassen sie sich fallen, alle diese Weiberchen, und möchten Perücken aufsetzen und Orden umhängen, oder sich zu Magistern machen lassen, um nur für irgend Etwas noch zu gelten. Aber, wenn die Weiblichkeit nicht etwas Ewiges ist – ist sie denn etwas Anderes, als ein elendes Maskenspiel der Natur?

Sehr wahr, antwortete sie lebhaft, – aber wo sind diese männlichen Männer, die in der Larve etwas mehr als die Larve sehn?

Glauben Sie mir, schöne ernste Frau, sagte der Officier, so selten es in meinem Stande sein mag, ich habe immer die Weiber verschmäht.

Verschmäht! rief sie aus, das kann ich nicht von mir sagen, ich habe keine Männer gesehn: diejenigen, die sich dafür ausgaben, zu verachten, hat mich nicht große Anstrengung gekostet. So alt ich geworden bin, so habe ich doch in dieser langen Zeit nur einen einzigen Mann gesehn. –

Dürfen Sie ihn näher bezeichnen?

Sie sind es!

Das Letzte hatte sie mit ganz trocknem Tone gesagt, aber es war tief in den Busen des Kriegers gedrungen. Von diesem Augenblick erschien ihm die große volle Gestalt in einem ganz andern Licht, die Blässe erschien ihm reizend und von großartiger Schönheit, und ihr strenger kalter Blick junonisch erhaben. Er konnte die letzten wenigen Worte nicht vergessen, und der geputzte, elegante Mann, wie er wieder zu ihnen trat, kam ihm mit seinen geschniegelten Manieren ganz abgeschmackt vor. Er glaubte jetzt, indem er ihr kaltes Betragen gegen den ewig lächelnden Gatten beobachtete, ihr Schicksal zu verstehen. Als der Mann am folgenden Tage wieder vorlas, war sie eingeschlafen, er ward endlich, eines Besuches wegen, vom Diener abgerufen; sowie er die Thür geschlossen hatte, eröffnete sie die klaren, großen Augen und sah den Officier mit einem fragenden Blicke an. Dieser, auf eine sonderbare Weise bewegt, umschlang sie, sie schloß das Auge wieder und er drückte einen brennenden Kuß auf ihren schönen Mund. Sie erwiderte den Kuß, und von dem Augenblick verstanden sich beide.

_____

Der Frühling war gekommen; es war Zeit, daß Geoffroy abreisete, denn seine Gesundheit hatte sich gebessert und sein Urlaub war vorüber. Sie zerfloß in Thränen, als sie diese Nachricht vernahm. Das Leben, so sagte sie, ist gestorben, sobald du entfernt bist, und der kalte Tod, das Nichtsein beginnt.

Und was hält dich hier? sagte der Krieger, kannst du mir nicht folgen? Geschieht dasselbe, wenn du es thätest, zum erstenmal in der Welt?

Nein! rief sie aus, und ich bin es mir, ich bin es dir schuldig, denn du bist im Herzen und in der Seele und vor allen Geistern des Himmels mein Gemahl, nicht jener Gefühllose, dessen kalte Gefälligkeit mich zu Tode martert. Er lebt nur sich und seinen Grillen, für ihn gibt es kein Du in der ganzen weiten Schöpfung.

Geoffroy hatte zwei Reitpferde mitgebracht und kaufte im nahen Städtchen einen leichten Wagen. Sie packte ihre Juwelen zusammen, nebst einigen andern Sachen von Werth, die sie für ihr Eigenthum halten konnte. Er bedurfte keines Dieners, weil er sich für geschickt genug hielt, den Wagen selbst zu führen, und so entflohen sie in einer dunkeln Nacht, als Grundmann eben eine Reise in das benachbarte Gebirge angetreten hatte, um einen alten Freund zu besuchen und durch bedeutende Summen aus einer augenblicklichen, dringenden Noth zu retten.

Sie reiseten schnell und konnten darauf rechnen, schon weit entfernt zu sein, bevor sie vermißt wurden. Nach einigen

Tagen lenkte der Officier von der großen Straße seitwärts in einen Nebenweg. Ich muß hier, sagte er freundlich, meinen besten Freund besuchen, der mir in der allerschlimmsten Lage meines Lebens in Rußland das Leben gerettet hat. Die Gegend ward immer einsamer und endlich geriethen sie in einen dichten Wald. Als sie eine Stunde in der grünen Wildniß sich fortbewegt hatten, hielten sie vor einer kleinen Schenke, die abseits am Ende eines Wiesenfleckes lag. Als man drinnen das Stampfen der Rosse hörte, sprang die alte Wirthin heraus, und Geoffroy fragte die dicke Frau mit dem gutmüthigsten Tone in deutscher Sprache: Nun, was macht mein Kleiner? – Vollkommen wohl befindet er sich, mein gnädiger Herr, erwiderte die Schenkwirthin. – Die Entführte war in Verwunderung aufgelöst, daß sie ihren Begleiter so richtig und geläufig deutsch reden hörte; aber ihr Erstaunen wurde noch gesteigert, als jetzt ein Hündchen aus dem kleinen Hause sprang, sich anbellend vor die Pferde springend stellte, dann zu seinem Herrn hinaufhüpfte, und der Officier zärtlich rief: Nun, Muntsche! Muntsche! Wie ist es dir ergangen? – Der kleine Hund drehte sich schnell springend in Kreisen herum, bellte und hüpfte wieder, und Geoffroy ließ ihn sich von der Frau hinaufreichen, nahm ihn in die Arme, streichelte den Kleinen und schien in seinen Liebkosungen dem Weinen nahe. So schenkte er der Wirthin eine gefüllte Börse, als Kostgeld für seinen Liebling, und fuhr dann mit seiner Geliebten wieder durch den Wald.

Ich brauche mich, fing er an, nun nicht mehr zu geniren, da du wohl, geliebtes Kind, gemerkt haben mußt, daß ich eigentlich ein Deutscher bin. Ja, meine Schicksale sind sonderbar genug. Sieh, dieses kleine liebe Thier, diesen Muntsche, erhielt ich vor Jahren von einem vornehmen russischen Herrn zum Geschenk, ich dachte damals nicht, daß ich bald darauf als Soldat einen Feldzug gegen die Russen mitmachen würde. Es traf sich aber so. Unglück, Verlust, Glück, Alles trieb mich schnell in die Höhe und erwarb mir die Achtung und das Vertrauen meiner Vorgesetzten. Mein Hund lief allenthalben mit.

Tief in Rußland, nach einem Gefecht, als ich verwundet auf dem Boden in meinem Blute lag und mich nur noch matt vertheidigte, wollte ein vornehmer Russe mir eben den Kopf spalten, als das Hündchen sich winselnd auf mich warf: Muntsche! Muntsche! rief ich und der Oberst hielt ein. Es war derselbe, der mir vormals das Thier gegeben hatte. Er schenkte mir das Leben, ließ mich verpflegen und schaffte mich dann wieder zu den Meinigen. So kam es, daß ich jenen furchtbaren, ewig denkwürdigen Rückzug mitmachen konnte und Deutschland, mein Vaterland, noch einmal wiedersah.

Nach einer Weile sagte die Frau: Also ein Deutscher! Jener Martin Sendling, den ich schon vor Jahren kennen lernte. – Wie kennst du meinen deutschen Namen? rief der Officier erstaunt, ich habe ihn ganz abgelegt. Sie sagte ihm jetzt, wer sie sei, und er war verwundert darüber, daß sich Beide nicht früher wiedererkannt hätten. O, ihr bösen Menschen! fuhr der Officier fort, ihr habt mich damals sehr unglücklich gemacht. Ich war zu meinem Stande verdorben, mit mir, mit euch, mit aller Welt unzufrieden. Ich schweifte herum, in Haß gegen dich, die meine Frau hatte werden sollen; dann erinnerte ich mich wieder deiner Schönheit und welch Glück mir zu Theil werden konnte, wenn wir uns Beide mehr verstanden hätten.

Unser Leben, sagte sie, ist wie ein albernes Märchen, eigentlich ohne Inhalt.

Wenn ich schlecht bin, erwiderte der Krieger, so habt ihr mich durch eure künstliche Bildung verdorben. Vorher war ich gut und einfach. Als ich mich damals etwas besonnen hatte, ging ich, weil mir Deutschland und Alles hier verhaßt war, zur französischen Armee; ich fand Freunde und avancirte bald: auch nachher hatte ich Glück und bekam noch einige Grade. Als ich genesend zurückkam, hatte ich nicht den Muth, nach jener Emmeline zu fragen, ich fürchtete, entdeckt zu werden, ich schob die Forschung von einem Tage zum andern auf und – seltsam! – bin seit Wochen bei ihr, und sie selbst ist es, die mit einer wiederkehrenden Leidenschaft mich zum zweitenmal zum ihrigen machen will.

Sonderbar genug, erwiderte sie – und damals war ich schön und jung, mein Vater lebte noch und gehörte zu den reichsten Männern des Landes, Freunde und Bekannte erfüllten sein Haus, und ich –

Ja wohl ändert sich Alles, unterbrach sie der Soldat, wir müssen eben durch das Leben hindurch, wie durch eine Schlacht, falle rechts und links, vor und hinter uns, was da wolle, unsere liebsten Gefühle, unsere edelsten Gedanken und Entschlüsse, vor müssen wir und Stand halten, bis uns selbst das Schicksal trifft, und dann hat das Spiel für diesmal ein Ende.

Für immer sollte es sein, fuhr sie fort, soll dies nüchterne Grauen, dieser schale Ekel, diese abgeschmackte Furchtbarkeit denn noch öfter wiederkehren?

Sie begaben sich nach einer kleinen unbekannten Stadt, wo sie versteckt genug zu sein glaubte und ihre Niederkunft abwarten wollte. Sie lebte dort unter fremdem Namen, und nachdem sie sich täglich gestritten, gezankt und einander die bittersten Vorwürfe gemacht hatten, begab er sich zu seinem Armeekorps, um in den fränkischen Reihen den Kampf gegen Deutschland mitzustreiten.

Dritter Abschnitt.

Längst war jene denkwürdige Epoche vorüber. Gefechte hatten auch in jenen Gegenden stattgefunden, das Schloß Grundmanns war geplündert worden und dann abgebrannt. Er selbst, meist aus Verdruß und Gram um die Flucht seiner Gattin, war bald nach dem Abschluß des Friedens gestorben. Ferdinand Ambach war nach der Residenz versetzt worden, wo ihm ein größerer Wirkungskreis wurde. Seine ausgezeichneten Dienste und die Liebe seines Fürsten machten ihn bald zum Geheimen Rathe und erwarben ihm den Adel, und nach dem Verlauf vieler Jahre sah er sich jetzt als Minister und Chef der Polizei von allen Ständen geachtet, vom Regenten belobt und von allen Unredlichen gefürchtet, denn seine strenge Tugend verschonte den Verbrecher und Nichtswürdigen niemals. Er hatte früh seine Gattin verloren, die ihm keine Kinder hinterließ, und er konnte sich zu keiner zweiten Ehe entschließen. Einen Pflegesohn, Wilhelm Eichler, erzog er fast wie ein eignes Kind, und er hätte diesem jungen Menschen wohl die ganze Zärtlichkeit eines Vaters gewidmet, wenn dieser nicht wild und ausgelassen ihm vielfachen Kummer und Verdruß verursachte, statt ihm Freude zu machen.

Von Martin Sendling oder dem Capitain Geoffroy hatte man niemals wieder etwas vernommen, ein ungewisser Bericht sagte ihn in einer der Schlachten des Befreiungskrieges getödtet, nach einer andern Nachricht war er in einem Lazareth gestorben, auch seine Entführte war durchaus verschollen, so viele Nachforschungen der Geheime Rath Ambach auch angestellt, so viele verschlagene Kundschafter er auch nach ihr ausgesendet hatte.

Die Julius-Revolution zitterte, wie ein starkes Erdbeben, in allen deutschen Staaten nach, auch die ruhigste Gegend merkte etwas von dieser Bewegung. Ambach war nicht leicht zu erschüttern, aber er verdoppelte in dieser Krisis, die so leicht von Böswilligen gemisbraucht werden konnte, seine Wachsamkeit. Einer, den er zwar nicht zu fürchten Ursache hatte, der ihm aber vielen Aerger erregte, war in diesem Zeitraum sein Pflegesohn Wilhelm, welcher nichts weniger als den Umsturz aller Regierungen in Deutschland erwartete. Die Unbesonnenheit des leichtsinnigen Jünglings ging so weit, daß der Geheime Rath für dessen Wohlfahrt besorgt zu werden Ursache hatte.

Wilhelm war in Projecten, die ganze Welt zu verbessern, unerschöpflich, und wenn der Pflegevater alle diese Chimären belachen konnte, so war es ihm doch empfindlich, daß der junge Mann, welchem er so viele Liebe und Sorgfalt widmete, schon in der ganzen Stadt seinen guten Ruf eingebüßt hatte. Alle Rechtlichen vermieden seinen Umgang, der Zutritt zu einigen Familien war ihm untersagt, und die älteren Leute rechneten ihn schon zu jenen unverbesserlichen Wüstlingen, die in Schulden, Krankheit und Schmach untergehen müssen. Manche ernste Greise verdachten es dem Geheimen Rath, daß er nicht längst von dem verlornen Sohn seine Hand abgezogen, oder ihn in einer entlegenen Stadt unter strenge Aufsicht gestellt habe. Deshalb waren auch Einige der Meinung, der Minister beschütze nur einen eigenen Sohn durch zu große Nachsicht, und der junge Mensch benutzte auch nicht selten das Ansehn seines Pflegevaters, um sich von Gläubigern loszumachen, auf den Credit des alten angesehenen Mannes neue Wechsel zu schreiben, sich aus schlimmen Händeln zu wickeln und recht böse noch ärger ineinander zu schlingen.

Unter den berüchtigten Häusern der großen Stadt stand das der Witwe Blanchard oben an. Sie war eine Französin, bejahrt, schien gut erzogen und war mit manchem Vornehmen in geheimer Verbindung, weil ihre Einrichtung einen eleganten Anschein hatte und bei ihren theuern Soupers schöne und reizende Mädchen figurirten, die oft mit neuen abwechselten, sodaß mancher junge Mann, da zuweilen auch noch obenein gespielt wurde, große Summen in diesen Zimmern ließ und seine besseren Gefühle allgemach vernichtete. Der Minister hatte manche Häuser dieser Art schon aufgehoben oder beschränkt, aber mit diesem, welches von Vornehmen ingeheim und vom Gesetz öffentlich geduldet und beschützt wurde, vermochte er nichts. Wie empfindlich mußte es ihm daher sein, daß grade in diesem Hause sein Pflegesohn fast zu allen Tageszeiten gesehen ward, und daß seine Ermahnungen gar nichts fruchteten und ein strenges Verbot nur verlacht wurde.

Es war an einem heitern Vormittag, als Wilhelm wieder in das Haus trat und gleich zum Zimmer der alten Witwe Blanchard eilte. Die starke, wohlgenährte Frau trat ihm verdrüßlich entgegen, indem sie fragte: Was will Er, leichtsinniger Patron, schon wieder bei mir? Seine Schulden wachsen immer höher an, Sein Credit ist todt, hier mag Ihn auch Niemand, und meinem Auge, junger Freund, ist Er gradezu verhaßt.

Mütterchen, sagte der Jüngling außerordentlich freundlich, setze dich zu mir und laß uns mit einander kosen und sprechen. Du kennst ja mein Herz, das gut und edel ist, so verdorben mich auch immer die selbst verdorbene Welt schelten mag. Und was macht Charlotte? Wie denkt sie über mich?

Beide setzten sich nieder und die Alte sagte: Junger Freund, ich kenne Sie ganz genau, und gewiß besser als Ihr eigener Vater. Sie sind gutmüthig, junger Herr, Sie verschwenden, und wenn ein Bekannter oder Nothleidender Sie anspricht, so geben Sie Ihr Letztes. Das möchte man loben. Aber nun wieder schämen Sie sich auch nicht, Schulden zu machen unter den ehrlosesten Bedingungen. Erinnerst du dich, Freundchen, wie du, als du noch Credit hattest, die Uhren ausnahmst und beim Hofjuden die Juwelen, um sie an demselben Tage um die

Hälfte der Preise zu verkaufen? Sehn Sie, Herr von Eichler, der Streich, da die Sache gleich darauf bekannt wurde, hat Ihnen am allermeisten geschadet.

Mütterchen, sagte der Jüngling, ihr die Hände streichelnd, was vorüber ist, ist vorüber. Diese weißen Händchen sind noch so sauber, rundlich und lieblich anzufassen, daß es zu verwundern ist. Mutter, was du in der Jugend mußt schön gewesen sein!

Damit gewinnt Er bei mir Nichts, antwortete sie lächelnd: bringe Er diese Redensarten dort in Seinen vornehmen Häusern zu Markte. Ich kenne Sie ja ganz genau, gutes Kind, und kann am besten nachrechnen, wie Sie Ihre Jugend verdorben und aufgeopfert haben.

Aber du weißt ja auch, Keine so gut, als du, daß ich mich gebessert habe. Glaube mir, ich werde ganz ordentlich, tugendhaft, großartig werden. Mehr als alle deine Schönheiten liegen mir jetzt auch die Freiheitsgedanken und großen patriotischen Bewegungen am Herzen. Da mitzuwirken, die großen, unausbleiblichen Schicksale mit umschwingen zu helfen, das ist jetzt mein Ehrgeiz und meine Leidenschaft.

Er kann wirklich schon wieder roth werden, sagte die Alte laut lachend und ihm die blassen Wangen anrührend, über die sich eine feine Röthe ergoß. Nun freilich, fuhr sie fort, man muß keinen Menschen ganz aufgeben, Gott thut es nicht und auch der nicht, welcher die Menschen kennt.

Aber, fuhr er fort, damit ich ganz und wahrhaft ein Mann werde und edel und frei, ist mir die Liebe der Charlotte unentbehrlich. O, Himmel! Ich habe selbst nicht gewußt und früher nicht begreifen können, was eine Leidenschaft bedeutet, die so ganz unsere Kräfte aufregt und den Menschen in allen Tiefen erschüttert. Hier muß nun aber auch Erhörung, Erfüllung stattfinden, oder Geist und Gemüth werden vernichtet und ein Schlimmeres als der Tod tritt ein. Es muß eine

Verzweiflung geben, für welche wohl keine Sprache unter dem Monde hinreicht, um sie nur irgend anzudeuten. Die Alte wandte ihr Gesicht ab. Als sie wieder umblickte, sah sie den jungen Mann so starr und ernsthaft an, daß er vor diesem Blicke erschrak. Du bist noch zu jung, sagte sie dann, um schon viel erlebt zu haben, du sprichst wie ein junger Thor, der weder die Welt noch die Menschen kennt. Es giebt eine Wandlung, – eine Fügung – oder, wie soll ich sagen? – Ach, du barmherziger oder du grausamer Himmel, so muß es nun kommen, daß dieser da, der junge unflügge Taugenichts, der erschöpfte Bruder Liederlich, der Greis von zwanzig Jahren, der Liebhaber meiner Tochter ist! – Nicht wahr, zu diesem großen, unaussprechlichen Glück muß sie sich gratuliren? – Ach, das Leben ist eine gräßliche Erfindung!

Der schlanke Jüngling erwiderte: Seid nicht unbillig, Frau; ganz so schlimm stehen die Dinge niemals, wie man sie sich in einem kränklichen Zustand denkt. Und krank seid Ihr ebenfalls, nur auf eine andere Art, als ich. – Ich muß aber erst mein Herz beruhigt haben, um groß handeln zu können.

Was wollt Ihr denn eigentlich thun? fragte sie.

An der ungeheuern Bewegung Theil nehmen, die jetzt durch ganz Europa geht. Was jedem Einzelnen vorgeschrieben sein mag, gestaltet sich erst, wenn die Opposition deutlicher hervorgetreten sein wird. Denn daß man den Geist der Freiheit wird hemmen wollen, leidet keinen Zweifel. Schon sind viele junge Geister mit mir verbündet, und immer neue werden geworben; wir haben an Journalen Theil und werden einige stiften. Wer sich uns und unserm Streben widersetzt, wird als Feind behandelt. Das Alte stürzt und wir sind die Stifter der Freiheit.

Ei ja, sagte die Alte mit bitterm Lächeln, da Alles so klar und deutlich ist, da es euresgleichen nicht an der Einsicht mangelt, so wird der Erfolg auch ein glänzender sein.

Sprechen wir nicht weiter davon, brach er ab, ihr versteht mich nicht. Aber laßt doch Charlotten zu uns kommen. Kind! rief die Alte, indem sich ihr Blick entflammte und ihre gleichgültige Freundlichkeit sich in Wildheit verwandelte, Junge! ich bin ein verächtliches Wesen, das vergesse ich in keinem einzigen Augenblicke, wenn ich auch weiß, daß viele der geachteten Weiber nicht besser sind, als ich; mit mir mag der Mensch, der Gewaltige oder der Bösewicht, anfangen, was er will, er mag mich mit Füßen treten, mich mishandeln, mich auf der Folter zerreißen, mir allen ersinnlichen Hohn beweisen: ich werde nicht zucken, denn ich weiß, wer ich bin: was mit der Welt, mit den Menschen, den Bekannten, was mit dir geschieht, ist mir völlig gleichgültig; – aber in einem Theil meines Wesens dünke ich mich so viel, wie es nur der größte Monarch auf Erden kann, oder der heiligste Priester und tugendhafteste Held: – das ist meine Tochter. Wer dies arme Kind nur mit einem falschen, verächtlichen Blicke angreift, der ist mein tödlichster Feind. Ich bin im Leben und durch meine Verhältnisse schlecht geworden, aber sie soll gut und tugendhaft bleiben. Zur Raserei würde es mich bringen, wenn ein Bösewicht sie verführte, und da sie jetzt gut und keusch ist, so fühle ich mich tausendmal in Gegenwart des Kindes beschämt. So ist es aber, wenn man liebt, und Mutterliebe mag wohl das innigste und allmächtigste aller Gefühle sein. Denn mich kann ich der Hölle, der Bosheit und Gemeinheit preisgeben, an mir ist nichts mehr zu verderben und zu verlieren, aber der liebe, klare, blasse Engel soll nur das Himmlische, das Edle in seinem zarten Herzen empfinden. Auf Rosen möcht ich sie betten, und noch weiß ich keinen Mann, dem ich es gönnte, daß er sie lieben dürfte, oder der gar von ihr geliebt werden könnte. Betrachte ich dann meinen verworfenen Stand und daß nur die Schlechten zu mir kommen, vor denen ich mein Kleinod wie vor Räubern verbergen und verschließen muß, fällt mir dann ein, daß die Einzige mein Gewerbe kennt und verachtet, so liege ich in Gram auf meinem Lager und kann mich oft die ganze lange Winternacht am Weinen nicht ersättigen.

Gute Alte, sagte Wilhelm, ich habe ja nichts Arges gegen deine Tochter im Sinne.

Das wollte ich dir auch gerathen haben! rief sie mit Heftigkeit aus; sieh', nur ein unanständiges Wort, nur so ein witziger Einfall nach deiner Art, und ich könnte dich vergiften.

Vergiften, du böses Weib? Woher wirst du Gift haben?

Sie schloß ein Schränkchen auf und zeigte eine kleine Flasche. Da müßte man, sagte sie, keine Bekanntschaften unter Aerzten, Apothekern und Medicinalräthen haben: die geben mir es freilich auf meine Vorstellung zu anderm Gebrauch.

Du bist gräßlich, rief der junge Mann, eine Medea.

Darum hüte dich, antwortete sie, ich bin zu Allem fähig.

Du willst besser werden? Man sollte es fast glauben; Mund und Stirne nehmen einen Anlauf zum Edeln, aber die verdammten Augen sehn noch so falsch und lügenhaft, so sinnlich und ermüdet aus wie immer.

Laß nur Lottchen zu uns kommen, bat er wieder, ich bleibe dann hier zum Essen und stärke mich im Gespräch mit dem schönen Kinde. Auch habe ich dir schon oft gesagt, daß ich sie heirathen will und werde, daß das bei mir eine beschlossene Sache ist.

Und der Geheime Rath?

Dem sage ich es noch heut oder morgen, und will mein Alter nicht, so wird er auch nicht weiter gefragt.

Da ist der Graf Mindelberg, fing sie wieder an, der stellt auch schon lange meinem Kinde nach; wenn du ihn triffst, so sage ihm nur, er soll sich vor mir in Acht nehmen. Er verachtet eine alte Frau, wie ich bin, und denkt, mit unser Einem brauche er keine Umstände zu machen.

Ich breche ihm den Hals, rief Wilhelm, wenn er Lottchen irgend etwas thut, oder sie zu gewinnen sucht.

Ich will meine Tochter rufen, sagte die Alte, und es wird dem Herrn ein haut goût sein, das kann ich mir wohl denken, einmal züchtig zu sprechen und sich wie ein tugendhafter Mensch zu betragen.

Sie ging hinaus und kam bald darauf mit der Tochter zurück. Diese war ein feingewachsenes Mädchen, groß und schlank, und von so edelm Betragen, daß Wilhelm vor dem leichenblassen Gesicht und den dunkelschwarzen Augen scheu zurückfuhr, indem sie zur Thür hereintrat. Sie verneigte sich stumm und ernst und nahm dann im Sofa neben ihrer Mutter Platz. Sie sprach wenig und vermied es, soviel sie mit Schicklichkeit konnte, den jungen Menschen, der sehr eifrig redete, anzublicken. Dann wurde gegessen und Wilhelm trug fast allein die Kosten der Unterhaltung. Er war nach seiner Meinung witzig und beredt, doch wenn auch die Mutter auf viele Gegenstände einging, von welchen die Rede war, so nahm Charlotte doch fast gar keinen Antheil am Gespräch. Wie aber Wilhelm immer heftiger und eindringlicher wurde, konnte sie es nicht unterlassen, ihn von Zeit zu Zeit mit schwermüthigen Blicken zu betrachten, in welchen sich das tiefste Mitleiden und Erbarmen malte.

Als er sich endlich wieder entfernte, sagte sie, indem sie ihre Thränen nicht länger zurückhielt: Ach! der arme, der verlorne Mensch! Was er sich von sich einbildet, welche Tugenden und Kräfte er sich zutraut! Und nicht einmal der Zunge kann er gebieten, daß sie nicht unbesonnenes Zeug herausschwatze. Er ist so schwach, daß jeder kleine Gedanke, jeder Einfall mit ihm gleichsam fortläuft, er ist so durch und durch krank, daß er sich nicht einmal mehr erinnern kann, wie dem Gesunden zu Muthe ist, und diese Zertrümmerung, daß er sich nun ohne Noth über Alles erhitzt und wie ein

Strohfeuer schnell auflodert, nennt er Genie. Ach, der arme,
arme Mensch!

Könntest du ihn lieb haben? fragte die Mutter.

Ich weiß nicht, antwortete Charlotte, was mich nur bewegen kann, ein so eigenes, ein so tiefes Mitleiden mit ihm zu
haben. Ich sage mir oft, er ist ein verlornes Wesen, er ist lange
schlecht gewesen, sein Vorsatz, sich zu bessern, ist auch nur
Kränklichkeit; denke ich an so Manches, was er gethan und
gesprochen, – und dann wacht wieder meine Empfindung in
einer dunkeln Gegend meines Herzens auf, daß mir ist, als
wäre er noch zu retten und als könnte ich etwas dazu beitra-
gen.

Du siehst ja auch, sagte die Mutter, daß er immer die Rolle
spielt, als solltest du seine Heilige sein und ihn bekehren. Es
mag wohl sein Ernst sein. Oft aber betrügen mit diesem Vor-
wand die schlechten Männer auch die klügsten und besten
Weiber. Auch für die Tugendhaften ist es ein Reiz, wenn ihnen
ein Wüstling huldigt; oft lassen sie sich sogar bethören und
von ihm die Meinung beibringen, sie seien dazu berufen, ihn
fromm und gut zu machen. An dieser feinen und raffinirten
Eitelkeit ist schon manche Spröde zu Grunde gegangen, und
der Bösewicht lacht dann mit seinen Gesellen um so schadenfroher über diesen Triumph. Doch glaube ich wirklich, daß es
diesem Wilhelm Ernst ist. Wenn er durch dich wirklich ein or-
dentlicher Mensch würde, könntest du ihn lieben, Lottchen?
Möchtest du ihn zum Mann? Wir leben in so wunderlichen
Zeiten, daß die Schwierigkeiten, die die Sache unmöglich zu
machen scheinen, sich doch vielleicht aus dem Wege räumen
ließen.

Nein! nein! liebe Mutter, rief die blasse Tochter in der größ-
ten Aufregung, in dem Gedanken liegt Grauen und die Hölle.
Wie könnte der auch mein Mann heißen, der in mir so inniges
Erbarmen erregt? Aus diesem Mitleid, das mir so schneidende

337

Schmerzen macht, mich ihm aufopfern? O, das wäre ja doch der heilloseste Misverstand. Den Liebsten kann man bemitleiden, wenn er krank oder unglücklich ist, aus liebendem Mitleid könnte das Mädchen dann gewiß tausend Opfer bringen; aber wen man lieben soll, wen man sich als Gatten denken mag, da muß eine gewisse Ehrfurcht, eine hohe Achtung, ein inniges Zutrauen mit in diesem Gefühl der Liebe sein. Und wenn ich mein Mitleid für diesen Wilhelm auslösche, so bleibt nur eine schlichte Verachtung, eine wegwerfende Geringschätzung übrig.

Die Mutter sah die Tochter an und sagte dann: So hast du noch nie zu mir gesprochen: du bist aufgeregt, wie ich dich noch nie gesehen habe. Lottchen, schenke mir dein ganzes Vertrauen, liebst du vielleicht?

Die Tochter umarmte die Mutter und wechselte mit Blässe und Röthe, die Augen leuchteten in ihrem Dunkel. Es kann sein, sagte sie dann, daß es Liebe ist, was mein Herz zerreißt. – Im Frühling gingen wir einigemal nach dem schönen Garten draußen in der Vorstadt, nachher spazierte ich mit der Magd dorthin. Von der Laube übersieht man die Blumenbeete, und der kleine Brunnen rieselt so angenehm. Wenn ich recht traurig war, wurde ich hier von dem springenden Wasser und dem Dufte der Blumen wieder getröstet. Wir waren das erstemal durch den Garten gegangen, als ich nachdenkend auf der Bank sitzen blieb; da kam ein junger, freundlicher Mensch, überreichte mir ein Bouquet von Blumen und entfernte sich wieder rasch, ohne nur meinen Dank abzuwarten. Am folgenden Nachmittag war ich wieder allein; das Mädchen war fortgegangen. Er kam von der Arbeit, er schien nur ein Gesell dort. Wir sprachen mit einander und, wie mir dünkt, ziemlich lange. O, liebe Mutter, so viel Redlichkeit, heitre Gesundheit, so ein gutes Herz habe ich noch niemals gesehn; es gibt gewiß keinen zweiten jungen Mann mehr von dieser Art.

Ein Gartenknecht? ein Gesell? fragte die Alte mit einem sonderbaren Ton.

Fällt Ihnen das so auf, liebe Mutter? erwiderte die Tochter; ich hörte, er sei der Sohn eines Gärtners aus einer kleinen Stadt und sei hergekommen, um mehr zu lernen und künftig sein Gewerbe zu erweitern. – Ach Gott! er hat mir so unendlich wohl gefallen, in seiner Nähe war ich so glückselig, und ich war wie er schwur, sein Abgott. – Er hat etwas Vermögen, – er wollte mit Ihnen sprechen – und –

Nun – und?

Heut habe ich dies Billet von ihm erhalten, sagte die Tochter, gab der Mutter das Blatt und verhüllte weinend ihr Haupt im Sopha. – Die Mutter las: „Ach, wie weh ist mir, mein theures Mädchen! Ich war so glücklich, als ich in meiner arbeitsamen Stille hier Deine Bekanntschaft machte. Mir war, als sei ein Engel sichtbar zu uns Menschen herabgestiegen, daß wir Glauben fassen und uns selbst vertrauen sollten. Und nun mir vorzustellen, daß ein so himmlisches Wesen in meine kleine Hütte eingehn könne, meine Aeltern begrüßen, unsere Wirthschaft führen und mich durch Liebe beglücken solle: o, die Vorstellung dieser Seligkeit, – ja, ich gestehe Ihnen, ich habe Thränen vergießen müssen, wenn ich mir dies so recht lebhaft dachte. Ist Ihr Antlitz und Ihre Gestalt nicht einer silberweißen Lilie zu vergleichen? So edel, wie diese Blume sich im Sommerwinde leicht bewegt, ist Ihre Bewegung, Gang und Stellung. Wie Du nun so freundlich und so nachdenklich mit mir sprachst und mir gestandest, daß Du mich lieben könntest: ach, es war, als wenn nach langer drückender Hitze ein sanfter Sommerregen in mein schmachtendes Herz mit seinen großen Tropfen fiele. Wenn ich in der Nacht von meinem Bette aus durch das kleine Fenster den Mond betrachtete und nicht schlafen mochte, weil ich ohne das gestärkt genug war, so sah ich Dich auf den lichten, klaren Wölkchen der goldnen

Scheibe vorüberschweben. Alles, Alles ist nun vorüber! Wie
hast Du mich so grausam täuschen können! Ja, alles ist nur
Maske und Lüge und ich verzweifle an mir selber. Um nicht
krank zu werden, arbeite ich mehr und schwerer als sonst, sodaß ich vor Müdigkeit nicht zum Nachdenken kommen kann.
O, hätte ich nie erfahren, wer Ihre Mutter ist, oder hätten Sie
es mir früh genug gesagt, um jede Hoffnung, Achtung und
Gefühl der Liebe in mir niederzuschlagen."
Die Alte klemmte das Blatt krampfhaft in ihrer zitternden
Hand und stampfte dann heftig mit dem Fuß. Verwünschtes
Volk! rief sie mit blitzenden Augen, auch solcher Gartenknecht nimmt sich heraus, uns zu verachten! – Sie schloß
dann die Tochter in die Arme und brach in Thränen aus:
O, meine Einzige, meine Geliebte, o, du Beste auf Erden, daß
du eine solche Mutter haben mußt! Und weshalb bin ich denn
nun Die, die ich bin? Weil ich die Menschen früher verachtete, ehe sie mich noch verachteten, und weil ich keinen Entschluß fassen kann. Ja, wir wollen die Stadt hier verlassen,
mit meinem Wenigen will ich mich mit dir irgendwo in einem
Winkel der Erde verbergen, wo kein Mensch mich kennt. Mit
Niemand wollen wir dann Gesellschaft machen, denn die
Menschen verdienen es nicht, daß man ihren Umgang oder
ihre Freundschaft sucht. Ja, wir wollen uns entschließen,
Kind, wenn wir auch fern irgendwo in einer Hütte ganz armselig leben müssen. Was ist das Leben denn überhaupt? Ich
sehne mich schon längst nach dem Tode, und es wäre dir auch
wohl besser, Lottchen, nicht mehr lange hier im Schmuz und
in dem lasterhaften Tollhause zu verweilen. Auch fürchte ich
die gemeine Wuth des jungen Grafen Mindelberg, der sich
ebenfalls für deinen Liebhaber ausgegeben hat. Ja, ja, so wird
es am besten sein, und du, Lottchen, mußt dich über diesen
elenden Gartenknecht trösten, der dich nicht verdient, da er
sich herausnimmt, so dir aufzusagen, ohne daß er die Um-

stände kennt, ganz wie die gemeinen Pharisäer alle. Denn was kannst du dafür, daß ich deine Mutter bin? O, über das elende Wesen der Welt und der Menschen! Seelen wollen sie besitzen, sie pochen auf ihre Unsterblichkeit, und sind doch meist nur Maschinen und leblose Puppen. Auf einen Wink von ihr begab sich Charlotte in ihr Zimmer. Die Arme war seit lange schon mit ihrem feinen Gefühl und richtigen Sinn eins der unglücklichsten Wesen. Die Mutter hatte an ihrer Erziehung nichts fehlen lassen; auf ihrem Zimmer prangte ein vortreffliches Fortepiano aus England, kostbare Möbeln und Kupferstiche zierten den Aufenthalt, sie ward wie eine Dame bedient, keiner ihrer bescheidenen Wünsche ward ihr versagt, – und welch Gefühl bemeisterte sich ihrer, als sie erwachte und nun durch ihren zunehmenden Verstand erfuhr und erkannte, welchem Gewerbe sie alle diese Güter zu verdanken hatte. Sie sah und fühlte, wie die Mutter sie liebte, ja vergötterte, denn diese Leidenschaft war ja nur die Ursache, weshalb das Kind in ihrem Hause und in der Stadt wohnen mußte, sie wollte sie immerdar sehn und sprechen, sie in jeder Stunde unter Augen haben und zitterte vor dem Gedanken, daß sie ihr könnte abtrünnig gemacht und verdorben werden. Denn sonst war es natürlicher, sie irgendwo, in einer andern Stadt, oder auf dem Lande, unter einem fremden Namen aufwachsen zu lassen. Charlotte mußte, trotz aller widerstrebenden Gefühle, auch diese Mutter lieben; sie machte sich oft Vorwürfe, daß sie ihr Leben sündhaft finde, und dennoch konnte sie es nicht unterdrücken, daß sie sich nicht ihrer schämte, wenn sie mit ihr über die Straße ging. So war ihr Herz früh erkrankt und weder Bücher, Musik noch Natur konnten ihr eine reine Freude gewähren, weil sie zu allen Erhebungen des Geistes das quälende Bewußtsein ihres Standes mitschleppte. Zum erstenmal im Leben war ihr in Gesellschaft des jungen Gärtnerburschen ganz wohl geworden, sie hoffte, er, in einem niedrigen Stande erzogen, solle sie so stark lieben und so fest an sie glauben, daß ihm das Wesen der Mutter, wenn sie ihm einmal Alles entdeckte, gleichgültig und unverfänglich erschiene, – und nun war auch dieser Stab, auf welchen sie sich lehnte, zerbrochen. Die Mutter hatte sich eingeschlossen und saß nachrechnend über ihren Büchern. Sie wollte ihr Haus schnell, wenn auch unter dem Preise, verkaufen, die überflüssigen Mobilien zu Geld machen und sich mit der mäßigen Summe, die sie dann besaß, auf das Land zurückziehen, am liebsten in eine einsame Berggegend, von der großen Heerstraße entfernt, damit ihr niemals wieder ein ehemaliger Bekannter unter die Augen träte. Sie verabschiedete schon jetzt, damit sie nicht klagen könnten, mit reichlichen Geschenken ihre Kostgängerinnen und dachte nach, wohin sie sich, bis sie die Stadt auf immer verließe, einmiethen könne.

Oft treten tugendhafte Entschlüsse zu spät ein, und diese Erfahrung machte jetzt auch die berüchtigte Madame Blanchard.

———

Einen heftigen Auftritt hatte der Geheime Rath mit seinem verwilderten Pflegesohn. Wilhelm hatte den Minister um eine Unterredung ersucht und dieser benutzte die Gelegenheit, ihn in einem Tone zu ermahnen, der noch ernster klang als gewöhnlich. Glaubst du denn nicht, sagte er, daß ich es überdrüssig bin, dir immer und ewig dasselbe Lied vorzusingen? Es geht nicht länger so, und ich stelle dir nur die Frage, ob du die Kraft in dir fühlst, von heut zu morgen ein andrer Mensch zu werden, oder ob ich dich auf das Land hinaus unter strengen Gewahrsam stellen soll, oder dich hier in Arrest bewachen lassen?

Und was habe ich denn wieder gethan? fragte Wilhelm mit der Miene der ruhigen Unverschämtheit.

O, freilich ist es nichts, sagte der Geheime Rath heftig, daß der junge Herr kürzlich ein Gedicht mit seinem Namen hat drucken lassen, in welchem ganz deutlich der Königsmord als eine glorreiche, heroische That gepriesen wird, daß der herrliche Brutus dann in einer Kneipe mit andern großartigen Freiheitshelden, jungen Ladendienern, verdorbenen Studenten und einigen Handwerksburschen diesen Unsinn bei offenen Fenstern gesungen hat, und daß die ganze Nachbarschaft zusammengelaufen ist, daß die Vorübergehenden stehengeblieben und dummes Gesindel auf der Straße Chorus mitgeschrien hat? Alles das ist Nichts! Wenn ich hier nicht einschreite, was muß Fürst und Regierung von mir denken? Und wenn ich nun als Polizeichef handle?

Thun Sie, was Sie müssen und wollen, sagte der junge Mensch ganz ruhig; ich, mein Herr von Ambach, handle nur nach Gewissen und Ueberzeugung. Sie wollen es immer noch nicht glauben, daß Sie mit aller Ihrer veralteten Moral diesen neuen Geist nicht hemmen oder niederschlagen werden. Das kann jetzt keine Macht der Welt mehr. Mitschiffen sollten Sie auf diesem Strome der Zeit, dann könnten Sie nützlich und ein großer und guter Bürger werden. So aber, wie Sie da sind, befördern Sie mit allen Ihren scheinbaren Tugenden das Schlechte und sind Nichts als ein Despotenknecht.

Ich mag von diesem Unsinn nichts mehr hören, sagte Ambach.

Warum werden Sie zornig, Verehrter? sagte Wilhelm: weil ich das Bessere will, weil ich mein Zeitalter erheben und Irrthümer stürzen möchte?

Irrthümer! nahm der Alte das Wort auf; hundertmal habe ich Euch aufgemuntert, Ihr solltet in Dienste treten; aber der junge Herr hat auf der Universität nichts gelernt, als Freiheitslieder zu singen, auf seine Vorgesetzten zu schimpfen und kleine Libelle zu schreiben. Unternimm nur etwas, lerne die

Beschäftigung kennen, der du dich widmest, untersuche, forsche, decke Fehler und Misbräuche auf, und ich will dir mit Freuden helfend entgegenkommen, um sie abzustellen. Denn es ist nicht zu vermeiden, es ist sogar nothwendig und naturgemäß, daß in der complicirten Maschine des Staats Räder ermatten, Stifte ausfallen, die Elasticität nachläßt, und der ist ein Wohlthäter der Gesellschaft, der dies mit Kenntniß nachweiset und die Verbesserung möglich macht. Aber dazu gehört Fleiß und Studium, mit leeren Declamationen ist da nichts gethan, und darum ist auch keiner der jungen Weltverbesserer zur Hand und zu Hause, wenn davon die Rede ist. Als wenn es auf dergleichen Bagatellen ankäme! rief Wilhelm aus. Diese Stubensitzerei, dies sogenannte Studiren, diese bis jetzt gefoderten Kenntnisse sind es ja grade, die den Menschen verderben, sein Gehirn verwirren und dem Geist seine Spannkraft nehmen. Unverdorben, frisch aus den Händen der Natur, und also unwissend, wie ihr es nennt, muß der Jüngling allen diesen verdorbenen Verhältnissen gegenübertreten, um so die Misgeburt, das Ungeheure und Formlose zu erkennen. Gibt er sich dem Aberwitz erst hin und dient ihm, so kann er nichts mehr von ihm erfahren, so wenig, wie Derjenige, der schon in den Klauen des Löwen ist, diesen tödten, oder ihn gar abzeichnen kann. Die Staatsmaschine ist ja eben nichts als eine kolossale Anstalt, um in ihrem Dienst und in Versorgung von ihr die Menschen thöricht, aberwitzig und schlecht zu machen.

Genug, rief der Beamte, auf so etwas gibt es keine Antworten mehr! Ich werde also, da du gar nicht einmal Besserung versprechen magst, auf andere Anstalten denken.

Ich kann und will besser werden, antwortete Wilhelm, aber in meinem Sinn. Das heißt, ich will dem Spiel, dem Wein und den Mädchen entsagen, will keine Schulden mehr machen, eingezogen leben, mich mit einem kleinen Einkommen begnü-

gen, wenn Sie mir dazu helfen und mir die Erlaubniß geben
wollen, daß ich mich verheirathen kann.

Verheirathen? – rief jener mit Erstaunen aus, – und wie
kannst du hoffen, daß bei deinem Rufe sich ein Mädchen mit
dir einlassen wird?

Jetzt, sagte Wilhelm mit erhöhter Stimme, können Sie mir
beweisen, daß es Ihnen mit Ihrer Philosophie und Philanthropie ein Ernst ist. Stoßen Sie einmal alle jene rohen Vorurtheile
von sich und würdigen Sie den Menschen als solchen. Ein
schönes, kluges, höchst tugendhaftes Mädchen, die mich
schon seit acht Wochen, daß ich sie kenne, besser gemacht
hat, wird von mir auf das zärtlichste geliebt, ich sehe sie für
meine Braut und Verlobte an; aber ihre Mutter kann sich freilich keiner sonderlichen bürgerlichen Ehre rühmen, sie wird
selbst in der Stadt nur geduldet, man ignorirt sie scheinbar:
mit einem Wort, dieses göttliche Geschöpf ist die Tochter der
berüchtigten Madame Blanchard, deren Name Ihnen gewiß
von Ihren Untergebenen oft genug ist genannt worden.

Bei diesen Worten trat der Minister erschrocken einige
Schritte zurück, ging dann wieder auf den jungen Mann zu
und sagte mit dem Ausdruck der tiefsten Verachtung: Du bist
wahnwitzig oder blödsinnig! du wärest fähig, so jedem Gefühl von Ehre zu entsagen?

Ehre! rief Wilhelm aus, tobt eine Leidenschaft in mir, so ist
es die des Ehrgeizes; ich möchte alle Menschen überflügeln,
ich will bemerkt sein, Groß und Klein, alle sollen von mir reden und auf mich achten. Aber freilich messe ich die Ehre
nach einem andern Maßstabe. Kennen Sie denn diese Charlotte, die mein Herz gewählt hat? Und können Sie sie mir
denn versagen? Haben Sie solche Gewalt über mich? Und
wenn Sie sie nach den verkehrten Gesetzen unserer schlechten, verdorbenen Gesellschaft hätten, würde ich sie achten?
»Natur, du bist meine Göttin!« sage ich mit Edmund im Lear,

und verachte Herkommen, Einrichtung, Sitte, diese Krücken
für die Lahmen. Ja, jene große, erhabene, unendliche Natur
weiß von dem Aberwitz und seinen bürgerlichen Einrichtungen nichts, und zu ihr muß der Tüchtige, welcher sich fühlt,
zurückkehren. Ich vermuthe, ja ich kann es für gewiß annehmen, daß ich wie jener Edmund ein Bastard bin; aber auch ich
kann mit ihm sagen, daß darum die Fülle der Natur und Kraft
in mir so überschwenglicher sei als in jenen Geburten der
langweiligen Ehe. Das ist es, warum ich kämpfen muß und
das Mittelmäßige, Schwache, Ungesunde verachten.

Der Geheime Rath faßte die Hand des jungen Mannes und
führte ihn vor den Pfeilerspiegel. Sieh' selbst, sagte er, ob diese
Schilderung auf dich paßt, oder ob du jenem Edmund, wie ihn
der Dichter schildert, wohl ähnlich siehst.

Wilhelm drehte sich unwillig vom Spiegel und sagte: Sie
geben mir also Ihre Einwilligung nicht?

Nein, ganz gewiß nicht.

Wollen Sie mir eine Frage aufrichtig beantworten? Wollen
Sie mir Ihr Ehrenwort darauf geben?

Ja, wenn ich es kann.

Bin ich ein natürlicher Sohn von Ihnen?

Nein, sagte der Geheime Rath, so schwer hat mich der Himmel nicht gestraft: mein Lebenslauf war mäßig und nüchtern,
ich bestrebte mich von Jugend auf, ein solcher Mann zu werden, wie du ihn verachtest. Und doch bin ich dir, armer Ver-
lorner, Liebe schuldig und darf mich dir nicht ganz entziehn.

Sie sagten mir einmal in einer guten Stunde, daß mir ein Capital gehöre, welches Sie mir ausliefern würden, so wie ich solide geworden sei und irgend eine Bestimmung ergreifen könne.

Ja.

Aber Sie werden es mir verweigern, wenn ich diese Summe
jetzt in Anspruch nehme?

Gewiß.

Und wer gibt Ihnen dazu das Recht?

Das werde und will ich dir heut und in den jetzigen Umständen nicht sagen.

Wilhelm ging gedankenvoll im Zimmer auf und ab, und der Rath Ambach setzte sich an seinen Arbeitstisch. Sollte nun hier, rief Wilhelm plötzlich und mit Heftigkeit aus, nicht das Naturrecht eintreten dürfen, auf welches sich auch Karl Moor immerdar beruft? Gäbe es denn kein Mittel, Sie zu zwingen, daß Sie, auch gegen Ihren Willen, Das thun müßten, was Sie mir jetzt gegen Recht und Vernunft verweigern? Aus wessen Vollmacht handeln Sie?

Ambach sah verdrüßlich auf und sagte: Der mir diese Summe übergab, übertrug mir auch ein unbedingtes Vaterrecht auf dich. Deine unglückliche Mutter glaubte, du seist in den ersten Tagen gestorben, und man ließ ihr diesen Wahn, um ihr Elend nicht zu vergrößern.

Sie üben Vaterrechte an mir? fragte Wilhelm höhnisch, und verweigern mir Das, was nach meiner reifen Ueberlegung mein Glück ausmachen würde, denn ich bin kein Kind mehr! – Und gäbe es nicht Mittel und Wege, mich dieser lästigen Curatel zu entziehn?

O ja, die Wege des Banditen. Hast du doch auch schon alle meine väterliche Fürsorge unnütz gemacht. Meine Liebe hat auf dich nichts wirken, meine Ermahnung nichts fruchten können. Leider hat sich nur zu sehr die Art und Weise deines Vaters in dir entwickelt.

Sie haben ihn also gekannt?

– Ja. –

Wilhelm stand nachdenkend. So geben Sie mir wenigstens Kunde von diesem.

Nein!

Ich verstehe. – Er schritt auf und ab. – Ich bin einmal im Vertrauen, in der Hingebung gegen Sie zu weit gegangen.

Sei's. So will ich denn auch ganz mein Gefühl und meine Vermuthung aussprechen. Ein großer Mann, habe er Namen, wie er wolle, hat mich in die Welt gesetzt. Es mag ein Fürst gewesen sein. Unter frühern Vorfahren stand Der auch, der sich gegen Kaiser und Reich auflehnte und sich unabhängig machte. In wie vielen dieser gekrönten Schädel wogten und reiften große und ungeheure Projekte. Alles das rührt sich in mir und treibt in dieser späten Zeit die Wellen meines heißen Blutes um. Sie lächeln?

Ich möchte weinen, erwiderte der Rath, über diesen Aberwitz. – Er stand wieder auf und ging zu ihm: Junger Mensch, sagte er ernst und feierlich, deinen Vater habe ich in Altona angeschmiedet karren sehn, er starb in diesem Zustand, wegen falscher Wechsel zu dieser Infamie verdammt. – Jene Summe, die dir künftig gehört, ist ein Geschenk des Erbarmens. Ist nun Stolz in dir, so entwickle aus dir selbst etwas Tüchtiges und Rechtliches, daß man deinen Aeltern nicht nachzufragen braucht.

Es ist entsetzlich! rief Wilhelm aus, faßte die Hand des väterlichen Freundes, küßte sie mit Heftigkeit und ließ eine Thräne darauf fallen. Dann stürzte er fort, ohne noch ein Wort zu sagen. Der Geheime Rath war erstaunt, weil er den jungen Mann noch niemals so gesehen hatte; es war das erstemal, daß dieser ihm die Hand küßte, und er fragte sich nur, ob er vielleicht in seiner zurückstoßenden Kälte, und daß er das harte Wort über den Vater ausgesprochen hatte, nicht zu weit gegangen sei.

Der Minister wurde von diesen Betrachtungen bald abgezogen, denn die Nachrichten häuften sich nicht nur, sondern wurden immer bestimmter, daß Unzufriedene, Böswillige, Aufhetzer und allerlei Menschen, deren Namen noch nicht bekannt waren, die Absicht hätten, in diesen Tagen einen Auflauf zu erregen, um unter dem Feldgeschrei der Freiheit tausend Schlechtigkeiten zu begehen. Ambach wußte es, wie verhaßt er Vielen wegen seiner Strenge sei; es war ihm auch nicht unbekannt, daß sein Pflegesohn mit vielen dieser Unruhstifter schon seit lange verbrüdert war. Er dachte nach, was er thun könne, um den jungen Unbesonnenen vor Unglück zu bewahren, da er sich aber erinnerte, mit welchem Hohnlachen der Thor alle früheren Warnungen von sich gewiesen hatte, so schien es ihm nöthig, einen gewaltsamen Entschluß zu fassen. Er wollte also durch einen Vertrauten den Jüngling aufheben, nach seinem Schlosse transportiren und dort streng bewachen lassen, bis dieses immer näher rückende Ungewitter vorübergezogen sei. Er erschrak, als er die Nachricht erhielt, der junge Mensch sei in seinem Zimmer nicht zu finden. In einem kleinen Briefe kündigte er dem Pflegevater an, er finde es gerathener, sich für jetzt auf einige Zeit zu entfernen, er könne nicht sagen, auf wie lange. Er hoffe aber, den Minister irgend einmal wiederzusehen.

In der Stadt herrschte eine schwüle und dumpfe Gährung. Diejenigen, welche nicht in die geheimen Plane eingeweiht waren, fühlten dennoch, daß etwas im Werk sei, und die Rädelsführer vertrauten sich Keinem, um zu sehen, wie viel Glück und Zufall für sie thun möchten. Viele vom Gesindel waren mit Wilhelm Eichler bekannt und vertraut, aber, so viel sie auch mit ihm schwatzten, hatten sie ihn doch nicht ganz in ihre Brüderschaft einweihen wollen, weil sein leidenschaftlicher Leichtsinn sie abschreckte, noch mehr aber, daß der oberste Chef der Polizei sein Pflegevater war, in dessen Hause er selbst wohnte und von dem er ganz abhängig schien. Sie fürchteten daher, daß ein so schwankender Charakter sich auch wohl zum Spion gebrauchen lasse, und daß am Ende alle seine patriotischen und wild begeisterten Reden nur Maskerade und Aushängeschild sei, um sie in den Netzen des Verraths zu fangen.

Die lockeren Gesellen der Stadt waren auch in Aufregung. Daß der Wohnsitz der eleganten Ausschweifung, das aufgeschmückte Haus der Witwe Blanchard sich so plötzlich in eine Art von Kloster verwandelt hatte, war den meisten ein unbegreifliches Aergerniß. Auf den Kaffeehäusern und Promenaden war des Geschwätzes darüber kein Ende. Einige der lockern Dirnen, die so schnell ihr Asyl hatten verlassen müssen, erzählten von Mishandlungen, die sie von der Blanchard hätten erdulden müssen, von zurückgehaltenen Geldern, selbst Plünderungen; und da die Witwe, weil man sie für reich hielt, von den Bürgersleuten und dem gemeinen Mann gehaßt wurde, so glaubte man eine jede Lüge.

Unter diesen Stimmungen verflossen einige Tage. Mit der Frühe, als noch Alles still war, fuhr die Witwe auf ein Dorf, das einige Meilen entfernt war, um für die Tochter eine Zerstreuung dort zu finden, welche diese Gegend und den nahe liegenden Wald mit Vorliebe besuchte, so oft sich die Gelegenheit bot. Die Mutter stieg mit der tiefbetrübten Charlotte aus dem Wagen, den der alte mürrische Kutscher in der Schenke des Dorfes unterstellte. Charlotte begab sich sogleich nach dem Walde und verfolgte den Fußsteig, um sich recht bald im grünen Dickicht und in der Einsamkeit zu verlieren. Die Mutter sah mit Bekümmerniß das Wesen der Tochter, das sich seit Kurzem so verändert hatte, daß sie eine auszehrende Krankheit befürchten mußte. Als sie die stillste Einsamkeit aufgesucht hatten und jeder Straße und jedem Fußpfade fern waren, lagerten sie sich auf einen begraseten Hügel, um dem Geräusch der Bäume, dem Säuseln der Birken und Buchen und dem Murmeln eines nahen Baches zuzuhören.

In solcher Gegend, mein Kind, fing die Mutter an, wollen wir künftig wohnen und in ihr unser Leben beschließen. Ach! das hätten wir schon seit einem Jahre und länger thun können, jene unglückliche Stadt zu verlassen. Werde nur wieder

gesund, sieh' heiter; glaube mir, die ich Erfahrung genug habe,
der Mensch kann Vieles verwinden und so wirst du auch deinen
kleinen Gärtnerburschen vergessen. Das Schicksal führt
dir wohl dann dort, in schöner, freier Natur, einen andern
Jüngling, einen Gatten zu, mit dem du glücklich bist.

Es ist mir ja nicht, sagte die Tochter mit schmerzlichem
Ton, um eine Heirath zu thun: ich dachte bei Joseph nicht
daran; sondern daß gerade dieser mich liebte und achtete, daß
ich ihn sah, mit ihm sprach und meine Seele durch ihn geistiger
und wahrer wurde.

Dieser schöne Fest- und Sommertag war für beide Frauen
erquickend, und die Mutter ging noch tiefer in den Wald, um
die Tochter sich ganz selbst zu überlassen, da sie wußte, wie
sehr diese es liebte, in freier Natur sich schwärmend in ihre
Träumereien zu versenken. Charlotte war in jener süßbittern
Wehmuth jetzt glücklich zu nennen, denn alle ihre Gefühle
versenkten sich resignirt und doch wollüstig klagend in jenes
dunkle, ewige Meer, aus welchem alle menschliche Thränen
fließen. Dies schien ihr vor ihrem nahen Tode die liebste, die
eigenste Heimath ihrer Seele. Vor diesen rauschenden Bäumen
fühlte sie sich nicht, wie vor Menschenangesichtern, gedemüthigt,
diese grünen Laubwände schienen ihr edler und
göttlicher als jene lauernden Augen und falsch lächelnden
Lippen, die in der Frage Vorwurf und im Blick Verdammung
aussprachen.

Ein stärkeres Geräusch, Fußtritte, und als sie aufblickte,
stand Wilhelm vor ihr. Er war noch blasser als gewöhnlich,
sein Blick war irr, die Lippen bebten, und als er sich von seinem
Erstaunen erholt hatte, seine Geliebte hier in der einsamen
Wildniß so unverhofft zu finden, setzte er sich auf den
Rasen zu ihr und Beide zwangen sich, von gewöhnlichen Gegenständen
zu reden. Charlotte war tief betrübt, ja verletzt,
daß diese einsamen Stunden, auf welche sie sich schon seit

mehren Tagen gefreut hatte, ihr nun im Genuß so sehr verkümmert wurden, daß der Mann sie störte, dem sie am liebsten aus dem Wege gegangen wäre: und doch war ihr der Anblick des bleichen Jünglings, seine sichtbare Zerstörung so
rührend, daß sie gern Vieles zu seinem Troste gesprochen
hätte. Nur fühlte sie in diesen Augenblicken mit der schmerz-
haftesten Deutlichkeit, was gute Menschen so oft innigst betrübt, wie dichte Vorhänge sein Inneres verschatteten, sodaß
der Blick ihres wohlwollenden Herzens nicht in die Finsterniß
seines Gemüthes hineinleuchten könne. Er erzählte ihr von
dem Zorne seines Pflegevaters, und wie er sich freiwillig aus
seinem Angesicht verbannt habe, wie er jetzt Willens sei,
fremde Länder zu sehen und er nur noch nicht wisse, wo er
die dazu nöthigen Summen hernehmen solle; daß die Geliebte
ihn aber auf diesen seinen Wanderungen und Irrfahrten begleiten müsse, wenn er nicht als ein Wahnsinniger verzweifeln
solle. Ist es denn am Ende, beschloß er seine zürnenden Klagen, so gar etwas Besonderes, wenn Menschen von Kraft und
Stolz sich vornehmen, in solchem grünen Walde in der Einsamkeit zu wohnen? Wahrlich, jene Eremiten, die sonst nichts
Ungewöhnliches waren, und unsere heutigen Raubgesellen
sind vielleicht nicht so sehr von einander verschieden, wie es
beim ersten Anblick scheinen könnte. Beide trieb der Haß gegen die Menschen in die öden Schatten; jener sucht in Fasten
und Gebet seine Qual zu lindern und seinen Menschenhaß zu
überwinden, die andern Einsiedler nehmen ihre Rache an dem
Geschlecht, von dem sie so grimmig verletzt worden sind. Der
alte Ambach hat neulich meinen Stolz so gebrochen, daß ich
mich noch nicht in meinem Innern wiederzufinden weiß. Ich
glaube nun zwar, daß er mir hat Märchen aufheften wollen,
um mich zu erschrecken, aber es werden noch Tage hingehen,
bevor ich mich wieder ganz erholen kann. O, Charlotte, wenn
wir hier residirten, hier in diesem grünen, laubreichen Saal,

Sie meine Waldkönigin Mariana, ich der edle Räuberhauptmann Robin Hood, und wir hier nun mit Liedern, Gesang und Tanz die Ankunft des Mais feierten, um uns her brave Kameraden versammelt, die mich und noch mehr die Königin der schönen Wildniß verehrten: nun käme der reiche, vornehme Pflegevater mit seinen Lakayen und Polizeibeamten dahergefahren, und wir führten mit dem Gefolge ein Kriegesspiel auf und bemächtigten uns ihres Gutes, ängstigten den alten Herrn eine Zeitlang, um ihn dann mit ausbündiger Großmuth wieder freizulassen, – wäre denn das nicht etwas Herrliches? Könnte man sich auf diese Art die Zeit nicht recht hübsch vertreiben?

So war doch das Gespräch wider Willen in die Farbe des Waldes hineingespielt und durch Charlottens Antworten wurde der Ton heitrer und poetischer: man sprach von Märchen und arbeitete mit der bewegten Phantasie die alte Waldlegende von Robin Hood und seiner Mariana weiter aus, so sehr auch Charlotte protestirte, unter diesem Bilde zu erscheinen, oder sich mit jener flüchtigen Gräfin vergleichen zu lassen. In diesen fast ganz heitern Gesprächen fand sie die Mutter, die jetzt von ihrer Wanderung zurückkam.

Da der Mittag nahte, kehrte man zu der Schenke des Dorfes zurück. Ein einfaches, reinliches Mahl erquickte sie, und die Gespräche, Erzählungen und Scherze führten die zerstörten Menschen bis auf einen gewissen Grad von Fröhlichkeit. So oft der junge Mann auf seine Liebe zu reden kam, suchte Charlotte das Gespräch auf einen andern Gegenstand zu lenken, und die kluge Mutter wußte jedesmal an irgend eine Geschichte zu erinnern, sodaß die leidenschaftlichen Aeußerungen des jungen Mannes zurückgehalten wurden.

Es ward ihnen schwer, sich von der freien Natur, die auf Alle, ohne daß sie es wußten, so gut eingewirkt hatte, loszureißen. Endlich erinnerte der alte mürrische Kutscher, daß es

Zeit sei, zur Stadt zurückzukehren, die man doch erst nach eingetretener Finsterniß erreichen würde. Himmel! rief plötzlich Wilhelm aus, heut ist ja der Tag, an welchem wahrscheinlich ein Tumult ausbrechen wird. Ich muß euch begleiten, ihr Lieben, man kann nicht wissen, wie ich euch nützlich sein möchte. – Ja, ja, sagte der Fuhrmann, es ist Vielerlei gemunkelt worden, man kann nicht wissen, was das böse Volk heut ausrichtet. – Und woher, Petermann, wißt Ihr denn Etwas? – Ei, man geht ja mit so vielerlei Leuten um, daß uns wohl auch Etwas davon zu Ohren kommt.

Die Frauen stiegen mit beklommenen Herzen in den Wagen, und nach einiger Zeit sagte Wilhelm: Sind mir doch seit einigen Tagen meine ehemaligen Spiesgesellen ganz aus dem Sinn gekommen. Diese vertrauten mir in voriger Woche so Manches, gaben Winke, warben eine Partei und hatten selbst von der Polizei Einige in ihrem Solde, welche ihnen das verriethen, was man im Schilde gegen sie führen könne.

Charlotte zeigte sich sehr ängstlich und erschrak noch mehr, als Wilhelm, um sie zu beruhigen, ihr zwei geladene Pistolen zeigte, die er mit sich führe. Als sie sich der Stadt näherten, hörten sie schon im Thore davon sprechen, daß in einer der belebtesten Straßen ein großer Auflauf sei. Der Kutscher fuhr rascher, um früher das Haus der Witwe zu erreichen. Man sah Fackeln leuchten und hörte aus der Ferne die Marseiller Hymne singen. Die Mutter rieth, einen kleinen Umweg zu nehmen, um von einer andern Seite und unerkannt ihre Wohnung zu erreichen, denn sie fürchtete nicht mit Unrecht, daß das aufgeregte Volk sich gegen sie, sobald man sie erkannt habe, Excesse erlauben werde.

Sie hatte sich aber dennoch verrechnet und es zeigte sich bald, daß diese Vorsicht vergeblich war. Mit der Finsterniß hatten sich einige junge Leute vor dem Hause der Witwe gemeldet. Sie waren verwundert und verstimmt, als sie vom Diener abgewiesen wurden, und wollten sich nicht überzeugen lassen, daß das Haus wirklich von allen Schönheiten verlassen sei. Einer der jungen Männer, der etwas zuviel getrunken hatte, stieß den schwachen Bedienten zurück, drängte sich ein und blieb im Zimmer sitzen, in welchem er bald nachher einschlief. Diese kleine Begebenheit hatte einigen Lärm verursacht, und eine Abtheilung jener Volkshaufen, die in den andern Straßen sangen und schrien, rottirte sich vor das Haus der Frau Blanchard, und alle fragten und lärmten, bis plötzlich der Skandal auf den höchsten Gipfel stieg, indem eine Bande Musikanten ein tolles Charivari mit vielen sich kreuzenden Melodien aufspielte und Buben und Hunde dazwischen heulten. Es war der junge, ausgelassene Graf Mindelberg, der mit einigen seiner Freunde, die ihn in Verkleidung begleiteten, sammt den Musikanten, diesen tollen Lärm erregte, weil er sich so an Charlotten und ihrer Mutter rächen wollte. Es war dem jungen, verwilderten Mann, der sich für unüberwindlich hielt, zu empfindlich gewesen, daß ihn Charlotte, die Tochter einer Ehrlosen, mit so vielem Stolz behandelt und seine Freigeisterei und übermüthige Werbung so kalt abgewiesen hatte. Jetzt strömten noch mehr Menschen herbei, auch Polizeibeamte zeigten sich, die aber, da es nur bei wildem Geschrei, Fluchen und Lachen blieb, sich ruhig verhielten, vorzüglich seit man einen ältern Mann, der moralisch vermahnen wollte, mit überlautem, verhöhnendem Gelächter stumm gemacht hatte.

Von der andern Seite fuhr der Wagen indessen weiter, von dem mürrischen Petermann gelenkt, der oft schimpfte und fluchte, wenn hier und dort eine Gruppe von Schwatzenden ihn hemmte, oder er laut schreien mußte, daß man ihm und seinen brausenden Pferden nur aus dem Wege gehe. So, klatschend, rufend, anhaltend, schnell fahrend gelangte er in die Gasse, in welcher er selber wohnte. Vor seiner Thür stand seine alte treue Haushälterin. Sind der Herr Petermann schon da? rief sie laut kreischend. Sie stellte sich vor die Pferde. Was soll das? schrie er von seinem Bock herunter; laß los, alter Drache. Indem war ein Hund aus dem Flur des Hauses winselnd gekrochen, der zum Wagen hinaufstrebte, als er die wohlbekannte Stimme seines Herrn vernahm; doch in demselben Augenblick peitschte dieser auf die Pferde, der Wagen rückt schnell an, und man hörte ein Geheul und ein Zetergeschrei der alten Weibsperson. Himmel und Erde! schrie Petermann, indem er die Pferde anhielt, – was ist das? – Was wird es sein? heulte die Alte, Ihr selbst, Herr Petermann, habt Euern eignen Hund überfahren: das treue, alte, liebe Thier, das schon so viele, viele Jahre gesehen hat, halb blind und halb taub, nichts mehr im Leibe hatte, als die Liebe zu Euch alten, grausamen, nichtsnutzigen Menschen!

Man hörte noch immer das Geheul eines sterbenden Hundes und Petermann sprang vom Bock, indem er schrie: Was? Wie? Meinen Muntsche hätte ich überfahren, den alten, uralten Sackermenter! O, Himmel und Hölle, habe ich noch der Mörder meines allerbesten Freundes werden müssen! Nein, das überlebe ich nicht! Dieser Hund war ja der einzige wahre Mensch, den ich jemals habe kennen lernen.

Er nahm den Leichnam auf, und trug das dicke, aufgeschwollene Thier, das jetzt eben verschieden war, selbst in sein Haus. – Die Frau im Wagen weinte laut. Was ist dir, Mutter? fragte Charlotte. – O Himmel, erwiderte jene, wir hätten draußen im Walde bleiben sollen, denn ich sehe, das Schicksal verfolgt uns.

Verzeihung, sagte der graue Kutscher, daß ich so lange verweilt habe. Jetzt wollen wir auch um so schneller vor das Haus fahren.

Wie könnt Ihr uns nur so aufhalten, Mann, sagte Charlotte, in dieser dringenden Lage, um eines elenden Hundes willen? Elenden Hundes! rief der Fuhrmann: tausend Donnerwetter! Derselbe Hund, der nun endlich crepirt ist, war mein Siegwart, Werther, oder wie sie alle heißen mögen, die Helden, über welche die empfindsamen Mamsellen Thränen vergießen! Elender Hund! Sind wir denn Alle etwa was Besseres? Gewiß um Vieles schlechter! Zu, ihr Racker, ihr Rosse, die ihr auch nichts werth seid! Ich soll ja schnell fahren! Jezebel! Jezebel! schrie der Pöbel; die geschminkte und die blasse, – laßt sie uns zerreißen! – Fahr' doch zu, ins Teufelsnamen! rief Wilhelm aus dem Wagen heraus, und der Fuhrmann, zornig wegen seines Hundes, trieb so plötzlich die raschen Pferde an, daß sie durch den dicken Menschenhaufen rannten und Geschrei, Heulen, Fluchen und Schimpfen noch lauter ertönten. Ein Kind war überfahren worden. Der Wagen mußte anhalten, man riß den Kutscher herunter, das Volk mishandelte ihn und die Polizei befreite ihn nur mit Mühe aus den Händen der empörten Menge. Einige Besserdenkende drängten nun die Masse des Pöbels zurück, und da man sich ganz nahe am Hause befand, so suchten die Drei aus dem Wagen zu steigen und die sichere Schwelle zu erreichen. Der junge Graf Mindelberg hatte jetzt die Fahrenden erkannt und ließ von neuem und noch lauter das Charivari seiner Musikbande ertönen. Wilhelm sprang voran und klingelte heftig, der Bediente kam, aber der Graf schrie: Lottchen! Lottchen! hier geblieben! und strebte, das junge Mädchen von der Mutter wegzureißen, die sie fest umschlossen hielt. Die beiden Frauen zitterten. Schon war es dem Grafen und seinen Helfershelfern gelungen, Charlotten zu ergreifen, als ein junger Mensch sie schnell und stark in seinen Armen aufhob und mit ihr der Thür des Hauses zueilte. In demselben Augenblick fiel vom Hause her ein Schuß und der Graf stürzte nieder.

Ein allgemeines Geschrei, stürzende Flucht, das Haus war frei und der junge Bursche trug die halb Ohnmächtige hinein. Die Mutter folgte fast ohne Bewußtsein.

Im Hause selbst fand man nur den jungen Menschen, der sich ernüchtert hatte und jetzt mit den Uebrigen das Haus verrammeln und die Fensterladen schließen half, denn es war vorauszusehn, daß der Sturm sich in wenigen Augenblicken, und zwar gewaltsamer, als zuvor, erneuern würde. Auch sammelten sich die erschreckten Haufen bald wieder, und Alles, was sich in der übrigen Stadt bis jetzt umgetrieben hatte, drängte sich nun in diese Gasse zusammen. Ein ungeheures Geschrei erhob sich, Steine wurden gegen Thür und Fenster geschleudert, Mordbrenner, Mörder schalt man die Bewohner, und Alles vereinigte sich, das Haus zu bestürmen und die Thüren zu erbrechen. In großer Schnelligkeit wurden Balken und Hebebäume herbeigeschleppt, einige der Verwegensten hatten vom benachbarten Hause das Dach der Wohnung erstiegen, und warfen nun Ziegel und Latten hinab, um von dort in die innern Gemächer zu dringen. Von außen vermehrte sich das Getümmel, und da man einmal das Beispiel gegeben hatte, so wurden auch Pistolenschüsse auf das Haus gefeuert.

Der schwer verwundete Graf war fortgebracht worden, und die Musikanten, da sie ihren Beschützer entbehrten, hatten sich auch still zurückgezogen.

Die Hausthür krachte, fiel und war ausgebrochen. Jetzt stürmte der Schwarm hinein; Alles fluchte, schrie, lärmte; die innern Thüren sollten auch gesprengt werden; Wilhelm hatte seine Pistolen von neuem geladen; die Weiber saßen trostlos und ohne sich zu regen im Winkel des Saales; der Diener und der Fremde gingen händeringend und in Unentschlossenheit gelähmt auf und ab; nur der junge Bursche, der Charlotten gerettet hatte, schien, mit einem großen Stock bewaffnet, den Einbruch mit einer gewissen Ruhe zu erwarten; und jetzt wäre es gewiß um das Leben der Bewohner geschehen gewesen, wenn sich nicht in diesem Augenblick Militair, Polizei, und ein angesehener Mann an ihrer Spitze, gezeigt, und bittend, drohend, versprechend mit Ernst und Höflichkeit sich Platz gemacht hätten. Sie entfernten den anstürmenden Haufen vorerst aus dem Hause; man gab das feste Versprechen, daß die Schuldigen gewiß gestraft werden sollten, und foderte, daß man der Obrigkeit für jetzt unbedingt gehorchen solle. Der Anblick der Soldaten, ihre ernste Haltung, die Höflichkeit der Anführer wirkten so wohlthätig auf den gemeinen Mann, daß für einen Augenblick Ruhe und Stille eintrat. Man verlangte, als die Thüren geöffnet waren, daß Alle, die sich im Saal befanden, der Polizei als Verhaftete folgen sollten, um nachher im Verhör sich von den Anklagen zu reinigen, oder ihre Schuld einzugestehen. Die Polizei war verwundert, den Pflegesohn ihres obersten Chefs hier anzutreffen, doch hatte es die Folge, daß Alle gegen die Frauenzimmer noch höflicher waren.

Als man sie nun wieder auf die Straße hinausführte, erhob sich von neuem ein ungeheurer Lärm. Alles schrie rasend durcheinander, daß man diese frechen Buhlerinnen, die Räuber und Mörder in ihrem Solde hätten, in Stücke reißen müsse. Die Soldaten hatten genug zu thun, die wüthende Volksmasse von den Gefangenen zurückzuhalten; es war nothwendig, daß die ganze Abtheilung sie nach dem großen Polizeigebäude begleitete. Hier erhielten sie vorerst einige fest verwahrte Zimmer zu ihrem Aufenthalt, und der Geheime Rath, der immerdar von Anfoderungen bestürmt wurde, war nicht im Stande, sie jetzt, auch seinen Pflegesohn nicht, zu sprechen.

Das Volk war aber nun nicht länger zu bändigen. Wegen eines übel berüchtigten Hauses schien es den Behörden nicht gerathen, die allerstrengsten Maßregeln anzuwenden; so wurde denn unter Gesang und Jubel Alles verwüstet, Bilder, Mobilien, Betten wurden hinausgeschleppt und draußen verbrannt, und so hatte sich die angedrohte Revolution auf die

Zerstörung dieses Hauses beschränkt, welches nun auch in Flammen aufging. Die Löschanstalten, welche schnell herbeigeschafft wurden, arbeiteten vorzüglich dahin, daß die angrenzenden Wohnungen nicht vom Feuer ergriffen werden möchten.

Nach diesem nichtsnutzigen Auflauf, von Uebermüthigen erregt, die die Stimmung des Volkes dann misbrauchten, schien es einigen Großen gleichsam ein Glück, daß der böse Wille sich in dieser Kleinigkeit zufrieden gestellt habe, daß die Bosheit hier ihre Lust gebüßt und das ganze elende Complott zerschellt sei, ohne daß große Anstrengungen angewendet, oder viele Opfer gefallen seien. Man sorgte nur dafür, die Masse einzuschüchtern, und so ward vorläufig beschlossen, daß Graf Mindelberg, Wilhelm Eichler, der alte Fuhrmann, und die Witwe nebst ihrer Tochter, so viel es sich irgend mit der Gerechtigkeit vertrüge, zum abschreckenden Beispiel dienen müßten.

Die Besseren, unter welchen Ambach obenan stand, konnten diese vorläufigen Beschlüsse nicht billigen. Er war unwillig über die Maßregeln gewesen, daß man dem armseligen Complott zugesehen, es gekannt und doch nicht unterdrückt habe, um nach einer Explosion, die man dann doch nicht ganz in seiner Gewalt haben konnte, mit schreckender Strenge hervorzutreten. Er hatte dreist gesprochen, daß diese Halbheit, die völlig unmoralisch sei, die Regierung nur herabsetze, und daß sie selbst, so handelnd, an dem Verbrechen der Bösewichter Theil nehme und Vieles von der Schuld auf sich selber lade. Er war aber von den Politikern überstimmt worden und mußte dieser Klugheit das Feld räumen. So hatte er nun, wie er vorhersah, dieser Politik des Tages gegenüber einen schweren Stand. Er sollte fast nicht untersuchen, sondern mehr ein schon gefälltes Urtheil bestätigen, damit doch gestraft würde, und doch war es möglich, daß sich zur Entschuldigung, ja Rechtfertigung der

Gefangenen, Manches aufbringen ließe. Auch diesen berüchtigten, von der allgemeinen Meinung verdammten Weibern gegenüber wollte er die Kraft des Gesetzes aufrecht erhalten, und
er war sehr unzufrieden damit, daß man die Rädelsführer
hatte entfliehen lassen, die nun wahrscheinlich im Nachbar-
staate auf ähnliche Weise hanthiren würden.

Am schuldigsten schien ihm sein Pflegesohn, von dem er
durch aufgefangene Papiere außerdem wußte, daß er mit vielem schlechten Volke schon seit lange in Verkehr stand. Der
Graf, obgleich er der erste Veranlasser des Unfugs war, war
schwer verwundet, man durfte an seinem Aufkommen zweifeln. Diese Gewaltthat des jungen Mannes, seinen Gegner im
dicken Haufen niederzuschießen, wenn er dadurch auch vielleicht Leben und Gesundheit des jungen Mädchens rettete,
war auf keine Weise zu entschuldigen. Und dennoch that es
dem Minister leid, wenn er den Jüngling, dessen Wohlfahrt
ihm war anvertraut worden, jetzt dadurch vernichten sollte.
In diesen Zweifeln und schmerzlichen Gefühlen nahm er sich
vor, die Gefangenen vorerst selbst im Vertrauen zu verhören,
um so, bevor das Gericht eintrat, irgend mildernde Umstände
zu entdecken, vielleicht auch, auf einem menschlichern Wege,
die Wahrheit schneller zu finden, als mit den hergebrachten
Formen, die sehr oft viel einfachere Begebenheiten verwickeln
und Schuld und Unschuld verwirren.

Der trunkene junge Mann, der nur ungezogen sich in das
Haus gedrängt hatte, wurde gleich entlassen, weil er weder
beim Auflauf gewesen war, noch sich sonst etwas hatte zu
Schulden kommen lassen. Der junge Mensch, welcher Charlotten aus dem Haufen gerettet hatte, und der Niemand anders als Joseph war, durfte auch zu seinem Herrn und seinem
Garten zurückkehren, doch mußte der Gärtner sich für ihn
verbürgen, daß er sich wieder stellen würde, wenn er noch
irgend bei der Untersuchung nöthig sein sollte.

Der folgende Tag war ruhig, und Alle in der Stadt sprachen von dem Vorfalle wie von einem Traum, der sie beängstiget habe. Man billigte es, daß Wachposten und Patrouillen verstärkt wurden, daß man Fremde, die ohne Gewerbe und Paß waren, aus der Stadt verwies, daß alle Polizeianstalten, Nachfragen und Untersuchungen strenger wurden, und Viele, die sich von den Unruhstiftern hatten anwerben lassen, da sie sahen, wie wenig Hoffnung des Erfolgs war, waren jetzt grade diejenigen, die als echte Patrioten und gute Bürger alle diese Anstalten am lautesten lobten.

Der Geheimerath, welcher jetzt scheinbar bedrohenden Aufruhr ganz in ein Nichts verschwinden sah, war nun fest entschlossen, es dahin zu bringen, daß keinem seiner Gefangenen zu viel geschehe. Daß er seinen ausgearteten Wilhelm nicht retten könne, sah er ein, auch durfte schwerlich die Witwe, die er schon immer aus der Stadt hatte schaffen wollen, einer Demüthigung entgehn. Er ließ die Arrestanten, die man auf seinen Befehl milder behandelt hatte, in sein Haus führen. Als man den alten Kutscher in sein Zimmer brachte, verwunderte er sich über die Rüstigkeit und den Anstand des alten Mannes. Als er ihm sein Vergehen vorhielt, sagte dieser: Excellenz, der Mensch hat sich nicht immer in seiner Gewalt. Wie ich so meinen allerbesten, ältesten, treusten Freund zu meinen Füßen sterben sah und winseln und klagen hörte, und der junge Herr noch zu schimpfen anfing, und ringsherum das Gebrüll von den ungezogenen Menschen, da wurde ich innerlich so zornig, wie verzweifelt, daß ich nicht mehr Acht gab; und wie konnte ich es auch bei dem Getümmel? So rückte ich denn an und der Junge litt den Schaden, doch aber auch nicht gefährlich, wie ich mir habe sagen lassen.

Und jener Freund? fragte der Rath.

Es war eigentlich, erwiderte Jener, ein ganz ordinairer Hund, mein gnädiger Herr: er war Muntsche geheißen, und jetzt schon über zwanzig Jahre alt. Er war also krüppelig, dick, unbeholfen, fast blind. Er kümmerte sich gar nicht mehr um die übrige Welt, und nur wenn er meine Stimme hörte, war er alert und glücklich. So hörte er denn unsere Pferde, ob er gleich halb taub war, ihren Tritt und Schritt kennt er, die Weibsen lassen ihn aus der Thür, was ich so schwer verboten hatte, aber bei dem Getümmel hatten sie auch den Kopf verloren; so krappelte denn der kleine Dicke heraus und gerieth unter die Räder, und mußte elendiglich crepiren. – Verzeihen Sie, gnädiger Herr, daß ich noch jetzt über das treue, liebe Vieh meine Thränen nicht zurückhalten kann, obgleich ich sonst nicht so sehr weichherzig bin.

Setzt Euch, Freund, sagte der Rath, der sich für den Alten zu interessiren anfing: wie ist Euer Name?

Ich habe schon manchen Namen gehabt, sagte der Fuhrmann ; seit ich wieder Kutscher bin, heiße ich Petermann, von Natur und Hause heiße ich aber eigentlich Martin Sendling.

Ambach wurde aufmerksam, denn dieser Name war ihm wohl aus älteren Zeiten im Gedächtniß geblieben. Als ich damals das Fuhrwesen trieb, fuhr der Alte fort, erhielt ich mein Hündchen Muntsche von einem vornehmen russischen Herrn zum Geschenk. Nachher – o, es war sehr sonderbar – wollte mich ein sehr schönes und eben so reiches Frauenzimmer heirathen, sie machten einen Narren aus mir, und, wie ich fertig war, wollte mich die Madam wieder nicht. So lief ich mit meinem kleinen Muntsche wie toll in die weite Welt: unter den Franzosen machte ich den Krieg gegen Rußland mit und erlebte als Soldat alles Elend dort. Damals rettete mir mein Muntsche das Leben, denn ich wurde sonst von dem vormaligen Herrn des Hündchens niedergehauen. An dem Thier erkannten wir uns wieder und liebten uns.

Den Feldzug habt Ihr mitgemacht? fragte der Rath.

Ja, und kam als Capitain zurück; damals hieß ich Geoffroy.

Toll geht es her. Ohne daß ich sie kenne, entführte ich meine vormalige Verlobte, die mit ihrem ältlichen Eheherrn sich sehr unglücklich fühlte. An dem Hund erkannten wir uns auch wieder. Aber die arme, jetzt ganz verdrehte Person war mit mir noch weit unglücklicher, als vorher, ich lief mit meinem Hunde von ihr, zu meinem Corps. Blessirt, gefangen, war ich ein elender Mensch, und da sie merkten, daß ich ein Deutscher sei, von meinen Landsleuten noch obenein verachtet. Da war mein Hündchen wieder mein einziger Trost, er, Muntsche, blieb mir immer getreu. Ach! ich habe seitdem vielerlei Elend ausgestanden. Zu den Franzosen, wo Alles verändert war, mocht' ich nicht wieder, mein ganzes Leben war ein verfehltes, verpfuschtes, und da ich nichts Anderes beginnen konnte, mußte ich wieder als Fuhrknecht mir meinen Stand und Beruf von unten auf zu bilden suchen. So kam ich nach Jahren hierher, wo ich denn endlich meine Wirthschaft einrichtete.

Ambach zweifelte nun nicht mehr, wer dieser mürrische Alte sei, den er damals wohl bei jener Verlobungsscene fest ins Auge gefaßt hatte. Ich werde mich Ihrer annehmen, sagte er, und ließ jetzt seinen Pflegesohn zu sich rufen. Freund, sagte er zu diesem, du hast jetzt deinen Unbesonnenheiten die Krone aufgesetzt, und deiner wartet strenge Untersuchung und schwere Strafe.

Mir ganz gleich, antwortete der ganz zerstörte junge Mensch, schicken Sie mich auf die Festung, in das Zuchthaus oder zu den Baugefangenen, ich kann nicht tiefer sinken, als ich schon gestürzt bin.

Und immer noch diese unselige Leidenschaft für die Tochter einer Ehrlosen?

O, wenn sie mich liebte, rief Wilhelm in der Begeisterung der Verzweiflung, so lachte ich Ihrer und Ihres Staates und aller Strafen. Aber ich habe es erlebt und durch und durch, wie eine schneidende Säge, durch meinen ganzen Körper fühlen müssen, daß sie mich verachtet und bemitleidet, daß sie das ganze Herz, ihre himmlische Liebe einem simpeln, gesunden, treuherzigen Gärtnerburschen hingeworfen, der es ebenso mit Füßen tritt, wie sie dem meinigen thut, und mich so an ihr vollständig rächt. Von meinem herrlichen Vater haben Sie mir neulich schon gesprochen, wollen Sie mir jetzt nicht meine glorreiche Mutter nennen?

Nein, sagte der Rath, ich habe bis zum Tode der Armen Verschwiegenheit gelobt, und ich weiß jetzt nicht, ob sie noch und wo sie lebt. – Er ließ die Witwe und ihre Tochter hereinrufen, und Wilhelm sprach hastig: Nein, es ist mir unmöglich, jetzt Charlotten zu sehn. Er ging schnell in ein Seitengemach. Als die beiden Frauenzimmer jetzt hereintraten, erstaunte der Geheimerath über die außerordentliche Blässe des Mädchens, noch mehr aber über ihre wundervolle Schönheit. Er war verlegen und konnte das Auge von dem blassen Kinde nicht wieder abwenden; ihm war, als wollten sich von allen Seiten her alte Erinnerungen und längst erstorbene Gefühle ihm aufdrängen. Er konnte, wie verzaubert, den Eingang seiner Rede nicht finden, und die alte Witwe betrug sich auf eine Art, die seine Verlegenheit nur vermehrte. Gleich beim Eintritt musterte sie ihn mit einem scharfen Auge, seufzte dann schwer und beschaute nachher prüfend eben so lange den sitzenden Fuhrmann. Da der Rath noch Charlotte anstarrte, seine Empfindungen sammelte und die Leidenschaft seines Pflegesohns für dieses Wesen großentheils schon entschuldigt hatte, sagte die Mutter: Verzeihen Excellenz, wenn ich mich ungeheißen niedersetze, das alte Wesen ist matt und todesmüde, denn es sind seit dieser Zeit zu viele Leiden und zu schnell auf mich hereingebrochen.

Auch der Rath setzte sich und verlangte, daß die Witwe
Blanchard erzählen, sich entschuldigen und den Zusammenhang der letzten Händel darlegen solle. Wozu? sagte sie, ich
fühle es, mit meinem Leben ist es zu Ende. Könnte ich Ew.
Excellenz nur dahin stimmen, für meine arme, unschuldige,
herrliche Tochter etwas zu thun, ihr Schicksal und ihre Ehre,
soviel es möglich ist, sicherzustellen, so würde ich mit der
größten Beruhigung in mein Grab steigen, denn nach meinen
Erfahrungen, das glauben Sie mir nur, stirbt sich's leicht.

Was ich thun kann, sagte der Rath –

Und warum sollten Sie's nicht können, antwortete sie mit
bewegter Stimme, Sie haben mich zwar verfolgt, Sie haben
mich aus der Stadt treiben wollen, aber das galt nur mir, nicht
meiner Tochter, und gegen mich, die Sterbende, werden Sie
nicht mehr eifern, wenn Sie sie erst kennen: nicht wahr, Ferdinand?

Gott im Himmel! schrie der Rath und sprang von seinem
Sessel auf – Sie sind doch nicht – seine Stimme zitterte, seine
Knie wankten, er war todtenbleich.

Ja wohl, antwortete sie mit hervorbrechenden Thränen,
wohl bin ich jene arme, unglückselige, einst schöne und glückliche Emmeline, welcher Sie so oft ewige Liebe schwuren.

Ferdinand wankte halb ohnmächtig, fast wie damals, als er
sie verlobt wähnte: er stellte seinen Sessel neben den ihrigen,
schaute ihr fest in's Auge, dann wieder in das ihrer Tochter
und sagte dann: Ja, ja, höchst Unglückselige, ich erkenne jetzt
die Augen wieder, den Blick, der damals mein Herz durch-
brannte.

Und dieser alte, wunderliche Martin, fuhr sie fort, oder Petermann, ist der Vater meiner lieben Tochter. Ach Gott, mein
ganzes Leben war Verwirrung und schwerer Traum.

Als der Geheimerath so laut und mit entgeisterter Stimme
aufgeschrien hatte, steckte Wilhelm sein krankes Gesicht,

neugierig und erschreckt aus der Thür des nächsten Zimmers, was in der Aufregung keiner der Anwesenden bemerkte. Er zog sich ebenso schnell wieder zurück und die Thür blieb nur angelehnt.

Diese Ihre Tochter, fing Ambach jetzt etwas mehr gesammelt an, nehme ich unter meinen unmittelbaren Schutz, sie sei mein Kind, meine Tochter; ich schwöre, sie ist gut und edel, und kann ich erfüllen, was sie wünscht, so soll ihr Glück und ihr Wohlstand meine angelegentlichste Sorge sein.

O, Ferdinand, alter, mein ältester, mein wahrster Freund, rief die Alte in einem fast jubelnden Ton, daß ich eine solche Freude noch einmal erleben könnte, habe ich niemals geglaubt. Charlotte, küsse deinem Vater, deinem Wohlthäter die Hand.

Das junge schöne Wesen warf sich kniend vor den würdigen Mann hin, küßte seine Hände und badete sie mit seinen Thränen, er aber zog sie in seine Arme und sagte sehr bewegt: Ja, Kind, du mußt glücklich werden, jetzt umarme aber auch deinen wahren Vater. Mit einiger Scheu ging Charlotte zu Martin Sendling, der sie herzlich in seine Arme schloß und nur sagte: Da es so steht, kann ich fast meinen Muntsche vergessen.

O, Himmel! fuhr die Alte fort, was ging Alles in meinem Innern vor, als ich in dem Capitain Geoffroy meinen ehemaligen Verlobten erkannte. Ich hatte die Achtung vor mir selbst verloren, und haßte ihn doch als meinen Verführer, wie ich ihn nannte. Als er mich verlassen mußte, und wir hatten uns im Zorn getrennt, war meine Seele zerrissen. Ich vernahm den Tod meines Mannes, des großmüthigsten, liebevollsten aller Menschen. Hier und dort lebend , gerieth ich endlich wieder in die Nähe meiner Heimath. Junges Volk schloß sich meinem verzweifelnden Leichtsinn an, Vornehme und Reiche beschützten mich insgeheim und so gerieth ich, fast ohne Entschluß, damals aber auch ohne Vorwurf, an dieses Gewerbe.

Der Geheimerath unterbrach sie: Sie wissen es nicht, Sie Aermste, daß ein Kind, ein Sohn von Ihnen auch noch lebt? Man sagte mir damals, er sei schon tn Paris gestorben, dieses Kind des Unglücks und der Schande.

Unglücklich ist er auch jetzt, antwortete Ambach; vielleicht, wenn er seine Strafzeit überstanden hat, der ich ihn nicht entziehn kann, wird er ein guter und brauchbarer Mensch. Es ist nämlich jener Wilhelm Eichler, den Sie oft, zu oft in Ihrem Hause gesehen haben.

Darum! sagte zitternd Charlotte und die Witwe rief: O, Gott sei Dank, daß ich seine Leidenschaft zu meiner Tochter niemals befördert habe, und daß sie niemals seine vorgegebene Liebe erwidern konnte und wollte.

In diesem Augenblicke fuhren Alle auf, von einem nahen Schuß erschreckt. Der Geheimerath eilte in das Zimmer, kam zurück und verschloß dann die Thür. Weder Mutter noch Tochter sollen hinein, sagte er dann; der Unglückliche hat sich selbst ermordet.

Die Witwe starb noch am nämlichen Tage unter Schmerzen und Krämpfen, denn sie hatte Gift genommen, weil sie jene so öffentliche Schande nicht überleben wollte. Der alte Geheimerath war von allen diesen Vorfällen heftig erschüttert und flüchtete für einige Zeit auf sein schön gelegenes Landgut hinaus, um sich zu erholen und seine Gefühle wieder zu sammeln.

Joseph, der wohl erzogene Jüngling, ließ sich vom Rath sehr bald von der Tugend und Unschuld seiner von ihm heiß geliebten Charlotte überzeugen. Ambach übergab ihm die Verwaltung des Gutes sowie die Pflege der Gärten. Er war mit seiner Gattin glücklich und Martin zog ebenfalls zu ihnen, um dem jungen Mann, soviel es sein Alter zuließ, in seinen Geschäften zu helfen. Der Rath war getröstet, daß er doch das eine Kind seiner einst verehrten Emmeline hatte retten können.

DIE GESELLSCHAFT AUF DEM LANDE.

Novelle.

Als die beiden jungen Freunde sich an der Aussicht über den Strom hin ergötzt hatten, gingen sie über die Brücke, um sich jenseit zu trennen, indem Franz, der ältere von beiden, sagte: auch im Brandenburgischen Lande, mein theurer Gotthold, giebt es schöne Naturgemälde, wenn man sie nur aufzusuchen versteht, und keine phantastischen Erwartungen hinzubringt, die eigentlich jeden Genuß, sei es hier, oder in Italien, verderben.

Gotthold erwiederte: du hast so sehr Recht in diesen Worten, daß man sie auf alles anwenden kann, auf Kunstwerke, Bücher und Menschen. Wie wenige wissen denn nur, was sie von einem guten Buche, von einer Geschichte, von einer Composition fordern sollen. Sie verlangen entweder gar nichts, oder sie wollen sich nur ihre Neigungen, Vorurtheile und Schwächen heraus lesen, oder das bei Caspar finden, was ihnen gestern im Werke des Melchior gefiel: wenn nicht ein ganz Unbestimmtes, Unbedingtes, Luftiges ihnen vorschwebt, das sie das Ideal oder das Interessante taufen.

Franz blickte noch einmal nachdenkend in das Wasser und sagte dann: von ihrer Gegend rinnt der Strom her, ihre Blicke haben vielleicht auf diesen Wogen geruht: ist denn wohl auch ihre Sehnsucht in diesem Glanze?

Laß das Phantasiren, sagte Gotthold, und zog ihn vom Geländer zurück. Wir sprechen so vernünftig über Bücher, und richten doch unsere Lebensart selbst auf so tadelnswürdige Weise ein. Du trittst deiner Adelheid (ich nenne sie dein,

ob sie dich gleich noch gar nicht kennt) mit derselben Unbe-
stimmtheit entgegen, weißt auch nicht was du von ihr fordern
sollst, was deine unbeschränkte Sehnsucht dir etwa gewähren
kann, wie sich dein eigner Charakter umsetzen oder entwickeln mag, oder wie gar aus diesem Spiel (das mir etwas
frevelhaft erscheint) sich unsinnige Leidenschaftlichkeit,
selbst Unglück erzeugen könnte.

Du bist sonst nicht so schwerfällig, warf der Poetische ein.

Im Gegentheil, rief Gotthold aus, ich scherze darum wohl
nur mit dem Ernst, erscheine übermüthig und launenhaft,
weil ich jedes Geschäft immer nur als Geschäft und ernsthaft
treibe. Die sind mißrathene Humoristen, deren man freilich
oft genug findet, die Arbeiten und Geschäfte mit genialem
Uebermuth von der Hand schlagen wollen.

Liebe ein Geschäft! rief Franz empfindlich aus.

Liebe, die heirathen will, antwortete der Freund, ist es auf
gewisse Weise doch auch.

Aber gönne mir, fiel jener ein, doch diese Rosenmonate meiner Jugend, die schnell genug vorüber eilen werden. Billigst du
auch das Abentheuer nicht, würdest du in meiner Lage auch
ganz anders handeln, so dulde doch die Eigenheiten des
Freundes und hilf ihm, auch gegen deine Ueberzeugung; denn,
wenn dies zu thun, nicht der Charakter der Freundschaft ist,
so weiß ich gar nicht, woran ich die ächte erkennen soll.

Gut gesagt, antwortete Gotthold, und so will ich dir denn
auch in deinem Sinne dienen. Lebe wohl, die Brücke ist zu
Ende, ich gehe links, du rechts, in einigen Tagen sehen wir uns
wieder.

Auch muß ich eilen, rief Franz, wenn ich noch heut vor später Nacht den Ort meiner Bestimmung erreichen will. – Er
wollte schon über den Graben zum Fußsteig hinüber, mit
einem leichten Sprunge, setzen, als ein alter Herr ihm ein ge-
bietrisches Halt! zurief, welches den flüchtigen Fuß fesselte

und auch Gotthold bewog, noch verwundert stehn zu bleiben. Ein alter Mann saß auf einem Stein am Wege, mit einem feinen grünen Rocke bekleidet, Gold umsponn die Knopflöcher desselben, der dadurch den Anschein einer Uniform gewann, ein dreieckiger, nicht großer Hut bedeckte sein Haupt, aber am merkwürdigsten war ein langer, starker Haarzopf, der mit schwarzem Seidenbande umflochten, die Steine des Weges, als er noch saß, berührte; eine Tracht und Zier, die in jenen Jahren nicht mehr häufig gesehen wurde, in dieser Kraft, Stärke und Vollendung aber auch in frühern Tagen zu den größten Seltenheiten würde gezählt worden sein.

Halt! rief dieser altfränkische Mann und stand von seinem Sitze auf. Jetzt ragte er eine Kopfeslänge über die Jünglinge hinaus. Wo kommt ihr her? fragte er mit barschem Ton: wo geht ihr hin? Wer seid ihr?

Gotthold lachte nur, aber der empfindliche Franz antwortete mit der Gegenfrage: nicht wahr? wir sind hier schon dem Thorschreiber vorbei?

Allerdings, sagte der grüne Mann.

Nun, erwiederte Franz, so bemühn Sie sich nicht weiter; und zugleich war er schnell fort gegangen.

Da der alte, schlanke Herr, der eine gewisse Würde in seinem Wesen aussprach, beleidigt schien, so sagte Gotthold freundlich zu ihm: vergeben Sie dem jungen Menschen, der jetzt von Berlin gekommen ist, und eine Fußreise in das Schlesische Gebirge vornehmen will. Er ist eigentlich Einnehmer.

Einnehmer? murrete der Alte, so durfte er nicht so ungestüm verfahren, wenn er mich auch wirklich für nichts Vornehmeres als einen Thorschreiber hielt, denn die beiden Posten sind oft in einer Person verbunden.

Einnehmer mein' ich, fuhr Gotthold etwas verlegner fort, ein Mann, der gerne Geld einnimmt, denn das ist seine Passion, er ist ein Porträtmaler, und in Miniaturbildern recht

geschickt, aber er thut keinen Pinselstrich umsonst. Aber das
ist nicht seine einzige Leidenschaft. Er will auch gern für sich
einnehmen, er will sich beliebt und geliebt machen, er bildet
sich ein, in seinem Wesen viel Einnehmendes zu haben, und
darum nannte ich ihn hauptsächlich einen Einnehmer. Bei den
Frauenzimmern möchte er am liebsten für einen solchen gelten.

Herr! sagte der grüne Mann und drückte sich den Hut
tiefer ins rothe Gesicht, Sie sind auf keinen Fall ein Einnehmer, sondern im Gegentheil ein recht widerwärtiger Patron, mögen Sie nun von Berlin oder dem luftigen Paris herkommen. Der andere junge Mensch war nur simpel grob,
aber Sie hänseln einen alten Mann, Sie haben mich zum Besten, da Sie doch vor meinen Jahren Respekt haben sollten.
Adieu! es soll mir recht lieb sein, wenn wir uns niemals wieder
antreffen.

Er winkte einem kahlköpfigen Jäger, mit dem er in die Stadt
zurückkehrte, und Gotthold verfolgte seinen Weg nach einem
Gute, wo er einen alten Freund aufsuchen wollte, mit sich selber unzufrieden, daß er seiner Lust zu scherzen zu leicht nachgegeben hatte. Er erinnerte sich der Warnung, die er selber oft
im Munde zu führen pflegte: daß zum Spaße, wenn er ein solcher wirklich sein soll, zwei gehören, einer, der ihn macht,
und der zweite, der ihn versteht.

───────────

Franz wanderte durch einen Fichtenwald, indem er, selbst auf
dem Fußsteige, oft über die Sandstrecken bittere Klagen
führte. Ihn wollte manchmal schon sein Eigensinn gereuen,
daß er auf diese Weise seinen Einzug in das väterliche Haus
seines Jugendfreundes halten wollte. Die Geduld indeß und
die Vorstellungen, noch an diesem Abend die schöne Adelheid
zu sehen, verkürzten ihm die langen sechs Stunden, und end-

lich stand er wirklich früher vor dem Dorfe und der Pfarr-
kirche, als er es erwartet hatte.

In der Schenke verbesserte er seinen Anzug ein wenig, und
ging dann mit klopfendem Herzen nach dem Schlosse. Die
Lichter brannten schon, als ihn ein freundlicher Bedienter der
gnädigen Frau meldete, die ihn im Saale, in Gesellschaft ihrer
Tochter annahm. Es wurden noch einige Kerzen angezündet,
und der Fremde gab mit einem Gruße den Brief des Sohnes
ab. Die Mutter empfing ihn und sagte zur Tochter: lies mir
ihn vor, liebes Kind, du weißt, daß bei Licht meine Augen ablegen. Lassen Sie sich nieder, werthgeschätzter Herr, und vergeben Sie.

Adelheid las das Blatt, welches der Ueberbringer schon
kannte.

»Ich sende Ihnen, geliebteste Mutter, einen meiner theuersten Jugendfreunde, den Herrn Franz Wagner, einen sehr ge-
schickten Miniaturmaler. Er ist auf einer Reise nach dem
Schlesischen Gebirge begriffen, und hat mir versprechen müssen, mich in unserm Hause zu erwarten, der ich aber wohl
noch acht Tage in Berlin bleiben werde. Ich bin überzeugt,
daß Sie diesen lieben, talentvollen Mann nach Ihrer allgemein
bekannten Güte aufnehmen und behandeln werden. Ich wünsche, daß er in meiner Abwesenheit mein Zimmer bewohne.
Vielleicht lassen Sie sich, oder meine Schwester bereden, sich
von ihm malen zu lassen.« – Adelheid hielt inne. – Nun? sagte
die Mutter, fahre fort mein Kind. Die Tochter las zögernd und
mit ungewisser Stimme weiter:

»Was die letztere betrifft, so muß ich bitten, daß sie barmherzig mit meinem Freunde umgeht, und nur die liebenswür-
digen Launen gegen ihn ausläßt. Läßt sie sich malen, so zeige
sie ja den freundlichen Blick, und nicht jenen schmollenden,
um mit diesem nicht meinen Freund, der von Natur zaghaft
ist, aus dem Schlosse zu jagen. Was den Papa betrifft, so weiß

ich wohl, daß dieser sich lieber dem Müller als dem Herrn Wagner zum malen überlieferte. – Ich hoffe Sie alle gesund wieder zu sehen.«

Cajus.

Da mein Sohn, sagte die gnädige Frau, Sie so vorzüglich schätzt und auszeichnet, so muß ich nur bitten, daß Sie Nachsicht mit uns haben mögen, denn die Einsamkeit des Landes gewährt nur wenige Unterhaltung. Mein Sohn, der Sie am meisten zerstreuen könnte, ist noch abwesend; auch mein Mann ist verreist, und kömmt erst nach einigen Tagen zurück. Ich werde Ihnen die Bibliothek öffnen lassen, das Reitpferd meines Sohnes steht zu Ihren Diensten, einige Besuche in der Nachbarschaft werden Ihnen die Zeit auch vielleicht verkürzen, und wenn Sie ein nachsichtiger Liebhaber des Gesanges sind, so kann meine Tochter vielleicht –

Liebe Mutter, unterbrach sie diese, zählen Sie mich ja nicht unter den hiesigen Raritäten mit auf, denn sonst komme ich noch mit unserm Herrn Amtmann Römer auf derselben Linie zu stehn.

Man setzte sich an einen kleinen runden Tisch zum Abendessen nieder. Und warum, fing die Mutter wieder an, willst du immer auf unsern würdigen Römer sticheln? Es ist unser Verwalter hier, müssen Sie wissen.

Ich habe auch von Ihrem Herrn Sohne einen Brief an ihn, antwortete Franz.

Da werden Sie einen trefflichen Greis kennen lernen, fuhr die Mutter fort. Wir sind ihm seit vielen Jahren die ausgezeichnete Bewirthschaftung und Verbesserung unsrer Güter schuldig. Ein biedrer, deutscher Mann, treu, ehrlich und einfach.

Und redselig! fügte Adelheid hinzu, er wird Ihnen nicht einmal, sondern zehnmal den ganzen siebenjährigen Krieg vormachen, einhauen, niedersäbeln, marschiren, jedem General,

Obersten und Lieutenant nachsprechen, wie der alte Ziethen
gehn und gestikuliren und Ihnen seinen Säbel zeigen, den er
noch mitgebracht und aufbewahrt hat.

Es waren alte, gute Zeiten, sagte die gnädige Frau, die keiner verachten soll. Gut, daß dein Vater nicht hier ist, der
würde ziemlich böse werden.

Franz fühlte sich in der Nähe des geliebten Gegenstandes
glücklich, jedes Wort ihres Mundes war ihm wichtig, und die
Stunde des Abendessens endigte ihm viel zu früh. Es war
schicklich, sich zu beurlauben, verlegen empfahl er sich und
trat bewegt in das einsame Zimmer. Er sah im Wirthschafts-
hause Licht, und erkundigte sich beim Bedienten, ob der alte
Römer wohl noch wach sei. Der geht nie vor zwölfe schlafen,
antwortete dieser, und ist doch am Morgen zuerst wieder
munter, der Alte weiß nicht was Müdigkeit ist. Franz erinnerte sich, wie sehr ihm sein Freund empfohlen hatte, sich
diesem alten Wirthschafter, der der Liebling seines Vaters sei,
ja angenehm zu machen. Er ging daher noch jetzt hinüber, um
seinen Brief abzugeben.

Er traf den muntern Alten, der eben mit seiner viel jüngern
Frau zankte, welche die Parthie des Predigers nahm, der unlängst von ihnen gegangen war, aufgebracht und in Zorn.
Jetzt aber stand er auf, umarmte den Fremden, ließ ihn nieder
sitzen, las den Brief seines jungen gnädigen Herrn und Freundes, umhalste dann den Angekommenen noch einmal und
küßte ihn so herzlich, daß Franz nicht ganz ohne Besorgniß
um seine Zähne, Arme oder Rippen blieb. Das ist wahr, rief er
dann, wen unser Cajus auf diese Art empfiehlt, der muß ein
herrlicher Mann sein! Aber gewiß, solcher edler Menschen,
wie unser Cajus einer ist, finden sich auch nur wenige auf dieser Welt! Ich bin nun bald sechs und sechzig Jahre alt, aber
seines Gleichen habe ich nirgend getroffen. Die ganze Familie,
Herr, ist noch ganz so, wie aus den alten Zeiten, deutsch,

handfest, ehrenvoll, ohne Lug und Trug. Nicht wahr, (ei, daß ich, alter Narr, auch frage). Sie kennen die Geschichte des siebenjährigen Krieges? Sehn Sie, Herr, der Säbel da weiß von dem zu sagen, der hat ihn mit gemacht, den ganzen merkwürdigen Krieg, in dieser meiner Faust! Er nahm den Pallasch in seiner stählernen Scheide von der Wand, zog ihn heraus und gab ihn dem jungen Mann, ihn zu prüfen. Der hat Blut gesehen! rief der alte Husar nun begeistert aus; ja, Herr, ein Ziethenscher Husar von damals war auf Erden eine weltberühmte Creatur, und mit Recht, denn solche Thaten, wie unser alter kleiner Held mit seinem Regimente in jenen Zeiten verrichtete, geschehen nicht wieder.

Mit einem Seufzer und majestätischen Anstande warf er den Säbel klirrend in die Scheide und ließ ihn wieder an der Wand an seiner Stelle prangen. Wir leben zwar in einem neuen Jahrhundert, fing er dann wieder an, aber darum in keinem bessern, in keinem heroischern, was die Leute auch von Buonaparte und Moreau, oder ähnlichen sprechen mögen. Apropos! vor zwei Jahren war hier in dieser meiner Stube ein gar ernsthafter und wichtiger Streit, der auch noch großentheils die Ursache ist, daß ich mit unserm Herrn Prediger etwas auseinander gekommen bin. Ich bin begierig, was Sie meinen. Vor zwei Jahren war es nämlich, wie weltkundig ist, daß man aus der Sieben in die Acht gehn, daß man plötzlich statt 1799, 1800 schreiben sollte. Nun war mir nicht im Traume beigekommen, daß es Leute, und sogar studirte, geben könnte, die behaupteten, das neue Jahrhundert finge erst mit dem Jahre 1801 an. Was sagen Sie?

Man war sehr uneinig, sagte Franz.

Aber unnöthig, fiel Römer hitzig ein. Denken Sie sich doch nur den Fall: wir alle haben ein ganzes Jahrhundert hindurch Siebzehnhundert geschrieben; gut, diese Sieben geht endlich aus: ich bitte, sein Sie recht aufmerksam; nun fängt das neue

Wesen, die Acht, ja doch offenbar mit Achtzehnhundert an, im Jahre 1801 sind die Finger, die Nummer acht, die kuriose neue Aussprache, das Ding, das nun wieder von eins anfängt, und Neunzig, Achtzig, weit im Nacken hinter sich hat, schon längst gewohnt: muß da nicht jeder Mensch, der nur einiges Gefühl hat, der einen Sinn für Unterschiede fassen kann, nicht Leib und Leben darauf lassen, daß mit der Mitternacht 1800 der große Wendepunkt eintritt, den wir alle, die zugegen sind, nicht noch einmal erleben? Und diese Capacität, sehn Sie, war in den Mann, in unsern Prediger durchaus nicht hinein zu bringen! Wie ein Stock blieb er auf seinem Aberglauben. Die Eins finge das neue Jahrhundert an. Was Eins! In der Acht liegt es! daß es keine Sieben mehr ist! Er hätte wahrlich die Leute im Orte hier, die nicht überflüssiges Nachdenken haben, verführt, wenn es unser alter Baron nicht mit aller Gewalt durchgesetzt hätte. Feierlich wurde oben im Schlosse die merkwürdige Mitternacht begangen. Wer aber nicht zum Feste kam, war unser eigensinniger Prediger, und der Narr (Gott verzeih mir die Sünde!) setzt sich nun in voriger Neujahrsnacht in seiner Stube hin, und feiert mit einigen andern Separatisten sein windschiefes neues Jahrhundert. Ist das Philosophie, ist das christliche Demuth, Herr? Ist das ein Beispiel für die Gemeine?

Nach einigen andern Reden, nach friedlichem Zwischensprechen der sanftmüthigen, verständigen Frau, nahm Franz vom alten zornigen Krieger Abschied. Leben Sie wohl, rief ihm dieser nach: ach! noch eins! malen Sie doch die junge Baronesse sobald als möglich, der Bräutigam kann jeden Tag eintreffen.

Der Bräutigam? rief Franz, und blieb in der Thüre stehn.

Es soll so gut, wie richtig sein, sagte Römer, ein Herr von Binder, nicht mehr jung, aber gut und sanft.

Ueber die letzte Nachricht hatte Franz Zeit und Gelegenheit in stiller Nacht auf seinem Zimmer nachzudenken. Er verwünschte seine Reise, seine unnütze, lästige Maskerade, und daß er nicht schon vor einigen Monaten öffentlich den Schritt gethan hatte, zu welchem es nun vielleicht zu spät war.

Am folgenden Tage ritt Franz mit dem Wirthschafter aus. Der Alte freute sich, ihm auf seinem kleinen Pferde viele seiner Husarenkünste vormachen zu können. Wie Sie dies Pferd hier sehen, sagte er endlich, so ist es vor Jahren von dem berühmten französischen General Jourdan geritten worden. Ein östreichischer Hauptmann hat es auf einer Reise aus Franken nach Sachsen gebracht, in Sachsen hat es ein Oberster gekauft, der es nachher einem Herrn von Schlieben abgelassen hat, für den war das Thier noch zu muthig, und er gab es einem Oekonomie-Inspektor im Magdeburgischen, der es gleich darauf an einen Amtmann bei Brandenburg verhandelte, von dem hat es ein getreuer Freund, der es weiß, wie sehr ich auf rasche Pferde halte, für mich gekauft.

Sie ritten über Wiesen, die von Eichen und Gebüschen angenehm unterbrochen waren, bis zum Flusse. Die Arbeiter zeigten dem Verwalter allenthalben die größte Ehrfurcht, er lobte diese, er schalt andere, und Franz entschuldigte ihn bei sich selbst, wenn er zu bemerken glaubte, daß er sich einigemal in zu erhabene Autorität versetzte, und einen plötzlichen Zorn über Nachlässigkeiten übertrieb oder erdichtete, um nur dem Fremden die ganze Größe seines Wesens zu zeigen.

Sie kamen an das Ufer des Flusses, und wollten von da auf einem andern Wege in das Dorf zurück kehren. Hier war eine Niederung und ein frischer rinnender Bach, der die grüne Gegend durch seine mannichfaltigen Krümmungen anmuthig erfrischte. Eine Mühle lag reizend im Grunde. Franz nahm seinen Weg dahin, doch das Bataillenpferd Jourdans und Römer schienen ungern diese Richtung einzuschlagen, denn der Reiter hielt es zurück und winkte dem voreilenden Franz. Warum nicht hier? fragte dieser. Ei, sagte der Alte, der einfältige Müller hält immer böse Hunde, die die Pferde leicht scheu machen, auch ist seine Knittelbrücke selten im Stande, und der Grobian läßt sich von mir nichts sagen, weil ich eigentlich mit seiner Pachtung, die eine Königliche ist, nichts zu thun habe. Versuchen wir es doch, sagte Franz, den die einsame Lage der Mühle reizte, und Römer mußte wider seinen Willen folgen. Zwei Hunde stürzten wirklich klaffend aus der Thür, die aber ein lautes Pfeifen gleich zurück rief; hierauf trat ein langer Mann heraus, dessen schalkhafte Miene auf Verstand deutete; so ernsthaft, ja fast ehrerbietig er auch grüßte, so konnte er doch ein satirisches Lächeln nicht unterdrücken. Römer warf den Kopf zurück und schob seinen dreieckigen Hut nur ganz nachlässig. Der gottloseste Mensch, sagte er, als sie vorüber waren, weit und breit in der ganzen Gegend umher, dieser Herr Zipfmantel, er respektirt durchaus gar nichts und weiß alles in der Welt am besten. Räsonnirt auch über Krieg und Soldaten, und hat doch niemals einen Feldzug mitgemacht. Die ganze Gegend hier gefällt mir, alle Unterthanen und auch die Nachbarn sind zu loben, aber so oft ich hier in den Grund und an diese Mühle komme, so ist mir, als wenn ich alles Zutrauen zu mir und allen Glauben an die Menschheit verlöre. Mein Brauner hat auch denselben Abscheu, er will niemals dem Neste da vorbei.

Am Mittage glaubte Franz zu bemerken, daß Adelheid sich mit Sorgfalt geschmückt habe. Sie ward einigemal, als er sie anredete, roth, sie antwortete nicht ohne Verlegenheit, so sehr sie sich auch zu bezwingen suchte. Sie lehnte es nicht ab, sich malen zu lassen, und man ward einig, daß man die Morgenstunden, sobald die Mutter nur aufgestanden sei, dazu anwenden wollte. Der Diener brachte einen Brief, den die gnädige Frau sogleich erbrach, er enthielt auch eine Einlage,

welche sie der Tochter gab. Diese nahm das Blatt, wie beschämt, und verbarg es sogleich unter dem Teller. Franz
glaubte, den Namen Binder zu hören.

Auf seinem Zimmer stellte er vielerlei Betrachtungen an.
Sein Malergeräth war mit seinen übrigen Sachen auf der Post
angekommen, aber die größte Freude machte es ihm, als am
Abend der Postillion blies und sein Freund Gotthold vom Wagen sprang, der sich auch sogleich mit einem Briefe vom Sohn
des Hauses der Familie vorstellte.

Durch Gottholds Gegenwart ward die Gesellschaft des
Schlosses belebter, und Franz fühlte sich behaglicher und
freier, da der Freund sein Geheimniß ganz kannte. Auch Gotthold war ein Freund der Malerei, und ergötzte sich vorzüglich, Carikaturen mit einer freien und geübten Hand zu
entwerfen , durch die er Adelheid oft zum Lachen zwang, welches indeß der hochgestimmte Franz übel empfinden wollte,
welcher behauptete, dergleichen Fratzen lägen gänzlich außer
dem Bereiche der Kunst. Er gab zugleich nicht undeutlich zu
verstehn, so weit es nur irgend die Artigkeit erlaubte, daß es
von weniger feinen Empfindung oder Bildung zeuge, wenn
man sich an dergleichen Mißgestalten ergötzen könne. Doch
Adelheid, welche ihn sehr gut begriff, lachte nur um so herz-
licher. Das Vertrauen der Mutter, die von Natur freundlich
und gütig war, schien aber Gotthold durch seinen frohen
Muth gänzlich gewonnen zu haben. Er war schon am ersten
Tage wie das Kind des Hauses, und durfte sich alles erlauben,
worüber der ernsthafte Römer manche finstere Miene zog,
weil er meinte, der junge Mann verletze seine Würde und
möchte wohl nicht unterlassen, ihn ebenfalls bei erster Gelegenheit lächerlich zu machen, vorzüglich da der Satiriker bei
seinen Streifzügen auch sogleich mit dem verdächtigen Was-

sermüller Zipfmantel eine Art von Freundschaft errichtet hatte.

An einem schönen Vormittage ging die Gesellschaft nach einem kleinen Weinberge spazieren, der heiter und anmuthig lag, und zwar beschränkte, aber liebliche Blicke auf niedere Hügel und Waldwiesen gewährte. Gotthold war mit der Mutter vorausgegangen, und Adelheid setzte sich auf eine Bank, um der heitern Landschaft zu genießen, indem aus dem Busche einige Nachtigallen im zärtlichen Gesange wetteiferten. Franz setzte sich zu ihr und sagte bewegt: wissen die Menschen nun wohl, was sie wollen, die nur immer nach dem Fernen und Fremden mit Hast und Unruhe rennen, und nur im warmen Clima, in berühmten Gegenden die Natur schön finden können? Hier, in dieser friedlichen Umgebung, von diesen Blüthenbäumen umduftet, von diesen Tönen umflattert, der Ruf des Pfingstvogels aus dem Walde vor uns, diese süß bewegte Luft, und der Blick auf das Grüne der Birken und Lerchenbäume dort in das Blau des klaren Himmels hinein, wüßte ich doch nicht, was jetzt tiefer und inniger das Herz bewegen, was mehr entzücken und rühren könnte.

Es freut mich, daß Sie so denken, sagte Adelheid, denn es verdrießt mich oft, wenn Weitgereiste, oder Naturkenner durch Studium und Reisen so weit gekommen sind, daß sie eine Gegend, wie die unsrige, gar nicht mehr beachten, noch weniger lieb gewinnen können. Der Frühling ist allenthalben ein liebliches Wunder, wo nur irgend Bäume knospen und blühen, und Blumen die Augen aus dem Grase richten. Und so wenig ich auch gereiset bin, so glaube ich doch schon so viel erfahren zu haben, daß eine gewisse Rührung, eine sanfte Schwermuth oder Sehnsucht, welches das Kleinleben der Natur, wie dieses hier, in uns erregt, größere Landschaften, Gebirge und weite Aussichten nicht hervor bringen können.

Ich glaube das nämliche erlebt zu haben, fuhr Franz fort, und ob ich gleich viele schöne Gegenden gesehn habe, so möchte ich doch die Empfindungen meiner Jugend in Wald und auf Wiesen, in den Birkenwäldchen unserer Gegend, ja in den finstern Kieferwäldern, wenn der Luftzug hin und her durch die tausend Nadeln musiziert, nicht aufopfern, wenn ich sie mit den trunkenen Gefühlen unbedingt austauschen sollte, die die Schweiz oder Italien in ihren großen Naturgemälden uns gönnen. Auch entdeckte ich auf meiner Rückkehr mit Freuden, daß ich für das Kleine, beschränkt Einheimische, und für die stillen Zauber, die daraus hervorquellen, noch denselben frischen Sinn meiner Kindheit behalten hatte.

Die Natur, sagte Adelheid, wo sie nicht ganz in Moor, Sandflächen und Haidekraut, wie abgestorben ist, rührt uns immer durch ihre ungefälschte Wahrheit. Sie ist und bleibt die schönste Kinder- und Erziehungsstube.

Sie hat sich auch meiner schon frühzeitig recht liebreich angenommen, bemerkte Franz.

Und doch, sagte Adelheid lachend, haben Sie die Hauptsache nicht von ihr gelernt.

Und die wäre? fragte jener begierig.

Eben die Wahrheit, Aufrichtigkeit, schlichte Treue, antwortete Adelheid mit einigem Nachdruck. Alle Ihre Handlungen, Ihre Blicke und Worte sagen mir, daß Ihnen an meinem Wohlwollen etwas liegt, und doch, junger Herr, hintergehn Sie mich, und zwar nicht fein, nicht so, daß man es entschuldigen könnte. Und was meine Eltern künftig dazu sagen werden, besonders mein Vater, weiß ich noch gar nicht.

Was meinen Sie? fragte Franz äußerst betreten.

Sie wollen ein Maler sein, fuhr Adelheid fort, und schon beim ersten Eintreten an jenem Abend durchsah ich Ihre Maske. Wenn Sie ein Künstler wären, wozu denn jene forschende Blicke, jenes Prüfen meiner Mienen, und deren meiner Mutter? Ihre Malersachen kommen an, und vieles ist zerbrochen, verdorben, das alles ist Ihnen so gleichgültig, wie ich es nicht einmal dem Dilettanten, viel weniger dem Künstler verzeihe. Und nun liegen Sie hier auf der Lauer, um, wer weiß was, wie ein Herzensspion zu beobachten und zu erkundigen, und mein fataler Bruder ist mit im Complott.

Franz entwickelte plötzlich aus der höchsten Angst und Verlegenheit dreisten Muth und Vertrauen, er erhob sich vom Sitz und stürzte sich zu den Füßen des schönen Mädchens; nein, nur das nicht, rief Adelheid, das paßt hier an diesem zugänglichen Orte gar nicht, und ist in unserm Lande gegen das Costüm, – da kommt auch meine Mutter. Ich danke Ihnen, Herr Wagner, rief sie ganz laut und lachend, daß Sie mir das Gänseblümchen da haben pflücken wollen; es verlohnt sich nicht der Mühe, doch will ich es aufbewahren.

Sie gingen nach dem Hause zurück, Franz verstimmt und Gotthold, der den Zusammenhang errieth, schäkernd und spottend. Als die Freunde allein waren, rief der Lustige: nun, du hast dich also erklärt, und es ist entschieden?

Nichts weniger als das, sagte Franz. Das boshafte Kind macht sich eine Freude daraus, mich zu ängstigen. Sie hat gemerkt, daß ich kein Maler bin, und eben als du hinzu tratest, wollte ich sie um Verzeihung bitten. Ich seh es auch voraus, daß sie mich nie wird zu einer umständlichen Erklärung kommen lassen, darum mußt du ihr, bei erster Gelegenheit, alles sagen. Deine Fassung ist ruhiger, du wirst als Freund für mich sprechen, mich entschuldigen und ihr meine Leidenschaft entdecken.

Ein seltsamer Auftrag, bemerkte Gotthold; aber wenn ich ihn übernehme, so mußt du mir auch erlauben, ihn auf meine Art auszuführen, denn mir gegenüber wird sie noch spaßhafter und toller sich geberden, und es gäbe nichts Erbärmlichers, als wenn ich ihr dann mit Wehmuth, Elegie und sentimentalem Ernst gegenüber stände.

Thue, wie du es kannst und willst, sagte Franz resignirt, denn ich sehe wohl, daß ich hier eine einfältige Rolle übernommen habe, der ich nicht gewachsen bin. Wenn sie nur erfährt, weshalb ich diese Maske angelegt habe, und daß ich sie innig liebe. Mag es dann kommen, wie es will, ich bin auf alles gefaßt.

Verzweifle nur nicht, rief Gotthold, da sie dich so neckt und quält, so ist dies vielleicht gerade eine Vorbedeutung ihrer Neigung: denjenigen, der uns gleichgültig ist, läßt man laufen.

Als wenn junge übermüthige Mädchen, bemerkte Franz, nicht denjenigen oft auf ausgesuchte Weise marterten, der ihnen recht zuwider ist.

Die Manier ist dann etwas anders, tröstete Gotthold, das geschieht dann auch nicht in der Einsamkeit, sondern in der Gesellschaft boshafter Freundinnen. Und überhaupt muß der Mann den Muth nie sinken lassen; ich dächte, wenn man so recht und innig liebt, so müßte diese Liebe auch unausweichlich das weibliche Herz entzünden. Sonst sprecht, ihr Liebhaber, mir nur niemals wieder von magischen Kräften.

Wenn sie aber schon versprochen ist, schon den Bräutigam erwartet; sagte Franz traurig.

So sieht sie mir nicht aus, bemerkte Gotthold. Doch genug, Freund, ich will jetzt wieder an meine Arbeit gehn.

Wieder Verzerrungen? sagte Franz.

Nein, antwortete jener, diesmal wird es etwas Großes, Idealisches. Du sollst selbst überrascht werden. Aber unausstehlich ist es doch in Eurem Lande, das immerwährende unrichtige Sprechen anhören zu müssen. Diese ewige Verwechslung des *Mir* und *Mich* könnte einen Rechtgläubigen zur Verzweiflung bringen. Dabei ist das Ding so charakterlos, so recht eigentlich insipide, daß man es nicht einmal zum Spaß in

Comödien oder Erzählungen nachahmen kann, denn es würde
bloß albern auftreten. Das ist aber nicht wahr, was du mir
sonst wohl von deinen Landsleuten erzählt hast, daß sie ohne
allen Unterschied bald »Mir,« bald »Mich« gebrauchen. Ich
glaube, zu bemerken, daß es Sekten giebt. Hier im Hause
(Adelheid ausgenommen, die richtig spricht, es wäre auch
für eine Geliebte entsetzlich, so wie die übrigen zu prudeln)
herrscht offenbar der Accusativ vor: die alte gnädige Frau
braucht ihn beständig. Ob ich gleich erforscht und ausgegrü-
belt habe, daß ein so feiner Geist, wie der ihrige, auch hier
gründliche und tiefsinnige Unterschiede macht, für die sich
auch wohl von einem denkenden Grammatiker etwas sagen
ließe. Sie behandelt die Sache nämlich mehr aus dem Ge-
sichtspunkt der Dialekte. Der Accusativ, als der jonische oder
attische erscheint ihr vornehmer und edler, daher braucht sie
ihn unbedingt gegen ihre Domestiken. »Christian, geb' er
mich das Fleisch, – nehm er mich hier den Teller weg, – Fanchon, thu' sie mich die Mütze auf.« – Gegen uns aber, wo sie
demüthiger und höflicher erscheinen will, braucht sie fast stets
den dorischen Dativ und sagt daher ganz richtig: »geben Sie
mir das Salzfaß«; – nur geht sie freilich in der Consequenz so
weit, daß sie auch sagt: »wenn Sie wohl geruht haben, soll es
mir freuen.« – Indessen ist jedes System, jede folgerechte Le-
bensweise schon immer etwas Löbliches, und du hast wenigstens darin unrecht, wenn du von den Rednern deines Landes
aussagst, daß sie die Anwendung dieses Casus dem blinden
Glücke, dem Zufalle, oder unbeugsamen Fatum überlassen.
Sie denken über den Gegenstand; und warum will man sie
zwingen, ihn so, wie der eigensinnige Adelung anzusehn?

Bei Tische mußte Franz wirklich das bestätigt finden, was
sein Freund beobachtet hatte.

Gotthold machte sich seit einigen Tagen mit zwei großen Bildern viel zu thun, die er grau in grau malte, dann auf Holz leimte und sie von dem Bedienten Christian ausschneiden ließ. An einem Nachmittage, an welchem Franz mißmuthig im Felde herumstrich und die Mutter schlief, fand er Gelegenheit, den Auftrag seines Freundes auszurichten. Er erzählte dem Fräulein, daß Franz allerdings kein Maler sei, wie sie richtig errathen habe; er sei von guter Familie, reich, ohne Eltern und in einem halben Jahre Herr seines Vermögens, welches ein Oheim in Schlesien verwalte. Daß er aber, so beschloß er, als ein junger Thor hier aufgetreten ist, daran sind nur Ihre Reize Schuld, die ihn, als er Sie im vorigen Winter in Berlin auf einem Balle sah, so besiegten, daß er seitdem seiner Sinne nicht so recht mächtig ist. Da er nicht tanzte, und sich in einer melancholischen Verborgenheit hielt, so konnte er Ihre Schönheit um so mehr beobachten. Da fiel ihm die alte Fabel ein, die schon oft gespielt ist, daß er um sein selbst willen geliebt sein möchte, und zwar gerade von Ihnen; so dachte er sich diesen witzigen Plan aus und legte seine undurchdringliche Maske an, stümperte als Maler, sah Ihr Gesicht in allen Beleuchtungen, lernte alle Ihre Mienen auswendig und wurde immer thörichter. Nun aber ist er in Verzweiflung, weil er von Römer gehört hat, daß Sie in diesen Tagen Ihren bestimmten Bräutigam erwarten.

Kennen Sie diesen Bräutigam? fragte Adelheid.

Auf keine Weise, antwortete Gotthold, ich bin auch so wenig wie mein Freund auf seine Bekanntschaft begierig.

Dennoch, antwortete sie freundlich, werden Sie einen sehr interessanten Mann in ihm finden.

Ich zweifle, rief jener. Lassen wir, meine Gnädige, diesen fatalen Diskurs, und sagen Sie mir lieber, welche Hoffnungen ich meinem armen Franz bringen darf.

Adelheid stand auf und sah aus dem Fenster, dann kam sie zurück, als wenn gar keine Unterredung zwischen ihnen statt gefunden hätte. Es regnet, sagte Gotthold, ich habe es schon seit einiger Zeit beobachtet, und der arme Franz wird naß nach Hause kommen. Und Sie sagen mir nichts über ihn? Adelheid sah ihn ernsthaft an, und lachte dann laut auf. Sie sind sehr dringend, sagte sie nachher, ich muß nothwendig auf den Argwohn gerathen, daß alles dies nur wieder eine neue Maske ist, und Sie der eigentliche Liebhaber sind.

Der Himmel soll mich behüten! rief Gotthold lebhaft aus; nein, nur die Freundschaft kann mich dahin bringen, solchen ängstlichen Dialog zu führen.

Nun so endigen wir ihn, antwortete Adelheid: die Sache, durch Prokuration verliebt zu sein, ist überhaupt zu neu, als daß ich mich so schnell in sie finden könnte.

Wäre es nicht der Abkürzung wegen gut, fragte Gotlhold, dem Franz einen Stein um den Hals zu binden, und ihn so in den Strom zu werfen?

Noch nicht! rief Adelheid, dies letzte Mittel kann uns nie entgehn; ein vernünftiger junger Mann wird noch viele andre Auswege haben. Warum will er denn nicht liebenswürdig sein, und so übermenschlich vortrefflich, daß ich mich ihm auf Gnade und Ungnade ergeben muß?

Sie haben Recht, antwortete der Freund, er soll, er muß, und wenn er nicht alle Register seiner Herrlichkeit aufzieht; ins Wasser mit ihm!

Er ging wieder an seine Arbeit, tröstete dann seinen Freund, und am folgenden Tage, als der alte Römer auch bei der gnädigen Frau gespeist hatte, begaben sich diese und Adelheid in den großen Saal, wo Gotthold seine beiden Bilder aufgestellt hatte. Das eine war eine schlanke, vorschreitende Figur, mit leicht schwebenden griechischem Gewande, die Schultern frei, jugendlichen Angesichts; die zweite ein bärtiger, sitzender Mann, ganz bekleidet und in breiteren Formen, auch älter, der auf seine ausgestreckten Hände nieder sah. Als die

Eintretenden sich gesetzt, die Bilder betrachtet hatten, und alle nicht wußten, was sie daraus machen sollten, erhob sich der übermüthige Gotthold in einem Anfall seiner tollen Laune und hielt an die Versammlung folgende Rede:

Verehrteste Zuhörer!

Indem ich seit einigen Tagen von dem Vorsatz bewegt wurde, diesem theuren Hause ein Andenken meines Daseins, einen Dank, wenn auch nur kleinen, für die Gastlichkeit und Freundschaft, die ich hier genossen habe, zurück zu lassen, kam in den feierlichen Stunden der Mitternacht die Begeisterung zu meinem Lager, und in kurzem Verkehr mit der göttlichen wußte ich sogleich, was mir zu thun obliege. Wohl klagt unser Schiller mit Recht, daß die Götter von unsrer Erde entwichen seien, die den Griechen Wald, Berg und Fluß belebten und verherrlichten. Besaß doch damals sogar jede Stadt, jeder Hain, jegliches Haus ein Bild der Gottheit, die dort vorzüglich verehrt wurde, und die auch darum gern verweilte. Soll ich an die Pallas der Athener erinnern, an Trojas, Thebes Heiligthümer, an den Pan Arkadiens? Doch wir, was haben wir, was glauben wir, wenn wir auch einen Apollo oder Hermes schnitzeln? Das hat ja die Bildhauerkunst bei uns schon so tausendmal beklagt, daß die Veneres uns so wenig bedeuten, daß wir mit diesen Amoribus nichts anzufangen wissen. So wandte man sich mehr wie einmal zu vaterländischen, deutschthümlichen, volksmäßigen, isländischen Göttergebilden. Aber Freia und Thor, Odin und Wodan, Thyr und Loke, sammt Balder wollten uns eben so wenig aus der rathlosen Lage helfen, denn ihnen kam noch weniger der Glaube entgegen, und Kenner selbst meinten: ihre Attribute, ihre Fabeln, ihre ganze Statur und Natur vertrügen sich nicht mit dem guten Geschmack. Schon oft hab' ich mich im Stillen gefragt: warum hat noch keinen Genius der Blitz der Weissagung durchdrungen, uns den Geschmack selbst bildlich darzustellen? Haben wir doch Mütterlichkeit und Kindesliebe, Gesetzgebung und Freiheit, ja Aufklärung gezeichnet und gestochen, wenn auch nur in Vignetten, oder in Kalendern. Warum haut man nicht den Geist der Zeit in Marmor, oder Liberalität, Humanität, die Fortschreitung des Menschengeschlechts, die sich von selbst auch der schwachen Imagination im Bilde darbietet? Hier, vaterländische Künstler, geht ein neuer Weg, hier ist ein frischer, unberührter Steinbruch um Originalität zu holen, die Lorberkränze fallen von selbst herunter. Nun möchten Sie glauben, diese Figuren, da ich mich so ereifere, sollten etwa den Geschmack, den Zeitgeist, den Zustand der Finanzen, den Amortisationsfond oder den Patriotismus darstellen; aber weit gefehlt, begeisterte Freunde, diese Einleitung ward nur vorangeschickt, um eine Bahn zu öffnen, die uns näher liegt, die uns wichtiger sein muß, und auf welcher wir den Griechen gleich kommen, ja sie wohl noch überflügeln können.

Denn das ist jenen Alten immer vorzurücken, daß sie Bild und Sache verwechselten; über ihre Verehrung der Naturkräfte war ihnen, was wir alle noch täglich bedauern, der Schöpfer selber schon verloren gegangen; aber als sie nun Stein, Holz und Erz sogar für das Wesentliche hielten, da war Hopfen und Malz an ihnen verloren. Deshalb ist zu befürchten, die wir schon mit Begriffen Götzendienst treiben, daß wir bei plastischer Bildung dieser gefühlreichen Begriffe ganz in die Anbetung des kälbernen Apis gerathen möchten. Um also unsere Gemüther frei zu lassen, und doch der Kunst und Originalität genug zu thun, habe ich als der erste kühne Beschiffer eines unbekannten Oceans den vielleicht zu kühnen Versuch versucht, in der Gestalt dieses schlanken jungen Mannes dem schauenden körperlichen Auge den Accusativus hinzustellen, der in diesem Hause und in der ganzen Provinz mit ausgezeichneter Andacht verehrt wird. Sei er also der schützende Genius dieses Schlosses, dem schon die Herzen schlagen, der so oft angerufen, zitirt und angewendet wird, in Gelegenheiten, wo andre Provinzen seinem Bruder, dem Dativ, huldigen. So, wie er hier gezeichnet ist, hat diesen feinen, idealischen, sanften Accusativ mein Geist geschaut, und ich bin der festen Ueberzeugung, nur in diesem Vorschreiten, in diesem leichten Gange, in dieser Gestalt und Geberde kann er in die Wirklichkeit treten. Vielleicht, daß der junge Erbe dieses Hauses ihn in Zukunft in Marmor gestalten läßt, nach dieser Skitze, die aus Andacht und Begeisterung hervorgegangen ist. Des Contrastes wegen sitzt dort sein Bruder, der gedrückte, bescheidne Dativ, erwartend, statt entgegen zu kommen, ruhend, statt im Anlauf, gedrungen, breit, stämmig, statt schlank und heiter. Frage jeder sich der theuren Anwesenden, jeder sinnige Beschauer, ob nicht so diese Gebilde schon seit undenklichen Zeiten in seinem Innern schlummerten. Wohlan denn, der Berg ist durchgehauen, der Weg nach der neuen und neusten Kunst eröffnet! Mir nach, ihr Jünglinge, ihr Genien, beflügelte Geister, die nur darauf warteten, den Himmel der Kunst von einer neuen Seite bestürmen zu können. Wem von euch wird der Nominativ, der seltsam geheimnißvolle Genitiv erscheinen? Von dem wunderlich verrufenen Vocativus, dem frömmsten der sechs Brüder, ist eine kuriose Sage durch alle Länder im Umlauf, so daß er der unwissenden Menge schon oft zum Gelächter gedient hat. Eben so war Cassandra verspottet, so wurde des Tiresias Weisheit nur zu oft mißverstanden. Aber in manchem frommen Bilde, das die Augen in Exstase nach oben dreht, von Carlo Dolce und ähnlichen, habe ich geglaubt, die Annäherung an meinen Vocativus, die Ahndung dieses hohen Ideals zu entdecken, wenn die Gemäldegallerieen und ihre Register die Figur auch ganz anders taufen.

Sollen denn aber bloß diese Casus in der neuaufblühenden Kunstschule gebildet werden? Diese hohen Gestalten bewachen ja nur den Eingang zur menschlichen Erkenntniß. Wer sie schon geheimnißvoll nennt, mit welcher Mystik muß er dann Indikativ und Conjunktiv, das nahe stehende Präsens, das hohe Perfektum, das verehrungswürdige Plusquamperfektum begrüßen? Ein Name, vor dem schon der Knabe sich beugt, der zum Bewußtsein erwacht. Soll ich das Futurum, das unbegreifliche Kind von diesem, das Paulo post noch nennen? Und der Infinitiv! Müßte er nicht in vielen Palästen als Schutzgott hingestellt werden, da der Große schon seit lange, der Vornehme, mit lakonischem Bestreben ihn fast einzig und allein gebraucht? Dann noch der heldenkühne Imperativ, dräuenden Blicks, zornig wie Ares, stark wie Thor, majestätisch wie Zeus. Ist erst dieses geschehen, so wage sich ein künftiger Praxiteles oder Apelles selbst an die beiden Aoristen der Griechen, um das Seltenste zu schaffen und deutlich zu machen, was dem menschlichen Geiste vielleicht möglich ist? Sie sehen aber, Verehrte, daß auch schon, wenn wir bei deutscher Mundart bleiben, der Begeisterung unendlich viel zu thun obliegt. Hier stehn sie, die ersten Anfänge dieses glorreichen Jahrhunderts, der Nachwelt verehrungswürdig, weil sie zuerst den Pfropf lösten, der bis dahin den brausenden Champagner in der Flasche festhielt.

Adelheid hatte während dieser feierlichen Rede das Lachen verhalten müssen, die Mutter hatte sie aufmerksam angehört, ohne ein Wort zu verstehn, Franz war zu ernsthaft, um den Spaß genießen zu können, und der alte Römer ging empfindlich fort, indem er zur gnädigen Frau sagte: der junge Herr ist boshaft, das mit dem Vocativ soll auf mich gehn, weil ich die Augen manchmal gen Himmel aufschlage. Woher soll uns aber Trost und Hoffnung kommen, wenn nicht von dort? Das alles, glauben Sie mir, hat ihm der gottlose Müller eingeblasen; aber es ist weder Wahrheit noch Menschenverstand in der Sache.

Adelheid unterbrach die Ruhe, indem sie ausrief: der Vater kommt! Alle liefen an das Fenster, ihn zu begrüßen, dann eilten sie die Treppe hinab, die beiden Fremden blieben zurück, und sahen den alten Herrn vom Pferde absteigen, der niemand anders war, als jener Grüne, gegen welchen sie sich an der großen Brücke nicht eben allzu höflich betragen hatten. Was ist nun zu thun? rief der erschrockne Franz: ist es doch, als wenn alles Unglück auf mich einstürmte. Nur zweierlei kann geschehen, antwortete Gotthold mit Fassung: entweder wir nehmen sogleich Extrapost und reisen ohne Abschied davon, und dies wäre das Mittel für die Feigheit, die alles aufgiebt, wo noch nichts verloren ist: oder ich werfe mich in eine graziöse Unverschämtheit, und thu, als wäre gar nichts Besonderes vorgefallen. Dazu gehört aber, wenn es glücken soll, daß du dein Incognito fahren lässest, denn wenn wir Edelleute sind, so nimmt das die Hälfte der Beleidigung hinweg.

Hand in Hand gingen die Freunde hinab. Die Familie hatte sich schon begrüßt, und Gotthold eilte auf den Alten zu, umarmte ihn und rief: willkommen! willkommen! Aber warum haben Sie sich denn gar so lange erwarten lassen? Ich bin Gotthold von Eisenflamm, dieser hier Franz von Walthershausen, Freunde Ihres Sohnes, und Franz ist weitläufig zwar, aber doch mit Ihnen verwandt. Verzeihen Sie uns jenen Spaß, alter, würdiger Freund, wir kannten Sie recht gut, und wollten nur sehen, ob Sie mit Ihrer Würde und Autorität auch wohl einige Geduld verbänden. Und herrlich haben Sie uns junges Volk ohne allen Zorn über die Achsel angesehn; auch dafür unsern Dank, verehrter Mann.

Der Alte war wie im Sturm erobert, und konnte nicht zürnen. Bald musterte man alle Familienverzweigungen und Seitenverwandte durch, womit sich der alte Adel so gern, vorzüglich auf dem Lande beschäftigt. Franz gewann durch diese langweiligen Ausfädelungen so viel, daß er nun für eine Art von Vetter gelten konnte.

Am folgenden Tage war der alte Herr mit den jungen Leuten und seiner Gemahlin im Saale. Gotthold war etwas verlegen, was der grüne Mann zu seinen beiden Bildern sagen würde. Ei! rief er aus! was ist denn das? Das ist hübsch, bei meiner Seele! Die gnädige Frau fing an: der Mann, der da sitzt, soll ein gewisser berühmter Dadiv sein. O Weibsvolk! Weibsvolk! rief der Vater: was das schwatzt! David will sie sagen, und verwechselt sogar den berühmten biblischen Namen: aber dazu fehlt ihm Harfe und Krone. Es ist offenbar der bettelnde, blinde Belisar, wie er am Wege sitzt, und ein Almosen erwartet. Recht schön ist seine Noth ausgedrückt, wie er so die blinden Augen auf seine ausgestreckten Hände herunter senkt, als wenn er sagen wollte: noch habe ich heute nichts bekommen. Und der Große scheint mir Achilles zu sein, wie er aus seinem Zelte heraus tritt. Gotthold bejahte mit Schweigen. Sehn Sie, fuhr jener fort, wie ich die Gemälde gleich erkenne, wenn sie nur im richtigen Charakter aufgefaßt sind. Es ist aber viel, daß die beiden Herren in der Kunst so treffliche Sachen leisten können.

Adelheid und die Mutter entfernten sich wieder, die letztere darüber empfindlich, daß ihr Gemahl die Bilder heute ganz anders gedeutet habe, und daß Gotthold ihm darin Recht gegeben, der sie gestern, wenn sie ihn auch nicht verstanden hatte, doch mit andern Namen belegte. Adelheid suchte ihr einzureden, daß die eine Figur wirklich Achilles sei genannt worden; sie glaubte dies endlich, nur Belisar und Dativ schien ihr zu weit aus einander zu liegen, und sie meinte zuletzt: der biederherzige Römer möchte nicht ganz Unrecht haben, daß er in Ansehung des Vokativ sich getroffen gefühlt, und es wären wohl noch mehr boshafte Anspielungen in jener Rede und den Bildern verborgen.

Zu meinem Geburtstage, der übermorgen ist, sagte der Baron, wird noch ein Freund, ein Husarenobrist, aus Schlesien ankommen, auch mein Sohn Cajus wird, wie ich denke, alsdann hier sein; dann machen wir alle, den alten, lieben Römer mit eingerechnet, eine fröhliche Gesellschaft aus, in welcher sich wohl auch die Grillen meines Predigers übertragen lassen. Aber heut noch wird ein ganz vorzüglicher Mann, der Herr von Binder, erscheinen; auch unser Justitiarius wird nicht fehlen, und so werden denn die jungen Herren hoffentlich keine Langeweile empfinden, und die Erfahrung machen, daß man auch auf dem Lande in gebildeter und geistreicher Gesellschaft leben könne.

Daran ist nicht zu zweifeln, antwortete Franz. Im Gegentheil kann sich in der Ruhe des Landlebens, wenn sich einmal interessante Menschen zusammenfinden, mehr Geist entwickeln, als in der Stadt, wo alles gespannt und unruhig hin und her treibt, und die Behaglichkeit kaum möglich wird, die doch unentbehrlich ist, um sich recht wohl zu befinden.

Nicht übel, sagte der alte Baron: aber ich versichere Sie, man trifft auch hier Neid und Kabale, Verleumdung und böse Zungen; alles ist zwar im kleineren Maaßstabe, als in der Stadt, aber darum nicht weniger drückend. Was habe ich allein mit meinem Prediger zu kämpfen, der fast nie will wie ich, oder mit meinem Justiziar, der durch und durch von dem neuen Zeitgeist besessen ist. Dadurch werden die Bauern auch oft stutzig, und ich und mein trefflicher Römer können nicht alles so durchsetzen, wie es doch zum Wohl des Ganzen sein sollte. So werd' ich angefeindet. Dazu trägt manche Kleinigkeit bei. Vorzüglich, daß ich mir hier in der Einsamkeit angewöhnt habe, jeden Durchreisenden auszufragen, woher er komme, wohin er gehe; da es oft Bettler, Herumstreicher, oder Handwerksbursche sind, so geschieht das leicht mit einem kurzen, barschen, gebietenden Ton. Ohne daran zu denken, brauche ich diesen auch bei Vornehmeren, die das Ding oft übel nehmen. So kam es auch, daß wir uns neulich darüber beinah entzweiten. Auch mit Frau und Tochter bin ich nicht ganz einig. Adelheid schlägt eine Parthie nach der andern aus; jetzt, denk' ich, wird sie sich endlich die vortheilhafte mit meinem Freunde Binder gefallen lassen. Mit meiner Gesundheit kann ich zufrieden sein, nur daß mich Träume oft ängstigen, besonders ein verwünschter, vermaledeiter Traum, der mir fast wöchentlich wiederkommt, und der mich immer verdrüßlich und unpaß macht.

Und dieser Traum, was ist sein Unangenehmes? fragte Gotthold.

Mit der deutlichsten Umständlichkeit, sagte der Baron, träumt mir so oft, daß mir der Teufel holt.

Ei! ei! sagte Gotthold, mit zurückgezwängtem Lachen, indem er sich nach dem sitzenden Belisar wandte, der jetzt seinen Obol empfangen hatte.

Ja, ja, meine Herren, lachen Sie, oder verwundern Sie sich, aber es ist wahr, daß immer wieder der Teufel in aller Persönlichkeit kommt, um mich abzuholen, bald freundlich, bald mit Gewalt, ein andermal, daß ich ganz unversehens in seinen Klauen bin. Das erstemal, als ich die Sache erlebte, war es aber am denkwürdigsten. Jetzt mögen es dreißig Jahre her sein, ich war noch ledig, denn ich habe erst spät geheirathet. Ich war damals in Berlin und ganz mit den Lustbarkeiten des Carnevals, Bällen, Opern und Comödien beschäftigt. So träumt mir, ich komme aus dem Opernhause. Wildes Gedränge, Stoßen, Schreien, wie immer, finstere Nacht, und dazwischen blitzend die rothgelben Fackeln. Die Wagen rasseln vor, da, dort wird eingestiegen. Ich rufe nach meinem

Kutscher. Betäubt von dem Dunst der Fackeln, von der eben geendigten Opernmusik, von dem Lärmen der Bedienten und Wachen, hebt mich jemand, den ich nicht gleich kenne, in eine Kutsche. Der Schlag wird zugeworfen, und hinten springen Lakaien hinauf, es scheinen mir fremde zu sein. So im vollen Jagen über die schmale Brücke, dann über die breitere, nach der großen Façade des Schlosses und dem Lustgarten. Plötzlich, da sie nicht lenken, theilt sich das dunkle Schloß auseinander, im Toben durchgejagt, die Königsstraße, wo ich gar nicht hinwollte, hinab. Nun sind wir im Freien, ich weiß nicht, wie. Alles finster, nur das Fackellicht meiner Leute. Die flüstern, die lachen hinter mir, und ein Grauen befällt mich. Die schwarzen Pferde rennen immer rasender, es ist kein Lauf mehr, ein Fliegen, ein Hinschießen, wie der Vogel erst, dann wie der Pfeil, wie die Büchsenkugel. Nun weiß ich, daß ich in der Gewalt höllischer Geister bin. Wir sind auch schon in fürchterlichen Felsengegenden. Schwarze, spitze Klippen hängen schroff und dräuend von allen Seiten herein. So rennen wir durch einen ungeheuern Steinbogen, und wie die Pferde hindurchgesprungen sind, stürzt hinter mir die Granitmauer krachend zusammen. So geschieht mit einem großen stählernen Thor. Alles bricht immer hinter mir ein, durch so viele Pforten ich gerissen werde. Es wird immer einsamer, immer stiller, die Leute hinter meinem Wagen sind verschwunden. Es ist, als würden weniger Pferde. Jetzt schleppt nur noch eins den Wagen. Wieder ein dunkles, unendlich langes Felsengewölbe; ich bin hindurch, und eben so fällt es hinter mir krachend in Trümmer. Der Wagen schießt einen Abhang hinunter, ich falle, es ist alles um mich her verschwunden. Da lieg' ich in einem kleinen, engen Raum, auf Sand und Kies, hinter mir Felsen, vor mir eine wüste, traurige Oede, und ich weiß nun, daß ich verdammt bin. Kein Scheusal, kein Feuer, Hölle und Satansgebilde um mich, wie sie die Phantasie unserer

Wärterinnen uns malt; aber weit entsetzlicher diese ewige, unbeschreiblich trostlose Einsamkeit, das deutliche Gefühl, daß kein Gedanke, keine Erinnerung, kein Gefühl durch alle die versperrenden Felsenmassen zum Vater der Liebe hindurch kann, daß kein Gedanke von ihm mich trifft, daß er mich vergessen hat, und eine Ohnmacht, ein Verschwinden aller Kräfte es mir auf Ewigkeiten unmöglich machen, wieder mit der kleinsten Faser meines Gefühls, mit dem kränksten und albernsten Kindergedanken irgend einen Weg zu meinem Erlöser zu finden. Dies Gefühl war so entsetzlich, daß ich mich nach Qualen, Verdammten und Teufeln recht herzlich sehnte, um nur im Anschaun anderer Wesen, in Folterschmerzen, in Grauen und Heulen mich von dieser fürchterlichsten Einsamkeit zu erholen und zu zerstreuen. Ich erwachte endlich, aber noch den ganzen Tag verfolgte mich diese Empfindung. Ich glaubte meiner Täuschung Herr zu werden, ich verwieß mir die Tollheit, und wollte über den Gedanken lächeln, daß Gott der Herr meiner, oder irgend eines Wesens vergessen könne. Aber die ungeheure Wahrheit dessen, was ich im Schlaf erlebt hatte, überflügelte alle die Trostgründe, die mir die Vernunft geben wollte. Und war denn mein alltägliches, wüstes, gedankenleeres Leben etwas anderes, als das, was ich im Schlafe gesehen hatte? Dies Schwatzen in den nüchternen Gesellschaften, dies Umtreiben in langweiligen Häusern, Klatschen und Klatschenhören, dies Suchen nach Zerstreuung, dies Entfliehen vor jedem besseren Gefühle, dies Freigeistern unter schlechten Menschen, wo ich so oft mich selbst belog und männlich und kräftig erscheinen wollte, alle Grundsätze meiner Erziehung, die schönsten Erinnerungen meiner Kindheit mit Füßen trat: was that denn alles dies Unwesen anders, als daß es ein Thor nach dem andern hinter mir mit stählernen Riegeln verschloß? daß Felsengebirge sich zwischen mich und den Ewigen thürmten? War ich denn dadurch nicht schon so einsam, wie in meinem Traum, wußte ich denn noch viel von ihm, neigte er sich denn noch zu mir? Aber darin war ich unbeschreiblich glücklich, daß ich noch wieder zu ihm konnte, ich lebte noch, ich hatte noch die Kräfte, die ich ihm verdankte, und so war denn auch dieser sonderbare Traum die Veranlassung, daß ich mir ein besseres Leben einrichtete. Was sagen Sie dazu?

Ich meine, antwortete Franz, daß sich oft das Tiefsinnigste unsers Wesens, jene noch unsichtbaren Gedanken zuweilen in Bilder umsetzen, deren sich dann der Traum bemächtiget, um unser ganzes Sein von Grund aus zu erschüttern.

Aber, sagte der Baron, spielen wir selbst mit uns, oder mischt eine höhere Hand die Karten?

Vielleicht, antwortete der Jüngling mit bedenklicher Miene, läuft in den recht wichtigen Lebensmomenten beides auf eins hinaus. – Er schien von dieser Vorstellung selbst überrascht zu werden.

Es ist wahr, fuhr der Alte fort, unser eigenes Gewissen arbeitet wie ein geschickter Künstler sein ächtes Gold in mehr als vier Farben aus. Und freilich, was ist es denn wieder, was diesen unbestechlichen Werkmeister treibt, als jene ewige Wahrheit, von welcher alle Wahrheit stammt? Nicht wahr, das ist nicht freigeisterisch, sondern christlich gedacht?

Gewiß, antwortete Franz. Aber wie kommt es nur, daß Sie dennoch so oft von jenem Traume verfolgt werden?

Der Baron lachte. Sehn Sie, sagte er, das macht wohl unsre konfuse menschliche Natur, und es ist, wie mit unserm ganzen irdischen Leben. Ich habe keinen, auch noch so würdigen Mann gekannt, an dem nicht irgend etwas oft lächerlich und albern gewesen wäre; keine That fällt vor, sie sei noch so herrlich, groß, oder selbst erschrecklich, bei der nicht, wenn man sich genau unterrichtet, oder selbst Zeuge sein kann, etwas Läppisches neben her läuft. Der beste Prediger auf der Kanzel

verspricht sich einmal, oder schneidet beim Abendmal ein Gesicht, so daß man sich in schönster Andacht in Acht nehmen
muß, nicht zu lachen. Man ist gerührt, über Unglück, Todesfall, man will trösten und helfen; und wie man die Hand um-
kehrt, kann einem die ganze Sache komisch vorkommen. Soll
man das nun den Teufel nennen, der sich mit seiner hochmüthigen Ohnmacht in alles einmischen will und darf? der
nichts, selbst die feinsten, flüchtigsten Gefühle unbeschnup-
pert und ungestört läßt? Oder ist das so simpel hin die
menschliche Natur? Oder kommt beides wieder, wie jenes
menschliche und göttliche, wovon wir vorher sprachen, auf
eins hinaus? Wenigstens hat der Mensch bei jedem Schritt und
Tritt Veranlassung, über sich und das Wichtigste nachzudenken. Wenn der Satan zugleich ein Hanswurst ist, so kommt
er, wie gesagt, in Jacke und Pritsche sehr oft zu mir, und ich
muß mich mit ihm herum balgen. Denn so wichtig und entsetzlich, wie jenes erstemal, ist mir kein Traum wieder erschienen. Aber wie ein halblustiges Nachspiel jener Tragödie
muß ich oft dem Verrückten zum Spaß und Kurzweil, und
doch zum Opfer dienen, denn wenn die Umstände auch komisch sind, wenn er selbst auch läppisch auftritt, so nimmt er
mich doch jedesmal richtig mit, und wenn nun die Qualen in
der sogenannten Hölle losgehen sollen, so wache ich auf. –
    Im Garten fand die Gesellschaft sich jetzt wieder zusam-
men, sie gingen, da das Wetter lockte, auf das Feld hinaus.
Römer war bei den Arbeitern dort in seiner ganzen Majestät,
und der Baron, der ihn nur noch wenig hatte sprechen können, machte sich viel mit seinem Günstlinge zu thun. In der
Ferne ließ sich ein Reiter bemerken, ein langer Mann, der auf
einem kleinen Pferde saß, den dreieckigen Hut verkehrt auf
dem Haupt, den er vor jedem Knechte, der ihn begrüßte, ab-
hob, und sich so demüthig verneigte, als wenn ihm der Fürst
begegnet sei. So den Hut schwenkend und sich tief auf den

Hals des Pferdes herunter bückend kam er näher, stieg ab und gab seinem Diener das Roß, worauf er zuerst den alten Römer mit der größten Herzlichkeit in die Arme schloß, dann sich dem Baron näherte, vor den Damen verneigte und befremdet auf die jungen Freunde hin sah. Seid Ihr es, alter Binder, rief der Baron, hätt' ich dich doch bald nicht wieder erkannt, so hast du dich verändert. – Aber Mensch ! schrie er vor Entsetzen auf, indem er einen Schritt zurück sprang – du hast dir ja den Zopf abgeschnitten! Darum hatte mir auch deine ganze Erscheinung so etwas Wildfremdes.

Lieber Alter, sagte der Herr von Binder mit geheimnißvollem Lächeln, nimmst du denn auf den Geist der Zeit gar keine Rücksicht?

Sollen wir dem Baal, rief der Baron entrüstet, gerade das Beste opfern, was uns zu Patrioten, zu ächten Menschen macht? Ich dachte, mein Sohn wäre nur ein Narr geworden, und die jungen Herren, die in Schwärmerei untergehn; aber du, vormals preußischer Major, Krieger, Deutscher, ein Sprößling älterer, besserer Zeit, – Himmel und Erde! An dir gerade muß ich den Skandal erleben! Hätte mir einer gesagt, der Binder ist ein Spieler geworden, er säuft, er hat alle seine Schaafe verkauft, und zieht mit Bären im Lande um, alles, alles hätte ich eher geglaubt, als daß der ächte Mensch, der Binder, der Mann von Treu und Glauben so ruchlos seinen Zopf sollte abgeschnitten haben, als wenn er sich nie mehr dabei gedacht hätte, als wenn er blos ein Büschel Haare, mit Seidenband umwickelt, gewesen wäre. O du – Ihr – o Sie fataler Mann Sie! Ja, dahin wirst du es noch bringen, daß ich dich Sie nenne! Sie! das ist Alles gesagt. Sieht er nicht von hinten aus, als wär' er unter die Seeräuber gerathen und hätte Wolle lassen müssen: wie ein Atheist auf seinen alten Tagen. Nun sieht man erst den magern Nacken und daß er schlechte Schultern hat. Nun warte, nun will ich auch nichts thun, als dich fragen, wovon ich weiß, daß du es nicht leiden kannst. Du willst ein Original sein? du standhaft? dem Geist der Zeit! Hin bist du, aus ist es mit dir! Römer, sieht er nicht aus wie ein Franzose? Römer mochte nicht antworten, und der neue Gast war sichtlich über diese heftige Anrede verstimmt worden. Adelheid ließ sich von ihm führen und suchte ihn über die leidenschaftlichen Ausfälle des Vaters zu beruhigen. Gotthold hatte große Mühe, seinen Muthwillen zu unterdrücken, und Franz schöpfte wieder Hoffnung, seit er seinen Nebenbuhler persönlich hatte kennen lernen.

Der junge Baron war ebenfalls angekommen, so wie der alte Obrist aus Schlesien. Dieser hatte die Absicht, ein Gut, welches er dort in der Gegend besaß, seinem Jugendfreunde zu verkaufen; auch waren beide Partheien über die Präliminar-Artikel einig. Es war schon die Rede davon gewesen, daß nach der Vermählung der Bräutigam Adelheid's dieses benachbarte Gut beziehen sollte, und Franz, der bald mehr, bald weniger von diesen Verhandlungen mit anhören mußte, war entschlossen abzureisen, und würde auch seinen Vorsatz vielleicht schon ausgeführt haben, wenn Gotthold und Cajus ihm nicht immer wieder von neuem Muth eingeflößt hätten.

Der Geburtstag des Alten wurde festlich begangen. Die auffallendste Erscheinung auf demselben war die des Verwalters. Für gewöhnlich, da sein Zwickelbart, die langen Beinkleider und kurzen Stiefeln, so wie das Geschirr seines kleinen Pferdes noch immer den Husaren beurkunden sollten, trug er sein Haar, das von ungewöhnlicher Länge war, kurz zusammen gebunden, in einem dicken Zopfe. Heute aber hatte er es seiner Fesseln entledigt, und der bewickelte steife Haarzopf reichte ihm wirklich bis zu den Fersen. Er wußte, welche Freude sein

Gönner an dieser Zier hatte, und darum zeigte er seinen ganzen Reichthum bei einer so feierlichen Gelegenheit. Die muthwillige Adelheid, um ihrem Vater zu schmeicheln, hatte sich, wie die schwäbischen Mädchen, das Haar in zwei langen Zöpfen geflochten, die in braunem Glanze auf dem weißen Nacken lagen. Um den Einfall gleichsam zu entschuldigen, hatte sie auch die übrige Tracht der Schweizerinnen ähnlich zu machen gesucht. Die Bedienten trugen ebenfalls alle Zöpfe, und nur die jungen Fremden, so wie der Sohn des Hauses, und der ketzerische Binder zeichneten sich aus, den Jäger Walther noch hinzu gerechnet, bei welchem, zur Betrübniß des Barons, dieser Zierrath auf keine Weise anzubringen war, weil er so gut wie gar keine Haare hatte. Binder, der sehr empfindlich war, nahm heut jede Anspielung seines alten Freundes übel; ihn quälte die Sucht, einen originalen Philosophen vorzustellen, und er war sehr beleidigt, daß man ihm bei seinem veränderten Costüm keine tiefsinnigen, hinreichenden Gründe zutrauen wollte. Der Prediger hatte während dem Mittagsessen viel zu besänftigen, und manche Epigramme und beißende Antworten in die Bahn des gleichgültigen Gespräches zu lenken. Adelheid schien sich zum Besten des armen Verfolgten gegen ihren Vater zu erklären, und Römer, der an Zopfwuchs alle, auch den Hausherrn, bei weitem übertraf, war im Bewußtsein seiner höhern Vollendung ganz stumm und ruhig, und achtete einige Scherze Gottholds so wenig, wie manche auffallende Behauptungen des Pfarrers.

Als man vom Tische aufgestanden war, machte sich Binder, der des ewigen Anspielens überdrüssig war, mit der Frage an den Prediger, um nur ein neues Thema in den Gang zu bringen: sagen Sie mir doch, warum das Gedicht von Dante die göttliche Comödie genannt wird; so viele ich auch darüber habe vernehmen wollen, hat mir doch keiner eine hinreichende Antwort geben können.

Das wundert mich, Herr Baron, antwortete der Pfarrer, da die Sache nichts weniger als ein Geheimniß ist. Den Beinamen der göttlichen, divina, hat ihr der Autor nicht gegeben, sondern er ist erst lange nachher von Abschreibern und Auslegern hinzugefügt worden, theils wohl um ihre Bewunderung, theils den Inhalt, der von göttlichen Dingen handelt, zu bezeichnen. Eine Comödie nannte Dante dies Gedicht, weil die Vision, ob sie gleich in der Hölle anfängt, doch im Himmel endigt, und also einen frohen Ausgang hat, und jede Geschichte, die sich glücklich beschließt, nannte man in jenen Zeiten, in denen man kein Theater hatte, eine Comödie.

Schon in der halben Rede hatte sich der eigensinnige Binder abgewendet, und sagte zu Römer, der ihm nahe stand: was die Gelehrten doch für wunderliches Volk sind, das schwatzt gleich und schwatzt, ohne Zweck und Ziel. Wer hat nun hier von dieser weitläufigen Notiz etwas wissen wollen?

Als wenn er seine Schulkinder vor sich hätte, antwortete Römer; das fehlte noch, daß die Comödien zur heiligen Schrift gerechnet würden. Aber freilich, er liest sie gern, besucht auch in der Stadt das Theater gar fleißig, wenn er einmal hinreisen kann. Göttliche Comödie! Das hätte der vorige Probst hören sollen. Der würde ihm darauf geantwortet haben.

Dein Nebenbuhler, sagte Gotthold zu Franz, kann eben so wenig eine Antwort, als eine Frage vertragen; er sollte nur mit Taubstummen umgehn, die durch Zeichen alles erklären.

Man setzte sich wieder; der Saal war ziemlich angefüllt, denn auch die Frau des Predigers und seine unerwachsenen Kinder waren zugegen. Römer spielte mit der Frau des Hauses Schach und der Baron saß im Lehnstuhle, tief denkend, ihm gegenüber der Obrist, Gotthold und Franz. Binder hatte sich zu Adelheid gesellt, und der Prediger näherte sich bald dieser, bald jener Partei, je nachdem ihm das Gespräch der Redenden interessant vorkam. Die Kinder, die noch einige aus der

Nachbarschaft herbei geholt hatten, haschten sich in ziemlicher Ruhe und Ordnung mit einigen jungen Kätzchen, die sich springend im Saale umtrieben.

Ei ja, fing der Hausherr laut an, es ist bald etwas daher gesagt, vom Geiste der Zeiten, den doch keiner gesehen hat, denn oft ist es nur ein Lappen im Winde, den ein altes Weib für ein Gespenst ausruft. Soll man sich vor Vogelscheuchen demüthig verneigen? Nichts leichter, als eine Tracht, eine Sitte, ein Abzeichen zu verschreien, und es vor der sogenannten Vernunft lächerlich zu machen. Was weiß diese denn überhaupt, wenn man sie darum frägt, von Kleidung, Uniform, Handschuh, Port d'Epee, oder Cocarde, und doch kann alles dies zu Zeiten nützlich, heilsam und nothwendig sein, ja, wenn ihm ein Volk, eine wichtige Begebenheit, ein großer Enthusiasmus Bedeutung unterlegt, eine Art von heiliger Autorität gewinnen.

Binder, der ihm gegenüber mit Unruhe saß, und schon merkte, worauf diese Einleitung hinaus wollte, sagte mit Laune: ei! seht doch den neuen Zopfprediger!

Der Mann, wandte der Pfarrer ein, wurde des Zopfes wegen verfolgt, weil er seinem Zeitalter zuvor eilen wollte, die Welt war für seine Neuerung noch nicht reif genug.

Im Schachbieten hielt Römer inne, indem er von der Seite her ausrief: Unterschied der Stände, Herr Pfarrer! Nur um's Himmels Willen nicht Alles durch einander geworfen. Dem Geistlichen seine Perücke! Sie tragen aber auch schon keine mehr. Das hat Frankreich damals gestürzt. Als wenn ich wie der Schulze einhergehen wollte.

Wir wollen diese Betrachtungen jetzt liegen lassen, fuhr der Baron fort. Nach dem dreißigjährigen Kriege war unser Deutschland gewiß im traurigsten Verfall; es konnte ein Wunder, eine Gnade Gottes genannt werden, daß es nicht völlig unterging und eine Beute von Ausländern und Abentheurern wurde. Da fing das französische Unwesen an, die Welt zu beherrschen. Sprache, Sitte, Compliment, Mode, Halskrausen, Schuhe, Degen, wurden von dort geholt; wer von Adel, Bürgerstand, Kaufmannschaft, Jugend und Alter etwas gelten wollte, mußte parliren, es war seine Aufgabe, zu vergessen, daß er ein Deutscher war. Und ein Jammer war es freilich, daß in den Reichsstädten, Provinzen, kleinen Nestern sich ein deutsches Wesen verbreitete, das im Gegensatz gegen den neuen Geist der Zeit nichts weniger, als erfreulich war. Dort führte man ein rechtes Winkelgassenleben. Das Franzosenthum prangte, und sein vornehmstes Abzeichen bestand in jenen verfluchten Allongeperücken, die sich mit jedem Jahre höher aufbauschten, in mehreren Locken niederwallten, Rücken und Hüften deckten, indem sie oben nach den Wolken strebten, wie allgewaltige Nester, um zwanzig Adler zu beherbergen. Solche Haarflauschkonfusion trug selbst unser großer Churfürst in seinen letzten Jahren, unser erster König wandelte in solchem Lockenmantel, und es that in Europa Noth, neue Bauernkolonieen anzupflanzen, der Haarschur wegen, denn jeder Reiche und Vornehme verbrauchte, was auf zehn, Magnaten und Potentaten, was auf funfzig Menschenköpfen an Perückenstoff wuchs, und die Aermeren mußten schon zu Wolle, Flachs, ja Glas und den seltsamsten Dingen, aus Mangel der zu theuren Haare, ihre Zuflucht nehmen.

Schade, sagte Gotthold, daß die aus Glas gesponnenen Perücken nicht allgemein Mode wurden. Wie hätten sich die Glaser beim Auflauf gefreut, daß sie nun nicht bloß Fensterscheiben einzusetzen, sondern auch Köpfe einzurichten hätten, und wenn ein glücklicher Wurf des Studenten nicht bloß die Stube seines Professors öffnen, sondern diesen selbst gleich kahlköpfig machen konnte.

Der Baron, der sich ungern stören ließ, sah ihn mit einer gewissen Verachtung an. Von Scherz und Schwank ist hier keine Rede, fuhr er fort, sondern ich will nur andeuten, wie in diesen ungeheuren Verhaarungen das ganze Wesen jener Tage sich aussprach. Wie keiner sich mit diesem luftigen Babel auf dem Kopfe schnell bewegen und rühren, reiten, arbeiten und sich erhitzen konnte, so lag auch die ganze Welt in ihren Geschäften und großen Angelegenheiten recht eigentlich lahm. Was that denn nun unser herrlicher Friedrich Wilhelm der Erste, den der Brandenburger und Preuße nie genug loben kann, als er zuerst in Europa diesen alten künstlich zusammengekitteten Schabernack von seinem denkenden Kopfe riß? War es denn etwa bloß ein Gelüste, sich eine schwarze Stange im Nacken zu befestigen, um anders, wie die übrigen Menschen, auszusehen? Nein, meine Freunde, als er diesen Ersten Dukaten mit seinem Bildnisse prägen ließ, ohne Perücke, mit dem Zopf, diese Münze, die jetzt rar geworden ist und die ich aus Verehrung immer bei mir trage, sehn Sie, da sagte er seinem Vaterlande und der Welt: ich will wieder ein deutscher, ein rüstiger Mann sein, mit mir soll eine neue, bessere Zeit beginnen, wir wollen uns wieder rühren und den alten Aberglauben abschütteln. Dies hat er auch durchgesetzt, und sein größerer Sohn hat das vollendet, was er anfing; und darum ist dies Abzeichen der Nation, welches alle Völker nachher so viele Jahre einen preußischen Zopf nannten, so ehrenvoll, wie nur jemals ein Merkmal gewesen ist, an dem man eine tapfere Menschenart erkannte, die ihre Mitwelt mit sich emporhob, die Feinde besiegte, einem ganzen Zeitalter Gesetze vorschrieb und ihr ein neues Gepräge aufdrückte.

Alle betrachteten den merkwürdigen Dukaten mit mehr oder minder Aufmerksamkeit, den der Baron in der Gesellschaft umhergehen ließ.

Das hat unsere Armee groß und furchtbar gemacht, fing der Baron wieder an, daß die Könige und Generale mit diesem, wie mit andern Zeichen, die dem Leichtsinnigen gleichgültig oder gar lächerlich erscheinen mögen, eine Tapferkeit für alle Proben, ein unüberwindliches Ehrgefühl, eine unsterbliche Liebe zum Vaterlande verknüpfen konnten. Als uns Polen neulich zufiel, sah ich, wie der Unteroffizier bei den Rekruten umging, und nach dem Maaß die Zöpfe verkürzte, oder längere einsetzte; da traf er auf etliche, die hatten so krause eigensinnige kurze Wolle dicht unter dem Nacken, daß kein Zopf daraus hervorwachsen konnte, ja sich nicht einmal ein falscher einlegen ließ. Damals sagte ich, und wiederhole jetzt, diese Leute gehören nicht zu uns, sie können niemals Preußen werden.

Hier wurde er in seiner Prophezeihung auf eine sonderbare Weise unterbrochen, so daß die ganze Gesellschaft aufsprang, und zu ihm eilte. Das Wort erstarb ihm nämlich plötzlich im Munde, der Kopf sank hinterwärts zurück, und er gurgelte einige unvernehmliche Laute. Der Schlag hat Sie gerührt, mein Schatz! sagte die gnädige Frau in der höchsten Bewegung; der Pfarrer hatte die Hand ergriffen, den Puls zu prüfen, und Adelheid lief nach stärkendem Wasser. Aber nur ein Augenblick, und der Baron fand seine Stellung und Sprache wieder, die Sache klärte sich lächerlich auf. Die Kinder hatten schon lange mit Vergnügen bemerkt, wie die Kätzchen hinter den Zöpfen herliefen, die sich beim Reden auf der Erde hin und her bewegten; der Hausherr hatte es selbst belächelt, daß die Thierchen die Haarzier seines Amtmanns zu erwischen suchten, sie dann im Maule wegtragen wollten, und doch wieder mußten fahren lassen, von welchen Anstrengungen, die hinter seinem Rücken vorfielen, der Schachspieler indessen nichts bemerkte. Jetzt hatten die Kinder im Hintergrunde des Zimmers ein anderes Spiel angefangen, und durch den großen Lehnstuhl, in welchem der Baron saß, waren sie von der Gesellschaft abgesondert und sicherer gemacht. In dem einsameren Raume spielten sie Spaziergehn und Besuche machen; die Tochter des Predigers, ein wildes Kind von sieben Jahren, stellte den Bedienten vor und sollte ihre Herrschaft in einem fremden Hause anmelden. Als Klingel schien ihr der rückwärts hangende Zopf des Barons das bequemste Möbel, und so wenig wie den Kätzchen fiel es ihr ein, daß der Inhaber ihr Spiel bemerken könnte, weshalb sie so muthig und kräftig an dem eingebildeten Hause klingelte, daß sie den Kopf des Redenden hinten über riß und ihm auf einige Augenblicke Sprache und Besinnung raubte.

Als sich das Geheimniß enthüllt hatte, führte die Frau des Predigers, selbst am meisten bestürzt, die Kleine aus der Gesellschaft nach Hause, und Herr von Binder, der den Vorfall mit einiger Schadenfreude bemerkt hatte, sagte: so kann eine so löbliche Anstalt eines Klingelzuges, womit der ehrwürdige Zopf wohl Aehnlichkeit hat, doch auch seine Nachtheile haben. Die beste Rede wurde dir darüber im Halse erwürgt. Und wenn sich die Griechen schoren, um vorne nicht beim Schopf von ihrem Feinde ergriffen zu werden, so könnte im Gegentheil ein neuer Simson ein halbes Bataillon preußischer Grenadiere an den Zöpfen wie Füchse zusammen knüpfen, und sie so als einen unermeßlichen Rattenkönig zur Gefangenschaft hinter sich schleppen.

Diese Aeußerung und das widerwärtige Bild waren für den patriotischen Hausherrn zu stark, er stand unmuthig auf, verließ die Gesellschaft, die sich auch zerstreute, um sich erst am Abend wieder zu versammeln.

Sie liebt ihn! rief Franz, indem er tobend in seinem einsamen Zimmer hin und wieder sprang; sie liebt, das leidet keinen Zweifel mehr, den abgeschmacktesten aller Menschen! Kann es sein, daß sich ein edles Gemüth auf eine so ungeheure Art verirrt? Und der Elende nimmt die Huldigungen des schönen Wesens nur so an, als dürfte es gar nicht anders sein.

Cajus und Gotthold suchten ihn zu beruhigen, aber vergebens. Der Bruder wollte an diese Verkehrtheit seiner Schwester nicht glauben, und Gotthold sagte, halb lachend, halb bekümmert: so nimm nur etwas Vernunft an in deiner angenehmen Raserei. Du bist nun einmal im Fegefeuer der Verliebtheit, du bist selbst freiwillig mit gleichen Beinen hinein gesprungen, darum renne nur wie ein Eichkätzchen in deinem Rade hin und her, ohne von der Stelle zu kommen, aber nicht so gewaltsam, daß der Käfig selbst in Stücke bricht. Es scheint wirklich, als wenn sie den Ritter, der mit dem Zeitgeiste fortschreitet, liebt, aber dafür ist sie auch ein Weib, und launenhaft, und thut doch vielleicht alles nur, um dich oder den Vater zu ärgern. Denn wer kann wohl ein Mädchen ergründen, wenn sie ihren Kopf aufsetzt? Und sage, was du willst, es ist nur deine eigene Schuld: wer lieben will, sei liebenswürdig! Das versichere ich dich, begebe ich mich einmal in solch Abentheuer, so bin ich so reizend, so wunderbar schön, so geistreich, witzig, überquellend von den zartesten Empfindungen, daß ich die Geliebte, stelle sie sich wie sie wolle, mit unwiderstehlicher Gewalt in meinen Zauberkreis reiße und sie magisch bändige. Zu Füßen müßte sie dir ja liegen und um deine Liebe flehen, deine Knie umklammernd schreien: o verlassen Sie mich doch nicht, edelster aller Menschensöhne! Tigerthier in Jünglings-Physiognomie, warum wollen Sie mich denn in meiner Leidenschaft, wie einen Fisch auf dem Trocknen, abstehen lassen? Erbarmen, holdseliger Wütherich! So müßte sie zu dir emporjammern. Aber du klimperst und gimpelst um sie herum, sprichst nicht halb, nicht ganz, seufzest so ordinär, und verdrehst die Augen nur so mittelmäßig, als wenn man nach dem Wetter sieht. Wenn's einmal bei dir rappelt, Schatz, so benutze das doch, und zeige ihr deine Virtuosität im Rasen, vielleicht ist sie davon Liebhaberinn, und hat Geschmack für das Verrückte. Kannst du nicht ein Liebeslied improvisiren, und zum Accompagnement die Fenster entzwei schlagen? Oder so trampeln, wie du gegenwärtig thust? So staccato, und im reißenden Allegro, es macht Effekt. Wäre nur ein andres Weibsbild im Schlosse, mit der du sie eifersüchtig machen könntest, ja wenn selbst die Fanchon nur etwas hübscher wäre; so würde ich diese, zum Exempel, malen, und sehen, ob die Adelheid darüber in das Gelbe und Grüne spielte.

Franz war über diese Trostrede nur noch wüthender geworden, so daß er jetzt sein Malergeräth nahm, und es durch die große Scheibe des Fensters schleuderte. Halt! sagte Gotthold, so den alten Gärtner, der unten kriecht, zu treffen, ist keine Kunst; das kann jeder, der auch nie mit dem Pinsel getüpfelt hat.

Das Klirren des Glases hatte den Gärtner aufmerksam gemacht, und den Bedienten herbeigeführt. Sie sammelten von den Orangebäumen die Farben und Pinsel wieder auf, und Gotthold und Cajus waren um eine Ausrede verlegen, denn Franz war so aufgebracht, daß ihm alles gleichgültig blieb.

Der Jäger brachte den Mahlkasten wieder herauf, und verwunderte sich, die drei jungen Herren im Zimmer zu finden. Gotthold sagte lachend: das kommt vom Balgen, und wenn man noch immer nicht den Studenten vergessen kann. So stieß mich der junge Baron ins Fenster, und ich die ganze Kunstgeschichte hinaus. Habt ihr nicht auch unten das Trampeln gehört?

Der Gärtner wohl, sagte der Jäger. Erst hat er gedacht, es würde ein Gewitter aufziehn. Aber keine Wolke am Himmel. Nein! nein! fuhr Gotthold fort, wir drei machen uns zuweilen solche Motion. Die Beine wüthen in der Jugend gern, so lange sie noch keine Gicht spüren.

Laß den Glaser holen, fuhr er fort, als sie allein waren, und komm mit uns, um zu spatzieren, oder dich drüben, bei deinem Freunde Römer, zu zerstreuen.

Die jungen Leute waren erstaunt, den alten Amtmann in Thränen zu finden, indem ihn der Baron sowohl wie der Obrist zu beruhigen suchten. Ich gebe Ihnen mein Wort, sagte der Letztere, daß ich allen meinen Einfluß beim General so gut wie beim Kriegsminister anwenden will, daß, wenn der Fall eintreten sollte, den Sie gewiß ohne Noth befürchten, alle Untersuchung niedergeschlagen werde. Nach so vielen Jahren, und es sind ja vierzig seitdem verflossen, wird man aber einen so alten würdigen Mann überhaupt nicht in Anspruch nehmen.

Wenn ich nur meinen vollständigen Abschied hätte! seufzte Römer.

Beruhigen Sie sich, alter Freund, sagte Cajus, indem er ihn umfaßte, Ihrer Angelegenheit wegen habe ich mich drei Tage länger in Berlin verweilt, und der General, der die gnädigsten Gesinnungen für Sie hegt, hätte Ihnen durch mich gern einen vollkommnen authentischen Abschied gesendet. Aber, so sehr wir auch alle Regimentslisten von 1755, 56 und die folgenden Jahre, bis nach dem Abschluß des Friedens durchsahen, ein mühsames Geschäft, in welchem uns die Schreiber halfen, so war doch Ihr Name nirgend aufgeführt. Darum verweigerte mir der General den Abschied, da Sie nirgend eingezeichnet stehn.

Unbegreiflich, sagte Römer: er hätte aber zur Beruhigung eines alten Mannes wohl ein Uebriges thun können, und von der Form etwas abgehn. Es wäre doch zu erschrecklich, wenn ich als Greis noch einmal der Regimentsstrafe als Ausreiser verfallen sollte. Und kann mich nicht ein andrer General einmal schikaniren?

Gewiß nicht, sagte der Obrist, da Sie durch einen wunderbaren Zufall nicht in den Regimentslisten stehn, so kann nie Nachfrage nach Ihnen geschehen. Denn wie wollte man es Ihnen beweisen, daß Sie im Dienst gestanden haben? Nein, alter braver Kamerad, trocknen Sie Ihre Thränen, und sagen Sie uns, wie sind Sie Husar geworden, und wie kam es, daß Sie, bei Ihrem Enthusiasmus für den Stand, doch austraten? Herr Obrist, sagte Römer, zu beiderlei wurde ich gezwungen. Verzeihen Sie, mein gnädiger Gönner, wenn ich Ihnen einen Jugendstreich mittheile, dessen ich mich mein ganzes Leben hindurch geschämt habe, den ich noch jetzt in einsamen Stunden bitter bereue. Mein Vater starb früh, meine Mutter, deren einziges Kind ich war, verdarb mich durch übertriebene Liebe. Ich hatte schon einige Schulen besucht, war auf keiner fleißig gewesen und war von jeder wegen meiner muthwilligen Streiche weggewiesen worden. Es fanden sich Kameraden, die eben so dachten, wie ich, und die nächsten Straßen, wo wir in Berlin wohnten, kannten uns und fürchteten sich vor unsern Ungezogenheiten. Ich konnte mich zu keiner Bestimmung entschließen, obgleich ich schon neunzehn Jahre alt war, und dünkte mir, so sehr ich Taugenichts war, Wunder was Rechtes zu sein. Es trieb sich ein alter Jude in der Stadt um, mit greisem langen Barte, den er nach Art seiner polnischen Glaubensgenossen trug, und der auf diesen seinen Bart, der ihm über die Brust reichte und fast sein ganzes Gesicht beschattete, sehr eitel war. Ich und mein wildes Gefolge hatten uns diesen Alten schon lange zur Zielscheibe unsers groben Witzes ausersehn, denn es gehörte zu der Albernheit unsers Wesens, die Juden zu verachten und zu verfolgen; ja wir glaubten, so wenig wir auch vom Christenthume wußten oder übten, unserer Religion einen Dienst damit zu leisten, wenn wir auch ehrwürdige Männer der Israeliten lästerten, oder, wenn wir es mit Sicherheit thun konnten, mißhandelten. So gelang es uns, diesen braven Mann in das Haus, unter irgend einem Vorwande, zu locken. Er erschrak, als er mich und die übrigen erkannte, und wohl mit Recht, denn wir ergriffen ihn sogleich, banden und knebelten ihn, so daß er nicht schreien konnte. Alles war zu unserm abscheulichen Frevel schon bereit gestellt. Mit Pech und Theer (vergeben Sie, verehrte Freunde, daß ich mich Ihnen in meiner ganzen Abscheulichkeil zeige) wurde der ganze Bart, so wie Haar und buschigte Augenbraunen eingeseift, alles in einander frisirt, so daß der Greis einen eben so fürchterlichen als widrigen Anblick gewährte, und so aufgeschmückt stießen wir ihn wieder auf die Straße und an das Tageslicht hinaus. Die ganze Fischerstraße, ganz Cöln gerieth in Aufruhr. Der Arme wußte nicht, wohin er sich retten sollte. Erst hundert, nachher wohl tausend Gassenjungen verfolgten ihn heulend, schreiend durch die Stadt, bis zur Spandauer Straße. Er wurde noch mehr gemißhandelt, so daß endlich die Wache herbeikommen und ihn schützen mußte. Was uns ein herrlicher Spaß geschienen hatte, gewann aber bald ein ganz anderes Ansehn. Die ganze Judenschaft kam klagend ein, und die Obrigkeit nahm die Sache höchst ernsthaft. Zwei von meiner Rotte entflohen, und der dritte kam in das Zuchthaus, nachdem er an dem Pranger gestanden hatte und ausgepeitscht war. Mich rettete von diesem Elend ein Wachtmeister, den ich schon seit lange kannte, und der mich immer zum Rekruten gewünscht hatte. Ich ließ mich bei den Zietenschen Husaren einkleiden, und da der siebenjährige Krieg eben ausbrach, so wurde jede Untersuchung in Ansehung meiner Person abgewiesen, und ich rückte mit dem Regimente aus. Mein Hauptmann, ein roher, wilder Mensch, freute sich über diese Geschichte, ich mußte sie ihm oftmals in Gegenwart seiner Kameraden erzählen, und ein schallendes Gelächter unterbrach mich bei jedem Worte. Der Schwank, wie die Herren die Bosheit nannten, trug mir manchen Thaler Trinkgeld ein. Sie meinten, ich sei vom Himmel so recht eigentlich zum Husaren geschaffen, roh, wild, unmenschlich müsse ein solcher sein. So unaufgeklärt, so abgeschmackt dachten damals auch noch Leute von Stande. Unser Vater Zieten war freilich ein ganz anderer Mann. Leutselig, milde, fromm, ein Feind aller wüsten Streiche, und ein Bestrafer der Bosheit, auch wenn sie in Feindes Land ausgeübt wurde, so zeigte er sich immer, wenn dergleichen vor sein Ohr kam. Er, der große Held, zeichnete mich bald aus. Auch ward ich mit Gottes Hülfe ein ganz anderer Mensch. Im Verlaufe des Krieges war ich bei den meisten gefährlichen Dingen und den großen Schlachten zugegen. In den letzten Jahren hatte ich's bis zum Wachtmeister gebracht. Als nun Friede wurde, und wir zurück kamen, wurden dann die Regimenter ergänzt, und das meinige hatte ganz vorzüglich gelitten. Da wurden nun Offiziere gebracht und Gemeinen, möcht' ich doch sagen, von allen Ecken der Welt, und mir wurde ein junger Cornet vorgesetzt, der noch niemals Pulver gerochen hatte. Das Bürschchen wollte alles besser wissen, selbst den Hauptmann und Major tadeln, ja es nahm sich heraus, über unsern ehrwürdigen Feldherrn zu spotten. Vater Zieten erfuhr davon nichts, hätte auch wohl nur darüber gelächelt, wenn er es gewußt hätte. Ich aber, der ich jünger und feuriger war, konnte den Unfug nicht vertragen. Ich setzte das junge Herrchen darüber zur Rede, und nun schwur er mir alles Bittere und Böse. Der Offizier, wenn er will, kann seinen Untergebnen auf das Aeußerste treiben. Ich hatte Verdruß über Verdruß. Bei einem Manöver, als wir nicht weit von der sächsischen Grenze waren, nahm ich meinen Vortheil so gut in Acht, daß ich mich mit dem Naseweis allein befand. Ich forderte Genugthuung, er wollte ausweichen, drohte, gab gute Worte, aber ich zwang ihn endlich, den Säbel zu ziehn. Er war unerfahren, mochte nicht Muth im Ueberfluß besitzen, kurz ich traf ihn mit einem Hiebe in der Achsel, daß ihm der Degen aus der Hand fiel. Ich sah schon Husaren herbeisprengen, schnell wendete ich um, und war im Sächsischen. Hier verbarg ich mich und fand bald einen würdigen Amtmann, wo ich die Oekonomie lernte. Nach Jahren wagte ich es denn, in mein geliebtes Vaterland zurück zu kommen. Erst hielt ich mich im Schlesischen auf. Jetzt bin ich seit sechszehn Jahren auf diesem Gute, auf welchem unser Herr mich nicht als Diener, sondern als Freund behandelt. Sehn Sie, Herr Obrist, so ward ich aus Noth Soldat, und eben so aus Zwang verließ ich den geehrten Stand wieder. Sie können nun aber wohl auch begreifen, warum ich so sehr wünsche, einen förmlichen Abschied vom Regiment in Händen zu haben, damit ich die letzten Jahre meines Lebens ruhig hinbringen könne, und böse Träume mir nicht mehr Gefangenschaft und schimpfliche Strafe in den langen Winternächten vorführen mögen.

Der Obrist erwiederte nach dieser Erzählung: wackrer Mann, wie edel, daß Sie so von den wilden Tagen ihrer Jugend selber sprechen können. Das ist mehr, als eine gewöhnliche Besserung. Das Gute muß schon immer, auch in den frühesten Jahren, in Ihrer Seele geschlummert haben.

Wissen Sie, rief der alte Husar mit der größten Lebhaftigkeit aus, wem ich Alles zu danken habe? daß ich ein Mensch, und daß ich ein guter Mensch bin?

Nun? sagte der Obrist; Sie machen mich begierig.

Ihm, sprach jener mit Enthusiasmus weiter, unserm Gellert, unserm frommen Weisen, von dem die jetzige überkluge Zeit nur noch selten sprechen mag. Unser Regiment war dreimal in Leipzig. Der große Friedrich hatte es auch nicht verschmäht, den damals berühmten Gottsched zu sprechen, und sich von Gellert einige seiner Fabeln vorlesen zu lassen. Ich hatte mich wahrlich nicht viel um Bücher bekümmert, aber diese Fabeln wußte ich doch auswendig. Sie prägen sich auch ganz von selbst dem Gedächtnisse ein, so einfach und natürlich sind sie alle. Jedermann muß meinen, wenn er den Gedanken gefaßt hätte, würde er ihn auch in keinen andern Worten ausgesprochen haben. Mit seinen geistlichen Liedern ist es derselbe Fall.

So ließ es mir keine Ruhe, ich mußte den Mann sehen, den mein ganzes Herz verehrte. Es war freilich schwer, bei ihm vorgelassen zu werden: wie konnte ich auch, als gemeiner Husar, eine solche Auszeichnung fordern oder erwarten? Indessen sammelte ich an einem Vormittage meinen Muth, ich hatte seine Freistunden ausgekundschaftet, und stand nun im Vorzimmer. Mir schlug das Herz gerade so, als damals, da ich das erstemal in den Feind einhauen sollte, vielleicht noch mehr. Er mußte sich gewiß verwundern, was ein Soldat bei ihm wolle, denn es dauerte lange, ehe ich eine Antwort erhielt. Endlich kam denn die Erlaubniß, daß ich das Heiligthum betreten durfte. Ja, meine Herren, ich nenne dies Studierzimmer gewiß mit Recht so, denn mir war es, als wenn ich zu den Aposteln oder Patriarchen eingehen sollte. Er saß in einem dunkeln Oberrocke an seinem Schreibtische, ein kleiner, feiner Mann, mit blassem Gesicht und magerem Körper. Die Perücke hing seitwärts an der Wand, und ein Käppchen von violettnem Sammt bedeckte das ehrwürdige Haupt. Hinter ihm war ein hohes Fenster in der Mauer, durch welches der kräftige Morgenstral fiel, und die Mienen hell erleuchtete, so daß die Sonne in der Farbe des Barettes spielte, und roth in den durchsichtigen langen Fingern schien, wenn er sie im Sprechen aufhob. Ich kam mit meiner Entschuldigung, er möge verzeihen, daß ein junger Husar, dem seine Gedichte wohlgefielen, ihm beschwerlich sei. Mein Sohn, sagte der edle Gelehrte, weshalb gefallen dir denn meine Gedichte? – Ich war um die Antwort verlegen. – Liesest du gern? – Zuweilen. – Zu welchem Endzweck? – Um mich aufzuheitern, mich auch wohl zu unterrichten. – Du scheinst mir ein Jüngling von Anlagen, fuhr er fort, du bist vielleicht tapfer, ein tüchtiger Soldat; hast du es denn in deinem Stande auch wohl gelernt, ein Mensch zu sein? – Ich verstummte, dem Redner gegenüber. – Dazu, so sprach er weiter, und wie eine Glorie spielte der Schein der Morgensonne um sein Antlitz, dazu solltest du meine und andere gute Bücher in die Hand nehmen, um nicht wild, grausam, unmenschlich zu werden, nicht Lust am Entsetzlichen zu empfinden, wozu dein Stand schwache oder rohe Naturen nur zu leicht verleitet. Aber auch fast Niemand hat so oft als der Soldat Gelegenheit, der leidenden Menschheit als ein Engel des Herrn zu erscheinen, indem er die Unschuld und das hülflose Alter beschützt, seine Hände vom Raube rein erhält, den schon Gedrückten, Geplünderten schont und sich seiner Armuth erbarmt. Wo die wilden Genossen Brand, Mord und Wollust hintragen, da soll der christliche Krieger, im Bewußtsein, daß er für Vaterland, gerechte Sache und einen großen König ficht, auch im Getümmel, auch unter wilden Raubgesellen Gott und die Tugend vor Augen haben, damit er das Vorrecht seines Standes, welches der edelste sein sollte, nicht mißbraucht, um ihn unter den Räuber und Mörder herabzuwürdigen. Die Thränen des Dankes, die ein geretteter Greis, eine sittsame Jungfrau dir weint, diese, mein junger, lieber Sohn, werden dir noch im Alter wohl thun, die machen dein Todesbett sanft, die vergüten wohl manche Vergehung. – So wie der Alte so auf mich einredet, stürzten mir die hellen Thränen in großen Tropfen aus den Augen, denn nun empfand ich erst, wie viel Böses, Unerlaubtes, und Tadelnswürdiges ich schon als Soldat ausgeübt hatte. Ich schluchzte und konnte nicht zu mir kommen. Da stand der Edle auf, legte mir seine schöne Hand auf meine Schulter, und wollte mich trösten; ich aber faßte diese Hand, und drückte den herzlichsten Kuß darauf, indem ich die Sprache wieder fand und sagte: großer Mann, diese Viertelstunde ist mir unbezahlbar, denn Sie haben einen andern Menschen aus mir gemacht. – Von Stund' an schlug' ich auch in mich, ließ das wilde Leben fahren, und seitdem konnte ich auch erst mit Vernunft tapfer sein, da mein Umtreiben im Felde nicht mehr ein toller Rausch und Taumel war, wie er die meisten meiner Kameraden begeisterte. Vater Zieten zeichnete mich auch bald aus, ich war mit mir selbst zufrieden, und nun wurde ich es erst inne, daß dieses Gefühl die Krone des Lebens sei. Dies Alles, meine ganze Moralität, habe ich diesem Besuche bei unserm unsterblichen Gellert zu danken.

Der umschwärmende Binder trat jetzt zur Gesellschaft. Ich habe, Alter, deinen Schaafstall besucht, rief er im Hereintreten; aber da finde ich ja noch alle die alten Vorurtheile, Einrichtungen, die wir schon seit lange mit Recht abgeschafft haben.

Ich kenne dich gar nicht wieder, antwortete der Baron: du, der gesetzte Mann, bist ja ganz zum Haselanten geworden; da sieht man, wie wenig gleichgültig es ist, ob man diesen oder jenen Rock, ob man das Haar so oder so trägt.

Nun, sagte jener sehr lebhaft, was Schaafzucht betrifft, da werde ich doch wohl nicht bei dir in die Lehre gehen sollen. Den Zopfwuchs Römers magst du beurtheilen können, aber die Wolle wächst nicht solchen patriotischen Reminiscenzen zu gefallen.

Deine Schaafe, erwiederte der Baron, sind die besten in der Provinz, das kann dir kein Mensch streitig machen, aber du selbst bist auf dem Wege, zu Grunde zu gehen.

Raucht ihr denn nicht, Menschenkinder? rief Binder, dem sein Bedienter jetzt eine lange Pfeife herein trug: Römer, seid Ihr denn aus der Art geschlagen? Herr Obrist? Denn der Alte, das weiß ich, darf es seiner Frau wegen nur selten versuchen.

Römer hatte nur auf eine Einladung gewartet. Er theilte aus seinem Vorrathe allen die Pfeifen aus, indem er sich die längste vorbehielt, auch der Baron rauchte, nur Franz, der den Taback haßte, hatte sich entfernt. Gotthold versuchte sein geringes Talent, und Cajus, der seine eigene Schwäche kannte, hatte nur die Miene eines Rauchenden.

Wunders genug, fing Binder wieder an, daß du heut in deinem Zopfkollegium, alter Professor und Baron, nicht jener Tabagie, jenes Rauchkollegii ebenfalls rühmlich erwähnt hast, welches der erste Friedrich Wilhelm auch gestiftet, und durch seine Autorität das Tabackrauchen veredelt hat. Denn man denke, wie man wolle, man lebe, wie es sich schickt, man hege Meinungen, noch so bizarr, oder freventlich, so bleibt das Ende doch ausgemacht: das Rauchen macht erst den Mann, den Deutschen und vollends den Preußen. Sieh, Alter, wenn du nur mehr rauchen dürftest, so würdest du auch reifer und tiefsinniger denken. So wie der Mensch, scheinbar unbeschäftigt, den Rauch vor sich hinbläst, der sich kräuselt, aufsteigt, windet und verschwindet, so folgen ganz von selbst die feinsten Gedanken aus dem Kopfe nach, und repräsentiren sich auf diesen Wolken, als den ätherischen Grund des sublimen Gemäldes. Und immer ergänzt sich die verschwindende Hinterwand, und eben so die neuen Einsichten. Wer nicht denken kann, rauche nur, und er findet seine eigene Seele, Ruach, nennt sie der Ebräer: Rauch.

Ei! wie gelehrt! sagte der Baron ironisch.

Das hab' ich eben von deinem Prediger, einem trefflichen Manne, gelernt, antwortete Binder, der nur den Fehler hat, daß er sich gern reden hört. Aber, Alter, sieh, wie du und Römer jetzt ehrwürdig da sitzen und stehen. So ist der Mensch erst Mensch und erfüllt vollkommen seine Bestimmung. Vorn die lange Pfeife, erhaben, groß gestaltet, sein wahres Denkorgan, das Kennzeichen seines Tiefsinns, Rauch ausströmend. Und am besten jene baumstarken Röhre, die zugleich zu Stützen und Knütteln dienen können. Hinten herabhangend der mächtige patriotische deutsch-preußische Zopf, der nieder geht, so wie der Kopf sich stolz zurück wirft, der sich erhebt, so wie der Denker demüthig den Sand beschaut. In der Mitte zwischen Zopf und Pfeife der Mensch nun selbst: vollständig aufgetakelt als veritabler Dreimaster, tiefsegelnd, ausgerüstet, so daß jeder seine Flagge, den dreieckigen Hut, die Cokarde auf dem Zopf oben, respektiren muß. Das müßte und sollte das Costüm sein, um wichtige Handlungen des Lebens zu verrichten, so sollte der Mann an den Traualtar und als Pathe an den Taufstein treten, so zu Hofe gehen, so in der Fremde sich den vornehmen Gesellschaften vorstellen lassen. Aber wir bleiben einseitig, hierin, wie in allen Dingen, und meinen, der Zopf soll es allein ausmachen: wenn aber das Gegengewicht der Pfeife mangelt, so fehlt Harmonie und Ebenmaaß, das Haar wird übermüthig, der Kopf sinkt zu stark hinten über, wie wir es heut an unserm Wirthe haben erleben müssen, und die ehrwürdigste Sache schlägt zum Spaß und Spott aus.

Es giebt mehr Leute, bemerkte der Baron, die sich gern sprechen hören.

Wahrscheinlich wäre die Unterredung lebhafter, wohl gar ein Streit geworden, wenn der Diener nicht jetzt gemeldet hätte, daß das Abendessen aufgetragen sei. Alle begaben sich nach dem Schlosse.

Alle Männer hatten sich aufgemacht, um jenes Gut des Obristen, welches der Baron kaufen wollte, in Augenschein zu nehmen. Binder aber, der im vorigen Jahre so große Lust bezeigt hatte, dort zu wohnen, um in der Nachbarschaft den Umgang seines künftigen Schwiegervaters recht genießen zu können, fand jetzt alles zu tadeln, und beklagte vorzüglich, daß die Triften für die Schaafzucht unbequem seien. Franz im Gegentheil war von der Lage, dem Garten, und der Umgebung entzückt, und verwunderte sich über den mäßigen Preis, um welchen es der Besitzer losschlagen wollte.

Als die Gesellschaft zurück ritt, sagte der Baron zum Obristen: er ist ausgetauscht, der Binder, ich kenne ihn gar nicht wieder, da ist weder männliches gesetztes Wesen, noch Beständigkeit, noch Werthalten, noch Patriotismus. Ueber seine Schaafzucht hat er den Verstand, und mit dem Zopfe seinen Charakter verloren. Franz mischte sich auf bescheidene Art in das Gespräch und äußerte, daß er vielleicht das Gut kaufen würde, im Fall man mit dem Herrn von Binder nicht einig werden könnte. Wenn Binder, sagte der Baron, bestimmt zurück tritt, und mit meiner Tochter nicht dort wohnen will, so wie wir es ausgemacht hatten, so kann ich mich auf meinen alten Tagen nicht mit einem neuen Gute belästigen. Es sollte zum Theil die Aussteuer meiner Tochter werden, wenn er die Hälfte des Preises über sich nahm; aber die bösen Geister haben ihn so verwandelt, daß sich mit ihm keine vernünftigen Plane verabreden lassen.

Man merkte, daß durch die Aeußerung der junge Mann beim alten Baron gewonnen hatte. Wie ist denn, fragte dieser seine Tochter, als sie nach Hause gekommen waren, der wunderliche Binder gegen dich?

Wie immer, antwortete Adelheid, ich finde ihn in Nichts verändert, außer daß seine Aufmerksamkeit größer wird und seine Freundlichkeit zugenommen hat.

Gegen mich, erwiederte der Vater, beträgt er sich wie ein Narr, es ist, als wenn er Händel mit mir suchte, um die Verbindung nur rückgängig zu machen.

Die Tochter suchte den Vater zu beruhigen, und da aus dem Gange des Gartens Binder heraus trat, so ging der Vater zurück, weil er wünschte, daß Adelheid sich mit ihrem zukünftigen Gatten verständigen möchte. Sie übernahm gehorsam den Auftrag, und als Binder ihr näherte, sagte sie: wie kommt es nur, lieber Baron, daß mein guter Vater diesmal so viel Ursach findet, sich über Sie zu beklagen? Ueber einen seiner ältesten Freunde? Seit Sie sich kennen, war, so viel ich weiß, kein Mißverständniß zwischen Ihnen. Warum finden Sie ein Vergnügen daran, ihn zu reizen, da Sie seine Empfindlichkeit kennen?

Binder stand still, und sah sie mit einem scharfen Blicke an. Nach einer Pause sagte er: es ist heut schönes Wetter, und wird auch noch einige Tage so bleiben.

Sie gingen weiter, und Adelheid kam auf ihre Frage zurück. Da Binder sie nicht umgehn konnte, sagte er verdrießlich: Sie wissen es ja doch seit lange, wie mich jede Frage ärgert, und nun gar so viele Fragen auf einmal! Wenn Sie irgend auf eine nur leidlich glückliche Ehe rechnen wollen, so müssen Sie mich niemals um etwas fragen. Antworte ich von selbst, geh' ich freiwillig die und jene Erörterung ein, so ist es gut; aber durch angesetzte Frageschrauben irgend ein Geständniß aus mir foltern zu wollen, dadurch macht sich der liebenswürdigste Mensch bei mir verhaßt. Diesmal will ich Ihnen noch antworten. Ihr Vater sucht Händel an mir, und alles des unglücklichen Zopfes wegen. Sie waren ja zugegen, wie er bei der Ankunft mich gleich anfuhr. Das kommt aber alles nur daher, wenn ein Mensch zu sehr verbauert, wenn er recht sein Verdienst darein setzt, mit dem Zeitalter nicht fortschreiten zu wollen. Sie, meine gute Adelheid, werden immer meinen Ideen folgen können, die sich täglich mehr läutern und in der Zukunft noch höher steigern werden.

Könnten Sie meinen zu eifrigen Vater nur bereden, sagte Adelheid bescheiden, sich in der Tracht etwas der Zeit zu fügen, Ihnen darin nur etwas nachzuahmen, so würde auch sein Gemüth vielleicht geschmeidiger werden.

Richtig, sagte Binder. Der Alte ist wahrlich ein verjüngter Simson, in dem verdammten Haarzopf liegt seine Stärke, Halsstarrigkeit und Bosheit. Kann er sich so weit überwinden, mit rundem Kopfe zu gehen, so wird auch die Eisrinde von seinem Herzen, der bleierne Mantel von seinem Geiste abfallen. Geben Sie sich zufrieden; aus Liebe zu Ihnen, und damit ich dem Alten wieder näher komme, kann ich mich zu Dingen entschließen, die wohl meiner Natur sonst fremd sind.

Es erhob sich ein Getümmel im Garten, welches alle Bewohner des Schlosses, die Fremden, wie die Dienstleute herbei zog, und jedes andere Gespräch jetzt unterbrach. Auch die gnädige Frau war, gegen ihre Gewohnheit, um die warme Luft zu genießen, herab gestiegen. Ein neugieriger Kreis bildete sich, und in diesem zankten und vertheidigten zwei Personen ihre eingebildeten Rechte an eine Dritte, welche ebenfalls zugegen war. Diese letzte war die Kammerjungfer des Hauses, Lisette Fanschel, die die gnädige Frau der Bequemlichkeit und des Wohllautes halber, kurzweg Fanchon genannt hatte. Sie war eben nicht schön, sondern braun und blatternarbig, aber dennoch wollten zwei Kämpfer sich dieser trojanischen Helena wegen jetzt Leib und Leben nehmen. Diese Streitenden waren der kahlköpfige Jäger des Barons, Walther, und der muthige Herr Zinsel, der Bediente, welcher mit dem Herrn von Binder gekommen war. Man mußte glauben, daß die bestrittene Schöne jedem ihrer Freiwerber ihr Wort gegeben hatte, weil sich beide auf die heiligsten Versprechungen, ja Eidschwüre beriefen. Fanchon stand eitel und verlegen zugleich da, und ihre Miene und der Ausdruck ihres Gesichtes war so wunderbar wechselnd, daß sie in schnellster Umstimmung des Herzens jedesmal dem Recht zu geben schien, welcher zuletzt gesprochen hatte. Der Zwist war so eifrig, und die beiden Parteien so erhitzt, daß sie sich durch die große Versammlung der Zuhörer nicht stören ließen; es schien vielmehr den Kämpfenden erwünscht, einen so ansehnlichen Senat um sich versammelt zu haben, der die gegenseitigen Rechte prüfen, und endlich den Sieger des Turnieres den Preis zutheilen könne.

Er ist nur ein Schneider gewesen! rief der Jäger jetzt eben mit hochrothem Gesicht und erbittert: ich bin ein freier, franker Mann, nicht in der Stube versessen und verkrüppelt, sondern tüchtig und gewandt, kräftig und gesund.

Wahr, rief Zinsel; aber ich bin schon einmal Meister gewesen, Bürger, und kann es jeden Augenblick wieder werden. Und was heißt gesund? Ist das gesund, wenn man schon vor den Vierzigern einen ganz kahlen Kopf hat? Seht da meinen Haarwuchs! Stark, lockig, voll: ich habe mir jetzt aus Liebe zu meinem Herrn den Zopf abgeschnitten, aber ich kann ihn alle Tage wieder wachsen lassen, und vielleicht bring' ich es denn noch einmal so weit, wie der Herr Amtmann Römer.

Der alte Baron trat jetzt etwas näher, um die Zopfanlage zu prüfen. Er schien dem Fremden in diesem Augenblick geneigt.

Zopf! Haarwuchs! rief der erboßte Jäger. Vom Nachtwachen im Freien, Tagelang auf dem Anstand liegen, Schnepfen in den Teichen schießen, im Nebel die Krammetsvögel suchen, Holzanweisen, mich umtreiben in allem Wetter, wenn der gute Schneider mit untergeschlagenen krummen Beinen in der Stube saß, davon hab' ich mein Haar, und mit Ehren verloren! Auch ohne Zopf kann der redliche Mensch in den Ehestand und Himmel gelangen, Aufs Herz kommt's meiner Seel mehr an, als auf den windschiefen Wegweiser, den der Schneider sich im Nacken binden könnte, um die Sperlinge wegzuscheuchen.

Der Baron warf hier seinem Getreuen einen sehr strafenden Blick zu, und Binder rief: recht so, Jäger! Ihr denkt aufgeklärt!

Weil er muß, schrie Zinsel, die Noth lehrt ihn beten. Er möchte ja nach Jerusalem wallfahrten, oder zu einem Wunderdoktor auf den bloßen Knien rutschen, wenn er davon auch nur ein Büschelchen Haare, wie einen Finger lang, aus dem kahlen Nacken zupfen könnte. Er schämt sich seines Jammers , und darum spricht er so frech und lästerlich.

Noch keine Patrone, rief der Jäger, gebe ich um einen Zopf, der von hier nach Berlin reichte! Was hätt' ich denn davon, alle Stuben und Wege damit zu fegen, daß dürre Blätter, Spinnen und Maikäfer darauf, wie auf einer Vogelstange, säßen? Das ist ja nur, wie der Herr von Eisenflamm letzt sagte, so ein nüchterner Pleonasius, der die besten Kräfte wegsaugt, und auch den Verstand dünne macht; denn irgendwo will das Gehirn doch heraus, wenn es nichts zu denken kriegt. Ein fetter Jagdhund ist ein Taugenichts. So auch ein dicker Haarzopf!

Jäger! schrie der Hausherr, der Teufel predigt ja sichtbarlich aus Euch!

Ein kluges Männchen, schmunzelte Binder: ich gönne ihm die Braut lieber, wie meinem Zinsel da.

Also, fing der Schneider wieder an, Er will einen Denker vorstellen? Ja, dann könnte der Tiefsinn doch lieber zu Hause bleiben, wenn er bei Ihm ein Unterkommen suchen sollte. Warum bepflastert er denn seinem Sultan den kahlen Rücken, wo dem Köter letzt die Haare ausgerissen sind, wenn das Haarausgehn Denken bedeutet? Da ist er wohl gar mit seinem Compagnon in ein philosophisches Collegium gerathen, wo ihr beide habt Wolle lassen müssen?

Nur nicht die Ehre angegriffen! rief der Jäger; mein Sultan hat im Herrndienst sein Fell verloren, als er sich mit drei großen Solofängern herumbiß, die von einem fremden Gebiet waren. Ich kam nur zu spät, ihm zu helfen. Nur wenige Menschen, geschweige Hunde, können sich eines solchen Patriotismus rühmen. Aber Sultan und ich, wir lassen Leib und Leben für unsern Herrn!

Hier wurde der Baron seinem Jäger wieder geneigter, und bekam ein kleines Mißtrauen gegen den Fremden. Dieser antwortete: Was geht mich sein Hund, oder seine Perücke am Ende an? Das ist aber weltkundig, daß Er schon bei hundert Mädchen seine Liebe hat anbringen wollen. Er ist ein Mensch wie Donschaan. Aber ich bin treu, keusch und tugendhaft.

Fanchon ist meine erste Liebe, und wird auch meine letzte bleiben. Drum ist mein Ruf auch ein solider im ganzen Lande. Wenn man die ächte Liebe sucht, fiel der Jäger ein, so macht man anfangs einige Proben, die auch manchmal mißrathen. Soll man denn nicht die Herzen prüfen? Und das eigene vor allen andern? Dem einsamen Stubensitzer wird eben nicht oft die Gelegenheit gekommen sein, seine verschimmelte Liebe auszubieten, darum hat Er sie so treu erhalten können. Wer gesucht wird, wer beliebt ist, der leidet auch Gefahr, aber doch ist mein Herz ganz und vollständig geblieben, und meine Gattin wird meiner Treue gewiß sein können.

Die Treue vor der Hochzeit, fing der Gegner wieder an, ist eben so lobenswerth, und darin muß sie mir den Vorzug geben.

Herr von Binder neigte sich jetzt wieder seinem Vasallen zu, dessen Tugend er loben mußte, und es schien wohl, daß dieser den Sieg davon tragen würde; auch Fanchon selbst war dieser Meinung, als eine neue und unvermuthete Erscheinung die ganze Scene verwandelte. Eine Frau, mit einem halb erwachsenen Knaben an der Hand, schritt durch den Garten, und gerade auf die Versammlung zu. So wie Zinsel sie gewahr wurde, ward er blaß und verlegen, und die Neuankommende erhob sogleich, als sie ihn gewahr wurde, großes Geschrei. Da ist ja der ungetreue Bösewicht! rief sie mir gellender Stimme; der Landstreicher, der Rabenvater! Als der Baron sich näher erkundigte, ergab es sich, daß diese Deklamierende eine verlassene Frau jenes Tugendhaften sei, die jetzt aus Oberschlesien, da sie zufällig von seinem Aufenhalte gehört, angekommen war, um ihre alten Eherechte auf ihn geltend zu machen, da er sie schon seit sechs Jahren böslich verlassen, und sich seitdem nicht im mindesten um sie gekümmert hatte. Fanchon war auf den Freund der Vielweiberei nicht weniger erzürnt, als die verlassene Gattin, und Zinsel, beschämt, überführt, voll Reue und Verdruß, warf sich dieser zu Füßen, bat um Vergebung, und versprach mit Thränen, in Zukunft einen bessern Lebenswandel zu führen. Binder begütigte die Tobende, und richtete es ein, daß sein Bedienter sogleich mit ihr auf sein Gut zurück reisen konnte, damit er hier nur den Spöttern und Beleidigten aus den Augen käme. Wie? sagte der Baron zu ihm: du verzeihst ihm ein solches Verbrechen?

Was will ich machen? antwortete Binder; er mag freilich nicht viel taugen, übrigens aber ist er ein guter Mensch und ein leidlicher Bedienter, diese sind aber jetzt so selten, daß man wohl tolerant werden muß.

Immer besser! rief der Hausherr aus: und was soll meine Tochter von einem solchen Skandal denken? Ueber den Punkt, mein Freund, sprechen wir noch, der ist noch nicht abgemacht.

Ja, sprechen und ewig sprechen! murmelte Binder halb laut; darin besitzt er seine Stärke. Aber das Anhören! das ist eine unangenehme Sache, wenn man dazu gezwungen ist.

Der Baron hatte etwas davon vernommen und war unentschlossen, ob er antworten sollte; doch unterdrückte er jetzt noch seinen Zorn und Witz. Keiner war zufriedener, als der Jäger Walther, dem jetzt Fanchon plötzlich eine ungefärbte Zärtlichkeit zeigte. Beide sprachen schon davon, sich vielleicht an eben dem Tage zu vermählen, an welchem ihr gnädiges Fräulein ihre Verbindung feiern würde.

Gotthold hatte sich an allen diesen Verhandlungen sehr erfreut, doch Franz wurde immer trübsinniger. Wie wenig, so gar nichts, sagte er seufzend, erfüllt sich von allen dem, was ich mir so süß geträumt hatte. Sie sieht mich mit Gleichgültigkeit an, sie ist vielleicht gar keiner Liebe fähig, wenigstens zieht sie den Abgeschmackten vor und scheint mit ihm ganz zufrieden. An allen Thorheiten nimmt sie Theil und hat so gar nicht jenes sinnige Gemüth, jene sanfte beschauliche Schwermuth, jenes Sehnen, in welches die Liebe so gern mit allen ihren Gefühlen liebkosend scherzt.

Das Lied, meinte Gotthold, ist ja noch nicht zu Ende, es fragt sich, ob aus ihrer Ehe mit dem Aufgeklärten etwas wird. Und wenn er nur erst abgedankt ist, so hast du ja das nächste Anrecht.

Und was hab' ich alsdann? fuhr Franz auf: wenn sie mich nachher auf Befehl des Vaters eben so nimmt, wie sie diesen, oder einen andern Landjunker genommen hätte. Mir ist noch niemals ein Mädchen vorgekommen, das so völlig gleichgültig gegen Statur und Gemüth ihres Bräutigams gewesen wäre.

Wenn du es nur über dich gewinnen könntest, sagte Gotthold, einen ungeheuren, dick eingepuderten Zopf einzubinden, und dich schriftlich anheischig zu machen, daß du ihn so lange als Surrogat mit frommem Sinne tragen wolltest, bis dein eigenes Haar nachgeschossen sei, dessen Verschneiden du dann auch feierlichst entsagtest, so hättest du den Alten gewiß gewonnen. Sonderbar, daß das, was vor zehn Jahren noch allgemeine Sitte war, jetzt an dir lächerlich herauskommen würde. In deiner Stelle setzte ich mich darüber hinaus und eröffnete so meinen Feldzug.

Der Justiziar war indessen angekommen, der, so wie er nur vom Wagen stieg, sogleich zum Prediger eilte. Mit diesem war der Müller Zipfmantel eben in Verhandlungen begriffen. Wenn ich Ihnen, sagte der berüchtigte Mann, meinen Jungen also von jetzt in die Kinderlehre schicke, so müssen Sie ihn nur, werthester Herr Prediger, nicht zu tugendhaft und so übertrieben christlich machen. Denn alles hat sein Maaß. Ich wollte nicht, daß der Junge vor lauter Frömmigkeit heucheln und lügen lernte, denn die Range ist klug, und hat gleich alle Schwächen der alten Leute mit wenigen Blicken weg. Ist nun neben dem Vernünftigen kein Fußsteig des Spaßes, neben der großen Tugendstraße nicht ein Sommerweg einer gewissen erlaubten Ausgelassenheit möglich, so glaubt so ein pfiffiger Junge entweder gar nichts, oder er verlegt sich von früher Jugend auf das Heucheln, um die Großen, die ihn ganz vom Albernen weg bekehren wollen, noch zu überbieten. So ist es gewiß dem alten Römer in seiner Jugend gegangen.

Der ist, sagte der Pfarrer, trotz seiner vielfältigen Irrthümer, doch kein Heuchler.

Ein Aufschneider wenigstens, sagte der Müller, in Rechtlichkeit, Tapferkeit und Religion. Da ich nie weiß, wie viel ich ihm glauben kann, so glaube ich ihm, der Abkürzung wegen, lieber gleich gar nichts. – Also, gnädig mit meinem Christoph, Herr Pfarrer, leben und leben lassen, daß er über die Religion nicht den Narrenwandel auf Erden vergißt.

Der Müller ging und die beiden Freunde begrüßten sich herzlich. Nun, wie steht's hier? fragte der Justiziar, nachdem sie sich einigemal umarmt hatten.

Wie immer, antwortete der Pfarrer, indem er die Achseln zuckte. Die gewöhnlichen Schauspieler kennen Sie ja, und zwei junge Leute, die hinzugekommen sind, gehören eben auch nicht zum Salz der Erden. Junge Edelleute, die sich mit der Kunst beschäftigen. Damit ist ja alles gesagt. Der eine hat zwei große mythologische, oder historische Bilder entworfen, die Sie oben auf dem Saale betrachten können; der alte Baron hat erst viel daraus gemacht. Wahre Philosophie, ächte Critik, theurer Freund, gründliche Einsichten, deren wir beide einmal so sehr bedürfen, finden Sie in diesen Cirkeln nicht.

Woher sollen sie's auch haben? sagte der kleine runde Justiziar. Das wird in Vorurtheilen erzeugt, geboren und auferzogen. Es bleibt aber immer eine merkwürdige Anstalt, um diesen Adel. Ein ganzes großes Institut, unzählige Menschen, die an einer fixen Idee leiden, und die doch eben nicht gefährlich werden, oder in das eigentliche Rasen verfallen, weil die Gesunden so halb und halb in ihre verkehrten Vorstellungen einzugehen scheinen, ja sich zuweilen dieser und jener in die nämliche Anstalt mit freiem Entschlusse aufnehmen läßt. Ja, Freund, für den Psychologen ist das eine Erscheinung, an der noch vieles zu lernen ist.

Denkender Mann! rief der Pfarrer aus, Sie sind in dieser Einöde noch mein Trost. Haben Sie mir denn auch einige lesbare Bücher mitgebracht? Man muß hier immerdar am Geiste rütteln und schütteln, daß er nur nicht eben so, wie bei den übrigen, einschläft.

Der Herr von Binder, warf der Justiziar ein, hat doch zuweilen lichte Augenblicke.

Sie werden immer seltner, antwortete der Geistliche. Seine Schaafe verderben ihn. Welche Ehe das mit der leichtsinnigen Adelheid geben wird, ist mir noch immer unbegreiflich.

Wie glücklich müssen wir uns preisen, sagte der Gerichtshalter, daß der Himmel uns in diesem Stande geboren werden ließ. Freies Denken, richtiges Gefühl, Herz und Geist sind doch nur in ihm möglich. Also, die Ehe wird doch geschlossen werden?

Ich zweifle nicht, antwortete der Priester. Alles wäre noch zu ertragen, wenn der Himmel nur endlich einmal den alten widerwärtigen Römer zu sich nehmen wollte. Welchen Abscheu ich durch diesen Mann vor allen Husaren bekommen habe, läßt sich gar nicht in Worten aussprechen.

Aber auch hierin, tröstete der Freund, müssen Sie Ihre Philosophie walten lassen. Ei was! ein solcher freidenkender Kopf muß sich niemals von den Verhältnissen beugen lassen.

So sich unterhaltend und gegenseitig erhebend, verbrachten sie den Abend.

Am folgenden Nachmittage hatten sich wieder die Meisten in Römers großem Zimmer zusammengefunden. Diesen Saal zur ebnen Erde benutzte überhaupt der Baron, um sich hier mit seinen Vertrauteren zu berathen, und Meinungen auszutauschen; weil ihm im Schlosse oft seine Tochter, noch mehr aber seine Gemahlin hinderlich fielen, welche beide nicht selten die freiere Unterredung hemmten, oder sie anders richteten, als er es wünschte. Der Obrist fühlte sich dem alten Römer, als einem Krieger und einem Manne von vieler Erfahrung zu geneigt, um nicht gern jede Gelegenheit aufzusuchen, seinen Umgang zu genießen. Binder hatte zum alten Husaren eine wahre Zärtlichkeit, und Gotthold ergötzte sich unbefangen an den seltsamen Gruppen.

Glauben Sie mir, Herr Obrist, sagte Römer eben, als Gotthold in die Gesellschaft trat, es sterben weit mehr Leute am gebrochenen Herzen, als es die Aerzte wissen, oder die Zeitungen melden. Daran erkranken und verscheiden vorzüglich die großen Geister. Der tapfere Mensch kann dieses und jenes, tausend Unfälle und Kränkungen, vorzüglich in der Jugend überstehen, und dann tritt im einsamen Alter oft ein Schmerz auf ihn zu, der mit seiner kalten Hand so tief in seine Seele hinein fährt, daß der heldenmüthige Mann dann in stiller Verzweiflung zu seinem Herzen, fast gleichgültig sagt: nun, so stehe doch endlich stille, du unruhiges, zappelndes Ding! Du kannst es nun wohl satt haben, so hin und her zu wackeln, und bald in Angst zu zittern, bald in Freude, wie der Hund mir dem Schwanze, zu wedeln: ist denn das ganze Leben, mit allen seinen Anstalten, so sehr der Rede werth? Thu' dein gieriges, nimmersattes Maul doch endlich zu, das immer dieses und dann jenes Gefühl noch aufschnappen, noch diese Erschütterung erleben, oder jene Hoffnung erfüllt sehen will: alles ist ja Trug und Täuschung und nicht des Pulsschlages werth.

Sie haben Recht, antwortete der Obrist, auch mögen es oft die größeren und besseren Menschen sein, die so resignirend endigen. Der Anblick ist aber weit erhabener, wenn ein wahrhaft großer Mann in Leiden und Widerwärtigkeit, zwischen tausend zerbrochenen Hoffnungen wandelnd, dem alle seine jugendlichen edlen zerschmetterten Wünsche vor den Füßen liegen, von Hohn, Elend und Vernichtung bedräut, dennoch sein zorniges Schicksal und sein zagendes menschliches Herz besiegt, Muth, Kraft und Mittel, so zu sagen, aus dem leeren Raume greift und als Unsterblicher, mit dem ewigen Lorbeer gekrönt, aus den sterblichen Verhängnissen hervor schreitet. Und ein solcher hoher Genius, der jedem Unglücklichen als Muster vorleuchten sollte, war unser großer Friedrich. Wer ist in jenem ewig denkwürdigen Kriege mehr getäuscht, als er, wer mußte wohl so oft alle Hoffnung aufgeben, gegen wen zeigte sich das Glück hundertmal ungetreuer, wer stand der wahrscheinlichen Vernichtung so nahe? Und dennoch, am Erfolg verzweifelnd, das Leben gering achtend, sich selbst schon dem Tode weihend, griff er immer wieder, beseelt von seinem hohen Beruf, begeistert vom Gefühl der Ehre und des Nachruhms, dreist und festen Herzens in die dunkle Urne, die das Schicksal ihm darbot, und entwickelte sein gezogenes Loos mit starker Hand. Mag die Zeit vieles von ihm vergessen, was der Unsterbliche niederschrieb, mag seine Feder manches haben erringen wollen, was ihr versagt war, aber die Briefe, die er in jenen höchsten Drangsalen schrieb, in denen er noch in der Klage scherzen, im vollen Bewußtsein seiner Lage, selbst im Wegwerfen des Lebens noch so klar denken konnte, diese sollten von jedem Preußen, ja von jedem Deutschen für Heiligthümer geachtet werden.

Der Baron, welcher begeistert wurde, so oft auf seinen Helden die Rede kam, stimmte in vollen Tönen ein, und Römer wurde so bewegt, daß ihm die Thränen in die Augen stiegen.

Nur Schade, sagte er endlich, daß der große Mann am Ende diese Gleichgültigkeit, ja eine Art Verachtung gegen die Menschen bekam.

Konnte es wohl anders sein? fuhr der Obrist fort: wie hat er denn diese Menschen kennen lernen? Welche Erfahrungen hatte er an den Ausgezeichnetsten seines Jahrhunderts gemacht? Wird es jedem Manne schwer, der die Welt in vielen Verhältnissen sieht und erforscht, jene Menschenliebe, die uns so nothwendig ist, in seinem Herzen lebend zu erhalten, wie viel mehr einem Könige! Es ist rührend, der herrlichen Erscheinung nachzufolgen, wie rüstig und heldenleichtsinnig der erhabene Jüngling in seinem ersten Kriege auftritt, wie sicher der Mann im zweiten, wie groß der Herrscher im dritten und furchtbarsten. Jetzt aber verwandelte sich ihm der heitere Anblick des Lebens, um die finstere Schatten- und Todesseite zu entfalten. Als ein frühgealterter Greis, mit zerbrochenem Körper, krank, lebensüberdrüssig, mit Ekel an Thaten und Nachruhm, kam der Sieger, den ganz Europa bewunderte, in seine stille Heimath, um als Gesetzgeber die Wunden seines Staates zu heilen, um in unermüdeter Thätigkeit, in ungehemmter, beschwerlicher Arbeit sein Leben noch zu nützen, wenn auch nicht zu genießen. Er hatte zu viel erfahren und gethan, um sich noch an den gewöhnlichen, sogenannten Freunden erlaben zu können. Jeder große Mann steht einsam in seiner Zeit da, meist in der Bewunderung selbst unverstanden; wer das Rechte will, findet selten, fast nie Gehülfen. Sagt doch unser Dichter schon in seinen rüstigen Jahren, indem er seine Werke der Wahrheit widmet:

Ach! da ich irrte, hatt' ich viel Gespielen,
Seit ich dich kenne, bin ich fast allein.

Wie einsam muß sich ein solcher erst im hohen Alter fühlen. Und unser königlicher Held – alle diejenigen, mit denen er in seiner Jugend gescherzt und gelacht hatte, waren ihm

abgestorben: wie wohl hätte es ihm in manchen Stunden gethan, von diesen sein Lob zu hören, wie täuschte er sich wohl
in Momenten (wie das jedem Menschen begegnet), als hätte er
mit für ihre Bewunderung gearbeitet, daß sie das Gemälde seines vollendeten Alters an jene muntere Skitze seiner Jugend
halten und beide vergleichen sollten. Ach! man kann es ihm
nicht zu sehr verdenken, wenn ihn in seiner Verlassenheit zuweilen nach dem Lobe und der Schmeichelei eines der Franzosen lüstete, die für ihn nun einmal die Stimme der Nachwelt redeten; oder seinem Voltaire, der ihn gemißhandelt
hatte, selbst schmeichelte, um Satiren des kleinlichen Undankbaren zu unterdrücken, der wohl am wenigsten die
Größe unseres Monarchen würdigen konnte, des Mannes, der
immer, so gern er auch französisch sprach und schrieb, ein
ächter Deutscher geblieben ist. Das zeigt sein Charakter, seine
Staatskunst, seine große Gesinnung. Hob er doch nur dadurch sein Vaterland zu der Größe empor, die keiner seiner
kühnen Vorfahren hatte ahnden können. Mächtig, gegründet
war dieser Staat nun für alle Zeiten, ein Schutz der Schwäche-
ren und Bedrängten, ein Schrecken der um sich greifenden
Anmaßung. Die Gerechtigkeit ward ein Muster für andere
Länder, die Taktik der Armee ein Sprüchwort, ihr Ehrgefühl
unerreichbar. Das Volk, solchen Herrscher an der Spitze,
fühlte sich, jene Engherzigkeit wich helleren Gedanken,
großen Gefühlen, eine edle Freiheit und Kühnheit charakteri-
sirte den Preußen, oft sogar seinem Könige gegenüber; und
auf Wissenschaft, Kunst, Gelehrsamkeit und Volkssinn aller
deutschen Provinzen hat Preußen seitdem mittelbar und unmittelbar gewirkt, und jene Betäubung, die noch seit dem
dreißigjährigen Kriege auf der Nation lastete, mußte entwei-
chen.

Ein Brief, sagte der Baron, giebt mir aber doch immer einen
Stich ins Herz. Daß er dem Voltaire, den er einmal so bewun-

derte, der ihm als der größte Geist erschien, vergab, daß er ihn, indem er ihn Cabalenmacher, ja Taugenichts nennt, wieder einladet, ist herrlich und eines großen Mannes würdig: daß er aber im hohen Alter bei Gelegenheit des Comödianten le Kain an eben diesen Voltaire schreibt, er wüßte dessen Trauerspiele so auswendig, daß er Suflör bei einem Theater werden könnte; diese so ganz fatale Stelle hatte ich immer auskratzen und vernichten mögen.

Sie hat mich auch immer beleidigt, antwortete der Obrist, und die Schmeichelei wäre schon eines Privatmannes unwürdig. Aber, lieber Baron, wenn Sie es so genau nehmen, so würden Sie wohl noch manche andere Aeußerung antreffen, wo Sie Ihr Radirmesser möchten in Thätigkeit setzen wollen. Wem, frage ich oft, sollen denn Kleinheiten und Schwächen vergeben werden, wenn nicht dem großen Manne? Gegen mittelmäßige Menschen sollten wir weit intoleranter sein, denn ihnen wird es, wenn sie nur wollen, viel leichter, ihr Leben geordnet und ohne allen Anstoß zu führen; als jenen mächtigen Geistern, deren überirdisches Talent ja eben das Leben zu einer verwickelten Aufgabe macht, wo Hemmungen, Störungen und auffallende Seltsamkeiten, auch Widersprüche nicht fehlen können. Und der große Monarch, der so aufrichtig mit sich umging, kannte auch seine Fehler und Gebrechen, auch tadelte er sich selbst darum. Heuchelei und Lüge jeder Art waren ihm völlig fremd. Er war die Wahrheit selbst und auch in dieser Hinsicht verehrungswürdig.

Freundschaft? sagte Binder; selten? fast unmöglich für Hochgestellte? sollte sie nicht jeder antreffen können, der sie redlich sucht?

Wohl nicht immer, antwortete der Obrist: die ächte fordert Gleichheit, und schon dadurch wird es einem Herrscher fast unmöglich, wahre Freunde zu finden. Ist der König, wie unser Friedrich, noch obenein ein großer Mann, so wird es noch schwieriger. Wo kann ihm einer, besonders ein Unterthan, ein Diener, als ein Gleicher in Gesinnung, Kraft, Freiheit, Seelengröße entgegen treten? Ein feines Gefühl, ein ächter Durst nach Liebe, begnügt sich aber nicht damit, den Freund sich gleich setzen zu können, er soll in diesei, in jenei Hinsicht, in der oder anderer Seelenfähigkeit höher stehen, man kann keinen Freund haben, den man nicht auch bewundert, – und wo sollte Friedrich diesen finden? Im Voltaire glaubte ihn der König getroffen zu haben, und wie bitter mußte er diesen jugendlichen Irrthum büßen. Ja, Diener, treue, ergebene hatte er viele, die im beglückendsten Gefühl ihm mit Blut und Leben anhangen und ihn dabei wie ein höheres Wesen bewundern und verehren konnten. Für einen Staatsdiener, für einen Offizier weiß ich kein Gefühl, kein Verhältniß zu nennen, das beseligender sein könnte. So mußte der König sich denn, so wenig er den Schein davon haben mochte, zu allen herablassen, und wie sehr er mit seinem d'Argens bloß spielte, wie wenig ihm ein d'Alembert oder andere genügten, beweiset am besten seine Correspondenz. Als sich gar die neuere Philosophie der Franzosen hervorthat, die auf Gleichmachen und jenen leeren Cosmopolitismus hinausging, der alle Staaten und menschlichen Verhältnisse auflößt, ja der in seiner Consequenz (dessen er sich selten bewußt wird), den Menschen unter das Thier hinabwirft, wandte er sich mit Verachtung von seinen französischen Skribenten ab.

So hätte er nun zu den deutschen umkehren sollen, bemerkte Binder.

So viel war ihm nicht vergönnt, antwortete der Obrist. Sollte er sich im Alter von allen seinen tief eingewohnten Begriffen und Ueberzeugungen los machen? Sollte er so spät noch ein ihm unbekanntes Reich erobern? Denn wenn wir nicht aus Vaterlandsliebe einseitig sein wollen, so müssen wir uns doch gestehen, daß in den früheren Jahren unseres Königes nur weniges da war, was ihn, oder jeden Freund der Poesie, der Geschichte oder Critik reizen konnte. Denn, selbst Ihr lieber Gellert, mit aller Hochachtung von ihm gesprochen, die er verdient, war doch wohl kein Dichter zu nennen, und wenn Haller diesen Namen mehr verdient, so waren diese und ähnliche Erscheinungen doch nicht glänzend, nicht herrschend genug, um eine eigene, kräftige Literatur zu begründen: mit dem einsamen, ungeselligen Talente Klopstock's hätte Friedrich gar nichts anfangen können, wie ich diesen denn auch mehr bewundere, als genieße, und vielleicht ist es mit den meisten Deutschen so beschaffen. Ueber die neuere wahre Literatur, die sich am Abend seiner Regierung erhob und ausbreitete, hat er ein merkwürdiges verachtendes Wort ausgesprochen. Dürfte man große Schicksale und nothwendige Verhältnisse anders wünschen, so lebte Ein Mann freilich damals in Deutschland, mit welchem ein Friedrich wohl hätte eine wahre, ächte Freundschaft schließen können, wenn ein freundlicher Gott ihm dergleichen zugesendet hätte.

Und wer war dieser nach Ihrer Meinung? fragte der Baron.

Wer anders, fuhr jener fort, als der einzige Lessing? Der Mann der Wahrheit, des großen Strebens, des vielseitigsten Forschens und Denkens. Steht dieser deutsche Mann in seinem Alter etwa weniger einsam, als der große König? Und welcher großen Menge von Freunden konnte er sich rühmen, die sich alle treuherzig dafür hielten? Liest man aber seine Correspondenz, so wird man von einer größeren Tragödie erschüttert, als er jemals eine dichten konnte.

Sie mögen in allen Dingen Recht haben, verehrter Obrist, sagte Römer, aber ein Unglück war es doch immer zu nennen, daß so ein herrlicher Mann wie der alte Fritz keine Religion hatte.

Gewiß ein Unglück, antwortete jener. Man hat ihn in neueren Zeiten auch wohl bitter darüber tadeln wollen, und wenn es merkwürdig ist, daß er in den Drangsalen des furchtbaren Krieges Fleury's große Kirchengeschichte im Lager lesen konnte, so hätten ihm doch seine wärmsten Anhänger wohl seinen Auszug aus derselben, noch mehr aber jene arme Vorrede zu diesem erlassen. Aber wir müssen auch niemals vergessen, daß wir nicht das Recht haben, von jedermann einen religiösen Sinn zu fordern. In manchen Menschen ist er schwächer, manche haben keine Gelegenheit ihn auszubilden. Die Eindrücke der Jugend verstimmten den König außerdem. Wenn er so oft Zufall und Ohngefähr die Regierer der Welt nennt, so müssen wir seine Inkonsequenz belächeln, daß er selbst so verständig und weise verfuhr. Ein solches leeres Wort durchdringt auch niemals den ganzen Menschen: was wäre sonst sein erhabenes Ehrgefühl gewesen, mit dem er so oft versicherte, lieber zu sterben, als einen elenden Frieden zu schließen? Wie viele haben nicht nachgesprochen, daß er es auch sei, der völlig das Reichsverband gelöst und die alte deutsche Verfassung gestürzt habe. Als wenn da noch etwas aufzulösen war, als wenn aus diesem morschen, längst verjährten Wesen noch je irgend etwas Heilsames hätte hervorsprießen können. Nein, er hat das wahre deutsche Reich, welches sich in jener Unform nicht mehr bewegen konnte, erneut und wieder auf besseren Säulen gegründet, daß das Land, wenn auch geteilt, mächtiger als je auftritt und handelt. Auch läßt sich eine Einheit in Zukunft wohl wieder denken und herstellen, wenn äußere Feinde uns bedrängen.

Sie sollen kommen! rief der begeisterte Römer, und griff nach seinem Säbel. Aber nicht wahr, verehrter Mann, die vielen Namen der preußischen Generale im siebenjährigen Kriege erfreuen das Herz, jedes Kind kannte sie dazumal. Denn bei der Revue neben unserem Zieten, Seidlitz, Möllendorf, Wunsch, und wie sie alle heißen, den alten Fritz mit den

großen blauen Augen und dem schiefen dreieckten Hute reiten zu sehen – nein, so was kommt nicht wieder.

Jedes kann in seiner Art zu loben sein, antwortete der
Obrist; auch in der Justiz, unter den Ministern, in der Verwaltung lassen sich eben so viele verehrte Namen nennen.
Was hat nach dem Erlöschen des alten askanischen Stammes,
und nach den darauf folgenden schlimmen Zeiten, unser
Brandenburg nicht überhaupt diesen Hohenzollern zu danken! Und dieser herrliche Stamm wird uns auch für die Zukunft treffliche Regenten erziehen. Welcher Preuße muß sich
nicht am Anblick seines jungen Königes und der schönen Königin erfreuen? Welche Hoffnungen regen sich nicht in jeder
Brust! Mögen uns auch Stürme bevorstehen, jetzt und in Zukunft werden edle, freisinnige Regenten das Land beherrschen, zur Sicherheit der Preußen und Schlesier, und zum
Schutz des tapferen Brandenburgers, wie dieser Volksstamm
schon früh genannt wurde, der sich immer eben so durch
Treue wie durch Kriegesmuth auszeichnete.

Nicht wahr? fing Römer wieder in seiner lebhaften Weise
an; mein alter Zieten war doch der vorzüglichste General der
Cavallerie?

Der Held, sagte der Obrist, verdient für seine Bravour und
sicheres Auge, wie für seine Redlichkeit das allergrößte Lob;
aber an eigentlich militärischem Genie war ihm Seidlitz über-
legen. Dieser große Krieger gewann vorzüglich durch ein
treffliches Manöver die blutige Schlacht bei Zorndorf.

Aber Hochkirch! rief der alte Husar, wo er so viel zur Ret-
tung des Königes und der ganzen Armee beitrug! O, meine
Herren, von den vielen herrlichen Zügen, die man von dem
großen Könige erzählt, ist mir doch der einer der liebsten und
rührendsten, wie er in einem seiner letzten Lebensjahre auf
dem Saale seines Schlosses, von den Prinzen des Hauses und
der ganzen Generalität umgeben, für seinen alten Freund und

Helden Zieten einen Sessel herbei bringen läßt, und er vor ihm steht und mit ihm spricht. Sehn Sie, dort ist die Sache von unserem Chodowiecki in Kupfer gebracht: nicht so glücklich und geistreich, wie der berühmte Künstler sonst in kleinen Sachen arbeitete, aber doch zum Andenken und zur Begeisterung des Patrioten hinreichend, denn der König und Zieten, so wie die vornehmsten Umstehenden sind sprechend ähnlich.

Ich kam erst, fuhr der Obrist fort, einige Jahre nach dem geschlossenen Frieden in die Armee, aber alle älteren Offiziere, die mit mir dienten, waren noch voll von Begeisterung; alle Schlachten und Gefechte, die jeder mitgemacht hatte, mußte ich zu meiner Freude und Belehrung, wie oft, anhören. Die tollkühnsten Unternehmungen, die seltsamsten Gefahren hatte jeder versucht und erlebt, und es wundert mich nur, daß man in unsern schreibseligen Zeiten nicht einige gute Bücher hat, um dem Soldaten, wenn er abgeschnitten und verirrt, vorzüglich aber dem Cavalleristen, wenn er versprengt ist, durch auffallende Beispiele zu zeigen, wie er sich dennoch retten kann, wenn ihn schon alle verloren geben.

Das würde nichts helfen, fiel der alte Husar ein; die Noth und die Begeisterung des Augenblickes können hier nur die rechten Lehrmeister sein, denn in jedem Scharmützel, in jeder Gegend sind die vorkommenden Fälle neu und unerhört. Der rechte Soldat findet das Rechte, dem andern ist weder mit Theorie noch Exempel beizukommen. So erinnere ich mich einer Begebenheit, an die ich nachher immer mit einigem Schrecken habe denken müssen, und die keinen belehren könnte, weil sie schwerlich zum zweitenmale möglich sein würde. Als wir nach Dresden detaschirt wurden, hatten die Reichstruppen die Anhöhen bei Plauen besetzt und verschanzt. Im Grunde selbst, bis Tharand, standen Soldaten. Wer die Gegend kennt, weiß, daß diese steilen Höhen, auch unverschanzt, von unten nicht zu bestürmen und zu nehmen sind. Vorn bei Plauen, eine Stunde von Dresden, sind die Berge am steilsten, lauter Granit, hier ist das Thal auch am engsten; und der kleine Fluß, die Weiseritz, treibt einige Mühlen. Wir kamen von der Gegend von Pirna und der böhmischen Gränze. Kleine Gefechte, hin und her, was nichts entschied. Aber in der Hitze war ich von meinem Bataillon abgeschnitten; ich ritt unter der Reichskavallerie und glaubte in meinem Trupp zu sein. Plötzlich besinne ich mich und sehe meine Kameraden schon weit zurück, nach Dresden zu. Ich haue, ich schieße, ich reite, was das Pferd laufen kann, die Feinde, drei, vier, fünf hinter mir drein. Zum Glück hatten sie sich schon alle verschossen, ohne mich oder mein Pferd zu treffen. So spreng' ich vorwärts, und – da steh' ich über dem Abgrunde, vorn, nicht weit vom sogenannten Hegereuter, zwischen diesem und der ersten Mühle. Da hieß es wohl: Vogel, friß oder stirb! Ein herrlicher, heroischer Leichtsinn stiegt mir plötzlich durch Kopf und Leib. Nein, nicht gefangen! denk' ich und setze mit meinem Klepper eine Reife hinunter, die die Regenwasser im Felsen gespült und gerissen haben. Wie ich hinunter gekommen bin, weiß ich noch nicht, hinter mir schreien die verfolgenden Feinde. Ich bin unten, durch den Fluß, der niemals tief ist, und nun das Thal durch, nach Botschappel zu. Hatt' ich das Thier nicht, ein Pferd wie ein Vogel, war ich nicht so jung und leicht, so war die Sache völlig unmöglich. Ich wußte, daß noch Feinde im Thal lagen: aber ich sprengte in Botschappel und Döhlen glücklich mitten durch alle hindurch, die mich vielleicht in der Eil nicht erkannten, bis ich oben auf der Landstraße wieder preußisches Militär fand. Mir dünkt, diese sonderbare Sache ist damals auch in Zeitungen, oder in einem Kriegesbuche erwähnt worden, wenigstens ergötzte es mich viele Jahre nachher, die Geschichte aufgezeichnet zu finden, doch habe ich jetzt vergessen, wo.

Das war ein Husarenstreich! sagte Binder; Alter, den macht Euch kein anderer Sterblicher nach. Das Pferd muß auf den Hinterbeinen hinabgerutscht sein, wie wohl Bergleute zu Zeiten einen schrägen Schacht abfahren.

Es kollerte, rutschte, stolperte, fiel, sagte Römer, beobachten konnte man nicht groß, denn die Sache geschah weit schneller, als ich sie vorher erzählen konnte.

Ich kenne den Plauenschen Grund, sagte Binder, und darum ist mir dies Ding noch viel unbegreiflicher. Eine Treppe, von zwölf Stufen etwa, bin ich einmal hinauf und herunter geritten, und glaubte damit schon was Rechts gethan zu haben; das ist ja aber nur ein klägliches Spiel gegen Eure Felsenabkutschirung.

Man wird mit dem Pferde eins, sagte Römer, Mensch und Thier lassen sich gar nicht mehr trennen.

Da sprecht Ihr ein gescheutes Wort, rief Binder, darin liegt das Geheimniß und auch der Schlüssel zu tausend Dingen, die man ohne ihn niemals begreifen würde. Es ist unglaublich, was die Thiere durch uns empfangen, indem wir sie zähmen und zu Hausthieren machen: alle die Anlagen, die die gütige Natur ihnen mitgetheilt hat, werden nur erst dadurch, daß ein Theil des Menschengeistes in sie übergeht, etwas Lebendiges und Geistiges. Die Zähmbarkeit ist ihr Genie, und durch Regel, Ordnung und Vernunft, die das wunderbare Wesen nun beherrscht und sich ihm mittheilt, erwachsen die Erscheinungen und Künste, die wir am Pferde und Hunde bewundern müssen. Dadurch, daß der Hund gezähmt werden kann und sich zum Menschen sehnt, diesen auch weit mehr liebt, als sein eigenes Geschlecht, ist er eben ein ganz anderer Kerl als der Fuchs oder Wolf, mit denen er doch in so naher Familienverbindung steht. Aber eben so wie die Thiere gewinnen, und etwas in ihrer Natur auch verlieren, so geht es ebenfalls dem Menschen, wenn er in diese Allianz tritt. Er entwickelt unbewußt thierische Anlagen, die vorher schlummerten. Der Jäger, der sich täglich und nächtlich mit seinem Hunde umtreibt, oder der Liebhaber, der mit seinem Pudel stündlich spielt, fängt allgemach an, die Dinge so zu sehen, wie das Thier. Er bekommt einen ähnlichen Neid, so wie eine Verwandtschaft in Blick, Geberde und Gang, er kann auch schon keinen Stock liegen sehn, ohne die Lust, apportiren zu lassen, und so wie ihm der Hund nur winkt, so thut er ihm auch den Gefallen, den Span aufzunehmen, und mit dem Liebling das langweilige Spiel zu treiben. Wie das Pferd den Reiter versteht, wie der Sinn und die Art des Rosses in den Mann übergeht, wie beide sich wechselsweis errathen, wie ihr Instinkt in der Gefahr ein und derselbe wird, darüber ließe sich vielerlei sagen, obgleich die Liebe des Gauls zum Menschen eine ganz andere, als die knechtische des Hundes ist. Ein Hund kann eigentlich nicht gekränkt werden, ein Pferd wohl, und je edler es ist, so leichter. Welcher Rinderhirt hält den Kopf nicht eben so, wie sein Vieh. Man erzeigt mir die Ehre, meine Schaafzucht für die beste in der Provinz zu halten, da kommen denn die Leute, und wollen sich bei mir Raths erholen. Was ein anderer mir so sagen kann über dergleichen, das ist niemals das beste. Andere lachen über meine Anstalten, verwundern sich aber doch, daß alles so gedeiht. Im Winter tragen einige meiner Schaafe Kappen, diese sind an den Köpfen empfindlich, etlichen habe ich Jacken angezogen, manchen eine Art von Schuh gemacht. Die Garde geht auch anders, als die Füseliere, Dragoner sind von den schweren Kürassieren unterschieden. Alles hat seine Vernunft und seinen guten Grund. Woher ich nun alles habe, was ich bei meiner Schäferei, und mit so gutem Erfolge, anwende? Denken? Beobachten? Erfahrungen anderer benutzen? O ja, das ist auch alles ganz gut und nicht zu verachten, – aber die Hauptsache ist doch, daß ich zu Zeiten in meinen Schaafstall gehe, nun drängt und wälzt sich

alles das Wollenvieh zu mir heran. Schäfer, sag' ich, laßt mich
ein Weilchen allein. Nun mach' ich die Augen zu, taste mit
beiden Händen um mich her, fasse bald den Kopf, bald den
Rücken dieses und jenes Hammels, versenke mich ganz in das
Gefühl und die Anschauung, werde mit einem Wort, ganz und
gar und völlig zum Schaaf. In diesem Schaafthum, in diesem
wachen Schlummerzustande kommen mir denn die allerbesten Erfindungen und Verbesserungen, und in diesen Stunden der Weihe empfange ich durch Instinkt oder Inspiration
alles, was ich abändern, was ich anwenden muß. Wem kann
ich aber diese Gabe wohl mittheilen, der nicht schon selbst
auf guten Wegen geht? Und nun, meine Herren, beobachten
Sie einmal meinen Gang, ich will ein paarmal auf und nieder
wandeln, – he, ist es nun nicht ganz der Gang eines Hammels?
Aufrichtig gesprochen, ja! Sehen Sie meine Physiognomie unbefangen an. Sie verändert sich von Jahr zu Jahr: immer mehr
wächst mir der Hammelausdruck in Stirn und Nase hinein.
Ich niese auch schon wie die Schaafe, und wenn ich einmal
viel spreche, wie jetzt eben, so giebt es wahrlich schon unter
meinen Redetönen so viele Blökelaute, die knarrenden lang-
gezogenen Määährensarten der Mutterschaafe, daß ich
mich vor Worten wie: Wehe! sähe, geschähe u. dgl. einigermaßen hüten muß.

Gotthold ergötzte sich heimlich an diesen Bekenntnissen,
der Obrist nahm eine Prise nach der andern, um nur das Lachen zu unterdrücken, Römer sah gen Himmel, und erinnerte
sich wohl einiger Lebensgefahren seiner Jugend, um eine ehrbare Miene zu behalten; aber der alte Baron brach, nach nicht
sonderlich langem Kampfe, mit einem ungemäßigten, lauten
und anhaltenden Lachen hervor. Nun wahrlich , sagte er endlich, sich noch immer die ermüdeten Seiten haltend, das ist ein
Selbstlob von ganz eigener, so wie völlig neuer Art! Das ist
eine Einbürgerung in einen Stand und die Urbarmachung

einer Geniegegend, von denen unsere Vorfahren nichts wußten. Du könntest eine ganz neue erklärende Ausgabe der ovi-
dischen Metamorphosen veranstalten, wenn ein einfaches
Entgegenkommen, nach deiner Meinung, das Wunder überflüssig macht.

Aber was ist denn da zu lachen? sagte Binder plötzlich mit
dem heftigsten Zorne. Lachen, wenn ein denkender Mann etwas Tiefes und Gründliches spricht? Bloß, weil es der alten
Basenweisheit vielleicht ein wenig sonderbar vorkommt?
Auch an dir bewährt sich meine Beobachtung. Du liegst hier
seit Jahren still und träge, und spielst unermüdet mit deinen
großen und kleinen Katzen. Wie nun ein alter Kater wohl
zwölf Stunden ruhig mit zugekniffenen Augen unter dem
Ofen liegt, indeß umher Spiel und Tanz, Zwist und Versöh-
nung, Musik und Gespräch, oder selbst wichtige Begebenheiten vorfallen, er aber nichts weiß und erfährt, und endlich
langsam, langsam hervorkriecht, die Vorderbeine weit aus-
streckt, sich dehnt, sie zurückzieht, und mit den vier Beinen
eng aneinander, den hohen Buckel hinaufrollt, wie es ihm
keine andere Creatur nachmachen kann, so daß er wie ein
griechisches Omega dasteht: so, gerade so bist du, der auch
zu allem Neuen, zu allen Fortschritten, zum Anwachs der
Vernunft und Kenntnisse, wie beim Abschnitte der Wissenschaften und Zöpfe mit deinem langgedehnten Oooo! ver-
wundernd dastehst, und die Augen dann erstaunend auf-
machst, daß es noch andere Wesen, als Kater in der Welt
geben soll.

Jetzt bei deinem O! sagte der Baron, fand ich deine vorige
Behauptung, die mir als unglaublich auffiel, bestätigt.

Er nahm seinen Hut und Stock, um noch nach dem Vor-
werke zu gehen; Franz und der Obrist begleiteten ihn. Gotthold machte mit Binder einen Spaziergang durch den Garten,
und Cajus und Römer blieben beisammen, die sich wunderten,

daß ein so seltsamer Zwiespalt die beiden alten Freunde immer mehr von einander zu entfernen drohe.

———

Der alte Baron lag noch im Bette, als der Jäger zur ungewöhnlichen Stunde zu ihm hereintrat. Was giebt's? fragte der Gebieter hastig. Ach! stotterte der Diener, nehmen Sie's nicht übel, gnädiger Herr, es ist halt so ein Unglück vorgefallen.

Ein Unglück?

Wie man's nimmt, fuhr jener fort, – so recht groß ist es vielleicht nicht, – denn man lebt auch ohne das – aber doch –

Nun, so sprich doch!

Sie wissen doch, gnädiger Herr, daß gestern im Dorfe beim Bauer Nehmig die große Hochzeit war. Herr Römer war natürlich auch dazu eingeladen, und er wollte erst nicht hingehen, weil er sagt, Krebs und Plebs kämen da zusammen –

Crethi und Plethi, dummer Teufel!

Kröten und Plöthen kämen da zusammen und er paßte nicht unter solche Leute. Weil sie ihn aber schon immer den hochmüthigen Langzopf nennen –

Was? rief der Baron. Das unterstehn sie sich?

Ja, gnädiger Herr, so ungezogen sind sie; so ging der Herr Römer auch noch auf den Abend ein bischen hin, wenn es ihm auch fatal war, denn der Herr Prediger und auch der Herr Justitiarius waren dort, und so ist es denn nun auch eingetroffen, was ihm geschwant hat, denn er liegt richtig noch zu Bette.

Wer?

Der Herr Römer.

Das wird eine jämmerliche Erzählung! Was thut es denn, wenn er noch zu Bette liegt? Er ist vielleicht spät zu Hause gekommen.

Er ist aber krank, sagte der Diener, denn sie haben ihm den Zopf abgeschnitten.

Der Baron fuhr mit gleichen Beinen aus dem Bette. Meinen Schlafrock! rief er mit zitternder Stimme: hilf mich schnell ankleiden! Wer sich das unterstanden hat, dem soll das Donnerwetter dreimal auf den Kopf schlagen! Wer ist der verruchte Bösewicht?

Er, der überkluge Müller, der Herr Zipfmantel. Er sagte, er wollte den jungen Brautleuten einen Hochzeitspaß machen.

Da sank die geballte Faust des Barons ohnmächtig an seinem Schenkel herab, denn es ahndete ihm schon, wie viel Verdruß er haben, wie viel Zank es ihn kosten würde, um dieses unerhörte Attentat, so wie dies es verdiente, bestrafen zu lassen. Der Müller? murmelte er: o Zeitgeist! o Aufklärung!

So wie er aber nur die Stiefeln anhatte, lief er gleich in größter Eil, im Schlafrock, zu seinem Liebling hinüber. Er fand ihn blaß, abgemattet und im Fieber, denn er hatte eine schlaflose Nacht gehabt. So ist es wahr? schrie er. Der Kranke richtete sich stumm im Bette empor, wendete den Kopf, so daß der Besuchende den Nacken sehen konnte, und sagte dann leise und kaum vernehmlich: nicht wahr, ganz so wie Ihr unglückseliger Jäger Walther? Er legte sich hierauf wieder nieder, und reichte dem Baron, der in stummer verbissener Wuth am Bette saß, den langen, mit neuem Bande bewickelten Zopf. Der Baron setzte die Spitze gegen die Erde, indem er ihn steilrecht oben in der Hand hielt, um sich noch einmal dieses Wundergewächses staunend zu erfreuen. Dann gab er ihn seufzend dem Kranken zurück, der ihn wieder mit Aufmerksamkeit auf die Bettdecke legte, strich sich mit nachdenklicher Miene sein Haar und den eigenen Zopf zurecht, welche der Jäger heut noch nicht in Ordnung hatte bringen können, und fragte nach einer langen und bedeutenden Pause: und wie ist es zugegangen?

Gnädiger Herr, sagte der Pazient, theuerster Freund und Gönner, es ist mein Tod, das fühl' ich, bedenken Sie nachher meine arme Frau, die sich in Zukunft vielleicht wieder verheirathen kann.

Sprechen Sie nicht so, Römer, sagte der Baron tief gerührt, Sie wissen, wie unentbehrlich Sie mir sind.

Nicht mehr, antwortete jener, wie Zieten seinem großen Könige.

Wir wollen uns nicht ohne Noth erschüttern, sagte der gnädige Herr, erzählen Sie mir die ganze Sache.

O mein theuerster Freund, fing der Kranke wieder schwer seufzend an, es leidet keinen Zweifel, daß es gute wie böse Genien giebt, und daß einer von den letzteren gestern, als Sie kaum mein Zimmer verlassen hatten, muß in mich gefahren sein; denn was hätte mich denn wohl sonst bewegen können, noch am späten Abend zu einer dummen Bauernhochzeit hinzulaufen, wo ich so wenig Unterhaltung wie Belehrung erwarten durfte? Auch mahnte mich ein besseres Gefühl, ich spürte ganz deutlich eine warnende Stimme. Aber dennoch, bekümmert, ja schwermüthig ging ich hin. Da brüsteten sich denn mit verschiedenen Redensarten unser Herr Pfarrer und der Justiziar, und im Winkel saß schelmisch lachend der verruchte Zipfmantel, der noch einmal das Unglück des ganzen Dorfes werden wird. Denken Sie, ich hatte die Eitelkeit begangen, was ich sonst nur an hohen Festen und Ihrem Geburtstage thue, den ganzen Zopf aufzuwickeln, wie Sie ihn noch da sehen, als wenn diese Menschen dort dergleichen Aufmerksamkeit verdienten oder zu würdigen wüßten. Ich setze mich dem Müller so fern, als möglich, und kehre ihm den Rücken zu. Das Gespräch ist denn nun auch so, wie es gewöhnlich zu sein pflegt. Lauter Verbesserung und Aufklärung, und der gemeine Mann schreiend und tobend. Auch über die Zöpfe wird medisirt, der meinige in einem zweideutigen Tone bewundert, und plötzlich kommt eine Hand von hinten und reicht mir etwas. Was ich empfange, ist mein Zopf, dicht am Nacken abgeschnitten, und als ich mich umwende, grinst mir das Gesicht des Müllers entgegen, dem der Arm zugehörte. Aber den Blick, verehrter Gönner, das boshafte Lächeln, die Satansmiene kann ich Ihnen unmöglich beschreiben, eben so wenig, was in diesen Augenblicken in meiner Seele vorging. Ich stand auf und wankte hinaus, alles war so still geworden, daß man die einsame Fliege summen hörte, es mochte ihnen wohl selber leid thun, daß sie den Verrath so weit getrieben hatten. Ich mußte mich gleich nieder legen, konnte aber die ganze Nacht kein Auge zuthun.

Die Strafe des Bösewichts, sagte der Baron, wenn das Sie etwas trösten kann, soll exemplarisch sein.

Lassen Sie einen alten Greis ruhig dahin fahren, erwiederte Römer; was kann mir dergleichen nutzen? Einen Schadenersatz giebt es für diese Unthat nicht, eine angemessene Strafe eben so wenig. Ich bin alt und lebenssatt, der abgestorbene Zopf wächst nicht wieder, und ohne ihn zu leben, fällt mir unmöglich.

Soll ich Ihnen vielleicht den Prediger schicken? fragte der Baron mit dem weichsten Tone.

Wozu das? antwortete der Kranke: mein Gemüth ist völlig in seiner Fassung, meine Vernunft sagt mir selbst alles das, was er mir, oder irgend ein anderer vorsprechen könnte. Sie wissen ja auch, daß ich mit den Meynungen dieses Separatisten mich nie habe vertragen können.

Doch kam, indem der Baron wehmüthig aus der Thüre ging, ihm der eifrige Seelsorger schon entgegen. Mit tief bekümmerter Miene setzte er sich zum Kranken und sagte nach einigen allgemeinen einleitenden Worten: wenn wir, theurer Mann, uns der Wahrheit und der himmlischen Güter wegen aller irdischen entäußern sollen, wenn uns geboten ist, alles gern und ohne Reue aufzuopfern, was unsere Sinne in Banden hält, wenn man vom ächten Christen erwartet, daß selbst

Kinder, Freunde, Geliebte ihm nicht höher stehen sollen, als jene himmlische Liebe, von der alle irdische nur ein schwaches Abbild ist: so ist es wohl ein viel leichteres Opfer, sich einer Zier zu entschlagen, der Vorurtheil und vorübergehende Sitte eine Art von Werth beilegen konnten, der nur äußerlich und in der Einbildung besteht, ohne irgend in der Wirklichkeit einen sichern Stützpunkt zu haben. Jahrtausende sind verflossen, ohne daß die Welt diesen phantastischen Schmuck wahrnahm, ohne daß ihn unsere Nachkommen kennen, werden wieder Jahrtausende dahin schwinden, und die Welt bestand ohne ihn, und wird sich auch in Zukunft ohne denselben zu behelfen wissen. Ja selbst in unserer Gegenwart: sind denn nicht viele Millionen in Asien, Afrika und Amerika, denen diese Einzwängung des Haupthaares unbekannt ist? Auch in unserm Europa sind ja Provinzen und Länder genug, welche sich nicht damit befassen. Thun sie also, als ein gesetzter, volljähriger Mann, als denkender Greis, als folgsamer Christ, diese unnütze Einbildung von sich, sagen Sie sich mit Ihrer Vernunft: ich habe keine Einbuße gelitten; und Sie werden unmittelbar gewahr werden, daß Sie weniger als Nichts verloren, daß Sie im Gegentheil gewonnen haben, indem Sie eines Vorurtheils und einer quälenden Eitelkeit los geworden sind.

Der Kranke hatte sich aufrecht gesetzt, um von dieser eindringlichen Rede nichts zu verlieren; als sie nun geendigt war, sammelte er sich ein wenig, und antwortete dann mit ziemlich fester Stimme: Herr Prediger, für Ihren Antheil an meinem Schicksale danke ich Ihnen, Ihre vernünftigen Trostgründe begreife ich, als Christ bin ich schon längst gefaßt, und daß alle Güter dieser Erde, alle Vorzüge, Schönheit, Kraft, Talent vergänglich sind, und deshalb keine ernsthafte Würdigung verdienen, hat mir schon immer meine Vernunft gesagt. Mit allem diesem kann ich Ihnen aber doch nicht unbedingt Recht geben, oder die Sache so, wie Sie, ansehen. Was hat denn auf Erden, was unter allen daseienden Dingen wohl irgend einen reellen, ewigen Werth? Aber – so las ich einmal in einem Comödiendichter, ich weiß nicht mehr in welchem – was ist denn ein Ding überhaupt werth, als wie hoch wir es schätzen? Das, das ist der Punkt, worauf alles ankommt. Resignirt kann ich sein, mich auch in den allerherbesten Verlust finden, aber darum hört meine Schätzung des verlorenen Gutes noch nicht auf, jener Werth geht nicht verloren, den ihm Liebe, Pflicht, Ehre, zärtliches Andenken, Treue gegen mich und gegen das Heilige beilegen, lauter unsichtbare und unsterbliche Kräfte, die sich auf diese edelste Art mit jenem verlorenen Gute innigst verflechten, und in ihrer Durchdringung es so selbst zu einem unsterblichen, idealischen machen. Ihnen, Herr Pastor, mag die Ursache meiner Kränkung sogar lächerlich vorkommen, der Sie unter Büchern aufgewachsen sind, vielleicht von Kindesbeinen an Widerwillen oder Furcht bei dem Anblicke eines Soldaten empfanden. Bei Ihren Studien schwebte Ihnen schon früh die Perücke, oder das rund geschnittene Haar vor, und da jeder Mensch, er mag sich geberden wie er will, in die Vorurtheile seines Standes hineinwächst, so erschien Ihrem Wesen, Degen und Zopf wohl sogar feindlicher Natur. Aber Herr, wäre es möglich, daß Sie an irgend ein Abzeichen den ganzen Inbegriff Ihrer Aufklärung, den ganzen Zeitgeist sammt aller Veredlung und Fortschreitung Ihrer Menschheit binden und so mit Zopfband umwickeln könnten, und ein kalter Bösewicht träte nun zu Ihnen und löste dieses Zeichen, das Sie durch Enthusiasmus, Nachtwachen, Aufopferungen aller Art, ja durch die ganze Inbrunst Ihrer Seele geheiliget hätten, ab, nähme Ihnen durch diese Ablösung alles Zutrauen, allen Glauben an sich selbst, den Inhalt der schönsten Lebensstunden und Ihrer ganzen Vergangenheit, so würden Sie, aller christlichen Beruhigung unerachtet, die Sie als Geistlicher gewiß in Ehren hielten, sich

dennoch verstümmelt, vernichtet und ermordet fühlen. Und
so, nicht anders, ist es mit mir. An diese Reliquie knüpf' ich
mein Jugendleben, meine Soldatenehre, alle die tausend Gefahren, denen ich, oft wie durch ein Wunder, entronnen bin,
mein Gefühl für Preußen, den großen König und meinen General. Die drei Händedrücke, die mir der alte Vater und Held
in drei merkwürdigen Nächten gab, und sagte: Römer, er ist
ein braver Kerl! den blauen, durchdringlichen Blick, mit dem
mich Friedrich faßte, und als ich erschrocken war, mich mit
seinem wohlwollenden, liebreichen Lächeln tröstete: sehen
Sie, Herr, alles das, was Sie niemals besaßen und niemals verlieren konnten, das ist mir in diesem einzigen boshaften
Schnitt abgestorben, und darum sparen Sie Ihre überflüssigen
Reden, denn daß ich mein Schicksal so ertrage, wie ich es
trage, daß ich nicht tobe, rase, mich und alle verwünsche,
darin zeige ich mich hinlänglich als Christ. Was kümmert es
mich, ob die abergläubische Vorwelt ohne Zopf war? Was
geht es mich an, wenn die Nachwelt sich wieder ohne ihn behelfen will? Was sollen mir die Türken, Mameluken, Mohren
und Heiden, die mir niemals zum Vorbilde dienen können?
Brechen Sie einem Feuerländischen oder Caraibischen Wilden
seinen Ring aus der Nase, in welchen er seinen Stolz setzt, und
er wird sich ungeberdig an Ihnen vergreifen. Schlagen Sie
einem Muselmanne, besonders in Gegenwart seines Herren
oder Sultans, nur seine Turbansmütze vom Kopfe, und Sie
werden sehen, was Sie angerichtet haben. Möglich, oder wahrscheinlich, daß beim jüngsten Gerichte von den preußischen
Zöpfen keine sonderliche Notiz wird genommen werden, hoffentlich ist mir dann auch ein neues Herz anerschaffen, das
sich leichter über diese Nichtbeachtung hinwegsetzen kann: –
aber, als dieser jetzige irdische Mensch, als derzeitiger Römer,
in diesem meinem Ich, muß ich und werde ich diesen Verlust,
der mir tief in die Seele geschnitten hat, bedauern und bekla-

gen, und daß ich es auf solche Weise thu, wie ich es thu, halte ich für meine Tugend, mein Verdienst und Christenthum. Vernehmen Sie dieses mein letztes Wort, als ein unabänderliches, und betrachten Sie alles, was ich jetzt gesagt habe, als meinen Schwanengesang, denn ich fühle es, daß ich abgerufen werde. Nach dieser feierlichen Erklärung wünschte der Pfarrer dem Kranken Genesung, und überließ ihm seinen unwandelbaren Grillen, die ihn von neuem, obgleich er sie schon kannte, in Erstaunen setzten.

———————

Jetzt war der Baron völlig angekleidet. Er hatte schon einigemal zum Justiziar geschickt, der aber die Sache, worüber unterhandelt werden sollte und welche er wohl errieth, nicht so eilig und wichtig finden mochte, denn er trat erst in dem Augenblicke in das Zimmer, als der Baron über diese Vernachlässigung schon ungeduldig werden wollte. Sie wissen alles? rief dieser ihm schnell entgegen.

Ja wohl, sagte der Gerichtshalter, und die Sache ist darum so böse, weil sich gar nichts darin thun läßt.

Wie meinen Sie das? fragte der Edelmann.

Wenn man auch, sagte der Justiziar, dem Herrn Römer die bestimmte Hoffnung und Aussicht geben könnte, daß sein Zopf wie das Haupthaar der Berenice unter die Sterne versetzt werden sollte, so würde ihm auch diese Genugthuung noch zu geringe erscheinen: der Herr Zipfmantel im Gegentheil giebt die Sache für einen gutmüthigen nichts bedeutenden Scherz aus, und da er nicht unmittelbar unter unserer Jurisdiktion steht, so wird er sich auch keinen Urtheilsspruch gefallen lassen, oder wenigstens an die Gerichte der Stadt appelliren, und ich sehe daher viele verdrießliche Weitläufigkeiten voraus, die in Nichts endigen werden.

Aber die Gesetze? Ist denn bei einem solchen Frevel nichts vorgeschrieben? Ist der Fall nicht sonst schon vorgekommen?

Wenn man nun auch, fuhr der Gerichtsmann redselig fort, nach dem sehr alten Spruch: Zahn um Zahn! hier Zopf um Zopf sagen wollte –

Nein! rief der Baron, das leidet hier gar keine Anwendung, denn: erstlich, ist der Zopf des Müllers gegen den meines Amtmanns wegen der Unbedeutenheit gar in keine Vergleichung zu stellen; und zweitens: hat der Schalk schon seit vorigem Jahre erklärt, er wolle sich ehestens diese lästige Nackenbeschwerde wegschneiden, um Zeit mit der täglich erneuten Zubereitung zu sparen. So erhielte der Bösewicht also Lohn anstatt Strafe. Was Großes, Unerhörtes, Beispielloses müßte geschehen, um diesen Frevel abbüßen zu lassen.

Aber was? sagte der Justiziar; das corpus delicti ist wie ein pretium affectionis zu betrachten, das einmal den wirklichen Werth eines Haarzopfes an sich trägt, der auf keinen Fall bedeutend ist, und dann den eingebildeten, den ein Liebhaber daran knüpft. Z.B. Sie stehen auf der Brücke neben einem Verliebten, der gestern für seine tombackne Tabatiere, die er von seinem Mädchen geschenkt bekommen, nicht, der Leidenschaft wegen, die er an die Dose bindet, tausend Thaler für sie nehmen wollte: nun fällt durch Ihre Schuld heut diese Dose ins Wasser und ist nicht wieder zu erhalten; Sie müssen dem jungen Manne, wenn er es fordert, ohne Zweifel den Werth ersetzen, aber er kann nur den wirklichen, nicht den eingebildeten verlangen, und Ihnen nicht anmuthen, ihm etwa funfzehn hundert Thaler auszuzahlen, weil ihm das Andenken in seiner grillenhaften Stimmung so viel Werth gehabt, ja er darf keinem verständigen Gerichte damit kommen, daß er gestern tausend Piecen hätte von einem andern Grillenfänger erhalten können, sondern er würde geradezu abgewiesen werden.

Wie ist es aber mit Gemälden, oder Kunstwerken? fragte der Baron.

Hier fließt, fuhr jener fort, Wirklichkeit und Einbildung in einander, und bei einer muthwilligen oder zufälligen Vernichtung würde ein mittlerer Durchschnittspreis, zwischen dem höchsten und niedrigsten, den unpartheiische und anerkannte Kenner gesetzt, angenommen werden müssen.

Wie aber, warf der Baron ein, ist es mit dem Diamanten? Tritt denn hier nicht etwas Aehnliches ein? Ich setze, ein Zopf von Einem Fuß sei mir und Jedermann fünf Thaler wert: gilt denn der von zweien nicht schon fünf und zwanzig? Und der von dreien, fünfmal fünf und zwanzig, und so weiter?

Halt, Herr Baron, rief der Gerichtshalter lachend, nach dieser Rechnung dürfte des Müllers und Ihr ganzes Vermögen nicht hinreichen, den Haarstrang zu bezahlen.

Aber, tausend Element! fuhr der erzürnte Edelmann auf, soll denn gar nichts geschehen? Römer hätte gewiß eher einen Arm oder ein Bein hergegeben, und Sie behandeln die Sache als Spaß!

Auf Herrn Römers Liebhaberei und Vorurtheil, fing jener wieder an, ist, wie ich schon gesagt, hiebei keine Rücksicht zu nehmen. Herr Zipfmantel erbietet sich zu öffentlicher Abbitte, zu einer Erklärung, daß er diesen Scherz nicht als Affront oder Beleidigung gemeint habe, und, da er ein verständiger Mann ist, und über die unerwartete Folge des unerlaubten Spaßes selber frappirt und bewegt wurde, so will er außerdem noch freiwillig dreißig Thaler als eine sich selbst zuerkennende Strafe niederlegen, die Herr Römer als Schmerzengeld an sich nehmen, oder das Gericht auf andere beliebige Weise, für die Armuth, oder das Schulgebäude, oder den auszubessernden Thurm verwenden möge. Wolle man aber dieses nicht annehmen, so wolle er weder Abbitte noch Zahlung leisten, sondern erwarte sein Urtheil vom Gange des Prozesses.

Und was rathen Sie?

Das Anerbieten ist so großmüthig, daß wir mit keinem Prozesse so viel ausrichten.

Ist denn aber, fiel der Baron wieder ein, mein Römer nicht jetzt ein verstümmelter Mensch?

Nur in seiner Phantasie, sagte jener. Ja, brauchte er diesen leidigen Zopf unentbehrlich zu seinen Amtsverrichtungen, oder hätte er ein Gewerbe damit, gleichsam quaestum corporis getrieben, daß er denselben seit Jahren für Geld gezeigt hätte, so wäre der Müller in dem schlimmen Fall, wahrscheinlich eine recht ansehnliche Summe bezahlen zu müssen.

Es ist entsetzlich! rief der Edelmann. Was wir, statt vorzuschreiten, zurückgekommen sind. Im Mittelalter mußte ein Mann eine schwere Strafe zahlen, wenn er einer Frau oder einem Mädchen, der er auf dem Felde begegnete, nur gegen ihren Willen den Schleier lüftete, oder gar das Gewand aufhob. Und jetzt – da sehen wir nun die Fortschritte des Jahrhunderts.

Erlauben Sie, antwortete der Justiziar ruhig, ohne sich irre machen zu lassen, ich wollte es dem Herrn Zipfmantel nicht rathen, etwa dem Herrn Pfarrer in der Amtsverrichtung oder auch sonst öffentlich auf unziemliche Weise durch Hinwegnahme irgend eines Kleidungsstückes zu entblößen, denn das würde ihm als großer Skandal, als Störung der Sittlichkeit angerechnet werden, und er in eine ausgezeichnete Strafe verfallen. Eben so ich, wenn ich etwa in der Stadt auf der Promenade der gnädigen Frau begegnete, und mich nicht entblödete – –

Sprechen Sie kein so dummes Zeug! rief der grüne Mann.

Ich habe, sagte der Gerichtshalter empfindlich, diese kitzliche Materie nicht zuerst berührt, ich mußte Ihnen antworten und wollte Ihnen nur zeigen, daß wir die Verletzung der Sittlichkeit und Schaam wenigstens noch eben so als jene Mittelalterlichen Personen ahnden.

Der Baron ging lange murrend auf und ab. Endlich fing er an: hören Sie einen Einfall. Wie, wenn wir nun einen Contrakt simulirten, den ich etwa mit meinem Amtmann eingegangen wäre, daß im Falle er den Zopf noch drei Jahre unbeschädigt am Haupte trüge, und das Haar in dieser Zeit auch nur um einen Zoll gewachsen wäre, ich ihm alsdann ein Capital von tausend oder mehr Thalern auszuzahlen verpflichtet sei.

Hierauf erwiedere ich, sagte der Richter, daß erstlich, ein solcher dolus einem so edlen Manne, wie dem Herrn Baron, ganz unähnlich sieht, und zweitens, daß ein solcher Contrakt müßte landkundig gewesen sein, daß ihn der zopfabschneidende Müller gekannt und gewußt haben müßte, er sichle mit den wenigen Haaren zugleich tausend und mehr Thaler vom Haupte des alten Grillenfängers herunter. Setzen wir den Fall, ein Grenznachbar liebte das Phantastische eben so sehr als Sie, Sie hefteten beide an einen schon bejahrten morschen Grenzbaum eine geheime Wette still unter sich, daß wenn der Baum noch fünf Jahre steht, Sie z. B. zehntausend Thaler gewinnen, und wenn der Wind ihn früher umwirft, eben so viel verlieren. In einer Herbstnacht geht ein Holzdieb mit dem Baume quaestionis davon. Der Frevler wird ergriffen. Er bekommt seine Strafe für den Holzdiebstahl, aber unmöglich kann ihm in diese das Capital noch mit eingerechnet werden, um welches Sie nun vielleicht mit dem Nachbar in Streit gerathen.

Sie haben für alles Beispiele, sagte der Baron sehr empfindlich, und brauchen die Worte Grillenfänger und Phantast, viel zu häufig. – Ich wollte, das Faustrecht herrschte noch, und ich könnte meinem guten Zipfmantel statt in die Haare, über die Ohren gerathen. Und wer weiß, was ich noch ohne Faustrecht mit Faustunrecht thu, denn der würdige Mann geht mir gar zu nahe. – Herr! wieder aus dem Mittelalter ein Beispiel! Als sie den berühmten Abälard auf die bekannte Weise gemißhandelt hatten, wurde seinen Mördern nicht nur mit demselben Raube, sondern noch obenein mit dem Verluste ihrer Augen vergolten. Genau genommen, da der Abälard ein Geistlicher war, konnten jene auch vorgeben –

Paßt durchaus nicht, rief der Richter, denn ein Geistlicher war verletzt und gewaltthätig beschimpft, und selbst als solcher, um seine Funktionen als Priester –

Sie sollen Recht behalten! rief der Baron unwillig, denn das wollen Sie doch nur. Ich kann nicht als Casuist die feinen Schlingen und Vogelnetze der Gesetze so auswerfen und handhaben als Sie. Dabei bleibt es: ein Mann, ein Freund ist mir zu Grunde gerichtet, und in einem wohleingerichteten Staate giebt es kein Mittel und Gesetz, das sich um dergleichen Frevel kümmerte.

Der Bediente rief sie zur Mittagstafel, und so wurde der Streit abgebrochen.

———

Gotthold traf Adelheid allein, welche in der Laube des Gartens saß und nachzusinnen schien. Ist es erlaubt, Sie zu stören? fing er an. Sie lud ihn durch einen Wink ein, sich neben sie zu setzen. Ihre Vermählung, frug er wieder, ist festgesetzt? So scheint es, antwortete sie ganz kalt. Beide sahen sich stumm an, und Gotthold konnte seinen Unwillen nicht länger zurückhalten. Sie können mir also nicht, Sie wollen es auch nicht einmal, das kleinste freundliche Wort für meinen armen, unglücklichen Freund sagen?

Warum nennen Sie ihn unglücklich?

Weil er untergeht, rief Gotthold, und hauptsächlich an Ihrer unfreundlichen Härte, an Ihrer kalten Gleichgültigkeit! Was soll ich denn thun? fiel sie lachend ein; ist es denn nicht an einem genug, der die Scheiben zerschlägt, Pallette, Pinsel und Malerkasten in die Orangenbäume wirft, so heftig mit den Füßen trommelt, daß alle Leute schwören, ein Gewitter komme herauf? Also, bei solchen Uebungen soll ich wohl ebenfalls akkompagnirend einfallen, damit der Lärm nur um so größer werde?

Ei bewahre! fiel Gotthold ein, wer wollte Ihnen die hübsche Gelassenheit und saumselige Ruhe wegwünschen, mit der Sie dem armen Sünder so lächelnd zusehen, wie er beim kleinen Feuer gebraten wird? Ich schwöre es Ihnen, übermenschlich gelassene Gnädige, wenn Sie ihn nur nehmen wollten, Sie würden Ihre Freude an ihm haben, wenn er erst Ehemann geworden ist. Er ist von Natur ruhig, und solche Temperamente, wenn die Furie ihnen einmal auf den Nacken springt, toben und wüthen ärger, als die cholerischen Menschen. Wenn aber durch die Heirath ihm dieser Taumel vergangen ist, so wird er so still, sanft, langweilig und verdrießlich werden, wie Ihnen das Ideal einer solchen ehelichen Schlafmütze nur immer in den Stunden der Begeisterung vorschweben mag. Sie lieben es, wie ich sehe, wenn der Bräutigam und Ehemann so etwas grob und brutal ist: ich gebe Ihnen mein Wort, ich will ihn darin unterrichten, und auch dem guten Herrn von Binder soll er die Künste ablernen, die dieser so meisterlich übt.

Schelten Sie nicht auf meinen Gemahl, rief sie aus, der weit über die Lästerungen so junger Leute erhaben ist.

Ich wollte, er hinge so hoch, daß man ihn gar nicht erreichen könnte, rief Gotthold, oder segelte noch heute Nacht mit dem alten Römer nach irgend einem ätherischen Husarenreiche. Ich muß doch fragen, wie es dem armen Schächer geht.

Sie verderben es, rief ihm Adelheid nach, mit uns allen, wenn Sie von den Lieblingen meines Vaters so zu sprechen wagen. Doch Gotthold war ihr schon entsprungen und hörte die letzten Worte nicht mehr. Mit Römer wurde es in der That immer schlimmer, und der herbeigerufene Arzt konnte in dem erschöpften Körper keine Kräfte mehr aufregen, um

das Fieber, welches immer verderblicher wurde, zu unterdrücken. In der folgenden Nacht war er mit dem Anbruche
des Morgen verschieden.

Nach zwei Tagen ward er beerdiget. Er war nach seinem
Wunsche in seiner Husaren-Uniform gekleidet, neben ihm lag
sein Säbel im Sarge, und so wurde er, nach der Sitte des Landes, vor der Hausthür ausgestellt, indem der Pfarrer ihm die
Rede hielt. Dieser erzählte in Kürze den ehrenvollen Lebenslauf des Kriegers, in welchen Schlachten er gewesen, wo er
verwundet worden, hauptsächlich bei Torgau von einer ge-
sprungenen Granate, so daß er jeden Wechsel der Witterung
im Kreuz und Rückengrat deutlich gefühlt habe. Diesen
rühmlichen Blessuren und dem hohen Alter sei auch die letzte
Krankheit vorzüglich zuzuschreiben, durch welche ihn der
Herr, ohne ihn durch langwierige Leiden zu prüfen, schnell
zu sich gerufen habe. Der nächsten Veranlassung zum Tode
des Alten wurde, wie billig, nicht erwähnt. Der Redner
rühmte dann die Rechtlichkeit des Verstorbenen, sein Mitleid gegen Arme und Bedürftige, seine unermüdete Thätigkeit,
wie den regen Eifer für seine Herrschaft, die er brüderlich
geliebt und als Unterthan verehrt habe. – Der alte Baron
weinte, eben so gerührt war der Obrist, und die umstehende
Gemeine, hauptsächlich die Armen des Ortes schluchzten
laut. – Wir schweigen, schloß der Pfarrer, von seinen Fehlern,
er hatte neben seinen Tugenden auch diese, denn er war ein
Mensch: er irrte oft, und wollte auch Büchern und Gelehrten
nicht nachgeben, selbst der Geistlichkeit gelang es nicht, ihn,
wenn er empfindlich war, eines bessern zu belehren. Doch er
lebte und starb als Christ, und in seinem Kriegerschmuck, mit
seinem Säbel, der im Kriege bei ihm aushielt, wird er jetzt
zur Ruhe eingesenkt, um jenseit den Lohn seiner Tugend zu
ernten.

Er ward zum Kirchhof getragen, von allen begleitet. Der

Baron zürnte aber dem Prediger wegen des Tadels, den er hatte einfließen lassen. Es schien ihm Unrecht, auf den Streit über den Anfang des neuen Jahrhunderts, so wie auf manche andere gelehrte Mißhelligkeiten anzuspielen. Binder, um paradox zu sein und keine unmännliche Rührung zu verrathen, ob er gleich erschüttert war, lachte einigemal laut, indem man den Sarg in die Grube senkte und ein Kirchenlied anhub. Der Baron sah ihn zornig an, doch jener kümmerte sich nicht um diese Blicke.

Den denkwürdigen Zopf hatte der Sterbende dem Baron vermacht, und dieser überlegte bei verschlossenen Thüren lange, ob er ihn der Gewehrkammer, oder seiner Bibliothek einverleiben solle. Beide Orte schienen ihm nicht ganz passend. Endlich that er ihn zu einer kleinen Naturaliensammlung, in welcher auch mexicanische Federdecken, Straußeneyer und ausgestopfte Indianische Raben bewahrt wurden.

Eine stille Schwermuth hatte sich der ganzen Gesellschaft bemächtigt. Dem Baron war zu plötzlich ein alter Freund gestorben, an den er sich seit vielen Jahren gewöhnt hatte, der sein unbedingtes Vertrauen besaß und der ihm alle seine Geschäfte abnahm. Mit seinen Gefühlen sowohl wie Einrichtungen befand er sich jetzt in der größten Verlegenheit. Binder war ebenfalls betrübt, und wußte den Ton nicht wieder zu finden; Franz war schon seit lange verstimmt, und Gotthold bemühte sich auch vergeblich, denn keiner seiner Scherze, die freilich etwas erzwungen waren, fand für jetzt ein bereitwilliges Ohr. Der Justiziar zeigte sich so wenig wie möglich, weil er sich am liebsten mit dem gleichgestimmten Pfarrer unterhielt, und so erschienen wirklich nur die gnädige Frau, auf welche der Todesfall keinen tiefen Eindruck gemacht hatte, und Adelheid als die heitersten.

Ueber diese Heiterkeit aber wollte Franz verzweifeln, denn sie stand dem Trübseligen als eine glückliche zufriedene Braut gegenüber. Ihn gereute es schon, daß er sich mit dem Obrist so tief, in Ansehung des Güterkaufes, eingelassen hatte. Was soll mir dieser Besitz, klagte er oft zu Gotthold, wenn ich sie aufgeben muß? Bin ich dann nicht um so peinlicher in die Nähe ihrer Eltern gebannt, wo ich sie oft als die Gattin des Verhaßten wieder finde? Adelheid betrachtete ihn oft aufmerksam, und schien darüber unzufrieden, daß er seinen Mißmuth so bemerkbar mache.

In dieser Stimmung waren alle im Saale versammelt, in welchem der Baron auf und nieder schritt, indem er immer wieder ein Papier aufmerksam durchlas, welches ihn sehr zu beschäftigen schien. Binder ging in entgegengesetzter Richtung auf und nieder, und sah den Alten, so oft sie sich begegneten, scharf und prüfend an, als wenn er ihm etwas Wichtiges mittheilen wollte, und noch den Augenblick nicht finden könnte. Endlich stand Binder in der Mitte des Saales still und erwartete den umkehrenden alten Freund, und als dieser ihm wieder gegenüber war, streckte Binder die Hand vor und rief gebieterisch: Halt! Der Baron betrachtete ihn von oben bis unten, stand majestätisch da und erwartete, was jener sagen würde. – Sollen wir, fing Binder an, den ganzen Tag so wie die Perpendikel hin und her laufen? Wie denkst du nun, als ein solider Mann, über das Absterben deines Freundes?

Was ich denke? fragte der Baron; nun, daß er leider todt ist.

Nicht das, sondern ich will wissen, welche Moral du dir aus dieser Begebenheit ziehst?

Moral? betonte der Hausherr sehr nachdrücklich; ich hoffe, ich habe mir daraus, so wie aus andern Dingen, keine zu nehmen.

Du solltest aber! sagte Binder im ernsthaftesten Tone; siehe deinen Römer an, den Mann von ächtem Schrot und Korn,

von Treu und Glauben, den Helden: was der siebenjährige
Krieg, Panduren und Uhlanen, das Corps des Nadasti und
Trenk nicht konnten, was die tausend Kanonenkugeln nicht
vermochten, das hat jetzt sein einfältiger Zopf zu Stande gebracht: der hat ihn in die Grube gestoßen. Und graut dir denn
nicht? Schleppt dir die lange unvernünftige Stange denn nicht
wie ein treuloses Crokodil im Rücken nach, um dir auch vielleicht morgen oder übermorgen den Garaus zu machen?
Kommt dir denn gar nicht der Einfall, daß in diese lang aus-
gezogenen Haarflausche ein böser Geist dem Menschen an-
wachsen könne, ein geistiger Weichselzopf? Ob nicht vielleicht, wie in einem Dunst- und Destillir-Kolben, die besten
und vernünftigsten Gedanken als Haare anschießen, und den
schon so lang ausgesponnenen Fäden den besten Nervensaft
zur Nahrung geben? Wie kommt es denn sonst wohl, Alter,
du sonst tugendhaft, sonst verständig, daß du in diesem Einen
Punkte wie vernagelt bist? Geh in dich, wende um, da es noch
Zeit ist. Sieh, wie die Alten ihr erstes Barthaar dem Apollo
opferten, so bringe du dein letztes Haupthaar der Vernunft
zur Gabe. Und wie kann ich mich wohl besser als deinen
Freund beweisen, als wenn ich suche, auch gegen deinen Willen, dein Edelstes, deine unsterbliche Seele zu retten? Halt
still, oder nicht, es muß jetzt das große Werk geschehen, und
du sollst der Menschheit zurückgegeben werden!

Bei diesen Worten hatte seine Linke schon den Zopf ge-
packt, und mit der Rechten zog er plötzlich und heimtückisch
eine große Scheere hervor. Und fast wäre ihm das treulose
Werk gelungen, wenn der alte Baron nicht mit großer Gegenwart des Geistes einen kühnen Seitensprung so künstlich gemacht hätte, daß er dem Gegner plötzlich, zwar fern, aber
doch Angesicht an Angesicht gegenüber stand. Nun ist es genug! rief er mit donnernder Stimme und seine Geberde war
erhaben. Das Maaß ist erfüllt! Ein Mann, der selbst in seinen

alten Tagen wie ein Franzos einhergeht, der die Bigamie entschuldigt, der beim Grabe seines Freundes lacht, der wie ein Schaaf meckert und darin seinen Stolz sucht, der mir, seinem vermeintlichen Schwiegervater, verächtlich begegnet, und endlich, zum Beschluß, als ein Wahnsinniger mich mörderisch anfällt, unter dem tollen Vorwande, mich zur Vernunft zurück zu bringen, – nein, ehe sollen Lämmer von Löwen gesäugt werden und Tigerthiere sich mit Schaafen gatten, ehe ein solcher mein Eidam wird! Und zugleich zerriß er mit heftiger Bewegung den Bogen, den er in Händen hielt.

Du willst nicht besessen sein? rief Binder lachend aus, die bösen Geister stecken ja in allen deinen Blicken und Mundwinkeln.

Sie verkennen mich und sich, sagte der Baron höflich und kalt. Werden Sie den Winter in Berlin zubringen? Oder reisen Sie wieder nach Sachsen, Ihre Zucht zu verbessern? Den Anbau des Hauses unterlassen Sie vielleicht? Wird Ihr Herr Bruder Sie besuchen? Meinen Sie nicht auch, daß wir einen fruchtbaren Herbst haben werden?

Potz Fragen und kein Ende! schrie Binder, auf das Aeußerste gereizt. Aber meine Adelheid, – ich weiß, die hat denn doch auch eine Stimme dabei.

Adelheid stand auf, verneigte sich sehr zierlich und höflich, indem sie freundlich sagte, meine nächste und heiligste Pflicht, Herr Baron, ist, meinem Vater gehorsam zu sein.

Diese Antwort, sagte der Baron, erwartete ich von meiner trefflichen, gut erzogenen Tochter.

Binder sah sich im ganzen Kreise um, er wollte die Mutter anreden, aber diese schlug sogleich furchtsam die Augen nieder. Also, sagte er mit gedehntem Tone, möchte ich hier so ziemlich überflüssig sein?

Keiner gab Antwort, er nahm Hut und Stock, verneigte sich stumm, und gleich darauf sah man ihn wegreiten. Wieder ein

Freund weniger, sagte der Baron seufzend, ein Mann, der allem Guten, das er sonst hegte, den Rücken wendet. Sie haben Recht, theurer Obrist, mit dem zunehmenden Alter wird man immer einsamer, und nicht bloß den großen Männern geht es so, wie sie neulich sagten; mache ich doch dieselbe Erfahrung. Er reichte dem alten Krieger gerührt die Hand. Adelheid! rief er dann. Sie kam zu ihm. Bist du eine gehorsame Tochter? – Sie verneigte sich. – Nun, so bringe mir auch das Opfer, das ich jetzt von dir verlange: ich habe gesehen, daß dein jugendliches Herz dem Herrn von Binder geneigt war, mir ist es nicht entgangen, daß dir der junge Herr von Waltershausen bis jetzt noch ziemlich gleichgültig ist; aber ich bitte dich nunmehr, um nicht von befehlen zu sprechen, daß du von jetzt an dich gewöhnen mögest, diesen als deinen künftigen Gemahl zu betrachten. Er wollte neulich einen Antrag bei mir einleiten, den ich freilich damals noch nicht anhören durfte. Komm Frau, kommen Sie Obrist, daß die jungen Leute sich verständigen, und wenn sie beide einig sind, so können wir auch die Sache wegen des Gutes völlig arrangiren.

Die beiden jungen Leute waren allein und betrachteten einander lange Zeit, ohne ein Wort zu sprechen. Dieses Ereigniß war so plötzlich und so unvermuthet eingetreten, daß Franz in dieser Eil keine Kraft in sich aufregen konnte, sich dessen zu erfreuen. Nun? sagte Adelheid endlich, nach einer langen Pause.

Mein Fräulein! – stotterte Franz – welches Glück, wenn Sie – Ich werde meinem Vater gehorsamen.

Weiter nichts?

Ist das nicht genug?

Und Ihr Herz, – Ihr – mein – so kalt – Franz konnte keine Worte finden.

Lieber junger Freund, sagte Adelheid mit Ruhe, es ist Ihren Wünschen besser gelungen, als Sie es vermuthen konnten; was wollen Sie mehr? Mein Vater hat meinen vorigen Freier verabschiedet, er hat mir befohlen, Sie als solchen zu lieben: ich widersetze mich nicht. Ich begreife nicht, warum Sie nun nicht vergnügter sind, weshalb Sie noch immer den Betrübten spielen.

Franz seufzte aus schwerem Herzen. Fühlen Sie sich denn wirklich glücklich? fragte er endlich.

O ja, erwiederte sie freundlich; denn ich bin nun aller der verschiedenen Freier los, die so oft unser Haus bestürmten. Sie glauben nicht, was ich von denen oft gelitten habe, und von meinem heftigen Vater nachher noch mehr, wenn sie mir nicht gefallen wollten. Ich mußte auch immer fürchten, daß ich doch einmal zu einer recht widerwärtigen Parthie gezwungen würde. Nun trifft es sich auch so gut, daß Sie mit meinem Vater das Gut gemeinschaftlich kaufen, so bleibe ich auch in der Nähe meiner lieben Eltern.

Und Sie wären eben so zufrieden, fragte Franz wieder, wenn man Sie mit dem Herrn von Binder vereinigt hätte?

Ich kann, wie dieser, das Fragen nicht leiden, sagte das hastige Mädchen, und drückte ihm eine kleine goldene Uhr, mit Perlen und Steinen verziert, in die Hand. Nehmen Sie das, fügte sie hinzu, vorerst zum Angedenken dieser Stunde, und lassen Sie uns zu unsern Eltern zurückkehren, die uns schon vermissen werden.

Man sprach, da der Justiziar hinzugekommen war, noch bestimmter über den Kauf des Gutes; Franz wollte jetzt mit der größten Eil nach dem schlesischen Gebirge reisen, und mit seinem Oheim, dem Herrn von Fischbach, alles einzurichten, welcher bis jetzt der Vormund des jungen Mannes geblieben, weil dieser es bequemer fand, obgleich er schon die Zeit seiner Großjährigkeit erreicht hatte. Herr von Fischbach war ein Jugendfreund des Barons gewesen, und dieser sprach mit der größten Sehnsucht den Wunsch aus, ihn einmal wieder zu sehen. Und, fuhr er fort, in der Gegend von Fischbach muß ein steinalter Mann, ein Herr Winterberg wohnen, dem ich alles, was ich bin, zu danken habe. Dem freundlichen Manne, wenn er noch lebt, so wie Ihrem Oheim zu Gefallen, wäre ich trotz meiner Unentschlossenheit doch wohl im Stande, mich zu den beiden herrlichen Leuten auf den Weg zu machen.

So reiste Franz ab, und Gotthold begleitet ihn. Als sie einige Meilen, ohne viel zu sprechen, zurückgelegt hatten, sagte Gotthold: dein Glück ist dir ja nun so unvermuthet wie vom Himmel gefallen; aber du hast die Stimmung gar nicht, in der ich dich zu sehen glaubte.

Lieber Freund, sagte Franz, ich bin in der allerseltsamsten Lage. Mit welcher Sehnsucht ich nach dem Schlosse hineilte, hast du gesehen, – aber jetzt, – nichts, gar nichts von allem ist in Erfüllung gegangen, was ich träumte und in stiller Demuth hoffte –

Nichts? sagte Gotthold: ich denke Alles, und mehr und schneller und glücklicher hat sich alles entwickelt, als es nur die wildesten Wünsche hoffen konnten. Dein Nebenbuhler ist, ohne daß du etwas dazu thatest, aus dem Felde geschlagen, die Geliebte ist auf ewig dein.

Ja, seufzte Franz, aller Wahrscheinlichkeit nach werde ich sie wohl bald heirathen: ich habe mich in die Verhältnisse hineingedrängt, diese haben mich nun jetzt so vorgeschoben, daß ich mit Ehren unmöglich wieder zurücktreten kann. Aber das versichere ich dich, theurer Gotthold, ich schwöre es dir zu, wird nicht Alles ganz anders (und wie das kommen kann, sehe ich nicht ein), so betreibe ich nach der Hochzeit meine Scheidung noch viel heftiger und wilder, als ich nur je den Anlauf nahm, um diese unglückselige Bekanntschaft zu machen.

***

Der Baron war verstimmt und in diesen Tagen mit sich und der ganzen Welt unzufrieden. Wenn ich mich nur nicht übereilt

habe, sagte er zum Obristen, die jungen Leute so zusammen-
zugeben, beide schienen mir nicht so vergnügt, als ich es erwartet hatte; auch ist der Franz ein Schwärmer, der mir eigentlich, als ich ihn zuerst kennen lernte, einen unangenehmen
Eindruck machte.

Nach einigen Tagen kam ein Brief an, der ihn ebenfalls von
einer andern Seite beunruhigte. Er lautete so:

Mein verehrter Herr Baron!

»Grausam, aber vielleicht nicht Unrecht wäre es gewesen,
Ihnen, so lange Ihr alter Amtmann lebte, einen Vorschlag zu
thun, der Ihnen zugleich nothwendig klar machen muß, wie
wenig der Alte seinem Geschäfte gewachsen war. Nicht, daß
er Sie hintergangen hätte, fern sei es von mir, auf seine Redlichkeit nur einen Schatten werfen zu wollen. Er hinterging
sich vielmehr selbst, und bewirthschaftete Ihr Gut nur so,
als wenn es sein eigenes wäre, wobei er seinem Hange zur
Großmuth und Mildthätigkeit uneingeschränkt folgte, und
menschlicherweise auch wohl einer gewissen Prahlerei zu sehr
nachgab. Sie sind, weiß ich, mit der Einnahme dieses Jahres
vorzüglich zufrieden, weil sie die der vorigen Jahre beträchtlich übersteigt: sind Sie aber geneigt, die Vorschläge eines
Mannes anzuhören, der Ihr Gut genau kennt, lange Oekonom
war, und ein Vermögen besitzt, das Sie bei seinem Anerbieten
sicher stellt, so macht dieser sich anheischig, falls Sie ihn als
Verwalter annehmen wollen, Ihnen zwei tausend, wollen Sie
ihn aber als Pächter zulassen, drei tausend Thaler jährlich
mehr zu schaffen, als sein Vorgänger. Ich will für einen Un-
kundigen oder Verläumder gelten, wenn Sie die Bücher und
Rechnungen des verstorbenen Römer richtig finden, denn zur
Ordnung hat er sich nie gewöhnen können. Wollen Sie auf ein
solches Anerbieten eingehen, so werden Sie den Briefsteller
beim Justizrath Martin in * * zu jeder Stunde sprechen können, die Sie ihm anzusetzen belieben werden.« –

Der Brief war nicht unterzeichnet und erregte dem Baron vieles Nachdenken und angenehme, wie widrige Empfindungen. Es schmerzte ihn, seinen alten Freund, der ihm immer als Muster aller Ordnung und Thätigkeit gegolten hatte, jetzt als leichtsinnigen schlechten Wirth in seiner Vorstellung zu sehen. Andererseits konnte er sich nicht abläugnen, daß alle Papiere und Rechnungen in der größten Verwirrung waren, nichts war auf die gehörige Weise abgeschlossen, und ihm graute schon vor dem Gedanken, daß er in diese wilde Confusion Licht bringen müsse, da er sich seit so vielen Jahren daran gewöhnt hatte, dem Wirthschafter die Regierung unbedingt zu überlassen. Er vertraute selbst seinem Sohne nicht genug, um diesem die Auseinanderwickelung zu übergeben. Abgesehen von dieser Unruhe, war ihm zugleich die Vorstellung, einen Mann zu finden, der ihm nicht nur die Sorgen abnähme, sondern zugleich seine Einnahme sicher stellte und beträchtlich erhöhte, angenehm und erfreulich.

Mit dem Obristen ward viel über diesen Gegenstand gesprochen, welcher meinte, man dürfe diese Anträge nicht so unbedingt abweisen, weil sie von einem Sachkundigen, der es redlich meine, herzurühren schienen. Auch Cajus war nicht abgeneigt, denn die Sache war für den Wohlstand der Familie zu wichtig, und es war nothwendig, bald einen Entschluß zu fassen.

Man hatte dem Unbekannten eine Stunde im Hause des Justizrathes in jenem kleinen Städtchen bestimmt. Der Baron ritt mit dem Obristen und Cajus hinüber. Der alte Rechtsgelehrte, schon seit Jahren ein Freund des Hauses, empfing sie mit heitern Gesprächen, in welchem viele alte Erinnerungen erweckt wurden. Und unser Unbekannter? fragte endlich der Baron. Er erwartet Sie in meinem Schreibezimmer, antwortete der Justizrath, ein kenntnißreicher Mann, und für dessen

Redlichkeit ich Ihnen einstehe. Ich fürchte nur, er wird Ihnen auch nicht ganz unbekannt sein. Doch treten Sie herein, alle Vorbereitungen können doch wesentlich nicht nutzen.

Allerdings erstaunte der Baron und war unwillig, da er als jenen Briefsteller den Müller Zipfmantel erkannte. Es konnte lange kein rechtes Gespräch in den Gang kommen, bis endlich die vernünftigen Vorstellungen des Obristen so viel vermochten, daß sich der Baron mit jenem, ihm bis dahin so verhaßten Manne, in Erklärungen einließ. Wie können Sie, fragte er, ein so bestimmtes Anerbieten thun? Warum wollen Sie diese Stelle?

Um Ihnen die letzte Frage, Herr Baron, sagte jener, zuerst zu beantworten, so sage ich, daß es mein Wunsch ist, meinem künftigen Schwiegersohn die Mühle zu überlassen; auch ist mir dieses Geschäft zu klein und unbedeutend geworden, ich will etwas Wichtigeres unternehmen. Seit Jahren kenne ich Ihr schönes Gut ganz genau, und mir hat oft das Herz geblutet, daß es so sündlich vernachlässiget wurde. Ja, Herr Baron, um Ihrer Frage gehörig genug zu thun, kann ich es nicht vermeiden, jenen Mann weitläufig anzuklagen, der so lange Ihres Vertrauens genossen hat. Was ich an ihm verschuldet, ist von mir bitter bereut, jener ungeziemende Scherz, den eine zu fröhliche Stunde gebar, und von dem ich mir diese Folgen freilich nicht vorstellen konnte.

Lassen wir das, sagte der Baron, Sie wollten vom Gute und dessen Verwaltung sprechen.

Dem Herrn Römer, fuhr der Müller fort, da er als Ihr Freund so ganz unumschränkt handeln konnte, da er Ihnen jährlich nur eine summarische Rechnung abzulegen brauchte, ward es mit jedem Jahre natürlicher und nothwendiger, allen seinen großmüthigen Launen zu folgen und sich aus der Bewirthschaftung ein thätiges, unruhiges Spiel zu machen, das ihn selbst wie das ganze Dorf in beständige Bewegung setzte, ohne daß dadurch etwas Wesentliches ausgerichtet ward. Sie haben, zum Beispiel, so viele Dienste, daß ein verständiger Verwalter sie unmöglich alle verbrauchen kann. Diese aber reichten ihm noch lange nicht hin. Natürlich nicht, denn um Zeitungen zu holen, Briefe zu schicken, Proben von Klee zu bekommen, oft nur um zu erfahren, ob dieses Gerücht oder jene Klätscherei gegründet sei, schickte er reitende Boten nach allen Weltgegenden, spornte und trabte diesen selbst oft auf halbem Wege entgegen, schalt ungebührlich ohne Noth und bezahlte noch stärker, um die unnütz ausgejagten Menschen bei guter Laune zu erhalten. Darum ward er auch von diesen vergöttert, und Vater und Wohlthäter genannt, so daß sie ihm oft Hände und Kleider küßten, was ihm denn sehr gut ankam, er aber so wenig wie jene in Rechnung stellten, daß diese Comödie ganz aus dem Beutel des gnädigen Herrn gespielt wurde. Er hat es nie zugelassen, daß Sie über Ihre Waldung einen eigenen Förster setzten, er zog es vor, daß Ihnen dieser Distrikt Ihres Besitzes, der Ihnen viel zinsen muß, so gut wie gar nichts eintrug, um nur keinen zweiten Herrn neben sich zu haben, der ihm doch vielleicht mit der Zeit sein heroisches Spiel verderben konnte. Mit Ihrem Jäger konnte er freilich machen, was er nur wollte. So wurde der Wald ganz ignorirt, und der Acker, trotz alles Treibens und Drängens, nur nachlässig bestellt. Der Hauptreichthum Ihres Gutes besteht aber in der Niederung und in den trefflichen Wiesen nach dem Flusse hin. Sie wissen, was diese Ihnen abwechselnd eingetragen haben, und ich behaupte, daß sie Ihnen das Dreifache bringen müssen, denn in diesem, und dem wichtigsten Punkte, hat sich der Alte am meisten vergangen. Diese Wiesen wurden nämlich von ihm ganz nach Gutdünken ausgethan, für geringes Geld bekamen seine Günstlinge, oder diejenigen, die ihm am besten zu schmeicheln verstanden, die größten und besten Stücke, mancher (und zu denen gehörte ich, den er haßte, weil ich einiges über seine Verwaltung hatte verlauten lassen) konnte niemals auch nur den kleinsten Fleck erhalten, so daß ich mein Heu, und so noch viele hiesige, weit her von fremden Orten holen muß. Ihre Heuerndte, Herr Baron, ist so reichlich, daß Sie noch viele Dorfschaften versorgen können. Und wo blieb es? Unzähliges Gesindel aller Art, etliche wahre Arme, aber viele Taugenichts und Müßiggänger hatte er hergewöhnt, für unnütze Gänge und Botschaften, für Sendungen nach der Stadt, um Bier und Wein zu holen, für das Graben im Garten, für was weiß ich eingebildete und überflüssige Geschäfte wurden diesem Volke viele Wiesenplätze ausgethan, und dadurch, neben jenen Diensten, deren auf Ihrem Gute schon zu viele sind, noch, ohne Ihre Zustimmung, neue gestiftet, welche Ihnen einen großen Theil Ihres Einkommens verzehren. So kam es denn, daß er selbst oft von diesen Lumpen, oder von auswärts, gegen das Frühjahr Heu um den doppelten Preis ein- oder zurück kaufen mußte. Wenn Sie mir nicht glauben, will ich Ihnen alles, und mehr als das Gesagte, an Ort und Stelle, jedem dieser Menschen gegenüber beweisen, denn ich scheue keine Untersuchung, ich wünsche vielmehr die allergenauste, auch wenn Sie meine Vorschläge nicht annehmen, damit nur der schöne Besitz in Zukunft auf eine verständige Art benutzt wird, und Sie zugleich erfahren, welchen Schatz Sie an ihm haben. Es begreift sich, warum ihn jene Müßiggänger und unnütze Menschen so verehrten, wie es kam, daß noch niemals ein untergeordneter Mann einen so ausgebreiteten Ruhm eines wohlwollenden Menschenfreundes genoß; wie weinten, wie schluchzten alle diese Leute bei seinem Begräbnisse, weil sie wohl fürchten konnten, daß die Sache sich nun ändern möchte. Ich brauche Ihnen nun auch nicht weiter auseinander zu setzen, warum ich zwei und drei tausend Thaler Einkünfte mehr versprechen kann, und zwar mit der Sicherheit, daß mein eigenes Vermögen beim Ausfall

Sie entschädigen sollte. Ich habe nur das Geringste genannt,
um nicht als Prahler angesehen zu werden; aber wenn Sie
Wiesen, Wald und Acker anders als bisher nutzen, so ist es
nicht zu viel, anzunehmen, daß sich Ihre Einnahme um vier
tausend verbessern muß.

Der Baron hatte mit der größten Aufmerksamkeit zugehört,
aber so sehr ihm auch alles einleuchten mußte, so erschrak er
doch über die Entdeckung, daß sein Freund ein ganz schlechter Wirthschafter gewesen sei, zu sehr, sein Widerwille gegen
den Müller war noch zu wenig überwunden, als daß er sich
jetzt schon, in der Eil, entschließen konnte, eine entscheidende
Antwort zu geben.

Nachdenkend ritt er mit seiner Gesellschaft zurück. War es
dem Sohne schon lästig, daß er sich jetzt, nach diesen Erklärungen erst, gleichsam mündig fühlen sollte, so wurde der
Vater von dieser Empfindung noch weit mehr gedrückt. Es
scheint wohl, fing der Obrist an, daß der alte Soldat die Sache
mehr wie im Tumult und Taumel, gleichsam wie ein Scharmützel mit Grund und Boden getrieben hat, als mit einer vernünftigen Einsicht, wenn anders jene Beschuldigungen nicht
ganz aus der Luft gegriffen sind.

Nein, nein, rief der Baron, alles ist nur zu wahr, die Augen
gehen mir auf, der Staar sinkt nieder, aber die Operation ist
schmerzlich. Weil mir die Neuerungen so mancher Nachbarn
zuwider waren, weil ich sah, wie viele nur schwindelten und
aus dem Landbau, der einfach getrieben sein will, sich, zu
ihrem größten Nachtheil, ein geistreiches Spiel fabrizirten, so
bin ich auf der anderen Seite zu weit gegangen, und bin in
meinem blinden Vertrauen eingeschlummert. Und das ist es,
woran der Landadel unserer Tage leidet. Entweder alles bleibt
starr und todt beim Alten, das heißt, es wird mit jedem Jahre
schlechter, denn stehen bleiben kann es nicht; oder die Verbesserungen und Neuerungen jagen sich, und man baut den

Acker nur, wie jetzt neugierige junge Aerzte kuriren, um Spaß
zu haben. Ich sehe wohl ein, mein guter Römer war zum Helden, nicht zum Oekonomen geboren. Was hatte aus dem trefflichen Manne bei dieser Bravour, bei allen diesen großen
Anlagen werden müssen, wenn er von Adel war, und als Edelmann in den Krieg ging? General zum mindesten. Und darum
wollen wir auch, weil er vom Schicksal eigentlich zu höheren
Dingen bestimmt war, alle seine Schwächen mit dem Mantel
der christlichen Liebe zudecken; er hat es nie böse gemeint, er
hat mich wahrhaft geliebt, und darum schweigen wir von jetzt
an über die Sonderbarkeit, daß er die Verwaltergeschäfte mit
Bravour und Heroismus poetisch trieb.

Franz hatte seine Einrichtungen mit solcher Eil betrieben, daß
er um einige Tage früher, als alle erwartet hatten, zurückkommen konnte. Adelheid schien, als er vom Pferde stieg, das er
auf einem benachbarten Gute genommen hatte, wahrhaft erfreut. Er war so hastig geritten, daß er kaum zu Worten kommen konnte. Er erzählte tumultuarisch, daß er jetzt sein Vermögen übernommen und den Contrakt wegen des Gutes mit
dem Obristen völlig abzuschließen wünsche.

Cajus war erfreut, den Freund wieder zu sehen. Warum ist
Gotthold nicht mit dir gekommen? fragte er. Du weißt ja, antwortete Franz, wie er immer nur seinen Launen folgt; er
glaubt sich dort mit den alten Leuten, die ihn liebgewonnen
haben, mehr zu unterhalten. Vielleicht kommt er in einigen
Tagen an, vielleicht auch nicht.

Und was macht Ihr Oheim? fragte der Baron.

Er ist wohl, antwortete der junge Mann, und froh, daß Sie
sich seiner erinnern. Der alte Winterberg gedenkt auch Ihrer,
und wünscht eben so sehnlich, als Sie, die alte Jugendbe-
kanntschaft einmal wieder erneuern zu können.

So hin und her fragend, verschiedene Antworten gebend, gedrängt und zerstreut, konnte Franz kaum dazu kommen, mit Adelheid nur einige flüchtige Worte zu wechseln. Auch die Mutter wollte dieses und jenes von ihm wissen; der Obrist sprach von seinem Gute und den nöthigen Einrichtungen, so daß der junge Mann, der in den letzten Nächten nicht geschlafen hatte und von der eiligen Reise übermäßig erhitzt war, keine Sammlung finden konnte. Der Baron, der in diesen Tagen schon empfindlich gestimmt war, nahm ihm einige seiner hastigen unzusammenhängenden Antworten übel, die er in seiner Gereiztheit einer Geringschätzung des jungen Mannes gegen ihn zuschrieb. Adelheid kam wieder näher, um das Gespräch zu lenken, und Franz wähnte in ihren Anmerkungen einige unpassende Verweise zu finden, die nur aus ihrem Mangel an Liebe entstehen könnten. Als Cajus die Gereiztheit aller Sprechenden bemerkte, und nicht begreifen konnte, woher dieses Irrsal sich entspönne, in welchem alle Personen mit mehr oder weniger Empfindlichkeit und in anzüglichen Redensarten sprachen, wollte er die streitende Unterhaltung auf einen ganz andern Gegenstand lenken, und erzählte vom Müller Zipfmantel und dessen Vorschlägen, und wie sich zum Erstaunen aller entdeckt habe, daß das Gut vom alten Römer auf eine unbeschreiblich schlechte Art bewirthschaftet worden sei. Diese Wendung des Gespräches war dem Baron die empfindlichste, vorzüglich in der Gegenwart der Frau und Tochter; er suchte daher den Verstorbenen zu entschuldigen, und um dies besser zu können, stellte er sich plötzlich, als wenn er die Vorschläge und Erläuterungen des Müllers für schwärmerische und unwahre hielte und wollte von diesem Gegenstande kurz abbrechen. Darüber wurde Cajus selbst empfindlich und setzte die Wahrheit aller jener Behauptungen um so mehr ins Licht. Adelheid sah wohl und begriff auch den Zorn des Vaters, sie schien mit ihrem inneren Auge das

Gespenst wahrzunehmen, welches sich schadenfroh dieses Sturmes erfreute und ihn immer näher herbeiführte. Franz achtete aber ihre Winke, oder bemerkte sie nicht, denn er wurde nun im Gegentheil erst heiter, als die Rede auf die Verkehrtheiten des Amtmannes fiel. Er hörte nicht den schweren Schritt, mit welchem der Baron zornig im Saale auf und nieder wandelte. Als Cajus immer eifriger bewies, konnte Franz zuletzt nicht mehr ein schadenfrohes lautschallendes Gelächter unterdrücken. Was giebt's? fragte der Baron: was ist da zu lachen?

Hierüber lach' ich eigentlich noch nicht, antwortete Franz, so komisch es auch an sich schon ist, – aber, was werden Sie alle dazu sagen, wenn ich Ihnen auf meine Ehre versichere, daß dieser alte Sünder, der Römer, niemals Husar, nicht Soldat gewesen ist, daß er niemals im Felde war?

Herr! rief der Baron, stotternd vor Wuth, – das ist eine unverschämte Lüge!

Ich versicherte es, schrie Franz, bei meiner Ehre! Unterwegs habe ich es von Leuten gehört, die es wissen konnten.

Ehre – Leute – Ehre – Römer, – Husar, – so murmelte der Baron, ganz aus aller Fassung gesetzt, und im Grimm mit allen Gliedern zitternd. Und eben so, wie neulich, zerriß er den Bogen, auf welchem die Bedingungen des Ehekontraktes aufgesetzt waren, und rief, Feuer aus den Augen sprühend und purpurroth im Gesicht: Sie junger Bursche, der mich schon bei der Brücke zum besten hatte, Sie, der unter fremden Namen sich in mein Haus schlich, Sie, der da mit Vokativ und Dativ und allem Teufelszeuge, wie ich wohl nachher gehört habe, mit unter der Decke spielte, dann Fenster zerschlug und wüthete, und nun, nun den ehrwürdigen Charakter eines grauen Kriegers so unbarmherzig mit Füßen tritt, Sie sollen niemals mein Schwiegersohn werden!

Er ging fort, und Franz stürzte hinab in den Stall, um das Pferd zu nehmen. Cajus und Adelheid folgten dem Wüthenden. Er führte eben das Roß in den Hof. Ja! ja! sagte Adelheid, ihn scharf ansehend: so geht es, wenn man die Römer stürzen will, die Weltbeherrscher, ohne seine Macht geprüft zu haben. Warum ließen Sie den edlen Entschlummerten nicht in Ruhe? Warum soll er denn kein Husar gewesen sein? Ist das so etwas Besonderes, dem Regimente nicht anzugehören? Darum mußten Sie meinen Vater erboßen, der sich nun einmal darauf gesetzt hat, daß der Alte Husar gewesen sein soll und muß? Und alle meine Winke und Mienen halfen nichts?

Franz sah sie mit einem schrägen Blicke an, seine Lippen zitterten. Hierauf nahm er die kleine Uhr aus der Tasche, schleuderte sie auf die Steine, und zerstampfte sie mit dem Fuße, daß die Splitter weit umherflogen. In demselben Augenblicke stürzten ihm große Thränen aus den Augen, er war leichenblaß, und ein krampfhaftes Schluchzen befiel ihn. So schwang er sich auf das Pferd, er schien ohnmächtig, er schlug ihm die Sporen ein, taumelte hin und her, als er fortrannte, neigte sich vorn über auf den Nacken, wie ermattet, und setzte über einen Graben, worauf er, fern vom Wege, über den Acker, ohne rückwärts zu sehen, dahin flog.

Was war das? fragte der erstaunte Cajus.

Ich bin zu weit gegangen, antwortete Adelheid, die selber einer Ohnmacht nahe schien. Ihm nach, Bruder, denn er ist im Stande, sich umzubringen, ich habe sein Herz die ganze Zeit über zu grausam zerrissen.

Aber wie? antwortete Cajus: wo ihn treffen? Vielleicht ist er nach seinem neuen Gute, das er in diesen Tagen übernehmen wollte. Wenn wir aber fahren, so sieht es der Vater, der Kutscher wird vermißt. Willst du einmal wieder dein Pferd probiren?

Alles, alles, sagte Adelheid, nur ihm nach.

Cajus legte selbst den Damensattel auf und half der Schwester. So ritten sie aus der Hinterpforte, um nicht bemerkt zu werden, und gelangten nach einer Stunde auf das Gut. Ist der Herr von Waltershausen hier? fragte Cajus den Gärtner. Ja, antwortete dieser, vor kurzem in einer sonderbaren Stimmung angelangt; er ist droben im Saale, und will keinen Menschen sprechen. –

Sie stiegen ab, Cajus führte die Pferde fort und verweilte dann im Garten; Adelheid stieg mit klopfendem Herzen die Treppe hinan. Als sie die Thür öffnete, sah sie den Jüngling verstört, mit verwirrtem Haar, blaß und entstellt im Lehnstuhl sitzen. Er starrte sie an, als wenn ihm ein Gespenst erschiene, er traute seinen eigenen Augen nicht. Franz! sagte sie mit sanfter und bewegter Stimme. Bei diesem Namen hatte sie ihn noch niemals genannt. Ermanne dich! sprach sie vernehmlicher; bringe dich, bringe mich nicht um. – Dies vertrauliche Du hatte er noch lange nicht von ihren Lippen zu vernehmen gehofft. Er wähnte, zu träumen. – Wie ist mir? rief er, indem er aufsprang; du hier? Was willst du? Täuschen mich meine Wünsche? Bin ich vielleicht schon rasend geworden?

Er warf sich zu ihren Füßen nieder; ein Thränenstrom erleichterte seine beklemmte Brust. Steh auf! sagte sie liebreich, du Armer: steh auf und vergieb mir. Er erhob sich. Sie schlang zuerst den Arm um ihn, er erwiederte den Druck, sah sie an, sein Herz wandte sich um, und so, indem beide sich betrachteten, drückte sie ihm den ersten Kuß der Liebe auf seine Lippen. O Ihr Blinden! sagte sie dann: du hast es nicht gesehen, nicht gefühlt, wie ich dich liebte? Daß mein Auge dich nur aufsuchte, daß ich entzückt war, als du an jenem Abend zuerst in unsere einsame Wohnung tratest? Aber es kränkte mich, daß du lauschen, daß du so klug sein wolltest, daß du mir deinen wahren Namen verhehltest, da ich dich schon längst kannte. Ja, ich kannte dich, Ränkeschmied, und ich habe dich vielleicht noch eher geliebt, als dein Gefühl für mich erwachte. Denn eben auf jenem Balle, wo du mich zuerst sahest, hatte ich dich schon längst in deiner Ecke bemerkt. Es verdroß mich, daß du nicht tanztest, daß du nicht zu mir tratest. Du sahest recht ernsthaft, mit einem wunderbar schwermüthigen Blicke vor dir nieder. Wie glücklich, dachte ich, muß das Mädchen sein, an die er jetzt so innig denkt, oder wie selig ist die, die seine Seele in Zukunft findet. Von den Umstehenden erfuhr ich deinen Namen. Unsere Blicke begegneten sich einigemale, aber du mischtest dich nicht unter die Tanzenden, nachher warst du verschwunden. Dein Auge ging in meinem Herzen mit hieher in die Einsamkeit. Ach! du kamst, aber nicht offen, nicht zutraulich. Gar deinen Humoristen schicktest du zu mir ab, der dummes Zeug sprach. Nachher sahst du es nicht, weil du betäubt warst, und meinen Muthwillen nicht verstandest, wie ich den widerwärtigen Binder in seiner Abgeschmacktheit immer sicherer machte, wie er immer dreister meinen Vater beleidigte, so daß es ganz so kam, wie ich es mir berechnet hatte. Nun war ich frei, und hätte wohl sprechen sollen. Ein böser Geist gab mir ein, daß du noch bestraft werden müßtest. Ich konnte deine Wiederkunft nicht erwarten, um meine Quälerei, meine Verstellung, die dein Herz zerrissen hatte, wieder gut zu machen. Aber deine heutige Laune war mir unbegreiflich. Es war, als wenn du Händel suchtest, und mein Vater war zum Unglück eben so kriegeslustig. Aber nun (sie warf sich plötzlich zu seinen Füßen nieder) vergieb mir alles, verzeih mir, daß ich dich so innig, vielleicht zu sehr liebe, verstoße mich nicht, du lieber widerwärtiger Mensch, weil ich dich geärgert habe, und du, dumm genug, meine Meinung nicht verstandest: laß dich gütigst herab, mich wieder etwas zu lieben. So weinend und lachend zugleich, umfaßte sie Franzens Knie, der sie nicht vom Boden aufheben konnte, er weinte und lachte wie sie,

wollte sie küssen und trösten und aufrichten, und in dieser
sonderbaren Stellung fand sie der Bruder. – Da sich alles aufgeklärt hatte, schwur man sich ewige Treue, und erwartete
wohl mit ziemlicher Sicherheit, daß der schnell entstandene
Zorn des Alten vorübergehen würde, besonders wenn Franz
jene Aufklärungen und Beweise seiner Behauptungen geben
könne, in deren Besitz er zu sein versicherte.

Diese waren bald nicht mehr nöthig. Denn schon nach zweien
Tagen kam Gotthold in Gesellschaft der beiden Alten, des
Herrn Winterberg und von Fischbach an. Er hatte sie durch
seine Laune und Scherze so weit gebracht, daß sie die Reise
unternahmen, um ihren alten Freund, den Baron, wieder zu sehen, und bei der Hochzeit seiner Tochter gegenwärtig zu sein.

Es war, als wenn Gotthold geahndet hätte, was vorfallen
würde. Der Baron war so erfreut, seinen Jugendlehrer, Winterberg, unter dem er vor vielen Jahren in Liegnitz studirt
hatte, in seinem Hause zu bewirthen, daß seine Laune sogleich die heiterste wurde. Der alte Fischbach, der indessen
schon gehört hatte, was mit seinem Neffen vorgefallen war,
entschuldigte und rechtfertigte diesen, weil er es selbst gewesen, der ihm jene so anstößigen Nachrichten über Römer mitgetheilt hatte.

Ja, nahm der alte Winterberg das Wort: jener Römer, der
hier so lange bei Ihnen die sonderbare Rolle gespielt hat, ist
mir von seiner frühesten Kindheit an recht gut bekannt, denn
er ist in meiner Gegend dort geboren und erzogen. Als der siebenjährige Krieg sich seinem Ende nahte, wurde er einem
Schneider in die Lehre gegeben, denn Sie müssen wissen, daß
der wunderliche Kautz auch sein Alter erlogen hat. Vom
Schneider lief er weg, und war eine Zeitlang in Diensten eines
Pferdehändlers. Hier lernte er reiten und mit den Thieren um-

gehen. Nach dem Frieden war ein alter abgedankter Husar seine tägliche Gesellschaft. Der erzählte ihm, da er den ganzen Krieg mitgemacht hatte, Tag und Nacht von seinen Feldzügen. Alle Zeitungen und Kriegesberichte lasen sie mit einander. Um diese Zeit kam ich auf einige Jahre nach Liegnitz, wo Sie, lieber Baron, damals meiner Obhut anvertraut wurden. Als ich in mein Vaterland zurück reisete, hatte ich den Schäker aus den Augen verloren.

Um jene Zeit, fuhr der Herr von Fischbach fort, lernte er beim Wirthschafter meines Vaters die Oekonomie. Er blieb wohl fünf Jahre in unserm Hause. Darauf wurde er selbst Verwalter in der Nachbarschaft. Ich sah ihn noch zu Zeiten. Späterhin ging er, wie ich hörte, nach Oberschlesien. Seit sechszehn Jahren etwa hörte ich immer von einem Römer, der bei dir, Baron, eine so große Rolle spielt, Husar und Freund, und Alles in Allem ist, und ich lasse mir nicht träumen, daß das derselbe Windbeutel aus unserer Gegend sei, bis ich dann nähere Erkundigungen einziehe, und zu meinem Erstaunen höre, es sei kein anderer, sondern dieser Römer. Darum hat dein Sohn auch und der General und alle Schreiber gut in den Regimentslisten nachschlagen können, und ihn nirgend gefunden. Welche dumme Geschichte und Schlechtigkeit sagte er von sich selbst aus, weshalb er unter die Husaren gerathen.

Und doch weinte er, sagte der Vater, und fürchtete die Regimentsstrafe, und hat sich mit seinem Säbel begraben lassen. Unbegreiflich!

Doch nicht so ganz, sagte der Justiziar: die fixe Idee, die erst nur Lüge war, setzte sich als Wahrheit in ihm fest, weil alle Menschen darauf eingingen.

Gotthold hatte zum Ueberfluß den Taufschein, den Lehrbrief als Schneidergeselle, die Atteste seiner früheren Herrschaft, alles mitgebracht, um den letzten, auch kleinsten Zweifel, zu zerstreuen.

Der Baron, der innig seine Uebereilung bereute, eilte selbst zu Franz hinüber, bat ihn in Gegenwart des Obristen und anderer Zeugen um Vergebung, und führte den glücklichen Jüngling im Triumph nach seinem Hause zurück. Dem verständigen Zipfmantel ward die Stelle des Amtmannes übergeben. Die Hochzeit wurde mit Freuden gefeiert, und Gotthold erschien auf derselben mit einem langen Zopfe; auch hatte er eine so künstliche Perücke dem Jäger, der nun auch Bräutigam war, mitgebracht, daß dieser eben so auftreten konnte. Der Alte lächelte vergnügt und sagte: er ist überflüssig, denn ich schreite gewiß mit dem Zeitalter fort, und werde noch ein Freund unseres Zipfmantel.

Er hatte richtig vorhergesehen, und befand sich in Ansehung der Einnahme bei dieser Freundschaft besser, als bei der seines vorigen Verwalters.

ANHANG

Wiedergänger des Wunderbaren

Lothar Müller

Es dauert nur wenige Seiten, bis in Tiecks Novelle *Die Gesellschaft auf dem Lande* (1825) die Rede auf den Siebenjährigen Krieg kommt. Man ist irgendwo im Brandenburgischen, wohl östlich oder südöstlich von Berlin, denn der junge Mann, der auf dem Landschloss Station macht, befindet sich auf dem Weg nach Schlesien. Die Tochter des Hauses macht sich über den Verwalter lustig, der als eine Art gestikulierendes Denkmal die Generäle und Schlachten des Krieges in Pantomimen und Anekdoten in endloser Wiederholung zur Darstellung zu bringen pflegt. Die Gutsherrin weist den Spott der Tochter zurück: »Es waren alte, gute Zeiten, sagte die gnädige Frau, die keiner verachten soll.«

Wo die Rede von der »guten alten Zeit« aufkommt, hat eine neue Zeit längst begonnen. Denn die »alte, gute Zeit« ist ein Kind der Moderne und des Fortschritts, sie ist der Stoßseufzer, der die beschleunigte Geschichte begleitet. Hier rückt sie das Preußen Friedrichs des Großen in die Distanz, die Herkunftswelt Ludwig Tiecks.

Am 31. Mai 1773, zehn Jahre nach Ende des Krieges, der Preußen das einverleibte Schlesien sicherte, war er in Berlin geboren worden, als erstes Kind des wohlsituierten, erfolgreichen Seilermeisters Johann Ludwig Tieck und dessen Frau Anna Sophie. Der Handwerkersohn profitierte vom Aufschwung der Bildungsanstalten und davon, dass die Bücher nicht mehr nur unter den Gelehrten zirkulierten. Der Vater war ein eifriger Leser, mit drei, vier Jahren schon hatte der

Sohn die Alphabetisierung durchlaufen, fand so sein eigenes künftiges Handwerkszeug und wuchs in eine zeittypische Figur hinein, deren Umrisse zu zeichnen die Journale der Aufklärung nicht müde wurden: das lesende Kind. Der Direktor des Friedrichswerderschen Gymnasiums, das Ludwig Tieck ab 1782 besuchte, war Friedrich Gedike, einer der Herausgeber der *Berlinischen Monatsschrift*, an den Karl Philipp Moritz seine *Reisen eines Deutschen in England im Jahr 1782* adressierte. Der junge Tieck ging bei der Berliner Aufklärung in die Schule und als Berufsschriftsteller bei ihrem langjährigen Oberhaupt, dem Verleger und Autor Friedrich Nicolai, in die Lehre. Schon während der Schulzeit arbeitete er einem seiner Lehrer, Friedrich Eberhard Rambach, zu dessen nicht eben anspruchsvoller Romanproduktion zu. Als er 1794 sein Studium abbrach, um freier Schriftsteller zu werden, machte ihn Nicolai zum Herausgeber der populären Buchreihe *Straußfedern*, in der er nicht nur Texte aus fremden Federn zu bearbeiten hatte, sondern auch eigene publizieren konnte. Mochten die Pädagogen der Aufklärung vor den ruinösen Konsequenzen der »Lesewut« warnen, die ihre jugendlichen Opfer der Herrschaft der Einbildungskraft auslieferte, dem jungen Tieck kam es zugute, dass er früh den *Don Quijote* und Shakespeare für sich entdeckt hatte, dass er sich im *Werther*, im *Götz* und in den *Räubern* verloren hatte. Nicolai hatte die Herausgeberposition seiner *Straußfedern* riskant besetzt. Bei seinem Studium in Halle, Göttingen und Erlangen hatte Ludwig Tieck nicht nur bedeutende Gelehrte wie den Philologen Christian Gottlob Heyne oder den Physiker Georg Christoph Lichtenberg kennengelernt. Er hatte auch in exzessiven Lektürerritualen die Welt der Schauerliteratur durchstreift, den einschlägigen Roman *Der Genius* (1791–94) von Karl Grosse in langen Nächten den Studienfreunden vorgelesen. Und mit seinem Schulfreund Wilhelm Heinrich Wackenroder, dem Sohn eines ranghohen preußischen Beamten, hatte er von Erlangen aus die Welt des süddeutschen Katholizismus erkundet. Schon einer der Aufsätze, die der Student publizierte, führte sein Lebensstichwort, das Wunderbare, im Titel: *Über Shakespeare's Behandlung des Wunderbaren* (1793). Mit Nicolai, der nie einen Zweifel daran gelassen hatte, dass ihm die ganz auf sich selbst gestellte, von allen gesellschaftlichen Rücksichten abgekoppelte Imagination zuwider war, musste Tieck in Konflikt geraten. Dass er das Prosaische des Geschäfts beherrschte, demonstrierte der junge Mann, als er 1799 seinen Prozess gegen Nicolai gewann, der, ohne seinen entlaufenen Herausgeber zu fragen, aus den aufgelaufenen Lieferungen dessen *Sämmtliche Schriften* auf den Markt geworfen hatte. Der Bruch ratifizierte nicht nur Tiecks Entfernung von den literarischen Wirkungsabsichten Nicolais, er reklamierte zugleich, im Vorgriff auf das moderne Urheberrecht, den Anspruch des jungen Autors, selbst zu definieren, was zu seinem Werk gehörte. Und es war dies ein Werk, das in großer Vielfalt und geradezu atemberaubendem Tempo wuchs.

Nicht nur mit seinem ersten Arbeitgeber, auch mit seinem Vater war Tieck aneinandergeraten. Er hatte sich 1792 in Halle zwar für die Theologie eingeschrieben, aber sehr viel mehr als die Kanzel lockte ihn die Bühne. Der Komponist, Kapellmeister und Autor Johann Friedrich Reichardt hatte diese Neigung bestärkt, die ihn mit dem Helden des *Anton Reiser* von Karl Philipp Moritz verband, dessen Akademie-Vorlesungen er in Berlin besucht hatte. Gegen diese Theaterleidenschaft war der Vater vehement eingeschritten, um den Sohn nicht an das Schauspielerwesen zu verlieren, und so zog sich der junge Tieck auf das Deklamieren und Rezitieren von Romanen, Erzählungen und Schauspielen zurück, schlug aber zugleich in seinem Werk lauter Bühnen aus Papier auf und bevölkerte sie mit theatralischen Existenzen, etwa mit dem immer tiefer in Maskenspiel und Amoral versinkenden Helden seines Briefromans *Geschichte des Herrn William Lovell* (1795/96). Gemeinsam mit seinem Freund Wackenroder schrieb er die *Herzensergießungen eines kunstliebenden Klosterbruders* (1796), in denen die altdeutsche Kunst in Gestalt Albrecht Dürers an die Seite der italienischen Renaissance rückt und der ästhetische Enthusiasmus für Malerei und Musik sich das Gebet der Frommen zum Modell für die Kunstreligion nimmt.

Auf den Papierbühnen des jungen Tieck ging es oft in die Geschichte zurück, sei es im Künstlerroman *Franz Sternbalds Wanderungen* (1798), in dem der Held von Dürers Nürnberg aus nach Italien aufbricht, sei es in den *Volksmährchen* (1797), sei es in der Märchenkomödie *Der gestiefelte Kater* (1797), die sich für ihre Literatursatire und Philisterkritik bei Charles Perraults Kunstmärchen aus dem 17. Jahrhundert bedient.

Der junge Regisseur in diesem Papiertheater war kein Gegenwartsflüchtling, den es in die »guten alten Zeiten« lockte. Er war, im Gegenteil, vollgesogen vom Geist seiner Gegenwart, ein Mann der feinen Witterung für alles ästhetisch Aktuelle. Er kannte die Welt der Berliner Salons und ihre Gastgeberinnen, Henriette Herz, Rahel Levin und Dorothea Veit, die Tochter Moses Mendelssohns. In dieser Salonwelt traf er im Herbst 1797 zunächst auf Friedrich Schlegel und wurde wenig später auch mit dessen Bruder August Wilhelm bekannt. In den beiden Protagonisten der jüngeren Literaturgeneration, den Wortführern der Frühromantik, trat jenes moderne Element in konzentrierter und radikaler Form in Erscheinung, das auch in Tiecks Enthusiasmus für das Wunderbare und in seinen Neuentdeckungen alter Volksbücher seinen Tribut einforderte: der Geist der Kritik.

Spätere Generationen mochten sich unter Romantik einen verstandesfernen Gefühlsüberschwang, treue Augenaufschläge und schlichte Gemüter vorstellen. Hier, im intellektuellen Milieu der Schlegels, ging es anders zu. Gotthold Ephraim Lessing und Georg Forster errichteten sie kritische Denkmäler, ihre Begriffe schärften sie an der Kantischen Philosophie und ihrem abtrünnigen Meisterschüler Johann Gottlieb Fichte. Reflexion und Ironie durchkreuzten alle Gefühlsunmittelbarkeit. Tieck schloss sich ihnen an, ging im Oktober 1799 für ein Dreivierteljahr nach Jena, wo sie ihr Hauptquartier hatten. Er übersetzte den *Don Quijote*, das war sein Weg zu Reflexionspoesie und Ironie. Er mochte die Philosophie Kants und Fichtes berühren, aber statt in die philosophische Setzung des Ich führte er in die literarische Entfaltung des Ich. Was viele Zeitgenossen, etwa der Spätaufklärer Nicolai, im Blick auf die Transzendentalphilosophie argwöhnten, dass sie den gesunden Menschenverstand unweigerlich ruiniere, in dem sie ihn systematisch an sich selbst irre werden lasse, das hatte der lesewütige Tieck schon als Jugendlicher in den Romanen und Schauspielen gefunden: das Ich als Spiegelkabinett und Maskenspiel, das nach innen gewendete Abenteuer unheimlicher Selbstbegegnungen und des Sich-Verlierens in endlosen Reflexionsspiralen. Wahllos, wie man ihm später nachsagte, waren seine Lektüreexzesse nie gewesen. Er hatte stets die Bücher gesucht und gefunden, in denen das Versteckspiel von Sein und Schein die Regionen des Wahns und der Selbstauflösung streifte, in denen die Melancholie nicht zu bändigen, gegen die listenreiche Verführung durch Worte, Bilder, Träume kein Kraut gewachsen war. Goethes *Werther* und *Götz*, die *Räuber* Schillers, in denen Franz Moor davon träumt, die Gefühle künstlich dosieren zu können, waren in seine literarischen Experimente mit dem Ich eingegangen. So war sein ausweglose Märchen *Der blonde Eckbert* (1797) entstanden, so seine abgründige Blaubart-Version *Die sieben Weiber des Blaubart* (1797), die sehr viel mehr als den Helden das Erzählen selbst unheimlich werden lässt.

Der Aufbruch der Frühromantik um 1800 lag weit zurück, und Tieck war ein Mann von fast fünfzig Jahren, als er zu Beginn der 1820er Jahre, nachdem längere Zeit kaum poetische Werke von ihm erschienen waren, wieder als Erzähler an die Öffentlichkeit trat. Im Jahre 1819 war er nach Dresden gezogen. Er schloss hier bis 1842, als ihn die nachdrückliche Einladung Friedrich Wilhelms IV. in seine Heimatstadt Berlin zurückführte, die mit den Brüdern Schlegel begonnene große Shakespeare-Übersetzung ab, er verschaffte seinem Rezitationstalent in den im eigenen Hause veranstalteten Vorleseabenden eine feste, bald in ganz Deutschland berühmte Privatbühne und trat als Dramaturg am Dresdner Hoftheater für die Aufführung von Stücken Goethes, Shakespeares und Calderons ein. Vor allem aber begann mit der Übersiedlung nach Dresden jene »Novellenzeit«, der alle in diesem Band abgedruckten Texte entstammen. Dem alten Losungswort, dem Wunderbaren, wollte er treu bleiben, sich die Form der Novelle, deren Geschichte seit Boccaccio und Cervantes ihm wohlvertraut war, auf neue Weise aneignen. In einem Brief an den Bruder, den Bildhauer Friedrich Tieck, schrieb er im Oktober 1822: »Ich bilde mir ein, eigentlich unter uns diese Dichtart erst aufzubringen, indem ich das Wunderbare immer in die sonst alltäglichen Umstände und Verhältnisse lege.« Schon viele Zeitgenossen haben in den Dresdner Novellen das Wunderbare nicht mehr entdecken können, es schien ihnen im Prosaisch-Alltäglichen aufzugehen, statt, wie es der Autor angekündigt hatte, daraus hervorzuleuchten. Und am Ende des Jahrhunderts wird im Brockhaus zu lesen sein: »In den Novellen der Dresdener Zeit zeigt sich von Tiecks früherer Romantik kaum eine Spur.«

Man ahnt, worauf der Eindruck der Verflüchtigung des Wunderbaren beruht, wenn man sich die Novelle *Die Gesellschaft auf dem Lande* (1825) etwas näher anschaut. Es ist nichts Ungefähres darin, der Schauplatz und die historische Situation sind klar umrissen: Man schreibt das Jahr 1802, und dass es um die Reformfähigkeit des preußischen Landadels kurz vor einer Zeitenwende geht, konnte keinem Leser verborgen bleiben. Nur zu bewusst war noch, was dem Preußen des Jahres 1802 unmittelbar bevorstand: die katastrophale Niederlage gegen Napoleon 1806. Und im Übrigen akzentuierten die Figuren in der Novelle selbst die Zeitenwende, indem sie darüber debattierten, ob das neue Jahrhundert am 1. Januar 1800 oder 1801 begonnen habe, und das zentrale Symbol, das der Novelle den Spitznamen »Zopf-Novelle« einbrachte, war nichts weniger als verrätselt, zweideutig oder dunkel. Unmissverständlicher als dadurch, dass am Ende einem, wenn auch nur vermeintlichen ziethenschen Husaren der – von Friedrich Wilhelm I. 1713 in seinem Heer eingeführte – preußische Zopf abgeschnitten wird, ließ sich der Anbruch einer neuen Zeit nicht ins Bild setzen.

Wer Ludwig Tieck näher kannte, wusste, dass er sich in dieser Novelle, von Dresden aus rückblickend, in preußische Regionen begeben hatte, die er aus eigener Anschauung gut kannte. Sein um ein Jahr älterer Mitschüler am Friedrichswerderschen Gymnasium, Wilhelm von Burgsdorff, war Gutsbesitzer in Ziebingen unweit von Frankfurt an der Oder und, obwohl zum Juristen und Verwaltungsbeamten ausgebildet, an Kunst und Literatur nachhaltiger interessiert als an Landwirtschaft und Ökonomie. Er gehörte zu den Bewunderern Tiecks und hatte diesen im Herbst 1802 auf sein Gut eingeladen, als der Freund mit seiner Frau Amalie und seiner kleinen Tochter Dorothea in einer jener finanziellen Bedrängnissituationen war, die seine literarische Laufbahn auch in erfolgreichen Zeiten begleiteten. In Ziebingen traf Tieck auf einen seiner verlässlichsten Förderer, den Grafen Friedrich Ludwig Karl Finck von Finckenstein. Günter de Bruyn hat, vor allem in seinem Buch *Die Finckensteins* (1999), die märkischen Musenhöfe erhellend beschrieben und am Personal der Gutsbesitzerfamilien die Bandbreite der Umgangsformen mit der »neuen Zeit« dargelegt, die sich hier, etwa in den Debatten über den Entwurf zum Allgemeinen Preußischen Landrecht, beobachten ließ. Während aus Burgsdorffs Prägung durch das aufgeklärte Berlin und dessen bürgerlich-kritische Öffentlichkeit eine zeitweilige Begeisterung für die Französische Revolution, eine gewisse Distanz zum preußischen Staat wie zum eigenen Stand hervorging, gehörte Graf Finckenstein wie Friedrich August Ludwig von der Marwitz zu jenen Streitern für die alten Rechte des Adels und zu jenen Opponenten gegen die preußischen Reformen, die dem Staatskanzler von Hardenberg die aufsässige Denkschrift *Letzte Vorstellung der Stände des Lebusischen Kreises* zukommen ließen.

Kurz, Tiecks »Zopf-Novelle« erlaubt eine Lektüre, in der sie als Musterfall für die Selbstrevision der Romantik, für die Ablösung des Wunderbaren und Poetischen durch das Prosaische, für die Durchdringung der Novellenform mit dem Geist des literarischen Realismus erscheint. Doch ist diese Diagnose, so häufig sie auch gestellt wurde, mit Widerhaken zu versehen. Denn lässt sich nicht die ominöse Schlüsselfigur der Novelle, der alte Husar, der sich in den Kokon einer gefälschten Lebensgeschichte eingesponnen hat, ebenso gut als ein seltsamer Nachfahre jener Figuren im Werk des jungen Tieck auffassen, die, von den Dämonen ihres Ich geplagt, in den eigenen Maskenspielen zugrunde gehen? Wächst sich nicht das Abschneiden seines Zopfes, das sich realistisch-humoristisch zum derben Scherz hätte dämpfen lassen, zur Katastrophe eines blitzartigen Gesamtzusammenbruchs der Person aus? Bringt ihn nicht das Fieber, dieser alte Vorbote des Wahns, vor allem deshalb so auffällig rasch zur Strecke, weil er in der Anverwandlung an seine fixe Idee die Selbsttäuschung und Autosuggestion so exzessiv betrieben hat wie nur je ein Schwärmer aus der Welt des William Lovell?

Der preußische Zopf landet am Ende im Naturalienkabinett des Barons, das noch vom Geist vormoderner Wunderkammern durchdrungen ist, an der Seite mexikanischer Federdecken und ausgestopfter indianischer Raben. Das lässt sich als frivol-komische Einreihung eines aktuellen Anachronismus in die Welt archaischer Fetische deuten. Es steckt aber zugleich etwas Unheimliches im Ende dieser »Zopf-Novelle«, in der die Realien der Zeitgeschichte nur scheinbar dem Abbau des Wunderbaren dienen. In Wahrheit entdeckt Tieck in seinen Dresdner Jahren in der Zeitgeschichte eine moderne Quelle des Dämonischen, von der die Menschen mit nicht geringerer Kraft in Bann geschlagen und verzaubert werden können als von den magischen Naturkräften, die in alten Sagen und Märchen hinter Bergentrückung und dämonischer Verjüngung standen. Nicht von ungefähr tritt in dieser Novelle, die im Jahr 1802 spielt, eine Figur auf, die in den 1820er Jahren, als Tieck die Novelle schrieb, in aller Munde war: der Zeitgeist. Er gehört zu den Dämonen der Moderne und er setzt eine nicht geringere Vielfalt an Versteinerungen, seltsamen Monstren und rätselhaften Fossilien in die Welt, als sie die Naturgeschichte dem Naturalienkabinett überantwortet. Schon seit Boccaccio siedelte die Novelle ihre Handlungen gelegentlich gerne in einer Vergangenheit an, der sie den Reiz des Fremdgewordenen beimischte. Ganze Flöze dieses Rohstoffes tun sich in Zeiten auf, in denen die Geschichte sich beschleunigt. Denn das Reich des Anachronistischen wächst in eben dem Maß, in dem sich in der Zeitwahrnehmung die Forderung nach Aktualität zur Geltung bringt. Und die Sucht nach Übereinstimmung mit dem Zeitgeist kann ebenso sehr zur Quelle von Selbstverlust und Selbsttäuschung werden wie der verstockte Anachronismus.

In seinem *Phantasus*, in dem er ab 1810 auf Gut Ziebingen die Ernte seiner Jugend einbrachte, ausarbeitete und mit einer Rahmenerzählung nach dem Modell alter Novellenkränze versah, hatte Tieck von der Zeitgeschichte noch abgesehen. Obwohl die Rahmenhandlung bis in die Details von Gartenschilderungen hinein nicht nur die Erinnerung an die Gesprächszirkel der Frühromantik in Jena, sondern auch die unmittelbare brandenburgisch-märkische Welt um Ziebingen in sich aufnahm, blieben die Ereignisse von 1806 ausgespart. Erst in den Dresdner Novellen, hier aber immer wieder und mit Nachdruck, hat sich der Erzähler Tieck den Stoff der Zeitgeschichte zunutze gemacht. Darum ist, wer diese Novellen liest, gegen die Legendenbildung gefeit, die aus der Goethezeit eine »gute alte Zeit« gemacht und im Biedermeier nur Behaglichkeit und Idylle gesehen hat.

Immer wieder schickt Tieck seine Figuren durch die Wirren der Napoleonischen Ära, von ihren Wurzeln in der Französischen Revolution bis zur Julirevolution. Man lese nur die Novelle *Eigensinn und Laune* (1835), lasse den Ärger über die erzählerische Unbedenklichkeit, Willkür und demonstrative Nachlässigkeit in der Motivierung des Geschehens verrauchen und frage sich, was es mit der Haltlosigkeit der Figuren und den heftigen Umschwüngen auf sich hat, die ihre Biographien durcheinanderwirbeln. Gewiss, man wird auf die herzliche Abneigung stoßen, in der Tieck den Saint-Simonisten und den Jungdeutschen verbunden war. Und er ist denn mit dieser Novelle, die im selben Jahr erschien wie Karl Gutzkows Emanzipationsroman *Wally die Zweiflerin*, auf deren heftigen Widerspruch gestoßen. Aber dass hier eine unbotmäßige Tochter, die von sich selbst sagt, ihre Widerspenstigkeit in Sachen Ehe

sei ein Erbteil ihres Geburtsjahres 1789, als Inhaberin eines
öffentlichen Hauses endet, erschöpft sich nicht in antirevolu-
tionärer, moralisierender Polemik. Zersplitternde, durch sich
überlagernde Identitäten gleitende Biographien sind hier der
Regelfall. Eine Art Panik der Geschichte entspricht im Innern
der Lebensläufe den Auswanderungen und Revolutionen, ob
sich ein vorgeblicher Franzose, der vom Russlandfeldzug
Napoleons zurückkehrt, als Deutscher entpuppt oder ein ver-
lorener Sohn sich erschießt, als er zufällig die Geschichte seiner Herkunft anhört. Die feste Burg oder gar Feier einer heilen Familie, von der aus sich über die Gefallenen räsonieren
ließe, gibt es nicht. Die unehelichen Kinder und die Entfüh-
rungen haben alles Schwankhafte verloren. Man experimen-
tiert mit Lebensabschnittspartnerschaften und sich über-
lagernden Beziehungsdreiecken, wie es die Frühromantiker in
Jena und Berlin praktiziert hatten, wie Tieck es von Gut Ziebingen her kannte, wo er in Henriette von Finckenstein seine
große Liebe fand, während seine Frau Amalie mit Wilhelm
von Burgsdorff die Tochter Agnes zeugte. Zwei Generationen
später wird der Soziologe Georg Simmel über die Prozesse der
Individualisierung in modernen Gesellschaften, wie sie sich
etwa im Anstieg der Scheidungen abzeichnen, sagen, dass sich
der darin enthaltene Zugewinn an Freiheit im Bewusstsein der
Beteiligten nicht notwendig als Wohlbefinden niederschlagen
müsse.

Die Definitionen der Novellenform, die Ludwig Tieck
1829 im Vorbericht zur dritten Lieferung seiner Schriften for-
muliert hat, ist oft auf August Wilhelm Schlegels Annäherung
der Novelle an das Drama bezogen worden. Aber lässt sich
die Zentralstellung der »Wendepunkte« in Tiecks Novellen-
auffassung nicht auch als Tribut an das Stoffreservoir der
historischen Turbulenzen deuten, in die Tieck sein Erzählen
eingenistet hatte? »Bizarr, eigensinnig, phantastisch, leicht

witzig, geschwätzig und sich ganz in Darstellung auch von
Nebensachen verlierend, tragisch wie komisch, tiefsinnig und
neckisch, alle diese Farben und Charaktere läßt die ächte No-
velle zu, nur wird sie immer jenen sonderbaren auffallenden
Wendepunkt haben, der sie von allen anderen Gattungen der
Erzählung unterscheidet.«

Das Wunderbare ins Alltägliche zu legen – diese Grundfor-
mel seiner Dresdner Novellenzeit hat Ludwig Tieck in immer
neuen Variationen entfaltet. Eine davon war das Übermalen
und Neuschreiben von Erzählmustern und Schauplätzen, mit
denen er um 1800 zum Aufschwung der romantischen Poesie
beigetragen hatte. Die wichtigste dieser romantischen Landschaften ist das Gebirge, die bedeutendste Ressource des
Wunderbaren das Bergwerk. Im Jahre 1804 war Tiecks
Kunstmärchen *Der Runenberg* erschienen, das bis heute zu
seinen berühmtesten Texten gehört. Schon hier standen sich
das Alltägliche und das Wunderbare gegenüber, das den Helden in die Gebirgswelt hineinzieht, durch die verlockende
Chiffrenschrift der Steine, den Reiz der Mineralien, die sich in
der erotischen Attraktion einer Bergkönigin verdichten. Im
Heinrich von Ofterdingen des Novalis war das Bergwerk zum
Schlüsselsymbol der Romantik geworden, in dem mit den
Schätzen der Natur zugleich die der Seele erschlossen wurden:
Je tiefer es hinabging, desto höher der Aufschwung der romantischen Poesie. Die romantische Naturphilosophie mit
ihrer Annäherung von organischer und anorganischer Natur
stand dabei im Hintergrund, aber auch das reale Hütten-
wesen, der Aufschwung der Geognosie und Oryktognosie in
den Naturwissenschaften, die Ausstrahlung Abraham Gottlob
Werners, des Lehrers an der Freiberger Bergakademie, dessen
Schüler der Salinenassessor Friedrich von Hardenberg war.

Ihre Herkunft aus dieser Welt des *Runenbergs* und *Ofter-
dingens* ist Tiecks Dresdner Novelle *Der Alte vom Berge*

(1828) schon am Titel abzulesen. Und wenn gleich zu Beginn
ein alter Bergmann auf Wunsch eines Nachgeborenen, der auf
die alten Sagen neugierig ist, von einem »uralten weißköpfigen Steiger« ein »kurioses Bergbuch« erwirbt, so erzählen die
darin enthaltenen Geister- und Gespenstergeschichten von
Gold und Diamanten in Höhlen und Sandgruben, von »Merk-
malen aus uralten Zeiten«, die an Felsensteinen und Bächen
eingehauen sind, kurz, sie erzählen noch einmal vom Runenberg. Und der Alte vom Berge ist, wie es sich gehört, eine abgründige Existenz, schroff wie ein Berghang, allem Milden
und allen Künsten der Fröhlichkeit abhold, Theater und Tanz
sind in seinem Reich verboten. Düsternis umgibt das Bergwerk. Es regieren aber, recht besehen, nicht die alten Dämonen in dieser deutlich als solche ausgewiesenen Reprise des
Runenbergs. In das Märchen ist das Erzählmuster einer
Kriminalgeschichte eingewandert, und der Alte vom Berge
herrscht über eine Welt der Fabriken und Maschinen, die auf
dem Weg zur industriellen Welt zu sein scheint. Und so verwundert es nicht, dass an die Stelle verborgener Höhlen, die
ihre Geheimnisse und Rätsel eifersüchtig wahren, ein moder-
ner Nachfolger getreten ist: das Magazin, das Warenlager.
Noch leben die Figuren im Schatten der alten Berggeschich-
ten, aber entscheidend für den Ausgang der Geschichte ist
letztlich, was über der Erde geschieht. Der vernünftige Verwalter löst den Kriminalfall als pragmatischer Fallensteller,
die genealogischen Gefahren, die glücklich abzuwenden sind,
lauern nicht im Gebirge, sondern im Erbrecht. Das Wunderbare des *Runenbergs* spielt in dieser modernen Welt durchaus
noch mit: als Erinnerung, die in Form von Büchern zirkuliert.

Auf den ersten Blick sieht dieses Eingehen der alten Sagen in
die Bücherwelt so aus wie das Eingehen vormals lebendiger
Wesen in eine Schattenwelt. Aber schon der junge Tieck wusste
als leidenschaftlicher Leser und Übersetzer des *Don Quijote*,

dass der Buchdruck dem alten Wunderbaren keineswegs als Gegner gegenübersteht, der die Macht des Prosaischen und der Entzauberung vertritt. Er wusste, dass die Magie der schwarzen Buchstaben, der Schrift, die Einbildungskraft nicht weniger in Bann schlägt als das mündliche Erzählen und dass sie das Reich des Wunderbaren potenziert, statt verkleinert. Wie das Wunderbare ins Buch kommt – diese Frage hatte schon in Jena die Frühromantiker umgetrieben, als Schüler des Altphilologen Friedrich August Wolf, der diese Frage an Homer stellte, und schon im späten 18. Jahrhundert war die Suche nach der Volkspoesie eine der Wege gewesen, die zur Herausbildung der modernen Philologie führten. Als Ludwig Tieck seine Dresdner Novellen schrieb, waren Philologie und Literaturgeschichte längst dabei, zu kulturellen Großmächten aufzusteigen. Ja, Tieck selbst war in einem Teil seiner publizistischen Existenz Philologe und Literarhistoriker. Er hatte in römischen und in Pariser Bibliotheken alte Handschriften der Minnesängerzeit studiert und er trug durch Editionen der Werke von Novalis, Heinrich von Kleist, Jakob Michael Reinhold Lenz und seines Freundes, des Ästhetikers Friedrich Solger, dazu bei, dass die Literatur seiner Herkunftswelt sich zu einem Corpus formierte, das sich als Epoche studieren ließ.

Im schönsten Novellentitel, der Tieck in seinen Dresdner Jahren gelangen – *Das Alte Buch und die Reise ins Blaue hinein* (1834) –, ist, überdenkt man ihn, die Reise ins Blaue zugleich eine Reise ins Buch hinein. Und nicht von ungefähr ist hier die Gattungsbezeichnung so zwittrig wie der Titel: *Eine Märchen-Novelle*. Man könnte es sich leicht machen und sagen: Die erkennbar in der Gegenwart angesiedelte Rahmenhandlung mit ihren Saint-Simonisten, ihrer Kleinstadtsatire und ihrer Farce um die beste Butter, in der Tieck den Geist der Unruhe und Rebellion persifliert, das ist die Novelle. Und die Geschichte der Reise ins Blaue hinein, die durchs Gebirge führt und im Reich der Poesie endet, das ist das Märchen. Aber gegen diese säuberliche Aufteilung spricht die Schlüsselrolle einer Figur, die in dieser Märchen-Novelle so entscheidend ist wie nur je im Wunderbaren der alten Sagen eine mächtige Fee: die Philologie. An ihr vorbei führt hier kein Weg in die Welt des Wunderbaren. Sie ist das Pendant zur Zeitgeschichte in den Dresdner Novellen: eine moderne Figur, an die sich das alte Wunderbare anlagert. Manuskriptfiktionen kennt schon der *Don Quijote* – aber in diese Märchen-Novelle hat Tieck die Umrisse der zeitgenössischen Philologie mit ihren Emendationen und textgenetischen Verfahren eingezeichnet. Was hier wer eigentlich wann geschrieben hat, das ist im Blick auf das erzählte Märchen ebenso bedeutsam wie die Frage, wohin die Reise ins Blaue den Helden führt.

Wer dieser Frage nachgeht, der wird feststellen, dass hier in das alte Märchen selbst die Logik der Philologie eingewandert ist. Es erzählt von der Genealogie der Poesie, vom Einzug des Wunderbaren in die Bücherwelt, davon, wie eine alte Geschichte, die ein Köhlerjunge vom Hörensagen kennt, zur Literatur wird, während zugleich im Köhlerjungen mit Gottfried von Straßburg einer jener mittelalterlichen Epiker und Minnesänger heranwächst, in deren Erschließung die Philologie sich herausbildete. Mit dieser Philologie aber verfährt Tieck nicht anders als mit der Zeitgeschichte: Er verwandelt sie durch seine Erzähltechnik dem Wunderbaren an.

Tiecks Novellen
in der Herzogin Anna Amalia Bibliothek

Jan Volker Röhnert

In dem über dem linken Ilmufer gelegenen Grünen Schloss, das als Stammgebäude der Herzogin Anna Amalia Bibliothek nach dem Brand im September 2004 traurige Berühmtheit erlangte, werden mit der Wiedereinweihung des Rokokosaals und der angrenzenden Räumlichkeiten im Herbst 2007 Vergangenheit und Gegenwart (und Zukunft) des Weimarer Bücherkosmos endlich an einem Ort miteinander verschmelzen: unter dem Dach des »Zentrums für das alte Buch«. Besonders wertvolle Bestandsgruppen, wie die etwa 2000 mittelalterlichen und frühneuzeitlichen Handschriften und 427 Inkunabeln, die 10 000 Landkarten des 16. bis 19. Jahrhunderts und ähnliche bibliophile Altertümer und Kostbarkeiten, sollen im Grünen Schloss als neuem »Zentrum für das alte Buch« den Benutzern unter optimalen Bedingungen zugänglich gemacht werden. Ob sich allen künftigen Lesern dort das poetische Großreich auftun wird, wie es Gottfried Beeskow, jener Finder, Lektor und Redakteur des alten Buchs in Ludwigs Tiecks *Das alte Buch und die Reise ins Blaue hinein* erlebt, bleibt abzuwarten – es wäre immerhin wünschenswert.

Tieck selbst war nicht nur ein begnadeter Vielschreiber, Herausgeber, Rezitator, Bühnenkritiker und Reisender, er war vor allem auch ein passionierter Leser – seine Privatbibliothek umfasste 16 000 Bände, als er sie 1849 kurzerhand verkaufte, und war nach Neuankäufen drei Jahre später wieder auf 11 000 angewachsen. Es waren gewissermaßen die ältesten

Bücher, Märchen, Mythen und Legenden nämlich, deren aufsehenerregende literarische Adaption ihn um 1800 zu einem der ersten Namen der romantischen Bewegung machte und, aus heutiger Perspektive betrachtet, noch immer und mehr denn je seine Aktualität begründet. Freilich hatte vor Tieck die aufklärerische Generation, unter deren Fittichen er heranwuchs – Tieck arbeitete in Berlin für Nicolai, besuchte Moritz' Vorlesungen –, bereits Märchen gesammelt und ediert, doch weder Musäus noch Wieland wäre es eingefallen, Märchen den Status des für unsere seelische Landschaft ältesten, aufschlussreichsten »Buches« einzuräumen. Tieck aber tat genau das und nahm insofern nichts Geringeres als Freuds Lehre von den Triebkräften des Unbewussten poetisch vorweg. Die Märchen, die seine Berühmtheit begründeten – *Der blonde Eckbert, Der getreue Eckart und der Tannhäuser, Die schöne Magelone*, bereits 1797 in den *Volksmährchen* unter dem Pseudonym Peter Leberecht erschienen –, gestalten den Einbruch destruktiver Schockmomente ins Dasein, wie sie in der Folge etwa für die Poetiken Hoffmanns, Balzacs, Poes, Baudelaires und Kafkas auf verschiedene Weise unverzichtbar wurden.

Während des ereignisreichen Jena-Weimarer Intermezzos 1799/1800 versetzte Tieck seine Zeitgenossen bereits wieder durch eine neue Rolle seiner proteusartigen literarischen Person in Erstaunen: als Theaterkritiker, der mit dem *Gestiefelten Kater*, der *Verkehrten Welt* oder dem *Prinzen Zerbino* so radikal wie keiner vor ihm alle Theaterkonventionen sprengte, sowie als Begeisterungsstürme entfachender Vorleser. Eckermann lässt Goethe, der die Tieck'schen Stücke *Die heilige Genoveva* und *Kaiser Octavianus* wohlwollend aufgenommen und den Verfasser nicht nur einmal in seinem Haus am Frauenplan willkommen geheißen hatte, Folgendes über einen von Tiecks Rezitationsabenden berichten:

»Nachdem Jeder es sich in einem weiten Kreis auf Stühlen und Sophas bequem gemacht hatte, las Tieck den ›Clavigo‹. Ich hatte das Stück oft gelesen und empfunden; doch jetzt erschien es mir durchaus neu, und that eine Wirkung wie fast nie zuvor. Es war mir, als hörte ich es vom Theater herunter, allein besser; die einzelnen Charaktere und Situationen waren vollkommener gefühlt: es machte den Eindruck einer Vorstellung, in der jede Rolle vortrefflich besetzt worden.«

Es ist ein Zynismus der Literaturgeschichte, dass Tiecks Name heute selbst unter Germanisten fast nur noch als Herausgeber und Redakteur der von August Wilhelm Schlegel begonnenen deutschen Shakespeare-Ausgabe ein Begriff ist. Durch seine Regietätigkeit hatte er maßgeblich dazu beigetragen, Shakespeares Stücke auf den deutschen Bühnen heimisch zu machen, und war ein Leben lang auch in theoretischen Schriften voller Enthusiasmus für Shakespeares Dramaturgie und dessen Figuren eingetreten. Den eigenen Stücken hingegen fehlte schon zu seinen Lebzeiten die Akzeptanz beim breiten Publikum, worüber sich bereits Heinrich Heine in der *Romantischen Schule* mokierte – er, der in vielerlei Hinsicht als Schüler Tiecks gelten kann, vor allem was das Moment ironischer Brechungen und der polemischen Satire betrifft, die sich dann in einer Art respektloser Ehrerbietung gegen den Meister selbst zu richten begann: »Seine Schriften sind Blumensträuße und Stockbündel; nirgends eine Garbe mit Kornähren.«

Doch auch Heine muss zugeben, dass Tiecks Verdeutschung von Cervantes' *Don Quijote*, die Editionen von Minnesänger- und Meistersingerhandschriften, seine praktischen Beiträge zur deutschen Bühne oder seine Erstausgaben früh verstorbener literarischer Freunde und Kollegen wie Novalis und Kleist Meilensteine auf dem Weg zu einer neuen kulturellen Vielfalt im deutschen Sprachraum nach 1800 darstellten.

Nachdem Tieck auf Gut Ziebingen – seinem östlich der
Oder bei Frankfurt gelegenen Lebensmittelpunkt für fast zwei
Jahrzehnte bis zur Übersiedlung 1819 nach Dresden – den
Phantasus als literarisches Denkmal der frühromantischen
Epoche aus Märchen, Novellen und Stücken kompiliert und
zur Form eines geselligen Gesprächs im Freundeskreis zusam-
mengefügt hatte (wie sie E.T.A. Hoffmann als Vorbild für
seine *Serapionsbrüder* diente), widmete er sich phantasie- und
variantenreich einer für ihn völlig neuen literarischen Diszi-
plin: der des souverän aus Zeitgeschehen, Alltag und Geschichte schöpfenden Novellisten.

Goethe erwies Tieck seine Wertschätzung, als er ihn 1824
in *Über Kunst und Alterthum* durch die ausdrücklich hervor-
gehobene Verwandtschaft mit dem eigenen Kunstideal nobi-
litierte: »Uns aber hat er wieder einen klaren blauen Himmel des Menschenverstandes und reiner Sitte zu eröffnen
gewußt.« Noch freundschaftlicher drückte sich Goethe in
einem an Tieck persönlich gerichteten Brief vom 2. Januar
1824 aus: »Lassen Sie uns ja bey dieser Gelegenheit wohl betrachten, welchen Wert es hat mehrere Jahre neben einander, wenn auch in verschiedenen Richtungen gegangen zu
seyn.« Noch in seinem letzten Brief an Tieck vom 9. September 1829 hat Goethe vor allem Dankesworte für den Jüngeren übrig; was umso schwerer wiegt, als man weiß, wie spar-
sam er sonst mit Gunstbeweisen für seine schreibenden
Zeitgenossen war: »Die freundliche Theilnahme die Sie nachher dem Gelingen meiner Arbeiten gegönnt, wie Sie manche
davon durch Vorlesen erst anschaulich und eindringlich gemacht, ist mir nicht unbemerkt geblieben.« Goethe war sich
der Anregungen bewusst, die ihm Tiecks Novellenkunst für
sein Spätwerk gegeben hatte – man denke nur an die Gespräche und Binnenerzählungen in *Wilhelm Meisters Wander-
jahren.*

Es bestand unter Tiecks Parteigängern die berechtigte Hoffnung, es würde ihm gelingen, während seiner beiden Dresdner Novellenjahrzehnte die Leerstelle auszufüllen, die Goethe mit seinem Ableben hinterlassen hatte. Doch worauf Goethe im Laufe eines halben Jahrhunderts von Weimar aus kontinuierlich hatte zusteuern können, das blieb Tieck aufgrund innerer und äußerer Widerstände verwehrt. Die junge literarische Intelligenz war vor obrigkeitlicher Willkür und Zensur ins Ausland geflohen, wie Börne und Heine nach Paris oder Freiligrath nach Amerika, war wie Platen geächtet, wie Büchner vorzeitig gestorben, mundtot gemacht oder verausgabte sich in sektiererischen Kleinkriegen untereinander. Das Biedermeier war eine Epoche epigonaler Rückzüge, des Privatisierens, der Grabenkämpfe, Schildbürgerstreiche und Spiegelfechtereien gerade auch im literarischen Metier. Tieck hatte all diese Unarten – vor denen er zum Teil selbst nicht gefeit war – in seinen Dresdner Novellen häufig mit unverhohlenem Spott aufs Korn genommen und war dafür von allen Seiten mit heftiger Kritik bedacht worden. Wer sich wie er oder seine Befürworter Mörike und Stifter nach Goethes Tod noch in dessen Sinne auf den Standpunkt reiner Kunst und Poesie stellte, galt den Jungdeutschen als zu reaktionär und den Reaktionären als zu tolerant. Das Ausland hingegen wusste Tiecks Leistungen zu Lebzeiten angemessener zu würdigen: De Quincey übertrug zwei seiner Erzählungen ins Englische, Balzac machte ihm auf dem Weg nach Polen in Dresden seine Aufwartung, und Poe gab der *Reise ins Blaue hinein* einen Platz in der Bibliothek des wahnsinnigen Schlossherrn seiner verstörenden Geschichte vom *Untergang des Hauses Usher*.

Das alte Buch und die Reise ins Blaue hinein war zuerst 1835 in Brockhaus' exklusivem Almanach *Urania* erschienen. 1838 stellte es Tieck mit der Erzählung *Der Alte vom Berge* im »siebenten Bändchen« seiner *Gesammelten Novellen* zusammen, das bei dem Breslauer Verleger Josef Max und Kompagnon zeitgleich mit dem »achten Bändchen« und den Erzählungen *Eigensinn und Laune* sowie *Die Gesellschaft auf dem Lande* herauskam. Diese beiden Ausgaben liegen zu einem Band gebunden in der Anna Amalia Bibliothek vor, und auf sie bezieht sich unsere Edition. Das Buch mit der Signatur N 7861 (d) trägt neben dem Namenszug des vermutlichen Erstbesitzers »Otto Hinck« den Stempel »Zentralbibliothek der Deutschen Klassik« und war 1957 an der Universitätsbuchhandlung Rostock antiquarisch erworben worden. Die »Zentralbibliothek der Deutschen Klassik« der DDR bildete innerhalb der »Nationalen Forschungs- und Gedenkstätten der klassischen deutschen Literatur in Weimar« den institutionellen Vorläufer der heutigen Herzogin Anna Amalia Bibliothek; 1968 war ihr die größere Thüringer Landesbibliothek angegliedert worden, die 1919 aus der Großherzoglichen Bibliothek mit dem Grünen Schloss als Stammsitz hervorgegangen war.

Die in der ersten Hälfte des 19. Jahrhunderts bei verschiedenen Verlagen (Nicolai, Unger, Frommann, Grund, Brockhaus, Max und Reimer) vertriebenen Schriften Tiecks fallen in das Kernsammelgebiet der Herzogin Anna Amalia Bibliothek, das sich über die deutsche Kultur- und Literaturgeschichte zwischen 1750 und 1850 erstreckt. Bedauerlicherweise wurden durch den Brand vom 2. September 2004 gerade die Bücher des Bibliomanen Ludwig Tieck am stärksten in Mitleidenschaft gezogen, und die Vorlage des hier präsentierten Buchs gehört zu den wenigen geretteten Tieck-Exemplaren.

Arno Schmidt weist in seinem Tieck gewidmeten Radioessay »*Funfzehn*«. *Vom Wunderkind der Sinnlosigkeit* mit Nachdruck auf das »Groß=Märchen vom Alten Buch« und den »hochpoetischen ›Alten vom Berge‹« hin. Während *Das alte Buch* und in geringerem Maße auch *Die Gesellschaft auf dem Lande* seit ihrer Erstveröffentlichung mehrere Neuauflagen erlebten – eine umfassende Werkausgabe Tiecks existiert bis auf die 1856 abgeschlossene Edition seiner *Schriften* nicht –, werden *Der Alte vom Berge* und *Eigensinn und Laune* hier zum ersten Mal wieder vorgelegt.

Wenn heute etwas an diesen Texten in Erstaunen versetzt, so ist es zum einen der souveräne Umgang mit erzählerischen Mitteln und Instanzen bis hin zum virtuosen Versteckspiel des Erzählers, was retrospektiv an Techniken der Postmoderne erinnert: *Das alte Buch* ist eigentlich ein Palimpsest, weil nicht klar ist, wer der echte Verfasser der *Reise ins Blaue hinein* sein soll bzw. welche Partien davon auf welchen Verfasser zurückgehen; außerdem gibt es verschiedene Zeitebenen, zwischen denen nach Lust und Laune hin und her gesprungen wird. *Der Alte vom Berge* andererseits – Tieck lässt hier die Fabel seines berühmten Märchens *Der Runenberg* in die unmittelbare Gegenwart hineinspielen – nimmt in dem Chiaroscuro der Figurenzeichnung und dem Innen-Außen-Wechsel der Handlung Verfahrensweisen des späteren Stummfilms vorweg.

Gerade Tiecks Beharren auf der Poesie als unmittelbarer Gestaltungskraft der Imagination ist es, das seine besten Werke, zu denen die hier vorgestellten zählen, so zeitresistent macht. *Das alte Buch* zeigt ihn auf dem Höhepunkt seiner Meisterschaft; hier ist komprimiert, was ihn, trotz der ständig wechselnden Rollen und Schauplätze auf der gesellschaftlichen und literarischen Bühne, ein Leben lang umtrieb: »Unsre ersten und heiligsten Verhältnisse zur Natur und der unsichtbaren Welt, die Basis unsers Glaubens, die Elemente unsers Erkennens, Geburt und Grab, die Schöpfung um uns her, die Bedürfnisse unsers Lebens, alles dies ist wie Märchen und Traum und läßt sich nicht in das auflösen, was wir vernünftig und folgerichtig nennen. [...] Alles Geschichtliche, Politische, Historische ist schon ein Abgeleitetes.«

Wenn dieser letzte Satz plötzlich in einem zeitgenössischen Gedicht zitiert wird, so 1974 von Rolf Dieter Brinkmann, zeugt das von der fortdauernden Attraktivität der Tieck'schen Poesie.

Zu dieser Ausgabe

Die *Bibliotheca Anna Amalia* der *Süddeutschen Zeitung* gibt in insgesamt zwölf Bänden unter dem Motto »Weltliteratur« Einblick in die wertvollen Bestände der Herzogin Anna Amalia Bibliothek in Weimar.

Die Edition folgt buchstaben- und zeichengetreu dem jeweiligen in Weimar vorliegenden Exemplar. Dabei sind Inkonsequenzen in Orthographie und Interpunktion, die sich aus dem Fehlen verbindlicher Normen erklären, beibehalten. Offensichtliche und eindeutig zu korrigierende Druckfehler sind im Text berichtigt. Nicht übernommen werden typographische und drucktechnische Verfahren wie andere bzw. kleinere Schrift für fremdsprachige Textstellen, Doppelstrich für Wortkoppelung und Silbentrennung, Einzug bei Kapitelanfängen.

Dieser Ausgabe liegen Band 7 und 8 von Ludwig Tiecks *Gesammelten Novellen* zugrunde, die sich, zu einem Band gebunden, in der Anna Amalia Bibliothek vorfinden: *Ludwig Tieck's gesammelte Novellen. Vermehrt und verbessert. Siebentes Bändchen. Das alte Buch und die Reise ins Blaue hinein. – Der Alte vom Berge. Breslau, im Verlage bei Josef Max und Komp. 1838* und *Ludwig Tieck's gesammelte Novellen. Vermehrt und verbessert. Achtes Bändchen. Eigensinn und Laune. – Die Gesellschaft auf dem Lande. Breslau, im Verlage bei Josef Max und Komp. 1838.*

Das Exemplar der Herzogin Anna Amalia Bibliothek trägt die Signatur N 7861 (d), den Namenszug des vermutlichen Erstbesitzers »Otto Hinck« und den Stempel »Zentralbibliothek der Deutschen Klassik«.

Inhalt

Das alte Buch und die Reise ins Blaue hinein. Eine Märchen-
   Novelle. *5*
Der Alte vom Berge. Novelle. *139*
Eigensinn und Laune. Novelle. *251*
Die Gesellschaft auf dem Lande. Novelle. *369*

Anhang

Wiedergänger des Wunderbaren. Von *Lothar Müller* *487*

Tiecks Novellen in der Herzogin Anna Amalia Bibliothek.
   Von *Jan Volker Röhnert* *502*

Zu dieser Ausgabe *510*